中国古代诗歌语体论研究

ZHONGGUO GUDAI SHIGE YUTILUN YANJIU

赵继承 著

人民出版社

目　录

绪 论

在所有的论述展开之前，我们有必要先厘定所谓"中国古代诗歌语体论"的意指以及理论范畴。

首先，目前学界使用的"语体"一词，歧义至少有三：一专指口语。这是语体的最早用法，始见于蔡元培《在国语传习所的演讲》："文章的开始，必是语体。后来为要便于记诵，变成整齐的句读，抑扬的音韵，这就是文言了"[①]，此处所谓"语体"应是指原始的、未经雕琢的口语形式。之后仍多有沿用此义者，如胡大雷《论"语体"及文体的前"文体"状态》一文，其中"语体"一词就沿用此义。二特指散文文体的一个特殊类别，即以《国语》等为代表的先秦"语"体文。"语"是这类文章的名称，而"体"则表明其可独立为一个类别，故亦称"'语'类文体"[②]。一般而言，因研究者更多用"语录体"指称这类文章，且形之文字时，此一用法通常都会对"语"字重点标注，所以与其他"语体"用法混淆的可能性较小。最后则是它被最广泛使用的含义，即指语言特征体系。

语体是在长期的语言运用过程中历史地形成的与由场合、目的、对象等因素所组成的功能分化的语境类型形成适应关系的全民语言的功能变异类型，具体表现为受语境类型制约选择语音、词语、句式、辞式等语言材料、手段所构成的语言运用特点体系及其所显现的风格基调。[③]

---

① 高平叔编：《蔡元培全集》，中华书局1984年版，第429页。
② 过常宝：《先秦散文研究》，人民出版社2009年版，第178页。
③ 李熙宗：《关于语体的定义问题》，《复旦学报》2005年第3期，第186页。

这一内涵界定显示了"语体"概念所包含的两个基本层面：语言运用特点体系及其总体呈现的风格基调，为区别于一般性质的修辞和风格，我们可以称之为语体修辞和语体风格。语言学及文体学领域的语体研究基本采用了这一内涵，且相关语体问题的讨论也大多是基于这两个基本层面展开的。

厘清了"语体"一词的内涵，我们也就可以对"中国古代诗歌语体论"的意指略做界定了。首先，我们所使用的是语体"语言特征体系"这一最常用的内涵。同时，讨论诗歌这一特殊文体的语体特征，就意味着我们将基于文体学的立场来讨论语体，且要深入发掘诗歌文体与其语体特征的深层关联，就必须格外凸显文体与语体的对应关系，由此可能会造成与语言学领域语体研究的立场差异甚至理论歧异。

其次，文体学立场上的"中国古代诗歌语体论"还可能厘辨出两种不同的研究方式：其一是以现代人的理论观念对古代诗歌的"语体"进行特征描述和理论总结，建立现代意义上的古代诗歌语体论；其二则是梳理古人关于诗歌语体特征的相关论述，探索并构建古人观念中的诗歌语体论体系，呈现古人在诗歌语体研究方面所取得的成就。而我们此处采用的是后一种方式，就是整合古人的诗歌语体研究资料，最大程度上呈现古代的诗歌语体研究成果。

就前者言，既然业已明确了"中国古代诗歌语体论"是在文体学视域中讨论语体问题，那么随之而来的问题就是文体学的所谓"语体"与语言学界定的"语体"在性质及理论特性上究竟有何不同，如此才能确定在古人关于诗歌语言问题的各种繁杂的讨论中，哪些是可以归入文体学领域的语体研究，而哪些则仅涉及一般性的语言学问题而已。而就后者言，鉴于中国古代并无"语体"一词，所以需要透过某些典型化的论述，确定古人论诗时的常用概念中哪些概念的内涵或其包含的理论内容是最接近于"语体"一词意指的，然后才可以以这些标志性的概念为线索，最大程度上抓取混迹于各种诗评、诗话、诗序中的古代语体论资料。总之，以上两个问题的解决正是构建"中国古代诗歌语体论"理论体系前必须首先完成的功课，前者回答的是抓取哪些材料的问题，而后者则解决了到哪里去抓取的问题。

一、"语体"与"文体"中的"语体"

语体与文体的关系一直是语体学以及文体学研究反复纠葛的焦点，从最初的混为一谈到后来的壁垒分明再到现今种种建立二者理论关联的尝试，其关系在逐渐厘清的过程中早已充分展现了其中的复杂性，以至于迄今为止学界关于二者理论地位及关系的讨论依旧是歧见纷纷。不过认真审视这些讨论和分歧就会发现，造成分歧的关键并不全然是认识的偏差，其中还包括了由于兼跨两个学科领域而导致的讨论立场的差异，甚至可以说后者才是分歧出现的最关键因素。

就国内学界而言，语体本是一个兴起于现代语言学领域的概念，之后随着国内文体学研究的发展而被纳入文体学的理论范畴，兼跨两个理论领域的"语体"概念，虽理论性质未变，但两个学科在研究对象、理论目标及观察视角等方面的诸多差异必然会造成对"语体"内涵及属性界定的偏差，而且各自学科建设的不同需要也会导致它们对"语体"和"文体"理论关系的定位将大不相同。因此站在语言学角度论"语体"以及"语体"与"文体"的关系，与站在文体学角度观察到的"语体"及二者关系，必然是不同的。只有认识到这一点，并允许和接受这种理论偏差的存在，才能在真正意义上结束语体和文体间由来已久的理论纷争，也才能为语体论在各自领域的理论深化排除阻碍。

（一）"语体"与"文体"的历史纠葛

自 20 世纪 50 年代语言学家开始关注语体研究、语体学逐渐兴起以来，语体与文体两个概念就一直纠缠不清。

语体研究者最初经常将"语体"和"文体"通用。陈望道《修辞学发凡》曾提出其所用"语文的体类"这一概念可以简称为"文体"或

"语体"①。而这部修辞学奠基之作对后世语体研究的影响是显而易见的，之后的语体研究中不但类似"语体也称为文体"的说法不断出现，而且很多具体问题的研究也遭遇了文体学的理论渗透。同样的情况也出现在文体学研究中。由于西方文体学亦仅专注于语言层面，所以早期文体学研究对"文体"以及文体学理论内容的界定都与语体论极其接近。刘世生就将文体学视为语言学的分支，认为"文体学就是用语言学研究文体的学问"，它与语言学的差别仅在于"文体学选择具有文体效果的语言特征"②。此所谓文体就相当于语体，或者说相当于文体学视域中的语体。再如陶东风定义"文体"称："文体就是文学作品的话语体式……是一个揭示作品形式特征的概念"③，将文体看作外在的语言形式，而"话语体式"一词更是与语体学定义"语体"时所使用的"语文体式""言语体式"、"语言体式"等基本同义，可见其所谓文体也是仅就文体中的语体而言。

但随着语体学和文体学各自的成熟，双方都开始有意识地站在自己的理论立场上对语体和文体的内涵进行区分，厘清二者的理论界限。语体研究者即使再将语体称为文体，也会明确强调这文体不是指"文章体裁"的文体④；而文体研究者也明确指出"语体"仅仅是"文体"的一个层面，而语体学仅仅是文体学的组成部分之一。

不过，语体和文体的关系当然不仅仅是划清界限这么简单，即使两个学科皆在努力凸显各自理论的独立性，也都终究无法切断它们间深层的理论关联。语体研究者不能否认文体对语体的规范和制约，文体研究者也不能不承认文体的所有特质，包括题材内容、语言形式乃至审美追求等最终都要显现为一个语言表达系统，也就是一个具体的语体模式。然而两个学科学术立场的差异还是造成了其在界定语体和文体关系时的分歧，并最终导致二者在构建语体理论时也越来越背道而驰。

---

① 陈望道：《修辞学发凡》，开明书店 1950 年版，第 383 页。
② 刘世生：《文体学的理论、实践与探索》，《北京大学学报》（英语语言文学专刊）1992 年第 2 期，第 98—106 页。
③ 陶东风：《历时文体学：对象与方法》，《文艺研究》1992 年第 5 期，第 28—35 页。
④ 黎运汉：《汉语风格探索》，商务印书馆 1990 年版，第 6 页。

1. 语言学视域中的语体和文体

中国古代有着深厚的文体研究传统，但却没有"语体"概念以及独立于文体研究之外的语体论，关于语体的讨论都一直被置于文体论的语境之中，作为其理论的组成部分存在。因此当纯粹语言学意义上的语体研究兴起之时，一方面无法避免地受到古代文体研究传统的理论侵扰，在概念界定及理论建构等方面深受其影响；另一方面为谋求学科独立，又必须极力厘清语体和文体的界限，反复阐明语体和文体的差别。

站在纯粹语言学的角度，语体研究者认为语体和文体的界限是明确、清晰、不容置辩的。他们认为文体作为文艺学的研究对象与语体是两个完全不同性质的概念，指出"（文体）体现了从思想内容到表现形式的全部特点，而语体仅指语言表达形式的特点体系"[1]，语体研究不会涉及"文章的组织结构、表现方法"[2]，而相对的，语体中的口头语体也不属于文体的研究范畴，语体分类更是不同于文体分类等，诸如此类的表述频见于相关论著中，已基本成为目前语言学界看待语体和文体关系的共识。

然而就如同语体和文体的界限不容置辩一样，语体和文体的关联也是毋庸置疑的，因此语言学界在厘清语体和文体界限的同时还不得不正面回答语体究竟如何与文体相关联这一问题。

而在解决这个问题时，为尽量凸显其学科独立性、削弱文体学对自身理论建设的干扰，语体学研究者几乎都一致选择了采取超文体的理论视角，就是说在不得不承认文体对语体特征的制约和塑造作用的前提下，提出语体和文体并不具有一一对应关系，从而为语体研究营造一种超越文体的理论语境。他们或者认为一种语体包含多种文体，或者指出一种文体中可能包含多种语体，虽然结论截然相反，但超文体的立场却如出一辙。

（1）语体大于文体："文体集合说"

此类观点将语体视为文体的上位概念，它认为语体是对文体特征的抽

---

① 李苏：《语体和语体学简介》，《当代修辞学》1987 年第 4 期，第 34—36 页。
② 参见顾兴义：《应用语体学》，华南理工大学出版社 2000 年版；另胡妍《试论语体与文体的关系》（《广州大学学报》2004 年 4 月，第 29 页）也指出文体不止研究文章的语言形式（仅指形成文字的书面语），还包含了文章的结构形态和审美形态这两个层面。

象，而文体则是语体具体的物质性显现，并以这一认识为基础指出与语体产生对应关系的不是文体，而是"文体集合"。

这种说法最早由李熙宗提出，他认为某些交际功能相同的文体在语言运用特点上会表现出相同或相近的特征，因此说交际功能相同的文体实际上是集合成一个整体而与某一语体相对应的[①]。这一说法提出后在语言学领域得到了许多论者的认同，一度产生了广泛影响。而祝克懿更以此为前提论述了文体和语体先后形成的过程：

> 在文体系统的基础上，语体系统相应生成。只不过与语体相对应的不是文体个体，而是文体集合整体。文体集合首先对文本内容和形式进行一度抽象，然后语体再对文体集合形式上的语言特点进行二度抽象。所以文体与语体是先在相同的交际目的、任务、领域的功能界面上发生联系，然后再在语言特点界面上发生联系[②]。

基于语体是文体的上位概念的认识，提出首先形成文体，再通过对同功能文体集合的语言特征的整合而形成语体。

应该说，"文体集合说"的提出在促使语体研究超越文体理论干扰方面是成功的。它将语体研究擢于文章体裁的界域之上，而且在指出相同交际功能的文体对应同一语体时，实际上也等于极力削弱了文体形式对语体的制约。然而这一论点的软肋也正在于此。将交际功能相同的文体置于同一语体之中，就等于要把那些由文体特质形成的语言特征差异从语体中剔除出来，而如果对文体所造成的语音、词汇、语言形式及表达手段等方面的巨大差异都视而不见的话，就不但会致使语体描述因粗疏而流于无当，而且也会因为忽略了文体与"交际目的、任务、领域"等的深层关联而出现研究中的理论盲点。

---

① 参见李熙宗：《文体和语体分类的关系》，载程祥徽、黎运汉：《语文风格论集》，南京大学出版社 1994 年版。后论者还曾多次著文重申这一观点，如《"语体"与"语文体式"》，载中国修辞学会编：《迈向 21 世纪的修辞学研究》，广东人民出版社 2001 年版，第 275—287 页。

② 祝克懿：《文体与语体关系的思考》，《修辞学习》2000 年第 3 期，第 4 页。

（2）语体小于文体：同一文体包含多种语体

相较之下，学界持此说者并不多，而且论者也并没有明确论及语体和文体的上下位关系，而只是在其对语体相关问题的论述时流露出这种认识而已，即他们认为同一文体实际可能包含多种语体。

如李嘉耀在其《关于划分语体类型的几点想法》一文中论及语体分类和文体分类的关系时，就提到"一篇文章或一个作品总是分属于一个文体类，却不一定分属于一个语体类。比如一部小说，它的对话部分和叙述部分看来就属于不同的语体类"①，认为同一文体中可以包含多种语体，表现出与上述"文体集合说"完全相反的视角。再如张会森在讨论当前语体研究的不足时，指出现有语体研究局限于几种宏观语体的研究未免有大而无当之嫌，他援引了苏联学者索罗金、多里宁、巴赫金等人的主张，认为语体研究应该"微观化"，甚至如巴赫金等人所说具体到每一个"言语情景"、每一个"具体话语"中②。而若依据此论，则已不仅仅是同一文体可能包含多种语体，而是在同一文体内，每一次具体的创作都会因为写作情境、目的、写作者心态等诸种因素的变化而表现为不同语体特征的组合体系。

总之，这种具体而微的语体研究视角可以看作是对前述"文体集合说"的一种反驳。它为我们揭示了语体和文体关系的另一种可能，不但同一文体可包含不同语体，甚至每一次创作都可能表现为不同语体特征的组合。当然这种微观化视角的危险性是存在的，它可能会导致研究中语体的一般性、规范化与具体语言使用的个别性、变异性出现混淆，因此在研究实施过程中又需要不断趋于宏观，不断在具体研究中发现一般性、规范化并剔除语言使用的个别变量。所以说，微观研究实质上只是弥补宏观研究的不足而并不是否定它的价值，同样的，它揭示的语体和文体关系的可能性也只是对"文体集合说"的有益补充，而非取代。

这就意味着在两者中轻易否定任何一方都是武断的。无论认为语体大于文体还是提出文体大于语体，都可以在实际的文体写作中找到大量事实

---

① 李嘉耀：《关于划分语体类型的几点想法》，《当代修辞学》1986年第4期，第3页。

② 张会森：《从语体到言语体裁》，《修辞学习》2007年第5期，第1—5页。

依据，并从语言学的角度提出有力的理论论证。因此我们只能说比起这两种理论表述，语体和文体的关系可能要复杂得多，复杂到已根本无法用谁包含谁这种简单的表述来概括，它们彼此包含又相互交融，站在不同层次、不同角度，或针对不同语体、文体时，面对的具体情况都可能是不同的，因此应该更灵活、更开放地去讨论这个问题。

不过尽管语言学界在界定语体和文体关系时还存在着如此重大的分歧，甚至至今都无法形成一个普遍接受的共识，但有一点却是肯定的，无论宏观视角还是微观视角，最终都想要使语体研究突破文体学的藩篱，尽量淡化文体与语体的对应关系，尽量削弱文体研究对语体研究的范围，而这种超越文体的趋向就使得语言学领域界定的语体及语体和文体关系必然与文体学界的阐述越来越背离。

2. 文体学视域中的文体和语体

与语言学界针对这个问题的歧见纷纷不同，文体学界对语体的理论地位及文体和语体关系的解读是明确而一致的。所有文体学研究者都毫无疑义地认定文体体系中一定包含着一个"语体"层面，语体是文体的构成要素之一，语体学是文体学的重要组成部分。

文体学研究在经过最初以语言学分支自居的阶段后，逐渐从西方文体学专注于语言研究的传统中摆脱出来，开始意识到语体研究只是文体研究的一个层面，而远不能囊括文体学的全部。因此学界开始重新定位文体和语体关系，一方面认为文体中必然包含语体层面，每种文体都会有一个适应其文体特性的语体体系；另一方面又明确语体只是文体的构成要素之一，而非文体本身。

童庆炳《文体与文体的创造》一文认为文体应该包括体裁、语体和风格三个层面，并指出语体恰是介于体裁和风格之间的过渡层次[①]。而郭英德分析文体形态的构成时，则将文体形态区分为"从外至内依次递进的四个层次"，即体制、语体、体式和体性，不但将语体视为文体构成要素之一，而且还以人体喻文体，将语体比拟为人的"语言谈吐"，形象地论

[①] 童庆炳：《文体与文体的创造》，云南人民出版社 1994 年版，第 102—181 页。

述了语体在文体体系中的地位及与其他各要素的关系①。此外吴承学尝试确定古代文体学的学科研究纲目时也指出"不同文类有不同的语言体式"，所以认为应该将语体视为文体的构成部分，将语体研究列为文体学的基本内容之一②。而许力生《文体风格的现代透视》提出"语体学是现代文体学的重要组成部分"，更是旗帜鲜明地将语体学纳入了文体学的理论范畴，虽然这种论调一定会遭到语言学家们的强烈反对，也有将语言学意义上的语体学狭隘化的嫌疑，但是站在文体学的立场看，这个结论却是不成问题的。因为如果语体是文体的构成层面之一的话，那么语体学当然就是文体学研究的一部分，所以这个观点实际代表了文体学研究者在对待文体和语体关系时的基本立场。

显然，文体学研究者们站在文体学层面上重新界定了语体及其与文体的关系。与语言学界的超文体视角不同，文体学领域的所有论述都强调了文体与语体的一一对应关系，同时为强化这种对应性，他们也更加突出文体及其构成要素对语体形成的影响，更多地关注讨论文体内部其他要素与语体间相互渗透、彼此生成的关系。而随着这种理论焦点的逐渐偏移，最终导致文体学领域的语体研究与语言学界的理论探索开始呈现分道扬镳之势。

（二）语言学与文体学中的"语体"辨异

文体学将"语体"纳入其理论系统，就意味着将语体研究放在了文体这个特定的理论语境之中。也就是说，语言学侧重于在一般意义上探讨语言作为交际工具如何在具体言语活动中为满足交流需要而呈现出不同的特征和风格，因此它所认定的交际场域是泛化的，可以呈现为任何形式，也可能牵涉许多不同层次、不同性质的影响因素，所有参与交流过程的主客观因素都在它的研究范畴之内；而文体学则不同，尽管它也承认任何写作过程也都同样会遭受写作发生时的情境、目的、内容等因素的干预，但具体写作情境对具体作品的塑造并不属于它的研究领域，它仅仅关注特

---

① 郭英德：《中国古代文体学论稿》，北京大学出版社 2005 年版，第 4 页。
② 吴承学、沙红兵：《中国古代文体学学科论纲》，《文学遗产》2005 年第 1 期，第 22—34 页。

定文体的一般特征对语体的选择和制约，至于实际写作中的各影响要素只有当其能与创作情境中的文体选择或文体特征变异发生关联时，才会进入文体学的语体讨论范畴。因此，可以说文体学内的语体研究在审视视角、关注焦点等许多方面都已与语言学的研究全然不同，并由此导致了语体性质的悄然变化。

1. 焦点偏移：对语体制约因素的不同阐释

语言是人类交流的工具，语体的形成就是由于人类的交流活动彼此间会出现功能、目的等方面的差异，并由此产生对语言的不同要求。而语体研究就是要发掘交流活动中的各种因素与语言特征的对应关系，明确某一特定场合或特定表达内容会对言语表达产生什么要求以及这些不同因素提出的不同要求又如何综合为一个完整的语体特征体系。这就意味着确定语体的制约因素是语体研究必不可少的重要理论前提，而认定哪些因素为语体形成的根源更是一个会直接影响到语体研究的基本内容及理论体系的根本性问题。因此文体学和语言学对语体制约因素的不同界定表明两个学科的语体研究完全是建立在不同的理论前提之上的，这其实等于从理论建构的开始阶段就已决定了它们最终的分道扬镳。

（1）语言学：交际需要制约语体

语言学的语体研究着眼于人类所有的交流活动，所以它对语体制约因素的确定也带有泛论性质，倾向于抽象出人类交流活动中的所有一般性因素，然后再考察其与语言特征的关系。审视现有的语体研究，研究者们在语体定义、分类等许多基本问题上都还存在争议，但对语体制约因素的表述却出奇地一致，区别只在于有的表述具体些，而有的可能只是粗略概举而已。

表述较为简略的往往会用一两个概念概指所有相关因素。如王德春概括语体的三个本质特征，其中"一定类型的情境"[①]就是对语体形成的各影响因素的泛指。再如唐松波《文体、语体、风格、修辞的相互关系》

---

① 王德春：《语体学》，广西教育出版社2000年版，第3—4页。

一文定义"语体"时则将影响因素概分为交际方式和活动领域两类①。

不过要研究交流活动中诸因素与语言特征间的制约关系，仅仅如此概而言之当然是远远不够的，所以许多论者都倾注心力对语体的各制约因素做了认真、细致的发掘和分类。如张弓认为语体形成的基础因素大致说来应包括"表达的内容、交际的目的、群众（听众读者）的特点、交际的场合等等"②，对语言交际中影响语言表达特点的因素做了较为细致的列举。而王维成更将语体的制约因素区分为隐性因素和显性因素：

> 前者指社会因素（包括社会文化因素、时代因素）和个人因素，它们是历史地形成的，具有稳定性，并作为一种背景潜在地影响着人们的交际；后者指话题内容、交际领域、话语功能、交际参与者的角色关系、交际方式以及时间地点等，它们是临时形成的，是易变的，但却直接关涉到交际的产生与进行，没有它们也就没有交际的存在和语体的产生。③

极其详尽地列举了交际活动中影响语体特征的各类可能因素，并简要分析了其与语体生成的关系以及如何依据超语言因素对语体进行分类。应该说王氏一文对语体制约因素的分类已经足够细致，以此为基础，就可以对语体的形成以及语言特征与各因素的对应关系加以条分缕析地考察，更可以此为据对实际的语言交际给予恰当的指导。

总之，无论是简略概指还是详尽列举，语言学对语体制约因素的归纳都毫无二致，就是认为交际需要制约语体生成。它着眼于具体语言交际中的各参与要素，所提出的诸如交际目的、话题内容等都是每个语言交际活动得以实施必不可少的基本因素。但需要注意的是这些因素在每次交际活动中呈现的特点却又不会完全相同，而相应地对语言的要求也就会随之

---

① 唐松波：《文体、语体、风格、修辞的相互关系》，载中国修辞学会：《修辞和修辞教学》，上海教育出版社 1986 年版，第 213 页。

② 张弓：《现代汉语修辞学》，天津人民出版社 1963 年版，第 229 页。

③ 王维成：《现代汉语语体的分类问题》，《华南师范大学学报》1987 年第 4 期，第 97—102 页。

发生变化。所以交际需要决定语体形成，就意味着随着交际中各因素特征的变化，语体特征也会因需要不同而改变，因此语言学内的语体研究是关注个体差异的，它会发掘每个个体因素与语言特征的对应性，探讨这些个体因素在实际交际中怎样作用于语言使用从而形成语体差异。

（2）文体学：文体要求决定语体

事实上，写作者的创作实际上也可看作是一次隐性的交际，他同样会根据写作的内容、想要达到的写作目的以及头脑中预设的读者群特征等调整自己的表达方式，选择恰当的措辞和表现手法，因此语言学所确定的语言交际活动中制约语体的那些因素在创作活动中也同样存在并发挥作用。但文体学的研究对象却并不是这些特定文体的具体创作，而是从具体创作中抽绎出的文体本体规范及特征，它抓取的是同一文体所有创作所呈现出的共同性。因此文体学内的语体研究也当然不会关注某一文体在每次具体创作中表现出的语言特征变化，而是倾力于探索特定文体共同的语言要求及特征表现，而这就要求它必须将审察的视角从具体的创作活动中超脱出去。

文体学对具体创作的超越性使得写作内容、目的等语言学所确定的语体制约因素在文体学的语体研究中不再适用。那么究竟是哪些因素在决定着每种文体的语体特征呢？可惜的是文体学界目前对此问题尚无明确的表述，但或可从诸家对语体的论述中略做推断，以证实文体学关注的语体制约因素与语言学是不同的。

如前所述，文体学界一致认定文体与语体是具有一一对应关系的，童庆炳认为每种体裁都与特定语体相匹配[①]，郭英德也指出"中国古代的每一种文体都有一整套自成系统的语词"[②]，皆在强调每个文体都拥有自己独具特征的语言体系。而从这些理论表述中我们则可推断出两层意思：其一，同一文体具备共同的语体特征。既然它认为同一文体在任何时代、任何场合、由任何人写作都会表现出某种语言特征的共同性，就意味着它已将这些因素在具体创作时造成的语言差异都视为个体变异而排除在外

---

① 童庆炳：《文体与文体的创造》，云南人民出版社 1994 年版，第 119—149 页。
② 郭英德：《中国古代文体学论稿》，北京大学出版社 2005 年版，第 9 页。

了；其二，不同文体具有不同的语体特征。这就是说文体学界定的"语体"必须具有文体区别性，应该可以根据这些特征将某一文体与其他文体区别开来。而"语体"的文体区别性却必须来自其制约因素的文体区别性，这些因素的特征必须是某一文体有而其他文体没有的，然后才能在其影响下形成不同于其他文体的语体特征，亦即是说文体学界定的语体制约因素必须是那些具有文体标识性的文体特征。由此我们也就可以得出结论，在文体学体系内讨论语体应是以文体的特质为轴心的，是文体特征及要求决定语体，而非其他。

由文体的特质制约和生成语体特征是文体学将语体纳入理论体系后在研究视野上的重大转变，意味着文体学内的语体研究将置身于文体这一相对封闭的理论语境之中，将主要考察文体内部诸要素对语体生成的影响。站在文体学立场上看，正是由于那些将某一文体与其他文体区别开来的本体特征对其语言表达方式、措辞及风格等提出了特定要求，然后才形成了特定文体独特的语体特征体系和总体风格表现。而若依据郭英德对文体形态的四分法①，那么这些具有文体区别性的本体特征即通常所谓文体的本质属性、体制规范等，其实与语体一样也都是文体构成的基本要素之一。所以说文体学对语体生成的研究其实是面向文体内部的，它讨论文体的其他构成要素对语体生成的影响，其实正是其文体内部诸要素关系考察的一部分。就中国古代已有的语体讨论而言，则只有诸如讨论温柔敦厚诗教要求诗应含蓄婉曲、应比兴多而赋少②，七言诗因句式较长而在措辞、表现手法及语言风格等方面形成与五言诗截然不同的特征等类别的讨论③，发掘文体的体制特征或本质属性对语言表达的要求及对语体生成的影响才是属于文体学范畴的语体讨论。

不过文体学着眼于文体内部诸要素对语体的制约并不等于它会完全无

---

① 郭英德：《中国古代文体学论稿》，北京大学出版社 2005 年版，第 29 页。

② （清）吴乔《围炉诗话》卷之一、（清）庞垲《诗义固说》下、（清）方南堂《辍锻录》中皆有类似表述，参见郭绍虞编：《清诗话续编》，上海古籍出版社 1999 年版，第 472、738、1939 页。

③ 参见（元）杨载：《诗法家数》，载（清）何文焕辑：《历代诗话》，中华书局 1981 年版，第 729 页；（清）刘大勤编：《师友诗传续录》，载（清）丁福保辑：《清诗话》，上海古籍出版社 1978 年版，第 156 页；（清）贺贻孙：《诗筏》，载郭绍虞编：《清诗话续编》，上海古籍出版社 1999 年版，第 138 页。

视外部因素的影响，写作内容、写作场合及目的等偶尔还是会进入其理论视野，前提是这些因素对文体选择产生了影响，也就是说这些因素在特定情形下具备了文体区别性时，它们还是会成为文体学内语体研究的考察对象的。事实上，文体的形成及类别区分最初本就源起于交际需要：

> 人们在特定的交际场合中，为了达致某种社会功能而采取了特定的言说行为，这种特定的言说行为派生出相应的言辞样式，于是人们就用这种言说行为（动词）指称相应的言辞样式（名词），久而久之，便约定俗成地生成了特定的文体。[1]

这说明文体的形成及类别区分原本也是根源于交际场合及功能的，文体特征也是由于这些要素的作用而逐渐成形的，只不过在文体定型以后，它就有了相对的独立性，开始作为一种先在于具体创作活动的规范存在，从而慢慢从写作目的、内容等相关要素的制约中超脱出去了。但文体规范的相对独立性并没有完全切断它与特定交际功能的关系，传统的力量仍旧会使后代很多作者认为某一文体形式还是更适合某特定场合，或某一内容还是更应该用某个文体形式表现等，并在实际创作中直接影响他们对文体的选择。而此时作者对文体的选择其实也就是对特定文体的语体特征的选择，他们选定某一文体形式是因为它的语体风格或表现手法、修辞手段等更符合某一场合或内容。如袁枚曾提出"凡咏险峻山川，不宜近体"[2]，显然认为要表现出险峻山川的陡峭奇伟，诗歌就应选择一种近于雄浑峭厉的语言风格，以契合和凸显题材内容本身的特质，而近体诗向来以端严圆紧见长，其语体风格自是不能很好地迎合题材内容的需求。这就是一个由写作内容产生语体需求从而影响到诗体选择的典型例子，而此类情况不在少数。那么在这种情况下，我们是可以认为表达内容或创作场景影响了文体的语体特征，只不过需要注意，从文体学角度看，它们不是直接作用于文体的语体特征，而是借助文体选择来实现语体特征的选择的。

---

① 郭英德：《中国古代文体学论稿》，北京大学出版社 2005 年版，第 29 页。
② （清）袁枚著，顾学颉校点：《随园诗话》卷十三，人民文学出版社 1982 年版，第 455 页。

总之，文体学内的语体已成为文体本体特征的组成部分，虽然这些特征的形成最初也是与写作的场合、内容、目的等直接关联的，但一旦文体独立，包括语体在内的这些文体特征也具备了相对独立性和稳定性。因此，文体内的语体特征只会与文体的其他特征要素直接相关，受它们的影响和牵制，而具体写作层面的写作目的、内容等要素则只有当它们能影响到文体选择时方进入文体学内语体讨论的视野，但此时讨论的也只是写作目的、内容等要素如何因为对语体的特殊要求而选择了特定文体，文体本身的语体特征却不会因此发生改变。而这也就使得文体内的语体表现出了与语言学的语体完全不同的属性特征。

2. 属性偏离：一般与个别

"语体"无疑体现了某种一般性，这一点从"语体"的名称以及学界对它的界定中都可得到印证。20 世纪 50 年代高名凯率先将语体研究引入国内，当时还称之为"言语风格"[①]，而这名称之所以最终为"语体"一词取代，就是因为汉语中"体"一词含有规则、规范的意思，更能体现"语体"规则化的特质。不仅如此，学者们在阐释"语体"概念的内涵时，也纷纷在显要位置凸显"语体"的规范性、类型化特点。如周迟明指出，由于交际范围等因素影响而形成的某些主要的语言风格会在历史发展中逐渐演变为几种不同的类型，这种语言风格类型就是语体[②]，明确提出语体就是语言风格的类型。陆稼祥也将"语体"定义为语言的"变体类型"，并认为其形成正是"大体相同的语境类别及其对语言运用的限制逐步固定下来"的结果[③]，也强调了语体与使用语境间对应关系的一般性和稳定性。而丁金国更是通过描述语体"类型化"形成的过程清楚地表明，语体就是具体的、个人的话语"最终沉淀为相对稳定的、可重复的、为社群成员所共识的约定俗成的语用范式"[④]，为语体概念贴上了更加明显的一般性标签。然而，语体的一般性在语言学和文体学中却呈现为截然不

①　高名凯《语言论》："语言中的风格就是语言在不同的交际场合中被人们运用来适应这一交际场合、达到某一交际目的时所产生的言语气氛或言语格调"，科学出版社 1963 年版，第 413 页。

②　周迟明：《汉语修辞学的体系问题》，《山东大学学报》1959 年第 4 期，第 88—109 页。

③　陆稼祥：《修辞与语体》，《浙江师范大学学报》1986 年第 2 期，第 31—39 页。

④　丁金国：《语体的属性及其运行机制》，《烟台大学学报》2014 年第 2 期，第 104—115 页。

同的理论形态。

就语言学而言，语体的一般性却总是以具体运用中的个别性、变异性面貌呈现出来。由于语言学着眼于语言的具体使用语境及其在特定语境中的表现，所以它的语体研究总是与语言的具体运用密不可分。虽然语言学揭示了语体与特定语境对应关系的稳定性，认为相同的语境将产生相同的语体特征，但就实际运用而言，这却是一个不可能实现的假命题。就是说，语言具体运用时语境具有某种不可重复性，正如前文所述，所谓制约语体生成的语境或称语体场是由交际场合、交际目的、话题内容以及交际双方的关系、各自的心理状态等诸多因素综合而成的[①]，它们共同影响语体的生成，而这些因素并不可能固定不变，即使在场合、目的、内容等大致相同的情况下，还可能因为交际双方的个体差异而形成不同的语体特征体系。总之，每一次语言交际都是不可重复的，因此每一个语体特征体系及其风格表现也应是独一无二的，语体的一般性总是通过极端的个别性呈现出来。

正因为如此，语言学内的语体研究才在强调语体一般性的同时，也以同样的热情关注语体的个别性。他们界定语体概念时认为语体是一种"言语特点体系"[②]或"言语风格类型"[③]，而用"言语"一词代替"语言"概念的原因就在于"语言是一般，言语是个别""个别性，是言语的最重要特点"[④]。如果说语体定义中屡屡出现的类型、范式等表述标示了其一般性的话，那么同样出现于大多数语体定义中的"言语"一词则彰显了它的个别性，表明语体呈现形态的无限多样化和极度个别性。有鉴于此，所以刘大为《论语体与语体变量》一文才再三强调，语体研究所需要的是"功能性解释"，是关注、审视每一次具体语言交际中的"成格局的语体变异"[⑤]。这就是说语言学内的语体研究并不是简单地从个别中发现一般的

---

① 丁金国：《类型意识与语体类型学》，《修辞学习》2008 年第 4 期，第 22—30 页。

② 王维成：《现代汉语语体的分类问题》，《华南师范大学学报》1987 年第 4 期，第 97—102 页。

③ 李熙宗：《关于语体的定义问题》，《复旦学报》2005 年第 3 期，第 176—196 页。

④ 马克平：《"语言"与"言语"释义——兼论程祥徽教授〈语体先行〉一文对语言实践的重大意义》，《修辞学习》1995 年第 4 期，第 44—45 页。

⑤ 刘大为：《论语体与语体变量》，《当代修辞学》2013 年第 3 期，第 1—22 页。

过程，不单单是从无数具体的语言交际中发现交际场合、目的、内容等与特定语言特征相对应的一般规律，更重要的是还要从一般回到个别，在具体的语言交际活动中阐释语体之"变"。

因此，语言学内的语体研究必须具体观察和研究语体标识的一般规律将如何在实际语言运用中发挥影响——每个制约因素如何发挥影响力以及其影响产生了怎样的语言效果？各制约因素之间要如何协调彼此的影响力使之共存于语体的特征体系之中？更进一步说，如果语体的制约因素间产生了矛盾，又将如何处理它们间的关系以及如何调整语言运用等。可以说，对语言学而言，对语体"变异"性质的关注及其具体运用中个别形态的研究才是重中之重，是其探寻语体一般规律的最终目的，是它所有语体研究的理论归宿。

然而，文体学内的语体研究却并非如此。如前所述，在具体语言交际中对语体产生影响的场合、目的、内容等要素基本都被文体学视为个体变量而排除在外了，文体学层面的语体只会与具有文体区别性的其他本体特征要素产生关联，而这些要素最大的特征就是先在性和固定性。钱志熙在论及古代文体学的研究方法时曾引用刘勰"设文之体有常""变文之数无方"二语阐释文体学的基本内涵，认为刘勰所谓"设文之体"就是文体学主要的研究对象[①]，虽然并不能因此无视"变文之数"，但终究有常之"体"才是文体学研究的根本。而"有常"即是相对稳定，就是说一种文体的成熟定型，相当于一种写作范式的确立，它的体制特征、性质属性乃至于内容、功用等都会表现出某种稳定的倾向性，基于此的具体创作无论怎样千变万化，都会基本遵从先创作而存在的写作范型。总之，文体的特质是"有常"的，文体学的任务就是要揭示文体之"常"，在具体创作中发现同一文体所共有的、相对稳定的一般规范和规律。

而文体的"有常"就具体表现为其各构成要素在特征上的稳定性，不仅作为文体构成层面之一的语体特征本身是稳定的，那些与语体生成相关联的其他文体要素的特征也是基本稳定的，这就使得文体中的语体表现

---

① 钱志熙：《再论古代文学文体学的内涵与方法》，《中山大学学报》2005年第3期，第21—23页。

出更坚实的范型化和一般性。正是在这个意义上，文体学的语体研究与语言学的语体研究区别开来，语言学始终关注语体实际运用中的语言变异，而文体学却仅仅以那些隶属于文体规范的语体特征为研究对象，这些特征虽在具体作品中会与各种不同的语言特征、表达手段乃至风格相糅合，但其自身特质却努力保持稳定，成为同一文体内作品共有的一般特征和区别于其他文体作品的特有标识。童庆炳曾将语体分为两类：

> "语体"这一概念本身既包括由体裁所要求的语体即"规范语体"，又包括作家根据体裁所要求的规范语体进行自由创造的语体即"自由语体"。①

应该说只有其中基于体裁要求的所谓"规范语体"才是属于文体学层面的语体，而"自由语体"属于具体写作中的个性创造，会被纳入语言学视野中的语体研究，却不属于文体学的范畴。而此处所用"规范"一词正明确标明了文体学内"语体"的特性，如果说语言学的语体研究最终指向了语体一般规范在现实运用中的个别显现，那么文体学的语体研究则始终坚持对其一般性、规范性的揭示，对文体而言，语体范式正是其彰显自身独立性的依据和根本，所以只有凸显其一般性才足以揭示文体传统的延续。

总之，语体在进入文体学的理论体系后发生了根本的变化。首先是在进入文体系统后，语体逐渐淡化了与实际语言交际的联系，而进入到相对抽象的特定文体创作的理论语境之中。而语体生成的制约因素也由原本的交际情境等替换为文体那些具有标识性的本体特征。其次，语体研究理论语境的变化还引起了语体属性的转变。语言学所揭示的语体制约因素皆是不断变动的，语体生成的整体语境甚至是不可重复的，因此语体特征体系及风格呈现亦变幻多端，这使得语言学在揭示语体规律性的同时更关注其具体应用中的无穷变异；而文体学则恰恰相反，"文体"本身就是一种写

---

① 童庆炳：《文体与文体的创造》，云南人民出版社 1994 年版，第 119—150 页。

作范式的固化，它强调规范性、稳定性，因此文体内的诸要素包括语体以及与语体生成相关联的体制等要素，作为文体规范性、稳定性的载体，也都必须是为无数具体创作不断重复的一般规则。以此言之，则文体学的语体研究与语言学的语体研究根本已经分道扬镳了，如果说对语体制约因素的考察是语体研究的理论起点，而对其属性特征的界定是其理论归宿的话，那么文体学内的语体研究与语言学的语体研究相比可以说是发生了彻头彻尾的理论变异。这就意味着文体学内语体研究的关注视角已全然不同，它抛开了实际的语言交际环境，转而考察特定文体的一般特质与语体特征的关联及相生关系，因此文体领域的语体研究是以对语体和体制等其他文体构成要素间理论关系的考察为理论起点的。

（三）文体系统中的"语体"

文体中的"语体"就是指与特定文体匹配的语言特征体系及其风格显现，所以其修辞手段的选择及语言特征形成都是基于文体的特定要求，而影响文体语体特征生成的因素也是文体自身的特质而非其他。研究文体中的"语体"，其实就是探讨语体与文体其他本体要素的关系，发现它们在语体生成过程中的作用以及语体对它们的反作用。

文体语体特征的形成与人们对文体性质的界定关系最为密切，文体的语体要求往往根源于人们对特定文体本质属性的界定。以古代诗歌为例，古人对诗歌语体的要求就大多来自其观念中对理想诗体的执着。诗歌应该是什么样的？这是古人在面对诗体时一定会考虑的问题，而对这一问题的回答又往往是基于另一个问题，即诗歌是什么。就是说他们先是明确了诗歌是什么，界定了它的本质属性，然后才根据其本质属性确定诗歌应该是什么样的，确定理想诗体应该具有怎样的语言特征及语言风格。比如古代诗论中为人熟知的"诗缘情而绮靡"一语就是这一理论关系最为简洁直观的体现，"缘情"是对诗歌本质属性的认定，认为诗是源自于人类情感的，而"绮靡"则是对诗歌总体语言风貌所提出的要求，"绮靡"的语体要求来自"缘情"的性质定位，而"绮靡"则是诗为更好地凸显其"缘情"本质所产生的根本需求。再如雅正原本是对诗歌内容的性质限定，是对诗歌内在的伦理要求，但古人又将它外化为对诗歌语言风格的基本要求之一，并从中引申出诸如忌俗、含蓄、中和美等一系列文辞选择和语言风格特征的探讨。因此可以说文体的语体生成与其性质定位有直接的关联，甚至在古人的理论表述中两者经常都是混淆在一起的，论"雅正"总是兼论内容的雅正和外在语言风格的雅正，论"绮靡"也总是兼及内容的柔媚与语言风格的华美，二者的浑融恰恰表明了它们关系的密不可分，事实上文体与语体的对应性很大程度上就必须归因于文体性质对语言表达及风格氛围的特殊需要。

至于文体的语体特征与其体制特征的关系则比较复杂。一般而言，文体的体制也表现为一种语言范式，例如七律以七言八句为正体，以及平仄调和的格律规范等也是形之于语言特征，而且也同样是所有七律创作都必须遵从的语言表达规范。这就使得体制与语体的界限似乎有些模糊。但两者性质却又并不相同，体制代表了文体写作的最低标准或基本要求，而语体则是在其基础上提出的更高标准。就特定文体的创作而言，体制保证了是或不是，而语体则更倾向于去解决好与不好的问题，也就是说遵守体制规范去写作才可以确保所写作的作品属于某一文体，而只有语体要求才能推动写作充分彰显特定文体的特性或本色。仍以律诗为例的话，那么一首诗只有符合平仄调和的格律规范才可被视为律诗，但在此基础上古人还要求进一步注意四声调配，并对五七言律诗的四声调配提出不同的要求，这就属于语体范畴了，体制之外的语体要求往往是为了彰显文体的本质特性而对创作提出的更为具体细致的语言要求。

而从理论根源上讲，文体的体制规范很有可能就源自于语体，是特定交际功能催生出对文字写作的一系列语言要求，之后随着功能需求及其推动下的文字写作的不断重复，其中的某些语言要求才逐渐固化为一种基本体式，于是有了体制规范、有了文体的成熟定型。但并不能因此认为文体的体制规范从属于语体，恰恰相反，体制规范一旦独立就因为其对语言形式不可违背的强力约束而反过来作用于语体。

文体的体制规范是其最鲜明的语言标识，所以同样作为语言范式的语体必须在不违背体制规范的前提下进一步通过语言表达凸显文体体制的个性和特色。仍以诗而论，比如五言诗体制上以五言为句，而依据古人所说，五言句是"得天地之中"，所以中正平和。基于五言诗的这一体制特征，古人要求五言诗在语体风格上也应追求温厚和平，要雍容典重，并为配合这一风格要求提出了五言诗在用字、声调、写作手法等方面的一系列语体要求①。由此看来，语体也是从属于文体的体制规范的，受其特征及需求的影响和制约。

总之，要讨论文体中的"语体"，就必须明确它与语言学中"语体"的差异，必须清楚文体中"语体"是置于文体体系中的，要讨论文体的语体特征、追溯文体语体特征的生成，必须从语体与文体其他本体要素的关系入手。具体到诗歌而言，在文体视域中讨论诗歌的语体特征就是发掘诗歌语言特征与诗歌性质、体制规范等文体要素的内在联系，就是说那些由于诗歌性质、体制规范等的特殊要求而产生的具有一定普遍性和共同性的语言特征才是属于诗歌文体的语体特征，只有关于这些特征的讨论才是属于文体学范畴的语体研究。

二、历代诗论中的"语体"类概念考辨

应该说古代诗论中有关语体的讨论是最为丰富和详尽的，古人从许多不同角度对诗歌的语言修辞及风格提出了许多几近琐细的要求，然而可惜的是如此丰富的理论资源却一直缺乏统一的概念来统摄它们，讨论一直是零散的、纷乱的，不仅关于语体的各方面问题常常被混杂在一起，而且这些语体问题的分析还往往会夹杂在诗体其他问题的讨论中，而古人在诗歌语体理论上取得的成就及达到的理论高度遂被遮蔽在这个零乱的理论形态之下了。因此要整理古代的语体论成果，就必须细心清理语体与体制等其他要素的关系，画出语体论的疆域，辨别其中每一个观点的来源与归属，最终归纳出古代语体论的基本观念和认识。

不过古代虽然没有"语体"一词，在古代诗论中也找不到一个可以

---

① 详见第二章。

完全与之对应的概念，但所幸还能找到一些具有部分统括性的概念，它们的内涵虽然不能与"语体"一词完全对应，但所概括的内容恰属于语体论的一部分，或者其涵盖的内容中有一部分属于语体论，与"语体"概念有部分的理论重合。这些概念为我们大海捞针般的资料搜罗提供了指引，循着这些标志性概念提供的线索，透过对这些近似概念相关论述的分析，我们就可以大致厘清古代语体论的基本理论界域了。这类概念中势、法、格调三个概念相对使用较多、影响也较大，它们各自强调了语体理论的不同侧面，剔除掉这些概念中不属于语体论的内容，再将它们包含的内容糅合在一起，基本就可窥见古代诗歌语体论的理论雏形了。

首先，关于"势"，童庆炳认为《文心雕龙》所谓"势"即我们现今所谓"语体"：

> 刘勰讲"势"所提出的第一原理是"即体成势"或"循体成势"，就是从文章之体的语言文字层面来规定"势"，那么，这"势"就首先是一定的文章体裁所要求的语势。不同的文章体裁自然要求与它相匹配的语势，这语势，用现代的名词来称呼，就是语体。[①]

刘勰《定势》论及了诗文各体或典雅或清丽的语体风格差异，并提出了"循体成势"的观念，而且《定势》后《情采》至《隐秀》等篇又详细讨论了字句篇章的锻炼方法等。从这一理论布局来看，似乎是首先论定"循体成势"的基本法则，然后再对"势"的具体实现加以阐述，综合其中涉及的辞采、章句等内容，确实与我们现在所谓"语体"概念涵括的内容基本一致。不过《定势》篇"势"的这一用法在古代却并不具有普遍性，不但《文心雕龙》中就还存在其他用法，唐以后诗论中频频出现的"势"概念的内涵更是与之大不相同。

唐人诗论中的"势"，张伯伟认为它指称的是"诗歌创作中的句法问题。这里讲的句法指的是由上下两句在内容或表现手法的互补、相反

---

① 童庆炳：《〈文心雕龙〉"循体成势"说》，《河北学刊》2008 年第 3 期，第 96 页。

或对立所形成'张力'"①。应该说，将"势"解释为一种"张力"极为准确，"势者，诗之力也。如物有势，即无往不克"②，唐人对"势"的阐释足以证明这一点，但将"势"仅仅局限为讨论两句间关系则似乎有些取义过狭了。如旧题王昌龄所著《诗格》中列有"十七势"，严格说来其中仅"下句拂上句势""相分明势"等是讨论两句关系的，其他如"一句中分势""一句直比势"论单句句式句法的锻炼，而"直把入作势"之下六势则论诗歌的起法，"生杀回薄势"论前后意相激荡，"含思落句势"等又论诗歌的收束之法等，皆涉及诗歌整篇的布局经营，实已进入篇法的范畴了。另外《诗式》中"明势"所论也更近于篇法：

> **明势** 高手述作，如登荆巫，觌三湘鄢郢之盛，萦回盘礴，千变万态。文体开阖作用之势。或极天高峙，崒焉不群，气腾势飞，合沓相属；奇势在工。或修江耿耿，万里无波，欻出高深重复之状。奇势雅发。古今逸格，皆造其极矣。③

从"萦回盘礴，千变万态""合沓相属""欻出高深重复之状"等描述来看，这种千折百回的气势张力显然不是两句间的体势关系能够呈现的效果，所以皎然所谓"势"也应是倾向于指称篇法的。这就是说唐人倾向于用"势"字描述诗体整体呈现的一种态势和张力，因此颇有将篇法、章法、句法等杂糅其中的倾向。

不过尽管如此，唐代诗论中的"势"字相对于《文心雕龙·定势》中的"势"内涵还是缩小了许多，它仅仅概括了语体论中的一小部分内容而已。而唐之后诗论中的"势"也大多沿袭了唐人的用法：

> 意态在於转折，情事在於犹夷，风致在於绰约，语气在於吞吐，体势在於游行，此则韵之所由生矣。陆龟蒙、皮日休知用实而不知

---

① 张伯伟：《中国古代文学批评方法研究》，中华书局2002年版，第374页。
② （唐）徐寅：《雅道机要》，载张伯伟辑：《全唐五代诗格汇考》，凤凰出版社2002年版，第434页。
③ （唐）皎然：《诗式》，载张伯伟辑：《全唐五代诗格汇考》，凤凰出版社2002年版，第222页。

运实之妙，所以短也。[①]

论"体势"而用"游行"来描述，则显然其"体势"指的应是篇章布局经营之法。

> 诗文贵有雄直之气，但又恐太放，故当深求古法，倒折逆挽，截止横空，断续离合诸势。惟有得于经，则自臻其胜。[②]

此处"倒折逆挽"等皆是篇法布局的特殊手法，而材料以"势"称之，则"势"的含义亦显然与唐人用法一脉相承。这就意味着即使我们可以联系《文心雕龙》的整体理论构架而将《定势》篇中的"势"等同于我们现在所称的"语体"，它的适用范围仍然是极为有限的，古代所谓"势"的概念在大多数情况下都仅能指代语体中的章句篇法而已，并不能与"语体"一词完全对应。

其次则有"法"。古人用"势"这一概念涵括了语体中有关篇章经营的一般规则，而他们所谓"法"的内涵比之"势"则又有所拓展。古人所谓"法"中，不仅包括字法、句法、章法、篇法，也包括诗歌语言风格的审美定位及其实现。如《冷邸小言》以脉理论诗法：

> 问诗法，予曰："汝知脉理乎？散漫无归著者，鱼游也；鹘突而雄怒者，雀啄也；气断而神枯者，屋漏也。三者诗之死证也，不可医也。其滞也、缓也、潽也、数也、弦也，虽未死而气奄奄也。惟和平而温厚，秀爽而流动，气脉圆通，音韵铿锵，此四至一息，诗家之大年矣。"[③]

---

① （明）陆时雍：《诗镜总论》，载吴文治编：《明诗话全编》，上海古籍出版社1997年版，第1423页。

② （清）方东树著，汪绍楹校点：《昭昧詹言》，人民文学出版社2006年版，第222页。

③ （明）邓云霄：《冷邸小言》，载吴文治编：《明诗话全编》，上海古籍出版社1997年版，第6431页。

其中"和平而温厚""秀爽而流动"既可以说是对诗体基本审美精神的确定，同时也可看作是对诗歌语体风格的基本要求，各家各体在语言风格上固然可以百花齐放，但语体风格的基本底蕴却是不可违背的，温厚则不得率直，和平则不应峭厉，"秀"则不可过于朴质，"爽"则不应僻涩，"流动"则指音节流转不可滞碍，如此则语体风格及声调的基本要求都包含在内了。而且其中"气脉圆通"又旁及了诗歌章篇之法。另如：

> 诗本无定法，亦不可以讲法。学者但取盛唐以上、《三百》以下之作，随拈当吾意者，以题参诗，以诗按题，观其起结，审其顿折，下字琢句，调声设色，曲加寻推，极尽吟讽，自应有得力处。[①]

除"调声设色"涉及了上述声律及辞采的问题外，"观其起结，审其顿折"谓篇法，"下字琢句"指句法、字法，则知"法"是将"势"的理论内容也都涵盖在内的。再如《筱园诗话》论诗之定法，也提出"起伏承接，转折呼应，开阖顿挫，擒纵抑扬，反正烘染，伸缩断续，此诗中有定之法也"[②]，也是强调了诗歌的篇法，但同时又提到"擒纵抑扬，反正烘染"，论及修辞手段，也超出了"势"概念的内涵界域了。总之，在"法"之中包含了篇章经营方法、修辞手段以及语体风格等各类规范，"语体"的主要内容基本都已被包罗其中了。

但这并不意味着"法"就等同于"语体"。古人所谓"法"近似于他们所谓"体"，其包含的理论内容有很多已超出了语体的理论界域。严格来说，"法"与"体"当然是不同的。"体"通常表现为一种标识性和规范性，它倾向于关注写作规范呈现出的特征形态，关注据此实现的体类认同；而"法"则更关注语言特征在写作过程中的效用，更专注于通过语言手段更好地彰显"体"的特性。就是说"体"侧重于对诗歌的本体属性及特征做静态描述，而"法"则更偏重于研究这些属性及特征的动态实现，会更关心诗歌如何具体表现它的属性及特质。应该说最终某些写作

---

① （清）毛先舒：《诗辩坻》，载郭绍虞编：《清诗话续编》，上海古籍出版社1999年版，第78页。
② （清）朱庭珍：《筱园诗话》，载郭绍虞编：《清诗话续编》，上海古籍出版社1999年版，第2327页。

实践中为多数人认同的"法"也许会跻身"体"的行列，但并不是所有"法"都会成为"体"，然而古代诗论中体与法却常常是混同的。

> 古之工如倕如班，堂非不殊，户非同也，至其为方也圆也弗能舍规矩，何也？规矩者，法也。仆之尺尺而寸寸之者，固法也。[①]

此处将"法"解释为"规矩"，与古人对"体制"的阐释相同，所以这里的"法"就基本等同于"体"。另外古人在某些理论语境中所论之法，体会其义其实也是就"体"而言的。如费经虞《雅伦》论及五言律诗的格律时就谓之"五言近体格法"，而调声规范乃律诗区别于古体诗的基本标识，因此此处之"格法"显然是指诗歌体制，而类似用法在本书中实属常见。再如：

> 其法始于苏武、李陵，纯用五字，不拘长短，不拘属对，不尽四声，不用今韵，不使故实，自然高古。[②]

在其所谓五古诗"法"的名义下，涉及了五言古诗的言数、句数、对仗及声律、用韵等各方面特征，实已涵盖了诗歌体制的方方面面[③]，此处"法"显然也等同于"体"。因此古人所谓"法"显然是一个比"语体"宽泛得多的概念，其中还包括着语体之外的其他诗体理论内容。

不仅如此，"法"之中甚至还容纳了一些并不具有本体性的特殊写作手法。诸如古人论句法时常常提到的倒装句、问答句，论声律时常谈到的双声、叠韵，还有论句式时每每言及的五言"上三下二"、七言"上五下二"等，严格说来只不过是个体写作时使用的特殊技巧而已，并不具有本体意义。而古人论"法"却将之一并统摄在内，这意味着"法"

---

① （明）李梦阳：《空同集》卷六二《驳何氏论文书》，载吴文治编：《明诗话全编》，上海古籍出版社1997年版，第1984页。

② （明）费经虞：《雅伦》卷九《格式七》，载吴文治编：《明诗话全编》，上海古籍出版社1997年版，第9759页。

③ 参见赵继承：《中国古代诗体形态论研究》，北京师范大学文学院2013年博士学位论文。

的概念不仅仅是大于"语体"的，甚至一定程度上还是超出于"体"之外的。

最后一组概念是由"格"和"调"组合而成的"格调"一词，它的内涵虽有些复杂[1]，不过其中有两个意义层面却是最为主要的，其他内涵都不过是这两个义项的意义延展而已。其一，格调指具体的格式声调，这个层面上的"格调"一词更接近于我们现在所谓"体制"，但是也不排除其中有些格式声调的特征可能并不具备体制的强制限定性，而应归入语体的范畴。比如明人标榜唐诗，将盛唐诗歌作为学习模仿的对象，因此对他们而言盛唐诗的格式声调也就具有了一种标准或规范的意义，对他们的写作会产生引导或约束作用。而他们标榜的盛唐格调中就包括了为成功创作而提出的诸多风格和修辞要求，这部分内容显然应属于语体。

其二，格调也可解释为"体格风调"，即是指诗体体格及其呈现出的风调特征。在这个意涵中，"体格"一词亦可称为"气格"，因为在这里它指代的不是诗歌具体的格式表现，而是具体的诗歌格式呈现出的整体气象或风貌。所以此处"体格"和"风调"的内涵其实是极为接近的。而在这个意义层面上使用的"格调"概念的内涵则比较接近于我们现在所用的风格一词：

> 盛唐一味秀丽雄浑。杜则精粗、钜细、巧拙、新陈、险易、浅深、浓淡、肥瘦，靡不毕具，参其格调，实与盛唐大别，其能荟萃前人在此，滥觞后世亦在此。[2]

谓盛唐诗"秀丽雄浑"，后又称杜甫诗"格调"与盛唐诗迥异，则"格调"之义近于风格，又如"李太白之格调放逸"[3]，古人常用"放逸"一词来形容李白诗歌的总体风貌，那么此处"格调"也应是近似于风格一词

---

① 参见查清华：《明代格调论诗学研究》，上海师范大学人文学院 2000 年博士学位论文，第一章。

② （明）胡应麟：《诗薮·内编》卷四，载吴文治编：《明诗话全编》，上海古籍出版社 1997 年版，第 5495 页。

③ （明）吴讷：《文章辨体序说·古诗》，载吴文治编：《明诗话全编》，上海古籍出版社 1997 年版，第 534 页。

的。但这两处"格调"都仅指个体风格，与语体似不相关。

不过古人使用的"格调"之"格"字有时又兼有"品格"的含义，"格有品格之格，有体格之格。体格一定之章程，品格自然之高迈"①，古人用"格"，或取前者，或取后者，或兼用两义，因此在"格调"的某些论述中，"格"是兼有"体格"和"品格"双重含义的。而当"格"兼有"品格"之义时，"格调"就包含了某种等级评判的意味。如《诗人玉屑》引述了一段对晚唐诗人薛能的评论，谓其"格调不高，而妄自尊大"，称格调而有高下之论断，就显然是将"格调"置入了一个特定标准的品级评判体系中，从而使格调间出现了高卑之分、正变之别，于是"格调"一词就不再是对不同体貌风格的简单区分，而是在区分之中渗入了某种价值评判，而某些置于"高"品级、为多数写作者和论诗者所认同的"格调"遂逐渐被接受为一种标准或规范的意义，而当"格调"讨论进入到规范的范畴时，它也就具有了语体的功能和内涵。

当然"格调"作为语体标准的理论细化最后是由明人完成的，他们具体提出了对诗歌"格调"的基本要求，诸如"格古调高"②"格古，调逸"③等描述虽然比较笼统，但由于它们总是配合着对声律、章句的特定要求一起出现，所以"格调"一词其实承载着一整套关于诗体格式、气局及风貌特质等的标准规范，无论它是否合理，这都是许多明代人所认定的诗歌语体规则。总之，在"格调"承载起古人对诗歌语言审美风格的期待时，它的讨论就进入了"语体"的范畴。

而"格调"的讨论进入语体层面后，格式声调和气格风调两个意义层面也逐渐融合为一，它们一方面分别涵盖了语体修辞和语体风格两部分理论内容，另一方面又渐渐整合为"格调"论对语体规则的整体论述。

首先在"格调"的第二个义项中发展出了关于诗体审美底蕴及基本风格特质的种种讨论：

---

① （清）薛雪：《一瓢诗话》，载丁福保辑：《清诗话》，上海古籍出版社 1978 年版，第 695 页。

② （明）谢榛：《四溟诗话》卷三，载丁福保辑：《历代诗话续编》，中华书局 2006 年版，第 1205 页。

③ （明）李梦阳：《空同集》卷四八《潜虬山人记》，载吴文治编：《明诗话全编》，上海古籍出版社 1997 年版，第 1974 页。

格如屋之间架，欲其高竦端正；调如乐之有曲，欲作圆亮清粹，和平流丽。句欲炼如熟丝，方可上机；字欲琢如嵌宝器皿，其珠玉珊翠之属，恰与欸窍相当。机所以运字句，气所以贯格调。若神之一字，不离四者，亦不滞于四者。[①]

此处将格调和字句等分别对举，则显然是将语言修辞等内容排除在"格调"内涵之外了，而且"高竦端正""和平流丽"等要求也明显是对诗歌审美基调的限定，那么此处之"格调"使用的正是它的第二义项，它指代的是诗歌的语言风格及审美基调，另外还有诸如"格调苍古""格调欲其雄放"等都倾向于以"格调"来对诗歌的语言风格进行规范。

但因为对语言风格的限制总要落实为对字句以及声律等的细致要求，所以在理论发展过程中，"格调"第一义项中关于格式声律的内容遂逐渐融入它第二义项所确立的审美风格标准中：

予又谓章法与其镵削瘦劲，不如浑厚冠裳。字句与其浮响倒装，不如沈实平正。……发端贵于气象远大，句格浑成。结尾贵于收顿得法，意兴无尽。中二联，对极整切，而中含变化。机极圆畅，而自在庄严。和平而不悲冗，雄伟而不粗豪，斯得格调之正，而备诸法之全者也。[②]

此处所用"格调"一词的含义是有些模棱两可的，所列章法、字句等要求可以理解为"格调之正"的实现手段，那么"格调"中就不包括这些诗法内容，但也可理解为这些修辞特征本身就是"格调之正"的表现，那么这些诗法就是包括在"格调"中的。而当"格调"兼有审美风格定

① （清）张谦宜：《絸斋诗谈》卷三《学诗初步》，载郭绍虞编：《清诗话续编》，上海古籍出版社1999年版，第810页。
② （明）冯复京：《说诗补遗》卷一，载吴文治编：《明诗话全编》，上海古籍出版社1997年版，第7167页。

位和诗法双重含义时，它的内涵就近似于"语体"了。

不过除此之外，"格调"也还包括许多不属于语体的内容，比如"格调"有时也指称个体风格，另外它有时也将内在情志的品格涵盖在内，"意高则格高"①，虽然后世不再特意强调"格调"对"意"的要求，但作为对诗体一种整体品格的界定，它是包含着对诗意的规范限制的，这也使得"格调"概念逾越了语体的内涵范围，而跨入到体性论的理论范畴了。

以上是对古代诗论中几个与语体相关的概念——"势""法"和"格调"的辨析，虽然它们在内涵上都无法完全与"语体"一词对应，但通过整理、综合这三个概念的理论内容还是可以勾勒出古代诗歌语体论的基本轮廓的。从这些概念及理论探讨来看，古人虽未提出"语体"概念，但却显然已意识到了"语体"的存在，意识到不同体类的作品总是对应着一套特有的语言系统以及呈现不同的语言风格。而且在他们分散的理论表述中，不但语体论的两大理论层次——语体风格和语体修辞规范都已经具备，而且针对个别问题的分析也已非常细致。虽然尚缺乏系统性，却仍然为我们提供了丰富的语体论材料，问题只在于我们将如何找出其中的逻辑性和理论层级。

三、语体论的生成与古代诗歌语体论的体系构建

前文对"势"等概念的梳理呈现了古代诗歌语体论的两个基本理论层次，为我们构建诗歌语体论的理论体系提供了宝贵的开端。鉴于古代语体问题的探讨如此零散，我们该如何着手寻找这两个理论层次内部的逻辑关系呢？一个最现成的方法就是追根溯源，探求这些语体规范出现的内在缘由，了解这些语体规则提出的初衷或意图，或许可以帮助我们发现这些结论间隐藏的逻辑联系。

首先，语体风格的要求大多来自古人对其观念中理想诗体的执着。诗歌应该是什么样的是古人在面对诗体时一定会考虑的问题，而对这一问题

---

① 旧题（唐）王昌龄：《诗格》卷上，载张伯伟辑：《全唐五代诗格汇考》，凤凰出版社 2002 年版，第 159 页。

的回答又往往基于另一个问题，即诗歌是什么。就是说只有明确了诗歌是什么，界定了它的本质属性，然后根据其本质属性才能确定诗歌应该是什么样的，才能确定理想诗体应该具有怎样的特征，所以诗歌语体风格的讨论总是来自诗歌性质的。在某种程度上，语体风格的表述与诗歌性质的判定几乎是相伴而生的，一定的性质定位总会向外表现为特定的语言风格特征，比如古代诗论中为人熟知的"诗缘情而绮靡"一语就是这一理论关系最为简洁直观的体现，"缘情"是对诗歌本质属性的认定，认为诗是源自于人的情感，而"绮靡"则是对诗歌风貌提出的要求，"绮靡"的语体要求就来自"缘情"的性质定位，"绮靡"是诗"缘情"的结果，也是诗歌更好地凸显其本质属性的根本需求。再如雅正原本是对诗歌内容的性质限定，是对诗歌内在的伦理要求，但古人又将它外化为对诗歌语言风格的基本要求之一，并从中引申出诸如忌俗、含蓄、中和美等一系列文辞选择和语言风格特征的探讨。正因为语体风格的讨论与诗歌性质的定位有着如此直接的关联，所以在古人的理论表述中这两者经常是混淆在一起的，论"雅正"总是兼论诗歌内容的雅正和外在语言风格的雅正。虽然在此为厘清古代诗体论的体系结构，我们必须对这性质不同的两类内容作出区别，但同时却也可以利用语体风格与内在特征要求相混的状况发现古人论语体风格的基本线索，就是说那些常常与诗歌内在特质纠缠不清的语言风格的描述多数都是语体风格，借助古人对诗歌内容性质的特征描述找出语体风格的理论内容和逻辑关系是完全可行的。

当然诗歌内在属性本身也是一个极为复杂的问题，在此我们不可能全面讨论所有的问题，而只能选择与风格探讨联系最紧密的几个基本层面而已。首先，对古人而言诗歌并不是"述而不作"的，古人毫不讳言写诗是"作诗"，诗的产生是一种创造。而既然是创造，就有一个最基本的要求：新，于是古人对诗歌语言提出了尚新尚奇的要求。其次，诗又是一种特殊的创作，"诗缘情而绮靡"的说法虽颇受诟病，但它至少在某种程度上指出了诗歌作为创作的特殊性，同时古代诗论中也出现了"文""采""丽""华"等诸多描述诗歌文辞之美的概念。但这一问题又是存在争议的，在"文"之外还有人推崇"质"，又有论者提出"自然"，于是引发了对诗歌语言风格特质的一系列争论。最后，诗歌还是《诗经》传统的继承和传递者，《诗经》的经典地位赋予了诗歌一种身份的特殊性，同时也加于它许多审美的限定性。《诗经》传统的影响倒不在于《诗经》本身对后世诗歌有怎样的示范性影响，而主要是后世解《诗》者赋予了《诗》特定的功能和本质属性，定位了《诗》的审美基调，于是借助《诗经》的权威性，这些属性特征的界定、审美取向的定位也成了诗歌语体风格限定的主要依据，并由它衍生出一系列的次生特征。总之，基于诗歌体性的三个基本性质判断，古人确立了他们观念中理想诗体的基本风貌，确定了诗歌语体风格的基本特征，它们构成了对诗歌语言风格的基本要求，虽然一篇作品不一定具备所有的语体风格特征，但却至少不能违背它们。

另外，语体风格除了论及诗体共有的一些语言风格特征外，还涉及诗体中不同题材、不同体类作品间的语体风格差异，其中不同题材间的语体风格差异仍旧是由内在属性造成的，但不同体类间的语体风格差异则与体制特征的关系更密切，古、近体间的语体风格差异自不待言，即使五、七言诗间的差异虽然在一定程度上受到古人以五言为正体的观念影响，但从古人的相关论述看，却仍旧以体制差异的影响更为主要。而通过对这些不同题材、不同体类诗歌语体风格的论述，也就彻底厘清了古人在语体风格方面的主要观念和成果。

在廓清了语体风格的理论内容后，就可以进而讨论语体修辞规范了。古人对语体风格的论述主要是基于诗歌的性质定位，但相比之下，语体修辞规范的来源却要复杂一些。一方面上述语体风格特征都要落实为具体的表现方法和修辞手段，如"雅正"表现在语言特征上就产生了所谓忌俗句、忌俗字等禁忌，所以语体风格本身就是语体修辞规范的重要来源之一。

而语体修辞另一更为主要的来源则是诗歌体制和写作规律契合而成的创作规范，是创作者们长期探索如何按照写作的一般规律最大程度上彰显诗歌或不同体类各自体制优势的结果，许多结论就由此而来。如"篇法有起有束，有放有敛，有唤有应，大抵一开则一阖，一扬则一抑"①，"天地之道，一辟一翕；诗文之道，一开一合"②，篇章经营中收与放、开与合的相间为用，这是写作的一般规律，因此起承转合的基本方法于诗于文皆无二致。但是由此发展出的针对律诗四联及古诗各层次间的承转法则却是篇法规律与诗歌体制融合的结果了。此外古人还对诗歌长篇和短篇提出了各自不同的篇法要求，"长篇宜横铺，不然则力单；短篇宜纡折，不然则味薄"③，这都说明古人试图将篇法规律应用到不同的体制中以发挥它们各自的优势。总之这类修辞规范都是为了在已经定型的体制内尽力写出最成功的作品而做的努力，都是诗歌体制与写作规律谋求融合的结果。

　　语体修辞规范中这些来源不同的要求在引导写作时是可以互补的。来自语体风格的要求因为专注于风格的呈现，一般只是对语言色彩、章篇形态等提出一些大致约束而已，而只有源自写作规律的方法、规范才是切实关系到写作中每字每句的选择、锻炼等实际诗法运用的，所以两者在指导写作时恰好形成一种互补关系，前者提供审美取向的引导，后者则实施实际写作的指导。但这也就意味着两者间必须是相容的，语体风格的要求源自于诗歌本质属性的需要，自是不可违背，而确定的诗歌体制与客观的写作规律两相契合产生的修辞规则也不可任意改变，所以两者必须兼容，而这又不仅仅是两类语体修辞规范的兼容，它意味着诗歌内在属性、体制、语体也都必定是相容的，在此基础上才会有两类语体修辞规范的融合。

　　至此通过分析语体风格和语体修辞规范的来源生成，诗歌语体论两大理论层面的基本构成已清楚地呈现出来了。古人首先从诗歌内在性质的角度确定了诗歌语言风格的基本特质，为诗歌语言风格的呈现确定了基调，可以说所有诗作的个体语言风格都只是在语体风格基质之上参差变化而已。而除了讨论共同的语体风格特征外，古人还进一步讨论了不同题材、

---

① （明）王世贞：《艺苑卮言》卷一，载吴文治编：《明诗话全编》，上海古籍出版社 1997 年版，第 4199 页。

② （清）庞垲：《诗义固说》，载郭绍虞编：《清诗话续编》，上海古籍出版社 1999 年版，第 729 页。

③ （清）刘熙载：《诗概》，载郭绍虞编：《清诗话续编》，上海古籍出版社 1999 年版，第 2441 页。

不同体类诗歌的语体风格差异，在遵循诗歌语体风格共同要求的前提下，不同题材、体类的诗歌又发展出各自的语体风格特征，前者取决于题材性质的需求，后者则主要受不同体制规则的影响，而它们各自的语体风格特征对于诗体而言却又是个体性的，所以用于描述不同题材、体类诗语体风格的概念大多就来自古人用于描述个体风格的术语。而所有这些语体风格特征都要进入写作层面落实到具体的修辞规范中，成为语体修辞规范的重要组成部分。同时受体制规范的束缚，在体制特征和写作规律的彼此契合下也产生了一整套具体的写作方法和修辞规范，这两部分内容兼容互补，共同构成了诗体的写作规则。

    总之，语体风格和语体修辞规范共同构成了诗歌语体论的基本理论体系，其中语体风格偏于虚，而修辞规范则落于实，语体风格的要求最终必须进入修辞层面，转化为具体修辞规范才能对诗体施加影响，所以语体风格影响、限定着语体修辞规范；但反过来，语体修辞规范却并不能改变语体风格，语言的修辞手段当然会影响语言风格呈现，但它影响或改变的只能是诗歌的个体风格，而语体风格因为与诗歌本质属性紧密关联着，一般是不允许改变的，所以语体修辞规范只能遵从它，却不能改变它。这就意味着在语体论中语体风格是占据着主导地位的，它不但直接转化为一定的修辞规范，同时对其他修辞规则也实施着一定的约束，在不违背写作规律和体制规范的前提下，写作者必须选择那些体现或者至少不违背语体风格要求的表现方法。

第一章　古人的诗歌语体风格论

如前文所述，语体包括了两个层面的理论内容：由词汇、语音及修辞手段等构成的语言体系及其所显现的总体风格基调。为区别于一般性的修辞方法及语言风格的讨论，我们姑且称为语体修辞和语体风格。当代语言学一般认为语体风格是基于语体修辞的，是语体修辞系统最终决定了语体风格的呈现风貌。然而站在文体的立场古人语体研究的思路却恰与之相反，他们对语体风格的讨论才是根植于文体内在性质的，而语体修辞的很多限定却不过是实现语体风格要求的手段而已。这也就意味着我们对古代诗歌语体的梳理必须从语体风格开始，藉此不仅打开了透视诗歌语体修辞系统的通道，而且也直观展现了二者间的相生关系。

第一节　古人对诗歌语体风格的初步探索

语体风格是指特定文体或体类所共同具有的语言风格特征，它具有两个基本的内涵规定性：其一它仅指称语言风格，有关诗歌内容属性的探讨不属于它的理论范畴；其二它指称的是特定文体或体类共有的语言风格特征，是风格共性而非个性。就任何一个方面看，古人对诗歌语体风格的讨论都还不够纯粹，问题在于我们必须首先清楚它们掺入了哪些杂质，然后才能明确后文的讨论应该剔除什么，又保留什么。

一、古人探索诗歌语体风格特征的途径及方式

从文体意识产生之时起，古人关于"文"是否有"体"的争论就从

未停止过，于诗而言更是如此。虽然这其中同时包含着对格律、用韵等诗歌体制规范以及炼字造句等修辞限制的质疑，然而更多地却是指向了语体风格。上千年的诗歌史告诉了我们一个不争的事实：自来以诗名家者皆贵在自立，梅柳桃李，姿态各异，即使那些气味相投而被归于一家一派者，细味之又何尝尽似？因而论者在反对为诗歌定"体"时即多以此斥之：

> 诗言志也，志人人殊，诗亦人人殊，各有天分，各有出笔，如云之行，水之流，未可以格律拘也。故韩、杜不能强其作王、孟，温、李不能强其作韦、柳。如松柏之性，傲雪凌霜，桃李之姿，开华结实，岂能强松柏之开花，逼桃李之傲雪哉？①

作诗之人先天禀赋不同、气质各异，再加之后天环境、经历、学养诸因素影响，流诸笔端自然言人人殊，求为一概之"体"恐非易事。更何况诗文之作又在求真求新，发己所不能不发、言人所未尝言，似亦不必强求风格之整齐划一。除此之外，还有一个来自诗歌本身的促使诗歌姿态各异的因素：

> （明学士解缙）又曰："诗在相题，体不可一律而论。有宜含蓄者，则意常厚；有宜豪放者，则意当发露；有宜庄重者，则语当痛快；有宜轻逸者，则语当流丽。"②

就是说诗歌题材或藉以发抒的情感、思想各自不同，其对诗歌的表现手法乃至风格的要求也必不相同。

然细究之就会发现，否认诗有定"体"与定体论者其实并不是站在同一个层面上讨论这个问题的。事实上，认为诗有定体的论者也都从未否

---

① （清）钱泳：《履园谭诗》，载丁福保辑：《清诗话》，上海古籍出版社1978年版，第871页。

② （明）李贽：《骚坛千金诀·诗议》，载吴文治编：《明诗话全编》，上海古籍出版社1997年版，第4635页。

认过诗体之变，只不过透过诸家创作的千姿百态，他们同时还看到了那些不变的元素，那些五颜六色背后掩藏着的共同底色。

> 诗道之不能不变于古今而日趋于异也。日趋于异，而变之中有不变者存。请得以一言以蔽之曰：雅。雅也者，作诗之原，而可以尽乎诗之流者也。自三百篇以温厚和平之旨肇其端，其流递变而递降，温厚流而为激亢，和平流而为刻削；过刚则有桀骜诘聱之音，过柔则有靡曼浮艳之响，乃至为寒为瘦，为袭为貌，其流之变，厥有百千，然皆各得诗人之一体。一体者，不失其命意措辞之雅而已。所以平奇浓淡巧拙清浊，无不可为诗，而无不可以为雅。诗无一格，而雅亦无一格。①

所谓"雅无一格"，即以"雅"为诗歌共有之"体"，历朝历代诗作不啻千万，其平奇浓淡各具姿态，然而却终不离于"雅"，故变者，一人一作之格调，而其共有之"雅"终不变。从这个角度来看，关于诗歌是否有定体的争论实际上是不存在的，他们在变与不变两个层面上申明的主张不但不互相冲突，甚至还可以相互补充，以使各自的风格论表述更为完整。

而叶燮所称"变中之不变者"的诗歌共通之风格亦即文体理论之所谓语体风格。不过因为诗歌共有之"体"总是掩藏在诗歌千变万化的风格之中，所以要为诗歌定"体"就需要透过这无数姿态各异的风格提炼出它们共同的特质，而这就如同在眼花缭乱的缤纷色彩中发现其共同底色，色彩之间的区分已自不易，发现其共同底色就更是难上加难。因此，发掘诗歌共有的语体风格特色，就必须援引外在视角，藉之提供分辨诸"体"以及厘定通"体"的线索，为此古人竭尽其能从各种不同角度进行了不懈的尝试。

---

① （清）叶燮：《已畦文集》卷九《汪秋原浪斋二集诗序》，载吴宏一编：《清代文学批评资料汇编》，成文出版社 1981 年版，第 270 页。

（一）从辨体入手探索诗歌语体风格

古人所谓"体"，义有多端，或指体制、体裁，或指风格、体式，故"辨体"一语实包含两层意思：一指文体之辨，一指风格之辨。而这两种方式恰又都曾被古人用以探索诗歌的语体风格特征，故此处所谓"辨体"也就兼两义而有之。

就前者言，以辨体方式探索诗歌语体风格特征就是通过诗与其他文体的比照发现诗歌的语体风格特质。如前文所述，文体的生成最初即源自于特定场合的特定言说行为，特定场合对特定内容的表述，产生了对语言修辞、风格及表达方式的特定要求，这些要求逐渐固化而形成了文体，也就是说，文体分化形成即源起于最初的语体差异。而这些差异在文体意识逐渐趋于自觉之后，写作者为彰显文体的独立性，更是会有意强化不同文体具有文体区别性的语体特征，从而使这些特征愈发鲜明突出地存在于同一文体的所有作品中，并日益成为文体的共有标识。因此从辨体入手来梳理不同文体各自的语体风格特征无疑是最为直接的途径，古人对诗歌语体风格的探索也正是首先由此切入的。

最早从文体之辨的角度概括诗歌语体风格特征的是曹丕《典论·论文》，他将诗赋与奏议等实用文体相较，认为不同于实用文体，诗赋应对外在语言有更高的审美要求，诗赋的外在语言形式应该精工华美，富于美感。其后陆机等人皆纷纷效仿其方法，尝试以辨体的方式发掘诗歌的语体风格特征。陆机《文赋》又有"诗缘情而绮靡，赋体物而浏亮"[7]一语，不但将诗与赋进一步区别开来，使文体区别性更趋细化，而且"诗缘情""赋体物"也言简意赅地道出了造成不同文体语体差异的根本因由。再如《文笔式》：

> 至如称博雅，则颂、论为其标。语清典，则铭、赞居其极。陈绮艳，则诗、赋表其华。叙宏壮，则诏、檄振其响。论要约，则表、启擅其能。[1]

---

① （唐）佚名：《文笔式》，载张伯伟辑：《全唐五代诗格汇考》，凤凰出版社 2002 年版，第 78 页。

比之《典论》,《文笔式》虽看似在文体分类上更为细致,但对诗赋文体风格特征的表述则仍因袭旧说,对比陆机之语反似一种倒退。此后以辨体方式讨论诗歌语体风格者则逐渐将焦点集中于诗与文或诗与词的比照之上。

以诗和文相比较,论者认为文直诗曲,故强调了诗歌微婉含蓄,如"诗主含蓄不露,言尽则文也,非诗也"①,"文主理,故贵明切。诗主□□贵温厚。诗不厌浮靡。文浮靡,斯不足贵矣。诗微婉,文可直发"②皆是。另外,在诗与文比较中强调诗歌音乐性的,如"文显於目也,气为主;诗咏於口也,声为主"③,"作文曰作,作诗曰吟,吟之云者,必含金吐石,使其清扬而远闻也"④等,主要凸显了诗歌语言重视声韵节奏、讲求音韵美的特点。

至于以诗和词相较者,则有论者提出"诗宜悠远而有余味,词宜明白而不难知"⑤,认为诗歌作者在叙事或抒情时须半吞半吐,必须给读者留下由一点而及其余的想象空间,言有尽而意无穷,而词作者却可言尽意尽,穷形尽相、淋漓尽致地去表达,将情感和思想完全倾泻在文字中。另外也有就文字华朴来比较二者区别的,如《小草斋诗话》提出诗"不可太艳丽,艳丽则词曲也"⑥,认为诗语不得追慕艳丽之风,否则即有沦为诗余之嫌。又许学夷论韩翃七言古体诗称"韩七言古,艳冶婉媚,乃诗

---

① （明）许学夷:《诗源辨体》卷一,载吴文治编:《明诗话全编》,上海古籍出版社1997年版,第6056页。

② （明）郝敬:《艺圃伧谈》卷一,载吴文治编:《明诗话全编》,上海古籍出版社1997年版,第5905页。

③ （明）王文禄:《文脉》卷一,载吴文治编:《明诗话全编》,上海古籍出版社1997年版,第8981页。

④ （清）袁枚:《随园尺牍》卷七《答法时帆学士》,载吴宏一编:《清代文学批评资料汇编》,成文出版社1981年版,第270页。

⑤ （明）李开先:《李开先集·闲居集·西野春游词序》,载吴文治编:《明诗话全编》,上海古籍出版社1997年版,第3388页。

⑥ （明）谢肇淛:《小草斋诗话》卷一,载吴文治编:《明诗话全编》,上海古籍出版社1997年版,第6669页。

余之渐"①亦是此意，艳冶婉媚则有失诗体本色，堕入词道。虽二者言辞中流露出崇诗体抑词体之意，或者难免偏见，但他们对诗词风格差异的把握是极为准确的，诗歌和词或者都必须讲求形式、雕琢辞采，但程度及显现的文字风格终究不同，诗可"丽"，不可"艳"，词的语言修饰却可以浓墨重彩而至于"艳"。

不过以辨文体的方式探索诗歌的语体风格特征并不能呈现诗歌语体风格要求的全部。当将诗与文、词等其他文体加以比较时，捕捉到的仅仅是那些具有文体区别性的特质，尽管这些可以说正是诗歌语体风格特征的主体，却也并不能因之忽略其余。比如诗歌作为文学作品的语体特质就并非其独有，而是文、词亦具备的，若因此抛开这些特质谈论诗歌语体风格就是不完整、不全面的。再如在诗歌发展过程中，创作者及论诗者会逐渐将某些审美观念附着在诗歌作品中，赋予诗歌语体新的风格特征，而这些也无法通过辨体方式寻索出来。

或者正因如此，古人才转而尝试从诗歌内部的风格辨析入手来探索诗歌的语体风格特征。就是说首先厘辨诗人或诗作各类形形色色的个体风格特征，梳理归类的同时，找出符合审美需求的成功诗作的共性风格特征，从而形成一个诗歌语体风格特征的基本范式。刘勰《文心雕龙》"八体"之说可看作是这一理论思路的最早尝试，在风格归类的基础上分辨哪些风格是适宜的、哪些是失体的，就是在试图归纳出"文"共有的语体风格特性。而后世论诗者就沿着刘勰这一思路继续推进了诗歌的语体风格探索。

如托名王昌龄所作的《诗格》一书就提出了所谓"五趣向"之说："诗有五趣向：一曰高格。二曰古雅。三曰闲逸。四曰幽深。五曰神仙。"②所谓"趣向"在此可解为"趋向"或"取向"。显而易见这段话最直接的意图只是要揭示诗歌创作某些共同的风格取向，以为后来的创作者提供写作上的指引，它并没有也似乎无意于将它们定义为诗歌语体风格特

---

① （明）许学夷：《诗源辨体》卷二十一，载吴文治编：《明诗话全编》，上海古籍出版社1997年版，第6203页。

② （唐）王昌龄：《诗格》，载张伯伟辑：《全唐五代诗格汇考》，凤凰出版社2002年版，第182页。

征的一部分，但语体风格的本质即是指那些被绝大多数作家所接纳、绝大多数作品具备的、逐渐具有约定俗成意义的共同特征，就是说语体风格实质就是那些在创作中不断被重复从而具有了某种范型意义的风格取向。因此无论"五趣向"的归纳是否准确，对"趣向"本身的揭示都带有"语体"的意义。而此处更值得注意的则是论者得出这一结论的方式或者说途径，他使用"趣向"一词就显示其并非先入为主地在主观上为创作立"体"，而是通过对以往以及当时诗歌创作的客观审查所做的经验梳理和理论归纳，亦即首先梳理辨析已有诗歌创作的各种风格倾向，继而归纳出那些被普遍接纳并反复运用到创作实践中的具有共通性的风格特征。可以说"五趣向"说正是古人通过总体的风格辨析与归纳来探索诗歌语体风格特征所作的一种尝试。

事实上唐代恰是此类尝试频现的时期。诗歌创作发展至唐代，各类创作都已趋于成熟，于是诗人及论诗者开始有意识地为诗歌写作建立规则和范式，而他们赖以建立规范的方式即是从以往写作经验的归纳中发现规律和规则。通观现有唐人诗话，诸如各言数的统计、各种对仗形式的罗列乃至各种声病、句型、体式等的总结几乎随处可见，足以证实当时论诗者试图通过归纳以往诗作的特征来为后世立"体"的理论初衷及热情，而通过辨析诗歌各类风格来归纳诗歌基本的语体风格特征不过是这时代思潮的一部分。除"五趣向"说外，崔融《唐朝新定诗格》所提出的"十体"说以及皎然的"辨体十九字"也都包含有相同的理论意图。然而通过风格归类探求诗歌语体风格特征的方式在实际操作中却绝非易事。一方面风格取向的归纳需要借助概率统计来确定哪些风格特征是被广泛接纳、具有共同性的，而古代论诗者显然都未曾使用过类似的科学手段，其结论更多基于主观感觉和印象，致使其可靠性大打折扣，因此诸如"五趣向"一类说法虽然根自论者丰富的阅读经验，未必全然无据，而终究不能成为确论。另一方面风格归类本身也是一个巨大的难题，审视角度、分类标准等是否合理、统一直接决定了归类本身的成败。而多数论者在这一步既已陷入困境。以皎然的"十九字"为例：

高 风韵切畅曰高。**逸** 体格闲放曰逸。**贞** 放词正直曰贞。**忠** 临危不变曰忠。**节** 持节不改曰节。**志** 立志不改曰志。**气** 风情耿耿曰气。**情** 缘情不尽曰情。**思** 气多含蓄曰思。**德** 词温而正曰德。**诫** 检束防闲曰诫。**闲** 情性疏野曰闲。**达** 心迹旷诞曰达。**悲** 伤甚曰悲。**怨** 词理悽切曰怨。**意** 立言曰意。**力** 体裁劲健曰力。**静** 非如松风不动，林狖未鸣，乃谓意中之静。**远** 非谓淼淼望水，杳杳看山，乃谓意中之远。[①]

依据皎然"风律外彰，体德内蕴"[②]的观念，这十九字皆非纯粹的语言风格论，虽或偏于内意，或偏于外在风貌，但都同时兼有二意，即如"德"之"词温而正"就既论内容之温而正，又兼风格之温而正。这完全是古人内外一体的文体观念所致，实无可厚非，而皎然"十九字"最大的问题在于即使同样偏论风格者着眼点也各自不同，"高"论格调、"力"论体势、"远"论意境，致使由此区别出来的各"体"并不构成并列关系，更未能在同一层次上反映诗歌创作的风格流别，因此诸如此类的分类其实是无效的。总之，风格归类工作的复杂性以及古代"体"义的混杂性造成了风格辨析归纳上的巨大障碍，而在初步工作尚无法有效完成的情况下，进一步的语体风格特征归纳也就更无从谈起了，唐人在这方面的努力虽不能说毫无建树，但也实在收效甚微。

不过最终论诗者倒是找到了一个较为便捷的方法——确立典范，以某一历史时期或诗人的成功创作为范本，这样既可借助经典增强结论的可接受度和说服力，同时当审视的目光得以聚焦于某一时期、某一人的有限作品上时，就避免了大浪淘沙的徒劳，也显然更易于发现共同性从而得出有效结论。古代论诗者所屡屡称道的如《诗经》、汉魏诗、唐诗、杜诗等都曾扮演过典范的角色，被作为诗歌立法的依据极力崇奉。如皎然"古诗以讽兴为宗，直而不俗，丽而不朽，格高而词温，语近而意远，情浮

---

① （唐）皎然：《诗式》，载（清）何文焕辑：《历代诗话》，中华书局 1981 年版，第 36 页。
② （唐）皎然：《诗式》，载（清）何文焕辑：《历代诗话》，中华书局 1981 年版，第 36 页。

于语，偶象则发，不以力制，故皆合于语，而生自然"①，以"古诗"为标准提出了对诗歌语体风格特征的一系列要求，并因此对当时的律诗写作提出批评。宋以后则多以"唐诗"为宗：

> 余答之曰："唐人诗纯，宋人诗驳。唐人诗活，宋人诗滞。唐诗自在，宋诗费力。唐诗浑成，宋诗饾饤。唐诗缜密，宋诗漏逗。唐诗温润，宋诗枯燥。唐诗铿锵，宋诗散缓。"②

此语虽意在比较唐宋诗之别，然而"诗必盛唐"的观念已是呼之欲出。可以说明代以来以唐诗为则几乎成了论诗者解决一切问题的利器和法宝，就语体风格的探索而言也是一直延续着同样的理论思路，唐诗浑成所以诗应该浑成，唐诗温润所以诗应温润，诸如此类的表述方式比比皆是，当然其中亦不乏一些倒果为因、借助经典创作为自己某些先入为主的观念张本者。不过这种方式的弱点也恰在于对经典的确认及解读上，哪一时期、哪些作品可以作为写作标准的经典？再进一步说，这些作品有哪些特征，且其中又有哪些是具有共通性、可以被当作诗歌的语体风格特征去尊奉的？审美本身的主观性决定了对这些问题的回答是见仁见智的，不但各个时代的答案不同，同一时代不同人的回答也难免参商。就是说这种方式虽然简化了风格特征归纳的难度，却也同时降低了它的公信力，要求得一个可以为论诗者公认的关于诗歌语体风格特征的表述反而更困难了。

总之，"辨体"是古人探索诗歌语体风格特征的主要途径之一，但无论是文体比较还是风格的总体归纳都在实际操作中遭遇了各自的问题。文体比较的粗疏固然使其不能完全把握诗歌语体风格的全部内容，而风格特征的整体梳理又陷入烦琐的推敲、辨析，却终因缺乏科学有效的方法而流于主观，其从客观经验总结中提炼共识的理论意图遂沦为空谈。

---

① （唐）皎然：《诗议·论文意》，载张伯伟辑：《全唐五代诗格汇考》，凤凰出版社 2002 年版，第 202 页。

② （明）镏绩：《霏雪录·西野春游词序》，载吴文治编：《明诗话全编》，上海古籍出版社 1997 年版，第 601 页。

（二）从禁忌入手发掘诗歌语体风格特征

当文体的体式规范尚未定型之时，为了避免写作中各类弊病的出现或推动文体规范的形成，论者就常常选择以禁忌的形式对实际创作进行约束和引导。比如在律诗定型前，沈约等提出的声病说即属此类，之后随着律诗的成熟声病说才功成身退，逐渐被取缔。而在古人对诗歌语体风格特征的探索过程中，禁忌同样发挥了重要作用。

如果说前述通过对已有诗歌作品风格特征的辨析和归纳来确定诗歌语体风格特征的方式主要着眼于那些成功作品的正面特质的话，那么禁忌的提出则主要是以那些失败的或者说被认为不符合诗歌本色的作品为研究对象，分析归纳它们失败或被认为失败的缘由，从而将这些特质列为创作的禁忌。

> 或古诗出于情性，发必善，今诗出于记闻，博而已，自杜子美未免此病。于是张籍、王建辈稍束起书袋，划去繁缛，趋于切近，世喜其简便，竞起效颦，遂为晚唐体。益下去古益远。岂非资书以为诗，失之腐，捐书以为诗，失之野欤？[1]

> 大都古今虽异，声音之道，终不越郑雅两途。雅声平淡，郑声壮浪而繁促。繁促则不和，壮浪则不平，故曰淫也。[2]

> 学诗入手，舍初盛而言中晚，则失之纤；舍三唐而究宋、元，则失之杂。[3]

刘克庄对宋诗和晚唐诗的弊端进行了分析对照，并提出了腐、野两个负面特质，以为诗歌写作须竭力避免的两大弊病。郝敬则采用了最为古老的雅、郑声之辨，在雅声温厚和平和郑声壮浪繁促的比照中，将壮浪繁促

---

① （宋）刘克庄：《后村先生大全集》卷九六《韩隐君诗》，载吴文治编：《宋诗话全编》，江苏古籍出版社 1998 年版，第 8575 页。

② （明）郝敬：《艺圃伧谈·古诗》，载吴文治编：《明诗话全编》，上海古籍出版社 1997 年版，第 5898 页。

③ （清）叶矫然：《龙性堂诗话初集》，载郭绍虞编：《清诗话续编》，上海古籍出版社 1999 年版，第 940 页。

自然而然地列为作诗之大忌。至于叶氏以中晚唐诗比之初盛、以宋元诗比之三唐亦是同样的理论思路。

然而就如同诗歌风格正面特质的辨析和归纳最终只是流于烦琐的梳理、混杂的罗列以及各种莫衷一是的结论一样,禁忌的总结也遭遇了类似的困境。

> 诗有十一不:一曰不时态。二曰不繁杂。三曰不质朴。四曰不才调。五曰不囚缚。六曰不沉静。七曰不细碎。八曰不怪异。九曰不浮艳。十曰不僻涩。十一曰不文藻。[①]
>
> 诗之戒有十:曰不可硬碍人口,曰陈烂不新,曰差错不贯串,曰直置不宛转,曰妄诞事不实,曰绮靡不典重,曰蹈袭不识使,曰秽浊不清新,曰砌合不纯粹,曰徘徊而劣弱。[②]

在古代诗论中,这两段文字是比较明确且集中地谈论禁忌问题的,但是仔细审视其所罗列各项内容,仍显得极其琐碎且杂乱。其中如前者所谓繁杂、细碎及后者所言不贯串、砌合等皆论修辞;"不时态""妄诞事不实"等论及诗之情感事理,"不囚缚"关乎诗境,"不可硬碍人口"又及于声调。就风格言者,不过夹杂其中的"不质朴""不浮艳""不怪异"和"陈烂不新""直置不宛转""绮靡不典重""秽浊不清新""徘徊而劣弱"等几类而已。各项内容如此夹杂罗列,愈发给人一种散漫无归之感。当然也有一些论者的表述似乎是仅就风格而言的,如谭浚《说诗》列"失格"二十类:躁戾、浅露、新奇、鄙近、磨炼、雕饰、枯槁、放荡、隐僻、怪诞、卑弱、轻靡、乖匿、砌合、错误、局迷、繁悲、沿袭、陈腐、直置,除"砌合"论修辞、"错误""局迷""繁悲"三者偏于论意外,其余皆论风格,然细审其所论诸格,其中错杂重复之处甚多,如直置与浅露、卑弱与轻靡、磨炼与雕饰、沿袭与陈腐等皆未免意有重复。虽然谭

---

① (唐)徐寅:《雅道机要》,载张伯伟辑:《全唐五代诗格汇考》,凤凰出版社2002年版,第440页。

② (元)杨载:《诗法家数》,载(清)何文焕辑:《历代诗话》,中华书局1981年版,第726页。

浚详释诸格时竭力令其有所区别，如磨炼强调其"炼"之工失于自然，"雕饰"则强调彩绘失于雅，然"雕饰"者亦"穷刻削"，则与"磨炼"显然意有重叠，"雕饰"一语本已涵盖两义，必另列一"磨炼"格则赘。另直置则浅则露，直置与浅露近；轻则弱，靡则卑，轻靡与卑弱几同。上述种种疏漏，都说明论者在归纳罗列各诗歌语体风格禁忌时没有或者尚不具备足够的能力去做彻底的厘清，至于对各特质间逻辑关系的梳理及前后次序的编排就更毋庸提及，禁忌讨论的淆乱状况于此可见一斑。

尽管如此，禁忌讨论也并非毫无成效，它至少在两个方面推动了诗歌语体风格特征的明晰化。首先，通过考察已有诗作的得与失来为诗歌写作立禁忌，就等于是在诗歌风格的正面特质与负面特征之间划定了一条清晰的界限。古人所谓"过犹不及"，无论"过"还是"不及"都会导致风格特征的似是而非，所以论诗者皆热衷于辨析正面风格特征的"过"或"不及"的表现，以便将之列入须规避的禁忌名单。如《文笔式》总结了各文体的风格特征后，就还进一步分析了每个特征可能衍生的弊病，其论诗则先谓诗赋须"陈绮艳"，继而则曰"绮艳之失也淫"①。又《木天禁语》在梳理自《诗经》至晚唐间诸名家诗作风格的同时也提醒写作者要避免出现"画虎不成反类犬"的情况，如谓"选诗婉曲委顺，学者不察，失于柔弱""李白雄豪空旷，学者不察，失于狂诞""杜甫沉雄厚壮，学者不察，失于粗硬""王维典丽靓深，学者不察，失于容冶"②，就是说写作者唯有明辨婉曲与柔弱、雄豪与狂诞、沉厚与粗硬、典丽与容冶之间得与失的区别和界限才能优游于"得"之域而避其"失"，其创作才可能取得成功。再如：

> 奇者诡而不法，兴者僻而不遂，丽者绮而不合，赋者直而不深，淡者枯而不振，比者泛而不揆，苦者涩而不入，达者肆而不制，巧者藻而不壮，质者俚而不华，丰者奢而不节，约者陋而不变，循者失之剽，新者失之怪，振者失之夸，径者失之浅，速者失之率，奥者失

① （唐）佚名：《文笔式》，载张伯伟辑：《全唐五代诗格汇考》，凤凰出版社 2002 年版，第 78 页。
② （元）范德机：《木天禁语》，载（清）何文焕辑：《历代诗话》，中华书局 1981 年版，第 752 页。

之沉。①

　　诗有五不可失：丽不可失之艳，新不可失之巧，淡不可失之枯，壮不可失之粗豪，奇不可失之穿凿。②

如果前者旁及赋、比、兴及"苦者""达者"等看上去还有些混杂的话，那么后者之论则简约明晰得多，不但所谓"丽"等正面特质皆是为大多数论诗者公认的诗歌语体风格特征，针对这些特征提出的负面特征也几成共识。由此可见随着古人对这一问题的探讨日益深入，相关结论正愈益清晰起来。总之，古人藉由为诗歌风格的得失划界这一方式，不但逐渐摸索并确立了诗歌风格的禁忌，有利于从反面将诗歌写作的风格取向导向正面，而且在厘清风格得失界限之时，也等于为诗歌语体风格正面特征的探索画出了疆域，缩小了梳理、讨论的范围，则必然会加速有效结论的得出。

　　其次，禁忌的讨论虽亦不免陷入细碎混杂，然整理诸家所言还是可以看到某些共识的形成和固化。其一曰"雕刻"。"雕刻"之谓，或指其雕饰之"巧"，或指文饰之"艳"，两义兼于此。"巧"则有伤自然，"艳"则有悖雅道，古人持于此论者实难穷计，如陈师道"宁拙勿巧"③，陆时雍"凡转诗入词其径有三：一曰妖媚，二曰软熟，三曰猥媟"④，沈德潜"用意过深，使气过厉，揉藻过稍，亦是诗家一病"⑤，施补华"小巧是诗人所戒"⑥等皆是。又工巧绮艳，专注于逞外在文饰之机巧，而内在之志气、意理或不能相称，柔弱之弊因此而显，"晚唐诗失之太巧，只务外

　　① （明）安磐：《颐山诗话》，载吴文治编：《明诗话全编》，上海古籍出版社1997年版，第2118页。

　　② （清）王寿昌：《小清华园诗谈》，载郭绍虞编：《清诗话续编》，上海古籍出版社1999年版，第1855页。

　　③ （宋）陈师道：《后山诗话》，载吴文治编：《宋诗话全编》，江苏古籍出版社1998年版，第1023页。

　　④ （明）陆时雍：《古诗镜》卷二十八，载吴文治编：《明诗话全编》，上海古籍出版社1997年版，第10702页。

　　⑤ （清）沈德潜：《说诗晬语》卷下，载丁福保辑：《清诗话》，上海古籍出版社1978年版，第549页。

　　⑥ （清）施补华：《岘佣说诗》，载丁福保辑：《清诗话》，上海古籍出版社1978年版，第975页。

华，而气弱格卑"①"夫六朝人诗绮靡鲜错，失之轻且弱"②，所以纤、小、柔、弱、轻等类避忌亦可并于"雕刻"目下。其二曰"僻涩"。"僻"者，有怪僻之僻，有隐僻之僻；"涩"有语涩、有意涩③，而意涩即诗意深隐晦涩，亦即隐僻之义。就是说"僻涩"之忌，可以是指"怪异"，《木天禁语》所谓狂诞、杨载所谓妄诞、《颐山诗话》所谓"诡而不法"等皆谓此；亦可以指"隐晦"，如前所引《颐山诗话》之"兴者僻而不遂"、《说诗·失格》之"隐僻"、沈德潜之"用意过深"等语皆论此义。其三曰"俗"。古人所谓"俗"亦兼含两义，即皎然所言"鄙俚之俗"和"古今相传之俗"。前者即论者所常指斥的粗俗、鄙俗，而细究二者仍略有差异，粗俗偏指语言之粗糙不文，鄙俗则倾向于论语词的格调卑下。至于后者则即通常所说陈腐、腐熟、陈言套语之类。其四曰"硬"。严羽曾批评吴陵以"雅健"论诗之非，以为诗尚浑厚，不得用"健"字形容。前文引述的"粗硬""粗豪"等语皆指此而言。另"然俊逸粗豪，无沉着冲淡意味，识者谓一失之方，一失之亢"④，方则不圆润，亢则筋力外露，亦近于此义。当然，这些共识性结论只是禁忌讨论的一部分而已，此外也还存在大量观念相互抵触的情况，如徐寅以为诗不得质朴，陈师道则声言"宁朴勿华"；有论者以为诗不应"快直"，然又有论者提出诗直截痛快亦不妨。这说明诗歌禁忌的讨论尤其是风格禁忌的归纳还并未最后定型。但在此过程中被日益凸显出来的这些共识性观念对于诗歌语体风格特征的提炼仍旧是大有裨益的。

总之，通过确立诗歌写作的禁忌来探索诗歌的语体风格特征的方式可以说是一种典型的逆向思维，它从反面入手，以淘汰的方式逐渐区分出诗歌语体风格得与失的界限，不断缩小语体风格正面特征梳理的范围，而在此过程中慢慢成形的一些共识性观念则更直接而鲜明地指引诗歌语体风格

---

① （宋）吴可：《藏海诗话》，载丁福保辑：《历代诗话续编》，中华书局 2006 年版，第 331 页。
② （明）郝敬：《艺圃伧谈·古诗》，载吴文治编：《明诗话全编》，上海古籍出版社 1997 年版，第 5898 页。
③ 至于"语涩"即徐寅所谓"硬碍人口"似偏论声调，故不作风格论。
④ （明）李开先：《闲居集·中麓山人咏雪诗序》，载吴文治编：《明诗话全编》，上海古籍出版社 1997 年版，第 3381 页。

正面特质归纳的理论导向。简单来说，诗歌某些风格特质被否定与另外一些特质被肯定往往是基于同一个深层理由的，它们很多时候不过是同一观念衍生出的正反两方面的结论，所以循着任何一方都可以发现另一方，就是说这些共识性禁忌足以引导我们发现与其相应的诗歌语体风格的正面特质。

（三）从各要素特征入手呈现诗歌语体风格特征

风格是对作品的总体观照，是作品内容和形式融而为一呈现出的总体风貌，所以一方面我们可以说风格是超越于作品具体构成要素的具体特征之上的，另一方面又不得不承认风格终究要落实为作品每个具体构成要素的具体特征，风格特征与具体构成要素的特征之间有着一定的关联性和对应性。正是认识到这一点，所以古人还尝试通过对诗歌具体要素特征的限定以趋近于诗歌语体风格特征的界定。

比起诉诸抽象感受的风格，具体要素特征的把握无疑要简单得多，也切实得多。

> 要在意圆格高，纤秾俱备，句老而字不俗，理深而意不杂，才纵而气不怒，言简而事不晦，如此之作，方入风骚。[1]

> 意者，诗之神气，贵圆融而忌阗滞。格者，诗之志向，贵高古而忌芜乱。篇者，诗之体质，贵贯通而忌支离。句者，诗之肢骸，贵委曲而忌真率。[2]

> 夫诗之为道，格调欲雄放，意思欲含蓄，神韵欲闲远，骨采欲苍坚，波澜欲顿挫，境界欲如深山大泽，章法欲清空一气。[3]

---

① （宋）魏庆之：《诗人玉屑》卷四《风骚句法》，载吴文治编：《宋诗话全编》，江苏古籍出版社1998年版，第8995页。

② （明）王廷相：《王氏家藏集·郭价夫学士论诗书》，载吴文治编：《明诗话全编》，上海古籍出版社1997年版，第2047页。

③ （清）侯方域：《壮悔堂文集》卷二《陈其年诗序》，载吴宏一编：《清代文学批评资料汇编》，成文出版社1981年版，第117页。

从这几段描述来看，论者关于诗歌构成要素的归纳并不尽相同。除意、格外，"句"仅出现于前两段描述中，第二段所谓"篇"与第三段"章法"相近，其余则繁简、条目各自不一。然而这还仅仅是冰山一角，如果将所有此类论述集于一处就会发现诸家所言实在千差万别。不过总体来看诸多纷乱繁杂的要素归结起来又其实不过两类：一类即字、句、篇、声一类形诸具体语言形式的要素，可称之为形式要素；一类则是一些较为虚化的审美性概念，比如格调、神韵、风味、气象等，它们原本只是存在于审美感受中的虚化存在，可是在古人以人体比拟文体的观念中，这些概念也都被同样视作文体的构成要素之一了。这些概念就内涵而言虽各有侧重，但都与风格呈现有密切关系，甚至有些本身就几可等同于"风格"，所以这类概念且名之为"风格要素"。就如同古人将诗体风格也进行了划分，然后通过限定每一风格要素的特征来界定诗歌的总体风貌。

对于具体形式要素提出要求亦即我们所谓语体修辞的理论内容，所以通过对形式要素特征的归纳来呈现语体风格特征，直接反映了古人对语体风格和语体修辞关系的认识，对此我们下文再作详论，此且就风格要素言之。

风格是文学作品藉由文字呈现出的一种总体风貌，它虽然附着于文字之上，却不同于文字形态本身，因为风格就其实质言不过是文学作品的内容及文字形态在读者阅读过程中引发的总体审美体验，并非一个实体性存在。对于这样一个总体感知性的虚拟存在物显然是无法进行内部拆分和界定的，如此则"风格要素"一词也就显得有些无稽。然而不可否认的是古代诗论中确实存在着大量的风格类概念，如气象、风骨、风韵、格调、韵味等，它们一方面都表现为对诗歌总体风貌的观察和体验，在性质上都近似于风格；另一方面确切说来它们在内涵上又似乎各有侧重，并不能相互取代，而古人在论及诗歌风格时也时常将诸概念并置，似乎它们各自强调了风格的某一侧面，因此必须放置在一起才能共同呈现风格的诸方面特征。比如气象一词的重心在强调"象"字，就是说它更侧重于讨论风格在外层的"形貌"的部分，《木天禁语》"诗之气象，犹字画然，长短肥瘦，清浊雅俗，皆在人性中流出"①，虽然明确"气象"是从"人性"中流出的，但谓其如"字画"，以"长短肥瘦"形容之，则讨论重心仍在"象"即可由此推知。另《杜臆》引钟惺读《同诸公登慈恩寺塔》的评语"他人於此能作气象语，不能作此性情语"，以气象语和性情语相对称，亦足可证"气象"一词的落脚点在于"象"②。再如风骨，刘勰"若丰藻克赡，风骨不飞，则振采失鲜，负声无力"，则风骨强调了气驱驾文辞、流转贯穿中蕴蓄出的气势和力度。至于"境"，王昌龄厘之为物境、情境和意境三类，则诗中之"境"亦即论者所谓"艺中之境"③，是诗歌藉由意、事、象等形成的一种意义张力以及这张力所拓展出的艺术空间。而格调之"格"则因有品格之义，故格调也就包含了高卑雅俗的价值评判的意味。总之，这些不同概念都与诗歌风格的总体审视以及审美体验有关，但是又似乎各自指称了风格某一方面的内容，就如同诗歌的文字形态由字词句构成一样，似乎也只有把这几方面内容综合在一起才是完整意义上的风格论，因此我们也就权且把此类概念称为风格要素。

当然，由于古人并未深入思考和认真界定过此类概念的内涵及其与风格的关系，所以关于风格究竟可以厘分为哪几类要素及其彼此间关系、在风格论中的理论地位等都未曾有过统一结论。不过一方面诸家所提及的风格要素基本集中于气象等几类概念，且不同论者对同一概念的使用也具有一定的共同性，因此风格要素的区分和界定并非完全杂乱无章；另一方面古人试图通过提出对这些风格要素的特征要求来界定诗歌语体风格特征的意图是相同的。

> 大凡诗，自有气象、体面、血脉、韵度。气象欲其浑厚，其失也俗；体面欲其宏大，其失也狂；血脉欲其贯穿，其失也露；韵度

---

① （元）范德机：《木天禁语》，载（清）何文焕辑：《历代诗话》，中华书局 1981 年版，第 751 页。
② （明）王嗣奭：《杜臆》卷之一，载吴文治编：《明诗话全编》，上海古籍出版社 1997 年版，第 6461 页。
③ 张海明《经与纬的交织——中国古代美学范畴论要》（云南人民出版社 1994 年版，第 191 页）就曾指出境界是"艺中之境"，包括了形象层面和意味层面。

欲其飘逸，其失也轻。①

夫诗，有意，有味，有韵。意欲其圆也，味欲其长也，韵欲其远也。有此三者，然后使人读之，而恐卷尽。②

三者所论虽颇参差，然细较之仍可发现某些共通点，如姚勉之"意欲其圆"实与侯方域所谓"意思欲含蓄"相近，"圆"者即谓浑含不直露也，而"韵欲其远"与"神韵欲闲远"的近似则更显而易见。另前文所引侯方域"境界欲如深山大泽，章法欲清空一气"两句相合之义亦与姜夔"气象欲其浑厚"相近。且三家之论也都明确是要为诗歌写作立"体"，没有直接讨论诗歌风格应该具备怎样的特征，而是通过具体提出对气象、神韵等风格要素的要求来引导诗歌语体风格趋向于特定的特征要求。

另外，论诗者在对已有作品加以品评时，也会不自觉将对诗歌语体风格的认识及相关观念渗入其中，而如果尝试将分散各处的与风格要素有关的评语集中在一起的话，我们就可以发现更多的共通性。比如论及气象，姜夔称"欲其浑厚"，而严羽论汉魏古诗则赞其"气象混沌，难以句摘"，与姜论如出一辙。胡应麟《诗薮内编》评淮南小山《招隐》"气象雄奥，风骨棱嶒，拟骚之作，古今莫迨"，评杜五律"唯工部诸作，气象嵬峨，规模宏远，当其神来境诣，错综幻化，不可端倪"③，贺贻孙论王维诗"王右丞诗境虽极幽静，而气象每自雄伟"④，它如"气象宏丽""气象浑成""气象浑涵"等语在诸家论诗语中可谓俯拾皆是，由此可知气象须雄浑的观念并非姜氏一人独有，而在论诗者中已几成共识。再如论格调，吴讷论七言古诗"贵乎句语雄浑，格调苍古"⑤，杨慎评梁简文帝《春

---

① （唐）姜夔：《白石道人诗说》，载（清）何文焕辑：《历代诗话》，中华书局1981年版，第680页。

② （宋）姚勉：《雪坡舍人集》卷三七《再题俊上人诗集》，载吴文治编：《宋诗话全编》，江苏古籍出版社1998年版，第8905页。

③ （明）胡应麟：《诗薮内编》卷一，载吴文治编：《明诗话全编》，上海古籍出版社1997年版，第5438、5484页。

④ （清）贺贻孙：《诗筏》，载郭绍虞编：《清诗话续编》，上海古籍出版社1999年版，第172页。

⑤ （明）吴讷：《文章辨体·序说》，载吴文治编：《明诗话全编》，上海古籍出版社1997年版，第534页。

情曲》云"此七言律之始，犹未能也。而格调高古，当其滥觞"①，李梦阳"格古调逸"②，《诗源辨体》引胡应麟语"唐绝句高者，大类汉人古诗，调极和平，而格调高远"③，潘德舆"格调清高矣，意不精深，可示人而不可传远"④，张谦宜"格如屋之间架，欲其高竦端正；调如乐之有曲，欲作圆亮清粹，和平流丽"⑤等，高、古、正等字眼频频出现于关于格调的描述中，足见古人对格调特征的认知上的一致性。又姜夔谓韵度"欲其飘逸"，而胡震亨则云"'鹊飞山月曙，蝉噪野风秋。'音响清越，韵度飘扬。齐梁诸子，咸当敛衽矣"⑥，飘逸、飘扬几同。侯方域谓"骨采欲苍坚"，而"风骨苍然""风骨高峻""风骨浑劲"⑦亦皆表达了同样的观念。

总之，透过这些关于风格要素的讨论，我们可以大致推知古人关于风格要素的界定和认知，虽然不同论者对风格要素的划分及其特征描述仍存在很多个体差异，但其中的共通性更加值得重视。论者对风格要素的讨论和考察基本集中在有限的几类概念上，就说明风格要素的归纳和划分其实已逐渐形成一个清晰的理论轮廓，至于对各要素特征要求的一致性则更证实了风格要素相关讨论的日益成熟。就是说，当古人讨论风格要素的特征要求或者以这些要求为标准对现有作品加以品评时，他们应该是对这个形成中的理论雏形有所认知的，因此尽管不同论者可能关注了这理论轮廓内的不同部分，但都无害于这个轮廓的构建，甚至每一个讨论都使得这个轮

---

① （明）杨慎：《千里面谭》卷上，载吴文治编：《明诗话全编》，上海古籍出版社1997年版，第2728页。

② （明）李梦阳：《空同集·潜虬山人记》，载吴文治编：《明诗话全编》，上海古籍出版社1997年版，第1974页。

③ （明）许学夷：《诗源辨体》卷十八，载吴文治编：《明诗话全编》，上海古籍出版社1997年版，第6186页。

④ （清）潘德舆：《养一斋诗话》，载郭绍虞编：《清诗话续编》，上海古籍出版社1999年版，第2047页。

⑤ （清）张谦宜：《絸斋诗谈》卷三《学诗初步》，载郭绍虞编：《清诗话续编》，上海古籍出版社1999年版，第810页。

⑥ （明）胡震亨：《唐音癸签》卷五，载吴文治编：《明诗话全编》，上海古籍出版社1997年版，第6863页。

⑦ 胡应麟《诗薮外编》卷六："宋、元排律少大篇，独高子勉《上黄太史三十韵》，傅与砺《寿陈都事四十韵》，风骨苍然，多得老杜句格。"《说诗补遗》卷一："五言律，须刊贞观垂拱之浮靡，主开元天宝之正格，队仗整严，音吐鸿亮，风骨高峻，滋味隽永。"毛先舒《诗辩坻》卷第三："嘉州轮台诸作，奇姿杰出，而风骨浑劲，琢句用意，俱极精思，殆非子美、达夫所及。"

廓更加明晰和深入人心。

当然，通过对诗歌各要素特征的规范来约束和引导诗歌总体风格的呈现这种做法的有效性或者仍有待商讨。诗歌的风格特征最终必然落实到诗歌各要素中，通过各要素的具体特征呈现出来，其中包括字、词、句调等形式要素，也包括气象等风格要素，因此反过来说，通过规范各要素的特征来体现或贯彻诗歌语体风格的特征要求自然也是行得通的。然而事实却是部分之和往往是大于整体的，各要素特征的综合未必一定导向预想中的语体风格，其间任何要素在特征呈现时的微小偏移或者各特质之间的任何微妙抵触都可能造成失之毫厘差以千里的后果。所以通过各要素特征的界定来实现诗歌语体风格特征限定的理论探索，其理论思路的合理性虽毋庸置疑，但在具体理论实践中可能遭遇的情况却要复杂得多，而这也就成了其理论推进的最大阻碍。

二、古代诗歌语体风格论的成就及缺陷

张岱年《中国传统哲学的批判继承》一文曾指出："中国传统思维方式有一个特点，就是整体思维。中医非常强调整体，把人体看成是一个整体。同时又把人与整个世界看成是一个整体。"[1] 在此他道出了中国传统文化思维方式的最大特点，可以说传统文化基本观念及基本模式的形成都根源于此。站在古人整体思维的视角，一方面天、地、人三才乃至整个宇宙都是一体的，任何部分都处身于整体中，都接受整体多角度、多层面的制约和塑造；另一方面每个部分自身同时又自我圆合为一个整体，具有一定程度的独立和不可切割性。这就形成了古人一种独特的、充满辩证意味的把握事物的方式，就是说既认为所有事物都处在一个更大的整体中，都是一个更大整体的一部分，因此总是从一个更宏观的整体背景上理解事物，同时又将所有事物都视作一个不可分割的独立整体，试图认识其内在的彼此勾连及完整性。以对人体的认识言，就是既站在"天人合一"

---

[1] 张岱年：《中国传统哲学的批判继承》，《理论学刊》1987年第1期，第21—25页。

的角度把握人与天地阴阳乃至四时变化的关系，又将人体自身看作一个阴阳自我调和的整体，深刻体察人五脏六腑等的相互关系和彼此平衡。

整体思维方式造就了中国古人最独特的认识世界的方式，哲学、中医学、文艺学等每个学科的理论构建都深受其影响。古代诗体论自然也不例外，无论是出自整体思维的观察视角，还是受以人体喻文体的理论思路的影响，都注定古代诗体论从一开始就形成了完全不同于西方文体学的理论思路，对于西方文体学而言，"体"即是指文章的外在形式要素，而包括诗体论在内的古代文体论却始终坚持内外一体的理论观念。"意"不但被视为文体不可缺少的构成要素，并且还因内外一体的观念而渗透于所有形式要素的讨论中，甚至在某些坚持"以意为主"的论者看来它还在形式要素的讨论中发挥着主导作用。这意味着古代诗论中鲜少纯粹的形式论，就是说古代诗论不但没有"语体"概念，实际也几乎没有纯粹的语体论，对语体风格的讨论尤其如此。

如前所述，语体风格仅论及特定文体共有的语言风格，然而古人所论风格却一般都暗含着某种内容上的规定性，就是说古人关于诗体共同风格的讨论大多都只能称其为文体风格，而非纯粹的语体风格。古人总是会将诗歌的内容属性和语言风格的讨论混杂在一起，无论是对个体风格的描述还是对诗体风格共性的探讨都同时包含有对诗歌内容属性的限定。因为在古人看来这二者本就是不可分的，新奇、雅正等风格特征是由诗歌内容的新或雅和语言风格的新或雅共同呈现出来的，所以他们在论及新或雅时也总是兼含着这两方面的意义。当然如此将内意的规定性和语体风格特征的要求糅合在一起也并非全无道理，毕竟风格的呈现本来就摆脱不了内容对语言形式的选择、限制以及渗透，而且语体最初的形成也是根植于不同文体不同的表达内容和表述功能的，因此语体尤其是语体风格特征的种种要求都在一定程度上要依赖于内意的呼应和配合。从这个角度看，语体讨论中融入内意审视的视角是完全必要的，只不过在具体语体讨论中要注意将语体特征与内意属性剥离开来，语体讨论需要融入内意的视角，但是却绝不能将两者混为一谈，否则就只会造成理论的混乱。

因此实际研究时就不得不小心地将内容属性的部分剥离以保证理论研

究的严谨和明晰，所幸在将内意的相关表述厘出后，我们依然能清晰看到古人在语体风格讨论方面所取得的丰富成果。尽管古代论诗者大都坚持诗"以意为主"，但"意"的要求必要借助语言形式来实现，最终一定会归结到语体问题上，加之语言形式的优点和缺陷都能直接、具体地显现于人们面前，当然也就更容易引起关注和讨论。所以在古代诗论中，语体的讨论所占比重最大，相关问题的讨论也最为深入。就语体风格言，无论是总体上把握诗歌的语体风格特性，还是单就某个风格要素提出特征要求，古人都藉以对诗歌风格应该具备怎样的基本特质这一问题做了细致的讨论和研究。在此基础上他们还认真分析了语体风格特征实现的修辞手段，明确了语体风格和语体修辞的互生关系。这使得语体研究成了古代诗体论中理论研究最为成熟的部分，我们将在下文详细呈现古人语体研究的成果，此不赘述。

当然，古代诗歌语体风格研究的缺陷也是显而易见的。首先，语体风格与一般性的语言风格混淆不清。语体风格强调的是一种风格共性，而一般所谓"风格"指称的却是作家或作品的语言个性或特色。同一文体或体类的作品虽然会呈现为不同的个体风格，但在它们形态各异的语言风格之中总会隐含着某些共通的特质，语体风格所概括的就是这种共通性。因此个体风格会受到作者个性及情感、思想状态的影响，而语体风格却只会接受来自体制特征和文体性质的限制或塑造，个体的性情、学识、境遇、创造力等都不会对它造成影响。因此对包括诗体在内的所有文体而言，语体风格都是其本体性的一部分。不过语体风格虽不同于个体风格，但作为本体性存在它又只能借助个体风格才能显现出来。严格说来它只是一种审美底蕴或者说基调而已，总是混融在个体语言风格的光芒之中。就是说当我们审视一篇作品时，我们往往看到的只是它的个体风格，而只有将同一体类的众多作品汇集一处才会发现隐含在个体语言风格中的语体风格特征。

正是因为语体风格和个体语言风格总是融合在一起、是作为个体语言风格的底蕴或基调存在的，所以古人在论风格时才一直未能将两者区别开来。如"二十四诗品"就因混淆了这两种风格而遭到了后人的指摘：

唐司空表圣，以一家有一家风骨，乃立二十四品以总摄之。盖正、变俱来，大、小兼收。可谓善矣。然有孤行者，有通用者，犹当议焉。其曰雄浑、冲淡、纤秾、高古，典雅、绮丽、豪放、疏野、飘逸，各立一门。如洗炼、含蓄、精神、实境、超诣、流动、形容、悲慨之类，则未可专立也。雄浑有雄浑之洗炼，冲淡有冲淡之洗炼。纤秾有纤秾之含蓄，高古有高古之含蓄。典雅有典雅之精神，绮丽有绮丽之精神也。又劲健、沈著不外雄浑；缜密不外典雅，委曲不外含蓄，清奇、旷达不外豪放。[①]

费经虞在此指出了司空图所立"二十四诗品"存在的两大缺陷：其一，近义概念重出。费氏提出的"缜密不外典雅"等论调虽尚有许多值得商榷之处，但还是不得不承认二十四品存在重出现象；其二，"孤行"与"通用"混杂。而费经虞所谓"孤行"即指单个作家或作品的个人风格，而"通用"亦近似于我们所谓"语体风格"。他明确提出，含蓄、洗练等概念与绮丽、典雅等其实是两种不同性质的概念，绮丽、典雅、高古等风格是各自独立的，但是这不同的风格中却都可以蕴含着"含蓄"的特质。这些可以渗透于各类风格中的共同特质也就是我们所谓语体风格，而司空图显然把二者混为一谈了。

费氏对所谓"孤行"和"通用"之品的区分或者尚有不够准确之处，但所指出的问题却的确是一语中的。而这还不仅是司空图一人的错误，而是古代语体风格论普遍存在的共性缺陷。"诗之品有九：曰高，曰古，曰深，曰远，曰长，曰雄浑，曰飘逸，曰悲壮，曰凄婉"[②]，九品中雄浑、飘逸、悲壮、凄婉等四品讨论的是个体风格，但高、古、深、远、长等五品却显然不能视为独立的风格，它们所描述出的特征更接近于一种审美格调，在性质上或者更接近于语体风格，如此则前五品和后四品就是不同质

① （明）费经虞：《雅伦》卷十六《品衡上》，载吴文治编：《明诗话全编》，上海古籍出版社1997年版，第9964页。
② （宋）严羽：《沧浪诗话》，载（清）何文焕辑：《历代诗话》，中华书局1981年版，第687页。

的。再如谭浚《说诗》列"得式"二十类，除其中"温厚"和"含蓄"、"自然"和"本色"等存在近义概念重出的情况外，如雄伟、壮丽、清穆恐怕亦属费经虞所谓"孤行"一类，与"含蓄"等性质不同。类似的情况还能找到很多，所以语体风格和个体风格的混淆在古代诗论中是一种普遍现象。

当然，费经虞对司空图的指责以及他所提出的"孤行"和"通用"间的区分似乎意味着他已经意识到了语体风格与个体语言风格的差别，而且已试图在二者间划定界限了，可惜的是他的这种认识并没有运用到语体风格的归纳中去，而更多地去关注个体风格的爬梳了。在他之后也偶尔有论诗者如叶燮等在诗论中会含糊地涉及两者的界限区分，可是终究未能对语体风格讨论内容的肃清产生实质影响，语体风格与个体语言风格的混杂状况一直存在着。而这不仅影响了个体风格论的研究，也阻碍了语体风格研究的成熟。

其次，古人诗歌语体风格论的另一缺陷其实也是古人在所有理论建构中都表现出来的共同弱点即理论表述缺乏系统性。古人提供给我们的始终是关于诗歌语体风格的零散表述，在曹丕"诗赋欲丽"的简短论断之后，类似的简短论述日益增多，"诗贵秀贵逸"[1]"诗贵蕴藉"[2]等语层出不穷，各自从不同角度描述了对诗歌的语体风格特征的要求。不但不同论者或言此、或言彼，即使同一论者也经常是在此处提出诗歌语体风格的此一特征，而在另一情境又会倡言另一特征，却从未尝试将所有特征综合在一起认真讨论过它们之间的关系。当然偶尔也会有论者在讨论中同时提出几个特征，如黄子云（1691—1754）就曾有"不真，不新，不朴，不雅，不浑，不可与言诗"[3]之语，似乎带有某种总体把握的意识，真、新等皆包含着对诗歌语体风格的限定，虽然简略且归类上也还有待商榷，但毕竟在某种程度上流露出了一定的总体把握的意识，只可惜他还只是把几个特

---

① （明）朱之瑜：《舜水文集》卷十四《答安东守约杂问》，载吴文治编：《明诗话全编》，上海古籍出版社 1997 年版，第 10285 页。

② （清）张谦宜：《絸斋诗谈》卷一《统论》上，载郭绍虞编：《清诗话续编》，上海古籍出版社 1999 年版，第 794 页。

③ （清）黄子云：《野鸿诗的》，载丁福保辑：《清诗话》，上海古籍出版社 1978 年版，第 847 页。

征罗列在一起，并没有进一步讨论它们间的关系，这里的特征罗列依然是分散的、不系统的。总之，从古人的相关讨论中，我们无法推知这些诗歌语体风格特征间的理论关联。有人认为诗要含蓄，有人认为诗要自然，甚至同一论者可能此处论新奇，彼处谈雅正，而我们却无从得知它们间的关系是怎样的，是必须同时兼备还是可以此有彼无？若同时兼备又如何处理它们彼此间可能出现的抵触，如何使之融合在一起呢？没有类似的关于各特征间理论关系的描述，也就无法总体把握古人对诗歌语体风格的特征认识，至于构建诗歌语体风格的理论系统更是无从谈起。

鉴于古人诗歌语体风格讨论的研究现状，我们必须充分认识到梳理古人诗歌语体风格研究成果的优势和阻碍。首先丰富而细致的理论成果使得以古人的讨论为基础确立诗歌语体风格特征成为可能；其次古人论述中个体风格与语体风格的混杂又要求我们必须审慎辨别，将语体风格的讨论从混杂的表述中完整而清晰地摘取出来；最后古人语体风格讨论的散乱形态则形成了此处理论整理的最大障碍。能否建立各特征间的理论关系以及如何最终将之融合为一个完整的理论体系才是决定此理论整理成败的关键。

第二节　基于文体性质的诗歌语体风格论

如前文所述，由于古人始终未能将语体风格与个体语言风格区别开来，因此从古人混杂的风格论中将语体风格讨论精确而完整地摘取出来就成了整理古人语体风格成果及观念的关键步骤。然而这一操作本身在现实中又存在两个障碍：（1）繁重的工作量。古代诗论中数量最多、分散最广、概念最庞杂的恐怕非风格论莫属，在如此浩繁的材料中一一搜罗辨析出语体风格的相关结论真是名副其实的大海捞针。（2）判断标准的把握。如何区分语体风格与个体语言风格呢？诚然，我们前文已明确论及二者的界限，语体风格是特定文体的风格共性，与个体性的语言风格性质不同。然而实际创作的情形往往却是，即使共性也未必所有作品都完全遵循，而反过来某些著名诗人或经典作品的语言风格又可产生某种辐射效应，影响一代甚至数代人的创作，从而创造出共性效果。在如此复杂的情况下，还仅从通行程度上去区分语体风格与个体语言风格界限的话显然是行不通的。因此，我们似乎有必要回到语体形成的根源中去寻找辨别和摘取语体风格特征的线索和依据。

前文已经简要论及了促使语体要求出现的两方面因素，其一即是古人对诗歌文体性质的理解和认识。古人对于"诗是什么"这个问题的回答直接决定了他们会对"诗是什么样的"这个问题给出怎样的答案。本节我们不妨就借助这个思路探讨下古人基于对诗歌性质的定位而提出的诗歌语体风格要求。

一、"新奇"与"怪僻"——诗歌语体风格之生熟之辨

诗歌首先是一种创作，这是古人对诗体性质的最基本定位，而创作的基本要求即在于创新，所以"新"也就成了诗歌语体风格描述中最基本的一项。当然，诗歌的"新"既包括内在诗意的"新"，也包括用语以及表达角度、方式方法的"新"，皎然所谓"意熟语旧"[①]就兼指意和语两个方面，而"意"之新暂且不论，此仅就外在文字形态上的创新而言。语言的"新"就是通过各种修辞技巧以及对文字音韵的锤炼在外在风貌上营造出一种陌生感或新鲜感。

对诗而言，"新"自是不可或缺，但同时它又只是一个非常基本的要求，对于一篇成功的诗作来说，仅有"新"是不够的，于是古人又提出了"奇"。相比"新"，"奇"是作者创造力更大程度或更高层次上的发挥，它不仅别出心裁，而且还要追求一种超越常规、匪夷所思的表现方式和表达效果，如果说"新"带给人新鲜感的话，"奇"则倾向于用奇特感带给人强烈的心灵或思维震动，并使人由此获得巨大的心理满足，其强大的感染力是"新"所无法比拟的。但事实上"新"和"奇"又很难截然分开，虽然"新"未必"奇"，但"奇"中一定包含着"新"，它是依赖着"新"而存在的，唯有"新"然后才能"奇"，因此古人又常将二者

---

① （唐）皎然：《诗议·论文意》，载张伯伟辑：《全唐五代诗格汇考》，凤凰出版社 2002 年版，第202 页。

并举，"新奇"也是论风格时的常用概念之一。不过"新"和"奇"强调的内容毕竟不完全相同，故我们仍将之分开论述。

（一）生新和腐熟之辨

"新"可以说是对一切创作的基本要求，不独诗为然。"若圣人之道，不用文则已，用则必尚其能者；能者非他，能自树立，不因循者是也"[①]，文章之作亦须"新"。而如韩愈所言，所谓"新"即"自树立""不因循"，而诗论中类似的表述也极常见，严羽谓"最忌骨董"[②]，还有"作画与作诗，妙处元同科。苟无自得处，当复奈渠何"[③]等等，都强调了诗体忌腐熟、贵于独出自得的特征。而他们所谓"自树立"落实到语言风格上就是要求诗歌语言在审美过程中带给人一种新鲜感。

但这种语言整体散发出的新鲜感是不可能独立存在的，它必须借助诗歌章句字韵的锤炼以及表现技巧上的创新呈现出来。从用语角度说，"新"首先就要求"陈言之务去"，要把那些陈滥的腐语套话从诗语中剔除出去：

> 作诗当陈言之务去。所谓陈言，有一题即有一种口头套话。如送人，则有"骊歌"、"驿柳"、"惜别"、"分手"、"把杯"、"洒泪"等字。[④]

应该说每种题材都对应着一些特定的人事场景，其事其情原本就有许多大同小异的地方，所以诗人涉及同类题材也就难免会出现与他人近似的表达，延续日久，就形成了对应着不同题材的各类套话。因此诗歌要创新，

---

① （唐）韩愈：《韩昌黎文集校注》卷三《答刘正夫书》，载张伯伟辑：《全唐五代诗格汇考》，凤凰出版社 2002 年版，第 156 页。

② （宋）严羽：《沧浪诗话·诗法》，载吴文治编：《宋诗话全编》，江苏古籍出版社 1998 年版，第 8725 页。

③ （宋）赵蕃：《乾道稿》卷一六《四绝句之三》，载吴文治编：《宋诗话全编》，江苏古籍出版社 1998 年版，第 7353 页。

④ （清）延君寿：《老生常谈》，载郭绍虞编：《清诗话续编》，上海古籍出版社 1999 年版，第 1791 页。

首先就要把陈腐的套话从作品中清除出去。在此基础上再尝试寻找新的语词、新的修辞方法来营造语言的新鲜感。袁中道（1575—1630）谓"诗文不贵无病，但其中有清新光焰之语独出，不同于众，而为人所欲言不能言者，则必传"①，强调了语言必须独出、必须能言人所不能言。

而对诗歌之"新"概括最全面的则是《竹林答问》：

> 繁处独简，简处独繁；平处忽耸，耸处忽平；合处能离，离处能合，此运局之新也。因小见大，因近见远，因平见险，因易见难，因人见己，因景见情，此命意之新也。平字得奇，俗字得雅，朴字得工，熟字得生，常字得险，哑字得响，此炼字之新也。②

从三个方面描述了"新"的具体表现，繁简、平耸、合离等涉及篇章的布局经营；"因小见大""因近见远"等牵涉到写作角度的选择；"因景见情"则又关乎情景交融，概括了诗歌表现角度和方法上的创新，最后炼字之新则是指文辞选择和锤炼上的创新。三个方面基本涵盖了诗歌语言创新的每个层面，而正是通过这些具体的语言选择和运用上的创新才实现了诗语体风格意义上的"新"。而且从材料的描述来看，论者似乎认为所谓"新"就是指一切非常态的表达，繁处偏用简，平易时施以挺拔等皆是对常态化语言或表现方法的有意背离，就是说唯有在具体表达上超越常态才能实现推陈出新，也才能成就诗语体风格对"新"的要求。

非常态表达所以有助于实现"新"，主要是因为它能够通过语词或表达方式的陌生化营造出语言的陌生感，而这又会令人联想到另外一个概念——"生"。其实"新"就是依赖"生"而存在的，我们所谓遣词造句和表达方法的创新其实也就是将常见之情景事理、常见之文辞及语言形态陌生化罢了。正是为此，出于诗体求新的需求，许多论者进一步提倡诗体须"生"。

---

① （明）袁中道：《珂雪斋近集》卷三《江进之传》，载吴文治编：《明诗话全编》，上海古籍出版社1997年版，第7127页。

② （清）陈仪：《竹林答问》，载郭绍虞编：《清诗话续编》，上海古籍出版社1999年版，第2247页。

韩子苍言作诗不可太熟，亦须令生；近人论文，一味忌语生，往往不佳。东坡作聚远楼诗，本合用"青山绿水"对"野草闲花"，此一字太熟，故易以"云山烟水"，此深知诗病者。①

从用语角度提出诗"须令生"，认为诗语既不可熟旧，则须避熟字用生字。另外《唐诗归》认为杜甫七言绝句"其长处在用生，往往有别趣"②，也表现出对诗歌"用生"的赞赏。

但过分追求语言陌生化，又会近于"僻"，因此提倡"生"的同时，古人又认为不可流于生僻晦涩。《诗源辨体》指责选诗者多选录杜甫诗语晦僻之作，认为此举实为"诗道之厄"③。方东树提出"用字须典覈，忌熟忌旧，却又忌生僻"④，认为不能因为避熟而流于晦僻，生而至于僻也是诗体大忌。另外袁枚还论及用典也忌用冷僻之事："用僻典如请生客入座，必须问名探姓，令人生厌"⑤，就是说，诗体所以忌"僻"，是因为"僻"则言语、事件晦涩不明，令人读而不知所云，待遍索群籍解开了僻字僻事的谜底，读者可能早已失去了阅读下去的兴趣。可见虽然"生"和"僻"仅仅是程度上的差别，但"生"被古人接纳到诗歌的语体风格特征之中，而"僻"却被排除出去了。古人向来恪守"过犹不及"的中和之道，在审美问题上似乎也不例外。

那么如何才能避免"生"流于"僻"呢？古人提出的解决办法就是斟酌于生熟之间，"生"参以"熟"，就不会因为过于求"生"而流于晦僻，其实也就是采取中庸之道的意思。方回（1227—1305）所谓"以常

① （宋）魏庆之：《诗人玉屑》卷六《造语》引《复斋漫录》语，载吴文治编：《宋诗话全编》，江苏古籍出版社1998苍版，第9020页。

② （明）钟惺：《唐诗归》卷二十《盛唐十五》，载吴文治编：《明诗话全编》，上海古籍出版社1997年版，第7349页。

③ （明）许学夷：《诗源辨体》卷十九《盛唐》，载吴文治编：《明诗话全编》，上海古籍出版社1997年版，第6195页。

④ （清）方东树著，汪绍楹校点：《昭昧詹言》卷十四《通论七律》，人民文学出版社2006年版，第377页。

⑤ （清）袁枚著，顾学颉校点：《随园诗话》卷七，人民文学出版社1982年版，第235页。

语为新"①就是此意，常语即是"熟"，"为新"就是制造陌生化效果，就是生熟相参的意思。"作诗须生中有熟，熟中有生"②，也是指生熟相参、用陈旧语生发出新鲜义。另外，《说诗菅蒯》"诗要字字有来历，人所知也。然机杼又要绝不犹人"③表达的意思亦与之相同，"字字有来历"不是说一定引经据典，而是强调文辞皆是"人所知"的，不至于晦僻难晓，而使用人人皆知的语言创造出独出"机杼"的表达效果也与方回"以常语为新"表达的观点相同。就是说，古人所谓生熟相参，就是认为在选择诗歌用语时不妨用熟，而只要在表现方法和技巧上别出心裁，用常用的熟语同样制造出陌生化和新鲜感就可以了。可见比起纯粹辞藻上的求新求异，古人更看重体现于表现方法、修辞技巧上的创造性。

总之，诗歌语体风格要求"新"，就意味着去除陈词滥调，并在用字、选语甚至表现视角、篇章经营等各个方面努力求新。为追求"新"则不妨用"生"，强化语言的陌生感，但同时又要切记不可令"生"流于晦僻难晓。为了使生新不至于流为晦僻，古人提出须生熟相参，通过语言表达方法的别出心裁使常见之字、常用之语焕发出新意，既避免了语言晦涩难懂，又成功实现了语言的陌生化。所以古人所谓语体风格的"新"，不仅仅是指所用字词的"新"，更重要的是修辞方法、技巧的"新"，或者说古人认为用方法的"新"将陈熟的语词变"新"才是他们所追求的创新境界。

（二）奇与怪的界限

如前所言，"新"还只是写作的基本要求，"新"而必至于"奇"才能真正使作品拥有动人耳目的表达效果，故而古人论诗尚"奇"者亦有不少。当然与"新"一样，"奇"仍然是具体化为选语及修辞之"奇"的。杜甫"语不惊人死不休"一语是"尚奇"的经典表述，故后世也往

① （元）方回：《瀛奎律髓》卷十评陆游《中春偶书》，载吴文治编：《辽金元诗话全编》，凤凰出版社2006年版，第663页。

② （清）叶矫然：《龙性堂诗话初集》，载郭绍虞编：《清诗话续编》，上海古籍出版社1999年版，第938页。

③ （清）吴雷发：《说诗菅蒯》，载丁福保辑：《清诗话》，上海古籍出版社1978年版，第903页。

往借此为之张本，如吕本中（1084—1145）就引用杜甫此语而得出结论，认为杜甫及唐人诗歌所以能"竦动世人"就在于有"惊人语"①。

> 问：诗之所宜，已见其概矣。问：诗之所忌云何？曰：当忌者不少，而其尤甚者则曰"凡"。②

认为诗歌最大的禁忌就是"凡"，即所谓庸熟，从反面肯定了诗歌对"奇"的追求。

当然与此同时反对"奇"的声音也有不少。早在《文心雕龙》论文之八体时就已指出"雅与奇反"③，鉴于古人对"雅"的一贯崇奉，那么断定"奇"背离"雅"就是明确对"奇"提出了否定。在古人看来奇正相反，"夫谓之奇，则非正矣"④，"奇"本身与"雅正"的观念是冲突的，所以尚奇就是违背了诗歌"雅正"的传统。但也有论者认为将"奇"与"雅正"完全对立起来过于极端了，他们认为"奇"是可以不违背"雅正"的：

> 好奇而不诡于正，立异而不入于邪，是亦用意以自树者，若东野、长吉、义山是也。今或尚巧而流于诞，则失之矣。⑤

认为诗歌既然必须创新，则不可避免要"好奇""立异"，只要"好奇"不背离"正"，不流于怪诞就仍是合乎诗体要求的。

而所谓"奇"而不失"正"的意思就是不要让"奇"流为"怪"，就

---

① （宋）吕本中：《童蒙诗训》，载吴文治编：《宋诗话全编》，江苏古籍出版社1998年版，第2894页。

② （清）吴雷发：《说诗菅蒯》，载丁福保辑：《清诗话》，上海古籍出版社1978年版，第905页。

③ （南朝梁）刘勰撰，范文澜注：《文心雕龙注》卷六《体性》，人民文学出版社2008年版，第505页。

④ （唐）皇甫湜：《皇甫持正文集》卷四《答李生第二书》，载罗联添编：《隋唐五代文学批评资料汇编》，成文出版社1978年版，第213页。

⑤ （清）李重华：《贞一斋诗说·论诗答问三则》，载丁福保辑：《清诗话》，上海古籍出版社1978年版，第921页。

是说古人真正反对的其实是"怪"，而不是"奇"：

> 陈腐之语，固不必涉笔，然求去其陈腐不可得，而翻为怪怪奇奇
> 不可致诘之语以欺人，不独欺人，而且自欺，诚学者之大病也。①
>
> 韩文公驾驭风庭之气，抉剔万象之才，但可为文，不可为诗。诗
> 道性情，无取奇怪，若岖嵚艰涩，险谲叫噪，徒自弃于高听，无涉于
> 诗流矣。②

前者指出诗歌不应为避免语言陈腐就使用一些怪僻的语词，而后者则更明确认为奇怪的文风适用于文，却不适合诗，甚至认为韩愈险怪的诗风是对诗道的荼毒。可见古人只是反对某些过分追求风格奇异而堕入"怪"中的做法而已，只要可以恪守住"奇"和"怪"的分界线，做到不"以诡怪为新奇"③，诗体之奇就不会对"雅正"传统造成妨害，则尚奇亦无妨。

总之，当古人将诗看作一种创造物时，自然期待创作主体的创造力可以在他们的作品中得以充分的、完美的展现，对诗体提出"新"甚至于"奇"的要求就来自这种对创造力的欣赏和期待。所以"新"以及由它派生出的"生""奇"等就成了诗语体风格最基本的特征要求，这些要求落实到写作中就是极力追求在选词、炼字、造句、谋篇布局以及表现视角、修辞手段等语言修辞各个层面上的创新，以此实现语言整体风格的陌生化。对诗歌而言，"新"当然是最基本的语体风格特征，甚至诗可以不"奇"，却一定不能不"新"。然而同时它也是诗语体风格特征所要求的最低标准，不能没有"新"，但仅有"新"也还是远远不够的。对古人而言，诗绝不仅仅是一个创造物而已，它承担着神圣的使命，有着固有的传统，因此必须遵循的还有很多戒律，而"新"和"奇"反而成了

---

① （宋）葛立方：《韵语阳秋》卷一，载吴文治编：《宋诗话全编》，江苏古籍出版社 1998 年版，第 8198 页。

② （明）冯复京：《说诗补遗》卷八，载吴文治编：《明诗话全编》，上海古籍出版社 1997 年版，第 7306 页。

③ （唐）李洪宣：《缘情手鉴诗格》，载张伯伟辑：《全唐五代诗格汇考》，凤凰出版社 2002 年版，第 393 页。

最不重要的一部分。

二、"文"与"自然"

如果说"新"是诗歌作为一个创造物必备的基本特征的话，那么在"新"之后，诗歌语体风格的任务就是具体界定诗应该是一个怎样的创造物了，而论及创造，首先面临的一个问题就是如何看待人的创造力，也就是古人常常论及的尚文还是尚质的问题。当然文质探讨是一个包罗甚广的哲学命题，即使单就文论领域的文质论而言，它也同时隐含着两种关系的讨论。一方面"质"指事物的内在之质，"质"取此义时，文质论讨论的就是文章内容和形式的关系问题；另一方面"质"又可用以指称事物内质不经过任何人为修饰而直接显现自身时的风貌，亦即指外在风貌的质朴无华。当"质"取这后一义时，文质论探讨的就是华美和质朴两种风貌的差异问题了，前者的讨论偏重于体性层面，只有后一问题的研究才是专注于语言风格的。而且古人关于华朴的争论可以说从未停止过，尚文者极力宣扬"文"的必要性和合理性，尚质者则极力诋毁"文"喧宾夺主，在这场相持不下的争论中，最终是"自然"缓和了两者的矛盾，将文华与质朴统一于它的理论界域之中了。

（一）丽：古人对诗语之"文"的基本解读

古典诗学的实用论、道德论等皆出自儒学，它们的影响如此之大，以至于几乎掩盖了它对"文"的提倡。"文"，《说文》释为"错画"[①]，《康熙字典》引《释名》曰"文者，会集众彩以成锦绣，合集众字以成辞义"，又引《礼记·乐记注》曰："文，犹美也，善也"[②]，释义皆与修饰或美有关。而"尚文"的观念则以儒家倡之最力。孔子推崇"周"而赞其

---

① （汉）许慎撰，（清）段玉裁注：《说文解字注》，上海古籍出版社 1981 年版，第 425 页。
② 王引之校订：《康熙字典》卯集下文部，第 24 页。

"郁郁乎文"①，子贡言君子之有文："文犹质也，质犹文也。虎豹之鞟犹犬羊之鞟"②，《左传》亦引孔子语"言以足志，文以足言，不言谁知其志？言之无文，行而不远"③。这里三个"文"字，一指文化，一偏于礼义德行，唯有"言之无文"涉及语言文辞的修饰，彼此间含义似乎相差甚远。但站在儒家"天文"与"人文"遥相呼应的立场上看，则三者皆属于"人文"的范畴，这就说明儒家对语言文辞修饰的肯定不过是其整个人文思想的一个构成部分，文化、德行以及语言文采皆是同质的，它们都表现为对事物天然质性的修饰，也都是"人文"效仿"天文"的具体体现。因此"文"就是儒学所理解和认定的"天道"的特质和属性，而尚"文"就是"天人合一"的观念模式下对"天道"的遵从和效仿。虽然"文"处在儒家思想的语境中，接受着来自诸如"文质彬彬"④"辞达而已"⑤等论调的限制，其所谓修饰的精致程度或许还远远不能与文论领域所谓语言华采相提并论。但儒家对"文"的崇尚还是为后世论者推崇"文"提供了强大的理论支持，他们几乎都沿用了儒学的理论模式，站在"人文"响应"天文"的宏阔背景下来强调文和诗的美感追求。

不过直到魏晋六朝时期，人们才真正在审美意义上凸显"文"的价值。他们开始重视诗文外在文采的美，真正欣赏文辞美并肯定这美的价值。《文赋》明确倡言"遣言也贵妍"⑥，其后更是绘声绘色地描述了文语五彩斑斓的绮丽之貌。刘勰《文心雕龙》首以《原道》，其崇"文"的思路看似照搬了儒家尚文的基本思路，然而刘勰论"文"毕竟是在魏晋

① （魏）何晏注，（宋）刑昺疏：《论语注疏》，清嘉庆二十年阮元刻，民国二十四年世界书局石印本，卷第三。
② （魏）何晏注，（宋）刑昺疏：《论语注疏》，清嘉庆二十年阮元刻，民国二十四年世界书局石印本，卷十二。
③ （晋）杜预注，（唐）孔颖达疏：《春秋左传正义》，清嘉庆二十年阮元刻，民国二十四年世界书局石印本，卷三十六，襄公。
④ （魏）何晏注，（宋）刑昺疏：《论语注疏》，清嘉庆二十年阮元刻，民国二十四年世界书局石印本，卷第三。
⑤ （魏）何晏注，（宋）刑昺疏：《论语注疏》，清嘉庆二十年阮元刻，民国二十四年世界书局石印本，卷第八。
⑥ （西晋）陆机：《文赋》，载柯庆明、曾永义编：《两汉魏晋南北朝文学批评资料汇编》，成文出版社1978年版，第187页。

南北朝这个崇尚审美的时代环境中、在诗文写作一度华丽无比的语境下完成的，尽管他一再表达了对华而不实的浮艳文风的不满，但相比之下，刘勰所谓"文"还是已大大不同于儒家语境中的"文"了。"傍及万品，动植皆文：龙凤以藻绘呈瑞，虎豹以炳蔚凝姿；云霞雕色，有逾画工之妙；草木贲华，无待锦匠之奇"①，形容"文"而用"藻绘""炳蔚"等语极力渲染其绚丽，再联系它称文辞之美为"采"，论《夸饰》甚至谓"夸而有节，饰而不诬，亦可谓之懿"②等观点来看，刘勰所谓"文"的美感显然已大大强化了。

不仅如此，出于对外在文采的崇尚之情，在极尽一切绚丽词汇形容"文"之华采的同时，魏晋六朝人也开始尝试辨析不同文体"文"的特殊性。从创作的角度言，"文"即文饰，专指语言的外在修饰，所以探讨不同文体"文"的特质亦即发掘每类文体语言修饰的特殊性。如前文所述，中国古代并没有"语体"概念，且由于古人论文体总是兼内、外为一体，故也鲜少纯粹的语体风格论，但魏晋以来对"文"的强调以及对不同文体之"文"特质的讨论，专注于讨论不同文体语言修饰的形式及色彩方面的要求，则近于纯粹的语体风格论。

最早指出诗语之"文"特殊性的是曹丕《典论·论文》，"盖奏议宜雅，书论宜理，铭诔尚实，诗赋欲丽"③，其中雅、理、实皆就"意"言，而或兼及文字风格，故曹丕所论仍是兼有内外的文体风格，而非纯粹的语体风格。然论诗赋时所用之"丽"却似专注文辞。"丽"，《说文》释其义为"耦"，"两相附则为丽"④，故"丽"首先指语言形式的对偶，声对意对，自是极尽工致之能事，故又引申为形式精工之义。此外，古人常以对称为美，而曹丕其时更是骈俪是尚，故"丽"亦即"美"。引申来说的

<hr/>

① （南朝梁）刘勰撰，范文澜注：《文心雕龙注》卷一《原道第一》，人民文学出版社2006年版，第1页。

② （南朝梁）刘勰撰，范文澜注：《文心雕龙注》卷八《夸饰第三十七》，人民文学出版社2006年版，第608页。

③ （魏）曹丕：《典论·论文》，载柯庆明、曾永义编：《两汉魏晋南北朝文学批评资料汇编》，成文出版社1978年版，第150页。

④ （汉）许慎撰，（清）段玉裁注：《说文解字注》，上海古籍出版社1981年版，第471页。

话，则此"美"除了可得自语言形式，亦可得自语言色彩乃至整体的风姿、风韵等，但无论就哪个角度言，"丽"都是专注语言风貌的，即使风姿等或包含有"意"的要求也终究是要借语言之"美"去呈现，所以说"丽"始终是以语言的观照为重心的。而在诸种文体中，曹丕唯独强调了诗赋的语言美，那么显然在他看来，与其他实用文体相比，诗赋对语言精美的需求是更本位的，或者说在此"丽"其实已被作为诗赋语体风格的最基本特质提出来了。

此后陆机《文赋》又有"诗缘情而绮靡，赋体物而浏亮"[①]之语，他不但将诗与赋进一步区别开来，使语体风格的文体区别性更趋细化，而且"诗缘情""赋体物"也言简意赅地道出了造成不同文体语体差异的根本因由。值得注意的是陆机在此改用"绮靡"来形容诗歌的语体风格特征，虽然后世对"绮靡"的理解多有争议，但"绮"字本身蕴含有华美义却是毋庸置疑的，比之曹丕所用"丽"，绮而至于靡，愈发给人一种色泽秾丽之感。

另外刘勰《文心雕龙·明诗》亦谓："四言正体，则雅润为本；五言流调，则清丽居宗"，在"清"字后缀以"丽"，就是认为诗清新之外仍须饰以丰赡的辞采，而以《诗经》为代表的四言正体向来被目为"雅正"之篇，刘勰在此也用"润"字取代了"正"，而"润"亦即润泽、光泽之义，就是说即使四言诗也不能唯求雅正，亦须讲求语言的色泽鲜丽。至于《明诗》篇最后刘勰又使用"英华弥缛，万代永耽"[②]作为"诗"的赞语，更明确了其诗歌语言须色彩华美的主张，而且"缛"，《说文》释为"繁采"，对诗语文彩斑斓的形容也更甚于"润"和"丽"。

总之，魏晋六朝人对外在美极度高涨的热情促使他们不自觉选用了诸多色彩浓烈的形容词来描述诗歌对精致形式及语言色彩的特殊需求，诸如丰艳、绮丽、缛采等语都给人一种极尽繁艳之感，借由这些华丽的字眼以引发人们对光彩、色泽的联想，从而赋予了诗语一种特有的光华。总

---

① （西晋）陆机：《文赋》，载柯庆明、曾永义编：《两汉魏晋南北朝文学批评资料汇编》，成文出版社 1978 年版，第 187 页。
② （南朝梁）刘勰撰，范文澜注：《文心雕龙注》，人民文学出版社 2006 年版，第 67 页。

之，彩色绚丽可以说是魏晋六朝人对诗语之"文"的最基本解读，形式精工、色彩绚烂被认为是诗歌文饰的最基本目标和要求，亦即诗歌语体风格的最基本特质。

不过，华言丽藻的推崇终究仅仅是这一特定时期的风尚，毕竟紧随其后的隋唐就已开始对六朝的浮艳文风做出反思了，诗论领域也不断对他们的"绮靡"论调大加抨击。但经过魏晋六朝人的渲染，诗歌语言应该更藻丽、更富色泽的观念却似乎早已潜移默化为一种共识。统观后代诗论，魏晋六朝人所使用的华、丽、采、色等概念不但仍频频出现，还不断被作为诗歌语言的本质特征加以强调。如"夫文字须雕藻三两字文彩"①"要当以意为主，辅之以华丽"②"诗宜丽而婉"③"诗之所贵者，色与韵而已矣"④"凡意欲其近，体欲其轻，色欲其妍"⑤等，既沿用了六朝人所使用的极具色彩感的字眼，又传达着同样的对诗歌语言优美形式及绚丽色彩的本体要求。而后人继续沿用华、丽、妍、采等色彩感极强的概念来形容诗语之"文"就说明他们已经意识到了诗歌语言的特殊性。无论诗教传统赋予它如何神圣的使命，我们都不得不承认诗与文章是不同的，"缘情"而在的诗即使践行移风易俗的使命，也不同于文章讲道论理的方式，而是要以情为媒介，要人在感于情时自行领悟至德至善的道理。因此诗终究是以情为主的，终究是感性的，而为了增强"情"的感染力，为了将诗歌的感性特征真正发挥出来，就需要对诗语做更精细的修饰，需要诗歌语言本身就足以提供充分的感官体验。诗歌语言的华采可以迅速捕捉读者感官的注意力，并用强烈的美感体验将之牢牢吸引住，然后就能透过感官体验一点点深入其情感核心，最终令其完全沉浸到情感体验中去。可以说诗语的精美就是唤起阅读者感官体验的最佳触媒，诗歌也因此对语言的修

---

① 旧题（唐）白居易：《文苑诗格》，载张伯伟辑：《全唐五代诗格汇考》，凤凰出版社 2002 年版，第 364 页。

② （宋）吴可：《藏海诗话》，载丁福保辑：《历代诗话续编》，中华书局 2006 年版，第 331 页。

③ （明）解缙：《文毅集》卷十五《说诗三则》，载吴文治编：《明诗话全编》，上海古籍出版社 1997 年版，第 463 页。

④ （明）梁桥：《冰川诗式》，载吴文治编：《明诗话全编》，上海古籍出版社 1997 年版，第 5241 页。

⑤ （明）陆时雍：《诗镜总论》，载吴文治编：《明诗话全编》，上海古籍出版社 1997 年版，第 10663 页。

饰、对文采产生了更高的要求，不但要"文"，而且要文采焕然。

当然在后人看来，魏晋六朝人在追求诗语华美的路上还是走得太远了，所以对那些他们认为渲染过度的表述还是做了修正甚至汰除，比如陆机所用"绮靡"一词。绮而至于靡，就给人一种华丽太过的印象，因此尽管多数论者承认"诗缘情"的正确性，论及诗语时仍讳谈"绮靡"。总之，后人不断对其表达方式及语词加以拣择，以寻找一种最恰如其分的表述。而就在这个不断筛选和调适的过程中，最后被广泛接受和使用的表述语却恰恰是曹丕最早使用的"丽"。

那么"丽"究竟有何特性胜于其他概念呢？从词源角度比较的话，缛、艳、绮等都强调色彩，用之描述语言特征的话则都偏重于语言色彩的形容。而"丽"则不同，"丽"本义为"偶俪"，是由古人对对称美的推崇而衍生出"美"这一引申义，而这意味着"丽"之美主要根源于形式精工，它强调了语言修饰的精妙、精美，而对语言色彩则较忽略。既然如此，那么若以绮、缛等字眼形容诗语之"文"的特性，就会传达出一种诗歌语言必须色彩秾丽的信息，从而有将诗歌语言的美感狭隘化的嫌疑，而"丽"则仅着意于诗语之"美"的精致而已，如方回评论梅尧臣诗曾有"梅诗淡而实丽，虽用工而不力"，"淡"而仍能不失为"丽"就说明"丽"对于诗歌语言文饰之"美"的表述更具包容性，因为并不强调语言色彩，所以是可以将古人所推崇的"淡"也纳入其语义之中的。

诚如前文所述，魏晋以来人们已接受了诗歌语言应该精心于"文"饰、应该更精美的观念，但这并不意味着古人论诗语就一味强调辞采华美，事实上有很大一部分论者表明了相反的立场，即强调平淡，甚至将平淡视为更高的境界。梅尧臣（1002—1060）谓"作诗无古今，惟造平淡难"①，这是因为古人所谓平淡并非简单素朴，而是将精雕细琢寓于素朴之中，是绚烂至极后归于平淡，从古人物极则反的传统观念来看，这正是一种特质的终极状态，亦即平淡才是语言技巧的最高呈现，才是诗语之"文"、之美的至上境界：

---

① （宋）梅尧臣：《读邵不疑学士诗卷杜挺之忽来因出示之且伏高致辄书一时之语以奉呈》，载《宛陵先生集》卷第四十六，四部丛刊，初编集部。

大抵欲造平淡，当自组丽中来，落其华芬，然后可造平淡之境，如此则陶、谢不足进矣。今之人多作拙易语，而自以为平淡，识者未尝不绝倒也。[①]

在古人看来，平淡并非"质朴""拙易"，而是一种超越了艳丽的更高境界的"文饰"之美。

既然华采并非诗语文饰的唯一目标，既然还可以将精心的修饰归于一种素朴雅淡的语言风格，甚至将之视为更高的目标，那么在此情形下，用色、绮、彩、缛、艳等侧重于语言色彩的描述语来形容诗语之"文"的特性、概括诗歌语体风格的特征就不太适宜了，而能够将平淡之美亦涵盖其语义中的"丽"才无疑是可以更为准确、完全地表述诗语之"文"特性的。

还有一点值得注意，就是即使仅就对语言色彩的形容来说，艳、绮等概念所呈现之色彩也都太过于强烈，未免有修饰过度之嫌，诗论中常见的诸如"丽不可失之艳"[②]"丽而不缛"[③]等语都可证实古人在解读"丽"与其他概念时所感受到的程度上的差异，所谓过犹不及，或者在古人看来，"丽"所彰显的精致及色彩感才是最恰如其分的，增之则多，损之则少。

总之，基于"丽"的以上两点优势，它才从色、绮等描述诗语之"文"特性的诸多概念中脱颖而出，从而被论诗者默许为诗歌语言修饰的最基本特质。在后世诗论中，它成了论及诗歌语言时出现频率最高的概念之一，不仅被视为诗歌语体风格的基本特征之一，同时还不断与其他概念组合在一起构成各种新名词，除了与华组合为"华丽"外，还有诸如清丽、绮丽、奇丽、雅丽、壮丽、婉丽、伟丽等等。此类由"丽"衍生出

① （宋）葛立方：《韵语阳秋》卷一，载吴文治编：《宋诗话全编》，江苏古籍出版社1998年版，第8198页。

② （清）顾嗣立：《寒厅诗话》，载（清）丁福保辑：《清诗话》，上海古籍出版社1978年版，第84页。

③ （清）王寿昌：《小清华园诗谈》，载郭绍虞编：《清诗话续编》，上海古籍出版社1999年版，第1855页。

的风格在古人的风格论中占有相当大的比重，虽然这些概念大多是作为个体语言风格的描述语存在的，但"丽"字的频频出现仍充分证明了它在诗歌语体风格特征描述中的根本地位。

（二）天然质朴和"文"之自然：华朴论争语境中的两种自然美

"自然"之于道家思想正如"文"在儒家思想中的地位。"文"是儒家所认定的天道的本质特征，而"自然"正代表了道家对天道本质的认识。"人法地，地法天，天法道，道法自然"，河上公注"道法自然"曰："道性自然，无所法也"[①]，则"自然"即道家所谓"道"的特征或特性。"自然"通常解作自然而然，它代表了"道"以及宇宙万物的本质特性，意味着事物的本性不待人为而自会呈现其本来的样子。对天道特征的不同解读导致道家对人为修饰的态度与儒家完全不同：儒家认为万事万物皆须有"文"，都离不开修饰；而道家则认为万事万物都应如同"道"一样呈现其本来的样子，而这自在的呈现就是天地间的"大美"，它不假任何修饰而存在，或者说任何修饰都是对这"大美"的一种伤害。这样一种美学观念进入诗论、文论领域，于是导致了激烈的华朴之争，可以说华朴之争正是文论、诗论领域的儒道之争。

道家的"自然"既然是指事物之本然，那么他们所理解的"大美""自然之美"就是完全排斥"文"的。正如老子极力贬斥"礼"，他也同样排斥文饰，认为一切人为修饰都只会损害物之本质，所以老子认为"道"以及宇宙万物的自然属性就是朴素，"见素抱朴"，也就是说老子所界定的"自然"就是一种自在的素朴。韩非（前280—前233）《解老》充分发挥了老子的这一理念："和氏之璧，不饰以五采；隋侯之珠，不饰以银黄，其质至美，物不足以饰之。夫物之待饰而后行者，其质不美也"[②]，明确否定了"文"的价值，认为事物质实之美是不待修饰而自美的，需要人为修饰方为美者皆不是真美，亦或者说人为修饰会掩盖事物的真美。出于这样一种审美观，许多论者在论诗时也崇尚"天然质朴"，不

---

① 《老子道德经》卷上，河上公章句第二，象元二十五，四库本。
② （周）韩非：《韩非子》，初编子部，卷第六，《解老》第二十，四部丛刊本。

断散播恶华尚朴的论调：

> 诗自左思潘陆之后至义熙永明间，又一变矣。然当以三谢为正宗。盖所谓芙蓉出水者，不但康乐为然，如惠连秋怀玄晖澄江净如练等句，皆有天然妙丽处。若颜光禄鲍参军，雕刻组缋，纵得成道，亦只是罗汉果。①

> 诗以自然为上，工巧次之。工巧之至，始入自然；自然之妙，无须工巧。②

两者都将雕饰之工巧置于自然朴拙的对立面，一方面认为"自然"只是天然，无需人为修饰；另一方面又认定人为修饰即使可以抹去人工的痕迹近于"自然"的境界，也终究逊色于完全天成的"自然"。仅仅认同"自然"的"天成"之义，与道家"自然"尚朴素的本义相同。"要知冲口出，绝胜撚髭成"③"能率高于能炼"④也都表达出对天然质朴的推崇。不过总体看这种论调在古代诗论中还是比较少见的。既然古人认定诗歌是一种创作，就无法真正消除人为修饰的因素，从艺术的本质来讲，人为工巧是必需的，古人也意识到了这一点，所以完全排斥"文"者并不多，不但如此，他们还逐渐将"自然"和"文"沟通起来，如果说华朴之辨是诗论领域的儒道之争的话，那么"文"与"自然"的沟通就是诗论领域的儒道融合互补。

1. "文"即"自然"

诗论领域"文"和"自然"的沟通几乎是与思想领域儒、道思想的融合相伴发生的。道家的"自然"与儒家的"礼""文"本是格格不入的，

---

① （明）何良俊：《四友斋丛说》卷之二十四《诗一》，载吴文治编：《明诗话全编》，上海古籍出版社1997年版，第3559页。

② （清）冒春荣：《葚原诗说》卷之一《五言律说》，载郭绍虞编：《清诗话续编》，上海古籍出版社1999年版，第1584页。

③ （元）徐瑞：《松巢漫稿》卷二《夏日读陶韦诗偶成庚戌》，载吴文治编：《辽金元诗话全编》，凤凰出版社2006年版，第1631页。

④ （清）乔亿：《剑溪说诗》卷下，载郭绍虞编：《清诗话续编》，上海古籍出版社1999年版，第1097页。

前者崇尚一种自在的状态，认为这种自在的状态就是合于"道"的，后者则极力要通过人为努力脱离自在，认为唯有自觉修为才能使人道合于天道。但这种对立在其后魏晋玄学的沟通下却发生了改变：

> 玄学家们认为，"名教"是建立在人的自然本性之上的（即所谓"名教"本于"自然"，或"名教"出于"自然"），自然为"本"，"名教"为"用"，他们尖锐批评那种脱离"名教"的本质或根本精神，而只知在形式上拘守"名教"的"弃本适用"之论，认为只要真正把握住人的自然本性，真正把握住名教的根本精神，那么，社会的名教规范不仅不会与人的自然本性相冲突，反而是协调一致的。①

尽管从王弼（226—249）的"'名教'本于'自然'"到郭象（252—312）的"'名教'即'自然'"，论者们的立场并不完全相同，但是有一点却是共同的，他们都认为名教和自然可以统一。在这一理论语境下，"名教"已非原本的"名教"，"自然"也不再是原本的"自然"，"名教"更加人性化，而"自然"的自在属性也已被忽略或置换了。就是说此时的"自然"已不再是一种单纯的自在，而是要通过人为去达致或实现的自然，所以代表人品性修饰的"德"、行为修饰的"礼"、语言修饰的"文"无不成了这"自然"的一部分。"自然"在思想界所发生的变化进入到文论领域，遂有了"文"即"自然"观念的出现。

儒家以"文"释天道，道家以"自然"释天道，论文者将二者沟通，遂有了天道之"文"即天道之"自然"这一结论的出现。

> 夫玄黄色杂，方圆体分；日月叠璧，以垂丽天之象；山川焕绮，以铺理地之形。此盖道之文也。仰观吐曜，俯察含章，高卑定位，故两仪既生矣。惟人参之，性灵所钟，是谓三才。为五行之秀，实

---

① 楼宇烈：《一种协调个人与社会关系的理论——玄学的名教自然论》，《北京社会科学》1993 年第 2 期。

天地之心。心生而言立，言立而文明，自然之道也。①

　　刘勰在此将其"文"即"自然之道"的观念表述得极为清晰，这也就很
好地说明了为什么在《原道》篇将"自然"概念引入文论体系后，刘勰
可以继而论《宗经》和《征圣》，也解释了为什么在尚"自然"的同时他
可以大谈特谈各种写作和修辞方法。因为刘勰所谓"自然"本已不再是
道家纯然自在的"自然"，而是经过玄学改造后的那个需要藉由人为而达
致的"自然"。此后文论领域基本都沿用了刘勰对"自然"的这一定位，
这一方面是由于《文心雕龙》对后世文论的影响，另一方面也是因为将
"自然"定义为人为而达致的自然更符合诗文作为文学创作的本体需求。
　　具体到诗论中，"文即自然"又可区分为两种不同意义上的认识：一
种认为诗尚"自然"，则应超越华朴之辨。就是说有自然之"华"，也
有自然之"朴"，若合于自然，则华朴皆宜。独孤郁（776—815）即谓
"夫自然者，不得不然之谓也"②，指出文辞应无论繁简，不拘华朴，只在
于自然。《岁寒堂诗话》也认为诗"遇巧则巧，遇拙则拙"③，纯任自然，
"快意"为主，不应被华朴之辨拘束住。这就意味着他们认为诗既可以工
巧，也可以朴拙，皆可以是一种"自然"的表现；另一种则把"文"和
"自然"等同起来，认为"文"是"自然"，同时"自然"也就是"文"，
诗之"自然"是一定经过修饰的、人为雕琢之"自然"。这两种认识显然
不同，前者之"自然"中尚有朴质，后者之"自然"中则仅有"文"的
存在。
　　不过不要因此就认为这两种认识就是对立的，其实它们只是在不同层
面上理解了"文"或"华"而已。前者所谓"文""华""巧"等是就个
体风格而言的，是指个体风格的华丽，而就个体风格言，"自然"当然可

---

① （南朝梁）刘勰撰，范文澜注：《文心雕龙注》卷一《原道》，人民文学出版社 2008 年版，第 1
页。

② （唐）独孤郁：《辨文》，载罗联添编：《隋唐五代文学批评资料汇编》，成文出版社 1978 年版，
第 146 页。

③ （宋）张戒：《岁寒堂诗话》卷上，载吴文治编：《宋诗话全编》，江苏古籍出版社 1998 年版，
第 3248 页。

以华丽，也可以质朴无华，而后者则是指语体意义上的"文"，泛指一切文辞修饰，而对诗而言，所有创作都离不开人工雕琢，个体风格的"质朴"也是一种人工修饰的结果，所以从语体风格角度看，"文即自然"就可以理解为"文"就是诗自然属性的外在表现，就是诗体"自然"的一部分。

不过"文"是诗体"自然"的一部分，同时也意味着"文"要合于自然。

> 诗须镌入，尤贵自然。但讲镌入而不求自然，恐雕琢易于伤气；但讲自然而不求镌入，恐流入于空腔熟调，且便于枵腹者流。宜先从事于镌入，然后求其自然，则得矣。[①]

谓诗须由"镌入"而至于自然。"镌"，《说文》解作"锐也"[②]，也多用作锐器、犁铁等物的名称，此处引申为雕琢、刻削之义，因此所谓"镌入"，即是诗歌需从雕琢入手，须经过人为修饰后再出之以自然。显然，古人认为诗歌不可能仅仅停留于天然素朴的形态，必须经过人为修饰才得以实现其艺术上的完善，同时人为雕琢又不得违背诗体之"自然"，必须以自然而然的面貌出现。于是"自然"也就成了诗歌"文"或"丽"需实践的要求或遵循的规则，它为诗歌的"文"或"丽"提供了一个理想的标准，并通过影响或干预诗歌人为修饰的行为影响了诗体的语体风格要求。

"自然"对于人为修饰的要求主要体现在两个方面：从创作心理的角度讲要求修饰须出于无意，即一切技巧的运用和风格选择都是顺应诗体所需，非矫力刻意为之；从写作最终达致的境界讲，则要求一切人为技巧都融化无迹，诗篇浑厚自然，不露刻削痕迹。前者并不与外在风貌的呈现直接关联，在此不予讨论，后者所提出的浑然无迹才是语体风格所谓"自然"主要讨论的内容。

---

① （清）吴雷发：《说诗菅蒯》，载丁福保辑：《清诗话》，上海古籍出版社 1978 年版，第 897 页。

② （汉）许慎撰，（清）段玉裁注：《说文解字注》，上海古籍出版社 1981 年版，第 707 页。

2. 无迹：“文至于自然”的体现

“自然”形于文字形态的特征表现，古人概括为“无迹”。所谓“至法无法”，“法”发挥至极致则无法可求，人为修饰也是如此，精雕细琢，极尽修饰之能事，却不见丝毫的雕琢痕迹，才是人为修饰的极致状态。因此，古代诗论所谓人为而至于自然，即是要求诗歌语言的修饰锻炼抹去人为的痕迹，巧而不见其巧。《石林诗话》谓“诗语固忌用巧太过，然缘情体物，自有天然工妙，虽巧而不见刻削之痕”①，《韵语阳秋》亦言“作诗贵雕琢，又畏斧凿痕”②，皆认为诗体须工巧而不露雕琢痕迹，至于自然。由此可见，“无迹”就是“自然”表现于语言形态上的最大特征。古人常常以“无迹”为标准对诗作进行品评。《珊瑚钩诗话》评西昆体“非不佳也，而弄斤操斧太甚，所谓七日而混沌死也”③，方东树论高适“东川缠绵情韵，自然深至，然往往有痕”④，都指责诗作带有人为斧凿痕迹，认为人为工巧须抹去人为修饰的“痕迹”才达致“自然”，也才至于完美：

> 汉魏五言，声响色泽无迹可求，至唐人五言古，则气象峥嵘，声色尽露矣。⑤

汉魏五言古诗向被古人推崇为五古的极致典范，而此处以“无迹”论汉魏五古，就意味着在古人看来“无迹”即是诗歌艺术炉火纯青的最高境界，就是最高的审美标准。

作为对诗歌文辞修饰的总要求，“无迹”是具体表现在语言修辞运用的方方面面的。在古人看来，“无迹”既是一切诗法的最高标准，也是一切语言修饰努力追求和达到的境界，所以古人无论讨论任何修辞和表现手

---

① （宋）叶梦得：《石林诗话》，载（清）何文焕辑：《历代诗话》，中华书局 1981 年版，第 431 页。
② （宋）葛立方：《韵语阳秋》，载（清）何文焕辑：《历代诗话》，中华书局 1981 年版，第 504 页。
③ （宋）张表臣：《珊瑚钩诗话》，载（清）何文焕辑：《历代诗话》，中华书局 1981 年版，第 455 页。
④ （清）方东树著，汪绍楹校点：《昭昧詹言》卷十二《七古·王李高岑补遗》，人民文学出版社 2006 年版，第 243 页。
⑤ （明）许学夷：《诗源辨体》卷三《汉魏总论》，载吴文治编：《明诗话全编》，上海古籍出版社 1997 年版，第 6085 页。

法最终都要归结到"无迹"的要求上来。

> 章法之妙，不见句法。句法之妙，不见字法。镜花水月，兴象玲珑，其神化所至耶？以汉诸乐府较之，如《相逢行》《陌上桑》，虽自然工妙，微有蹊径可寻，终未若《十九首》灵和独禀，神用无方也。①

所谓"章法之妙，不见句法"即是说诗跌宕承转，自然紧凑，故诗全篇浑沦一气，不见起承转合的脉络纹理，严羽所谓"气象浑沦，难以句摘"②即谓是"句法之妙，不见字法"者，则是佳句之成有赖于炼字，然炼而令人不觉其炼者方为炼字至境：

> 所谓炼字者，非两合为一，少併成多之类。只是字字有来历，字字相照顾，无处不明净，无处不牢固，然后托得我意思出，藏得我意思住。然又须浑成不见斧凿痕，如做填金嵌宝器皿，光彩耀目，而以手扪之，平滑无碍，迹若天成。③

这则材料的前半段极力阐发炼字的要求，"无处不明净"谓洁，"无处不牢固"则谓用字须稳，"托得我意思出"则辞达，"藏得我意思住"则字义须含蓄，然而如此精心锻炼之后却又要求看不到锻炼的痕迹。就是说这些精心挑选的字连缀为句时，让人只觉其句之佳，却不觉用字之妙，如同章法浑沦则无佳句可摘一样，句法浑沦，则不知有所谓"句眼"存在，胡应麟所谓"盛唐句法，浑涵如两汉之时，不可以一字求"④即谓

---

① （明）冯复京：《说诗补遗》卷二，载吴文治编：《明诗话全编》，上海古籍出版社1997年版，第7195页。

② （宋）严羽：《沧浪诗话·诗评》，载吴文治编：《宋诗话全编》，江苏古籍出版社1998年版，第8727页。

③ （清）张谦宜：《絸斋诗谈》卷三《学诗初步》，载郭绍虞编：《清诗话续编》，上海古籍出版社1999年版，第811页。

④ （明）胡应麟：《诗薮内编》卷四，载吴文治编：《明诗话全编》，上海古籍出版社1997年版，第5512页。

是也。

除了篇章经营和字句锻炼之外，语言其他一些修辞手法的运用也都同样要求自然混成。如论对偶："诗律对偶，圆如连珠，浑如合璧。连珠互映，自然走盘；合璧双关，一色无痕"①，对偶须是自然成对，不假一丝勉强，两两相对须如连珠合璧，浑然一体。再如论诗用典：

> 杜少陵云："作诗用事，要如释氏语：水中着盐，饮水乃知盐味。"此说诗家密藏也。②

以"水中着盐"喻诗用典故，要用他人事、他人语如出己意，要与整篇诗意的表达浑然一体，用典而令人不觉其用典方为用典至境。另如声律调配要合于自然音节，用韵要让人不觉其有韵等，皆是诗法要求"无迹"之义："一篇之中，步步押险，此惟韩公雄中劲，所以不露韵痕，然视自然浑成、不知有韵者，已有间矣"③，指出韩愈押险韵，虽不露韵痕，但仍逊于"不知有韵者"，也是无法才是至法的意思。所以"至法无法"正是"无迹"要求的真义，只有当语言修饰的痕迹都融化于诗体自然之中，诗才真正经由人工雕琢迈入了"自然"的境界。

"无迹"是"自然"对诗之"文"的基本要求。不过诗语抹去了所有人为造作的痕迹时显现出的风貌特征，古人亦称之为"浑"。这是两个一体的概念，"无迹"是对诗文辞修饰提出的要求，而"浑"则是文辞修饰至于"无迹"后呈现出的风貌特征，是"无迹"造就的诗歌语言的整体审美风格，所以古人常常将两个概念混用，"浑然无迹"同样是古典诗论中的常见概念。而"浑"一词也是一个来自道家思想的概念范畴，老子

---

① （清）贺贻孙：《诗筏》，载郭绍虞编：《清诗话续编》，上海古籍出版社1999年版，第144页。
② （清）乔亿：《剑溪说诗》卷下，载郭绍虞编：《清诗话续编》，上海古籍出版社1999年版，第1099页。
③ （清）翁方纲：《石洲诗话》卷三，载郭绍虞编：《清诗话续编》，上海古籍出版社1999年版，第1406页。

述"道":"有物混成，先天地生"①，庄子有"浑沌"之喻②，可见"浑"本是"道"自在的形貌特征，无影无形又无边无际，不可把捉又不可思议。所以诗论中的"浑"也就被演绎成了一种迷离恍惚、难以捉摸的美：

> 诗家化境，如风雨驰骤，鬼神出没，满眼空幻，满耳飘忽，突然而来，倏然而去，不得以字句诠，不可以迹相求。③
>
> 此种诗直不可以思路求佳，二十字如一片云，因日成彩，光不在内，亦不在外，既无轮廓，亦无丝理，可以生无穷之情，而情无了寄。④

两则材料都以极其形象的语言描述了诗歌所达致的出神入化、令人无从把握的境界，既无法通过思考字词句义以发掘其用意之深，亦无法通过分析其句格章法等去体会其用字之精，唯有切断思绪置身其内，彻底放松心神于这迷离恍恍的境界里，方能感受它令人目眩神迷的至美。当然，"浑"作为一个审美概念，侧重的是诗歌整体的浑然一气，因此它描述的还不仅仅是诗歌语言泯除一切人为痕迹后的浑然天成之美，还包括了诗歌内意的"不涉理路"以及内外的浑然一体，不过此处我们仅仅论及语言的浑然之美。

"无迹"和"浑"是"自然"形于语言的具体表现，而诗之创作至于"自然"在古人看来就是达到了一切人工所能达到的最高境界，是一切人为的终极理想。前述贺贻孙谓之"化境"，而古人又或称之为"入神""入圣"。《诗源辨体》称"太白五、七言绝，多融化无迹，而入于圣"⑤，是谓之为"入圣"。戴表元（1244—1310）"无味之味食始珍，无性之性药

---

① 《老子道德经》卷上，河上公章句第一，无源第四，四库本。
② 《南华真经》，卷第三，庄子内篇，应帝王第七，四部丛刊本。
③ （清）贺贻孙：《诗筏》，载郭绍虞编：《清诗话续编》，上海古籍出版社1999年版，第165页。
④ （清）王夫之评选，张国星校点：《古诗评选》卷三王俭《春诗二首》评语，河北大学出版社2008年版，第134页。
⑤ （明）许学夷：《诗源辨体》卷十八《盛唐》，载吴文治编：《明诗话全编》，上海古籍出版社1997年版，第6186页。

始匀，无迹之迹诗始神也"①，又谓之"入神"。"神"在此大概是指一种不可捉摸的神化境界，《易·系辞》"阴阳不测之谓神"，描述阴阳之道"范围天地而不过，曲成万物而不遗""百姓日用而不知"②，作用于天地万物，而人皆不见其用，正与我们前述"无迹"精心雕琢而无斧凿痕的意思相近。故论诗者才将诗达致"自然""无迹可求"的境界称为"入神"。"入神"即是人工修饰的技巧合乎诗"道"，故雕琢而不露雕琢之迹，用法而不见有法，仿佛随心所欲不逾矩，遂令人有神乎其技之感。这意味着古人认为儒家之"文"和道家之"自然"的沟通恰恰形成了二者的理论互补，一方面提倡人工之"文"，则避免了诗歌创作流于朴野粗糙，另一方面对"自然"、对"浑然无迹"的追求又对人工之"文"提出了更高的要求，将之推向了一个更高的艺术境界，避免了人工雕琢的刻露，使"文"而至于犹如"天成"，由此使"文"和"自然"相互取长补短，终将诗歌艺术带入了一个完美的境界。

总之，诗体领域的华朴之辨因为儒道两家思想的冲突而起，也因为两家矛盾的化解而实现了"文"和"自然"的沟通。从"文"的角度看，古人认为诗歌是必须有"文"的，并因此提出以"丽"来描述诗语"文"饰对于形式精工及语言色彩的要求。同时从"自然"的角度讲，它又要求"文"做到浑然无迹，要求诗之"文"去追求一个更完美的实现境界。至此通过"文"和"自然"的沟通，古人实已解决了华朴间的争论，从语体风格层面上看，诗语必须"文"，所以不能流于朴拙，但"文"又要至于"自然"，则终究不能过分远离天然朴质，因此"文即自然"的语体风格界定等于抹平了华朴间的分歧，并在一种更高的意义上实现了两者的融合。

---

① （宋）戴表元：《剡源戴先生文集》卷九《许长卿诗序》，载吴文治编：《辽金元诗话全编》，凤凰出版社 2006 年版，第 1442 页。

② 高亨：《周易大传今注·系辞上》，齐鲁书社 1979 年版，第 503 页。

三、"取效风雅"——《诗经》传统对诗歌语体风格的限定

如果说前述语体风格的讨论都是针对诗歌作为创作的特殊性而言的，那么源于《诗经》传统的语体风格讨论则是完全针对诗自身而言的了。《诗经》在古代诗歌写作和评论中的权威地位是毋庸置疑的，"风人之诗，既出乎性情之正，而复得于声气之和，故其言微婉而敦厚，优柔而不迫，为万古诗人之经"①，《诗经》不仅是古代诗人写作的经典标本，也是古代诗体研究和评价所依据的主要标尺，因此基于《诗经》传统而提出的诗语体风格的种种特质才是最终确定诗体面貌，将诗歌彻底与文、词、曲等其他一切创作彻底区别开来的核心要求。《诗经》传统赋予诗体的风格特质才是形成诗语体风格的主导性和决定性要素，其他特征都只能在不违背或破坏这些主导特质的前提下发挥自身对诗歌语体风格的影响。

总体来看，《诗经》对诗歌语体风格的要求主要是以"温柔敦厚"为中心衍生出来的。《礼记·经解》"温柔敦厚，诗之教也"是从《诗》之功用的角度而言的，但事物的功用从来都是与其自身特质紧密关联的，因此"温柔敦厚"这一命题也就从一开始就兼具了两种属性。孔颖达疏曰"温谓颜色温润，柔谓情性和柔，《诗》依违讽谏，不指切事情"②，前两句释"温柔"似论人，后两句却又言《诗》。即使将前两句看作古人常用的拟人式表达，认为此处专就《诗》而言，孔氏此论中也仍包含了体性、体貌等多重含义，因此后世诗论以"温柔敦厚"论诗依然呈现多义并存的特征。正如有学者指出的："经过历史的考察，不难看到，'温柔敦厚'这一诗歌理论命题，具有两种不同的内涵，即诗歌的道德内容和审美内容，具有两种不同的原则，即诗歌的伦理原则和艺术原则。"③而我们此处所论的当然主要是它的审美内容，即它提出的有关体貌的规定性。

一方面，从体貌的角度解读孔颖达的注解，则"温谓颜色温润，柔

---

① （明）许学夷：《诗源辨体》卷一《周》，载吴文治编：《明诗话全编》，上海古籍出版社1997年版，第6053页。

② （汉）郑玄注，（唐）孔颖达疏：《礼记注疏》，世界书局本，卷五十《经解》。

③ 邱世友：《"温柔敦厚"辨》，《学术研究》1983年第5期，第108页。

谓情性和柔"，即近似于所谓"中和"之美，也就是"乐而不淫，哀而不伤"①；另一方面"依违讽谏，不指切事情"又谓诗须含蓄微婉，不得直露。"温柔敦厚"，后世为适应诗歌审美需要又多称为"温厚""温厚和平"，以"温厚"为诗体不可缺少的语体风格特征之一。诸如"诗道贵和平，由来写性情"②"人虽暴厉，及其为诗，必温厚。不温厚，即非诗矣"③"古人诗意在言外，故从容不迫，蕴蓄有味，所谓温厚和平也。若剑拔弩张，无所不至，祇自形其横俗之态耳，何诗之有"④等言论在古代诗论中可谓数不胜数。而随着"温厚"被确立为诗体的语体风格特征，它所包含的"含蓄微婉""中和"美等特质也就都随之进入了诗语体风格的特征体系之中。

同时"温柔敦厚"代表了诗体之正，所以在对"温柔敦厚"的提倡中又引出了所谓诗雅正的论调。雅，古人释为"正"，先秦时期诸如"雅言""雅乐"之类的用法极为常见，大约一切正大、符合正统的事物皆可名之为"雅"，并不专就《诗》而言。至于《诗经》中大、小雅的名称究竟因何而来，虽众说纷纭，但无论将其解为"正事"还是释作"正声"，"雅"都不改正大、正统之义。但是正大也好正统也罢都更多从道德的角度着眼，并不具有审美性。那么"雅"是如何由一个道德的概念进入文论领域而变成一个审美概念的呢？个中原委恐怕已难以追索。王夫之《说文广义》解释"雅"字，试图厘清它由"鸦"字义辗转引申出雅俗之义的整个演变脉络⑤，可惜其中尚多有牵强之处，并不足以解决这个问题。大致讲，"雅"审美特性的显现与它跟"温柔敦厚"观念的融合有关，当雅声与郑声相对立，而"温柔敦厚"又被确定为雅声的标志特征时，"雅"也就与温厚逐渐相融，不仅温厚成了雅声的标准，同时雅也因

① （宋）朱熹：《论语集注》（竹桥斋刊本），卷之二，《八佾第三》。
② （元）徐瑞：《松巢漫稿》卷二《夏日读陶韦诗偶成庚戌》，载吴文治编：《辽金元诗话全编》，凤凰出版社 2006 年版，第 1631 页。
③ （明）郝敬：《谈经·毛诗》，载吴文治编：《明诗话全编》，上海古籍出版社 1997 年版，第 5941 页。
④ （清）田同之：《西圃诗说》，载郭绍虞编：《清诗话续编》，上海古籍出版社 1999 年版，第 752 页。
⑤ （明）王夫之：《船山全书》第九册，岳麓书社 1996 年版，第 64—65 页。

温厚观念的注入而获得了审美意义。

> 或问："交五声、十二律也，或雅，或郑，何也？"曰："中正则雅，多哇则郑。"曰："黄钟以生之，中正以平之，确乎，郑、卫不能入也！"①

此处谓"中正则雅"。结合上下文语境，"中正"一方面包含有"事辞相称"之义，即没有繁言冗词，不会雕琢过甚；另一方面"中正以平之"又强调了温厚和平的风貌要求。可见"雅"的审美意义确实是从"温柔敦厚"中获得的，之后"雅"进入文论领域，无论作为审美标准还是风格特征都包含有"温厚"的内容，比如《典论·论文》所谓"奏议宜雅"、《文心雕龙》列出的"典雅"一体，称四言体"雅润为本"，皆是如此。

古人对雅声的推崇促使"雅"成了诗论中最权威的审美标准。古代几乎所有论者都毫无疑义地接受了诗体须"雅"的观念，包括一些离经叛道的论者也都接受了诗须"雅"的规范，其他那些始终恪守诗体"风雅本色"者也就更毋庸待言了。

> 子才《与云松书》曰："我辈争奇竞巧，不肯一语平庸，要为运之以庄，措之以雅，而于诗文之道尽之矣。"乃云松固欠庄雅，而己亦多蹈纤佻之弊，何也？②

袁枚（1716—1797）是极力贬斥格调之说的，主张"诗写性情，惟吾所适"③，将格律、声韵等束缚皆置之度外，却仍不得不倡导诗歌写作要"运之以庄，措之以雅"，尽管如尚镕所言袁氏本人虽劝人以"雅"，但自己

---

① （汉）扬雄：《法言·吾子》，载柯庆明、曾永义编：《两汉魏晋南北朝文学批评资料汇编》，成文出版社1978年版，第89页。

② （清）尚镕：《三家诗话·三家分论》，载郭绍虞编：《清诗话续编》，上海古籍出版社1999年版，第1921页。

③ （清）袁枚著，顾学颉校点：《随园诗话》卷一，人民文学出版社1982年版，第3页。

的创作却未能践行这一理念，然而从此论中我们至少看到了袁枚对"雅"在观念上的认同。而在"雅"成为诗的权威标准后，一切与"雅"相悖的特征也就自然成了被诗排斥的对象，比如"奇"，比如"俗"。"奇"因为"新"的需要所以尚有接纳者，而"俗"则不同，古人明确提出了"忌俗"的要求，因此"雅"在"温厚"之外还发展出了关于"忌俗"的理论内容。

（一）含蓄：诗婉曲及其语言表现

"含蓄"一词，看似简明，若细加辨析，蕴含的意义却极为丰厚。蒋寅《含蓄——概念的形成及其内涵增值过程》追溯了"含蓄"概念理论化的全过程，而且认为"古典诗学中'含蓄'，作为自觉的修辞要求起源甚早，但被理论化、形成概念却晚至宋代，而被视为中国古典诗歌的主要审美特征则更晚至二十世纪初"[①]。单论"含蓄"固是如此，但对比古典诗论中"含蓄"和"温厚"的实际使用情况就会发现，"含蓄"不过是"温厚"的一个派生概念，它的基本内涵也都来自"温柔敦厚"对诗歌特质的限定，"诗家虽刺讥中要带一分含蓄，庶不失忠厚之旨"，[②]"不失忠厚之旨"就是"温柔敦厚"之义。甚至在某些情况下二者还可以相互取代，"古人诗意在言外，故从容不迫，蕴蓄有味，所谓温厚和平也"[③]，此处对"温厚和平"的描述都完全可以用在对"含蓄"的界定上。因此含蓄就是诗体"温厚"理论的构成部分之一，古人用"含蓄"一语描述了诗"不能直斥"而形成的风貌特征。

1. 含蓄：微婉和"不欲尽"

含蓄谓不得直切事情，表现在外在风貌上就是不直露，也就是婉。古人常使用微婉、隐、曲等概念来描述诗体的这一特质。如田同之谓

---

① 蒋寅：《含蓄——概念的形成及其内涵增值过程》，载其《古典诗学的现代诠释》，中华书局2009年版，第101页。

② （明）胡震亨：《唐音癸籤》卷四《法微三》，载吴文治编：《明诗话全编》，上海古籍出版社1997年版，第6861页。

③ （清）田同之：《西圃诗说》，载郭绍虞编：《清诗话续编》，上海古籍出版社1999年版，第752页。

"不微不婉，径情直发，不可为诗"①，此外诸如深婉、婉顺、婉曲、婉丽、温婉等也都是古人论诗时的常用语。至于用"曲"者则如"凡作人贵直，而作诗文贵曲"②，"诗心与人品不同。人欲直而诗欲曲"③等皆是。婉、曲等概念既意在描述诗歌绝不当头直道、必婉转曲折中隐含其意的表达方法，同时也是对这种表达方法所呈现的诗体外在风貌的概括。论者将之作为诗歌语体风格的重要特征，甚至将它视为区分诗文的重要切入点："文体直，诗体婉"④，"文显而直，诗曲而隐"⑤，后吴乔亦谓"文之词达，诗之词婉"⑥，都仅将"婉""曲"归之于诗，而认为"文"是尚直白的，诗比文更为含蓄婉转。

而微婉表现在言意关系上，古人则提出了"不欲尽"、意在言外的观念。认为诗歌不应言尽意尽，须在文辞表达之外仍蕴含着丰厚的意义，使读者必须透过文字的表面意义寻索或领悟出来。"含蓄者，言不尽意也"⑦，"诗惟含意，不在尽言"⑧，皆指明了这一层含义。另外诸如"意在言外"或"言外有余"等类的表述还有很多，如"诗不如文，须意在言外"⑨，此处"如"应是"似"的意思，就是说诗与文不同，必须含蓄微婉，必须"意在言外"。再如"风人之旨，往往含蓄不露，意在言外"⑩，以风诗为例指明了诗体须意在言外的要求。应该说"言外有意"是"婉"

---

① （清）田同之：《西圃诗说》，载郭绍虞编：《清诗话续编》，上海古籍出版社 1999 年版，第 752 页。

② （清）袁枚著，顾学颉校点：《随园诗话》卷四，人民文学出版社 1982 年版，第 111 页。

③ （清）叶矫然：《龙性堂诗话初集》，载郭绍虞编：《清诗话续编》，上海古籍出版社 1999 年版，第 938 页。

④ （明）郝敬：《艺圃伧谈》卷之一《古诗》，载吴文治编：《明诗话全编》，上海古籍出版社 1997 年版，第 5904 页。

⑤ （明）许学夷：《诗源辨体》卷一《周》，载吴文治编：《明诗话全编》，上海古籍出版社 1997 年版，第 6055 页。

⑥ （清）吴乔：《围炉诗话》卷之一，载郭绍虞编：《清诗话续编》，上海古籍出版社 1999 年版，第 479 页。

⑦ （宋）阙名：《诗宪》，载吴文治编：《宋诗话全编》，江苏古籍出版社 1998 年版，第 10785 页。

⑧ （清）阙名：《静居绪言》，载郭绍虞编：《清诗话续编》，上海古籍出版社 1999 年版，第 1631 页。

⑨ （明）王嗣奭：《管天笔记外编》卷下《文学》，载吴文治编：《明诗话全编》，上海古籍出版社 1997 年版，第 6641 页。

⑩ （清）田雯：《古欢堂集》卷三《诗话》，载郭绍虞编：《清诗话续编》，上海古籍出版社 1999 年版，第 712 页。

中必有之义，诗体尚婉必然会追求"意在言外"的艺术效果。既然从不直切题意，则诗句直接表述出的语意也就不会是写作者真正要表达的意思，其真正的含义存在于文辞本身的含义之外，只能藉由文字表面意义的暗示或彼此间意义的牴牾等来领悟它更深层的真正含义。

而意在言外的言意关系表现在语言风格上，就体现为古人通常所谓"有余味""厚"等特征。如果说"意在言外"最初的意图还仅仅是令诗的表达不直致，还带有由经学而来的"意存忠厚"的意思的话，那么它在进入诗学领域后却越来越趋向于诗的美学需求。也就是说，最初"意在言外"仅仅是为了避免指斥，所以"意在言外"等类评述经常用在一些讥刺诗中，表明不直刺之义，如《诗》云"'牂羊坟首，三星在罶。'言不可久。古人为诗，贵于意在言外，使人思而得之，故言之者无罪，闻之者足以戒也"[①]，《诗筏》评《长恨歌》谓"及读其《长恨歌》诸作，讽刺深隐，意在言外"[②]等，皆是就讥刺而言，这说明在进入诗论领域后，"意在言外"也还保留着最初的"忠厚"之义。

但不直斥的写作要求自然会直接体现于诗歌的表达方式以及修辞方法等方面，也就自然会对诗体的语言风格产生影响，于是在"意在言外"的言意关系解读中逐渐加入了审美趣味的讲求。"古人造语，意精语洁。字愈少，意愈多，意在言外，悠然而长，黯然而光，非复后人所能及"[③]，主要就"意在言外"言简义丰的表达效果而言，说明了它更关注诗歌的审美而不是道德要求。而"有余味""厚"就是为概括"意在言外"的审美感受而产生的美学概念。

"句中有余味，篇中有余意，善之善者也"[④]，"辞简意味长，言语不可明白说尽，含糊则有余味"[⑤]，皆从审美角度指出意在言外就能制造出余味

---

① （宋）司马光：《温公续诗话》，载吴文治编：《宋诗话全编》，江苏古籍出版社 1998 年版，第 370 页。

② （清）贺贻孙：《诗筏》，载郭绍虞编：《清诗话续编》，上海古籍出版社 1999 年版，第 195 页。

③ （明）费经虞：《雅伦》卷十二《制作》，载吴文治编：《明诗话全编》，上海古籍出版社 1997 年版，第 9863 页。

④ （宋）姜夔：《白石道人诗说》，载（清）何文焕辑：《历代诗话》，中华书局 1981 年版，第 681 页。

⑤ （元）范德机：《木天禁语》，载（清）何文焕辑：《历代诗话》，中华书局 1981 年版，第 741 页。

悠长的表达效果，就会给人渊永的审美感受。"好诗浑厚如金玉"[①]"初盛唐之妙，未有不出于厚者"[②]又提出了"厚"的概念，而"厚"也就意味隽永深厚，与"有余味"基本同义。当然这些概念还都同时蕴含着内容上的规定性，"有余味"的前提是"有余意"，而"厚"也基于诗歌的意蕴深厚，"诗意深厚，正不贵明浅"[③]。但是内容的"有余意""深厚"必然显露于外在文辞及表达形式上，必然呈现为一定的风貌特征，所以司空图由论咸、酸之外有"醇美"而论及诗的"韵外之致"[④]，就是更偏重于对诗意深厚呈现的外在风致进行寻味。

那么含蓄微婉或意在言外是如何体现于诗歌的语言表达中的呢？这就必须进入修辞层面加以具体探讨才行。

2. 含蓄在修辞层面的实现："不露题字"和"诗出侧面"

如同"新""文"等语体风格特征一样，"婉""曲"也只是一个对诗体语言风貌的概括性描述，它必须具体化到字词句的修辞方式以及诗歌的表现方法上才能真正实现其自身要求。诗语微婉，首先在表达方式上表现为"比兴"手法的大量使用：

> 诗本温柔敦厚，比兴微婉，《三百篇》凡说忠爱孝友，劳苦哀怨，忧勤庄俭，丰凶理乱，美刺闵恶，规诲诱惧，若此类皆隐然不露，意在言外。[⑤]

比兴手法可令诗委婉含蓄，故而论诗者都极力推崇比兴而将"赋"

---

① （宋）王庭珪：《卢溪集》卷二二《彭青老好谈禅喜作诗有谋身之语借其语激之》，载吴文治编：《宋诗话全编》，江苏古籍出版社1998年版，第2778页。

② （明）钟惺：《唐诗归》卷十二，载吴文治编：《明诗话全编》，上海古籍出版社1997年版，第7344页。

③ （明）郝敬：《谈经·毛诗》，载吴文治编：《明诗话全编》，上海古籍出版社1997年版，第5941页。

④ （唐）司空图：《司空表圣文集》卷二《与李生论诗书》，载罗联添编：《隋唐五代文学批评资料汇编》，成文出版社1978年版，第252页。

⑤ （明）毅斋主人：《独鉴录》，载吴文治编：《明诗话全编》，上海古籍出版社1997年版，第10989页。

冷落一旁，不过这可留待后文详论。

至于诗语微婉在表现手法上则可以用清人所谓"诗出侧面"一语来概括：

> 诗意大抵出侧面。郑仲贤《送别》云："亭亭画舸系春潭，只待行人酒半酣。不管烟波与风雨，载将离恨过江南。"人自别离，却怨画舸。义山忆往事而怨锦瑟亦然。文出正面，诗出侧面，其道果然。①

《絸斋诗谈》中也有"凡诗正面无多，当从四旁渲染"之语②，而所谓"诗出侧面"即是不直接道破题意，不正面切入，而始终从侧面烘托渲染，以使正面题意自然显现。蒋寅曾指出宋人提出的"不说破"一语乃禅宗用语，并将宋人以"不说破"论诗与禅宗的"绕路说禅"联系了起来③，而清人所说的"诗出侧面"其实也就是"绕路说禅"的意思，而且也正由宋人的"不说破"发展而来。

（1）不说破：不露题字和禁体物语

含蓄的基本表现就是不直斥，所以在表现方法上就要求不直接表露题意。《诗人玉屑》摘引了一段对杜甫《戏作花卿》诗的评析，谓"细看此歌，想花卿当时在蜀中，虽有一时平贼之功，然骄恣不法，人甚苦之；故子美不欲显言之，但云：'人道我卿绝世无，既称绝世无，天子何不唤取守京都。'语句含蓄，盖可知矣"④，则语句含蓄就是不显言题意，就是隐含题旨而从旁影射，绝不明白点明。所以含蓄首先要求不直露，亦即宋人所谓"不说破"：

---

① （清）吴乔：《围炉诗话》卷之三，载郭绍虞编：《清诗话续编》，上海古籍出版社1999年版，第557页。

② （清）张谦宜：《絸斋诗谈》卷一《统论》上，载郭绍虞编：《清诗话续编》，上海古籍出版社1999年版，第800页。

③ 蒋寅：《含蓄——概念的形成及其内涵增值过程》，载《古典诗学的现代诠释》，中华书局2009年版，第108页。

④ （宋）魏庆之：《诗人玉屑》卷十《含蓄》引《渔隐》语，载吴文治编：《宋诗话全编》，江苏古籍出版社1998年版，第9073页。

作诗不可直说破，须婉而成章。①

总评白居易：元白浅俚处，皆不足为病，正恶其太直耳。诗贵言
其所欲言，非直之谓也，直则不必为诗矣。②

都强调"直"是诗体大忌，不能避"直"就不可以为诗。

不过虽然诗尚婉的观念由来已久，但如此将"直"置于"婉"的对
立面，甚至于视为诗体之忌的观念却似是迟至宋代才逐渐形成明确意识
的。唐代论者对"直"的态度都还是包容的，屡见于唐代诗格著作中的
"直置体"并未遭到明显的贬抑，皎然《诗议》甚至以"直而不俗"一语
表达对古诗的高度评价，可见在唐人看来"直"还不是一个完全不可取
的负面特征。直到宋人以禅论诗，将"不说破"一语引入诗论并将这一
原则极力强化，"直"才在论者的反复阐述和实践探索中几乎完全被摒除
于诗体之外了。③

不仅如此，宋人还开始实际探索"不说破"在写作中的实现途径，
为此他们提出了许多极为具体的修辞方法或规范，其中"不露题字""禁
体物语"更是直接从"不说破"观念引申出来的修辞禁忌。

"不露题字"，唐诗写作中已见此格④，旧题白居易《金针诗格》中也
已有"说见不得言见"⑤等语，可见诗歌这种表现方法上的要求在唐代创
作和评论中就已露出端倪，但显然到宋代它才获得足够重视，并得到了充

---

① （宋）黄震：《黄氏日抄》卷三八《读本朝诸儒理学书六·晦庵语类二·文章》，载吴文治编：
《宋诗话全编》，江苏古籍出版社 1998 年版，第 9373 页。

② （明）钟惺：《唐诗归》卷二十八，载吴文治编：《明诗话全编》，上海古籍出版社 1997 年版，
第 7352 页。

③ 当然此后也还有对"直"表示认可者，如张载"《诗》亦有雅，亦正言而直歌之，无隐讽谲谏
之巧也"（张载：《张子全书》卷三《正蒙·乐器篇》，载吴文治编：《宋诗话全编》，江苏古籍出版社
1998 年版，第 380 页）；王世贞也认为"诗固有赋，以述情切事为快，不必尽含蓄也"（贺贻孙：《诗筏》，
载郭绍虞编：《清诗话续编》，上海古籍出版社 1983 年版，第 166 页），两者虽角度不同，但都认为诗
亦不妨用直。但虽是如此，不过接受"直"为诗体之变而已，终究以"婉"为正格（黄子云：《野鸿诗
的》，载丁福保辑：《清诗话》，上海古籍出版社 1978 年版，第 859 页）。

④ 《诗人玉屑》引《苕溪诗话》语认为柳宗元"破额山前碧玉流"句即是此格，另杜甫《天河》
《初月》诗也常被视为"不露题字"的典范。

⑤ 旧题（唐）白居易：《金针诗格》，载张伯伟辑：《全唐五代诗格汇考》，凤凰出版社 2002 年版，
第 385 页。

分、全面的具体发挥。

> 夫缘情蓄意，诗之要旨也。一曰高不言高，意中含其高。二曰远不言远，意中含其远。三曰闲不言闲，意中含其闲。四曰静不言静，意中含其静。①
>
> 言用勿言体　尝见陈本明论诗云：前辈谓作诗当言用，勿言体，则意深矣。若言冷，则云"可咽不可漱"，言静，则云"不闻人声闻履声"之类。本明何从得此！（《漫叟诗话》）
>
> 言其用而不言其名　用事琢句，妙在言其用而不言其名。此法惟荆公、东坡、山谷三老知之。荆公曰："含风鸭录鳞鳞起，弄日鹅黄袅袅垂。"此言水、柳之名也。②

宋人更为具体详尽地讨论了"不露题字"的具体方法。如咏物，诗歌中就不宜直接出现所咏之物的名称，而只可通过情状特征的描述或使用典故不露痕迹地将诗意引向它，如同材料所举水、柳之例，通过情状暗指所咏之物即是。而若诗歌描述的对象本就是抽象的情状或情感状态，则又可反过来借助外在之人或物来加以渲染，如材料所列写冷和静的诗例都通过人的反应或感受来衬托出客观的情状、情态。由此来看，则"不露题字"可以广泛施用于所有题材的写作，除了高、远等外，所有喜怒哀乐等情感也都可以用此法来表现，其基本原则就是不允许所描写的对象直接出现于文辞中。

在"不露题字"的基础上，宋人又有"禁体物语"之说。"禁体物语"是专就咏物诗而言的，如果说"不露题字"仅仅是禁止所咏之物的名称直接出现的话，"禁体物语"则越发连所咏之物某些显而易见的特征都列入禁忌的范围了。"本朝欧阳公《雪诗》多大篇，然已屏去白事，故东坡

---

① （宋）僧景淳：《诗评》，载张伯伟辑：《全唐五代诗格汇考》，凤凰出版社2002年版，第500页。
② （宋）魏庆之：《诗人玉屑》卷十《体用》，载吴文治编：《宋诗话全编》，江苏古籍出版社1998年版，第9077页。

效之"①，咏雪不可言白，这一做法推而广之，就会产生出诸如咏月不得言明，咏梅不得言香色等要求。只是这个要求显然有些过于苛刻了，翁方纲就曾指出"欧公咏雪，禁体物语，而用'象笏'字，苏用'落屑'字，得非亦'银'、'玉'之类乎？苏诗又有'聚散行作风花瞥'之句，'花'字似亦当在禁例"②，就连欧苏二人都无法完全遵照这一规则，它的不实用也就可想而知。而且就在当时也已有论者提出"禁体物语"过于拘碍③，可见宋人当时也并未完全接受这一要求。甚至对于"不露题字"，刘壎（1240—1319）也认为"其法以不露题字为工，以能融题意为妙，盖举子业之馀习也"④，此处虽专就绝句言，但其对"不露题字"的态度却值得重视，刘氏生当宋元之际，从他对"不露题字"的不屑态度我们也许可以推知到宋代后期许多论者应该已经意识到"不露题字""禁体物语"等要求的负面性了。

一般而言，规则总是越具体就越苛刻，而越虚化泛化则越灵活、尺度越宽。"不露题字"等要求虽然为诗体避免直露提供了一个具体、实用的实现途径，但同时也给写作绑上了沉重的枷锁，虽然我们于此亦可欣赏写作者在枷锁中的天才创造，但在一定程度上它们也一定限制了作者天赋发挥的空间。正是认识到了这一点，所以宋之后"不露题字"等要求渐渐匿迹，而宋人依据"不露题字"的基本精神又提出了一个相对更加泛化的写作原则——"不必太着题"。

（2）从"不必太着题"到"诗出侧面"

"不必太着题"⑤，朱熹（1130—1200）也有"古人做诗，不十分着

① （宋）蔡正孙：《诗林广记》后集卷一，载吴文治编：《宋诗话全编》，江苏古籍出版社1998年版，第9676页。
② （清）翁方纲：《石洲诗话》卷三，载郭绍虞编：《清诗话续编》，上海古籍出版社1999年版，第1415页。
③ （宋）叶梦得：《石林诗话》，载（清）何文焕辑：《历代诗话》，中华书局1981年版，第436页。
④ （宋）刘壎：《水云村稿》卷五《禁题绝句序》，载吴文治编：《辽金元诗话全编》，凤凰出版社2006年版，第1071页。
⑤ （宋）严羽：《沧浪诗话·诗法》，载吴文治编：《宋诗话全编》，江苏古籍出版社1998年版，第8725页。

题"①之说，严羽之语是否由此而来不得而知，但严羽的表述是明确将之作为诗歌的写作规则提出来的。"不必太着题"，既不是不着题，也不是句句着题，而是要在若即若离之间。"盛唐诸公律诗，即景缘情，不必泥题牵带；后人之诗，必句句切题，言言当旨，殆与举业无异矣"②，此处所谓"泥题"即严羽"太着题"也。所以"不必太着题"就是反对"句句切题"，如"咏禽须言其标致，衹及羽毛飞鸣则陋矣"③，咏禽鸟必须传达其风标韵致，所以不能只着意描写其羽毛、鸣叫声等。

> 作诗必句句着题，失之远矣，子瞻所谓"赋诗必此诗，定非知诗人"。如咏梅花诗，林逋诸人，句句从香色摹拟，犹恐未切；庾子山但云"枝高出手寒"，杜子美但云"幸不折来伤岁暮，若为看去乱乡愁"而已，全不黏住梅花，然非梅花莫敢当也。④

反对句句着题就是认为诗应该能够离题发挥，如这段材料所举写梅花之例就是不直接去写梅花的形态、香气等，而是透过人赏梅的感受、情绪等来映射出梅花的特征来。这当然看去仍接近于"不露题字"，不过因为它反对的只是"句句着题"而已，所以诗中不妨出现题字，亦不妨有切题之句，只要不被题束缚住即可，这就已大大超越了"不露题字"的严格要求。如《围炉诗话》极力赞赏杜甫《孤雁》诗，将之作为能离题发挥的典范⑤，但此诗首句破题，次句"飞鸣声念群"则恐怕已触犯了"禁体物语"的禁忌，而吴乔仍对之大加赞赏。可见"不必太着题"是超越了"不露题字""禁体物语"这些死板限制的，在不可太切题的要求下，可以

---

① （宋）朱熹：《朱子语类》卷一四一，载吴文治编：《宋诗话全编》，江苏古籍出版社1998年版，第6122页。

② （明）许学夷：《诗源辨体》卷十七《盛唐》，载吴文治编：《明诗话全编》，上海古籍出版社1997年版，第6172页。

③ （宋）魏庆之：《诗人玉屑》卷十《体用》，载吴文治编：《宋诗话全编》，江苏古籍出版社1998年版，第9077页。

④ （清）贺贻孙：《诗筏》，载郭绍虞编：《清诗话续编》，上海古籍出版社1999年版，第168页。

⑤ （清）吴乔：《围炉诗话》卷之二，载郭绍虞编：《清诗话续编》，上海古籍出版社1999年版，第585页。

出现题字，也可以出现那些显见常用的特征描述，重要的是在此基础上可以超脱出去，可以进一步离题发挥。

而"不可太着题"所谓的离题发挥也并不是完全脱离诗题，而是摆脱正面描写的写作惯势，转从侧面渲染，句句似乎离题，又始终围绕题目展开，而这也就是所谓"诗出侧面"。清人的这一理论表述比之严羽的"不必太着题"，更加明确、具体，而且完全抓住了严羽之说的核心原则。"诗出侧面"，即"意本如此而说反如彼，或从题之左右前后曲折以取之"①，一方面总是围绕诗题渲染，就不会离题太远；另一方面多是从侧面入手，则避免了句句着题，确保了诗体婉曲的风格特质的实现。因此可以说，至清人"诗出侧面"一论提出，古人终于完成了对含蓄在修辞层面实现途径的探索，它为诗歌写作避免直露提供了一个颇为有效的表现方法，着意于侧面渲染，既可以避免直切主题，浅白无韵味，又可以使得诗歌写作超越题面限制，包孕更丰厚的诗意，拓展出更宽广深远的诗境。

总之，含蓄是"温柔敦厚"的基本要求，为了实现语言表达上的婉曲、言意关系上的"有余意"以及审美风格上的渊永深厚，它对诗歌的语言表达方式和方法都进行了限定，除了在表达方式上崇尚比兴外，在表现方法上从"不露题字"的死板限制到"不必太着题"的含混表述，直到最后"诗出侧面"的明确提出，古人终于抓住了"含蓄"在表现方法上的基本精神，也终于找到了含蓄在修辞层面实现的有效途径。

（二）中和：诗美的原则及其对语言风格的限制

如果说"含蓄"是从表达方式、表现方法的角度对诗歌的语体风格提出要求的话，那么"中"就是从审美原则的角度来对诗歌语言进行限制的。"中"包括了"中正"和"中和"两层含义。前述扬雄以"中正"释"雅"，中即可释为正，《说文》释"中"为"内"，段玉裁注引

①（清）冒春荣：《葚原诗说》卷之一《五言律说》，载郭绍虞编：《清诗话续篇》，上海古籍出版社1999年版，第1581页。

申为"中者，别于外之辞也，别于偏之辞也，亦合宜之辞也"①，"中"有别于"偏"，则"中"即"正"，"中正"仍即是正；若以"中"为"合宜"，则"中"又有古人所谓"中庸"之义，不偏不倚，无过无不及。因此"中"既是正，又是和，或者说"中"就是正与和实现的前提条件。尽管可以毫不夸张地说"中"就是中国文化的灵魂，体现于中国文化的各个领域的各个层面，但诗论中的中正、中和却都是直接源自于《诗经》传统的。"雅"即正，即要求诗体中正，而"温柔敦厚"谓之诗教，诗必正大，同时又音尚"和平"，可见中正、中和要求都是直接从古人对《诗经》的解读和定位中引申出来的。

古人论诗直接谈及"正"者并不多。《金针诗格》分诗为上中下三等，而以"纯而归正者"为上等②；旧题王昌龄所作《诗格》亦谓"诗有三不：一曰不深则不精。二曰不奇则不新。三曰不正则不雅"③，皆从正面明确提出诗体须"正"，"正"然后才可为雅。但如此正面论诗之"正"者其实极少，甚至从反面禁忌的角度加以讨论者也并不多。比如论者反对诗杂谐谑"诗端谐谑，固属恶道"④，明确指出诗体中乱入谐谑之气属于诗之"恶道"。诗体谐谑，则近乎游戏，有失诗体雅正本色，故"正"则不能谐。但诗论中类似讨论也并不多见。

虽然"正"乃是"雅""温柔敦厚"的应有之义和必有之义，但古人似乎多集中于内在诗意层面上论正，至于诗体总体风貌或语言风格的"正"则主要是通过"中和"这一审美原则体现出来的。就是说，中正偏重于内意的限制，中和才更偏重于外在审美风格的限定。所以从语言风格来讲，"中"最终落实为中和的审美原则，并以此原则对诗语体风格以及各种个体风格特征加以限制。

---

① （汉）许慎撰，（清）段玉裁注：《说文解字注》，上海古籍出版社1981年版，第20页。

② 旧题（唐）白居易：《金针诗格》，载张伯伟辑：《全唐五代诗格汇考》，凤凰出版社2002年版，第355页。

③ 旧题（唐）王昌龄：《诗格》卷上，载张伯伟辑：《全唐五代诗格汇考》，凤凰出版社2002年版，第173页。

④ （清）张谦宜：《絸斋诗谈》卷一《统论》上，载郭绍虞编：《清诗话续编》，上海古籍出版社1999年版，第799页。

古人谓"中则和"①，做到持中，才能实现"和"。就如《说文》段注对"中"的解释，"中"即"适宜"，"适宜"则"和"，所以对诗歌语言风格而言，"中"的意义就如同一道绳索，就是要将诗语体风格乃至诸种个体风格中的所有特质都限定在合理的范围之内，因此"中和"的审美原则是贯穿于整个语体风格体系的，所谓"一以贯之"，于诗论亦然。

孔子曰："过犹不及。"又曰："中庸不可能也。"《尚书》亦曰："允执厥中。"释氏炼妙明心，归于一乘妙法；道家九转功成，内结圣胎，同是一"中"字至理。……诗家造诣，何独不然！②

"中"就是要求诗歌的各种体貌特征都表现得恰到好处，它不仅限定语体风格的其他各种特质都只能适度得以表现，而且限制诗作的个体风格特征也都不能过度展现自身。它力图引导诗体所有的特征都维持在最适宜的状态上，这既避免了因过度展现某一特征而出现的弊病，也可使整个诗体都流露出一种平和的气质。由内而外，没有过于激烈的情绪，也没有过于热烈的文辞，更没有被过度强化的特征，整个诗体都是柔和的，而这正是诗教传统所追求的和平之音，故而"中"必然"和"，诗体执中，其意图在"和"，其最终归宿亦在"和"，中与和密不可分，中和之美虽兼有两义，却实为一体。

诗体执定"中和"美的原则，当然亦同样包括了体性意义上的"中和"和语体意义上的"中和"两个方面，而此处我们专论后者。要达致诗歌语言风格的"中和"美可藉由两个途径：一是对诗语的风格特征加以限制，将之控制在合理的范围内，防止物极而反，此偏于"中"；二是倡导阴阳相济，即追求两种对立性风格特质的融合，使它们彼此相悖的特征相互牵制以达致调和的状态，此偏于"和"。

---

① （明）谭浚：《说诗·序》，载吴文治编：《明诗话全编》，上海古籍出版社1997年版，第4006页。

② （清）朱庭珍：《筱园诗话》卷一，载郭绍虞编：《清诗话续编》，上海古籍出版社1999年版，第2340页。

就前者言，古代论者几乎论述了各种语言风格特征可能导致的诗病，以警醒写作者对于任何特征都毋执之太过。如《筱园诗话》在前述论"中"的一段文字后就详论了诸多诗歌风格特征造成的弊病：

> 是以太奇则凡，太巧则纤，太刻则拙，太新则庸，太浓则俗，太切则卑，太清则薄，太深则晦，太高则枯，太厚则滞，太雄则粗，太快则剽，太放则冗，太收则蹙，皆诗家大病也，学者不可不知。必造到适中之境，恰好地步，始无遗憾也。①

其中所论既有诗体共有的语体风格特征，亦包括一些个体的语言风格特点，虽然将两者这样混同罗列出来在理论表述上显得缺乏条理，但其对各种特征及其相应弊病的梳理却是最全面的。类似言论在古代诗论中极为常见：

> 盖诗贵圆熟也。然圆熟多失之平易，老硬多失之乾枯，能不失二者之间，则可与古作者并驱矣。②
>
> 凡诗丽则必靡，秀则必弱。若兼厥二美，免此二憾，其思王乎！③

两则材料分别指出了圆熟、老硬和丽、秀可能造成的诗病，且都认为诗体应努力把握各特征与其弊病间的界限，在充分发挥其语言风格特征时，要能够做到不逾越应有的度，那么就不会出现其特质发挥太过带来的弊病了。至于其他如"严而不峭，平而不俚，清而不泊，幽而不昧"④之类更

---

① （清）朱庭珍：《筱园诗话》卷一，载郭绍虞编：《清诗话续编》，上海古籍出版社1999年版，第2340页。

② （宋）孔平仲：《孔氏谈苑》卷五《作诗贵圆熟》，载吴文治编：《宋诗话全编》，江苏古籍出版社1998年版，第695页。

③ （清）宋征璧：《抱真堂诗话》，载郭绍虞编：《清诗话续编》，上海古籍出版社1999年版，第128页。

④ （宋）高斯得：《耻堂存稿》卷五《题建安李演〈风露小吟稿〉》，载吴文治编：《宋诗话全编》，江苏古籍出版社1998年版，第9465页。

是不胜枚举，古人就用这种一反一正的方式为诗歌各种风格特征都设置了一个"度"，从而保证了诗歌诸种语言风格特征都得以合理合度地展现，共同营造出诗体的"中和"气象。

"中和"的另一实现途径是通过两种相反特性的互相制衡和互相弥补来达到整体的和谐。它与前一种方法不同的是前述的方式是选择一正一反两种特征，正面特征是诗体必须或可以具备的，而反面特征却是诗体必须努力避免的，一正一反相对，就藉由反面特征给正面特征设置了一个不应逾越的界限，以确保诗歌各种正面特质不会因过度显现而流于相反的一面。而这后一种方式选择的却是两种特性相反的正面特征，它们都是诗体应该或可以具备的特征，但在性质上却存在一定的对立性，比如语体风格特征中的新奇和雅正、雕琢之丽美和自然之质朴，个体风格中的平淡和富丽、温婉与雄豪等，将这样两种特征并举就可令两种特征在相互制衡中互相取长补短。

一方面这两种特征由于在性质上存在一定的相悖性，故而两者并举就会有一种互相牵制的效果，两者都可以因对方的牵制而保持其应有的限度。在这方面古人提出了诸如工拙相半、奇正相参等诸多命题，谭元春（1586—1637）谓"朴者无味，灵者有痕。故有志者常精心于二者之间"[1]即是论质朴和巧丽间的制衡。另一方面这两种特性相反的特征在彼此制衡中还能相互弥补对方的缺陷，使诗体通过中和而趋近于一种更完美的形态：

> 老杜诗凡一篇皆工拙相半，古人文章类如此。皆拙固无取，使其皆工，则峭急而无古气，如李贺之流是也。[2]

文辞工整之中参以朴拙，则质朴浑厚，有高古之气。

而且当对立着的两种风格特征都是诗体所需时，它又同时赋予了物极

---

① （明）谭元春：《谭友夏合集》卷二十三《题简远堂诗》，载吴文治编：《明诗话全编》，上海古籍出版社1997年版，第9078页。

② （宋）范温：《潜溪诗眼》，载吴文治编：《宋诗话全编》，江苏古籍出版社1998年版，第1250页。

必反另一层意义：当某特征到达极点后趋近于需要极力避免的反面特征时，极点状态是一个只可趋近而不可到达的禁区；而当极点后转向的特征同样是诗体所需的正面特征时，极点状态就意味着两种对立特征极致状态下的完美融合。

> 大抵欲造平淡，当自组丽中来，落其华芬，然后可造平淡之境，如此则陶谢不足进矣。①
>
> 诗宜朴不宜巧，然必须大巧之朴；诗宜淡不宜浓，然必须浓后之淡。②

平淡应是绚烂至极而后归于平淡，质朴则是细心雕琢的极度精致中呈现出的朴素自然，两种相反特性的对立在各自的极致状态中完成了水到渠成般的融合，这不仅是艺术美的极致，同时也代表了创作的巅峰状态。因而在追求中和的两种形式中，这后一种形式似乎更具吸引力，因为它通过这种两种特征极点状态的融合并存使得"中和"之美摆脱了流于平庸的嫌疑，"中和"并不是要将所有特征平淡化，而是要努力让这些特征在充分展现自身的同时不失其"中"，彼此在极致状态中共存而不失其"和"，应是诗歌的风格魅力在合理界限内最充分、最完美的展现。

总之，"中和"从体性角度看，代表了一种审美追求或审美原则；但从语体风格的角度讲，它又直接决定了诗歌语言风格的风貌特征，决定了诗语体风格及个体语言风格特征将如何呈现。"中和"的实现途径有二：一方面可以通过寻找某些风格特征的反面弊病来为这些特征设定一个限度，从而将其特征的展现始终限制在适宜的范围内；另一方面则可通过两种特性相反的正面特征彼此牵制，以达到两种特征的平衡共存和极致融合。如果说前一种方式还存在导致诗体平庸化的嫌疑的话，后一种方式则将之从这个危险中解救了出来，两种特征在各自的极点状态中完美融合，

---

① （宋）葛立方：《韵语阳秋》卷一，载（清）何文焕辑：《历代诗话》，中华书局 1981 年版，第 484 页。

② （清）袁枚著，顾学颉校点：《随园诗话》卷五，人民文学出版社 1982 年版，第 150 页。

也就将诗歌的艺术魅力推向了极致。

（三）"雅"衍生出的语体禁忌：忌俗

诗既尚雅，当然必须忌俗。"雅"代表了庄重，代表了正大，而"俗"则是与它们相悖的琐屑、微小、鄙俚等。不过古人通常所谓诗歌须忌之俗又有两种："俗有二种：一，鄙俚俗，取例可知；二，古今相传俗，诗云：'小妇无所作，挟瑟上高堂'之类是也"①，后者所谓"古今相传俗"即所谓陈腐俗套也，其义应与"新"相对，是指诗歌意义俗滥或语言陈旧，唯有前者"鄙俚俗"才得与"雅"相对，因此我们此处针对尚雅所讨论的忌俗其实是专指皎然所谓"鄙俚俗"而言。由于"雅"在诗语体风格构成中的权威地位，古人对于与"雅"相悖的鄙俗似也尤为忌讳：

> 元轻白俗，皆其病也。然病轻犹自小疵，病俗实为大忌，故渔洋谓初学者不可读乐天诗。②

明确指出俗尤为诗体大忌。

但忌俗也还是一种笼统的说法，也要落实到诗歌的具体形态上来加以讨论。"学诗先除五俗：一曰俗体，二曰俗意，三曰俗句，四曰俗字，五曰俗韵"③，严羽所谓"五俗"，其中"俗体"，郭绍虞引《诗说杂记》语释之："俗体者何？当是所盛行如应酬诸诗，毫无意味，腴词靡靡，若试帖等类，今亦不成问题矣"④，则所谓俗体之俗其实不足与后四者相提并论，因为应酬类诗歌之俗不过是因为文造情而导致的诗意、文辞的俗套，不宜单独列出。所以后《诗法家数》再论忌俗就仅列了后四者："诗之忌

---

① （唐）释皎然：《诗议·论文意》，载张伯伟辑：《全唐五代诗格汇考》，凤凰出版社 2002 年版，第 202 页。

② （清）田同之：《西圃诗说》，载郭绍虞编：《清诗话续编》，上海古籍出版社 1999 年版，第 754 页。

③ （宋）严羽：《沧浪诗话·诗法》，载吴文治编：《宋诗话全编》，江苏古籍出版社 1998 年版，第 8725 页。

④ （宋）严羽著，郭绍虞校释：《沧浪诗话校释》，人民文学出版社 1983 年版，第 108 页。

有四：曰俗意，曰俗字，曰俗语，曰俗韵。"①四者之中俗意、俗句、俗字皆意义明了，唯有"俗韵"一词颇存歧义。因"韵"在古代诗论中既可实指押韵之韵，亦可泛指韵味之韵，而此处严羽所说"俗韵"，郭绍虞认为"沧浪以俗韵列俗字之后，当指押韵之韵"②，如此则除俗体之外的四俗恰指诗歌内在诗意之俗和外在语言修辞之俗两大方面。忌俗意自是已超出了语体的理论范畴，故此处仅论外在语言修辞的忌俗。

外在语言的忌俗即古人所谓去除俗字、俗句、俗韵，三者中论押韵之俗者极为少见，多数论者仅及于字句之俗。有仅论字俗者如《金针诗格》论"诗有五忌"，其中之一就是"忌字俗"③，《缘情手鉴诗格》亦提出"诗忌俗字"，并列出"摩挲""抖薮"为例说明了其俗字具体所指④。此外亦有泛论字句之俗者：

> 字句之俗者，视意俗体俗者，似觉易医，然不可忽。字句之俗者有二：似朴而实鄙，曰粗俗；似典而实腐，曰庸俗。粗俗者当医之以雅，庸俗者当医之以新，则二患除矣。⑤

所谓粗俗和庸俗之分与前述皎然之论同，但皎然对其所谓"鄙俚俗"未做具体解释，而此处却明确"粗俗"就是指文辞看似质朴实则缺乏锻炼而粗糙鄙陋。《养一斋诗话》指责刘基《二鬼》过于"俚率任情"⑥，也是认为其诗语过于粗率，不够精致。

从以上论忌字句之俗的材料来看，则"鄙俚俗"仍可区分为两种：

---

① （元）杨载：《诗法家数》，载（清）何文焕辑：《历代诗话》，中华书局1981年版，第726页。

② （宋）严羽著，郭绍虞校释：《沧浪诗话校释》，人民文学出版社1983年版，第109页。

③ 旧题（唐）白居易：《金针诗格》，载张伯伟辑：《全唐五代诗格汇考》，凤凰出版社2002年版，第353页。

④ （唐）李洪宣：《缘情手鉴诗格》，载张伯伟辑：《全唐五代诗格汇考》，凤凰出版社2002年版，第393页。

⑤ （明）赵士喆：《石室谈诗》卷上《总论二十四条》，载吴文治编：《明诗话全编》，上海古籍出版社1997年版，第10550页。

⑥ （清）潘德舆：《养一斋诗话》卷六，载郭绍虞编：《清诗话续编》，上海古籍出版社1999年版，第2096页。

一种是白、李二人论字俗时所指"字"本身的俗，即所用之字非书面表达所用的雅言，而是出自日常所用的方言俚语；另一种则是潘德舆等泛论字句之俗时所谓的未经锤炼的粗糙鄙俗。这两种"俗"在古人看来都需避免，但两者相较的话，则似乎唯有粗俗是一定要杜绝的，至于方言俚语古人对它的态度却相对宽容得多。

事实上许多论者都认为方言俚语是可以入诗的，他们常常以作为古代诗歌写作典范的唐诗或杜诗为例说明方言俚语入诗并无不可：

> **诗用方言** 诗人用事，有乘语意到处，辄从其方言为之者，亦自一体，但不可为常耳。①

> 数物以个，谓食为吃，甚近鄙俗，独杜屡用。"峡口惊猿闻一个"，"两个黄鹂鸣翠柳"，"却绕井栏添个个"；《送李校书》云"临歧意颇切，对酒不能吃"，"楼头吃酒楼下卧"，"但使残年饱吃饭"，"梅熟许同朱老吃"。盖篇中大概奇特可以映带者也。②

两则材料虽然都为使用方言俚语设定了条件，但最终的结论毕竟都允许了诗用方言。前一段材料提出在诗人写作涉及某地之事时，出于表达的需要可以适当使用其方言，但只能偶尔为之，不可以之为常态。后一段材料则认为若篇中其他语词奇警动人，则偶然夹杂进几个鄙俗字眼亦无妨，因为其他语词的文采风致足以弥补或掩盖其俚俗。

不过上述论者对俚语的态度还是有所保留的，虽不完全排斥，却也未正面肯定。相较之下有一些论者的态度要更激进些，他们甚至正面提倡诗体须间用方言：

> 句法欲老健有英气，当间用方俗言为妙。如奇男子行人群中，自

---

① （宋）蔡居厚：《蔡宽夫诗话》，载吴文治编：《宋诗话全编》，江苏古籍出版社1998年版，第620页。

② （宋）黄彻：《䂬溪诗话》卷七，载吴文治编：《宋诗话全编》，江苏古籍出版社1998年版，第2394页。

然有颖脱不可干之韵。①

正面肯定了"间用俗语"的作用，认为在满篇雅言之中突然插入俗语可以制造出奇警动人、令人耳目一新的艺术效果。另如：

> 王君玉谓人曰：诗家不妨间用俗语，尤见工夫。雪止未消者，俗谓之"待伴"。尝有《雪诗》："待伴不禁鸳瓦冷，羞明常怯玉钩斜。"待伴、羞明，皆俗语，今采拾入句，了无痕颣，此点瓦砾为黄金手也。②

则是从创造力角度着眼的，以为诗歌写作"间用俗语"可考验写作者的功力，若可以采俗语入诗而使雅言俗语融合无迹，化俗为雅，点铁成金，就可以最大程度上展示写作者的创造力，亦可令欣赏者在对这创造力的品味中获得极大的心理满足。"欣赏艺术就是欣赏困难的克服"③，偶尔使用俗语就如同写作者自己为自己的写作制造困难，它可以通过化俗为雅这一困难的克服过程使诗作的魅力大大增强。但值得注意的是这两段材料皆出自宋人之口，显然推崇俗语恰是宋人在唐诗的巨大成就面前力图独辟蹊径的一种方式，自梅尧臣以来诗歌写作尚日常事、家常语在宋成一时风尚。因此宋代论者对用俗语的极力推崇也是时代风气所致，在古人中却并不具有代表性，此前此后的各个时代，除了袁枚一类少数主张诗歌写作要"任情而为"的论者高度评价诗用"口头话"外④，持此论调者极少。总之，除了宋人曾从正面肯定诗用俚语的价值外，多数论者都认为俚俗语有悖于诗歌的审美风尚。但同时又认为方言俚语也并非绝不可入诗，只要锻炼精当，偶尔一两字的俚俗并不会妨害诗体的雅正风貌，何况还可以通过

---

① （宋）惠洪：《冷斋夜话》卷四，载吴文治编：《宋诗话全编》，江苏古籍出版社 1998 年版，第 2444 页。

② （宋）张镃：《仕学规范》卷三十九《作诗》，载吴文治编：《宋诗话全编》，江苏古籍出版社 1998 年版，第 7522 页。

③ 杨绛：《艺术是克服困难》，引 16 世纪意大利批评家卡斯特维特罗之语，载《文学评论》1962 年第 6 期，第 115 页。

④ （清）袁枚著，顾学颉校点：《随园诗话·补遗》卷二，人民文学出版社 1982 年版，第 618 页有"口头话，说得出便是天籁"之语。

认真锤炼化俗为雅。

因此，在缺乏锤炼的粗俗和字句本身的俚俗之间，古人显然认为粗俗才是忌讳中的大忌，因为字句的俚俗犹可以通过精心锻炼而化俗为雅，而锻炼不足造成的俚率粗糙却是无从补救的。既然忌俗更大程度上是避忌粗糙鄙俗，那么就意味着"雅"中也包含着对语言精致的要求，从这个意义上讲"雅"与前述之"丽"则有了一定的共通性，只不过"丽"对语言精致度的要求要更高一些。而且同样要求语言精致，"雅"强调的是精致显示出的品位品格，"丽"强调的却是精致散发出来的美感。

以上我们从含蓄、中和美、忌俗等三个方面考察了《诗经》传统对诗语体风格定位的影响，它们是在"雅"和"温柔敦厚"融合为共同的诗体审美要求后从中衍生的三个语体风格特征的基本原则。从这三个基本原则之中又引申出诸如有余味、诗出侧面、风格的适度展现以及忌俚俗语和粗俗语等一系列次生要求，从而对诗体语言风貌甚至表现方法等做了更加细致和全面的限定。总之，既然古代的诗歌写作皆以继承《诗经》传统自任，那么他们从《诗经》中解读出来的语言风格及审美要求自然也就成了诗歌写作必须遵循的铁的法则。所以《诗经》传统提出的语体风格要求构成了诗歌语体风格特征体系的主体，在语体风格的诸特质中扮演着主导者的角色。就是说新、文等特征都必须遵从于雅正、温厚的规范，唯有"自然"，我们或许不能将之纳入雅正等要求之下，但它既与"文"相统一，自然也不能背离雅正、温厚，所以它至少是与雅正、温厚相容的。

至此，我们从诗体性质的角度完成了对诗歌语体风格特征的总体梳理。应该说古人对诗语体风格特征的界定首先源自于他们对诗歌体性的认识，所以这语体风格特征的三个方面就代表了古人对诗体性质的三种认识。前两种概括了诗作为创作的基本需求，其中"新"是衡量一切创作的最低标准，在这一点上诗与其他创作物并无区别，不同的是诗要求"新"可以"生"，但是不能流于僻，可以"奇"，但不能堕入怪。如果说"新"是就创作的需求而言的，那么"文"则更强调了创作的人为性，一切创造都来自人为修饰，而诗对修饰的要求则更高，要求更加精致和精美。但对诗歌文辞修饰的强调也容易出现种种弊端，所以古人一面提出"文"须与内质、风骨相济，一面又将之与"自然"沟通，要求"文"饰无论如何费尽心力最终都要归于自然。但"新"和"文"二者仅从创作的性质而言毕竟无法充分体现诗体的特殊性，唯有将诗歌写作置于《诗经》传统中，通过古人对《诗经》传统的解读才能最终确定诗歌语体风格的基调，所以由《诗经》传统生发出的含蓄、中和、忌俗等才是诗歌语体风格特征的主导性规则。这三个方面的特征构成了诗歌语体风格的总体要求，不同诗人不同诗作的个体风格无论如何千变万化都应遵循或努力满足这些需求。而诗作满足的语体风格需求越多，它就越接近诗歌正体，在古人看来也就越成功。

第三节 "气"与古代诗歌语体风格论

文气论不能不说是古代文论领域最具特色的理论内容，而从气象、气韵、气格、气骨乃至与"气"相关的风骨、风神等概念在诗文评论中的大量存在及广泛使用来看，它与诗文审美及文章风格的体察和描述也应有着深刻而密切的关联。因此梳理古人关于诗"气"的讨论以及发掘由其衍生出的诗歌语体风格要求是整理古人语体风格讨论成果必不可少的内容，如此对古人语体风格观念及成果的归纳才是完整的、准确的。

一、因内符外："气"在诗体中的存在及功能

诗体中"气"的存在是无法直接观察到的。诗歌的文字形态可呈于目，声律可接于耳，内在的诗意也可借助文字传达给读者，唯有"气"是一种假想的存在。就是说它并不实际存在于诗歌形体中，它仅仅来自一种比拟式的联想和想象。

古人认为诗体中有而且必须有"气"充盈其中的观念一方面源自于诗体论以人体比拟诗体的理论建构思路。如前文所述，古人认为"气"是一切生命体的基本构成要素，对人体而言，"气"就是生命的表征和得以

存在、延续的根本，于是在将诗体类同于人体时，也就将对人体之"气"的关注转移到了诗体上，认为诗体也犹如生命体一样必须有"气"充实其中，所以曹丕提出"文以气为主"[①]，根本就是以人体为喻的文体论建构过程必然催生出的理论果实。"文章之无气，虽知视听臭味，而血气不充于内，手足不卫于外，若奄奄病人，支离憔悴，生意消削"[②]，认为文章要是没有"气"充盈体内，就如人血气不足，必会病体恹恹。"评诗之品无异人品也。人有面目骨体，有情性神气，诗之丑好高下亦然"[③]，"观于人身及万物动植，皆全是气所鼓荡。气才绝，即腐败臭恶不可近。诗文亦然"[④]，也都同样沿用了以人体作比的论述思路，通过说明"气"对人体的重要性来论证诗也必须有"气"，有气则生。这成了古人说明诗文形体内必然有"气"存在的共同思路，从曹丕时代一直到清代基本无一例外。总之，古人面对诗时会产生"气"的联想首先因为他们是通过人体认识诗体的，人体中气息的流动引发了他们对诗中之"气"的探究。

另一方面，古人在诗文鉴赏中关于"气"的体验实际上来自由诗文所引起的阅读者自身情感或气息的变化。亦或者说是作者将自己创作时体内气息的变化通过文字传递给了读者，因此读者直接的感受对象其实是自身体内之"气"，而非诗文中实有之"气"。诗文写作都会刻意经营文字的音节节奏，充分考虑阅读时的气流变化。这方面诗歌的要求更高，文章或者只要保证声吻流利，而诗歌却要追求如同歌唱般的音乐效果，声韵圆美，而这种音律节奏的变化本身就是通过人体气流的变化实现的，同时对它的阅读也总是会引起相应的气流变化。

除了外在音律的影响，诗文内在意义的表达也会随着其内容的铺展而引起阅读者思想、情感、情绪的起伏变化，而这些内在情绪的波动甚至

---

① （魏）曹丕：《典论论文》，载柯庆明、曾永义编：《两汉魏晋南北朝文学批评资料汇编》，成文出版社 1978 年版，第 150 页。

② （宋）王正德：《余师录》卷四《李方叔》，载吴文治编：《宋诗话全编》，江苏古籍出版社 1998 年版，第 6198 页。

③ （元）杨维桢：《东维子文集》卷七《赵氏诗录序》，载吴文治编：《辽金元诗话全编》，凤凰出版社 2006 年版，第 2376 页。

④ （清）方东树著，汪绍楹校点：《昭昧詹言》卷十四《通论七律》，人民文学出版社 2006 年版，第 25 页。

激荡同样也会引起读者体内气息的变化。而成功的创作则会让外在声律引起的气流变化与内在意义导致的情绪起伏及气息变化同步发生，令二者此呼彼应，从而在读者身上唤起更强烈的气息变化体验。而读者将自身气息抑扬起伏的体验投射到诗体上就会形成一种诗中有"气"在起伏流转的错觉。"凡奸声感人而逆气应之，逆气成象而乱生焉；正声感人而顺气应之，顺气成象而治生焉"[1]，"故孔子在齐闻韶，三月不知肉味。言至乐使人无欲，心平气定，不以肉为滋味也"[2]，两者虽都是在论乐，但是都同样涉及了不同乐声所引起的聆听者不同的气息状态变化，类似的言论虽然甚少见于诗文论中，但其结论却可适用于诗文。同时就创作者言，他在创作时也会产生同读者阅读时一样的情感变化以及情感变化引起的气息流转变化，所以说诗中有"气"就是仅仅存在于作者的写作体验和读者的阅读感受的假想存在。创作者写作时会根据表达的需要寻找、布置这个"气"的节奏，而读者则通过阅读体验作者设计的气流节奏，双方通过"气"的体验传递实现一种情感层面的沟通或共振。

总之，无论是出自对人体的比拟，还是源自于创作或阅读时的气息变化体验，都足以说明诗中之"气"并不是实在的，仅仅是出自于对人体的联想而已。古人讨论诗"气"皆是以对自身气息变化的体验为据的，是将自身的气息变化体验投射到诗体上产生的错觉。但古人显然并不这么认为，他们将其感受到的自身气息变化完全当作诗歌形体内实际存在的气流变化。对他们而言，"气"是实在的，确确实实是诗体构成的一部分，无论我们如何剖析它的假想性都不能否认古人的这一观念。

那么古人认为诗中之"气"由何而来呢？诗"气"的最直接来源就是直接促使主体投入创作并构成诗"意"的主体当下情感、思想中蕴含的"气"。如前文所述，主体之"性"感于外物，于是有情感、思想、体悟等的产生，而这些内在情思的变化都会伴随着"气"的变化，所以

---

① （战国）荀况：《荀子·乐论》，载赵逵夫编：《先秦文论全编要诠》，人民文学出版社 2010 年版，第 857 页。

② （魏）阮籍：《阮籍集·乐论》，载柯庆明、曾永义编：《两汉魏晋南北朝文学批评资料汇编》，成文出版社 1978 年版，第 159 页。

古人认为它们之中亦必有"气"的鼓荡。刘勰谓情含风即是情感中包蕴着气的意思。而且不同情感所含"气"的形态并不相同，因此表达不同情感、思想状态的诗作自然风貌不一。"今夫人喜而笑，怒而嗔，哀而哭，乐而歌，是人之情也，动于气而发于声者也。喜怒哀乐主于气，笑嗔歌苦主于声，是二者常相须也"①，人有喜怒哀乐之不同，则各有喜怒哀乐不同之气，发于外遂有"笑嗔歌苦"之声的差异。《谈艺录》亦谓"因情以发气，因气以成声"②，认为诗"气"来自主体所要表达的情感，而这"气"流露于外就会影响到诗歌风貌的形成。不仅如此，诗所表达情感的强度、思想的深度等还会对诗"气"的力度产生影响，甚至情感表达时主体情绪起伏的频率也会直接形成诗"气"抑扬变化的节奏。而且除了情感、思想中包孕的"气"，诗歌外意层面可能出现的诸如各种风物景色、不同事件情境等也会因其性质不同影响到诗中之"气"的呈现。比如古人认为山林之诗气"清"即是此意。总之，诗中之"气"的一部分源自于诗歌的表达内容，是与诗"意"密切关联着的。

不过诗"气"也并不仅仅与诗当时表达的内容有关，主体性情中某些一般性的元素诸如性格、品质、识见、胸怀等也会同时作用于诗之"气"，将其特质注入诗"气"中。人的性格、人品等千变万化，所凝聚的气也各自不同，抑或者说正因为秉气不同，所以才有性格、品质等的差异。而主体创作时，不仅将自己当时的情感反应及其包孕的"气"注入诗歌，而是将其全部的性情都倾注其中，所以不但诗"意"中必然渗透着主体的全部精神，诗"气"中也包含着主体的全部"气"质。

"人之文章，多似其气质；杜子美诗，乃其气质如此"③，我们权且用这里的"气质"一词来概括除短暂的情感反应外主体性情中其他较稳定的性情特质。因为形成主体气质的"气"就是诗"气"的来源之一，所以诗的气质是与主体气质相合的，主体气质的稳定性也决定了诗人的创作

① （明）顾清：《东江家藏集》卷四《作乐以宣八风之气》，载吴文治编：《明诗话全编》，上海古籍出版社1997年版，第1806页。
② （明）徐祯卿：《谈艺录》，载（清）何文焕辑：《历代诗话》，中华书局1981年版，第765页。
③ （宋）陆九渊：《象山语录》卷一，载吴文治编：《宋诗话全编》，江苏古籍出版社1998年版，第6627页。

总会表现出某种特定的风格共性。不过主体气质的形成原因却是多方面的，除了先天的性格外，后天的人格修养、生长环境乃至身份地位等无不影响着主体气质的形成及变化。"和心足于内，和气见于外"①，有心之和，然后有气之和，则气的品格得自于主体心性。《余师录》引李方叔语谓气"生之于心，应之于口，心在和平则温厚典雅，心在恭敬则矜庄威重"②，也认为有温厚之德则有温厚之气，形于言才合于温厚之格。这说明主体"气质"首先是根于性格、德性的。

除此之外，主体的身份地位也会影响其"气质"："山林之文，其气枯以槁；台阁之文，其气丽以雄。岂惟天之降才尔殊也，亦以所居之地不同，故其发于言辞之或异耳"③，人在处于台阁之中和处于山林之远时，所思所见皆不同，心境也自然迥异，于是内在之"气"及因"气"所成之文也都不同。而徐祯卿则更细致地辨析了写作主体身份、处境差异所造成的诗"气"及诗风的不同："故宗工铦匠，词淳气平；豪贤硕侠，辞雄气武；迁臣孽子，词厉气促；逸民遗老，词玄气沉"④等等，主体身份处境不同则气质不同，因此诗之气质也各不相同。

总之，古人认为在诸多复杂因素共同影响下形成的主体个性、精神状态等都包孕着不同的"气"，而它们进入诗体则成为诗"气"的重要组成部分，并会通过诗"气"影响诗歌风貌的形成。这些并不直接与写作时情感反应相关的"气"是先于创作而存在的，主体性格、人品、学识、胸襟等因素的相对稳定也赋予了它一定的恒定性，就是说一定时间内它会体现于主体所有的创作中，形成主体特有的个人风格。而相比之下，源自创作特殊情感状态的"气"却是暂时性的，在某种情况下甚至是不可重复的，因为即使面对同样情境，主体都未必会再次出现一模一样的情感

---

① （魏）嵇康：《嵇中散集》卷五《声无哀乐论》，载柯庆明、曾永义编：《两汉魏晋南北朝文学批评资料汇编》，成文出版社1978年版，第164页。

② （宋）王正德：《余师录》卷四《李方叔》，载吴文治编：《宋诗话全编》，江苏古籍出版社1998年版，第6198页。

③ （明）宋濂：《宋学士文集·銮坡前集》卷七《汪右丞诗集序》，载吴文治编：《明诗话全编》，上海古籍出版社1997年版，第52页。

④ （明）徐祯卿：《谈艺录》，载（清）何文焕辑：《历代诗话》，中华书局1981年版，第768页。

反应。

综上所述，我们可以推知古人观念中的诗"气"来源有两个：源自创作当时诗作所表达情感、思想感受的"气"和源自主体一般"气质"的"气"，两者共同构成了古人所谓诗体中的"气"。但它们在诗体中发挥的功能却并不相同，与主体创作时的情感反应直接相关的"气"最切近于诗"意"，而且它也与情感反应一样具有暂时性，其特质和影响往往仅见于特定作品；而根植于主体性格、品质等元素的"气"则因其稳定性而可以反复出现于创作者一定时期的所有作品中。当然在具体单篇作品中这两种"气"作为主体性情在诗体中的呈现形式是水乳交融的，只有将诗人某一时期的创作放在一起加以比较才会察觉它们间的差别。所以一般若不涉及个体风格的界定，论诗"气"时一般还是会将二者混而论之的。不过，诗体中"气"的特殊性在于它是一种介于诗体内外之间的存在。它一面源自于诗体的"内意"，其特质、属性皆根植于诗体的内在性质之上，而另一方面它又作用于外在语言形式。古人常有"以气驭辞"之说，"气"通过对字句章篇的调配及声律抑扬缓急的调控作用于外在的语言形式及风貌，从而将它从"内意"中吸收来的特质、属性注入到诗体的外在形貌中去。

在古代文论中，"以意为主"和"以气为主"两个命题一直并行不悖，但透过这些看似自相矛盾的表述而真正发掘其理论内涵时，就会发现它们其实是两个层面上的同一个问题。"以意为主"主要是文章价值论层面上的判断，指出"意"在文章中的主导作用，它主宰着文章内在性质定位以及外在形式选择乃至文章价值高低的评判；而"以气为主"说除了曹丕在此命题下讨论作者主体性情对文章体貌风格的影响外，其他则主要是在创作层面上讨论这个问题。就是说多数论者所论的"以气为主"其实是行文过程中的"以气为主"，关注的始终是它在写作过程中的作用，它如何推动诗意的展开，如何形成体势、风貌等等。

> 文以气为主，非主于气也。迺其中有所主，则其气浩然，流动充满而无不达，遂若气为之主耳。故文之盛也，如风雨骤至，山川草

木皆为之变；如江河浩渺，波涛平骇，各一其势。大之而金石制作，歌《明堂》而颂《清庙》；小之而才情婉娈，清《白雪》而艳《阳春》。古之而鼎彝幼眇，陈淳风而追泰古；时之而花柳明媚，过前川而学少年。①

刘氏这段论述极其简要地阐明了"以气为主"的内涵，所谓"中有所主"，依据古人"气根于意"的观念，此仍是指"以意为主"。那么"气"的功能是什么呢？浩然流动于文体内，故后文用了"金石制作""才情婉娈""鼎彝幼眇""花柳明媚"等一系列表述形象描述了"气"通过行文中的不同作用所造成的文章体貌风格的不同。又刘基亦有"文以理为主，而气以摅之。理不明，为虚文；气不足，则理无所驾"②之语，既认为诗应该是"以意为主"的，但同时又强调了"气以运意"，承认了在写作过程中"气"推动"意"展开的主导功能，认为由"气"驱使文辞展开诗意，并在此过程中形成高低起伏的体势。另外钱泳《履园谭诗》也谈及了"气"与诗文外在体貌变化的关系："气有大小，不能一致，有若看春空之云，舒卷无迹者；有若听幽涧之泉，曲折便利者；有若削泰、华之峰，苍然而起者；有若勒奔之马，截然而止者"③，与刘将孙一样使用了各种形象描述来形容行"气"不同所形成的外在风貌差异。还有"学者求神气而得之于音节，求音节而得之于字句，则思过半矣"④，"气所以行也，脉缩章法而隐焉者也"⑤等也都表达了同样的观念，"气"之行直接影响了诗文外在字句章法乃至气势、风格等的呈现。

总之，在古人观念中，"气"在诗文体中扮演着因内符外的角色，就

---

① （宋）刘将孙：《养吾斋集》卷十《谭村西诗文序》，载吴文治编：《辽金元诗话全编》，凤凰出版社2006年版，第1835页。

② （明）刘基：《诚意伯刘文成公文集》卷五《苏平仲文集序》，载吴文治编：《明诗话全编》，上海古籍出版社1997年版，第83页。

③ （清）钱泳：《履园谭诗》，载丁福保辑：《清诗话》，上海古籍出版社1978年版，第871页。

④ （清）刘大櫆：《海峰文集》卷一《论文偶记》，载吴宏一编：《清代文学批评资料汇编》，成文出版社1979年版，第431页。

⑤ （清）方东树著，汪绍楹校点：《昭昧詹言》卷十四《通论七律》，人民文学出版社2006年版，第30页。

诗而言，它一方面根源自诗体内在，诗人主体性情和创作时的情感、思想构成诗"气"的两大主要来源，它们在形成诗"气"性质、属性、特征的同时也影响着"气"在诗体中的运行和呈现；另一方面"气"在诗体中的运行决定了诗"意"呈现的方式以及字句章篇的经营，形成了外在文字形态不同的体式和风貌。可以说作者主体性情及作品所要表达的情感、思想正是通过"气"来影响外在风貌的，而这就意味着"气"论与风格论尤其是诗歌语体风格特征的讨论及界定有着直接而深刻的关联。

二、基于"气"论的诗歌语体风格特征

如前所述，"气"的功能在于"因内符外"，它将诗歌的内在属性传递出去，所以有了诗歌的语体风格特征；将诗表达内容的性质、特征传递出去，所以有了不同题材、内容诗作的不同语言风格；将主体的性格、修为乃至心境等传递出去，所以形成了主体个人的语言风格特色等。

就诗体的层面说，"气"因内符外的影响力对诗歌语体风格的限制作用则主要体现在两个方面：其一，它作为中介将诗的内在特质转变为语体风格特征。前文我们分析了基于诗歌文体性质所产生的诗歌语体风格要求，而在古人看来，将这些属性和外在语言风貌融合在一起的就是诗"气"。"气"要将诗的内在特质传递出去，也就是说，诗的内在属性特征首先引申为对诗"气"的要求，再通过"气"影响外在语言风貌。比如"气正"："气正者清和而隐厚，滂沛而陡举；气偏者浊躁而圭角，憔悴而委顿"[1]，气正源自于主体心正，也符合诗"意正"的要求，而且从"气正者清和而隐厚"的表述看，则藉由"气正"就能满足"意正"对诗外在含蓄深婉、温厚和平的审美风貌的需求。所以古人又提出所谓"气和"或"气平"，其实也是从气正衍生出来的："辞之畅者，其气也；中和者，

---

[1] （明）冯复京：《说诗补遗》卷一，载吴文治编：《明诗话全编》，上海古籍出版社 1997 年版，第 7176 页。

气之最也"①，"作诗如抚琴，必须心和气平，指柔音澹"②。另外，还有所谓"真气"论，认为作诗须是出自"真气"，而非"客气"。此类论调在清人诗论中极多。《老生常谈》"诗以有真气为主"③，《白华山人诗说》又谓诗文"须别有一种浑浑穆穆的真气"④，特意提出须"别有"，则气"真"之外，还须独具面目，"真"中又加入了"新"的意味，而气"真"在内根于意"真"和"新"，于外则促成了语之"真"和"新"。总之，"气"诸如此类的要求完全是古人对诗歌内在属性的界定在气体论中的延伸，通过对"气"的特征施加影响，得以把自身的品格要求传达给外在形貌，而这些外在风格要求即是诗歌语体风格特征的一部分。可以说由此产生的语体风格特征要求与诗歌内在属性特征、诗"气"特征是三位一体的。

其二，"气"也将自身产生的某些要求形于外在审美，影响古人诗体鉴赏和评价的审美标准，从而构成了诗歌语体风格特征的另一来源。"气"连接诗体内外的特点使得它的这些需求也是同时指向内、外两个方面的。向内它会强调诗歌表达内容的某些特质，催生出对诗意的某些限制和要求，比如后文论"气清"，它就首先要求意"清"，要求诗歌表达内容不得沾染世俗恶浊。其他如气盛要求丰厚的情感积蕴等皆是。而向外则提出了对诗歌语体风格的特定要求。

（一）气"清"以及作为诗歌审美概念的"清"

诗"气"须清，这在古代是毫无异议的。古人不仅认为万物皆是由气凝聚而成的，而且将气分为清、浊两类，得气之清者则为善、为贤，则品清格高；得气之浊者则为恶、为愚，则品格秽浊卑下，于人于物皆是如此。"五行在人为五常，得其清气备者则为圣人，得其浊气简者则为

---

① （明）李梦阳：《空同集》卷六二《驳何氏论文书》，载吴文治编：《明诗话全编》，上海古籍出版社1997年版，第1984页。

② （清）徐增：《而庵诗话》，载丁福保辑：《清诗话》，上海古籍出版社1978年版，第429页。

③ （清）延君寿：《老生常谈》，载郭绍虞编：《清诗话续编》，上海古籍出版社1999年版，第1805页。

④ （清）厉志：《白华山人诗说》卷一，载郭绍虞编：《清诗话续编》，上海古籍出版社1999年版，第2274页。

愚人"①，由清气凝聚而成的是圣人，由浊气凝聚成的则是愚人。总之，在气之清浊中包含有强烈的价值判断的意味，而在气"清"中则寄寓了一切正面的品质，所以诗也必须是由"清气"聚合成的。于是"清"成了古人对诗"气"品格的基本界定。"诗者，乾坤之清气也"②，"诗，天地间清气"③，"天地间清气，为六月风，为腊前雪，于植物为梅，于人为仙，于千载为文章，于文章为诗"④，都清晰地表达了诗歌是由天地间"清气"凝聚而成的观念。最后一则材料刘将孙甚至还解释了这一观念形成的理论背景，认为万物皆禀气而生，所禀气不同，则"性分各殊"，所以他完全搬用了古人论人及万物善恶贤愚的理论思考模式，——罗列了禀"清气"而成的事物，从自然万象到人再到人的创造物，最终才落足于诗为"清气"所成的结论上。

既然诗由"清气"凝聚而成，那么诗"气清"到底有什么表现，就是说我们要从哪些特征入手去把握诗气的"清"呢？答案是无从入手。"清"只是一种朦胧的、似有似无的审美感受，一种可以用感官捕捉、却无法用语言准确描述的体验而已。所以古人也只是不断描述一些近似的体验，以期令人从中意会到"清"之为"清"的真正感觉：

> 天无云谓之清，水无泥谓之清，风凉谓之清，月皎谓之清，一日之气夜清，四时之气秋清，空山大泽鹤唳龙吟为清，长松茂竹雪积露凝为清，寂静之室琴为清，而诗人之诗亦有所谓清焉。⑤

方回 (1227—1305) 在此极其详细地列举了人、事、物、境中的各种

---

① （汉）郑玄注，（唐）孔颖达疏：《礼记注疏》卷五十二，阮元刻《十三经注疏》本。

② （宋）姚勉：《雪坡舍人集》卷三七《玉泉诗集序》，载吴文治编：《宋诗话全编》，江苏古籍出版社 1998 年版，第 8907 页。

③ （宋）道璨：《柳塘外集》卷三《潜仲刚诗集序》，载吴文治编：《宋诗话全编》，江苏古籍出版社 1998 年版，第 9395 页。

④ （元）刘将孙：《养吾斋集》卷十《如禅集序》，载吴文治编：《辽金元诗话全编》，凤凰出版社 2006 年版，第 1840 页。

⑤ （元）方回：《桐江集》卷一《冯伯田诗集序》，载吴文治编：《辽金元诗话全编》，凤凰出版社 2006 年版，第 945 页。

"清"，包括了人视觉、触觉、听觉等诸多方面的感官体验，然后在指出诗中也有"清"后就戛然而止。很显然，他也深感诗歌的"清"或者说诗气的"清"实在难以形容，难以如同描述天、水等事物的"清"那样简单直接地抓取出它的特征体现。所以他只得不厌其烦地罗列出许多"清"，利用这些"清"传达出的体验让人约略体会到诗气"清"所带给人的体验是什么样的。古人对诗气"清"的直接界定仅止于此，而我们对气"清"的认知也仅限于此，从感受到感受，只可意会不可言传。

不过好在"气"终究是关联着创作主体以及诗歌的内在和外在特征的，虽然不能确切地说诗人的"清"和诗内在、外在的"清"具体有何表现，但却至少可以指出主体性情以及诗歌的哪些特征是近于"清"或符合"清"的要求的。当然这仍旧不能回答怎样是"清"的问题，但总可以让我们更加趋近于对诗气"清"的实际体验。

首先，诗"气"于内要求"意"清。如何是"意"清呢？吴雷发曾指出："诗以山林气为上。若台阁气者，务使清新拔俗；不然，则格便低"①，认为"山林气"更符合诗歌的审美需求，而"台阁气"则需要努力涤除世俗气息以使"清新拔俗"方可。而吴氏这段话的言外之意就是认为山林题材本身就蕴含"清"气，就已有"清新拔俗"之意。而此前李本宁也曾有"山林宴游，则兴寄清远"之语，认为山林题材的诗歌有"清远"之风，可见古人认为"山林"与"清"在气质上是颇为相合的，所以常常将二者关联在一起。当然这并不意味着诗歌欲"清"就只能写山川林泉之目，我们在此也不妨将之看作一种譬喻式的表达，或者用吴雷发的"山林气"以喻，它只是要求诗歌无论涉足何种题材表达哪一类思想或情感都应竭力在气质上接近于"山林气"。另外，古代论者还往往将诗意之新与"清"关联起来，"诗清立意新"，"非清不新，非新不清，同出而异名"②，可见意新或有助于诗之"清"。

不过"气"清及"意"清归根结底还是要落实到主体的心性修为

① （清）吴雷发：《说诗菅蒯》，载丁福保辑：《清诗话》，上海古籍出版社 1978 年版，第 902 页。
② （元）方回：《桐江集》卷一《冯伯田诗集序》，载吴文治编：《辽金元诗话全编》，凤凰出版社 2006 年版，第 945 页。

上，因此论诗者更着力于阐明此论。袁枚引黄宗羲语谓："诗人萃天地之清气，以月露、风云、花鸟为其性情"①，若要诗气"清"，就必须诗人心气"清"，所以诗人也必须是禀清气而生的人。其他类似的表述如陆游（1125—1210）称诗人要"食饮屑白玉，沐浴春兰芳"②，元好问谓"诗人玉为骨"③，皆是此义。诗之气清意清，则先要诗人之气"清"。至于如何界定诗人的气清各家理解又有不同。因为儒家、道家都分别有过对"清"的阐释，儒家倾向于道德意义上的"清"，如前引孔颖达认为得清气备者为圣人即是，同时还有道家所谓"清虚"，倾向于超然物表之"清"，而诗论所论诗人之"清"似乎更偏向于取后者之义，谓诗人须能超越尘俗，做到心性空明，则吐气必清。真德秀（1178—1235）描述诗人心清："方其外诱不接，内欲弗萌，灵襟湛然，奚虑奚营"④，再如吴澄举屈原、陈子昂、李白为例说明"诗家者流，物外之翛然独清者也"的结论，其中更称赞屈原"盖其蝉蜕污浊之中，浮游尘埃之外，皭然不滓于楚俗，为独清故也"⑤，也表明诗人之"清"就是能心空气清，不被世俗种种利益干扰，洁身自好。创作主体的性情做到了"清"，则根源于主体性情的诗"气"也必然"清"。

以上是诗气"清"对内意的要求以及延伸出的对创作主体自身修为的要求。而"清"作为诗"气"的基本品格必然会通过"气"显现为诗歌的独特气质，于是"清"也就成了诗歌语体风格的重要特征之一。蒋寅《清——古典诗美学的核心范畴》一文曾详细追溯了"清"这个诗歌审美概念的思想源头及在文论领域的流变，其中就提到"'清'的概念首先是在生理学的意义上与之发生关系的，其契机就是曹丕《典论·论

---

① （清）袁枚著，顾学颉校点：《随园诗话》卷五，人民文学出版社1982年版，第75页。

② （宋）陆游：《剑南诗稿》卷十九《夜坐示桑甥十韵》，载吴文治编：《宋诗话全编》，江苏古籍出版社1998年版，第5845页。

③ （金）元好问：《遗山先生文集》卷二《别李周卿三首》其二，载吴文治编：《辽金元诗话全编》，凤凰出版社2006年版，第319页。

④ （宋）真德秀：《西山先生真文忠公文集》卷三四《跋豫章黄量诗卷》，载吴文治编：《宋诗话全编》，江苏古籍出版社1998年版，第7996页。

⑤ （元）吴澄：《吴文正文集》卷一九《萧独清诗序》，载吴文治编：《辽金元诗话全编》，凤凰出版社2006年版，第1590页。

文》的文气论"。这一结论是颇有见地的，将"清"的概念带入诗学领域的正是"气"。古人既然认为诗歌如同人体一样是因"气"凝聚为体的，那么对清气的崇拜就使得他们必然将"清"视为诗"气"最基本的、最不可或缺的要求。然后"清"就藉由"气"因内符外的特殊性顺利进入了诗歌的审美层面。而"清"成为诗歌审美的重要概念后，由它又衍生出了大量的次生性审美概念，比如清丽、清新、清真、清奇、清壮、清峻等，所见亦极多。蒋文虽然仅将"清"视为一个审美范畴，并未及于其语体意义，然而在最后部分言及"清"作为诗美概念的开放性和包容性时，他清楚地表述道："它的基本含义就像色彩中的原色，向不同方向发展即得到新的色彩"①，而此"原色"之义即近似于我们前文在分析语体风格与一般语言风格时所提到的"底色"，语体风格实际就是普遍存在于诗歌作品中的共同底色或者说原色，它不断与不同作家、不同作品的个体风格融合而呈现为形形色色的语言风貌。由此可见，蒋文对"清"衍生能力的描述实际已经揭示出了"清"的语体价值及其作为诗歌语体风格特征之一在诗歌创作和审美中的理论地位。

当然作为语体风格的"清"最终也要归于修辞的层面，在具体修辞上对诗歌提出某些限制和要求。如："字俗则诗不清"②，"清"既有超脱尘俗之义，则诗语自是应该忌俗，所以用语俗则诗悖于"清"。"诗不清则芜"③，则"清"须不芜，诗意不杂，文字省净皆有助于诗之"清"。前引蒋文中还引用了清代袁熹（1660—1725）《答钓滩书》一文，称其为所见文献中"真正对清加以深入探讨的力作"，其文就将诗"清"具体为事清、境清、声清、色清④，虽然从引文看来，除了提出字音的清浊调配外，袁熹也似乎并未对事、境、声、色之清的具体表现以及实现"清"的具

---

① 蒋寅：《清——古典诗美学的核心范畴》，载其《古典诗学的现代诠释》，中华书局 2003 年版，第 67 页。

② （宋）梅尧臣：《续金针诗格》，载吴文治编：《宋诗话全编》，江苏古籍出版社 1998 年版，第 149 页。

③ （清）刘熙载：《诗概》，载郭绍虞编：《清诗话续编》，上海古籍出版社 1999 年版，第 2446 页。

④ 蒋寅：《清——古典诗美学的核心范畴》，载其《古典诗学的现代诠释》，中华书局 2003 年版，第 72 页。

体方式做出具体说明，似乎对我们了解"清"的修辞表现并无太大帮助。但是，或者这也是"清"不同于其他语体风格特征的地方，新、丽、含蓄等都可以把它具体化，具体化为遣词造句的方式方法，可是于"清"却很难做到这一点，传达出的更多是一种"兴味"、一种氛围，它弥漫于整个诗体中，它似乎渗透在诗歌的每一个构成元素里，但是却又不真正落实到任何一个元素的任何一个具体特征上。意新、文字省净、字不得俗等这些特征只是诗气"清"存在的某些条件而已，诗气"清"需要这些特征的配合，但是它们却又并不是"清"。所以到最后我们只能更多停留在审视诗歌总体风貌的层面上，体会着方回"空山大泽鹤唳龙吟为清"一类的譬喻来约略体会诗之"清"。

总之，作为诗"气"基本品格的"清"在进入语体领域成为诗歌语体风格特征之一后，我们也只能视其为一种面对诗体的总体感受、一种模糊的、无法具体描述的审美体验，而很难将之具体化为特定的修辞方式或要求。所谓诗人主体性情的超越尘俗和诗意新、诗语忌俗等等都只是诗气"清"实现的条件，诗气"清"中或许离不开这些特征要素，但它们却并不是"清"本身，甚至将它们作为"清"的美学内涵都可能有些牵强，因为我们不确定这些特征是不是必然通向"清"的体验。因此"清"是不可界定的，我们只能体会着方回等论者用各种比喻传达给我们的体验，然后在面对诗歌时去追寻类似的感受。

（二）气盛：诗元气论及其对诗歌语体风格的特殊要求

如果说"清"对诗"气"品格的界定是从品质角度着眼的话，那么"盛"所涉及的其实只是一个"量"的问题，它只是针对诗中之"气"应该达到的强度和饱满度所提出的要求。古人论"清"常将之与薄、弱、浅等关联起来，如"清典之失也轻"[①]，"清而不薄"[②]，皆谓清则易流于浅弱轻薄，所以追求气"清"时就要努力避免这些弊病的出现。如此说来，古人提倡诗气"清"只是接受了它品格上的清雅脱俗，而对其轻、薄等

---

① 佚名：《文笔式》，载张伯伟辑：《全唐五代诗歌汇考》，凤凰出版社2002年版，第78页。
② （明）杨慎：《升庵诗话》卷九，载丁福保辑：《历代诗话续编》，中华书局2006年版，第815页。

形态特征却并不认同。所以古人提出气盛的观念或者就是一种弥补诗气"清"缺陷的方式，有了"盛"对气强度及饱和度的要求，自然不会再出现气弱或薄的问题了。

所以在论诗气"清"之外，古人讨论最多的就是气须盛。《文心雕龙》称作文时须"气倍辞前"①，就含有气须盛的意思，认为创作之前应蕴蓄充沛的"气"，气足才可驾驭文辞。韩愈论文谓："气盛则言之短长与声之高下者皆宜"②，只要所蕴之气充沛，就可随心所欲地驱驾文辞，言之长短，调之高下，皆无所不可。类似的表述在古代诗论中极为常见，如论气充："乐天之诗，情致曲尽，入人肝脾，随物赋形，所在充满，殆与元气相侔"，用"所在充满"来形容白居易诗中之"气"，指出正是因为白诗蕴气充足，所以即使写作长篇诗歌，以气运词都游刃有余③；另"气不充，不能作势"④，又指出诗歌体势凭"气"而成，所以诗"气"不充足，则体势萎顿，无所树立。此外还有论气足："气足则生动"⑤，论气长："西汉文章雄深雅健者，其气长故也"⑥，论气大："李、杜之高凌八代，俛视一切者，气之大也。气大则宏中肆外，致广尽微而有余"⑦，论气昌："气昌则辞达而不蔺"⑧，论气"忌在馁"⑨等等，诸种表述虽措辞上各不相同，表达的思想却是一致的，都是在强调诗"气"要充足、要沛然有余。

怎样才能做到气"盛"呢？古人一谓炼气，一谓蓄气。炼气侧重于

① （南朝梁）刘勰撰，范文澜注：《文心雕龙注》卷六《神思》，人民文学出版社 2008 年版，第493 页。

② （唐）韩愈：《韩昌黎文集校注》卷三《答李翊书》，载罗联添编：《隋唐五代文学批评资料汇编》，成文出版社 1978 年版，第 153 页。

③ （金）王若虚：《滹南诗话》卷上，载吴文治编：《辽金元诗话全编》，凤凰出版社 2006 年版，第 196 页。

④ （清）黄子云：《野鸿诗的》，载丁福保辑：《清诗话》，上海古籍出版社 1978 年版，第 849 页。

⑤ （清）钱泳：《履园谭诗》总论，载丁福保辑：《清诗话》，上海古籍出版社 1978 年版，第 871 页。

⑥ （宋）惠洪：《冷斋夜话》卷一，载吴文治编：《宋诗话全编》，江苏古籍出版社 1998 年版，第 2429 页。

⑦ （清）阙名：《静居绪言》，载郭绍虞编：《清诗话续编》，上海古籍出版社 1999 年版，第 1638 页。

⑧ （明）黄淮：《介庵集》卷十一《清华集序》，载吴文治编：《明诗话全编》，上海古籍出版社 1997 年版，第 447 页。

⑨ （清）张谦宜：《絸斋诗谈》卷三《学诗初步》，载郭绍虞编：《清诗话续编》，上海古籍出版社 1999 年版，第 812 页。

主体的内在修养以及创作之前情感、思想识见的蓄积，可以说主体修养越深厚、情感越强烈，注入诗中的"气"就越充沛，这是气能至于"盛"的重要前提。同时，在炼"气"的基础上，作者还可以在创作时，通过巧妙地"用气"来增强气的强度和力量，如此不但可以使原本充盈的气更加丰足，而且若原本炼气有所不足的话，也可以藉此加以弥补，古人谓之蓄气或蓄势。古人对两种蓄气情形都曾做过分析。一种是在炼气未足的情况下，通过增加"气"的抑扬变化或加剧其高下低昂的变化幅度来增强诗"气"的力度以弥补其"量"的不足。"气未充则必凭虚以张其气"① 即是此义。若炼气不足，则可利用诗体的内在空间，通过增加气流变化的幅度和频率，增强"气"的怒张之态，凭借"气"的力度来弥补"气"不足造成的疲弱。不过这毕竟只是一种权宜之计，虽对"气"的先天不足有所补救，但也只能差强人意，而且过于突出"气"的力量感并不符合古人的审美观念，所以对这一点古人论之者并不多。

另一种情形则是主体虽然炼气充足，却并不因此就任由"气"喷薄而出，一泻无余，而是相反，要愈发敛抑，愈发徐徐出之，令"气"孕育起更加用之不竭的力量，而写作者也就可以在用气时更加地张弛如意。"气充者善舒"②，"抑之以蓄其气"③，越是气盛就越要懂得收敛，越要放缓节奏，正所谓欲扬先抑。所以论者以吹箫喻之："惟吐气如蚕丝，优游纡徐，直贯而出，穿云裂石，皆一缕所振矣"④，因为吐气如丝，徐徐而出，蕴蓄了无穷的气力，所以一旦激昂而出才会有穿云裂石的力量。两种情形相比，自然是后一种情形更符合古人的要求，除了因为炼气充足在古人看来是无法替代的重要前提外，还有一个原因就是比起前者刻意的怒张，后者的纡徐自在更符合古人的心理和审美偏好。

---

① （清）毛先舒：《诗辩坻》卷第四《学诗径录》，载郭绍虞编：《清诗话续编》，上海古籍出版社1999年版，第78页。

② （明）谭浚：《说诗·得式》卷上，载吴文治编：《明诗话全编》，上海古籍出版社1997年版，第4017页。

③ （清）阙名：《静居绪言》，载郭绍虞编：《清诗话续编》，上海古籍出版社1999年版，第1650页。

④ （明）邓云霄：《冷邸小言》，载吴文治编：《明诗话全编》，上海古籍出版社1997年版，第6431页。

不过至此我们只是解决了古人要求"气盛"以及如何做到"气盛"的问题，这虽是这一论题的核心问题，却并不是最重要的问题。因为古人要求"气盛"不过是一种途径或者手段而已，重要的不是如何实现它，而是为什么要实现它。"气盛"作为一种实现古人写作目标的途径到底通向哪里？只有理解了"气盛"背后隐藏的意图才算真正理解了"气盛"论，更何况古人之所以花费如此多的精力去探讨"气盛"，自是潜藏其中的意图极其重要的缘故。

1. 气盛与诗元气论

了解"气须盛"观念的理论背景还是要从古人对诗"气"的认知入手，因为古人对诗"气"品格和形态等各方面的要求都源自于他们如何看待诗"气"，而古人对诗"气"的认知又基本源自原始气论。古人认为天地万物皆化生于气，这一结论是古典气论的基本观念，代表了古人对宇宙生成的基本认识。若将之进一步具体化，则有了通常所说的"一气"论或者"元气"论的产生。"通天下一气耳"[①]，"天地成于元气，万物乘于天地"[②]，其中"一气"即相当于"元气"，二者义涵基本相同。虽然各家各派由此引申出的结论并不完全相同，但是这一基本结论却是被普遍接受了的。

"一气"论认为万物皆生于"一气"，当然其中仍然会有阴阳、清浊等等的区别和对立，但同时它们也在对立中彼此互补，最终圆合为一个整体，故称为"一气"。"通天下一气"的观念从物物关系的角度意味着万物皆是一气相连、彼此贯通的，因此才有了我们天人感应、天人合一的宇宙观念，甚至进一步说因此诗学中才会有人诗一体的思想出现，才会有以人体比拟诗体的理论思维方式。同时就单个事物言，则又意味着每个事物作为一个独立存在，它自身都应该是一个圆满自足的整体，由此又产生了传统的整体观和整体思维方式。如果说前者审视的角度是趋向外的，倾向于了解事物间的外在关联，那么后者的视角就是向内的，将任何事物都看作一个自足的整体，在一种整体观照的立场上审视它的存在形态、特

---

① （周）庄周：《南华真经》卷四《知北游》，道藏本。
② 王新湛校：《鹖冠子集解·泰录》，广益书局1936年版，第34页。

123

征，并在一种整体和谐的意图下对事物的各个层面进行调整和协调。

"一气"或者说"元气"论的观念被古人完全应用到了诗体研究上，在古代诗论中以"一气"或"元气"论诗者极多。如"必须一气浑成，神完力足，方为合作"①，诗"气"应该是贯通的、浑融的"一气"，所以首尾圆合、遍体通泰，皆"一气浑成"之功。"夫诗，其浩博渊深如烟海也，其变化运行如元气也，未易摹拟窥测也"②，谓诗"气"运行变化如同元气，浑沦渊深，不可窥测。不过相比之下，论诗者更偏爱用"元气"一词来表述这一观念，故我们且称之为"诗元气论"。

"诗元气论"认为诗歌化生自"元气"，诗"气"应该具备或近于元气的特征。"诗也者，其人文之精，而元气之为也欤？何其愈出愈有而愈无穷也"③，明确提出诗乃是由元气为之，因此诗"气"应具备元气那种用之不竭、生生不息的特质。另"以数言而统万形，元气浑成，其浩无涯矣"④一语也描述了诗"气"博大浑厚的特点，认为诗在短短数语之间令人感受其"气"竟似无边无际正有赖于它的"元气浑成"。而贺贻孙又提出"盖盛唐人一字一句之奇，皆从全首元气中苞孕而出，全首浑老生动，则句句浑老生动"⑤，认为若诗歌全首得自元气，则即使追求"一字一句之奇"也不妨。因为一字一句的人为雕琢痕迹完全可以被整首诗的元气浑成所掩盖甚至消解掉，所以全诗看去仍不失自然，此正盛唐人之雕琢皆胜于后人的秘诀。总之，古人认为诗歌应是元气凝结而成的，诗"气"只要达到或近于元气的境界，那么诗就无论雕琢、粗陋都不会妨碍它的自然天成。因为诗得元气就已经达致了合于天道的最高境界了。

正是在这种以诗成于元气为最高境界的观念驱使下，许多论者开始以"元气"作为衡量诗歌艺术水平的标准论诗艺之高低及盛衰。如以之评价

---

① （清）施补华：《岘佣说诗》，载丁福保辑：《清诗话》，上海古籍出版社 1978 年版，第 973 页。

② （明）王行：《半轩集》卷六《唐律诗选序》，载吴文治编：《明诗话全编》，上海古籍出版社 1997 年版，第 247 页。

③ （元）王礼：《麟原后集》卷四《沧海遗珠集序》，载吴文治编：《辽金元诗话全编》，凤凰出版社 2006 年版，第 2514 页。

④ （明）谢榛：《四溟诗话》卷一，载丁福保辑：《历代诗话续编》，中华书局 2006 年版，第 1180 页。

⑤ （清）贺贻孙：《诗筏》，载郭绍虞编：《清诗话续编》，上海古籍出版社 1999 年版，第 174 页。

诗人个体的诗歌成就，"盖天地元气之奥，至少陵而尽发之，允为集大成之圣"①，杜甫诗能称集大成正在于其得元气而成。甚至有论者以"气"为标准对诗人成就进行排列：

> 少陵，元气也。太白，逸气也。昌黎，浩气也。中唐诸君，皆清气之分，而各有所杂，为长篇则不振，气竭故也。②

杜甫同样因得"元气"被奉为第一人，而中唐则因仅得"清气"见绌。可见古人看来，仅有气"清"是远远不够的，浑厚不足则气易枯竭，难免流于薄、失于弱。另外还有以元气为准论诗歌的时代升降的，汉人诗因而被推崇："汉诗元气郁勃，含华隐耀，不露圭角"③，中唐则因此被指责："中唐而后，争事刻琢，而元气遂削"④"大历后渐近收敛，选言取胜，元气未完，辞意新而风格自降矣"⑤，因此《西圃诗说》认为可以以元气为判断标准来判断诗歌的时代变迁："浑然不露者，元气也。而有句可摘，则元气渐泄矣。诗运之升降，正在于此。"⑥

而气须盛的要求也正出自于诗元气论的理论观念，因为"盛"就可视作是古人对"元气"特征的总体概括。元气能将天地万物囊括其内，能一直推动宇宙万物完成永无止息的生命循环，它的力量自是无穷的。所以"盛"及充、足、大、昌等相似表述都是对它这种无边无际、无穷无尽的生命力的描述。将古人对元气的描述与前述关于气"盛"的论述相对照，就可以明显发现二者间的联系。如前文论气盛引述王若虚评白居易

---

① （清）宋荦：《漫堂说诗》，载丁福保辑：《清诗话》，上海古籍出版社1978年版，第417页。

② （清）陈仅：《竹林答问》，载郭绍虞编：《清诗话续编》，上海古籍出版社1999年版，第2235页。

③ （明）冯复京：《说诗补遗》卷六，载吴文治编：《明诗话全编》，上海古籍出版社1997年版，第7271页。

④ （明）费经虞：《雅伦》卷十二《制作》，载吴文治编：《明诗话全编》，上海古籍出版社1997年版，第9876页。

⑤ （清）沈德潜：《说诗晬语》卷上，载丁福保辑：《清诗话》，上海古籍出版社1978年版，第540页。

⑥ （清）田同之：《西圃诗说》，载郭绍虞编：《清诗话续编》，上海古籍出版社1999年版，第750页。

语，就有"所在充满，殆与元气相侔"，元气最大的特点就是不管是存在于无比纤小还是无比巨大的事物之中，都是一种充满的状态，都是充盈于事物体内的，所以古人诗"气"充的要求根本就得自元气论。还有论气之大时谓"宏中肆外，致广尽微而有余"①，它无论"尽微"还是"致广"都能游刃有余，即是元气所谓"愈出愈有而愈无穷"，表现出一种取之无尽、用之不竭、无边广大的内在力量。

总之，诗气盛其实就是在诗元气论理论背景下提出的，它是对诗中元气特征的概括性描述，也是为促使诗"气"达致元气境界而提出的基本要求。不过诗元气论不仅对气提出了"盛"的要求，还将元气论描述的生命运动的特点一并带入了诗论，许多诗歌审美概念就是从对元气运动的状态及特征中衍生出来的。

2. 圆：气之圆与诗之圆

中国古代似乎有着许多种描述天地化成的理论，但是又似乎只有一种，因为在观念关联之下，它们其实是可以大致相通的。《老子》："道生一，一生二，二生三，三生万物"，成玄英疏为："一，元气也。"另《易系辞》："易有太极，是生两仪"，"太极"孔颖达也释为："太极，谓天地未分之前元气混而为一。"②所以这些不同表述描写的宇宙生成理念其实是一致的，或者至少后人已经将它们贯通起来了。"一"代表元气，"太极"也代表元气，于是太极图描绘出的典型形象——"圆"也就成了元气的基本形象特征。这一观念进入到诗元气论中，就为诗歌注入了新的审美意识。

在古人观念中，"圆"是太极的外在形态或者说运动着的外在存在形态，易学史上流行的三种太极图均将太极绘为圆形。至于太极为什么会呈现为圆形，这背后当然有着复杂的文化心理因素，钱钟书《论圆》一文曾详细列举了各种文化中的圆形崇拜，那么它就或许还要追及到原始初民的共同心理，在此我们且将此置而不论。我们要关注的问题是这一观念如何影响了古人对诗"气"及诗美的解读。

"圆"既是太极的运动形态，那么它自然也适用于诗中的"元气"，

---

① （清）阙名：《静居绪言》，载郭绍虞编：《清诗话续编》，上海古籍出版社1999年版，第1638页。
② （魏）王弼注，（唐）孔颖达疏：《周易正义·系辞上》，（清）阮元刻《十三经注疏》本。

所以古人首先将"圆"的观念运用到了他们对诗"气"的描述上。虽然古人并没明确论及气须"圆"，但从他们对诗"气"运动形态的描述看，它在古人的观念中也应是以"圆"的形态存在的。一方面圆形运动必然是通畅无碍的，略有阻滞、断续则不可成"圆"。王夫之解释绘太极为圆形的原因道："取其不滞而已"①，而古人论诗"气"也一再强调贯通、通畅无碍。"气自流贯乃得"②，指出诗"气"一定要流转贯通，"一首贵一气贯注"③，《絸斋诗谈》又谓诗如人身："气血俱要通畅"④，皆是此义。另：

> 又以句句字字直属为病，在气贯节续，如脉络然。所谓圆如贯珠者，即衲子数珠，若减截一一子，便不成串矣。⑤

指出诗"气"要如同人体脉络一样贯通无阻，同时还将诗气的流转贯通描述为"圆如贯珠"，说明古人在强调诗"气"贯通时，确实是将诗"气"流转想象为一种通畅无碍的圆形运动了。

另外还有论者提到了诗"气"运动时"能返"的特征。李德裕曾谓文章鼓气以成势，但"势不可以不息，不息则流宕而忘反"⑥，强调文气运行不可"流宕而忘反"就是要求文气要"能返"。而周而复始，总是在到达极点后趋向于返回原点，这正是圆形运动的典型特征，所以"能返"要求就更明确显示古人观念中文气的运动是呈现为圆形的。此处虽是在论文，但与古人论诗"气"也应是相通的，而《筱园诗话》提出诗人炼

① （清）王夫之：《船山思问录》外篇，上海古籍出版社 2000 年版，第 59 页。
② （明）朱承爵：《存余堂诗话》，载（清）何文焕辑：《历代诗话》，中华书局 1981 年版，第 794 页。
③ （清）吴雷发：《说诗菅蒯》，载丁福保辑：《清诗话》，上海古籍出版社 1978 年版，第 899 页。
④ （清）张谦宜：《絸斋诗谈》卷三《学诗初步》，载郭绍虞编：《清诗话续编》，上海古籍出版社 1999 年版，第 813 页。
⑤ （明）顾起纶：《国雅品·士品二》，载周维德辑：《全明诗话》，齐鲁书社 2005 年版，第 1479 页。
⑥ （唐）李德裕：《文章论》，载罗联添编：《隋唐五代文学批评资料汇编》，成文出版社 1978 年版，第 211 页。

气要使之达到"往而能迥"①的境界，也隐约透露出要求诗"气"能返的意思。

由此看来，则古人观念中的诗"气"延续了元气的特征，是以运动着的圆形形态存在的，就是说诗"气"也是圆的。于是正如气"清"将"清"的特征传递给了诗歌的每个元素，使之成为诗歌审美的重要概念一样，诗气"圆"也同样把"圆"的特征注入了诗体，于是有了对诗体之圆的种种解读，而"圆"于是渐渐成了一个凝聚着诸多风格及修辞要求的语体概念。

而且亦如古人论"清"，古人将泛论的诗美之"圆"也同样具体到了对诗歌各要素的评价上，认为诗之"圆"必然要通过它的各个构成要素体现出来。所以诗体圆美意味着意须圆、语亦须圆。"意欲得圆"②，《续金针诗格》又补充道"意圆则髓满"③，还有"意者，诗之神气，贵圆融而忌暗滞"④，皆提出意欲得圆。但究竟何为"意圆"却是很难界定的，虽然粗浅理解可认为是诗意连属，但古人又言："如柏梁诗，人各言一事，全不相属，读之而气实贯串"⑤，则诗歌又可以看上去意义不相连属，而其中依然气韵连贯。这就意味着诗歌的"意圆"毕竟不同于文章的环环相扣，所谓意义圆融的容许度是很大的，有时上下句间在事件叙述甚至语意上可以相差很远，只要写作者能把握住任何一点关联将之连贯起来即可。所以诗歌的"意圆"看似简单，实际界定却恐怕非常之难。

意圆之外，古人论述更多的仍是语圆。谢朓（464—499）"好诗圆美流转如弹丸"⑥似乎是最早将审美意义的"圆"带入诗论的，所以后人论

---

① （清）朱庭珍：《筱园诗话》卷三，载郭绍虞编：《清诗话续编》，上海古籍出版社1999年版，第2387页。

② 旧题（唐）白居易：《金针诗格》，载张伯伟辑：《全唐五代诗歌汇考》，凤凰出版社2002年版，第352页。

③ （宋）梅尧臣：《续金针诗格》，载吴文治编：《宋诗话全编》，江苏古籍出版社1998年版，第148页。

④ （明）王廷相：《王氏家藏集》卷二八《与郭价夫学士论诗书》，载吴文治编：《明诗话全编》，上海古籍出版社1997年版，第2047页。

⑤ （清）郎廷槐编：《师友诗传录》，载丁福保辑：《清诗话》，上海古籍出版社1978年版，第134页。

⑥ （唐）李延寿：《南史·王筠传》，中华书局1975年版，第609页。

诗"圆"之美也常常从对此句的演绎说起。贺贻孙用谢氏自己的创作来解释其所谓"圆美"的内涵:"玄晖能以圆美之态,流转之气,运其奇俊幽秀之句"①,此解点明了诗体"圆美之态"与"流转之气"的关系,说明诗体之"圆"的审美确实是从古人诗气"圆"的认知延伸而来的。至于"圆美之态"可以解为"体态",则仅就体势言亦可解为"态度",则通指诗歌的总体风貌。《文心雕龙》也多次使用"圆"这一概念。"故能首尾圆合,条贯统序"②,谓体势之圆,"若骨采未圆,风辞未练,而跨略旧规,驰骛新作,虽获巧意,危败亦多"③,骨指风骨,采即辞采,骨采未圆或近于谢朓之说,泛指诗总体风格之圆美。此后"圆"的使用愈益增多,除"下字贵响,造语贵圆"④一类泛言语圆者外,还有很多论者更进一步具体论字圆、音圆、体势圆转等,如"不经意而首尾圆活"⑤论体势之圆,"古诗惟《十九首》音调最圆,子建、嗣宗犹近之"⑥论声圆,"若一字不圆,便松散无力"⑦论字圆。这些论述就将风格层面的"圆"更具体化为修辞层面的"圆",为风格层面"圆"的呈现提供了具体的方法和途径。虽然"字圆""声圆"以及体势之"圆"仍是停留于感受层次的虚化概念,其实很难把握其具体表现究竟如何,但风格层面的"圆"、字圆等说法的出现还是在人们头脑中为"圆"之美勾画出了一个比较清晰的轮廓。另外,由于审美意义上的"圆"是古人观念中语体要求的一部分,所以在个体诗论中它出现的频率也日渐增多,渐成为最为常用的鉴赏用语之一。其中有泛论诗歌整体风貌之"圆美"者:

---

① (清)贺贻孙:《诗筏》,载郭绍虞编:《清诗话续编》,上海古籍出版社1999年版,第161页。

② (南朝梁)刘勰撰,范文澜注:《文心雕龙注》卷七《镕裁》,人民文学出版社2008年版,第543页。

③ (南朝梁)刘勰撰,范文澜注:《文心雕龙注》卷六《风骨第二十八》,人民文学出版社2008年版,第513页。

④ (宋)严羽:《沧浪诗话·诗法》,载吴文治编:《宋诗话全编》,江苏古籍出版社1998年版,第8725页。

⑤ (宋)刘辰翁:《刘须溪批点选注杜工部诗》卷六,载吴文治编:《宋诗话全编》,江苏古籍出版社1998年版,第9865页。

⑥ (清)费锡璜:《汉诗总说》,载丁福保辑:《清诗话》,上海古籍出版社1978年版,第944页。

⑦ (清)庞垲:《诗义固说》下,载郭绍虞编:《清诗话续编》,上海古籍出版社1999年版,第738页。

清圆明丽之可贵，孰非元气之孕也？而诗之美似之。[①]

不但以"清圆"泛论诗之美，而且还指出"圆"用于形容诗美是源自诗元气论的。另"汉魏五言，委婉悠圆"[②]，用"悠圆"来形容汉魏五言诗，联系前文古人以"元气"形容汉魏五言，那么此语也同样显示了"圆"与元气的渊源关系。

不过虽然论诗之"圆"也是源自对诗元气特征的解读，但它在诗歌审美中的地位却远不似在哲学领域那么神圣。因为"圆"的描述偏于强调"气"的流畅无碍，未能全面涵盖元气渊深浑厚、生生不息的特质，所以用于论诗反而很容易流于平易。如古人往往将"圆美"和"平衍"连用，则知古人已意识到圆美易入于平衍。再如谓诗忌圆熟，"然圆熟多失之平易"[③]，也说明古人认为"圆"会流于平易。这大大影响了"圆"在诗歌审美中的地位，相比之下，另一个描述元气特征的概念——雄浑则更为论诗者普遍接受。

3. 雄浑：源自对元气特征的全面涵括

"圆"是对元气的运动形态所做的一种特征描述，但用于论诗时，它很容易会堕入对表面圆通流畅的强调，而忽略了元气在圆融外表下积聚着的深厚无比的生命之力、运动之力。而"雄浑"概念却很好地弥补了这一缺陷，它既包括了"圆"的圆合、圆畅之义，又将元气的浑厚、力量感等都包含在内了。

司空图（837—908）释其"雄浑"一品："大用外腓，真体内充。反虚入浑，积健为雄"[④]，从他所用"真体内充"等字眼来看，显然是与元

---

① （元）王礼：《麟原后集》卷四《沧海遗珠集序》，载吴文治编：《辽金元诗话全编》，凤凰出版社 2006 年版，第 2514 页。

② （明）许学夷：《诗源辨体》卷三《汉魏总论》，载吴文治编：《明诗话全编》，上海古籍出版社 1997 年版，第 6084 页。

③ （宋）孔平仲：《孔氏谈苑》卷五《作诗贵圆熟》，载吴文治编：《宋诗话全编》，江苏古籍出版社 1998 年版，第 695 页。

④ （唐）司空图：《二十四诗品》，载（清）何文焕辑：《历代诗话》，中华书局 1981 年版，第 38 页。

气相关的。有论者分析了司空图"冲淡"品中"饮之太和"一语，指出"太和"即元气，并又通过分析"豪荡"等证实"饮之太和"是司空图诗学思想的理论根基①。而从司空图论"雄浑"的用语来看，虽然未直接使用"太和"一词，但其特征的描述却是完全针对元气的运动特征的。如果说前所谓"圆"是对元气运动形态的描述，侧重于它的圆通无碍，那么"雄浑"就是对这一运动形态更进一步的特征透视。正如有论者指出的"'雄'主要是力量的无限，'浑'则主要是基于空间的无限之上的混沌朦胧"②，那么"浑"就是对元气"圆"的外在形态进行审视、并对它浑融无际的特征进行描述而产生的概念，而"雄"则彰显了在浑融外表下诗歌"元气"周而复始的运动所洋溢出的那种生机和力量，二者合二为一才是对元气运动特征的完整表述。

元气从来不是静止的，它一直在不竭不休地运动着，而在这周而复始的运动中自然蕴含着一种力量。所以正如同前文以力解"风骨"，认为"风骨"中含有对力度的肯定，那么"雄"其实也包含着"力"的含义，是对诗歌内含之"力"形于外所呈现的风貌特征的概括。"雄者，项王以八千人破秦军十万"③，所以"雄"中蕴含着一种势如破竹的气魄和力量，诗之"雄"指的就是诗中元气运动所产生的力量以及这力量积蕴出的一种力度美。

当然亦有人用"健"字来形容元气的力量美，"气力健举"④"气健而能举"⑤，但司空图却称"积健为雄"，似乎雄与健又是不同的。"天行健，君子以自强不息"，用"健"来形容元气的生生不息本也符合传统的文化精神，但是为什么司空图却似乎将"雄"置于"健"之上了呢？刘勉《〈雄浑〉疏证与阐释》解释了二者的区别：

---

① 朱良志：《中国艺术的生命精神》，安徽教育出版社1995年版，第118页。

② 张国庆：《司空图〈诗品·雄浑〉新探》，载《西北师大学报》1990年第2期。

③ （明）费经虞：《雅伦》卷十六《品衡上》，载吴文治编：《明诗话全编》，上海古籍出版社1997年版，第9964页。

④ （清）赵翼：《瓯北诗话》卷四《白香山诗》，载郭绍虞编：《清诗话续编》，上海古籍出版社1999年版，第1178页。

⑤ （清）朱庭珍：《筱园诗话》卷一，载郭绍虞编：《清诗话续编》，上海古籍出版社1999年版，第2335页。

郭绍虞《诗品集解》训"雄"为"至大至刚",故就有力而言,"雄"当在"健"之上,以人为喻,健近于少壮,雄近于老壮。①

认为雄和健的区别在力度上,雄更胜一筹,是至大至刚。然而若果如论者所言,健为少壮,雄为老壮的话,那么二者的区别恐怕未必是在力度上,而应该是在力的呈现形态上。少壮的力必然是向外扩张的,是刚气外露甚至是近乎怒张的,而老壮则是内敛的,他不但拥有同样甚至是更加强劲的力量,而且还懂得将之向内敛抑,甚至示外以温润。严羽论"雄深雅健"四字,认为"于诗则用'健'字不得"②,保留了"雄",而否定了"健",并且认为"健"适合论文,而不适合论诗,那么"健"与"雄"的区别就一定主要不是在力度上,而是在形态和其表现出的审美特质上。就是说"健"近于刚猛,所以不适合崇尚温厚、崇尚秀美的诗,而"雄"含于内的力度才是适用于诗的,如此则"雄"本身已经有了"浑"的意味了。

而"浑"则将"雄"力量向内敛抑的倾向更加明确并强化了。"浑"本就是一个描述天地剖判前浑沦状态的概念,《老子》论道曰"有物混成"③,《庄子·应帝王》有浑、沌之喻④,故后人每每以"浑"或"浑沌"来拟喻天地未分之时元气浑沦一体的状态。"说《易》者曰:'元气未分,浑沌为一。'"⑤"夫太极之初,浑沌未分"⑥等等皆说明对古人而言,雄和浑皆是元气的基本特征,雄偏于突出浑沦中生生不息的无穷之力,而"浑"则倾向于强调它周流不息时气敛神藏的浑涵一体,两个概念融合才算是完整呈现了元气的基本特质。

① 刘勉:《〈雄浑〉疏证与阐释》,载《文学遗产》2008年第2期,第60页。
② (宋)严羽:《沧浪诗话校释》附录《答出继叔临安吴景仙书》,载吴文治编:《宋诗话全编》,江苏古籍出版社1998年版,第8737页。
③ (元)吴澄:《道德真经注》第二十一章,道藏本。
④ (周)庄周:《南华真经》卷二《应帝王》,道藏本。
⑤ (汉)王充:《论衡》卷十一《谈天》,四库本。
⑥ (魏)曹植:《七启》,载(梁)萧统编,(唐)李善注:《文选》卷三十四,上海古籍出版社1986年版,第1576页。

因此古人对诗"气"的要求也总是兼顾两者。《诗式》论诗有四不，其一谓"气高而不怒，怒而失其风流"①，"高"近于雄，谓诗"气"须有气势有力量，"不怒"则要求气之力不可张扬外露，几于怒张，所以综合其语意就是"雄"敛于"浑"的意思。"词不可使胜气，而气又不可太扬"②，词胜气则气弱，所以不令词胜气，就是气不可弱，但同时又要求气不得张扬，那么合两句之义仍是归于"雄浑"的。《絸斋诗谈》"须一气磅礴中苍厚浑成"③，《筱园诗话》谓"敛之欲其深且醇，纵之欲其雄而肆"④，敛则浑，纵则雄，皆是雄和浑兼举。显然古人认为对诗而言，雄和浑不可或缺，雄是浑中之雄，浑是内蕴着"雄"的浑，两者统一于诗"气"周流不息的运动中，单论雄或单论浑都只得一偏而已。

所以司空图"雄浑"概念的提出应该就是基于对诗中"元气"的体验而概括出的一种审美感受。因为它全面糅合了元气的基本特征，所以在古代诗歌审美中的地位也就极为特殊。自司空图后，古人以雄浑论诗的言论极多，《诗法家数》总结了诗的六体，首即列"雄浑"。再如"汉魏诗雄浑"⑤，"盛唐一味秀丽雄浑"⑥，就时代言，汉魏和盛唐的创作皆有论者以"雄浑"许之。亦有就诗体言，认为五律或七古须雄浑者⑦，有就人言，谓苏李诗或李杜诗等雄浑者⑧，诸如此类的论述极多。可见"雄浑"在古代诗论中出现的频率是极高的，古人对这个审美概念总是流露出一种偏爱。

---

① （唐）皎然：《诗式》，载（清）何文焕辑：《历代诗话》，中华书局 1981 年版，第 27 页。

② （明）胡应麟：《诗薮内编》卷四，载吴文治编：《明诗话全编》，上海古籍出版社 1997 年版，第 5504 页。

③ （清）张谦宜：《絸斋诗谈》卷二《统论》下，载郭绍虞编：《清诗话续编》，上海古籍出版社 1999 年版，第 803 页。

④ （清）朱庭珍：《筱园诗话》卷一，载郭绍虞编：《清诗话续编》，上海古籍出版社 1999 年版，第 2332 页。

⑤ （明）屠隆：《白榆集》卷三《唐诗品汇选释断序》，载吴文治编：《明诗话全编》，上海古籍出版社 1997 年版，第 4940 页。

⑥ （明）胡应麟：《诗薮内编》卷四，载吴文治编：《明诗话全编》，上海古籍出版社 1997 年版，第 5495 页。

⑦ （元）杨载：《诗法家数》，载（清）何文焕辑：《历代诗话》，中华书局 1981 年版，第 729 — 730 页；（明）徐师曾：《文章辨体序说·古诗》、王世贞：《艺苑卮言》卷一，载吴文治编：《明诗话全编》，上海古籍出版社 1997 年版，第 534、4199 页。

⑧ （明）于慎行：《穀山笔麈》卷八《诗文》类，载吴文治编：《明诗话全编》，上海古籍出版社 1997 年版，第 5144 页。

虽然从美的角度而言无所谓是非正变，它的表现总是各种各样的，即使诗美有着自身一定的规范要求，但也只是划定某些粗略的界限而已，不可能限定一定呈现哪种美，但在诸种诗美中，雄浑似乎还是最受推崇。这是因为在古人看来雄浑是最健康、最完美的"美"。论者往往将"雄浑"释为一种阳刚美，但是仅仅用阳刚一词是不足以体现它的特殊性的。作为完整体现元气特征的概念，"雄浑"的美更像是将"天行健"和"地道坤"融而为一的，一面洋溢着充沛的生命力，一面却出之以深沉宽厚，或者真如人当壮年，在将少年朝气千锤百炼后散发出的那种气韵，稳重而不失活力，健举却不失深沉。

总之，诗"气"作为一种特殊的存在，作为诗歌内在性质显露于外的媒介，它将自己从诗歌表达内容中获得的特质传达给诗体外在形貌，从而影响诗体的外在呈现。另外，由古人的气论思想中又衍生出对诗"气"本身的一些特征要求，诸如清、盛、圆、雄浑等等，这些要求直接形于诗体外在风貌构成古人对诗歌审美的特定取择，从而更加丰富了诗歌语体论的内容和要求。不过"气"的特殊性决定了它所衍生出的审美概念也皆带有其虚化特质。"气"是一种联系着诗体内外的体验性存在，所以由它产生的审美概念也皆表现为一种整体的感受体验。这些审美概念藉由"气"融合诗体内外的特点，将其概念包含的特征辐射到诗歌内在、外在的每个元素中，令人感觉到它的特征无所不在。但那些具体到诗体每个元素身上的形态特征也仍旧只是含混的审美感受而已。

三、诗气论的衍生概念及其语体意义

正如前文所反复论述的，诗"气"是一种体验性存在，它的存在是写作或阅读体验产生的一种错觉，而这种错觉的出现源自于作者或读者对自身体内气流变化的体验。但古人却认为诗"气"是实在的，认为它一面与诗歌表达内容密切相关，一面又会显现于诗体的外在风貌中。但无论如何看待诗"气"，都意味着它将是融合诗体内外的一个特殊存在，它糅合了诗体内外的特征，却又不等同于两者特征之和，超越于诗体内外区别

之上，这意味着诗"气"引发的审美体验本身必然带有某种总体观照的色彩。而总体观照视角又恰好完全满足了古人整体思维方式的需求，于是在古代诗论中产生了很多基于"气"产生的审美概念，诸如气象、气格、气骨、气韵等等，皆是其中最为广泛使用者。这些概念在着眼点上略有不同，但古人对这些概念审美特征以及它们与诗歌关系的描述更深入揭示了古人在诗歌语体层面的审美诉求。

（一）气象

"气象"是古人使用颇多而在今人中却争议颇大的概念之一。就古人使用的"气象"一词言，其内涵其实非常明确且一致，本不应出现太多误解，但由于这个概念常与其他概念、范畴纠缠在一起，再加上"气"相关概念本身令人把捉不定的特点，遂使得它在今人的解读中误会频生。

比如由于"气象"一词常与"盛唐气象"连在一起，再加上古人使用气象时多以宏丽、壮伟、浑厚等词形容，于是就有许多论者将气象与雄浑风貌等同起来，将古人对"气象"特质的要求误解为"气象"本身的内涵[1]；再如由于《人间词话》亦多用"气象"一词，遂有将气象与境界混为一谈者[2]。然而其中影响最大的误解则是因"气象"指称的整体性而将格调、兴趣、法度等统统归入"气象"中所造成的认识混乱。这一说法以林庚《盛唐气象》中的表述为最早，"'沧浪诗话'说，'诗之法有五：曰体制，曰格力，曰气象，曰兴趣，曰音节'，这里分开来说则为五，合起来说则都可以说是气象"[3]。林氏有关"盛唐气象"的阐述虽引起了学界的一片纷争，但他此处对"气象"一词的释义却一直无人质疑，

---

① 杨晖：《严羽"气象说"评述》，认为"诗之'气象'，是创作主体的生命之气通过具有一定审美意义的形象所表现出来的一种精神风貌。这种精神力量，是人的生命之契机，是积极的，是人的一种奋勇向上的内在动力，在诗歌艺术中应表现为一种积极向上的精神，显示出雄伟、博大的气势"，载《安徽师范大学学报》1999年第4期，第525页。

② 叶嘉莹《王国维及其文学批评》指出气象"当是指作者之精神透过作品中之意象与规模所呈现出来的一个整体的精神风貌"（河北教育出版社1997年版，第251页），并未将气象与境界等同，但由于意象、规模都与境界关系密切，遂引致后人对两个概念内涵的牵合和混淆，如李铎：《论王国维的"气象"》，载《济南大学学报》2005年第1期；王海涛：《〈人间词话〉"气象"说探析》，载《江淮论坛》2006年第1期。

③ 林庚：《盛唐气象》，《北京大学学报》1958年第2期。

相反倒是支持者颇众。刘怀荣引用《沧浪诗话》中的评论具体说明了严羽的"气象"一词确实是兼有其他要素在内的：

> 他又以气象来兼含别的诗法。前引《沧浪诗话》论气象的几条，即已显示出"气象"概念所具有的包容性。如论《问来使》不类陶渊明诗，着重从作品内容的质朴与否立论；谈谢灵运与邺中诸子诗之"气象"，又重在从语言立论，是气象可兼指风格，而论汉魏古诗，论建安诗乃至论唐宋诗之气象，谈的又是诗歌的时代风貌。①

上文就列举了《沧浪诗话》中从作品内容、语言、时代风貌等多个角度论"气象"的材料来证实"气象"概念的包容性。而且还有论者把这一概念的包容性推及到其他人的用法中，如潘立勇《朱熹"气象浑成"的审美理想》认为朱熹"气象"一词"应包括意蕴、趣味、格调、骨力、法度、血脉等因素"②；孙学堂《严羽"气象"、"兴趣"说辨识》更将目光延伸至明代，认为严羽论气象还是比较重"胸怀境界"，是明人"增益了它的审美色彩，并突出了它与体制、音节等诗法因素的联系"，且引用上述林氏之语为证③。而论者们之所以误以为"气象"中包含着体制、音节等内容，就是没有认识到"气象"是一个基于对诗体加以总体观照而产生的总体风格类要素。

作为一个总体观照的概念，"气象"是需要借助于诗歌的表达媒介、表现形式以及种种写作技巧等的共同作用来呈现自身的，所以，气象的相关论述中总是离不开对这些要素的探讨。"气象氤氲，由深于体势"④，"五、七言律，体多浑圆，语多活泼，而气象风格自在，多入于圣矣"⑤，"文虽

---

① 刘怀荣：《论盛唐气象的理论渊源》，《山西师范大学学报》1994年第4期。
② 潘立勇：《朱熹"气象浑成"的审美理想》，《福建论坛》1992年第4期，第33页。
③ 孙学堂：《严羽"气象"、"兴趣"说辨识》，《南开学报》2002年第4期，第111页。
④ （唐）皎然：《诗式》，载（清）何文焕辑：《历代诗话》，中华书局1981年版，第27页。
⑤ （明）许学夷：《诗源辨体》卷十五《盛唐》，载吴文治编：《明诗话全编》，上海古籍出版社1997年版，第6153页。

新，词不雅也，不雅则无气象"①，"夫古诗律诗，体格不同，气象亦异，各有法度，各有境界分寸"②，诸如此类，论气象时皆言及语言、体势、体制等其他诗体要素。应该说虽然气象是借助这些要素呈现的，但就此将它们混同还是不恰当的。可以说这些要素共同造就了诗体的"气象"，但它们任何一个都不是甚至不属于"气象"的一部分，这一特点正是所有总体风格要素的共同特征。而且气象与体制、格调、法度、音韵等的区别其实也显而易见，它们显然属于不同的范畴，分属于对诗体不同层次的划分。气象源自于对诗体的总体观照，体制等则是对诗体本体特征的抽象描述，属于更为本体化的层面，而音韵就声律而言可视为一个本体化的外在形貌概念。虽古人常将它们并置在一起，但它们之间的界限却不难发现。仅仅因为古人论"气象"时涉及体制等就认为它们皆是"气象"的构成要素则是更为严重的误解，它会直接干扰我们对"气象"概念的理解。

那么，古人所谓"气象"到底是什么呢？简单说，气象的内涵来自"气"和"象"的结合。这一点是毫无疑问的，"夫诗言志，志克持者养其气，气不馁者慊其心。心有裁制，理乃自然。是集而生于中，则形而象于外，是谓气象"，③强调气象是内在志气凝结为诗体外在之"象"而呈现出的一种神态或风貌。对此目前学界所做的概括已足够准确④，在此且对其内涵指向的外延做一个大致明确的划定。

首先，"气象"一词的重心是集中在"象"字上的。古人论及比如趣、味等类概念时常常会强调意与象形成的内在张力对诗歌内在志意的拓展，强调那种余音袅袅所制造出的意味悠远或深沉，虽然其中"象"亦功不可没，但无疑"意"才是回味无穷的立足点。而气象则不然，它所瞩目、所观照的始终是"象"，当然"象"在气象论中实已超越了单纯的意象，而是泛指诗透过意象等要素呈现的诗歌整体风貌。

---

① （清）汪师韩：《诗学纂闻》，载丁福保辑：《清诗话》，上海古籍出版社 1978 年版，第 440 页。

② （清）朱庭珍：《筱园诗话》卷一，载郭绍虞编：《清诗话续编》，上海古籍出版社 1999 年版，第 2346 页。

③ （明）谭浚：《说诗·总辨》卷上，载吴文治编：《明诗话全编》，上海古籍出版社 1997 年版，第 4015 页。

④ 参考前注及林庚：《盛唐气象》，《北京大学学报》1958 年第 2 期。

气与象的连用本始于对自然天象及物象的指称，直至唐代，出现于诗论中的"气象"一词使用的还多是这一基本含义。

> 丛聚病者，如上句有"云"，下句有"霞"，抑是常。其次句复有"风"，下句复有"月"，"云"、"霞"、"风"、"月"，俱是气象，相次丛聚，是为病也。①
>
> 昏旦景色，四时气象，皆以意排之，令有次序，令兼意说之为妙。②

另外宋代道学家亦多以气象论人，"但以孔子之言比之，便见。如冰与水精非不光，比之玉，自是有温润含蓄气象，无许多光耀也"③，"凡看论语，非但欲理会文字，须要识得圣贤气象"④，所谓圣贤温润含蓄气象，亦是指圣贤人格修为自然流溢于外而呈现的气质风貌，可见气象一词无论是用于指自然天象还是指人之气度都侧重于对"象"或者"貌"的观察审视，而当它被应用到诗论中时亦是如此。

> 翰苑、辇毂、山林、出世、偈颂、神仙、儒先石屏之类宋贤也。江湖、闾阎、末学。末学者，道听途说，得一二字面，便杂据用去，不成一家，又在江湖、闾阎之下。已上气象，各随人之资禀高下而发。⑤

直接以"翰苑"等指称气象，当然不是说诗中必然出现某一意象，而是说诗整体的气质风貌与其相仿佛。

---

① （唐）元兢：《诗髓脑》，载张伯伟辑：《全唐五代诗格汇考》，凤凰出版社 2002 年版，第 118 页。
② 旧题（唐）王昌龄：《诗格》，载张伯伟辑：《全唐五代诗格汇考》，凤凰出版社 2002 年版，第 159 页。
③ （宋）刘元承手编：《河南二程遗书》卷第十八《伊川先生语四》，上海古籍出版社 2000 年版，第 218 页。
④ （宋）朱熹：《论语集注》卷之三《公冶长第五》，中华书局 1983 年版，第 83 页。
⑤ （元）范德机：《木天禁语》，载（清）何文焕辑：《历代诗话》，中华书局 1981 年版，第 751 页。

《同诸公登慈恩寺塔》（钟）又评"旷士"、"冥搜"句云："他人於此能作气象语，不能作此性情语。"①

以"性情语"与"气象语"相对称，更是明确表明了"气象"一词的重心应在"象"上。也就是说，古人论气象虽然亦强调"诗之气象，犹字画然，长短肥瘦，清浊雅俗，皆在人性中流出"②，但最终他们关注的、探讨的却是由性情不同所造成的形貌差异，气象理论的落脚点在于形于外的风貌，"气"只是为其理论探讨提供一个支点、一种角度而已。

　　而由气象对貌的审视又进而引申出了气象的另一个特点。气象关注的是形貌的差异，虽然形貌的差异中亦暗含着性气的不同，但气象论却只专注于探讨和描述性气形于外的形貌特点，因此气象的感受是源于直感的，是不需要思考、不需要潜心领悟即可获得的直接观感。从古人的论述中我们亦可清楚地感受到气象这种源于第一直感的特点。

　　"唐人与本朝人诗，未论工拙，直是气象不同。"③
　　"每成一篇，先观气象如何。"④

一言诗篇在手"先观气象"，一言"未论工拙"，已见气象不同，显然他们都认为对诗体进行观照时，在具体分析其文辞、意象等诸方面的表现前，首先感受到的就是气象，气象就是最直观感受中的诗体风貌。

　　从总体观照的角度讲，相对于味、境、韵等要素，气象应该是处在其最外缘的部分，是在不假思索时文字、意象等呈现的声韵色泽诉诸直

---

　　①　（明）王嗣奭：《杜臆》卷之一，载吴文治编：《明诗话全编》，上海古籍出版社1997年版，第6461页。
　　②　（元）范德机：《木天禁语》，载（清）何文焕辑：《历代诗话》，中华书局1981年版，第751页。
　　③　（宋）严羽：《沧浪诗话·诗评》，载吴文治编：《宋诗话全编》，江苏古籍出版社1998年版，第8726页。
　　④　（清）乔亿：《剑溪说诗》卷下，载郭绍虞编：《清诗话续编》，上海古籍出版社1999年版，第1096页。

觉的最初感受，是欣赏者最先感知的诗体特征，因此虽然诗的气象不能像自然气象或人的气象一样具体到"置于眉睫之前"，但对诗体而言，它仍是诗体总体风貌最为直观的部分。

至于古人论气象经常使用的描述诸如"气象壮伟""七言难于气象雄浑""气象欲其浑厚""气象雄逸"等等，却皆基于"雄浑"而言。论"气象"而几乎一概限之以"雄浑"，也应即来自前文所述的古人诗歌"元气论"，诗须发以元气，自然要具元气之特质，显于外则呈现为"雄浑"之貌。虽然因此将"雄浑"提升到语体风格的层面，以为所有诗歌都必须有"雄浑"之象或许会有偏颇之嫌。但在雄浑之象的提倡中显然涵盖了诸如内意充实、文气丰沛、含蓄不露以及自然而然等等诸多诗体要求，它不但与诗体内在特质相应和，而且与其他语体风格特征亦兼容，且如果再与词体之柔美婉媚相对照，则其语体意味也就更为明显。当然，我们并不能因此否认诗歌风格中有清新或雅淡一类作品存在，也不能因此否认它们作为诗歌的审美价值，但如果我们不把"气象雄浑"归结为单纯的阳刚之美，而是如前文所说视之为阴阳兼济的话，那么"雅淡"的语言外貌之下未必不能内含"雄浑"之意，至于"清新"则原非诗体正格，清则易浅，故古人往往矫之以清深、清峭、清俊、清拔等等，而此类概念中的"雄浑"之意可谓显而易见。从这个角度讲，那么我们将"雄浑"提升到诗歌语体风格的层面似乎是完全合理的，诗必有气象，而气象须雄浑，这一表述无论从诗歌本体性质还是诗"气"论的角度都似乎是顺理成章的结论。

（二）气格、气骨

气格，亦称气骨。"气骨"，亦有论者将之分解为气格骨力，看上去似乎"气格""气骨"并不能等同，但实际运用中，两者意义实相差无几，甚至有时是可以相互替代的。古人主要用"气格"一词指称"气"赋予诗歌的一种整体格调，而从古人所用气格来看，其中"格"似乎又更偏于格力。所以"气格"指称的诗歌格调是偏于刚健的，也正因此才能与"气骨"意义相近。

"气格"一词宋人才开始大量用于论诗，而唐人则多用"气骨"，这使人想到或者它们与刘勰的"风骨"概念也不无关系。"言气骨则建安为俦"①，以"气骨"论建安诗，尤可说明"气骨"与"风骨"的关系。至宋代时，气格、气骨的使用都开始大量增多。但从所见宋人论述看，似乎以侧重论主体性情或诗意者为多，诗"气"是根植于主体性情及诗意之上的，与之有着深切的关联，因此气格、气骨当然也是与内在性情有关的，而宋人的论述就着意于探讨气格、气骨所依赖的内在修养及情感基础。黄庭坚《答秦少章贴六》一面认为秦观诗"工在遣辞，病在骨气"，一面又提出了解决办法："要须茂其根本，深其渊源"②，显然只注意了气骨形成的内在原因。《石林诗话》论欧阳修诗："欧阳文忠公诗始矫'昆体'，专以气格为主，故其言多平易疏畅，律诗意所到处，虽语有不伦，亦不复问"③，认为欧阳修诗专主气格，但从后文认为欧诗只要意高，"语可不伦"的叙述看，其所谓气格实近于"意格"。不过《岁寒堂诗话》"笔力豪赡，气格老成"④一语应是出自总体观照的，只是此类用法当时还极少。另外还有一些用法则语意含糊，难以判定其内涵。所以宋人虽开始大量使用气格、气骨概念，但尚未对两者作为总体风貌要素的内涵加以阐发，气格、气骨作为总体观照下产生的概念，其内涵的展开主要完成于明清两代。

　　明人才真正开始阐发气格、气骨作为总体风貌要素的内涵。从相关论述来看，气格、气骨皆偏向于指称诗因"气"呈现出的格力、骨力。《艺圃伧谈》在论古诗时指责近体诗"既近体矣，何患不气格，正为气格损温柔"，后又谓唐诗尚"气骨"时称"四声合律，对偶相扶。然后格局

---

　　① （唐）殷璠：《河岳英灵集·集论》，载罗联添编：《隋唐五代文学批评资料汇编》，成文出版社1978年版，第50页。

　　② （宋）黄庭坚：《山谷别集》卷十六《答秦少章贴六》，载吴文治编：《宋诗话全编》，江苏古籍出版社1998年版，第969页。

　　③ （宋）叶梦得：《石林诗话》卷上，载吴文治编：《宋诗话全编》，江苏古籍出版社1998年版，第2688页。

　　④ （宋）张戒：《岁寒堂诗话》，卷上，载吴文治编：《宋诗话全编》，江苏古籍出版社1998年版，第3244页。

整齐，声亮气雄。故近体作而新声变，大雅亡矣"①。论者认为气格"损温柔"，说明气格是倾向于刚健的。而且对照两段议论，前者谓近体易于有气格，后又称近体尚气骨，那么其气格和气骨应该意义相同，而且其中有"气雄"的特征概括，又证明这两个概念都是侧重突出诗歌格力的。另有"大率唐人诗主神韵，不主气格，故结句率弱者多"②，认为唐人"不主气格"，所以造成了结句无力。因为"不主气格"则气力弱，气弱则不足以振起体势，自然会导致结句疲弱。如此则在这段表述中"气格"主力的意义就更明显了。

清人亦多用气格、气骨指称格力。"元人之绮丽，恨其但以浅直出之耳，此所以气格不逮前人也"③。翁方纲认为元人气格不高的原因不在于诗语绮丽工致，而在于"浅直"，浅则气弱，直则势平，气弱势平，诗必萎弱，所以显然翁方纲所谓"气格"是就格力而言的。另"文体遂变，气格遒迈"④，遒迈则必得格力之助。论气骨者："顾况有气骨，七言长篇粗硬中杂鄙语"⑤，有气骨而至出于粗硬当然是比较极端的例子，但也至少说明了"气骨"是偏于力的。

当然，气格、气骨的尚力在某种程度上构成了对所谓温柔敦厚的一种破坏，更加不符合它对诗语的审美要求，甚至一味尚力，与诗元气论的审美取向也是相悖的。因此基于种种因素的限制，论者不得不对它加以修正，于是很多论者又强调气格浑厚，其实仍是"雄"归于"浑"的意思。《诗源辨体》谓："汉魏五言，委婉悠圆，其气格自在，不必言耳"⑥，

① （明）郝敬：《艺圃伧谈》卷之一《古诗》，载吴文治编：《明诗话全编》，上海古籍出版社1997年版，第5905、5939页。

② （明）胡应麟：《诗薮内编》卷四，载吴文治编：《明诗话全编》，上海古籍出版社1997年版，第5509页。

③ （清）翁方纲：《石洲诗话》卷五，载郭绍虞编：《清诗话续编》，上海古籍出版社1999年版，第1461页。

④ （清）田雯：《古欢堂集·杂著》卷二《论五言古诗》，载郭绍虞编：《清诗话续编》，上海古籍出版社1999年版，第698页。

⑤ （清）吴乔：《围炉诗话》卷之三，载郭绍虞编：《清诗话续编》，上海古籍出版社1999年版，第563页。

⑥ （明）许学夷：《诗源辨体》卷三《汉魏总论》，载吴文治编：《明诗话全编》，上海古籍出版社1997年版，第6084页。

赞赏汉魏诗能寓气格于委婉悠圆之中。

> 老杜"细雨鱼儿出，微风燕子斜"及"穿花蛱蝶深深见，点水
> 蜻蜓款款飞"等语，读之浑然，全似未尝用力，此所以不碍其气格
> 超胜。[①]

引文亦是此义。气格胜但于外却示以浑然，气力内蕴至于竟似毫不费力。
另贺贻孙谓："看盛唐诗，当从其气格浑老、神韵生动处赏之"[②]，亦与此
同。但虽论者力倡气格、气骨要归于浑厚，毕竟无法改变气格、气骨的
本质含义，就是说它们终究是偏向于格力的，它的浑厚不过是"雄"中
之"浑"而已，仍以尚力为主。

（三）气韵、气味

比之气格、气骨，气韵和气味是在审美特质上与之完全不同的一组
概念。气格、气骨强调了格力，而气韵、气味则更倾向于体味诗体的风
致。就是说在基于"气"的诸审美概念中，气象偏向于描述总体面貌，
气格、气骨偏重于支撑生命体的格力、骨力，而气韵、气味才是对诗歌
态度风韵的品味，而古人常用以形容气韵的概念也正反映了古人对诗审美
气质的要求或者说偏好。

陈伯海将气、韵、味、趣四个概念分为两组，认为气和韵是"主体
内在的生命活力与生命容涵透过艺术品诸要素的综合作用所得到的反映"，
而味和趣则是"主体审美理想与情趣在诗歌文本有机构成中的落实"[③]，但
综观古人的相关论述，韵亦与审美相关，而趣和味也有赖于生命的高度和
深度，除气之外其他三个概念的内涵指向其实是基本相同的。

---

① （明）胡应麟：《唐音癸籤》卷三《法微二》，载吴文治编：《明诗话全编》，上海古籍出版社
1997年版，第6848页。

② （清）贺贻孙：《诗筏》，载郭绍虞编：《清诗话续编》，上海古籍出版社1999年版，第174页。

③ 陈伯海：《"味"与"趣"——试论诗性生命的审美质性》，载《东方论坛》2005年第5期，第
1页。

世人所难得者唯趣。趣如山上之色，水中之味，光中之光，女中之态，虽善说者不能下一语，唯会心者知之。①

五曰"标韵"者，鸿钧播气，雕刻万有，色相音声之外，各有韵焉。云峰烟嶂，静练沧涟，山水之韵也。秀干芳蕤，吟虫啭鸟，百物之韵也。至如美媛以倩盼呈姿，列仙以冲虚御辨，诗之有韵亦犹是耳。②

两者对韵和趣的描述几乎如出一辙，都指向诗体的色相音声之外，倾向于对诗体流荡出的意蕴风致细加体悟。至于"味"，以司空图（837—908）之论最为典型：

文之难而诗尤难，古今之喻多矣。愚以为辨味而后可以言诗也。江岭之南，凡足资於适口者，若醯非不酸也，止於酸而已。若鹾非不咸也，止於咸而已。中华之人所以充饥而遽辍者，知其咸酸之外，醇美者有所乏耳。……噫！近而不浮，远而不尽，然后可以言韵外之致耳。③

司空图之所谓辨"味"并非指辨别咸酸之味，而是指体味其咸酸之外的"醇美"，即"韵外之致"，与"韵在言外""意趣幽玄，妙在文字之外"等表述非常一致。由此可见韵、趣、味三个概念虽然来源不同，在诗体理论发展中的演变进程或许也并不一致，但最终它们的内涵及其指向的外延却是逐渐趋向同一的，"有余味""有余韵""有余趣"都旨在要求诗意蕴隽永，而"味""趣""韵"的义涵也一起指向了在诗体外在体貌的观照、诗境的体察后对诗体超越形体之上的精神气韵的品味。

---

① （明）袁宏道：《袁宏道集笺校》卷十《叙陈正甫〈会心集〉》，载吴文治编：《明诗话全编》，上海古籍出版社1997年版，第6784页。

② （明）冯复京：《说诗补遗》卷一，载吴文治编：《明诗话全编》，上海古籍出版社1997年版，第7176页。

③ （唐）司空图：《司空表圣文集》卷二《与李生论诗书》，载罗联添编：《隋唐五代文学批评资料汇编》，成文出版社1978年版，第252页。

总之，虽然韵、趣、味①三个概念的来源并不相同，"韵"始于乐音的赏鉴，"味"来自食物的品味，而"趣"之义则是由其作为动词的"趋向"义中辗转引申而来，但这来源完全不同的三个概念在诗体论的发展过程中内涵却日益趋向一致，虽然在细微意蕴上仍略有差别，但大致来讲，它们都用来指称或描述诗体于文字之外洋溢着的气质、韵度，都体现着对诗体所散发的美感的咀嚼与回味。

不过这三个概念的意指毕竟并不完全相同。其中"味"的内涵最为狭窄或者说单薄。谈到"味"一般总是更倾向于"意味"，即使谈到意象相融，也意在藉由这种表达方式而令意味隽永，其重心始终在"意"上。

> 若一向言意，诗中不妙及无味。景语若多，与意相兼不紧，虽理通亦无味。昏旦景色，四时气象，皆以意排之，令有次序，令兼意说之为妙。②
>
> 意不足而文有余，不若文有尽而意无穷也。夫意无穷而后文有味。③

后者明确诗"意无穷"然后才"有味"，前者则虽然强调了意与象兼，认为诗之味得自于景与意的交融，不过"意"终究是不可缺少的。这说明古人更偏重于从内在诗意的角度把握诗之"味"，从诗意深厚、余意无穷的角度定义诗体之所谓"有味"。所以相较之下，"味"在审美意味上似乎略逊于"趣"和"韵"。在此仅就"韵"言。

古人论韵则言"清"、言"超然"、言"轩举"，皆努力赋予诗体一种超然尘埃之上的气质神韵，从而使诗体的审视和分析于此真正达到了由内

---

① 韵、趣、味之外皆衍生出一些相关概念，虽承载的审美趣味并不相同，但其内涵仍在韵、趣、味三者各自的范畴之内，因此在此处且通论之。另外韵还别有声韵之义，属于诗体外在形貌界分的层面，前已论及，而此处所论并不将此义涵括在内。

② （唐）皎然：《诗式》卷二，载张伯伟辑：《全唐五代诗格汇考》，凤凰出版社2002年版，第252页。

③ （宋）姚勉：《雪坡舍人集》卷三八《送黄强立序》，载吴文治编：《宋诗话全编》，江苏古籍出版社1998年版，第8907页。

而外、由实在而空灵的超越性高度。

> 予每论诗，以陶渊明、韩、杜诸公皆为韵胜。一日，见林倅于径山，夜话及此，林倅曰："诗有韵有格，故自不同。如渊明诗，是其格高；谢灵运'池塘春草'句，乃其韵胜也。格高似梅花，韵胜似海棠花。"①

以海棠花喻韵，则"韵"在意蕴深永之外自应有一种天然娇媚的别样风情。而且如前所述，"韵"字之义始于对音乐节奏和谐律动的欣赏②，因此之后"韵"的内涵虽然超越了单纯的声韵而用以指称整体的神韵，但是其声韵的内涵作为声韵义的底蕴却一直影响着人们对"韵"的把握和认知，声韵"同声相应"的律动特征使得诗论者总是倾向于将"韵"描述为一种极具动态感的态度风致。"韵"的常见概念中有气韵、有风韵，而在古人观念中无论"风"还是"气"都是以流动的形态存在、以曲折流转为其特征的，"韵"与这两个概念的结合就明白地透露出古人对"韵"动态感的体认。也由于这一原因，古人描述"韵"时常常使用一些极具动态感的词汇，诸如飘然、飘逸、轩举、飞扬等等。如："风韵朗畅曰高"③，朗畅之畅有流畅、畅达之义，则朗畅中是寓有动态的。再如姜夔（1155—1221）谓"韵度欲其飘逸，其失也轻"④，以"飘逸"形容韵，也带有一种飘然若举的动感。还有：

> "鹊飞山月曙，蝉噪野风秋。"音响清越，韵度飘扬。齐梁诸子，

---

① （宋）陈善：《扪虱新话》下集，载吴文治编：《宋诗话全编》，江苏古籍出版社 1998 年版，第 5569 页。

② 张锡坤：《"气韵"范畴考辨》，《中国社会科学》2000 年第 2 期。

③ （唐）王玄：《诗中旨格》，载张伯伟辑：《全唐五代诗格汇考》，凤凰出版社 2002 年版，第 468 页。

④ （宋）姜夔：《白石道人诗说》，载（清）何文焕辑：《历代诗话》，中华书局 1981 年版，第 680 页。

咸当敛袵矣。[①]

　　韦正已曰："歌不曼其声则少情，舞不长其袖则少态。"此诗之所以贵情韵也。[②]

　　前者形容韵而曰"飘扬"，后者甚至以舞者的姿态来形容。而以上所举不过是众多类似描述中较典型的几例，从中皆可以强烈地体会到"韵"用来指称诗的态度风致时那种倾向于动态的美。

　　基于以上对韵、味两个概念的辨析，那么大致来讲，气韵、气味的内涵应是近似的，"气者，气味也；韵者，态度风致也"[③]，认为气韵概念中包含了气味，但就古人的使用情况看，恐怕未必如此，气味和气韵应是两个基本同等的概念，只不过由于韵和味两个概念本身的差异，可能气韵比之气味更多了几分审美的意味。

　　气韵是对诗歌外在气质的审美观照。而诗歌气力内含、示外以浑厚圆润的特征决定了诗体的"气质"一定是偏于温润的，所以相比气格等概念，气韵是更近于柔美的。"壮美是气盛韵弱，优美是气韵双高"[④]，认为气韵和即是优美，从古人对气韵的论述看，这一结论还是符合实际的。"气和者韵胜"[⑤]，则韵得自于气和，所以"韵"自然是指一种柔和的美感。"以气韵清高深眇者绝，以格力雅健雄豪者胜"[⑥]，不但将气韵和格力对举，显示二者在一定意义上的对立性，而且以清、深等形容气韵，而以健、豪等形容格力，那么气韵的美偏于阴柔在此对比之下更是显而易见。另外论者还常常以浑成、天成形容气韵："游心内运，放言落纸，气韵天

　　① （明）胡震亨：《唐音癸签》卷五《评汇一》，载吴文治编：《明诗话全编》，上海古籍出版社1997年版，第6863页。
　　② （清）袁枚著，顾学颉校点：《随园诗话·补遗》卷七，人民文学出版社1982年版，第754页。
　　③ （清）方东树著，汪绍楹校点：《昭昧詹言》卷一《通论五古》，人民文学出版社2006年版，第29页。
　　④ 胡家祥：《简论"气韵"范畴的基础理论意义》，载《文学评论》2007年第6期，第109页。
　　⑤ （宋）周必大：《文忠集》卷五二《杨谨仲诗集序》，载吴文治编：《宋诗话全编》，江苏古籍出版社1998年版，第5925页。
　　⑥ （宋）张表臣：《珊瑚钩诗话》，载（清）何文焕辑：《历代诗话》，中华书局1981年版，第455页。

成"①，"渊明诗真率自然，而气韵浑成"②，天成、浑成主要强调了诗歌元气浑沦的气质风貌，但浑沦中本就透露着一种委婉圆融、悠然自在的风致，所以天成也同样赋予了气韵某种优美的意味。

当然，就如同尚格力的气格会有论者站出来高倡浑厚，以避免尚力太过而流于粗硬，气韵崇尚优美，也就似乎有论者唯恐仅论气韵的温润会导致气格萎靡，于是反其道而行之：

> "采菊东篱下，悠然见南山"，"结庐在人境""心远地自偏"，一时写景之语，气韵峭拔，便觉超诣。③

用峭拔形容气韵在古人中极为少见，但也并非没有应和者："章之为法，一曰气韵宏壮"④，宏壮之义与峭拔相近，所以这两者皆是从刚劲的角度来论定气韵特征的，与气韵偏于优美的一般认识颇为相左。不过或许这些论者不过是想弥补气韵的阴柔罢了，就如同气格的浑只是"雄"中之"浑"，气韵的"雄"也只是"浑"中之"雄"，其基调仍旧是优美的。

总之，基于"气"的审美体验而产生的这一类概念本身都包含有一定的审美取向，不但"气象雄浑"的固定表述强化了"雄浑"对诗歌而言的语体意义，而且"气格"和"气韵"，一强调格力，一偏于柔美，看似彼此冲突，但是从古人要求气格寓于"委婉"、又要求气韵不失"峭拔"的观点来看，"气格"之力与"气韵"之柔终究是中和为"雄浑"了。如此看来，古人基于"气"的诗歌语体风格要求则似乎可以全部归于"雄浑"二字，不但气盛、气圆等要求都皆涵盖在内，即使气"清"所产生的"清"的要求似乎也可凭藉清深、清俊、清妙一类概念对其内

---

① （南朝梁）萧子显：《南齐书》卷五十二《文学》，载柯庆明、曾永义编：《两汉魏晋南北朝文学批评资料汇编》，成文出版社 1978 年版，第 271 页。

② （明）许学夷：《诗源辨体》卷七《宋》，载吴文治编：《明诗话全编》，上海古籍出版社 1997 年版，第 6126 页。

③ （宋）陈仁子：《牧莱脞语》卷七《玄晖宣城集序》，载吴文治编：《宋诗话全编》，江苏古籍出版社 1998 年版，第 10290 页。

④ （明）唐寅：《六如居士全集》卷七《作诗三法序》，载吴文治编：《明诗话全编》，上海古籍出版社 1997 年版，第 1951 页。

涵的拓展而融入其内。

至此我们从两个角度完成了对古代诗歌语体风格特征的理论梳理，而在此过程中我们也可以看到它们深厚的理论关联。一方面，在古人看来，基于文体性质而产生的语体风格要求是需要借助"气"因内符外的中介特征将自身的特质及要求传递给诗体外在形貌，从而形成其语体风格特征的。而另一方面，由"气"自身特征而产生的语体风格要求也不仅仅对外在语言风貌加以限制约束，同时也会向内对诗意提出要求，从而改变诗意的特性，而这些特性又必须与诗体的内在性质相契合。这就意味着这些源自不同角度而产生的语体风格特征要求最终其实是殊途同归的，任何一方的要求都可以融入或吸纳另一方的特质，从而构成对诗歌语体风格特征的完整描述。

第四节　"丽"范畴的形成及其义涵的延伸
——关于古代诗歌语体风格特征的总体构想

如前文所述，中国古代没有"语体"概念，且由于古人论文体总是兼言内、外，故也鲜少纯粹的语体风格论，唯魏晋六朝时期曹丕"诗赋欲丽"所提出的"丽"及继之而起的同类概念如"绮""缛"等偏重于语言修饰的形式及色彩方面的要求则或约略近之。而在诸概念中，由于缛、艳、绮等对色彩的形容都过于强烈，"丽"因此成了对诗歌语言修饰及精美最适当、准确的描述，并在后世诗论中成了论及诗歌语言时出现频率最高的概念之一。古人不但以之描述诗歌语体的基本风格特征，同时还不断将它与其他概念组合在一起构成各种新名词。除了与华组合为"华丽"外，还有诸如清丽、绮丽、奇丽、雅丽、壮丽、婉丽、伟丽等等。

当然这些由"丽"衍生出的概念通常都是作为对个别时期的个体诗人或个体作品语言风格的描述出现的，本身并不具"语体"性质。但此类概念的广泛接受和大量使用还是在一定程度上折射出了古人对诗歌语体特征的认识。它一方面说明古人已将"丽"视为诗歌语体风格的最基本特质了。清新有清新之丽、雄壮有雄壮之丽、婉约有婉约之丽，对语言形式、色彩的精致要求似乎已成为所有诗歌作品的共同特性，而"丽"也恰恰在这个意义上具备了"语体"的性质，成了古人对诗歌语体风格特征的基本解读。而另一方面这些围绕"丽"产生的概念也同样反映着其他观念对"丽"观念的渗透，对它们加以梳理分析，还可以进一步呈现这些观念与"丽"的关系，并藉此了解古人对诗歌语体风格特征的总体认识。换句话说，就是我们或许可以借助对这个以"丽"为核心的理论范畴及其内部关系的梳理来尝试构建一个诗歌语体风格特征论的基本体系。

"丽"着眼于外在的语言形式及风貌，强调诗歌对语言美的需求。然而以古人诗言志的价值观来评断，离开内在实情谈论纯粹的外在之美显然是无益的，"丽"作为诗歌语体风格特征的理论价值和地位也因此不断遭到众诗教论者的质疑甚至否定。"丽"范畴中其他观念的引入以及"丽"系列概念的产生正是基于弥补"丽"的这一所谓理论缺陷、维护"丽"理论地位的目的而进行的。

为实现这一目的，被引入的概念必须具备两个特性，一不可以是纯粹的语体特征，必须包含有诗歌内容的规定性，如此才可补足"丽"专主语言的缺陷；二其所昭示的语言风格特征必须能与"丽"取长补短，这样两种特质才能在审美上相互制衡或补足，以完整地、恰如其分地诠释诗歌语体风格的整体要求。以此为标准梳理"丽"范畴的系列概念，可将之厘为三组，分别从不同角度完善了"丽"的语体描述。

一、壮丽、雄丽等：以"风骨"济"丽"

诗论中壮丽、雄丽、伟丽、遒丽、弘丽等语是基于以"风骨"济"丽"的观念而诞生的，当古人以此类概念称颂某一诗人或某一时期的诗风时，恰恰是对"风骨"与"丽"完美糅合所创造出的诗语之美的赞叹。

古人以为凡诗丽则伤纤，华言丽藻的堆积会导致诗气格靡弱，柔而无骨，所谓"持华者质反，好丽者壮违"①也。因此在提倡丽美的同时，他们又往往主张以"风骨"平衡"华丽"可能造成的纤柔，在语言华彩之中融入刚健之气。如钟嵘《诗品》提出诗须"润之以丹彩，干之以风力"②。刘勰《文心雕龙》也探讨过文之"采"和"风骨"的关系，认为"若丰藻克赡，风骨不飞，则振采失鲜，负声无力"③，就是说诗歌若徒有语言的华美而无风骨，则辞华失色，气体无力，华言丽藻需要风骨的支撑方不致萎靡。钟、刘二人的观点在后世诗论中得到了广泛响应。"唐诗尚气骨，故不厌藻丽。有藻丽无气骨，便是元宋小辞"④，"绮丽不伤骨"⑤，"表里妍整，而风骨隐然"⑥等等都纷纷强调诗之"丽"有待于"风骨"，必须与风骨相辅相成，以救其纤柔之弊。

"风骨"之义刘勰《风骨》篇有详尽的表述。其论风，"《诗》总六义，风冠其首，斯乃化感之本源，志气之符契也"，又谓"缀虑裁篇，务盈守气，刚健既实，辉光乃新"，则知"风"首先根于内在情实，情意充实才能积蕴出丰厚充沛的文气。再联系《风骨》篇用以描述"风"的许多动态性词汇，以及形容"风"谓"譬征鸟之使翼也"、认为"无风"则"思不环周"等表述来看，刘勰所谓"风"其实就是丰厚充沛的文气在诗文中流转贯穿、驱驾文辞时所营造出的一种张力或气势。至于"骨"，刘勰谓"结言端直""析辞必精"，又谓"若瘠义肥辞，繁杂失统，则无骨之征也"⑦，故有论者指出"骨力"得自于"严密的逻辑结构"⑧，而这在一定程度上也符合刘勰本义。就是说，所谓有骨，首须措辞精练，繁文缛

① （明）皇甫汸：《解颐新语》，载吴文治编：《明诗话全编》，上海古籍出版社1997年版，第3247页。
② （梁）钟嵘：《诗品》，载（清）何文焕辑：《历代诗话》，中华书局1981年版，第3页。
③ （梁）刘勰撰，范文澜注：《文心雕龙注》，人民文学出版社2008年版，第513页。
④ （明）郝敬：《艺圃伧谈》，载吴文治编：《明诗话全编》，上海古籍出版社1997年版，第5939页。
⑤ （明）冯复京：《说诗补遗》，载吴文治编：《明诗话全编》，上海古籍出版社1997年版，第7215页。
⑥ （清）毛先舒：《诗辩坻》，载郭绍虞编：《清诗话续编》，上海古籍出版社1999年版，第54页。
⑦ （梁）刘勰撰，范文澜注：《文心雕龙注》，人民文学出版社2008年版，第513页。
⑧ 赵盛德：《"风骨"等于"风格"吗？——与李树尔同志商榷》，提出"刘勰要说明的'风骨'是一种'力'的表现"，认为"风力"来自"疾风似的激情"、"骨力"来自"严密的逻辑结构"，载《广西大学学报》1980年第1期，第102—105页。

辞会成为行文之累，使文势衰颓不振，在此前提下则又应意思周密、统绪井然。综合以上分析，则"风骨"，就是指内在丰盈充沛的文气驱驾精练的文辞而形成的一种外在语言风貌。文气充沛且文辞洗练，则"气"盛于辞，结构井然，则通体圆活，文气得以流转自如，从而在灵动中又藉气势之盛而蕴蓄出一定的刚性和力度。

明晓了"风骨"的内涵，那么"风骨"究竟可以在哪些方面弥补"丽"的缺失也就随之昭然了。首先，"风骨"是基于内在情实的，因此可以避免"丽"的讲求流于华而不实；其次"风骨"提出了语言精练、结构严整的要求，避免了华词丽藻的过度或胡乱堆砌，对诗之"丽"进行了程度的限制，使之不至于靡丽过甚；最后，"风骨"又为"丽"辞注入了文气流转所形成的动感和力度，使文辞在高昂顿挫、屈伸婉转中保持不断蕴蓄诗体内在的骨力和外在的激昂气势，以在"丽"的柔婉中增添高华的气度和高迈的气魄。

而寻索古人对壮丽等风格特征的形容，我们可以明显感受到"风骨"与"丽"两种特质的彼此融合与渗透。比如"壮丽"，刘勰述"八体"即谓"壮丽者，高论宏裁，卓烁异采者也"①，谭浚《说诗》又衍之曰"高论宏裁，正宗炳蔚。词丰而意贯穿，文采而意周密"②。"卓烁异采""炳蔚""文采"等皆就"丽"言自无待辨。至于"高论宏裁"以言"壮"，则知"壮"先须意格高。而后又谓须"意周密""意贯穿"，意周密则情理充实，文气充沛，结构谨严，意贯穿则文气流转，文势灵动，恰与前述"风骨"之义相符合，则显然古人所谓诗之"壮"正得之于"风骨"。另张谦宜还指出追求"壮丽"可能会导致"粗厉"③，也正是刘勰《风骨》篇"鹰隼乏采，而翰飞戾天，骨劲而气猛也"所表达的观念，即壮丽之格应注意保持"丽"与"风骨"的平衡，"丽"胜于"风骨"固然有靡弱之弊，而"风骨"胜"丽"也恐怕会使诗流于生硬粗厉，由此也就更足

---

① （梁）刘勰撰，范文澜注：《文心雕龙注》，人民文学出版社 2008 年版，第 505 页。

② （明）谭浚：《说诗·得式》，载吴文治编：《明诗话全编》，上海古籍出版社 1997 年版，第 4017 页。

③ （清）张谦宜：《絸斋诗谈》，载郭绍虞编：《清诗话续编》，上海古籍出版社 1999 年版，第 797 页。

以证明古人所谓壮丽之壮源自风骨了。再如古人论"雄丽"。王世贞《艺苑卮言》评李攀龙七言歌行:"初甚工於辞,而微伤其气,晚节雄丽精美,纵横自如"①,认为李氏早期七言歌行藻丽但少气骨,至晚年方藻丽与气骨兼备,方可谓之"雄丽"。朱庭珍《筱园诗话》称赞陈子龙诗:"惟陈卧子雄丽有骨,国变后诗尤哀壮,足殿一代矣"②,道明"雄丽"则"有骨"。另外还有遒丽、伟丽等亦有诸多相似表述,此不赘述。

总之,鉴于"丽"主要着眼于外在语言形式之精工秀美,可能会忽略内质之实,同时"丽"之秀美又偏于阴柔,易致作品缺少气力,故古人提出以"风骨"之长济"丽"之缺,实之以情理,济之以气骨,如此则文质彬彬,诗歌的语体风格也就实现了刚柔并济,而古代诗论中,壮丽、雄丽、遒丽等概念的频频出现恰恰反映了古人对以"风骨"济"丽"的提倡和热衷。

二、典丽、婉丽、温丽:以"雅"制"丽"

古人以《诗经》为万诗之祖,亦以《诗经》为一切诗歌创作的范本和诗歌批评的标尺,古典诗学更是深深植根于《诗经》学的③,诸如"温柔敦厚"之类的经学话语都已统统转化为诗学话语,顺理成章地化身成了对诗歌的情感、内容、语言形式的种种要求,于是典雅、含蓄、温婉等纷纷被历代诗论者奉为评论诗歌作品成败与否的不二标准。因此可以说,"丽"范畴中频频出现的典丽、婉丽、温丽等概念就是"丽"与这些经学传统转化来的美学概念糅合的产物,其意图在于赋予"丽"所彰显的语言美一种温婉的气质和高雅的格调。

典丽一语或出自令狐德棻之语,《周书·王褒庾信传》结语论诗赋之

---

① (明)王世贞:《艺苑卮言》,载吴文治编:《明诗话全编》,上海古籍出版社 1997 年版,第 4201 页。

② (清)朱庭珍:《筱园诗话》,载郭绍虞编:《清诗话续编》,上海古籍出版社 1999 年版,第 2362 页。

③ 李凯:《中国古代诗学话语言说方式及其意义生成——〈诗经〉与中国古代诗学关系研究》,载《文学评论》2002 年第 3 期;赵继承:《从依经立义到以经证义——试论古典诗学"诗经话语模式"的蜕变》,载《中国韵文学刊》2012 年第 1 期。

作须"文质因其宜，繁约适其变，权衡轻重，斟酌古今，和而能壮，丽而能典"①，自此"典丽"开始频频出现于诸家论诗语中。皎然《诗式》："虽欲废词尚意，而典丽不得遗"②；《诗法家数》谓诗之难有十，其一即"典丽"③；《艺苑卮言》论元诗："道园以典丽为贵，廉夫以奇崛见推"④，《诗薮》以为沈、宋之五言律诗"典丽精工"⑤，诸如此类，不胜枚举。而典丽之"典"，甲骨字形为上"册"下"大"，故《说文》释为"五帝之书"，后世衍之为"经典"之义，而以之形容文字风格，则"典"或可释为典正，即所谓正大之辞，不入鄙俗；亦可释为高古，费经虞《雅伦》以为七子之诗"高华典丽"⑥，"典丽"亦即"高华"，吐辞高古，不落凡近也。而此所谓正大、忌鄙俗、忌凡近皆古人所推崇的"雅声"之必有之义，故"典丽"即"雅丽"⑦，"丽而能典"乃至典丽一语的备受青睐恰是古人尚"雅声"弃"郑声"的诗学观念对"丽"的表述进行制约和矫正的产物。

至于温丽、婉丽二语则显然与"温柔敦厚"诗教说有关。《礼记·经解》"温柔敦厚，诗之教也"，孔颖达疏曰"温谓颜色温润，柔谓情性和柔，《诗》依违讽谏，不指切事情"⑧。当然，"温柔敦厚"首先是就诗的功用而言的，但事物的功用与其特质本就紧密相连，因此这一命题从一开始就兼具了两种属性，孔颖达的疏解实际已透露此意，颜色温润等语就既可解为人之品貌，亦可理解为诗之风貌。不过当其与"丽"结合时却只能是取用后义。

"温"即所谓"颜色温润"，就字面言，可指语言色彩温润，不用浓

---

① （唐）令狐德棻：《周书》，中华书局 1971 年版，第 200 页。

② （唐）皎然：《诗式》，中华书局 1985 年版，第 2 页。

③ （元）杨载：《诗法家数》，载（清）何文焕辑：《历代诗话》，中华书局 1981 年版，第 726 页。

④ （明）王世贞：《艺苑卮言》，载吴文治编：《明诗话全编》，上海古籍出版社 1997 年版，第 4253 页。

⑤ （明）胡应麟：《诗薮·内编》，载吴文治编：《明诗话全编》，上海古籍出版社 1997 年版，第 5484 页。

⑥ （明）费经虞：《雅伦》，载吴文治编：《明诗话全编》，上海古籍出版社 1997 年版，第 9959 页。

⑦ 古人亦有用"雅丽"者，如何乔新《椒丘文集》卷九《重刊黄杨集序》："有元一代，俗漓政庞，无足言者。而其诗矫宋季之委靡，追盛唐之雅丽，则有可取者。"然不及"典丽"语为常见。

⑧ （汉）郑玄注，（唐）孔颖达疏：《礼记注疏》，世界书局本，卷五十《经解》。

艳之辞，同时"温"又可释为温厚和平，"乐而不淫，哀而不伤"，即中和之声不尚激烈之气。而"不指切事情"即不直致，亦即所谓"婉"。故温丽、婉丽之义似各有偏重。郝敬《艺圃伧谈》曾论及"温丽"：

> 予少读选诗，心赏而难为目。及读张华《答何劭诗》云："发篇虽温丽，无乃违其情。""温丽"两字，足该矣。……益知古人诗，温丽尽乎技矣。虽三百篇不能违也。若唐人尚声偶，丽不乏而温特少。韩退之谓："李杜文章在，光焰万丈长。""光焰万丈长"，岂可论诗，几于不知诗矣。[①]

前推崇"温丽"，以为此一语足以概括古诗之长，后则指责韩愈谓李杜"光焰万丈长"为不知诗，虽郝敬此处似误读了韩愈本意，但反对以"光焰"一类语论诗，则可推知其所谓"温丽"之"温"正有颜色温润之义，故以绚丽夺目为忌。另毛先舒论七言律当以温丽为正时又称："颇恶驱驾才势，有心章彩"[②]，则温丽之"温"除颜色温润之外又有平正中和之义，故以气势森然为嫌。而"婉丽"之"婉"则更偏于指含蓄婉转，意蕴深厚。如《说诗补遗》论及七言绝谓其"婉丽入情"，随之则曰"所贵者兴象玲珑，意味深厚"[③]，《漫堂说诗》评李商隐诗赞其"婉丽"时亦言道："造意幽邃，感人尤深"[④]，皆可明确推知婉丽之婉更偏重于微婉含蓄之义。

不过实际使用过程中，二者的界限其实又有些模糊。"温柔敦厚"本为一体，颜色温润基于"不指切事情"，而反过来说"不指切事情"形之于外自然颜色温润、声气平和，故"温"与"婉"实际并不能完全区分开来，"温丽"与"婉丽"之义亦因此多有重合，述温丽，亦会言及"有

---

① （明）郝敬：《艺圃伧谈》，载吴文治编：《明诗话全编》，上海古籍出版社1997年版，第5907页。
② （清）毛先舒：《诗辩坻》，载郭绍虞编：《清诗话续编》，上海古籍出版社1999年版，第54页。
③ （明）冯复京：《说诗补遗》，载吴文治编：《明诗话全编》，上海古籍出版社1997年版，第7170页。
④ （清）宋荦：《漫堂说诗》，载（清）丁福保辑：《清诗话》，上海古籍出版社1978年版，第418页。

言外之意"，论婉丽，也会有"悲而不伤，怨而不怒"之类语。然而无论如何，温丽、婉丽与"温柔敦厚"诗教说的关系都是显而易见的。

总之，藉由典丽、温丽、婉丽等概念，从强大的经学传统衍生出的诗学观念得以完全渗透到"丽"对诗歌语体的表述中。它们一方面正如"风骨"一样，改变了"丽"纯语体的性质，赋予了它一定内容的规定性。温、婉所要求的幽邃深沉自不待言，即使典、雅所强调的忌鄙俗、忌凡近也都包含有对诗歌内容的限制性。另一方面也是更重要的一点则是它们在语体层面上对"丽"内涵的扩充。它们不但在"丽"的语体表述中融入了对表达方式和审美标准的要求，而且仅就语体风格本身言，也赋予了"丽"更丰富的审美内容。"典雅"要求诗歌的"丽"应是高雅的，避免落入俗艳的格调；"温婉"则要求诗歌之"丽"应该是温润的，含而不露、华采内含。在此双重观念的约束下，则诗之"丽"就应该呈现为一种高雅之美、温润之色，从而使"丽"对诗歌语体风格的表述更为准确、全面。

三、清丽：以清气入丽辞

"清"在古典诗学中有着极特殊的地位，蒋寅曾称之为"古典诗美学的核心范畴"。如前所述，"清"之尚根源自古代气论，而"清丽"一语也就是诗"清"的观念与"丽"糅合的产物，魏晋六朝时已多用之，如陆机《文赋》"或藻思绮合，清丽芊眠"①，《文心雕龙》"赋颂歌诗，则羽仪乎清丽"② 等皆众所熟知者。至后世遂为论诗常语，白居易赞韦应物诗曰："韦苏州歌行，清丽之外，颇近兴讽"③，周紫芝又谓杜牧诗："其实清丽闲放，宛转而有余韵"④，费经虞《雅伦》立"王禹偁体"而述之曰：

---

① （西晋）陆机：《文赋》，载柯庆明、曾永义编：《两汉魏晋南北朝文学批评资料汇编》，成文出版社 1978 年版，第 187 页。

② （梁）刘勰撰，范文澜注：《文心雕龙注》，人民文学出版社 2008 年版，第 529 页。

③ （唐）白居易：《白氏长庆集》，载罗联添编：《隋唐五代文学批评资料汇编》，成文出版社 1978 年版，第 176 页。

④ （宋）周紫芝：《太仓稊米集》，载吴文治编：《宋诗话全编》，江苏古籍出版社 1998 年版，第 2847 页。

"宋初競尚西昆才调，元之独为清丽，醇雅当时"①，黄子云评谢朓诗亦谓其："元晖句多清丽，韵亦悠扬"②等，甚为常见。

而"清"与"丽"相合并不同于"壮"或"温"等对"丽"在具体风格特征上的补足，"清"赋予"丽"的是一种风韵，一种气质。气之得"清"，就仿佛是对诗体内外的彻底淘洗，无论内在理意还是外在语言风貌都因此而变得玲珑剔透。贺贻孙《诗筏》称王维诗："虽作丽语，愈见其洁。……摩诘如仙姬天女，冰雪为魂，纵复璎珞华鬘，都非人间"③，以之形容"清丽"亦极恰切。诗气清，则玉为骨，冰为魂，其内既"无一点尘俗气"，其外则即使饰以华辞艳采亦不堕俗，所谓"淡妆浓抹总相宜"。可以说，"清"与"丽"的融合，虽然看似"清"未直接对"丽"提出任何约束或要求，然而事实上，诗气"清"所需的内外条件已随之进入"丽"的表述中，经过彻底的内外淘炼后才从根本上改变了"丽"原有的气质风貌，这种无形的渗透与脱胎换骨式的改造比之风骨、典雅等落实到具体意义或语言形式层面的弥补或制衡更为深刻，又似乎看上去更为自然而然。

总之，通过"丽"与其他概念组合构成的系列概念将内意的规定性以及其他语体风格要求融入"丽"义之中，从而形成了一个以"丽"为核心的庞大理论范畴。当然，此时"丽"范畴已不是一个纯粹的语体范畴，在以之论述语体风格的相关问题时，不得不注意将之与诸多内意的规定性剥离开来，或者给理论探讨造成了诸多困扰。然而语体形成从一开始就与不同文体表达内容的差异不无关系，而文体独立后语体风格的实现也仍然离不开内意的配合，因此对内在理意相应要求的审视必然成为语体讨论一个不可或缺的理论语境，只要注意别把二者混为一谈，内意规定性的存在对于语体风格的讨论就是有益无害的。

而"丽"范畴形成更为重要的意义则在于，通过"丽"范畴内部彼

---

①（明）费经虞：《雅伦》，载吴文治编：《明诗话全编》，上海古籍出版社1997年版，第9959页。

②（清）黄子云：《野鸿诗的》，载（清）丁福保辑：《清诗话》，上海古籍出版社1978年版，第862页。

③（清）贺贻孙：《诗筏》，载郭绍虞编：《清诗话续编》，上海古籍出版社1999年版，第167页。

此牵制又相互呼应的理论关系完整体现了古人对诗歌语体风格特征的认识和界定。事实上，"丽"范畴内的各系列概念间并不是各不相关的。如前文提及古人指出"壮丽"可能流于"生硬粗厉"，则须济之以温婉，而"婉丽"古人又称有时未免"气象不足"①，又须以"风骨"相济。又如朱庭珍言"典丽之降，必至饾饤"②，则须以清新矫之，而清丽，刘壎又曰"清丽或病格力之卑浮"③，则清则易轻浅，又须以典丽之高雅、婉丽之深厚救之。这就意味着风骨等概念在融入"丽"范畴时，在补足"丽"之缺陷的同时，也在彼此间建立起了一种相互制约和弥补的关系，从而在某种程度上实现了语体风格诸一般特征间的理论融合。而以此为基础，这些因不同途径产生的诗歌语体风格要求就可以逐渐糅合而形成一个古代诗歌语体风格的统一范型。

第五节　古人对各类型诗歌语体风格特征的界定

前文我们梳理了诗歌语体风格特征的基本关系体系，而除了总体上把握诗歌的语体风格特征外，古人还试图进一步寻找不同类别诗的语言风格共性，归纳出各类诗的语体风格特征。古人这方面的讨论主要是从两个角度着眼的：一方面从体性的角度分析不同题材、功能的诗歌间的语言风格差异，以期总结出同类题材诗作的语言风格共性；另一方面则主要从体制角度分析五七言等不同言数的诗作或古体、近体、乐府等不同体类的诗作各自的语言风格特色，以发现体制特征对语言风格的影响，梳理出不同体制诗作的语体风格特征。

这两个角度的性质当然是不同的，但这却不意味着它们之间就不会有交叉，实际分析就会发现它们其实是互相牵连着的。比如针对不同题材、

---

① （明）许学夷：《诗源辨体》，载吴文治编：《明诗话全编》，上海古籍出版社1997年版，第6156页。

② （清）朱庭珍：《筱园诗话》，载郭绍虞编：《清诗话续编》，上海古籍出版社1999年版，第2368页。

③ （元）刘壎：《水云村稿》卷五《新编七言律诗序》，载吴文治编：《辽金元诗话全编》，凤凰出版社2006年版，第1072页。

场合，古人总会对诗体有所选择，五言还是七言、古体还是近体，诗体的选择并不是完全随意的，会根据题材、功能之需而有所取舍，在这种情形下，同一题材在语言风格上的共同性是否与它倾向于使用特定体类的诗也有关系呢？答案应该是肯定的。再如古、近、乐府间的语言风格差异固然主要是它们间不同的体制特征造成的，但是在一定程度上是否也与古人对它们的不同定性有关呢？至少乐府与古体的风格差异这一因素是产生了极大影响的。由此可见，在进一步对诗歌各体类的语体风格进行探讨时，由于它们彼此间的关系错综关联，故而诗体性质和体制规范两个考察角度也就不可避免地产生了某些交叉，这就要求我们实际梳理时，既要抓住主要的考察角度，又要适当考虑另一角度可能的影响，以期准确、全面地把握古人在这一问题上的立场和结论。

一、古人论不同题材、功能诗歌的语体风格

一般而言，最初文体的生成与其功能及使用场合是有直接关系的。"人们在特定的交际场合中，为了达致某种社会功能而采取了特定的言说行为，这种特定的言说行为派生出相应的言辞样式，于是人们就用这种言说行为（动词）指称相应的言辞样式（名词），久而久之，便约定俗成地生成了特定的文体。"[①] 同时，文体使用的场合和承担的功能又与其题材内容有着密切关联，不仅因为使用场合在一定程度上会对题材选择有所限制，而且有些时候使用场合本身就是指向特定题材的，故而题材内容对文体特征的形成也有着一定程度的影响力。

针对特定场合或特定题材，写作者总是要努力选择最契合其情其境的文辞和表达方法、方式，由此也就自然形成了特定的语言形态和语体风格。而且即使在文体成熟、其本体特征基本定型后，这种外在写作情境和内在情感内容上的差异也还是会造成同一文体内不同题材、功能的作品间的风格差异。它们即使采用了相似的体制、相近的表达方式，也依

---

① 郭英德：《由行为方式向文本方式的变迁——论中国古代文体分类的生成方式》，《陕西师范大学学报》2005 年第 1 期。

然会通过词汇以及修辞方法的选择营造出不同的语言风格，以迎合它们题材、功能的特殊要求。因此，同一文体内不同题材、功能的作品总是表现出语言风格上的相异性，而同一题材、功能的作品又总趋向于某些风格共性，这即是我们所谓不同题材作品的语体风格。

要对不同题材、功能诗歌的语体风格特征进行系统表述，就首先需要对诗歌的题材和功能进行归类。但因为题材和功能间的密切关联，古人在依据内在性质对诗歌进行归类时，常常将功能的归类和题材的归类混杂在一起。"严格意义上的以题分类，要么依据题材、主题的外在功能（即'为什么而写'），要么依据题材、主题的内在意义（即'写的是什么'），二者必取其一，不可同时并用，否则就会造成不同类别相交相混的现象。"① 但无论是《文选》等总集还是偶见于诗话、论诗文中的散论，古人在试图从内在性质角度对诗歌进行归类时都表现出对诗歌题材和功能的混淆。时而从题材入手，时而从功能着眼，从而导致诗歌归类始终缺乏一个贯穿始终的统一分类标准，也就最终致使诗歌题材或功能的分类尝试归于失败。如《文选》分诗为补亡等二十三类，除去乐府等以体式分者外，其中述德、劝励等以题材内容分，而郊庙、行旅等则是从外在功能及使用场合来分的，两种分类方式被毫无区别地混杂并列，足见古人尚不能在观念上将二者区分开来。再如《笔札华梁》列有咏物阶、述志阶等八阶②，近似于依据诗的内在性质进行归类，但八类中，和诗阶、返酬阶、援寡阶意义含糊，大致或与功能有关，剩余五类中除赠物就功能言外，其余咏物、写心、述志、赞毁等都是就题材内容而言的，也是功能和题材内容双重分类标准同时存在。另徐寅《雅道机要》还列有诗"叙旧游往事为寄""或叙功名未遂为寄"等四十种通变格③，更是历数了诗歌可能涉及的四十种情境，题材划分更加细致，但分类的标准也更加繁多和

① 郭英德:《论中国古代文体分类的体式与原则》，载其《中国古代文体学论稿》，北京大学出版社 2005 年版，第 207 页。

② （唐）上官仪:《笔札华梁》，载张伯伟辑:《全唐五代诗格汇考》，凤凰出版社 2002 年版，第 56 页。

③ （唐）徐寅:《雅道机要》，载张伯伟辑:《全唐五代诗格汇考》，凤凰出版社 2002 年版，第 447 页。

杂乱。因此诗歌题材、功能的分类尝试最终都因为缺乏一个切实可行的统一分类标准而导致了分类的混乱，古代诗论始终未能依据题材或功能整理出一个相对科学的、可以被普遍接受的诗歌分类。

既然如此，那么在此基础上对不同题材、功能诗歌各自语体风格的讨论也就很难进行，所以古代诗论中也并没有关于此问题较系统的表述，而且即使是零散的结论其实也并不多见。其中《诗法家数》中的探讨还比较系统，它总结了荣遇、讽谏、登临、征行、赠别、咏物、赞美等几种诗作的写作模式、表达方式以及典型风格，如提出"荣遇之诗，要富贵尊严，典雅温厚"、"征行之诗，要发出凄怆之意，哀而不伤，怨而不乱"等。但它在归纳每类题材的写作模式方面用力颇多，基本每种题材都详细描述了诗歌每一联的内容安排[1]，细致却未免太过拘碍，而相较之下，关于语体风格特征的归纳反倒有些含混、粗疏。

另外还有一些这方面的零散议论，如主要以诗的使用场景及功能论者：

李本宁云："……山林宴游，则兴寄清远；朝飨侍从，则志存壮丽；边塞征伐，则悽惋悲壮；暌离患难，则沉痛感慨。缘机触变，各适其宜，唐人之妙以此。"[2]

施诸廊庙之诗，尤宜平易。如《早朝大明宫》，杜之"九重春色醉仙桃"，仙语也，却不如贾至、王维之稳。[3]

诗歌的语言风格要"应景"，要能契合创作发生的情境、场合，因此诗歌写作的场合及功能总会对它提出一定的风格要求，执行相近功能的诗歌也就总会表现出某种语言风格的共性。两段材料都是在总结诗歌写作的场合对诗歌语言的风格限制，前一则谓作于山林就要有山林的清趣，作于边塞

---

① （元）杨载：《诗法家数》，载（清）何文焕辑：《历代诗话》，中华书局1981年版，第731页。
② （明）许学夷：《诗源辨体》卷十七《盛唐》，载吴文治编：《明诗话全编》，上海古籍出版社1997年版，第6172页。
③ （清）方世举：《兰丛诗话》，载郭绍虞编：《清诗话续编》，上海古籍出版社1999年版，第783页。

就要有边塞的悲感；而后一则材料认为用于廊庙之诗须平易亦是此意，平易才不会有雕琢的细碎，雍容大雅方符合廊庙诗的身份。亦有主要就题材内容论者：

> 摩诘以淳古澹泊之音，写山林闲适之趣，如辋川诸诗，真一片水墨，不着色画。及其铺张国家之盛，如"九天阊阖开宫殿，万国衣冠拜冕旒""云里帝城双凤阙，雨中春树万人家"，又何其伟丽也！[①]

王维写山林之趣则淡泊，状国家之盛则伟丽，正是根据诗题材内容之需而调整了诗的语言风格。再如："作田园诗，宜于朴直"[②]，认为田园诗宜质朴无华，虽然诗体尚雅，但田园诗却更宜俗。还有刘辰翁（1233—1297）提出悼亡诗须气短声促，方显哀痛之至，令人不忍卒读[③]，诸如此类的议论都指出了不同题材、功能诗歌的语体风格特色。

　　不过在古人这方面的零散议论中也有一些古人集中关注的论题，如咏史、咏物等，其中尤以论咏物者为最多。咏物诗自六朝始日益风行，诗论中专门论之者也逐渐增多。在宋代相关论述已不断涌现，但总体看却仍以清人所论最多，这或与清代咏物诗的兴盛不无关系。而咏物诗经过历代论者的相继阐发，其表达方式、修辞方法及语言风格等方面的特质都已有了比较细致的表述。

　　前述宋人论诗体含蓄时，曾提出"不露题字""不可太着题"等要求，其中就多次以咏物诗为例加以说明，则见咏物诗尤重含蓄。"咏物诗不待明说尽，只仿佛形容，便见妙处"[④]，一方面是说咏物诗不应倾力于描摹"物"之形似，穷形尽相，不留余地；另一方面也暗示咏物诗在描摹物态

---

① （明）胡震亨：《唐音癸签》卷五《评汇一》，载吴文治编：《明诗话全编》，上海古籍出版社1997年版，第6866页。

② （清）贺裳：《载酒园诗话·宋》，载郭绍虞编：《清诗话续编》，上海古籍出版社1999年版，第431页。

③ （宋）刘辰翁：《须溪先生校点韦苏州集》卷六，载吴文治编：《宋诗话全编》，江苏古籍出版社1998年版，第9891页。

④ （宋）张镃：《仕学规范》卷三十九《作诗》，载吴文治编：《宋诗话全编》，江苏古籍出版社1998年版，第7523页。

之外还须进一步拓展诗境，在物态之外更及于物情、物理，甚至更深一层延伸至人情事理，令诗境幽深，以产生意在言外、含蕴不尽的表达效果。因此咏物诗尤其要强调"不可太着题"，尤其需要在紧扣诗题的同时从题目狭小的境界中超脱出来：

> 如咏物太着题，则粘皮带骨而卑陋；稍出格，则捕风捉影而空疏。较之歌行，相去远矣。①
>
> 新城公《分甘余话》曰："咏物诗最难超脱，超脱而复精切则尤难也。"余谓后人咏物诗，佳者未尝不精切，但精切不从超脱中来耳。②

所谓"精切"，即是谓咏物诗不得过于不着题，一味离题高腾，而不见所咏之物，不知其咏何在，则失于咏物本意，故咏物必须有就物形容的文字，且须如工笔描摹，三言两语即惟妙惟肖，令物跃然纸上，是为精切。但精切之余还须超脱于题外，要令能生发出无穷余意。因此咏物诗须精切之中寓超脱之意，亦即"咏物诗要不即不离，工细中须具缥缈之致"③，工细即是对物之描摹细致传神，"缥缈之致"则谓整个诗体呈现出的一种超然玄远的风度、气质，而追求缥缈、玄远同时也意味着咏物诗应极力避免典重。

咏物诗一般所咏之物，无论是风云月露、花草树木、鸟兽虫鱼还是某些罕见或日用的人工制作之物，都是仅仅就一物发抒情意，在古人看来都属于"小题"，这样的小题自然是不能承载过大的道理，同样在语言风格上也不宜过于雍容典重。

> 然如魏华父先生《墨梅》诗："素王本自难缁涅，墨者胡为乱等差？玄里只知杨子白，皓中谩见圣人汙。"以理学经术入咏物小诗，

---

① （明）朗瑛：《七修续稿》卷五《四言咏物》，载吴文治编：《明诗话全编》，上海古籍出版社1997年版，第2421页。

② （清）乔亿：《剑溪说诗》卷下，载郭绍虞编：《清诗话续编》，上海古籍出版社1999年版，第1102页。

③ （清）吴雷发：《说诗菅蒯》，载丁福保辑：《清诗话》，上海古籍出版社1978年版，第901页。

不独寡情韵，并觉亵圣经。此又矫风华而为方正之过，皆於诗格为最下也。①

指责《墨梅》诗矫枉过正，为避免纤巧之弊，竟至于搬出儒墨诸子来，实在是过于小题大做了。不应该"以理学经术入咏物小诗"，既意味着不宜将理学经术的大道理带入咏物诗，也同时意味着不要将理学经术类的语汇用于咏物诗，不要使咏物诗的语言过于典雅方正。

总之，古人对咏物诗的要求就集中于两个方面：一要含蓄。要在摹写精工之外蕴含无尽之情、无限之思，要能离题生发、超然玄远。二还要诗语与诗题相称。不能为避免诗流于纤弱就刻意神圣其题、庄重其语，致使语言风格过于典重，而背离了咏物小题应有的面目。不过除咏物诗外，古人对其他题材、功能诗歌的探讨都还较为粗疏。不成熟的题材、功能归类似乎已注定了这方面探讨的巨大欠缺。

另外值得注意的是不同题材诗作的语体风格与诗体选择间的关系。古人常常会针对不同题材、功能选择不同的诗体，因此某一题材的语体风格可能会与它所选择诗体的体制特征有关，同时某一题材作品的诗体选择也可能被其内容所要求的特定风格所左右。对于前一方面古人未有太多涉及，但对于后一方面他们倒是提出过一些论点来加以证实。如袁枚曾提出"凡咏险峻山川，不宜近体"②，其中的道理是显而易见的，要表现出险峻山川的陡峭奇伟，诗就应选择一种近于雄浑峭厉的语言风格，以契合和凸显题材内容本身的特质，而近体诗向来以端严圆紧见长，其语体风格自是不能很好地迎合题材内容的需求，故而会有"不宜近体"的结论。再如：

考据之学，离诗最远；然诗中恰有考据题目，如《石鼓歌》、《铁券行》之类，不得不征文考典，以侈侈隆富为贵。但须一气呵成，有议论、波澜方妙，不可铢积寸累，徒作算博士也。其诗大概用七

---

① （清）潘德舆：《养一斋诗话》卷十，载郭绍虞编：《清诗话续编》，上海古籍出版社1999年版，第2159页。

② （清）袁枚著，顾学颉校点：《随园诗话》卷十三，人民文学出版社1982年版，第455页。

古方称，亦必置之于各卷中诸诗之后，以备一格。[①]

提出考据类题材是最不适合施诸诗歌的，若不可避免地要面对一些考据题目，就需要以富丽的文辞、雄浑的气势去弥补题材本身的缺乏情韵。而针对这一语体要求，论者认为恐怕只有七古是与这类题目最相称的体式了。两则材料都认为诗歌的题材内容总会对诗歌的语言风格有所要求，就是说同一题材的诗作都会指向一种共同的风格要求，而正是这共同的语言风格特征进一步影响甚至决定了它对诗体的选择。当然不同题材倾向于依据其风格要求选择最适合的诗体，而它对诗体的特定选择又会进一步强化同题材诗作间的语言风格共性，所以两者的影响关系应该是双向互动的，但古人似乎更加关注题材对诗体选择的影响，而相对忽略了特定的诗体选择可能会对特定题材诗歌语体风格产生的反作用。

　　总之，诗作题材内容、功能的特殊性会影响它选择特定的语言以及言说方式，并进一步产生出对语言风格的要求或限定。因此同题材的诗作会呈现出某种共同的语言风格，即是我们所谓语体风格。由于古代缺乏一个统一的题材归类，导致了对不同题材诗作语体风格的探讨无法系统化，但古人至少已经意识到了题材与语言风格间的关系，而且还注意到了不同题材诗歌的语体风格对诗体选择的影响，诗作总会依据题材对语言风格的要求来选择与之适合的诗歌体类。虽然他们还没更深入关注诗体选择反过来会对语体风格施加的影响，但对题材、语言风格和诗体式间关系的分析最终必然会引向对这一问题的关注。

二、古人论不同体制诗歌的语体风格

　　前文梳理不同题材、功能诗作的语体风格是就体性言的，是诗歌题材内容的特定性质决定了它适合某种特定的语言风格。而此处论不同体制诗的语体风格却是要讨论诗歌体制特征对语言风格的影响。诗一方面受写

---

① （清）袁枚著，顾学颉校点：《补遗》，人民文学出版社 1982 年版，第 607 页。

作规律的约束不得不依据自身体制特征对语言运用及修辞方法有所选择，而这种由体制固有特征所造成的语体特殊性就必然导致其语言风格也显现出某些固定特征；而另一方面诗歌的体制特征也会直接作用于语言风格，不同言数诗句会产生出不同的审美效果，还有齐言或长短句形式以及诗篇体大小等等因素都会多多少少对诗歌语言呈现出的风貌和审美感受有所影响。总之，诗歌体制无论是借助于语言修辞还是直接作用于语言风格，都最终促使相同体制的诗作呈现出某种共同的风格特征，形成各自的语体风格。

从体制角度把握不同体制诗作的语体风格，我们可以主要从两个角度着眼：一是从言数角度把握诗作的语体风格，既总结出相同言数诗作的风格共性，又关注不同言数诗作间的风格差异，如此则可全面认识言数在诗歌语体风格形成中的作用；二是考察古体以及歌行、近体、乐府等不同体类间的语体风格差异，全面分析其他体制要素对语言风格的塑造力，同时还要考虑到除体制因素外各体类的体性定位对其语体风格的影响。

在我们的理论梳理中，这两个考察角度是并行的。我们从言数角度进行考察时，就会刻意忽略古、近体等的体制差别，努力发掘出相同言数所有类型诗作的风格共性以及其与其他言数所有类型诗作的风格差异，反之亦然。如此并行我们就可以全面认识体制各要素究竟如何影响了诗歌的语体风格以及各自在语体风格形成中的地位。同时，这两个角度也是可以交叉的，通过两部分理论内容的交叉，我们则可以得知每种体类诗歌的语体风格特色。并行的目的是为了厘辨，交叉的意图则在于整合，前者是文学理论建构所需，后者则为文学批评所倚赖，在此我们当然出于理论辨析之需而主要就前者展开，但同时也会适当地兼顾后者。

（一）古人论不同言数诗歌的语体风格

如前所述，言数问题其实就是一个诗句长短的问题，不过这个诗歌体制中看似最细小的特征要素对诗体形态的影响却最大。诗句句长不仅会影响单句的句式以及声律调配形式，在连缀成篇后还会进一步影响整个诗篇的布局以及声韵节奏，也就是说，诗句句长会造成不同言数诗句呈现为不同的形态以及风格面貌。而这种形态及风格差异在诗句组成诗篇后不但被成倍扩大了，而且还通过句长使得对整体诗篇的调控得以进一步强化，由此形成了不同言数诗篇在语言审美风格上的强烈对比。

1. 温厚与雄奇：五、七言诗的语体风格比较

古代诗歌写作以五言、七言为多，故论不同言数诗歌的语体风格也以论五、七言者最多、最详细。应该说五、七言诗语体风格的差异就来自五、七言句间的差别，或者说只不过是五、七言句差别的进一步凸显而已。五言句被古人视为"天地之中声"，故而是中正平和的，而七言句则被认为"句长声纵"，浮靡流宕。因此当五、七言句连缀成诗篇，它们的语体风格则在其单句风貌特征的基础上进一步扩张，再加上古人可能会为了在最大程度上发挥诗歌体制特征的优势，在写作时有意强化五、七言诗句各自的风貌特征，就致使五、七言诗句原本的风貌特征在诗体中更加突出。但无论是无意识的呈现还是写作者刻意的选择，都在五、七言诗句的特征和五、七言诗的语体风格间建立起了深刻而密切的关联。

五言句平正，故五言诗温厚和平，雍容典重；七言句流宕，故七言诗雄奇峭厉，高华伟健。《诗法家数》论五古"须寓意深远，托词温厚，反复优游，雍容不迫"，七古则"要铺叙，要有开合，有风度，要迢递险怪，忌庸俗软腐"[1]，以五古温厚对七古险怪。《冰川诗式》谓五言律诗"贵沉静，贵深远，贵细嫩，要声稳语重"，七言律诗"贵声响，贵雄浑，贵铿锵，贵伟健，贵高远"[2]，五律沉静则七律声响，五律细嫩、声稳语重，七律则铿锵伟健。又：

> 诗五言长篇宜富而贵，七言长篇宜富而丽。五言律诗宜清而远，必拘意律；七言律诗宜壮而健，时有拗律。[3]

---

① （元）杨载：《诗法家数》，载（清）何文焕辑：《历代诗话》，中华书局1981年版，第731页。

② （明）梁桥：《冰川诗式》卷一《定体》，载吴文治编：《明诗话全编》，上海古籍出版社1997年版，第5205页。

③ （明）黄溥：《诗学权舆》卷九，载吴文治编：《明诗话全编》，上海古籍出版社1997年版，第1128页。

五言绝，尚真切，质多胜文。七言绝，尚高华，文多胜质。①

五古富贵对七古富丽，五律清远对七律壮健，五绝真切对七绝高华，涉及了古体、律诗和绝句等各种形式，对各体的表述当然各不相同，但是综合各家所论，我们仍能感觉到五言诗和七言诗各自的风格共性和彼此间的强烈对比。似乎万变不离其宗，虽然五古、五律和五绝的语体风格是各不相同的，但是五古的雍容不迫、五律的沉静和五绝的真切却都显然未脱离五言诗温厚和平的基调。而且也恰恰是通过五古、五律、五绝三种体式的风格对比才愈发烘托出这一语言风格特征在五言诗中的共同性、普遍性，尤其是在古体和律诗存在如此大的体制差异的情况下，五古和五律依然能表现出如此明显的风格共性，也就足见言数对诗歌语言风格的影响之深刻。同样的情况也适用于七言诗，上述七古的迢递险怪、七律的伟健、七绝的高华也都充分发挥了七言句流宕的特质，而呈现出七言诗共有的雄奇伟丽。虽然具体表现不同，但也都未背离七言诗共有的审美基调。不过与五言诗不同的是，七言的奇丽不仅是七言句流宕品格的发挥，同时也是写作者为弥补七言句过长的缺陷所做的主动选择。"七言造句差长，难饱满，易疏弱"②，"七言之制，遣句既长，自非骀荡流连，则神气不能自举"③，七言句句子过长，气力稍弱，就可能导致诗体拖沓，疲弱萎靡，因此诗体必须气充力健，才足以运转七言长句，必须借助于大开大合、波澜宏阔的雄伟气势才能使七言句回环流转而不竭不衰。

总之，五言诗和七言诗的语体风格就是五言句和七言句风貌特征在诗体中的深化和凸显，它或者是诗句连缀叠加后的自然呈现，亦或者是写作者为彰显其各自体制优势或弥补其劣势所作的刻意选择或强化。但无论如何都可以说是五、七言诗句的特质决定了五、七言诗歌将选择或呈现为

---

① （明）胡应麟：《诗薮内编》卷五，载吴文治编：《明诗话全编》，上海古籍出版社1997年版，第5530页。

② （明）梁桥：《冰川诗式》卷一《定体》，载吴文治编：《明诗话全编》，上海古籍出版社1997年版，第5209页。

③ （清）王夫之评选，张国星校点：《古诗评选》卷一沈君攸《桂楫泛中河》评语，河北大学出版社2008年版，第59页。

什么样的语体风格，五言的平正与五言诗的温厚、七言的流宕与七言诗的雄奇都是一脉相承的。

而五、七言诗语体风格的差异又必然表现在具体的文辞选择和应用上。虽然五、七言在语言修辞上的差别还有可能是由其五、七言句的句式、声律等方面的不同所造成的，但是在某些特征的差异上我们却可以明显地看到它们与语体风格间的关联。

比如就体势言，五言诗温厚，要求诗体表现出一种优柔不迫的气度，七言诗尚雄奇，则极力追求一种雄伟峭拔的气势，所以在篇体的节奏态势上，两者可谓大相径庭。"五言古诗主稳，响起不得暴扬，呜细不得骤抑"[①]，此所谓"稳"即是优柔不迫之义，或者说要诗体呈现优柔不迫的气度就必须求"稳"，故而不得骤扬骤抑，不得大起大落而失平稳之势。"七古起处宜破空岊起，高唱入云，有黄河落天之势，而一篇大旨，如帷登匣剑，光影已摄于毫端"[②]，七古诗起句与前所论五古则截然相反，恰须破空而来、陡然而起，如此方能营造出黄河落天的惊人气势。

> 五言要如山立时行，七言要如鼙鼓轩舞。[③]
> 问曰："七言古诗如何？"答曰："盛唐人山奔海立，掩前绝后。此体忌圆美平衍，又不可槎枒狰狞。"[④]

前一则材料的"山立时行"就是形容五言诗"安恬"，近似于第二则材料中的"圆美平衍"，将这一系列描述性词汇与形容七言诗的"山奔海立"一对比，即可见出两者在体势上一稳重、一峭拔的巨大差异。

---

① （明）周履靖：《骚坛秘诀·律第九》，载吴文治编：《明诗话全编》，上海古籍出版社1997年版，第4977页。

② （清）朱庭珍：《筱园诗话》卷一，载郭绍虞编：《清诗话续编》，上海古籍出版社1999年版，第2335页。

③ （清）刘熙载：《诗概》，载郭绍虞编：《清诗话续编》，上海古籍出版社1999年版，第2434页。

④ （清）吴乔：《围炉诗话》卷之二，载郭绍虞编：《清诗话续编》，上海古籍出版社1999年版，第527页。

再如七言伟健，故要求"句法要健"①，又在用字上要求"七言下字较粗实，五言下字较细嫩"②，七言诗雄浑，故句中须有力，往往就需要借助一些较坚实的字眼撑住；相反五言诗温厚和平，用字柔和细嫩方不致破坏其雍容之貌。此外，如在表达方式上提出"五言忌着议论"，而七言则无妨③。再如提出五古"以不尽为妙"，七古则"不嫌于尽"④，五古雍容，体势优柔不迫，故自当避免直露，微婉含蓄、意在言外才更符合其温柔敦厚的品格；相反七言诗偏于雄豪，体势大开大合，而欲展现波澜壮阔的气势，在某种程度上就需依赖写作时酣畅淋漓、看似一泻无余的痛快发挥，故谓七言古可畅快，可尽情尽意。但如前文所述，含蓄是诗体共有的语体风格特征，七古亦概莫能外，故古人又提出七言古终究以酣畅之中仍有余意含蓄其内为最佳，"尽而不尽"，如此则七言古所谓"尽"不过是流露于风貌上的酣畅淋漓，而非真的言尽意尽。

总之，五、七言句的句式差异以及风貌特征造就了五、七言诗各具特色的语体风格特征，而且随着后世辨体意识的增强，同体诗歌的写作和评论都表现出越来越强烈的自觉趋同心理，五、七言诗语言风格上的原有差异也自然会呈现出越来越明显的分野。这种语言风格上的分野落实到具体写作中，遂有了遣词造句、谋篇布局等方面的特定要求。当然五、七言诗语言修辞上的特殊规定与各自语体风格的特色是一个双向影响的过程，即五、七言句的形制特征会对语言修辞产生某些特定要求，并影响到各自语言风格的表现；同时由此形成的语体风格特征又会反作用于诗歌的语言修辞，进一步强化或细化某些要求。

2. 峭：四言诗的语体风格特征

五、七言诗是古代诗歌写作的主体，故而论诗者在讨论言数对语言风格的影响时，也主要以讨论五、七言的语体风格特征及彼此间差异为

---

① （清）李重华：《贞一斋诗说·诗谈杂录》，载丁福保辑：《清诗话》，上海古籍出版社1978年版，第929页。

② （元）杨载：《诗法家数》，载（清）何文焕辑：《历代诗话》，中华书局1981年版，第729页。

③ （清）刘大勤编：《师友诗传续录》，载丁福保辑：《清诗话》，上海古籍出版社1978年版，第156页。

④ （清）贺贻孙：《诗筏》，载郭绍虞编：《清诗话续编》，上海古籍出版社1999年版，第138页。

主，而对其他言数的诗歌却论之甚少。如在七言诗兴起前，论者也曾多次论及四、五言诗间的风格差异。"至於五言流靡，则刘桢、张华；四言侧密，则张衡、王粲"①，"若夫四言正体，雅润为本；五言流调，清丽居宗"②，显然刘勰四言"雅润"的结论并不是基于其形制特征，而更多是建立在四言诗的体性定位上的。刘勰的时代虽然四言诗已趋于衰微，但却还保留着汉代以来以四言为诗体之正、诗体之尊的诗学观念，而且就创作言，后世四言诗也确实基本延续了《诗经》的雅正传统，这一特质外化于语言形态，就是刘勰所谓"雅润"。它显然与四言句的形制及风貌特征无关，而是一个完全基于审美取向上的判断。因此相较之下，反而是"四言侧密"的结论更准确抓住了四言句的体制特征及其影响下的语体风格特色，同时也更敏锐地发现了后世四言诗语体风格的变迁。

虽然后世四言诗深受《诗经》传统的影响，甚至许多创作中都留有袭用的痕迹，但是汉语的发展带给四言诗的变化仍是显而易见的。葛晓音曾指出了战国末期以来四言诗变迁的主要表现：

> 四言单句语法意义的独立，与句词的实字化密切相关。这类四言基本上摒弃了诗经体靠虚字和兮字与单音节词构成二二节奏的方式，也很少再用诗经体常见的倒装句式，而是从常见语、口语中提炼出二二节奏的实字四言句。③

首先四言的实字化使得四言句式形成了稳定的二二节奏，比之《诗经》中的四言句更严整坚实，也更缺乏变化；其次单句语法独立，也使诗歌的节奏更加紧凑，甚至是紧促。"侧密"一语恰恰准确传达出了变化后的四言诗的风格特征，"侧"，诗论中多以之通"仄"，称仄声为"侧声"，同时亦可通为狭窄、逼仄之义，就此处"侧密"一词言恐以取后一义为

———————————

① （南朝宋）颜延之：《诗者古之乐章》，载柯庆明、曾永义编：《两汉魏晋南北朝文学批评资料汇编》，成文出版社 1978 年版，第 235 页。

② （梁）刘勰撰，范文澜注：《文心雕龙注》卷二《明诗》，人民文学出版社 2008 年版，第 57 页。

③ 葛晓音：《汉魏两晋四言诗的新变和体式的重构》，载《北京大学学报》2006 年第 3 期，第 71 页。

当。那么"侧密"既描述了四言诗在句式变化后造成的诗歌节奏的紧凑密集，同时"密"又有严密之义，因此"侧密"中又暗含了严整密实的意味。而对"侧密"的这一解释恰好与其所谓"五言流靡"形成对比，也就更加验证了"侧密"上述解释的准确性。

虽然此处"四言侧密"的结论看似专为张衡、王粲而发，但这一特征概括却是具有一定代表性的，它完全把握住了汉魏以来四言诗基本的语言风格特征，同时也为后世对四言诗风格的把握确定了基本方向。

> 古四言之难，学其艰奥，既失其和平；学其平雅，又伤于繁芜。求其字峭句苍，真气浮动，未见其人。[①]

> 五言诗为澹穆易，为奇峭难。四言诗为奇峭易，为澹穆难。陶公四言诗如其五言诗，所以独妙。七言诗作澹穆尤难，惟摩诘能之，然而稍加深秀矣。[②]

这两则材料立论的出发点是相悖的，前者认为四言应追求"字峭句苍"，后者则对四言诗舍奇峭之易，为澹穆之难大为赞赏。不过它们于此却都涉及了四言诗的一个重要的特征："峭"。"峭"实际上正是由"侧密"发展而来的。四言诗方正板重，在严整而缺乏变化的句式和节奏中，除了利用其优势，锻炼其字眼使更坚实，再配合以对偶形式令其峭拔外，实在没有更好的选择。因此"峭"正是四言诗特定体制影响下最适合的语体风格特征，如果说"侧密"还更加具体地涉及句式、节奏的话，"峭"就是在它基础上对四言诗语言系统所做的更具概括性、更富有审美意味的特征归纳。

至于后一段材料中贺贻孙最终流露出四言诗应该"澹穆"的观点则是从另一个角度而言的。因为四言诗的体制特征自然倾向于"奇峭"的语体风格，故而舍奇峭而为澹穆才是为常人所不能为，才更值得推崇。这

---

① （清）张谦宜：《絸斋诗谈》卷三《学诗初步》，载郭绍虞编：《清诗话续编》，上海古籍出版社1999年版，第801页。

② （清）贺贻孙：《诗筏》，载郭绍虞编：《清诗话续编》，上海古籍出版社1999年版，第159页。

说明诗歌体制与语体风格间可能还存在另一层关系，一方面语体风格可能是充分发挥了体制的优势，顺其自然地形成某些语言风格特征；另一方面也可能会通过发现其体制的劣势弥补体制的某些天然缺陷，从而创造出某些风格特征或要求。这些特征或要求有时是与体制本身要求的语体风格相近的，比如前述七言诗为弥补句子过长的缺陷而选择雄阔的体势，就与七言诗雄奇伟丽的语体风格方向一致，故而两者可以彼此融合和相互强化。但有时这些特征或要求却与体制本身的要求相悖，如四言体制倾向于奇峭，而贺氏却提出"澹穆"的要求，这就需要极力削弱四言句式的板正之感，而增强其单句或句与句之间节奏的流动性，唯有这样才能使四言句式的棱角分明趋于柔和，才能令四言诗趋于澹穆，因此它与四言体制的特征以及语体要求是截然相反的。这样做既可以弥补四言诗某些体制的缺陷，同时也可以打破体制对写作的限制，为四言诗语言风格的变化提供更多的可能性，因此它应该是对语体风格的更高要求。同样的要求还见于人们对三言诗语体风格的讨论中，陆深（1477—1544）评鲍照（415—470）《春日行》谓："三字语既短简，声易促涩，贵在和婉有余韵，令嫣嫣耳。如此诗落句是也"①，三言句过短古人已多次指明，因此用这短小的句式克服其声易促、语易涩的弊病，而赋予三言诗一种优柔婉转的格调即是最难得的成功之作。

总之，在体制的诸要素中，言数对诗歌语体风格的影响最直接也最深刻。一方面句长的参差导致了句格、风貌上的不同，这种差异性在诗句连缀成篇过程中得以进一步凸显，再加上句长不同带来的诗篇节奏协调上的差别，遂共同形成了不同言数诗歌各具特色的语体风格。另一方面，创作者出于自发或自觉的辨体意识，在写作时还会刻意强化诗歌某些风格特征的倾向性，使其原本的自然倾向性因为人为选择而更加特征鲜明，不同言数的诗篇在语体风格上的分界也就更加清晰。四言奇峭、五言温厚、七言雄奇都是这两方面因素共同作用于诗歌的语言运用所产生的结果。而这些语体风格特征又总会直接体现于具体的文辞锤炼和篇章经营中。五言

---

① （明）陆深：《俨山诗话》，载吴文治编：《明诗话全编》，上海古籍出版社1997年版，第2156页。

温厚，故用语须含蓄不尽，体势贵优柔不迫，下字须柔和细嫩；七言雄奇，故措语不妨酣畅淋漓，体势尤贵跌宕有波澜，用字则较粗实者方能称之①。

（二）古人论不同体类诗歌的语体风格

诗体至唐代大备，诗体的分类也从唐代开始逐渐成熟定型。虽然依据题材内容的诗体归类始终莫衷一是，但以外在体式形制为标准的诗体归类却在诗论领域很快达成了一致。元稹将其诗作分为古讽、乐讽、古体、新题乐府、律诗（五、七言）、律讽、悼亡、艳诗（古、今体）等十种②，其中艳诗、悼亡是完全基于内容的分类，可以忽略。古讽、律讽、乐讽也都是基于内容做的更细致划分，从形制言则完全可以并入各自体类中。如此经过删汰归并后，诗古体、律诗、乐府的基本分类模式就浮现出来了，由此奠定了古代诗体分类的基本雏形。后《唐音癸签》将这个分类雏形系统化为一个完整而细致的诗体分类体系，除去罗列的各种杂体诗外，主体类别则有四言古诗等十一类③，基本是在古体、律诗、绝句、乐府的分类基础上辅以言数区分而形成的归类模式。鉴于前文已详论了各言体的语体风格，故此处体类区分暂且忽略言数差别，仅就古体、律诗、绝句、乐府等类别间的语体风格差异言之。其中绝句，古人或将之与律诗一起归入近体，而七言歌行也常与七言古诗混为一谈，然在此我们却不能不将之皆明确厘辨，以全面展现不同体类的体制特征或体性定位对诗语体风格的影响。

所谓语体风格，既是同一体类的风格共性，又是特定体类区别于其他体类的风格特色。而任何事物的独特性都只有在比较的视野中才可能呈现，没有比较就无所谓特色。即使在叙述的实体语境中并没有一个可供比

---

① 以上所论皆是就齐言诗而言，至于长短句形式，因为直接关系到乐府、歌行与古体诗的分野，故后文再作详论，此不赘。

② （唐）元稹：《元氏长庆集》卷三〇《叙诗寄白乐天》，载罗联添编：《隋唐五代文学批评资料汇编》，成文出版社1978年版，第204页。

③ （明）胡震亨：《唐音癸签》卷一《体凡》，载吴文治编：《明诗话全编》，上海古籍出版社1997年版，第6829页。

较的参照物存在，在叙述者的意识和思考中也一定暗含着这样一个比较对象。因此在古人总论诗歌语体风格时，总是闪烁着文或词的身影；论五言诗时，总是有与七言、四言等或明确或潜在的比较。同样古人论古体等类诗的语体风格时，也常常将之置于比较的语境中来考察和论述，古体和近体、古体和乐府、古体与歌行乃至律诗和绝句、乐府和歌行之间都是通过多层次、多角度的相互比较来确定它们各自的语体风格特色的。当然，不同的参照对象会催生出不同的比较结果，因此不同比较得出的结论也许并不一致，但将这不同比较的结果综合在一起却恰可构成每一体类整体的语体风格特征。

1.古质与妍整：古体和律体的语体风格差异

在诗体诸类中，古体和近体在体制、风格上的差异最大。古体诗即使受到近体诗的影响出现格律化倾向后，与近体相比，形制依然是自由的，依然在一定程度上保持着诗体自发形态时的自然风貌，因此古体诗和近体诗在风格上的最大差异就在于朴质和妍整的鲜明对比：

> 古风贵朴老，长篇尤要曲折如意，触处生波；近体务以工铢为先。①
> 古体劲而质，近体婉而妍，诗之常也。论其变，则古婉近劲，古妍近质，亦多有之。②

所谓"朴老"即相当于"劲而质"，朴即谓质。至于"老"，清人多用之评诗，叶燮《原诗》释"苍老"：

> 且苍老必因乎其质，非凡物可以苍老概也。即如植物，必松柏而后可言苍老。松柏之为物，不必尽干霄百尺，即寻丈楹槛间，其鳞鬣夭矫，具有凌云盘石之姿。③

---

① （清）吴雷发：《说诗菅蒯》，载丁福保辑：《清诗话》，上海古籍出版社1978年版，第899页。
② （清）刘熙载：《诗概》，载郭绍虞编：《清诗话续编》，上海古籍出版社1999年版，第2438页。
③ （清）叶燮：《原诗·外篇上》，载丁福保辑：《清诗话》，上海古籍出版社1978年版，第592页。

此处谓"苍老必因乎其质","质"非朴质，而是指"质性"，即事物的本质属性，认为必有松柏之性方会有松柏之姿态。不过叶氏既以松柏喻苍老，则所谓"老"即相当于叶氏所描述的松柏之苍劲。另"老"又与"稚嫩"相对，"老"即非稚拙，而是锻炼精熟以至于老到，以至于返璞归真。贺贻孙又谓"骨重故沉，沉故浑，浑故老"，"一气浑成，波澜独老"①，则"老"亦关乎"浑"。将这数义综合来看，则古人论古体诗之所谓"朴老"，就外在语言形态言，即是指锻炼精熟却示人以朴质，浑厚之态中蕴苍劲之气，则见古体诗是以古朴为尚的，而苍劲更是成了古体区别于近体的标志性特征。

相对于古体的"朴老"，近体诗则"工炼""婉而妍"。当然如前文所述，古人所谓"妍"未必一定指文辞华艳，而只是用以形容文字的精雕细琢而已。《诗薮》论七言律之作谓"綦组锦绣，相鲜以为色；宫商角徵，互合以成声"②，极言其文辞声律的雕琢以为美。

> 诗至七言律，已底极变，既难空骋，又畏事累，大抵温丽为正，间令流逸，读之表里妍整，而风骨隐然。③

此处也专就七言律言，也以"温丽""表里妍整"形容之，皆可印证律诗文辞的精工优美。但古体的要求恰恰相反，它的语言可以拙，却唯独不能有人工雕琢的精致，至少不应让精致显现于外：

> 古诗如厨人作清汤，重料浓汁，以香蕈渗其腻，鲤鱼血助其鲜，

---

① （清）贺贻孙：《诗筏》，载郭绍虞编：《清诗话续编》，上海古籍出版社 1999 年版，第 135、164 页。

② （明）胡应麟：《诗薮内编》卷四，载吴文治编：《明诗话全编》，上海古籍出版社 1997 年版，第 5504 页。

③ （清）毛先舒：《诗辩坻》卷第三《唐后》，载郭绍虞编：《清诗话续编》，上海古籍出版社 1999 年版，第 54 页。

其清如水，滋味深长。①

以作汤比喻写古体诗，"重料浓汁"，精心烹调，然而视之却如清水，完全不见其烹调之料以及精心烹调的苦心，形象地传达出了古体诗锻炼以至于朴质的审美境界。《诗概》甚至提出韩愈（768—824）"以丑为美"不适用于近体，但适用于古体②。当然这不是说古体就不能有华美之作，近体就不能有质朴之篇，而是仅就它们各自语体风格的好尚而言。相较之下，古体终究以天然的朴质浑厚为正，而近体即使追求朴质，也因严格的格律要求免不了字煅句炼，实际上很难完全隐去雕琢的痕迹，故还是以人工的精美工致为尚。

古体诗立意保持天然朴质的风貌，而近体则以精炼见长，古体在语言形态上宁拙宁丑而不露人工之华，近体则以语言妍整为尚。它们在语言风格上的这一不同取向也自然会流露于实际写作的文辞锻炼和篇章经营中。

如上述引文论古体篇体体势"长篇尤要曲折如意，触处生波"，谓古体诗可随内在意脉之流转而自然成势，苏轼（1037—1101）"大略如行云流水，初无定质，但常行于所当行，常止于不可不止。文理自然，姿态横生"③即是此意。古体诗既无关于对偶的硬性规定，又无句数的限制，尽可随志意之低昂而极诗体婉转回环之态势，不但七言古可波澜宏阔，即使五言古，与律诗相较，体势也会更偏向于灵动逸荡。

至于律诗，其严格的体制形式则注定它在体势上也必须极力表现出严整：

　　七古以才气为主，而驰骤疾徐，短长高下，任我之意以为起讫。
　　七律束于八句之中，以短篇而须具纵横奇恣开阖阴阳之势，而又必起

①　（清）张谦宜：《絸斋诗谈》卷二《统论下》，载郭绍虞编：《清诗话续编》，上海古籍出版社1999年版，第803页。

②　（清）刘熙载：《诗概》，载郭绍虞编：《清诗话续编》，上海古籍出版社1999年版，第2429页。

③　（宋）王正德：《余师录》引苏轼《答谢民师书》，载吴文治编：《宋诗话全编》，江苏古籍出版社1998年版，第6206页。

结转折章法规矩井然，所以为难。①

　　律诗起承转合，法度森严。然泥於法则撑拄对待，四方八角，不能溢而为波，变而徵奇。②

第一则材料对比了七古和七律的体势特征，谓七古"任我之意以为起讫"即是前文"曲折如意"所表达的观念，至论七律则言其"起结转折章法规矩井然"，体势谨严整束；第二则材料称其"撑拄对待，四方八角"亦近于此意，但从其语意来看却对此甚有微辞。

　　显然在论者们看来，近体诗体势仅有严整还是远远不够的，仅有严整，诗体则堕于板、陷于滞，就违背了诗篇之为体应血脉贯通的基本要求。故第一则材料在规矩井然外又提出须具"纵横奇恣开阖阴阳之势"，另如：

　　　　曰：律诗诣极者，以圆紧为正，驰荡为变。《黄鹤》前四句虽歌行语，而后四句则甚圆紧；《雁门》则语语圆紧矣。③

　　　　律诗不难于凝重，亦不难于流动，难在又凝重又流动耳。④

"紧"即"凝重"，即严整，即规矩井然；"圆"即"流动"，即圆活，即纵横开阖。律诗体制严谨，法度森严，故体势经营自不可如古体诗随意而定势，必须谨遵格制以求严整，体势须稳固坚牢，如《絸斋诗谈》所形容的："五言律，须字字如混铁打就，力大于身"⑤，方为得体。另外，严整之中又须具流动之态，其体虽四方八角，谨严方正，内中却不得不

　　① （清）方东树著，汪绍楹校点：《昭昧詹言》卷十四《通论七律》，人民文学出版社2006年版，第375页。
　　② （明）支允坚：《艺苑闲评》，载吴文治编：《明诗话全编》，上海古籍出版社1997年版，第10905页。
　　③ （明）许学夷：《诗源辨体》卷十九《盛唐》，载吴文治编：《明诗话全编》，上海古籍出版社1997年版，第6195页。
　　④ （清）刘熙载：《诗概》，载郭绍虞编：《清诗话续编》，上海古籍出版社1999年版，第2348页。
　　⑤ （清）张谦宜：《絸斋诗谈》卷二《统论下》，载郭绍虞编：《清诗话续编》，上海古籍出版社1999年版，第804页。

有流动之气贯注全体，"律诗要处处打得通，又要处处跳得起"①，气脉贯通，严整而不失灵动之态。

总之，古、近体在语言风貌和体势形态上都表现为朴质和工巧两种完全不同的倾向，古体诗即使经过字煅句炼也仍倾向于文辞质朴，体势亦仿佛随意曲折而成，努力令诗体呈现为一种天然古质的语言风格形态。而近体则以精工凝练见长，文辞的精致、体势的圆活严整都毫不避讳地展现着其人工雕琢出的美感。应该说近体严格的规制就已经给它打上了雕琢的烙印，比之古体诗，即使最近于自然的近体诗也仍是精巧的，"妍整"就是对它的语体风格最恰当的概括。

2. 雅润与真率：古体和乐府的语体风格比较

古体和近体之外，古人讨论较多的是古体和乐府间的语体风格差异。相对律诗而言，包括乐府在内的所有歌诗都属于古体或往体，不过古体和乐府的分界显然更早于律诗的定型。最初古体和乐府的分界似乎仅在于所承担功能的不同，至少古人是这样认为的，他们将一切配乐而作的歌诗皆纳入乐府之列，"古诗皆乐也，文士之词曰诗，协之于律曰乐。后世文士不娴乐律，言志之文，有不可入于声歌者，故诗与乐判"②，认为诗入乐即为乐府，无论是协律而作诗还是采诗以入乐，诗和乐府之间都只有入乐和不入乐的区别，并不存在其他内容或外在形制的差异，只因后世作诗者不熟悉音律，开始脱离乐曲独立进行纯文字的创作，诗乐分离，古诗和乐府才厘为二体。

> （乐府）晋宋以后，流为轻佻。有清商、西音、激楚等调，放荡不禁。而乐府与古诗遂分为二体矣。若晋陆士衡、鲍明远诸家所为乐府，何尝非古诗？其为古诗，何尝不可为乐府？三百篇风、雅、颂，皆可弦歌。诗乐原非二也。③

---

① （清）刘熙载：《诗概》，载郭绍虞编：《清诗话续编》，上海古籍出版社1999年版，第2436页。

② （清）吴乔：《围炉诗话》卷之二，载郭绍虞编：《清诗话续编》，上海古籍出版社1999年版，第511页。

③ （明）郝敬：《艺圃伧谈》卷之一《古诗》，载吴文治编：《明诗话全编》，上海古籍出版社1997年版，第5912页。

明确提出晋时鲍照等人写作的古诗和乐府还没有太大差别，晋宋以后乐府诗日益放荡，才与古体走上了完全不同的发展方向。他显然认为古体和乐府厘为二体的根本原因在于写作者写作乐府时刻意选择了一种不同于古体的风格倾向，虽然这个结论的准确性还有待商榷，但是其中透露出的观念还是有一定道理的。就是说，后世古体和乐府都已经日益脱离音乐，它们间的差别很难说是由其最初入乐和不入乐的功能差异造成的，那么导致古体和乐府判然有别的其中一个原因恐怕就是写作者的主观选择。他们有意保留甚至可能更强化了乐府源于民间歌谣的那种朴质甚至是俚俗，并藉此与古体的趋于雅化区别开来。

关于古体和乐府的风格差异古人主要是围绕二者微婉和直露、雅和俗的风貌差异来展开论述的。沈德潜谓"乐府中不宜杂古诗体，恐散朴也"[1]，则乐府之朴又甚于古体诗。前述古体诗"朴老"是锻炼精熟之后出之以朴质，而非不经雕琢的稚拙；而乐府之"朴"过于古体者则在于其更多保留着天然的质朴，其"朴"是真实的、原始的，故古体之"朴"仍不失为"雅"，乐府之"朴"却近于俗。

> 然大抵古诗以和婉为旨，以详雅为绪，以典则为其辞。乐府以淫泆凄戾为旨，以变乱为绪，以俳谐诘屈为其词。古诗色尚清腴，其调尚优。乐府色尚秾，其调尚迅。古诗近于《三百篇》，乐府近于《楚骚》，所由盖异矣。[2]

古体诗和平微婉，乐府则铺张扬厉；古体典则近于雅，乐府浓艳近于俗。

> 古诗体既委婉，而语复悠圆；乐府体既轶荡，而语更真率。下流

---

① （清）沈德潜：《说诗晬语》卷下，载丁福保辑：《清诗话》，上海古籍出版社1978年版，第550页。

② （清）毛先舒：《诗辩坻》卷一《汉》，载郭绍虞编：《清诗话续编》，上海古籍出版社1999年版，第23页。

> 至曹子建乐府五言。盖乐府多是叙事之诗，不如此不足以尽倾倒，且
> 轶荡宜于节奏，而真率又易晓也。①

这则材料认为古体语"悠圆"，比之前一则所谓"典则"多了几分雅润，
而认为乐府语"真率"，也更强调了乐府语言的浅白直露。不过两段材料
表达的内容还是基本相同的，都强调了古体婉曲而乐府直露，古体典则而
乐府近俗。值得注意的是第二段材料还对乐府直露浅白的原因做了进一步
分析，认为乐府语体风格的这一特点是出自于叙事的需要，为古体和乐府
间的语体差异提供了另外一种解释，就是说古体和乐府的差异在某种程度
上或许也与它们表现内容和表达功能的不同有关，是乐府常常用于叙事，
才导致了其"以直见古，以浅见情"②的风格特色。总之，古体和乐府的
语体风格差异主要就体现为婉曲和真率、典雅和俚俗间的对立，而由这
风格差异也就引出了二者在语言修辞等各方面的不同表现。

古体婉，而乐府直，那么表现在整体的语言风格上，古体含蓄不尽，
故浑厚，乐府直道其情其事，直截痛快，故会给人铺张扬厉之感。

> 古诗贵浑厚，乐府尚铺张。凡譬喻多方形容尽致之作，皆乐府遗
> 派也，混入古诗者谬。③
> 乐府主于痛快淋漓，若以闷木不尽言为上，先不知古今之变已。④

古体诗浑厚，乐府则必穷形尽相，务求痛快淋漓。然而提及痛快淋漓，
必然会联想起前文所论古人对七古体势特征的描述。但需要明确的是古人
所谓乐府的"痛快淋漓"与前文所述七古之酣畅淋漓乃至于不妨意尽并

---

① （明）许学夷：《诗源辨体》卷三《汉魏总论》，载吴文治编：《明诗话全编》，上海古籍出版社
1997年版，第6098页。
② （明）许学夷：《诗源辨体》卷二《六朝》，载吴文治编：《明诗话全编》，上海古籍出版社1997
年版，第30页。
③ （清）施补华：《岘佣说诗》，载丁福保辑：《清诗话》，上海古籍出版社1978年版，第976页。
④ （清）张谦宜：《絸斋诗谈》卷二《统论》下，载郭绍虞编：《清诗话续编》，上海古籍出版社
1999年版，第802页。

不尽同，这不仅因为七古并未放弃微婉含蓄的审美要求，终究还是追求"尽而不尽"的境界，同时也因为七古之意尽源自于其体势的雄豪，是因追求体势的雄浑壮阔而极力挥洒遂不惜至于意尽，而乐府的"形容尽致"则是因为其表现方式直截透快，略无含蓄，故必然会造成铺张扬厉、意尽于言的结果。所以一样的痛快淋漓，在七古和乐府中的表现形式依然是不同的。同时，古体和乐府语言风格的差异还导致了二者的诗歌节奏一偏于缓、一偏于促："古诗辞气平雅，所以为登歌。后世乐府急促，所以为鼓吹"[1]，配合着含蓄微婉的风格特征，古体诗的语言节奏也平和舒缓，而乐府则欲以急促的节奏韵律来彰显其酣畅。

古体雅，而乐府俗。故在遣词用语上，古体"或间用生字，断断不可用俗字"[2]，古体尚朴厚，尚雅正典则，而用生字就已有好奇之嫌，已多少违背雅正的原则了，但此处却说古体诗中偶用生字尚可，尤不可使用的是俗字，可见对古体而言，不得用俗字的戒条是极为重要的。相反，乐府却"入俗语则工"[3]，所谓愈俗愈雅，文辞近俗方符合乐府本色，如此即是乐府之正、乐府之雅。

古诗庄严典则。辞根经传子史，所以为雅乐。乐府多诙谐狭邪之意，兼用方言俚语，所以为郑声。[4]

古诗庄重，乐府则多诙谐。因此古体文辞须典雅，须以经传子史为滋养；而乐府则谐近，"逞书卷不得"是乐府语言的首要条件，在此前提下可参以方言俚语，宁俚勿典。两者在文辞选择上的要求可谓大相径庭。甚至还有论者提出乐府可以尚奇："乐府能着奇想，着奥辞，而古诗以雍穆平

---

[1]（明）郝敬：《艺圃伧谈》卷之三《乐府》，载吴文治编：《明诗话全编》，上海古籍出版社 1997 年版，第 5912 页。

[2]（清）田雯：《古欢堂集》杂著卷一《论诗》，载郭绍虞编：《清诗话续编》，上海古籍出版社 1999 年版，第 693 页。

[3]（明）胡应麟：《诗薮·内编》卷一，载吴文治编：《明诗话全编》，上海古籍出版社 1997 年版，第 5451 页。

[4]（明）郝敬：《艺圃伧谈》卷之一《古诗》，载吴文治编：《明诗话全编》，上海古籍出版社 1997 年版，第 5912 页。

远为贵；乐府之妙在能使人惊，古诗之妙在能使人思"①，可以因尚奇而使用一些近乎晦僻难解的字眼。总之，对乐府而言，可以谐近以至于俗，可以尚奇以至于僻，惟独对"雅"避而远之，这恰是它与定位于典雅的古体诗最大的差别。

3. 歌行：区别于古体和乐府之间的语体风格

除了古体和近体、古体和乐府间的差异比较外，其他几类的比较恐怕就没有如此明显的差异了，古体和歌行、绝句与古体、律诗间的差异都近似于同类别内的细微区别。如歌行与乐府、古体的关系在古人的论述中就一直混沌不明，时而将七言歌行和七古混为一谈，"七言古诗，概曰歌行"②，时而又将歌行等同于乐府，"古乐府有七言古辞，曹子建辈拟作者多"③，认为七言歌行即源自于古乐府中的七言古辞，故而后世歌行在体貌及语体特征上仍接近于乐府，而王世贞谓"七言歌行，靡非乐府"④更是明确将七言歌行归入乐府的行列。葛晓音曾指出古人认识出现这种混乱的原因在于七言歌行曾经历了若干层次的转变，齐梁至盛唐李白的创作，歌行都是接近于乐府的，从杜甫开始才日益向七古靠拢⑤。不过古人虽然对歌行与古体间关系的认识有些混乱，却仍敏锐地觉察到了两者间的差异，故而古人有关这方面的论述却也不少。

既然七古和七言歌行一般是杂为一体的，因此为了叙述方便，古人对古体和歌行的辨别也就经常是在五古和七言歌行间展开的。

五言古、七言歌行，其源流不同，境界亦异。五言古源于《国

---

① （明）钟惺：《古诗归》卷六，载吴文治编：《明诗话全编》，上海古籍出版社1997年版，第7327页。

② （明）胡应麟：《诗薮内编》卷三，载吴文治编：《明诗话全编》，上海古籍出版社1997年版，第5469页。

③ （明）吴讷：《文章辨体序说·古诗》，载吴文治编：《明诗话全编》，上海古籍出版社1997年版，第534页。

④ （明）王世贞：《艺苑卮言》卷一，载吴文治编：《明诗话全编》，上海古籍出版社1997年版，第4199页。

⑤ 葛晓音：《初盛唐七言歌行的发展——兼论歌行的形成及其与七古的分野》，《文学遗产》1997年第5期。

风》，其体贵正；七言歌行本乎《离骚》，其体尚奇。①

这里不但指出五古和七言歌行在语体风格上一贵正、一尚奇，而且还分析了其差异形成的原因，认为五古源于国风故雅正，七言歌行依违《离骚》故瑰奇。当然，将七言歌行尚奇的原因追溯到《离骚》恐怕主观猜测的成分居多，而大多数论者则把歌行尚奇归因于它的长短句形式。

前文已提及古人在分辨七古和七言歌行时，往往将纯七言句的古诗视为七言古，而将长短句者目为七言歌行。这种区分方法虽未必准确，但却实际影响了古人对歌行体貌特征的认识以及他们对古体与歌行差异的探讨。古人论古体和歌行的差别就是主要就齐言和长短句的体制差异而言的。七言歌行虽仍以七言句为主，但是长短句夹杂的形式必定造成其体势纵横逸荡，再加上长短句组合的形式变化无端，完全可随内在情志之低昂流转而呈现出更明显的抑扬顿挫的节奏变化。因此古体齐言形式可以雅正，歌行变幻不定的长短句形态却只能出之以奇。故《诗源辨体》谓七言歌行体"纵横"②，句或长或短，变转如意，体势跌宕变幻、纵横流逸而不可遏止。所以虽然七言诗皆倾向于雄奇，倾向于选择一种大开大合的体势，但相对于齐言的七古，则长短句形式的七言歌行显然把七言诗纵横捭阖的体势特征发挥得更淋漓尽致、更神奇瑰丽，故王世贞极力描述七言歌行篇体气势之奇丽：

　　其发也，如千钧之弩，一举透革。纵之则文漪落霞，舒卷绚烂。一入促节，则凄风急雨，窈冥变幻。转折顿挫，如天骥下坂，明珠走盘。收之则如橐声一击，万骑忽敛，寂然无声。③

① （明）许学夷：《诗源辨体》卷十八《盛唐》，载吴文治编：《明诗话全编》，上海古籍出版社1997年版，第6175页。

② （明）许学夷：《诗源辨体》卷十八《盛唐》，载吴文治编：《明诗话全编》，上海古籍出版社1997年版，第6175页。

③ （明）王世贞：《艺苑卮言》卷一，载吴文治编：《明诗话全编》，上海古籍出版社1997年版，第4199页。

长短句形式使得歌行完全可以通过长短句的交错使用来调控篇体收放的节奏和频率，纵则用长句，一泻千里，气贯长虹；收则用短句，仿佛戛然而止，斩截明快。如此倏开倏合、忽起忽落，不但使诗歌抑扬顿挫的节奏变化表现得更直接强烈，亦使诗体大开大合、跌宕纵横的气势得以充分展现，因此七言歌行篇体体势才会呈现出王氏所描述的如此炫目骇闻的惊人效果。

4. 字少意多：绝句的语体风格特色

绝句之称是一个聚讼颇多的问题，以为绝句是截律诗四句而成的观点早已为古代论者否决，费经虞遂揣测："绝乃歌诗中间断之处，后世遂因以为名也。观古乐府所载魏晋乐歌，四句一解，是绝之之义矣。唐人因其歌断，遂为短句以就之，而绝句成体，如《水调歌头》第一叠、《何满子》第三叠、《排遍》第一、《陆州歌》第三之类，尚见唐人诗题中。而万首唐人绝句，裁长诗止用四句者，皆当时以之入歌者也。绝句之义如此，请以俟考古之君子焉"[①]，认为绝句之名出自唐人，源于乐曲之分解，其说颇有参考价值。不过绝句之名虽始于唐，古人认为绝句写作却在此之前已见雏形："杨伯谦曰：五言绝句，盛唐初变六朝子夜体，六言则摩诘效顾、陆作，七言唐初尚少，中唐渐甚。杨言大略如此，而不考梁简文'夜望单雁'则已有七言绝，但少耳。"[②]因此虽唐以后作者多以近体格律写作绝句，但以古体作绝句者也仍不少，这造成了绝句中古体和律体的并存。但这并不会给我们讨论绝句的语体风格带来困扰，因为古人论绝句语体时并不太注意古近体的差别，而主要着眼于如何在绝句如此短小的体制内表现出最丰富的内容，无论是绝句的修辞方法还是它的语体风格都是围绕这一意图展开的。

"自五言古、律以至七言绝，概以温雅和平为尚，惟七言歌行、近体

---

① （明）费经虞：《雅伦》卷十《格式十》，载吴文治编：《明诗话全编》，上海古籍出版社1997年版，第9821页。

② （明）朗瑛：《七修类稿》卷二九《各诗之始》，载吴文治编：《明诗话全编》，上海古籍出版社1997年版，第2361页。

185

不然"①，七绝既不同于七言歌行，也不同于七言律诗，这说明绝句的体制短小导致它在语体风貌上自有其与古体和律诗不同的独特性，而古人论绝句的语体风格特征也多是针对其体制短小的体制特色展开的。

> 律诗贵乎敦厚浑融，过巧则失之流丽；绝句则贵乎字少意多，浅近则失之忽略。②
>
> 绝句固自难，五言尤甚。离首即尾，离尾即首，而腰腹亦自不可少，妙在愈小而大，愈促而缓。③

前者谓"字少意多"，后者谓"愈小而大，愈促而缓"，皆表达了同一个观念，就是要竭尽所能将绝句四句诗的能量发挥到极致以令诗体含蕴丰厚。沈德潜论七绝"语近情遥，含吐不露"④，吴乔则认为五绝"小小之中原有无穷之意"⑤，也皆是此意。可见虽然含蓄是诗歌共同的语体风格要求，但对于绝句而言，受其短小体制的限制，含蓄的表达方式和语体风格特征似乎尤为重要。

但是究竟如何在绝句狭小的体制空间中实现"含蓄"的表达效果呢？古人对此做了多方面的探索。一方面从篇体经营来看，古人要求绝句要以四句而"孕八句之体裁"⑥，即绝句四句要采用律诗八句起承转合之法，尤其重视第三句之转：

> 绝句之法，要婉曲回环，句绝而意不绝，多以第三句为主，而第

---

① （明）胡应麟：《诗薮内编》卷三，载吴文治编：《明诗话全编》，上海古籍出版社1997年版，第5475页。

② （明）叶盛：《水东日记》卷二十六《录诸子论诗序文》，载吴文治编：《明诗话全编》，上海古籍出版社1997年版，第1316页。

③ （明）王世贞：《艺苑卮言》卷一，载吴文治编：《明诗话全编》，上海古籍出版社1997年版，第4200页。

④ （清）沈德潜：《说诗晬语》卷上，载丁福保辑：《清诗话》，上海古籍出版社1978年版，第542页。

⑤ （清）吴乔：《围炉诗话》卷之二，载郭绍虞编：《清诗话续编》，上海古籍出版社1999年版，第525页。

⑥ （明）钟惺：《唐诗品》，载吴文治编：《明诗话全编》，上海古籍出版社1997年版，第4701页。

四句发之。……至如婉转变化工夫，全在第三句，若于此转变得好，则第四句如顺流之舟矣。①

虽然起承转合之法因死板拘滞而屡遭贬斥，且绝句以第三句转也被论者认为是过于教条，但在某种程度上它倒也不是毫无道理，要在绝句狭小的空间内拓展出无穷意味来，恐怕确实需要借助句与句之间诗意的不断跳转来拓宽诗境，也许跳转未必在第三句，也许不止仅有一次转圜，但对"转"的强调还是不错的，篇法婉曲应是绝句含蓄的必要条件之一。

另一方面在表现方法上，古人则提出要大量使用影射的手法，通过对细微之物、情、事的捕捉，以小见大，见微知著，从而在有限空间内蕴含深广的言外之境。古人喻之为"窗中览景"："凡作七言绝句，如窗中览景，立处虽窄，眼界自宽"②，诗中所叙写的或者仅仅是连绵山脉的一角，无边密林中的一草一木，但就通过这一角展现出山脉的气势，通过一草一木见出密林的深幽，如此就既可令诗言外有无穷之意，又可满足绝句字少意丰的要求。不过以小见大是就表现内容和表达视角而言的，从表现手法看则大量使用意象："以鸟鸣春，以虫鸣秋，此造物之借端托寓也。绝句之小中见大似之"③，"（七绝）所贵者兴象玲珑，意味深厚"④，都强调绝句尤重以象寓意，以小见大正是依靠意象来实现的，由此也导致绝句在表达方式上尤其倾向于比兴手法。

总之，绝句就通过这一系列修辞方法上的苦心经营最终实现其言少意多的表达意图，从表达效果来看，也令它的语言风格比之古、近体更含蓄不露。所谓"语近情遥"，意味着绝句之语可以是极平常的文辞，不及古体诗语之庄重典雅，不及律诗语言之精工妍整，所叙也都是极细小事，

---

① （清）冒春荣：《葚原诗说》卷之三《排律说 绝句说》，载郭绍虞编：《清诗话续编》，上海古籍出版社1999年版，第1604页。

② （明）梁桥：《冰川诗式》卷一《定体》，载吴文治编：《明诗话全编》，上海古籍出版社1997年版，第5203页。

③ （清）刘熙载：《诗概》，载郭绍虞编：《清诗话续编》，上海古籍出版社1999年版，第2438页。

④ （明）冯复京：《说诗补遗》卷一，载吴文治编：《明诗话全编》，上海古籍出版社1997年版，第7170页。

却能令人追思无穷。

以上通过古体和近体、古体和乐府以及古体与歌行、绝句与古律之间的比较，可以清晰地看到古人对这几种类别诗歌的语体风格定位，古体朴质而不失雅正，近体精工而不失风韵，乐府真率而近于俚俗，歌行介于古体和乐府之间，有乐府之逸荡而摒其俚，故惟取于奇，绝句则婉曲回环、字少情多。从古人的相关论述来看，这些语体风格定位的形成，有的受其体性定位的影响，如乐府轶荡真率就与它多用于叙事有关，同时也可能是写作者刻意保留了其早期民间歌谣的特征所造成的。但相比之下还是受体制特征的影响较大，近体规整严格的格律体制、歌行的长短句形式、绝句篇体长度的局限等，无论是刻意彰显体制优势还是苦心避免其体制局限，体制特征都在它们语体风格的定位中发挥了决定性的作用。

至此我们梳理了古人对不同题材、不同体类诗歌语体风格的讨论。对不同题材诗的讨论主要是从体性角度着眼的，不同题材诗歌的内容及其性质总会产生对语言风格的特殊要求，或者不同题材的作品会倾向于选择某种特定体式，而这些都直接或间接地造成了不同题材诗作语言风格的差异性。至于不同体类诗歌的语体风格讨论则主要从体制特征入手，讨论了言数、长短句、篇体长度以及格律宽严等诸种体制因素对语体风格的决定性影响。应该说无论是诗共有的语体风格还是不同题材、不同体类诗各自的语体风格特征都必定具体化为语言运用的一定方法和规则。这些规则进入到诗的语言修辞层面，与源自于体制、写作规律的修辞规范融合在一起就共同形成了诗歌的语体修辞规范。

第二章 古人的诗歌语体修辞论

诗歌的一切特征最终都要通过语言的具体运用体现出来，都必然表现为语言运用中的特定技巧和规范，但我们在语体意义上讨论的语言运用规范却并不包括这全部规则。一方面，我们在语体意义上讨论诗歌的修辞规范就意味着它不同于一般的修辞技巧和规则。一般的修辞方法可以是个体的、临时的，可以完全是写作中灵光一现的个性创造，可以前无古人且后无来者；而语体意义上的诗歌修辞方法或规则却是具有一般性和传承性的，是在大量的写作实践中被提炼出来，又经过实践检验被认为是最适合诗歌体制和本质属性的写作规范，因此在写作时常常透过传统的力量对写作者修辞方法的选择和运用施加影响或干预。

另一方面，语体意义上的语言修辞规范着意于具体语言材料的选择和处理，努力寻找最能彰显诗歌题旨、最符合诗歌本质及审美要求的文辞以及表达方法。因此它只专注于文字表达，却并不关心题旨内容的选择以及把握方式，即使与题旨发生联系，也仅在于将题旨转换为文辞语义时的措辞方法而已。另外它还很容易与体制规范发生混淆，对此前文界定语体概念时已有所提及，在此需要说明的是，体制规范在某种程度上就是对语体规则的进一步固化，也就是说体制规范最初也仅仅是写作实践产生出的成功方法和模式，经过传承和沿用最终被确定为相对固定的语言形态特征。因此许多体制规范和语体规则之间只是强制程度的差别，写作者对体制规范一般只能遵从，对语体意义上的语言规范却可以根据写作的需求有所取舍和选择。

第一节　有无法之争与古代的语体修辞论

陈望道《修辞学发凡》曾详细解读了"修辞"一语的内涵，他指出，狭义的"修辞"就是修饰文辞的意思，而广义来讲，修还可指"调整或适用"，"辞"还可以指称语辞，于是由此衍生出"修辞"的另外三层含义：修饰语辞、调整或适用文辞、调整或适用语辞①。这当然是就现代语境下的"修辞"而言。事实上，尽管《周易》研究领域对"修辞立其诚"中的"修辞"之义至今仍有争议②，但诗学领域对它的界定和使用却是始终如一的，即以之指称文辞修饰。在古代数量庞大的诗歌研究和评论资料中，"修辞"一词出现的次数却极其有限，古人似乎并不常用到这个概念，但是在现在所见的表述中，它都毫无疑义是指称修饰文辞的，"顾诗发调既新，修辞亦秀"③，"虽献吉近粗，大复近弱，当其得意，前无古人，粗弱政是不掩质处。后来曲尽修辞，无瑕可指，而深按之，便苦浮且厉"④，"贞元以前人诗多朴重，韩翃在天宝中已有名，其诗始修辞逞态，有风流自赏之意"⑤，诸如此类，概无例外。

不过，正如前文所说，古代既无"语体"概念，故语体意义上的风格和修辞问题的探讨仍多处在散论状态，而"修辞"一语，论诗者更是鲜少使用，所以也就很难找到一个与我们今天所谓"语体修辞"一语完全对应的概念。但是仍有一个概念或约略近之，那就是古人所谓"定法"。

---

① 陈望道：《修辞学发凡》，复旦大学出版社 2008 年版，第 1 页。

② 丁秀菊：《"修辞立其诚"的语义学诠释》，载《周易研究》2007 年第 1 期，第 24—33 页。

③ （唐）殷璠：《河岳英灵集》，载罗联添编：《隋唐五代文学批评资料汇编》，成文出版社 1978 年版，第 51 页。

④ （清）毛先舒：《诗辩坻》卷第三《唐后》，载郭绍虞编：《清诗话续编》，上海古籍出版社 1999 年版，第 61 页。

⑤ （清）贺裳：《载酒园诗话·又编》，载郭绍虞编：《清诗话续编》，上海古籍出版社 1999 年版，第 334 页。

一、语体修辞与有无法之争

郭绍虞《沧浪诗话校释》曾指责严羽"体与格不分，格与法不分"①，不过在中国古代，由于多数论者缺乏概念界定及辨析的清晰意识且使用时也颇为随意，所以郭氏所指出的问题其实绝非严羽个人的错误，体、格、法三者的意义混淆及用法混乱实为古典诗学领域的普遍现象。因此前文在讨论古人所谓"法"与现代意义上的"语体"概念间的关系时，我们就已指出，"法"之中似乎包含了风格、修辞甚至体制等许多诗体不同层面的内容，但这个结论是统观所有与"法"相关的评论而得出的，若就古人论"法"资料的主体来看，则在多数情况下，古人所用之"法"是指修辞而言的，字法、句法乃至调声之法等等皆是。这就是说所谓诗歌有无法之争，主要就是在讨论诗歌有没有一套固定的、应该代代传承下去甚至可以作为写作的特点、规则或要求提出并确定下来的修辞方法或技巧，而所谓作为规则或要求提出的修辞亦即我们在此处要讨论的语体修辞，既然如此，我们也就可以将古人的有无法之争约略等同于古人对语体修辞这一概念是否存在及其存在意义的讨论。

有无法之争自宋而渐盛。受杜诗影响，中唐以后诗人愈益看重法度，至宋，则逐渐上升到理论层面，开始大谈锻字炼句之法，而反对的声音也随之产生。之后逾千年的时间里一直纷争不断。坚持诗歌创作有一定之法者代不乏人。如《唐子西语录》谓："诗在与人商论，求其疵而去之，等闲一字放过则不可，殆近法家，难以言恕矣。故谓之诗律。东坡云：'敢将诗律斗深严'，予亦云：'诗律伤严近寡恩'。大凡立意之初，必有难易二途，学者不能强所为，往往舍难而趋易，文章罕工，每坐此也。作诗自有稳当字，第思之未到耳"，以法家喻诗歌写作法度之严格，以为诗自有法，以为无法者，不过舍难取易之托词。其后元明清各代都一直有论者不容置疑地坚持诗有法的立场。

---

① 郭绍虞：《沧浪诗话校释》，人民文学出版社 1961 年版，第 100 页。

言诗本于唐，非固于唐也。自河梁之后，诗之变至于唐而止也。于一家之中则有诗法，于一诗之中则有句法，于一句之中则有字法。谪仙号为雄拔，而法度最为森严，况余者乎！立心不专，用意不精，而欲造其妙者，未之也。①

学问有渊源，文章有法度。文有文法，诗有诗法，字有字法。凡世间一能一艺，无不有法。得之则成，失之则否。信手拈来，出意妄作，本无根源，未经师匠，名曰杜撰。正如有修无证，纵是一闻千悟，尽属天魔外道。世言三代无文人，六经无文法。不知文人莫盛于三代，文法尽出于六经。②

《诗》三百五篇，有一字不文者乎，有一字无法者乎？《离骚》，风之衍也；《安世》，雅之缵也；郊祀，颂之阐也；皆文义蔚然，为万世法。③

林子曰：岂惟篇章之大有其法哉？是虽至于一句一字之间，则皆有其法，不可得而损益之者矣。此固成之变化，非属拟议。④

认为诗有法者纷纷以六经、《离骚》以及唐诗等经典为己说张本，以六经皆有法来证实诗歌写作不能无法。但尽管如此，似乎还是不能令所有人信服，反对的声音几乎伴随着倡导者的言论也同时出现。《诗人玉屑》在引录了前述《唐子西诗话》中强调诗必有法的言论后，又接着摘取了《蔡宽夫诗话》中的一段话，指责诗歌"用工之过"，以为"日煅月炼"反不能得妙诗，故晚唐诸人终难成大家。蔡氏此论已在语气中隐约流露出"法"是诗之末节、论法者实为舍本逐末的观念。其后反对以"法"论诗者都纷纷响应其说，而且立场的表述愈益清晰明朗。如王若虚："古之

① （元）吴澄：《吴文正文集》卷一九《唐诗三体家法序》，载吴文治编：《辽金元诗话全编》，凤凰出版社2006年版，第1589页。

② （元）揭傒斯：《诗法正宗》，载吴文治编：《辽金元诗话全编》，凤凰出版社2006年版，第2090页。

③ （明）胡应麟：《诗薮内编》卷一，载吴文治编：《明诗话全编》，上海古籍出版社1997年版，第5437页。

④ （明）林希恩：《诗文浪谈》，载吴文治编：《明诗话全编》，上海古籍出版社1997年版，第10995页。

诗人，虽趣尚不同，体制不一，要皆出于自得。至其辞达理顺，皆足以名家，何尝有以句法绳人者！鲁直开口论句法，此便是不及古人处"，[①] 断然否定有所谓字句之法存在。之后许学夷也曾反对王世贞以"句法"论《古诗十九首》，以为古诗"在篇不在句，后人取其句字为法，谓之步武可耳。何尝先自有法"？不过此处许氏的态度未免有些暧昧不明，他只是否认了古诗有法，似又不反对今人步武前人诗法，则诗仍有法？在诸家反对论中，或以袁宏道的说法最为极端，《叙竹林集》言"善学者，师心不师道；善为诗者，师森罗万象，不师先辈。法李唐者，岂谓其机格与字句哉？法其不为汉，不为魏，不为六朝之心而已。是真法也"[②]，以心为法，以森罗万象为法，则此真法其实真无法也。

不过如袁宏道等人一样断然否定诗有法者在古人中终究只是极少数，而多数论者则选择了一种折中的立场，既认为诗有法，但又指出作诗者不应"死于法下"，应该懂得"神而化之"，活学活用，于是论法时遂有了死法与活法、定法与非定法的区分。在宋人提出诗"法"的观念之时，这种区分就已出现了。吕本中《夏均父集序》：

> 学诗当识活法。所谓活法者，规矩备具，而能出于规矩之外；变化不测，而亦不背于规矩也。是道也，盖有定法而无定法，无定法而有定法。知是者，则可以与语活法矣。谢元晖有言："好诗流转圆美如弹丸。"此真活法也。近世惟豫章黄公，首变前作之弊，而后学者知所趣向，毕精尽知，左规右矩，庶几至于变化不测。[③]

所谓"定法"者，亦即规矩，而"无定之法"或"活法"，则为规矩之莫测变化。在此吕氏调和了诗有法和诗无法二者间的对立，既承认了诗歌创

---

① （金）王若虚:《滹南诗话》卷下，载吴文治编:《辽金元诗话全编》，凤凰出版社 2006 年版，第206 页。

② （明）袁宏道:《袁宏道集笺校》卷十八《叙竹林集》，载吴文治编:《明诗话全编》，上海古籍出版社 1997 年版，第 6788 页。

③ （宋）吕本中:《后村先生大全集》卷九五《江西诗派》引《夏均父集序》，载吴文治编:《宋诗话全编》，江苏古籍出版社 1998 年版，第 2907 页。

作中一定固定法则的存在，又回应了反对论者"固守死法"的指责，强调了法既有不变之变，又有万变中之不变。之后明代李梦阳在回击何景明"刻意古范，铸形宿模，而独守尺寸"的指责时也表达了与吕本中相同的观点："阿房之巨，灵光之岿，临春、结绮之侈丽，杨亭、葛庐之幽之寂，未必皆倕与班为之也，乃其为之也，大小鲜不中方圆也，何也？有必同者也。获所必同，寂可也，幽可也，侈以丽可也，岿可也，巨可也。守之不易，久而推移，因质顺势，融镕而不自知，于是为曹、为刘、为阮、为陆、为李、为杜，即今为何大复，何不可哉！此变化之要也。故不泥法而法尝由，不求异而其言人人殊"①，李梦阳所言"有必同者"，也就是吕本中所谓"定法"，既认为诗歌写作中存在"必同"之规矩，又指出必须在"获所必同"后方可言变。而至清代则更多论者参与到诗歌定法和无定之法的讨论中来。毛先舒一面坚称"诗本无定法，亦不可以讲法"，一面又建议作诗者"但取盛唐以上、《三百》以下之作，随拈当吾意者，以题参诗，以诗按题，观其起结，审其顿折，下字琢句，调声设色，曲加寻推，极尽吟讽，自应有得力处。然后旁推触类，一以贯之，仰观古昔，高下在心矣"，②揣摩其语意，在强调学诗者在前人诗作中"观其起结，审其顿折，下字琢句，调声设色"时，分明还是认为其中有一定之规在的。而翁方纲和朱庭珍二人的表述则更为清晰。

> 欧阳子援扬子"制器有法"以喻书法，则诗文之赖法以定也审矣。忘筌、忘蹄，非无筌蹄也。律之还宫必起于审度，度即法也。顾其用之也无定方，而其所以用之，实有立乎法之先，而运乎法之中者，故法非徒法也，法非板法也。且以诗言之。诗之作，作于谁哉；则法之用，用于谁哉。诗中有我在也，法中有我以运之也。即其同一诗也、同一法也，我与若俱用此法，而用之之理、用之之趣各有

---

① （明）李梦阳：《空同集》卷六二《驳何氏论文书》，载吴文治编：《明诗话全编》，上海古籍出版社1997年版，第1984页。

② （清）毛先舒：《诗辩坻》卷第四《学诗径录》，载郭绍虞编：《清诗话续编》，上海古籍出版社1999年版，第78页。

不同者，不能使子面如吾面也。同一时、同一境、同一事之作，而其用法之所以然，父不能得之于子，师不能传之于弟。即同一在我之作，而今岁不能仿昨岁语，今日不能用昨日之语，况其隔时地、分古今而强我以就古人之法，强执古人以定我之法？[1]

诗也者，无定法而有定法者也。诗人一缕心精，蟠天际地，上下千年，纵横万里，笔落则风雨惊，篇成则鬼神泣，此岂有定法哉！然而重山峻岭，长江、大河之中，自有天然筋节脉络，针线波澜，若蛛丝马迹，首尾贯注，各具精神结撰，则又未始无法。故起伏承接，转折呼应，开阖顿挫，擒纵抑扬，反正烘染，伸缩断续，此诗中有定之法也。或以错综出之，或以变化运之；或不明用而暗用之，或不正用而反用之；或以起伏承接而兼开阖纵擒，或以抑扬伸缩而为转折呼应；或不承接之承接，不呼应之呼应；或忽以纵为擒，以开为阖，忽以抑为扬，以断为续；或忽以开阖为开阖，以抑扬为抑扬，忽又以不开阖为开阖，不抑扬为抑扬；时奇时正，若明若灭，随心所欲，无不入妙：此无定之法也。[2]

二者的议论明确了所谓"定法"和"无定之法"的内涵及关联。"定法"是诗歌写作中字句章篇经营的基本法则和规律，而"无定之法"则是不同写作者为满足自身创作需求而对写作法则或规律加以个人化、创造性地运用，导致相同法则在不同个体甚至同一个体的不同创作中都呈现为各不相同的形态。简单说，定法与无定之法的区别和联系其实也就是"体"和"用"的区别和联系，"定法"为"体"，"无定之法"则指其"用"，"体"有定，而"用"无端，然千变万化又终不离"体"。

总之，我们可以说，有无法的争论最终就统一于"定法"和"无定之法"的区分和关联中了，无论坚持"定法"还是认定"诗无法"，都多

---

① （清）翁方纲：《复初斋文集》卷八《诗法论》，载吴宏一编：《清代文学批评资料汇编》，成文出版社1981年版，第529页。

② （清）朱庭珍：《筱园诗话》卷一，载郭绍虞编：《清诗话续编》，上海古籍出版社1999年版，第2327页。

被视为极端之论而忽略或质疑，而在了解并掌握"定法"的前提下不断创造性地加以运用才是主流观念。而"定法"之义就略同于我们此处所讨论的语体修辞。

一般而言，修辞总是表现为一个动态的呈现过程，在不同创作者的不同创作活动中呈现为不同的形态，且通常说这种差异性表现得越明显、出现的频率越高，就越证明写作者创造力旺盛，而作品的文学史价值也可能越高。但这个动态的呈现过程又并非任由写作者随心所欲，它的创造还是必须遵从不可悖逆的语言规律，对于不同文体的写作而言，更要接受各种文体规范的约束，因此就在修辞的变化之中逐渐孕育出了由各类因素共同催生的一般法则，这就是我们所讨论的语体修辞，也就是古人所谓"无定之法"中的"定法"。

二、古代诗歌语体修辞论的基本内容

如前所述，语体修辞是语言规律和文体规范综合作用的产物，运用汉语的语言特质和规律服务于文体规范的要求，以在最大程度上呈现理想文体的语言形态。就是说语体修辞的形成也同样是一个动态过程，创作者在写作时不断探索修辞方式的新变，这些优胜劣汰的尝试最终将那些在文体体制内能最大程度满足文体表达需求、呈现文体最理想形态的方式方法从众多修辞手段中挑选出来，并逐渐固化为特定文体的特定修辞方式，而优与劣的界限区分也逐渐厘清了语体修辞的基本法则。在这个过程中，发挥主导作用的是文体的基本要求和规范，语言规律要服务于文体规则。

在文体诸要素中，最直接作用于语体修辞方法的选择与固化的就是体制和语体风格。写作者必须在体制规则内遵循语言运用的一般规律来完成表情达意的职能，因此由体制衍生的语言修辞规范实际就是体制特征和语言运用规律契合而得的结果，体现了在写作规律限制下最大程度上发挥体制优势的需求。而语体修辞也是语体风格要求的实现方式。虽然从创作的角度看，是特定的修辞方式呈现了特定的语体风格，但从语体理论生成的过程看，语体风格和语体修辞的理论关系却是相反的，是古人对文体职能、特性的认识及定位催生出了语体风格的审美需求，而这些审美需求在实际写作中具体化为语体修辞的法则，所以是语体修辞规范服务于语体风格的特征要求。前文讨论诗歌语体风格时，已对语体风格衍生出的语体修辞规则做了一定论述。但那些仅是一些与语体风格关系较直接的规则而已，也还有一些在语体风格影响下产生的修辞规范在进入诗体后与体制催生的语言运用规范逐渐融合，并在互融状态中逐渐难分彼此了。

正因如此，此处语体修辞的整理就无法再依照前文梳理语体风格的方式来进行了，语体风格特征要求与古人对诗歌性质的定位有着直接而清晰的关联，所以可以从其生成根源入手构建其理论关系，可是体制、语体风格以及语言一般使用规律的综合作用却在一定程度上模糊了语体修辞规范与各要素间的关系，在无法在它们之间建立直接关联的情况下，我们只能寻找其他切入点去发掘、整理诗歌语体修辞规范的基本理论内容。所幸作为"定法"的语体修辞不过是"无定之法"中包藏的不变的内核，其基本理论内容及理论结构都是与"法"对等的，而关于诗"法"的基本内容古人是有过清晰表述的。

刘勰《文心雕龙》就已试图厘清所谓作文之"法"的基本内容，《章句》篇："夫人之立言，因字而生句，积句而为章，积章而成篇。篇之彪炳，章无疵也；章之明靡，句无玷也；句之清英，字不妄也；振本而末从，知一而万毕矣"，[①] 对文体字、句、章、篇的基本构成做了区分。此外从《镕裁》至《隐秀》诸篇，从理论内容看皆与修辞直接相关，《章句》篇论句法，《镕裁》关乎篇章结构，《声律》论调声，《比兴》《夸饰》《事类》等谈及表现手法，而《练字》篇虽着意于字形，亦可阑入字法之域。将这些篇目综合来看，则刘勰当时不但已经试图将文"法"的内容加以归类，而且也似乎努力在它们彼此之间建立某种理论关联了。尽管其区分看上去还是有些淆乱，不过对后世论诗者对诗"法"内容厘辨的影响还是深远的。

唐人出于精研诗歌写作技巧的需要，开始对诗歌写作所涉及的各类

---

① （南朝梁）刘勰撰，范文澜注：《文心雕龙注》卷九《附会》，人民文学出版社 2008 年版，第650 页。

手段、方法进行细致的总结归类。旧题为白居易所作的《金针诗格》谓："诗有四练：一曰练句。二曰练字。三曰练意。四曰练格。练句不如练字；练字不如练意；练意不如练格"，又言："诗有四得：一曰句欲得健。二曰字欲得清。三曰意欲得圆。四曰格欲得高"，^① 从中已透露出唐人对诗"法"加以总结归类的结论，句法、字法外，其所称"格"，从后文"格欲其高"来判断，此"格"应是一个融合了诗意之"气格"和语言之"格调""风格"两层含义在内的总体概念。而"练意"之说，从"意欲其圆"的说法看来，它也不是单单对诗歌内容的锻炼，应该还包括了表达方式以及篇章经营的内容。不过从中还是透露出古代诗"法"观念与今人修辞观的差异，古人所论诗"法"一直是把诗意的锤炼及铺陈囊括其中的，因此论古代语体修辞我们也不得不将这部分内容有选择地收纳进来。

杨载《诗法家数》："结体、命意、炼句、用字，此作者之四事也。体者，如作一题，须自斟酌，或骚，或选，或唐，或江西。骚不可杂以选，选不可杂以唐，唐不可杂以江西，须要首尾浑全，不可一句似骚，一句似选"，^② 又增加了一项新内容："结体"，亦即根据作品的题材内容来选择适合的诗体，论者也往往称其为"相题"。王世贞："首尾开阖，繁简奇正，各极其度，篇法也。抑扬顿挫，长短节奏，各极其致，句法也。点掇关键，金石绮彩，各极其造，字法也。篇有百尺之锦，句有千钧之弩，字有百炼之金"，^③ 明确区分出字法、句法、篇法，表述更为清晰。《然镫纪闻》："为诗须有章法、句法、字法。章法有数首之章法，有一首之章法。总是起结血脉要通"，^④ 又将"篇法"所指进一步扩展，将组诗的内部结构经营也囊括进来了。而袁枚《续诗品》的分类则更为详尽，诸

---

① 旧题（唐）白居易：《金针诗格》，载张伯伟辑：《全唐五代诗格汇考》，凤凰出版社 2002 年版，第 353 页。

② （元）杨载：《诗法家数》，载（清）何文焕辑：《历代诗话》，中华书局 1981 年版，第 735 页。

③ （明）王世贞：《艺苑卮言》卷一，载吴文治编：《明诗话全编》，上海古籍出版社 1997 年版，第 4201 页。

④ （清）王士禛口授，何世璂述：《然镫纪闻》，载丁福保辑：《清诗话》，上海古籍出版社 1978 年版，第 119 页。

品与修辞相关的计有"相题""选材""布格""择韵""尚识""振采""结响""曲径"等8类,将字句章篇的基本方法、调声及诗歌特殊表现手法等皆涵盖在内。

总之,古人曾对诗"法"的基本内容做过详细的梳理和归类,其中除"练意"的部分有些溢于界外应该适当剔除外,我们可以完全依据古人已有的分类来系统归纳古人对诗歌语体修辞法则的探讨及其成果。大致说来,就文字形态言,则主要包括诗体选择、遣词造句、谋篇布局的诸种禁忌以及在实践中逐渐摸索出的更符合诗体需求的方法和法则等,其中根据诗歌题材内容选择诗歌体式前文语体风格部分已做过讨论,此章不再赘述;从声律角度看,则在体制论对声律搭配和用韵的基本规则之上又提出了进一步的严格要求,是为了诗歌音韵更加悦耳动听而做的更细致规定。从这两个方面我们就可以完整把握诗歌的语言运用规范,可以了解古人在诗歌语言应用方面的立场、观念以及基本理论成果。

第二节　古人论诗歌文辞锻炼的一般法则

古人崇尚诗体自然,苏轼甚至曾谓"山川之有云,草木之有华,充满勃郁而见于外,虽欲无有,其可得耶! 故予为文至多,而未尝敢有作文之意"①,似乎完全否定了诗文写作的人为创造。不过这是就诗歌最终的呈现形态而言的,从写作的过程来看,即使最率真的诗作在它冲口而出之前也多少是经过了文辞的拣择及修饰的。任何诗歌作品都需要语言的锤炼,也都会在一定程度上受到来自语言规则的引导和限制,以此确保写作者创作出符合诗体本色的成功之作。

写作者对语言进行选择和修饰的首要目的在于表情达意,从这个意义上说语言表达的一般规则应该还是适用的。但诗歌要表达的情、意显然并不像一般的语言交谈或其他实用文体所表达的内容那样简单明确。陈望道论修辞时将语言表达区分为记述的、表现的和二者杂糅的三种境界,

---

① (金)王若虚:《滹南诗话》卷中引苏轼《南行唱和诗序》,载吴文治编:《辽金元诗话全编》,凤凰出版社2006年版,第201页。

并由此将语言修辞划分为消极的修辞和积极的修辞两大类，同时指出消极的修辞只需让人领会，而积极的修辞却要使人"感受"①。就诗而言，它显然属于表现的境界，应该采用积极的修辞，这就意味着它须动用一切感性的语言材料和手段去描绘情境、传达感受，用抽象的文字呈现形象的内容。更何况对于诗歌而言显然仅仅表情达意还远远不够，为了增强感染力，它还承担着"美"的使命，还必须用语言实现诗歌对特定审美风格的追求。这就意味着诗歌的语体修辞规范在细致程度上要远远超越一般的语言运用规则。

当然在这个修辞规范体系中，我们依然能看到一些语言表达的通用规则，如忌冗赘是一般语言表述都遵循的基本原则，在诗论中我们也经常看到论者对这一原则的强调，唐人诗格论诗病时列举诸如"丛聚病""相滥""文赘"等皆认为诗要力避陷于繁言赘词，所谓"一字若闲，一联句失"②，要求诗做到字字精当，没有一个无用之字。由此又衍生出对文辞繁简的讨论，"作诗繁简各有其宜，譬诸众星丽天，孤霞捧日，无不可观"③，繁简皆视表达的实际需求而定，于其他的语言表述是如此，于诗亦是如此。但是这个语言表达的一般规则应用于诗还是发生了变化，就是说虽然繁简各取所宜，但因为诗歌相对体制较小，表达空间相对狭窄，尤其律诗、绝句更是如此，所以对诗而言"简"就变得格外重要了。沈德潜以苏李诗为例证实"庞言繁称，道所不贵"④，许多论者都极力标榜言简义丰之作，《诚斋诗话》列出"诗有一句七言而三意者"、"一句五言而两意者"加以褒赞⑤，《剑溪说诗》："前人一语包举数义，后人数语只了一

---

① 陈望道：《修辞学发凡》，复旦大学出版社 2008 年版，第 7 页。

② （唐）徐寅：《雅道机要》，载张伯伟辑：《全唐五代诗格汇考》，凤凰出版社 2002 年版，第 446 页。

③ （明）谢榛：《四溟诗话》卷一，载丁福保辑：《历代诗话续编》，中华书局 2006 年版，第 3119 页。

④ （清）沈德潜：《说诗晬语》卷上，载丁福保辑：《清诗话》，上海古籍出版社 1978 年版，第 530 页。

⑤ （宋）杨万里：《诚斋诗话》，载吴文治编：《宋诗话全编》，江苏古籍出版社 1998 年版，第 5932 页。

意"①，也从言少意多的角度肯定了前人之诗，可见对诗歌而言言简义丰尤为可贵。由此来看，一般的语言运用规则在进入诗歌的修辞体系时也都会根据诗体属性及体制特征的需要而有所侧重或调整，至于那些本就源自诗歌本体属性及形态特征的语言运用规则就更毋庸待言。

写作过程就是语言选择和应用的过程，而语体修辞规范就是在写作过程中一步步实现的，贯穿了写作过程的各个环节。古人描述写作过程谓"积字成句""积句成章"，故文辞锻炼的法则亦将之厘为字法、句法、章法，其中章法中包括了各章连缀近于篇法者，句法中多论句句间的关系又或近于章法，字法论句眼锻炼时又关乎句法，故三者边界模糊，内容彼此常互有参差。有鉴于此，为辨析的清晰起见，故此处将单句的锻炼与字法合、句句间关系与章篇法合在一起，区分为遣词造句、谋篇布局两大部分来加以论述。

一、诗歌遣词造句的一般法则

诗歌拥有着自己一套独特的话语体系，其中不仅包括诗歌独有的语汇，也还包括一些独特的句格、句法、章篇形式以及特有的语言风貌特征。故古人常谓诗有诗语，与文语、词语皆判然有别。

> 文语不可以入诗，而词语又自与诗别。②
> 诗中高格，入词便苦其腐；词中丽句，入诗便苦其纤，各有规格在也。③

第一则材料只是笼统地说明诗语不得与文语、词语相杂，第二则材料则

---

① （清）乔亿：《剑溪说诗》又编，载郭绍虞编：《清诗话续编》，上海古籍出版社 1999 年版，第 1129 页。

② （元）王礼：《麟原前集》卷五《胡涧翁乐府序》，载吴文治编：《辽金元诗话全编》，凤凰出版社 2006 年版，第 2513 页。

③ （清）沈德潜：《说诗晬语》卷下，载丁福保辑：《清诗话》，上海古籍出版社 1978 年版，第 553 页。

稍具体些，涉及了诗语和词语风格特征的截然不同。《诗筏》也认为诗词即使"用意稍同，而造语迥异"[①]，认为即使同一题旨，表现于诗与词中的语言形式都可能迥然有别，虽然表述仍很含糊，但"造语迥异"包含的内容却可以很丰富，语汇选择、章篇句式乃至表现方法等都可能囊括其中，也就是说"造语迥异"一语就暗示出了诗歌整个语言体系的特殊性。

（一）选语和选字

所谓选语是泛指诗歌字词句的选择，而选字则具体指诗句中单字的拣择，虽然宽泛来讲选字应该是选语的一部分，但古人一般泛论选语时往往着意于明确诗语与其他文体语言系统的界限，大体明确哪些字词句是不可以入诗的，而在论字时才具体提出了诗歌字词选择的标准，所以在实际的理论探讨中二者实是分离的。

既然文语、词语皆不可入诗，那么它们与诗语的界限究竟在哪儿呢？这个范围其实是很难具体划定的，很难具体说哪些词语就属于文或词而不能用于诗，所以它只能依赖人们的感受作一个宽泛的界定。比如词语与诗语的区别从总体风貌来讲就是媚和婉的不同，但我们无法真正判定哪些字词是绮媚的，而哪些就是婉丽的。《诗源辨体》提出七言古诗自韩翃始"艳冶婉媚"渐近于乃词，至李商隐、温庭筠等则已完全堕入词体中，为证实其结论他还列举了大量诗句或诗联加以说明[②]。排除这些句联在表达情愫上共同的倾向性，仅就语言来讲，它们在字词的使用上并没有太多重合，虽然也有些字词似乎出现频率较高，比如啼、雨、香、娇等等，但这类字眼其实在诗中也都较常见，显然这些句联被认为婉媚近于词并不是其中的某个字词的艳或媚导致的，而是句联中包括了太多此类文辞才造成了句联整体风貌过于媚。如此看则诗语和词语的区别其实无法就具体语词作出限定，它只能是一种感受中的风格差异而已。

---

① （清）贺贻孙：《诗筏》，载郭绍虞编：《清诗话续编》，上海古籍出版社 1999 年版，第 163 页。
② （明）许学夷：《诗源辨体》卷二十一《中唐》，载吴文治编：《明诗话全编》，上海古籍出版社 1997 年版，第 6053—6238 页。

1. 诗不得用经语、禅语

相较之下，诗语与文语的界限可能更明显些，因为文语中某些类别的词汇是被明确禁止写入诗歌的，如"经语"。用经语对古人而言也是用典的方式之一，但与化用经语与经学语直接进入诗歌毕竟还是两回事，前者可以熔炼其词其意令其符合诗歌语言的特征，后者则是直接将经学的语句词汇写进了诗歌，对此古代多数论者都颇不以为然。

> 文字好用经语，亦一病。老杜诗："致思远恐泥。"东坡写此诗到此句云："此诗不足为法。"①

认为诗用经语是一种诗病，胡应麟也提出"儒者语言，一字不可入诗"②，坚决地将经学语言排斥在了诗语之外。

> 诗贵秀贵逸，著理学语须要脱得头巾气，不然便老学究可厌可唾矣。③

此段材料中论者的态度则稍微宽容些，没有完全排斥经语，而只是做了条件上的限定，要求在使用经学语词时经过镕炼，褪去其浓重的论学说理气息，不可有学究口吻。不过因为《诗经》的关系，也有不少论者对经语采取了包容的态度，《碧溪诗话》就对杜甫"车辚辚，马萧萧"、"霁潭鳣发发，春草鹿呦呦"等诗句极为赞赏，并进而认为用经语可以浑然典重，则未为不可。但《诗经》毕竟与其他经典不同，无论后人对它作怎样的解读，从抒情本质上讲，它与诗歌都是相同的，它的语言也与后世诗歌的审美本质无太大区别，因此不能将它与其他经学著作等同视之，更不能

---

① （宋）朱熹：《朱子文集大全类编》，载吴文治编：《宋诗话全编》，江苏古籍出版社 1998 年版，第 6112 页。

② （明）胡应麟：《诗薮内编》卷四，载吴文治编：《明诗话全编》，上海古籍出版社 1997 年版，第 5512 页。

③ （明）朱之瑜：《舜水文集》卷十四《答安东守约杂问》，载吴文治编：《明诗话全编》，上海古籍出版社 1997 年版，第 10285 页。

因此认为诗歌可以直接使用经学语汇。

事实上，经语因为表述目的与诗歌截然不同，故在语言色彩、表现方式上都与诗语悬殊极大。一方面经语的典则正大与诗歌性质悬殊过大。因为代代相传的经学语言已形成了相对固定的内涵指向，所以当我们将这些经学词汇写入诗歌时就意味着我们把其关涉的道理等也一并带入了诗歌。而经语所牵涉的内容又往往非常重大，以至于这些可以出现于文章中的大道理、大事件本身常常超过了诗歌本身的承载能力，于是就会造成诗语本身的分量与诗体、诗题极不相称，从而给人一种不伦不类之感。

> 李光远《观潮》诗云："默运乾坤不暂停，东西云海粹阳精。连山高浪俄兼涌，赴壑奔汉为逆行。""默运乾坤"四字重浊不成诗，语虽有出处，亦不当用，须点化成诗家材料方可入用。如诗家论翰墨气骨头重，乃此类也。①

"默运乾坤"一语虽出自道家②，但用于此诗则显然已脱离道家修炼的语境，而仅取其字面含义而已了。但即使如此，运转乾坤的字眼对于诗尤其是对于一首写潮水的诗来讲还是过于严重了，故材料批判它重浊，不适合用于诗歌之中。这是从内涵的角度讨论经语不适用于诗。

另一方面从文辞性质来讲，经语多是一些说理性文字，它们就是为说明道理而创作出来的，其启发性要远过于感染力，往往可以令人思，却鲜少令人动情。因此诗用经语就会导致诗歌议论说理的色彩极重，从而削弱了诗抒发情性的感性色彩，所谓学究气、头巾气即是谓此。同时即使写作者以最巧妙的方式避免了这种说教色彩，还是会发现此类语词在感性表现上的欠缺。《诚斋诗话》在说明"诗句故难用经语，然善用者，不胜其韵"的论点时列举了李师中（1013—1078）的三联诗作为例证，其中两例都出自前人诗句，惟"山如仁者寿，风似圣之清"分别取自《论语》

---

① （宋）吴可：《藏海诗话》，载吴文治编：《宋诗话全编》，江苏古籍出版社1998年版，第5541页。

② （宋）俞琰：《周易参同契》（子部集成，道教典籍，正统道藏，太玄部），卷之五，止五，中篇第一，引《还金篇》，第18页。

和《孟子》，此句因为所用之语原就带有譬喻色彩，用于诗句中显得极其自然，故论者盛赞其巧妙[1]。但细细品味这两句诗，若抛开它用经语的巧妙不谈，单论其表现力的话实在并无过人之处，尤其"山如仁者寿"一句更是全无意味。如此看来，则诗用经语即使将技巧发挥到极致，其表现力都极为有限，经语之不适用于诗由此可见一斑。故古人虽一面承认确实有一些较成功的用例，但经语直接入诗究竟是不可取的。

胡应麟强调儒者语言不得入诗时曾提到"曰仙、曰禅，皆诗中本色"，那是否意味着仙语、禅语可以直接用于诗中呢？仙语古人论及者甚少，而禅语因出现于诗中较多，遭致的批判也最多。宋代禅宗思想在文人中的风行不仅导致"以禅喻诗"的论诗方式大行其道，写作时以禅理、禅语入诗者也极多。不过后代人对此做法却颇不以为然，认为诗与禅虽有相通之处，但禅理可入诗，禅语却不宜直接用于诗，清人对此辨之甚力。

> 东坡五古，有禅理者甚佳，用禅语者甚劣。[2]
> 禅家诗家，皆忌说理，以禅作诗，即落道理，不独非诗，并非禅矣。诗中情艳语皆可参禅，独禅语必不可入诗也。[3]

两者都强调诗不得用禅语，后者更详细阐述了个中因由，认为"以禅作诗"就近于说理了，与我们前文所论用经语的弊端相同。

应该说，诗语和禅语都极其重视形象性，都借助意象表达言外之意，两者还是颇为相近的，但即使如此，还是不得不承认它们在表达意图上的不同。禅语是"得意忘言"的，也就是说其形象的描绘只是为禅理表达搭建桥梁，而最终顿悟的一刹那是要将这些形象及感受都统统抛开的，禅语表述最终指向的仍旧只有思想而已。但诗语却不同，它的言外之意是紧紧扣住语言的形象描绘的，其感受性要远远重于思考性。由此来看，以

---

① （宋）杨万里：《诚斋诗话》，载丁福保辑：《历代诗话续编》，中华书局 2006 年版，第 147 页。

② （清）施补华：《岘佣说诗》，载郭绍虞编：《清诗话续编》，上海古籍出版社 1999 年版，第 983 页。

③ （清）贺贻孙：《诗筏》，载郭绍虞编：《清诗话续编》，上海古籍出版社 1999 年版，第 192 页。

禅语入诗必然会将欣赏诗歌的过程真的变得如同参禅一样，而失去了真实的情感体验，诗就不再是诗。所以贺贻孙认为"以禅作诗"会使诗沦为讲道理，可谓正中要害。

总之，经学语、禅语都是不宜直接用于诗歌的。这一界限的划定可以说为诗歌独特语言体系的形成提供了最有力的保障。因为古人皆深受儒释道思想的熏染，尤其是儒学经典对古人讲更是沁入骨髓，经典中的思想、词句都会常常萦绕于他们的脑际，甚至在他们毫无意识的时候渗入到他们的诗作中。因此这个界限是必须明确划定的，儒释道的思想或者可以不须回避，但它们的词句却一定不能直接出现于诗歌中，一定要经过磨合熔炼，改造成诗的语汇及表达方式方可，如此才有可能形成一套最符合诗歌属性和表达需求的语言体系。

2.选字：字词色彩的细致甄别

将经语、禅语剔除出去还只是为诗语的选择划定了一个大致界限而已，写作时要选择出符合诗体需求的字词句需要更加具体的选择标准。古人对这一问题的讨论主要是针对选字而言的，确定字词的选择标准才足以确保诗歌用语的纯正性。

关于诗歌选字的标准古人论之不少，总体来看，有源于诗语体风格的特殊需要，亦有出自诗歌表达的基本需求。

> 诗文用字，有意同而字面整碎不同、死活不同者，不可不知。杨文公撰《宋主与契丹书》，有"邻壤交欢"四字。真宗用笔旁抹批云："鼠壤？粪壤？"杨公改"邻壤"为"邻境"，真宗乃悦。此改碎为整也。范文正公作《子陵祠堂记》，初云："先生之德，山高水长。"旋改"德"字为"风"字，此改死为活也。[①]

这段材料所举二例皆就文章言，显然在表达需求上诗文间还是颇有相通之处的。语言表达须准确，文字须雅洁，故取字之义宜整而不宜细碎；诗

---

① （清）袁枚著，顾学颉校点：《随园诗话》卷四，人民文学出版社1982年版，第129页。

体文体皆须有生气，有灵动之意，故用字宜活而不宜死板。这或可认为是文字表达的基本标准，诗歌用语必须首先满足这一标准，然后在此基础上才能进一步考虑诗歌语体风格的美学要求。

诗歌选字的美学要求基本都是从前述语体风格特征中引申而来的：

> 用字宜雅不宜俗，宜稳不宜险，宜秀不宜笨。①
>
> 阮亭答：凡粗字、纤字、俗字皆不可用，词曲字面尤忌，即如杜子美诗"红绽雨肥梅"一句中便有三字纤俗，不可以其大家而概法之。②

第一则是专就五律而言，但就其要求看对于其他体类也基本适用，而且两则材料提出的要求也大体一致，综合起来则包括了由诗歌语体风格发展来的三条标准。一则欲雅不欲俗。"诗中用时俗字，独宜于新声，如宫词、谣谚、燕歌、吴歌、柳枝、竹枝之类，其他即唐人平调，一字著不得也"③，除了宫词、谣谚等外，古、近体皆不宜用俗字。二则欲秀丽不欲粗笨。诗体尚华美，即使出之平淡，也必精工锻炼而不失秀逸，对于朴拙无所取也。三则欲稳。诗体雅正，选字用语自是不得不稳。"稳"则不得纤弱无骨，故王世贞谓不得用纤字；"稳"则重，虽前文提到诗选语不得过于重浊，但也不得失于轻浮，"字勿用轻，轻则落浮"④，轻则浮，轻则佻巧。

> 盖"新"之与"尖"，似是而非。"新"则芳鲜，"尖"则儇薄。嘉州句云："近钟清野寺，远火点江村。海树青官舍，江云黑郡楼。

---

① （清）冒春荣：《葚原诗说》卷之一《五言律说》，载郭绍虞编：《清诗话续编》，上海古籍出版社 1999 年版，第 1581 页。

② （清）郎廷槐编：《师友诗传录》，载丁福保辑：《清诗话》，上海古籍出版社 1978 年版，第 138 页。

③ （明）费经虞：《雅伦》卷十二《制作》，载吴文治编：《明诗话全编》，上海古籍出版社 1997 年版，第 9866 页。

④ （明）王嗣奭：《管天笔记外编》卷下《文学》，载吴文治编：《明诗话全编》，上海古籍出版社 1997 年版，第 6641 页。

孤灯然客梦，寒杵捣乡愁。""近、远、点、青、黑、孤、寒、然、捣"十字尖巧太甚，种种魔道开矣。①

诗用语须新，但可新而不可尖，尖即谓轻浮佻巧，全无典重之义；最后"稳"则不得用险字，险则易流于怪僻，有失雅道。故古人谓"为诗用僻字，须有来处"②，即使不得已用生僻字，也须有典可依，忌随己所欲，牵合捏造。总之，这三条标准皆是由前文诗歌语体风格特征中引申而来的，是语体风格特征作为一种写作规范在创作时的具体应用，一些更具体的要求则前文已述及，此不赘。

选字的标准确立了，但又如何确定或分辨字的雅和俗、秀与笨、险或稳呢？雅俗或者还有辨别的依据，粗略来说，一般用于口语谣谚中的俚词俗语可视为俗，而有出处尤其是以往经典诗作中常用者则为雅。但这也是大致的辨别，真正细致的区分也并非如此简单。

> 问：叔父尝谓作诗选字是一番工夫，如何是选字？
>
> 譬如"花"、"葩"一也，而"葩"字较俗。"甜"、"甘"一也，而"甘"字较板。"愁"、"忧"一也，而"忧"字较拙。"西风"、"秋风"一也，而"秋"字较滞。又如"芳"、"香"一也，而"芳"字实指花身者用之，"香"字虚指花气者用之。"落木"、"落叶"一也，而"木"字雄，阔大之景用之；"叶"字细，幽悄之景用之。反是则不稳，可以类推。③

这段材料通过列举同义字词的辨别说明了如何在写作中区分字词的雅俗工拙，首先要辨别出同义字间细微的色彩差别，需要写作者积累大量的阅读经验，培养起对文字细微差别敏锐的情感触觉。比如花与葩，葩字

---

① （明）冯复京：《说诗补遗》卷七，载吴文治编：《明诗话全编》，上海古籍出版社 1997 年版，第 7291 页。

② （宋）王谠：《唐语林》卷二，载吴文治编：《宋诗话全编》，江苏古籍出版社 1998 年版，第 570 页。

③ （清）陈仅：《竹林答问》，载郭绍虞编：《清诗话续编》，上海古籍出版社 1999 年版，第 2243 页。

俗，则或因葩字僻，不及花字常见，再就读音而言，也不及"花"字优柔；再如忧和愁，古人常以之互释，本为同义词，而忧比愁拙，则或是从情感色彩上讲忧重于愁的缘故；"西风""秋风"古人常通用，但"秋风"过直致，"西风"则有隐喻色彩。更为重要的是字词雅和俗、险与稳的区别并不是完全固定不变的。我们并不能根据这几条选字标准将所有字词归类。雅俗等归类是会根据诗境的变化而不断调整的，比如材料所言，"叶"字纤细，但用于论者所谓"幽悄之景"即偏于细腻精细的情境中时就恰如其分，若用"木"字就显笨拙了，就是说在这种情况下，纤细的"叶"字反倒比"木"字更稳切。再如前述古人谓田园诗宜朴质，故作田园诗用俗字反觉雅致，皆是此意。

总之，所谓选字标准其实只是用字标准，它并不能产生出固定的字词雅俗等性质的固定分类，也不能一劳永逸地告诉写作者哪些字可以用、哪些不可以用。写作者只能一方面不断提高自己对文字的敏感触觉，另一方面再根据诗境的实际需要做出切实的判断，因此最终选择出的最合适的字也就是最雅、最美、最稳的字。

由此看来，选语仅仅是将与诗体属性或审美需求完全背离的过于艳丽近于词曲或说理色彩太浓近于文的那些语汇排除在外，而选字标准也仅仅是为写作者提供一个写作时的判断工具而已。真正的选择只发生于炼字造句的过程中。就是说选语选字都仅仅是提供诗歌语言系统的大致轮廓而已，但最终字词的选定除了依据这个标准外，也还要考虑到造句的实际需要，诗歌语言真正的特色以及特色的形成更集中体现于实际炼字造句乃至于积句成篇的写作过程中。

（二）炼字造句

炼字也就是一个选字的过程，二者的不同之处在于选字是可以单论某一字或词的雅俗工拙的，而炼字却要具体考虑到其所在之句乃至整个诗篇的需求。因此，炼字的过程一方面是选字的最后阶段，另一方面也是造句甚至谋篇的开端，尤其是与造句关系更加直接，甚至就炼字的整体而言，它本身就是在造句。"炼字如壁龙点睛，鳞甲飞动，一字之警，能使全句皆奇"①, 任何一个字的锻炼都是以整句的结构为背景的, 可以说不存在独立于造句外的炼字。古人论造句中的炼字涉及问题较多, 其中以句眼的锻炼、虚实字的作用、语用事等问题较为重要, 古人论之较多, 而且相对来讲也有较大的普遍性。至于其他如叠字、双关等因涉及的仅是个体的特殊技巧, 虽然在古代诗论中出现频率也很高, 但毕竟仅仅是一种方法的探讨而已, 不及上述三个问题更具有"体"的一般性和普遍意义。

1. 句眼

在造句的背景下谈炼字自然就不再是仅仅对单一字词进行性质的判断和可用不可用的取舍, 而是在整句的环境中对字词进行考量, 最终要做到每个字都妥妥帖帖不说, 字与字之间也要在粗细轻重上相互协调, 既不可悬殊太大, 也不能毫无变化。

> "细数落花因坐久, 缓寻芳草得归迟。""细数落花""缓寻芳草",
> 其语轻清。"因坐久""得归迟", 则其语典重。以轻清配典重, 所以
> 不堕唐末人句法中。②

唐末诗歌所以轻佻就是因为一味佻巧, 缺乏典重语的缘故, 因此造句时要注意字词间轻重的调节。就是说, 诗歌造句之时, 恐怕不宜一味求雅、求稳、求丽, 而不注意适当地求变, 雅中有俗、稳中带险、丽中含拙, 在整体协调的基础上适当追求变化, 才能避免诗句过于平易。

不过, 造句炼字注意字与字之间整体的协调固然重要, 古人却认为在此前提下, 关键字的锻炼则尤为重要。在古人看来, 诗句中关键字若锻炼成功就犹如画龙点睛一样, 所谓"六字寻常一字奇"③, "句法以一字为工, 自然颖异不凡, 如灵丹一粒, 点铁成金也"④, 皆认为只要抓住关键字用力, 一字出奇就可令其余寻常字都散发异彩, 令整句奇警动人。古人

---

① (清) 贺贻孙:《诗筏》, 载郭绍虞编:《清诗话续编》, 上海古籍出版社 1999 年版, 第 141 页。

② (宋) 吴可:《藏海诗话》, 载吴文治编:《宋诗话全编》, 江苏古籍出版社 1998 年版, 第 5541 页。

③ (宋) 吴可:《藏海诗话》, 载吴文治编:《宋诗话全编》, 江苏古籍出版社 1998 年版, 第 5536 页。

④ (宋) 魏庆之:《诗人玉屑》卷六《造语》, 载吴文治编:《宋诗话全编》, 江苏古籍出版社 1998 年版, 第 9023 页。

称句中的关键字为句眼。

　　句中有眼　　汪彦章移守临川，曾吉甫以诗迓之云："白玉堂中曾草诏，水晶宫里近题诗。"先以示子苍，子苍为改两字云："白玉堂深曾草诏，水晶宫冷近题诗。"迥然与前不侔，盖句中有眼也。古人炼字，只于眼上炼，盖五字诗以第三字为眼，七字诗以第五字为眼也。①

此处不但认为古人炼字都集中于句眼上用力，而且还明确五言诗以第三字为眼、七言诗以第五字为眼。

　　句眼之说自宋人论诗始大行其道，韩愈"六字寻常一字奇"之语已逗露此意，晚唐人字斟句酌地推敲字句时当然更加注意诗句中某些关键字的作用，风气的浸淫遂使得宋人诗论中此类议论已比比皆是。宋人不厌其烦地探讨那些成功诗句尤其是一些经典名句中某一个或几个字的精妙以及对诗句的巨大作用，应该说"句眼"观念的提出就是在这些反复探讨的背景下诞生的。不过在这里指定五言以第三字为眼、七言以第五字为眼还是过于拘泥了，较通达的说法则认为诗句中未必只有一个句眼，而且句眼的位置也并不固定。

　　诗句中有字眼，两眼者妙，三眼者非，……五言字眼多在第三，或第二字，或第五字。②
　　炼字无定处，眼亦无定处。古今岂有印板诗格邪？③

前者提出诗句中句眼未必只有一个，同时也认为诗句有两个句眼是最佳的，但不能超过三个。至于句眼的位置，虽认为五言以用第三字者为多，但将之置于二字、五字或二字、五字皆是句眼者也自不少。而第二则材

---

　　① （宋）魏庆之：《诗人玉屑》卷六《造语》，载吴文治编：《宋诗话全编》，江苏古籍出版社1998年版，第9047页。

　　② （元）杨载：《诗法家数》，载（清）何文焕辑：《历代诗话》，中华书局1981年版，第729页。

　　③ （清）陈仅：《竹林答问》，载郭绍虞编：《清诗话续编》，上海古籍出版社1999年版，第2243页。

料则干脆认为"眼无定处",根据需要句眼可以是诗句中的任何一字。

既然句眼是造句炼字的关键,那么如何对句眼加以锤炼呢?古人试图找寻出其中的主要途径或规律。《诗人玉屑》载唐人句法列有眼用活字、眼用响字、眼用拗字、眼用实字等类型[①],并分别做了举例说明。后明人又提出"凡诗眼用实字方得句健"[②],可见古人确实曾试图总结句眼处用不同性质的字所产生的表达效果,以从中找出句眼用字的规律。

实字往往是一句句意所寄,句眼用实字则是将全句之意皆凝练于一字之上,若用得好,自然会令一句之精神跃然纸上。且实字意实,本就稳健,故当一句之精神都贯注其中,句眼之实字也就如同整句的根基,根基稳,句子自然凝重,因此古人倾向于炼实字为句眼也自有其道理。至于虚字,《诗人玉屑》在诸类别中并未列出"眼用虚字"一项,后《瀛奎律髓》提出以虚字为眼:

> "能"字、"每"字乃是以虚字为眼。非此二字,精神安在?善吟咏古诗者,只点掇一、二好字高唱起,而知其用力着意之地矣。[③]

另见于《诗法家数》等所举句眼之例中,以虚字为眼者似亦不在少数,可见古人应该并没有排斥以虚字为句眼的观念,虽然一直有论者反对诗句用虚字,但显然更多的论者认为虚字在诗句中自有其不可取代的作用,以虚字为眼同样可以令诗句焕然生色。

至于其他几类,眼用响字、眼用拗字皆关乎声律,用响字即句眼应声韵悠扬,至于用拗字,一般而言诗句中出现拗字就会平添几分险峭,所以眼用拗字在这里强调的是拗字对诗句整体格调的调节作用。

---

① (宋)魏庆之:《诗人玉屑》卷三《唐人句法》,载吴文治编:《宋诗话全编》,江苏古籍出版社 1998 年版,第 8991 页。

② (明)阙名:《沙中金》卷上,载吴文治编:《明诗话全编》,上海古籍出版社 1997 年版,第 11269 页。

③ (元)方回:《瀛奎律髓》卷四二评陈师道《赠王聿修商子常》,载吴文治编:《辽金元诗话全编》,凤凰出版社 2006 年版,第 859 页。

五言律诗，固要贴妥，然贴妥太过，必流于衰。苟时能出奇，于第三字中下一拗字，则贴妥中隐然有峻直之风。①

五言诗句若字字妥帖，就会显得过于平易而乏奇警。若能在第三字处用一拗字，就可以免除这种缺憾，令诗句平和中隐含奇峭，所谓诗句之气骨即此也。虽然此处并没有提及句眼，但第三字恰是常被作为五言句眼的关键位置，此处特意提出在第三字处用拗字，未必不是出于眼用拗字想法的启发。还有眼用活字，活字应是能令全句散发出活力生气的字眼，《诗人玉屑》在"眼用活字"类下所列诗句如"孤灯燃客梦，寒杵捣乡愁"、"白沙留月色，绿竹助秋声"、"万里山川分晓梦，四邻歌管送春愁"等，句眼处皆用虚字，古人一般认为虚字活，那么此处眼用活字之义或即是眼用虚字之义，而这也就解释了为什么《诗人玉屑》中没有"眼用虚字"一项了。

句眼之说在宋人中最为风行，但南宋时严羽极力推崇汉魏诗的"气象混沌，难以句摘"，似就已对惟以句眼论句的观念不以为然了。至明，虽提倡者仍大有人在，但显然拘泥于锻炼句眼所造成的弊端也日益明显了，反对的声音遂逐渐增多，胡应麟甚至认为诗句有句眼乃是诗病。

盛唐句法，浑涵如两汉之时，不可以一字求。至老杜而后，句中有奇字为眼，才有此句法，便不浑涵。昔人谓石之有眼为研之一病，余亦谓句中有眼为诗之一病。②

如此则炼字造句最终还是要归结到"自然"这个问题上来，所谓万法归宗，篇章句字之法最终都要以浑然天成为最高境界和最终目标。而句眼的提法则破坏了句子自然的完整性，句中可以看出哪个字特别巧妙、对诗

---

① （宋）范晞文：《对床夜语》卷二，载丁福保辑：《历代诗话续编》，中华书局 2006 年版，第 418 页。

② （明）胡应麟：《诗薮内编》卷四，载吴文治编：《明诗话全编》，上海古籍出版社 1997 年版，第 5512 页。

句的影响最关键，就会显露出人为雕琢的痕迹，打破整句浑然一体的自然状态。为此清代论者甚至提出将炼字和造句区分开来：

> 炼字在字上用力，若炼句，当以浑成自然为尚，著一毫斧凿痕不得，不能以字法论也。宋人《诗眼》谓"好句要须好字"，以"炼字不如炼句"语为未安，不亦谬乎？①

炼字本就是造句的一部分，此处却刻意将炼字和造句区分开来，认为炼字和造句的目标意图是完全不同的。炼字只需对字词个体加以锤炼，造句却要照顾到字与字之间的整体协调；炼字是努力要令每个所炼之字都精工恰切，造句却是要将单个字词的精妙融于整体的和谐中，令人只觉其自然，忘却其精工雕琢。此虽刻意强调炼字和造句的区别，且对炼字心存贬抑，但其目的显然只是强调炼字最终要归于造句而已，强调炼字的雕琢要融化于造句的浑然天成之中。这就是说，无论炼字在句眼上倾注多少心血，最终还是要归结到整体协调上来，字字间的协调既是炼字的前提，也是最终目标。

总之，反对句眼论者的看法其实与句眼论之间并不存在根本冲突。造句必须炼字，炼字是造句不可缺少的环节。且炼字造句时也无可否认存在一些关键字眼对诗句表达的成败会产生决定性作用。而写作者也自然会对这些关键字眼倾注更多心力，故句眼论还是有一定合理性的，只要不过于拘执，不抱着五言一定以第三字为眼等死板的想法不放就可以了。另外，炼字的最终目的是要造句，而造句就要注意让字与字之间互相照应，互相调节，同时又保持整体的和谐感，要最终达到诗句的浑然一体。由此可见，造句和炼字在美学目标上的差别主要是针对造句过程的两个不同环节而言的，它们间并无根本冲突。

2. 造句中的虚、实字配合

要认真讨论古人所谓虚、实字的作用，就有必要首先确定古人虚、

---

① （清）陈仅：《竹林答问》，载郭绍虞编：《清诗话续编》，上海古籍出版社1999年版，第2243页。

实字的区分和归类情况。古人虚实字的划分与现代汉语虚词、实词的归类不尽相同。古代虚实字的区分一直存在两种不同的分类方法。一种是以有无实义来加以区分，有实义者为实字，反之为虚字。"凡字有事理可解者，曰实字。无解而惟以助实字之情态者，曰虚字"①，这种划分方式就基本与现代汉语的实词、虚词分类一致；但另一种分类方法却是以有无形体来区分虚、实字的，就是说只有有实体对应的才是实字，而其他有实义无实体或无实义者都属于虚字②。古代诗论恰恰多采用后一种归类方式，如《诗人玉屑》在眼用实字下所举诗句句眼如"人、鸟、春、夜、秋、画"等皆是有形之物，而"首用虚字"类下所谓虚字不但包括"不、但"等无实义的副词或连词，还包括了"出、傍"等有实义但无实体的动词。又《说诗》谓"杜诗多用'俯'字、'自'字、'受'字，此虚字字眼也"，也将俯、受等动词视为虚字③。了解了这一点就避免了将现代汉语中虚实词的分类强加于古人的论断中，也就能对于古人关于虚实字作用的讨论更准确地加以理解和把握了。

自宋人开始大量区分和讨论字的虚实，关于诗句宜用实字还是宜用虚字就一直是诗论中的热点议题，结论自然也是五花八门的。有人认为诗宜多用实字，持此论者不但极力申张用实字的好处，同时也极力渲染用虚字的害处。用实字的意义恰如前文眼用实字所分析的，实字稳，故可令诗句刚健。另《四溟诗话》谓"实字多则意简而句健"④，除了强调实字可令句子稳健外，又补充了实字的另一表达效果："意简"。此处的"意简"，一者或者指意义简明，虚字多有无实义的修饰词，实字多就意味着诗句将一些无实义的连接或修饰语都省略了，仅仅呈现承担实义的核心字眼，用字少而诗意却无遗漏，可谓简明扼要。再者"意简"亦可引申为言少意丰，实字指称的皆是有形体的事物，这就意味着实字恰恰是诗句寓情于

---

① 马建忠：《马氏文通》（经部集成，小学类，语法），正名卷之一，界说一。

② 参见季永兴：《古汉语实字虚字考察》，载《湖北大学学报》1999 年 11 月，第 61—62 页。

③ （明）谭浚：《说诗·章句》，载吴文治编：《明诗话全编》，上海古籍出版社 1997 年版，第4038 页。

④ （明）谢榛：《四溟诗话》卷一，载丁福保辑：《历代诗话续编》，中华书局 2006 年版，第 1147页。

景、融意于象时景或物的主要承载者。实字越多越说明比兴手法在诗句锻造中运用充分，也就越说明诗句遵循了诗含蓄微婉、意在言外的审美需求。

而虚字的弱点恰与实字的优点相对，"虚字多则意繁而句弱"①。"意繁"或指语意絮烦，如果说用实字近乎比兴，那么虚字就更近乎铺叙，再加上虚字中许多无实义之字，就更显得絮絮不已，故其"意繁"。"句弱"则是因为一方面虚字多则语意散缓，语多意薄；另一方面虚字向以"活"见长，虚字多则诗句灵活多变，但灵动太过则未免有失稳健，故曰"句弱"。《唐音癸签》引赵孟頫语谓"律诗不可多用虚字，两联填实方好用"②，尤其指明律诗中间两联须用实字，用虚字则气弱，则诗体骨格散矣。吴乔亦称"句中虚字多则薄弱"③，可见虚字多则诗句易弱已是古人共识。另外，也有论者从另一个角度反对用虚字：

> 予阅梅纯《备忘录》云："诗最忌用虚字，盖虚字多则涉议论，非所以吟咏性情也。宋人所以不逮唐者，正为主于议论尔。"④
>
> 虚字呼应，是诗中之线索也。线索在诗外者胜，在诗内者劣。今人多用虚字，线索毕露，使人一览略无余味，皆由不知古人诗法故耳。⑤

前一则材料谓用虚字就多涉于议论，而议论就违背了诗体含蓄的要求；第二则材料则认为用虚字使得诗歌刻露，一览无余，也正是此意。所以两

---

① （明）谢榛：《四溟诗话》卷一，载丁福保辑：《历代诗话续编》，中华书局 2006 年版，第 1147 页。

② （明）胡震亨：《唐音癸籤》卷三《法微二》，载吴文治编：《明诗话全编》，上海古籍出版社 1997 年版，第 6844 页。

③ （清）吴乔：《围炉诗话》卷之六，载郭绍虞编：《清诗话续编》，上海古籍出版社 1999 年版，第 674 页。

④ （明）俞弁：《山樵暇语》卷一，载吴文治编：《明诗话全编》，上海古籍出版社 1997 年版，第 2440 页。

⑤ （清）冒春荣：《葚原诗说》卷之一《五言律说》，载郭绍虞编：《清诗话续编》，上海古籍出版社 1999 年版，第 1582 页。

则材料的指责其实是相同的，都是针对用虚字易直露这一点而言的。

那么诗句用虚字为什么会有直露之嫌呢？这还要从虚字的性质说起，虚字包括一切无实体对应的词汇，则所有动词、形容词以及表述人的情感、思想的词汇皆是虚词，而它们恰恰是揭示性质、状态、特征所主要依赖的语言载体，至于其他连词、介词更是会直接呈现出语言中的逻辑关系。这就意味着句子中虚字越多，意义呈现就会越充分、明确，也就越直白。总之，主张诗应多用实字者皆是从诗体含蓄的审美需求着眼的，无论是强调诗用实字则含蓄凝练、意在言外，还是批判用虚字的直露、浅薄，都意在指明用实字才更符合诗体委曲的本质需求。

但是，尽管用实字更符合诗体的本质需求，毕竟诗句不可能仅仅是实字的堆积。虽然也不断有诗人尝试纯以实字为句，《小草斋诗话》就列有七言句叠用七实字者：

> 陈后山"岷峨之山中巴江，桂椒柟栌枫柞樟""异人间出骇四方，严王陈李司马扬"，白乐天"兄弟妻孥子侄甥"，柏梁诗"栌梨橘栗李桃梅"，苏东坡"骓驳骊骆骊骝骤，白鱼赤兔驿皇桥"，韩退之"鸦鸱鹰鹏雉鹄鹑，燖炰煨燌熟飞奔"。①

论者所列显然已是他认为较成功的用例了，但这样的诗句不但不可多得，且实际看来也只是巧而已，并不见多出色。如陈师道（1053—1162）诗"严王陈李司马扬"一句实全赖前一句唤起，此句方不显突兀、滞涩，否则就只是古人所嘲笑的"点鬼簿"罢了。其他实字多的名句如常被古人称赏的杜甫"锦江春色来天地，玉垒浮云变古今"等句，也是因为句中"来""变"两个虚字用得精当才使得诸实字顿时焕发生气的。

由此可见，虚字之用必不可少，越是实字多越是需要虚字点染。一方面，实字所指多为实物，要真正实现它意与象合的意图，就离不开虚字的点染配合，仅仅实字的堆积并不足以拓展诗境，引发言外之意的联

---

① （明）谢肇淛：《小草斋诗话》卷二《外篇上》，载吴文治编：《明诗话全编》，上海古籍出版社1997年版，第6682页。

想；另一方面，实字意实字稳，用之过多则板滞不堪，须用虚字增其灵动之感。"实字多则窒塞"①，"其病又在专用实字，不用虚字，故掉运不灵，斡旋不转，徒觉堆垛，益成呆笨"②，实字多则板重滞涩，缺乏生气，故诗之造句究竟是离不开虚字的，而且虚字予实物以意义、化呆板为灵动的作用绝不可小觑。

正因为实字的比兴义须以虚字唤出，实字的板重须以虚字加以化解，因此也有论者认为诗句的生死完全取决于虚字使用的成败，虚字用得好，则一句皆生气勃勃；虚字失当，则整句皆死，故又多有"全在虚字上着力"③等说法。

> 诗文工拙二字，难言久矣。其要大率以虚字活句斡旋，则入目易佳；以实字板腔填积，则成章亦拙。曾闻苏文忠公见诸子课业，凡虚字少实字多者，必涂抹掷还。④

此处就强调了虚字承转递接的斡旋作用，而且还搬出苏轼的事例，说明诗实字多虚字少为不可取。《麓堂诗话》也盛赞唐人善于用虚字，谓"其开合呼唤，悠扬委曲，皆在於此"⑤，所谓"开合呼唤，悠扬委曲"应该也是对虚字承转作用的描述。

总之，实字、虚字各有所长又各有所短，于诗句而言也各有其效用。因此造句之时，应善用虚、实字，各尽其所长，避其所短。最简单的做法就是造句时注意虚实字的间错配合，"成语欲其虚实相间而熨帖也"⑥，令

① （清）吴乔：《围炉诗话》卷之六，载郭绍虞编：《清诗话续编》，上海古籍出版社 1999 年版，第 674 页。

② （清）赵翼：《瓯北诗话》卷九《吴梅村诗》，载郭绍虞编：《清诗话续编》，上海古籍出版社 1999 年版，第 1284 页。

③ （元）方回：《瀛奎律髓》卷二五评陈师道《别负山居士》，载吴文治编：《辽金元诗话全编》，凤凰出版社 2006 年版，第 799 页。

④ （清）黄庭鹄：《槎上老舌》"工拙"条，载吴文治编：《明诗话全编》，上海古籍出版社 1997 年版，第 7743 页。

⑤ （明）李东阳：《麓堂诗话》，载丁福保辑：《历代诗话续编》，中华书局 2006 年版，第 1376 页。

⑥ （明）方以智：《通雅诗说》，载吴文治编：《明诗话全编》，上海古籍出版社 1997 年版，第 10585 页。

虚实字彰显各自优势以相互弥补对方的缺陷，同时也相互配合和衬托，以激发起各自潜在的表现力。比如实字摹象，虚字则从旁渲染，搭建起意与象间的想象桥梁，最终完成诗境的构建；实字坚实，虚字灵活，两相配合则诗之风骨立。

另外，虚实字应用的更高要求则是用虚字既保留自身特长又兼有实字的表达效果，即用虚字若实字，以虚字之活兼实字之稳。反之亦然。

> 用虚字者，能庄重精当，使虚字如实字，则运虚为实，句自老成。用实字者，能生动空灵，使实字如虚字，则化实入虚，句自峭拔。是在平日体贴之功，临文运用之妙耳。用笔果超妙，运笔果雄浑，则勿论用虚用实，皆可成妙句也，何必定忌虚字耶？①

用虚字而有实字之坚实，用实字能有虚字之灵动，各兼两者之长而无其短，造句自然不必再仅仅计较于虚字实字的多少及配合。

然而如何才能做到"运虚为实"或"化实入虚"呢？首先用虚字如实字，即是要避免虚字的薄弱，令虚字有力。

> 好用虚字承递，此宋后时文体，最易软弱。须横空盘硬，中间摆落断齑多少软弱词意，自然高古。此惟杜、韩二公为然，其用虚字必用之于逆折倒找，令人莫测。须于《三百篇》及杜、韩用虚字处，加意研揣。②

此处提出避免虚字软弱的方法就是"横空盘硬""逆折倒找"，虽然这两个词未免语焉不详，但是通过前后语意还是略可揣测其义。"横空盘硬"，矫健之中就隐含有出奇之义，"逆折倒找"则更强调了奇险之义，其下有

---

① （清）朱庭珍：《筱园诗话》卷三，载郭绍虞编：《清诗话续编》，上海古籍出版社1999年版，第2375页。

② （清）方东树著，汪绍楹校点：《昭昧詹言》卷一《通论五古》，人民文学出版社2006年版，第19页。

"令人莫测"一语足证之。也就是说此处认为令虚字有力的方式就是用虚字时务求出奇，在出其不意之处以意想不到的方式用一虚字，从而可以借助字之奇、之险救其虚弱。至于以实为虚则要更困难得多，古人反复提到的也仅是一个诗例而已：

> 诗有实字而善用之者，以实为虚。杜云："弟子贫原宪，诸生老伏虔。""老"字盖用"赵充国请行，上老之"。[①]

然而细究此例就发现严格说来"老"字是因为字义变化，词性也相应发生了变化而已，"老"字在此处用作动词，本就是一个虚字，而根本算不上是用实为虚。然而古人提到以实为虚却多次以此为例，可见在这方面或许没有更成功的例证了。这就意味着，用实为虚虽然是一种很理想的做法，但实际应用恐怕很难，包括通过选用奇险字补救虚字之弱也不是总能实现的。因此，解决造句时虚实字的问题最切实的做法恐怕还是令虚实字相互搭配使用。

最后还不得不论及古人关于语助字的讨论。所谓语助，即是虚字中没有实义，仅具语法意义的连词、介词、语气词等，常用者如"而、之、乎、兮"等。语助既无实在意义，就意味着它对诗意表达并没有直接的帮助，比如介词、连词等仅能使诗句承接递转更加紧密、更加灵动自然，语气词也仅仅起到强化诗意情感的作用。这就意味着语助还不同于其他虚字，其他虚字还都是诗意表达的构成部分，语助却是外在于诗意表达的，除了能在一定程度上揭示诗句中的逻辑关系或强化情感、语气外，并不会为诗意增加新的内容，剔除它们一般也不会对表达内容造成损害。既然如此，在诗歌体制本就偏于短小、诗句字数基本限定的情况下，还有必要或者还适合使用这些"无用"之字吗？很多论者可能就是站在这个立场上反对诗句用语助字的。"诗用助语字，非法也。惟排律长篇或间有之"[②]，

---

① （宋）杨万里：《诚斋诗话》，载丁福保辑：《历代诗话续编》，中华书局 2006 年版，第 148 页。

② （明）胡震亨：《唐音癸签》卷四《法微三》，载吴文治编：《明诗话全编》，上海古籍出版社 1997 年版，第 6851 页。

排律长篇体制稍长，可不严于字数之限，故可偶尔用语助字。可见反对诗用语助者正是基于诗歌篇体字数之限度才认为应利用有限的表达空间充分拓展诗境、诗意，在他们看来用语助或者无异于一种空间浪费。

但也有许多论者注意到了语助词在诗意表现中的重要意义。刘勰就已肯定语助的作用，认为"据事似闲，在用实切。巧者回运，弥缝文体，将令数句之外，得一字之助矣"①，指出语助字虽无实义，但仍有实用，它绾合诸字甚至联络诸句的功用是缀文时不可或缺的。

> 文之隐显起伏，皆由语助。虽西方之书犹或用之；盖非假此以成声，则不能尽意。其精微杳眇，惟在所用之确，而不问乎多少也。②
> 善用助语字，若孔鸾之尾声，不可少也。太白深得此法。③

两则材料都指明语助是不可少的，第一则材料更详细说明了语助的作用，指出诸如连词、介词等虽无实义，但实字间关系的连接以及承转却全赖它们来实现，至如一些发语词、语气词则有助于诗歌内在情感起伏变化的显现。因此这些语助绝不是无用的赘词，诗中字与字、句与句间的内在联系与整合往往就是依靠这些语助词实现的。

但是在造句时发掘出语助的巨大作用却并不是一件容易的事。就因为语助无实义，为了避免使它成为无用的赘词，用语助时更要格外谨慎，不但不当用时绝不可用，即使可用可不用时也绝不用，只有一定要用、用之确实可以令文脉连接、文势起伏乃至情感表现更加凸显的时候才可用。

> 而于不经意语助虚字，尤宜措意：必使坚重稳老，不同便文，随意带使。此惟杜、韩二家最不苟。东坡则多率便矣，然要自稳老，

---

① （梁）刘勰撰，范文澜注：《文心雕龙注》卷七《章句》，人民文学出版社2008年版，第570页。

② （宋）陈旸：《颍川语小》卷下，载吴文治编：《宋诗话全编》，江苏古籍出版社1998年版，第7578页。

③ （明）谢榛：《四溟诗话》卷一，载丁福保辑：《历代诗话续编》，中华书局2006年版，第1138页。

非庸懦比。①

语助出现于诗句中，往往看似漫不经心，其实皆是写作者呕尽心力锤炼而成。不但当用还是不当用要经过反复考量，即使要用，也往往不是随语意任意选择一个而已，而是要保证所用之字坚实、恰切，不可移易，保证即使替换另外一个同义字都会令诗句黯然失色，如此用语助方是成功的。另外古人也尝试研究哪些语助可以入诗，哪些不可以，如《说诗补遗》提出助语字"焉乎也耳欤等字"不可入诗，而"哉之者矣等字"可入诗②，并以大量诗例对此做了具体说明。这个结论虽然有些武断，不过却未必没有道理，也许确实不是所有语助都适合入诗，只不过证明这个观点我们或许需要更加普遍的统计学数据和更加科学的理论分析才行。

总之，根据古人对实字、虚字的划分，实字即是有形体之物，用实字其实更接近于诗以象寓意、意在言外的表达方式和美学要求，因此相较之下古人仍然是更重视用实字的，认为用虚字多则流于直露，违背诗歌本性。但诗句又不可能纯以实字堆积而成，故又须用虚字点染烘托实字之寓意，更须以虚字承接递转以增加诗句灵动之意，尤其是语助在连缀字句、渲染文势方面的作用亦不可忽视。总之，虚实字配合妥帖，诗句方能意象混融，才能稳健中不失流动之势，造句方可称为成功。

3. 语用事及其局限性

用事，亦称为用典，是指化用已有的旧事或成语来表达己意的修辞方法，古人将用事分为语用事和意用事两类：

> 有意用事，有语用事，李义山"海外徒闻更九州"，其意则用杨妃在蓬莱山，其语则用邹子云"九州岛之外，更有九州岛"。如此然

---

① （清）方东树著，汪绍楹校点：《昭昧詹言》卷九《五古·韩公》，人民文学出版社 2006 年版，第 222 页。

② （明）冯复京：《说诗补遗》卷一，载吴文治编：《明诗话全编》，上海古籍出版社 1997 年版，第 7179 页。

后深稳健丽。①

李商隐一句诗包括了用事的两种类型，从内容层面讲借用了杨贵妃事，从用语层面看则化用了"九州之外，更有九州"一语。就是说，意用事主要是取古事比拟诗歌当前所要表达的情或事，着眼于事件或意义上的内在联系；语用事则主要是指化用前人现成语句，是纯粹语言上的化用。两种用事虽然古人似常常等而同之，但就实质言却并非一回事。它们不仅一着眼于内容，一着眼于语言，而且语用事仅仅化用成语，仅仅是一种语言层面的拣择和锻炼，而意用事却是而且主要是关乎意义的，它关注的是古事与今事的契合，研究的是怎样借用古事将当前的情境表现出来，所以它不仅是基于意义层面的，而且它涉及的也不是单纯的文辞锻炼的问题，而是一个关于如何去表达即表达方式的问题，所以古人又常称之为"比于事"。所以意用事是属于"比"的范畴的，我们将在后文体式论中论述其相关内容，故此处仅论及语用事。

用事的源起很早，《文心雕龙》甚至追溯至文王演周易，但就诗而言，则用事之兴应始于魏晋：

古诗，两汉以来，曹子建出而始为宏肆，多生情态，此一变也。自此作者多入史语，然不能入经语。谢灵运出而《易》辞、《庄》语，无所不为用矣。剪裁之妙，千古为宗，又一变也。中间何瑮加工，沈宋增丽，而变态未极。七言犹以闲雅为致，杜子美出而百家稗官，都出雅音，马涔牛溲，咸成郁致，于是诗之变极矣。②

此处泛论语用事和意用事。它简单追溯了诗用事的历史，认为诗歌用事始于曹植，至杜甫取事之范围、用事之技巧皆登峰造极。

而且从这段论述来看，语用事也包括化用经语、史语等等。但正如

---

① （宋）魏庆之：《诗人玉屑》卷七《用事》，载吴文治编：《宋诗话全编》，江苏古籍出版社1998年版，第9028页。

② （明）王世懋：《艺圃撷余》，载（清）何文焕辑：《历代诗话》，中华书局1981年版，第774页。

前文所述，经语等因与诗语在性质、色彩上都差别较大，古人一般是反对用经语的，尤其反对借用经语、禅语的全句，但偶尔字词的化用或者经语全句点化精当的话也是可以的。不过在语用事中古人谈论最多的仍是对前人诗辞骚赋中某些句子的化用。

语用事主张化用古人现成语，为此甚至提出了"无一字无来处"的要求，"作诗字字要有来处，但将老杜诗细考之，方见其工，若无来处"①。诗中用字要皆有来处，这个要求不但苛刻甚至还很容易让人产生误解，以为古人一味"祖述"，轻视或不允许语言上的创新。事实并非如此，古人所谓语用事绝对不是在语言上因袭古人，化用古人语的基本要求就是创新，或者是转换其意，或者是扩展其境，即使意与境皆与古人诗句相近，也要通过字句点染令诗句更加风韵宛然。"以前人诗语而以己意损益之，在当时自有此体"②，关键正在于"以己意损益之"，比如此语之后论者即举出王维"漠漠水田飞白鹭，阴阴夏木啭黄鹂"之句为例，王氏句化用自李嘉祐诗"水田飞白鹭，夏木啭黄鹂"，仅加"漠漠""阴阴"而已，看上去诗意、诗境似乎没有太大改变。但是比较之下就会发现，这添加的两个词不但令水田、夏木的情状宛然如在眼前，而且所呈现的诗境也比原来诗句更添几分深幽之意，点化后的诗句显然要精彩许多。再如：

> 又"春风春雨花经眼，江北江南水拍天"。"春风春雨"，"江北江南"，诗家常用。杜云："且看欲尽花经眼"，退之云："海气昏昏水拍天"，此以四字合三字，入口便成诗句，不至生硬。③

黄庭坚"春风春雨花经眼，江北江南水拍天"句分别化用杜、韩二人诗

① （宋）李之仪：《姑溪居士后集》卷一五《杂题跋》，载吴文治编：《宋诗话全编》，江苏古籍出版社 1998 年版，第 889 页。

② （宋）王楙：《野客丛书》卷七《损益前人诗语》，载吴文治编：《宋诗话全编》，江苏古籍出版社 1998 年版，第 7421 页。

③ （宋）魏庆之：《诗人玉屑》卷六《造语》，载吴文治编：《宋诗话全编》，江苏古籍出版社 1998 年版，第 9020 页。

句，但诗意、诗境乃至风格特征却皆不相同。黄句以"江北江南"替换"海气昏昏"四字，则诗句转而表现江水之气势滔天，境界宏阔，而韩句则朦胧中略带压抑；又以"春风春雨"四字改写"且看欲尽花经眼"，黄句明快，而杜句沉郁。由此可见，古人论语用事时，所谓点化、脱化、夺胎换骨、点铁成金等等形容皆是在强调点化中的创新性。前文曾述及古人认为诗不宜用生僻字，故应以常为新，那么语用事也不妨看作是一种以故、以熟为新的做法。以古人现成语句为诗就可看作是对创造力的进一步挑战，尤其是在古人已有的诗句中点染出另一种境界和风貌来，更是要在克服传统接受的惯性影响下别出心裁，对写作者创造的能力和勇气都是一种艰苦的磨练。

另外还要注意到古人对语用事的表现力并没有太高的推崇。王若虚就曾批评黄庭坚："夫既已出于前人，纵复加工，要不足贵"[1]，明确语用事点化前人已有成句不足为贵。而且即使在夺胎换骨等论最为风行的宋代，语用事也未获得太高的评价。

> 文人自是好相采取。韩文杜诗，号不蹈袭者，然无一字无来处。乃知世间所有好句，古人皆已道之，能者时复暗合孙吴尔。大抵文字中，自立语最难；用古人语，又难于不露筋骨，此除是具倒用大司农印手段始得。[2]

尽管承认韩文杜诗无一字无来处，但还是明确认为写作终究以"自立"为贵，就算化用古人成语能做到语到天然、不露痕迹，从艺术造诣上来讲始终比完全的语句创新逊色一筹。《诗人玉屑·造语》集录炼字造句的诸多言论，提及黄庭坚的夺胎换骨法时则明确提到这是针对"初学诗者"

---

[1] （金）王若虚：《滹南诗话》卷下，载吴文治编：《辽金元诗话全编》，凤凰出版社2006年版，第206页。

[2] （宋）陈善：《扪虱新话》上集，载吴文治编：《宋诗话全编》，江苏古籍出版社1998年版，第5563页。

而言的，在这一部分的最后更以"当作不经人道语"①结束，这一材料编排的方式本身就极其耐人寻味，显然它的编者与陈善持有同样的见解，认为语言创新才是根本。

这就说明即使在宋代语用事最流行的时候，人们也已经认识到语用事在创造力上的相对弱化，它充其量只是一个精妙佳句而已，却未必比其他自创佳句对当下的诗意表达更有益处。正是意识到了这一问题，所以古人论用事更多倾向于意用事，用事的方法、规则基本都是针对意用事提出的，对此后文将作详细表述。

以上梳理了选字、炼字造句的基本方法和原则。其中选语、选字是这所有方法和原则的前提和基础，明确了诗语与文语、词语的界限，提出了诗歌雅、秀、稳等选字标准。在此基础上才可以详细讨论炼字的技巧，对此古人则主要讨论了句眼的锻炼、虚实字的配合以及语用事等内容，从这几方面总结了古人炼字造句的基本规范。但无论如何这些重心都还是着眼于字的，字字间协调虽然要考虑全句的风貌色彩等，但也都未脱离字而对全句加以审视，尤其未涉及最终句子是以怎样的形式将这些字组合在一起的。讨论句子的外在形式就是句法或句格的问题了，可惜古人对此讨论并不多。古人倾向于以"上二下三""上四下三"分别作为五言诗和七言诗的标准句式，但可惜相关言论极少，大多数论者都停留在对各种句式的梳理上，却缺乏进一步的讨论和总结。古人论句式还常提到倒装句：

> 三、四乃倒装句法。如张宛丘"庭前落絮谁家柳？夜里新声是处莺"，亦是。如杜牧之"大暑去酷吏，清风来故人"，盖大暑如酷吏之去，清风如故人之来，倒装一字，便觉高妙。②

> 形家论龙穴沙水，喜逆而恶顺，惟诗亦然。逆则力厚，顺则势

---

① （宋）魏庆之：《诗人玉屑》卷六《造语》，载吴文治编：《宋诗话全编》，江苏古籍出版社1998年版，第9020页。

② （明）杨良弼：《作诗体要》，载吴文治编：《明诗话全编》，上海古籍出版社1997年版，第11064页。

走，此章、句、字三者倒叙、倒装、倒押之法所宜讲也。①

　　前者指出诗歌中有用倒装句法者，后者则具体解释了倒装句的作用及表达效果。因为打破了通常的语序，倒装句首先会带给人奇特之感，再用于诗篇中，在其他句顺势而下时，于此突然生变，气势及语势的顿挫都会令诗突生峭拔之义。不过，古人对句式句法的讨论都还相对较粗略，许多结论都尚待进一步发掘。

　　总体来看，古人对单字、单句的讨论似乎都不太感兴趣，他们更热衷于讨论关系。论字法就更专注于造句背景下字与字间的搭配、虚实字的间用与协调，同样，论句法他们也更多关注句与句乃至句与诗篇间的关系，而不是单独讨论某一句的形式或特征。

　　二、谋篇布局的一般法则

　　选字和炼字多着眼于字本身的性质、感情色彩以及内涵等方面，即使造句所强调的协调也只是字与字在这些内在特质上的和谐感，其中或者只有句法或句格关注的是字词所构成的外在形式。但进入谋篇布局的层次讨论的重心就不同了，字词这些内在特质变得不再那么重要。人们开始超越单字单句来关注它们是以怎样的形式组合在一起，关注整个篇体句与句、联与联的连接形式。在这些探讨和结论中，发挥影响的都不再是字词句的内在特质，而是其在整个句子、句联或篇体中所处的位置，因此结构以及字词句在结构形式中的位置是这一部分讨论的关键着眼点。

　　谋篇布局包括了联句成章和缀章成篇。联句成章，就诗而言，通常两句为一联，联进而可合为章，如金圣叹分律诗为前后两解等，进而由章组为篇。但古人极少单独分析章法内各联关系，而是直接通过分章来讨论篇法结构的形成，可以说古人所谓章法常常就是指篇法，单独的章法研究在古人诗歌结构形式的讨论中似乎是一个盲点。

---

① （清）冒春荣：《葚原诗说》卷之二《七言律说》，载郭绍虞编：《清诗话续编》，上海古籍出版社 1999 年版，第 1593 页。

（一）句联关系及对偶

两句一联是古代诗歌的基本形式。在《诗经》中诗句基本是"两句一意"，就是说单个四言句的意义一般是不完整的，两个四言句才能算作一个完整的句子。而这种情况虽然到后世诗歌中发生了变化，单句的意义逐渐实现独立，但两句为一个表达单位的基本模式却并未消失。写作者仍然以两句构成一联，而且仍努力在两句之间构建一种意义上的呼应关系，使二者团合为一个意义整体。因此一联内两句间的关系构成了诗体基本的意义单位，同时也是诗篇结构的最基本构成。它是诗体谋篇的起始和基础，因此也就成了探讨篇体结构的基本出发点。

对于一联内上下句关系的探讨唐人用力最多。为了厘清上下句的关系模式，唐人诗格著作进行了各种努力和尝试。如旧题王昌龄所作《诗格》即谓"两句即须团却意，句句必须有底盖相承"[①]，就是说两句的关系就如同底和盖此呼彼应、圆合一体。为说明其意，后文还特意通过诗例加以说明：

> 诗有上句言物色，下句更重拂之体。如"夜闻木叶落，疑是洞庭秋"，"旷野饶悲风，飕飕黄蒿草"，是其例也。[②]

上句言叶落，下句就谓还以为是秋天到了；上句言及旷野之风，下句随之就极力写黄色枯草在瑟瑟风中颤抖的样子。总是上句提起，下句就重笔渲染以完结其意。这可以说是联内两句句意关系的基本形态，当然这种关系是可以根据实际表达需要有所调整的，但切记不要出现两句句意重复即可：

> 两句不可一意　晋宋间诗人造语虽秀拔，然大抵上下句多出一

---

① （唐）王昌龄：《诗格》卷上，载张伯伟辑：《全唐五代诗格汇考》，凤凰出版社2002年版，第159页。

② （唐）王昌龄：《诗格》卷上，载张伯伟辑：《全唐五代诗格汇考》，凤凰出版社2002年版，第159页。

意。如"鱼戏新荷动，鸟散余花落"，"蝉噪林愈静，鸟鸣山更幽"之类，非不工矣，终不免此病。①

材料中所举诗例上下两句不但语意重复，而且在情感强度上毫无变化，后一句遂成冗词赘语。由此看来，一联内上下两句在语意关系上，或者此呼彼应，令诗意表达更完整；或者情感渲染此淡彼浓，构成递进关系；亦或者两者兼备，最不可取者就是同义重复，令人生厌。

另外就体势而言，唐人论句法曾提出"龙凤交吟势"②等各种体势，或者即是在试图梳理出上下句体势关系的基本模式，可惜这些论述皆以隐喻方式命名，其下又仅有一两个诗例，在完全没有具体文字说明或其他辅佐材料的情形下，任何解释都不免是牵强附会，只好付之阙如。不过其中有一种古人论之最多，也最典型的体势关系却是不得不讨论的，那就是对偶。

对偶是一联内上下句关系的典型模式，因为它将上下两句间的意义关系和体势关系成功地融合在一起了。对偶即是上下两句在意义、句式句法乃至修辞手法等方面皆两两相对，实现完全的、准确的对应关系。同时上下两句内容、外在形式的完全呼应就自然形成了两句间彼此对称、平衡稳定的体势形态，因此对偶句联总是给人一种端凝稳重之感。

1. 古人论对偶的基本要求

对偶与对仗，今人或有别而论之者，谓对仗用于律诗、对联，要求较严格；而对偶用于骈文、古体诗，要求较宽松。然而古人具体创作中或确实存在这种倾向，但就诗论言却并非如此，一方面对偶和对仗两词在古人诗论中是随意混用的，并没有用于古体或近体的区别；另一方面就宽严程度来说也似乎仅是个人或时代的崇尚不同而已，即使在律诗定型的初盛唐时，一边在确立对偶的各项严格要求，一边就已提出异类对等各种打

---

① （宋）魏庆之：《诗人玉屑》卷三《句法》，载吴文治编：《宋诗话全编》，江苏古籍出版社 1998 年版，第 8978 页。

② （唐）徐寅：《雅道机要》，载张伯伟辑：《全唐五代诗格汇考》，凤凰出版社 2002 年版，第 434 页。

破规则的方法和形式了。故而此处我们仍用对偶这一概念，且不欲将之与对仗相区分。

如前文所述，自骈文兴起以来，对偶很长时期内都被视为"文"不得缺少的形制特征之一。之后在律诗逐渐定型的过程中，唐人出于律诗写作的需求就又在前人基础上进一步将对偶的法则严密化，而宋人又把唐人的法则转化为一些更加细致、具体的要求，于是经过几代人的努力，论诗者为对偶制定出了一套极为严格的写作规则。

其一，就内容来讲，构成对偶的上下句在内容上必须完全对等，包括其内涵所指性质必须相同、数量必须相等，同时在意义上还要相异或相反，不得出现同义相对的情形。

所谓性质相同，严格说是指所指称事物、事件等必须是同类，双方必须"以类相从"。

> 并须以类对之："一二三四"，数之类也；"东西南北"，方之类也；"青赤玄黄"，色之类也；"风云霜露"，气之类也："鸟兽草木"，物之类也；"耳目手足"，形之类也；"道德仁义"，行之类也；"唐虞夏商"，世之类也；"王侯公卿"，位之类也。①

这里只是概举了事物的几种大致分类，后世则不断将之细化。如宋人就提出了所谓"经对经""史对史""汉人语对汉人语"等极为严苛而具体的要求，从而将对偶双方性质上的相似性推向了极致。

如果说最初王安石（1021—1086）还只是将其作为一种难度挑战将其应用于自身写作的话，在他之后许多宋代论诗者则是试图将"经对经"等确立为一种普遍适用的基本规则了。

> 作文援经须对经，史须对史，三代须对三代，汉唐须对汉唐。荆公诗："一水护田将绿绕，两山排闼送青来。""护田"、"排闼"皆汉

---

① （唐）上官仪：《笔札华梁》，载张伯伟辑：《全唐五代诗格汇考》，凤凰出版社 2002 年版，第 65 页。

事。东坡诗："嵇绍似康为有子，郗超叛鉴似无孙。"皆晋人。稼轩《上梁文》："吾亦爱吾庐，卿自用卿法。"皆晋语。若乐天诗"周公恐惧流言日，王莽谦恭未篡时"，则非类矣。①

此处所引乃此段文字的前半部分，主要以诗为例，其后则又论及了四六中的对偶情况，可见论者是打算将这一对偶的理论标准推广开来的。不过这要求虽然苛刻，也并非全无道理，所以直到清代仍不乏支持者，只是对其严苛程度略打了些折扣而已。《师友诗传续录》记录王士禛（1634—1711）之论，虽对"汉人语对汉人语"表示了反对，却仍认为"经语对经语，史语对史语"颇有道理②。另"凡对属运用，或史对经，或子对史，不得大段悬绝。此亦铢两轻重法，举隅可以类推"③，又认为"史对经""子对史"亦无不可，只是两者之间格调上不宜太过悬殊。显然他们都认为这些规则是存在一定合理性的。"经对经"等虽然拘泥，但防止两两相对的诗句在格调上差距过大的意图还是正确的，它为实现对偶双方内涵性质的相同提供了更加有力的保障。

另外，对偶双方所指称内容的数量相等则是指偶对双方所描述或指称的事件、事物等数量必须相同，即上句出现两物下句亦必成双方为合格，不得出现单对双或双对单的情形。如有论者指摘杜诗：

　　《月夜》曰："遥怜小儿女，未解忆长安。"是以二人对一郡也。
　　《上韦左相》曰："巫咸不可问，邹鲁莫容身。"是以一人对二国也。④

"二人对一郡""一人对二国"，对偶双方所指称事物不对等，就不足以为

<hr />

① （宋）俞文豹：《吹剑录全编·吹剑续录》，载吴文治编：《宋诗话全编》，江苏古籍出版社1998年版，第8839页。

② （清）刘大勤编：《师友诗传续录》，载丁福保辑：《清诗话》，上海古籍出版社1978年版，第155页。

③ （清）李重华：《贞一斋诗说·诗谈杂录》，载丁福保辑：《清诗话》，上海古籍出版社1978年版，第932页。

④ （宋）孙奕：《示儿编》卷九《诗说·偏枯对》，载吴文治编：《宋诗话全编》，江苏古籍出版社1998年版，第5994页。

对，故这两句诗纵是出自杜甫之手，论者依然认为不可为法，不宜效仿。

虽然性质相同、数量相等保证了双方在内容上是处于同一层面的，但就构成对偶而言却还是远远不够的。两者还必须做到同中有异，其内涵所指虽是同类，意涵本身却必须相异或相反。

> 而有以"日"对"景"，将"风"偶"吹"，持"素"拟"白"，取"鸟"合"禽"，虽复异名，终是同体。若斯之辈，特须避之。①

日、景等皆是同义词，所以论者认为它们虽满足性质相同、数量相等的要求，却也不可为对。同义成对，古人称之为"合掌"，是对偶之大忌。

> 对法不可合掌，如一动必一静，一高必一下，一纵必一横，一多必一少，此类可以递推。如耿沣"冒寒人语少，乘月烛来稀"，"稀"、"少"合掌。李宗嗣"普天皆灭焰，匝地尽藏烟"，"皆""尽"合掌。②

材料用"一动必一静"等比较极端的例子说明了偶对双方在意义上必须是相异或相反的。总之，从某个角度来说，对偶就是要在对偶双方一种同而不同的交叉中制造出意义的撞击，要求性质相同、数量相等就是要令对偶双方足以相互匹敌，同时能产生交集，能有契合点。在此前提下意义的相异或相反又能使双方在契合之中产生一种前后相形的比较和比较中的意义生发。

其二，从形式上看，对偶上下句的形制必须是完全相同的。对偶上下句言数相同自不待言，同时还必须是上下句同一位置的字构成对偶，如上句第三字必须与下句第三字对，一般不得错位相对。如《笔札华梁》所举诗例"寒云山际起，悲风动林外"，上句三四字对下句四五字，位置

---

① （唐）上官仪:《笔札华梁》，载张伯伟辑:《全唐五代诗格汇考》，凤凰出版社 2002 年版，第 65 页。

② （清）冒春荣:《葚原诗说》卷之一《五言律说》，载郭绍虞编:《清诗话续编》，上海古籍出版社 1999 年版，第 1577 页。

发生了变化，严格说来就是不合规则的。

同时，偶对双方在句式句法以及修辞等方面也都必须相同。如果上句是上三下四句式，下句也必须是同样句式。上句用事，下句亦必以事对之。此外所谓双声对、叠韵对、连绵对等皆是谓此，上句下句在表达方式和表现方法上必须完全相同。

> 凡文章不得不对。上句若安重字、双声、叠韵，下句亦然。若上句偏安，下句不安，即名为离支；若上句用事，下句不用事，名为缺偶。①

若对偶双方句法不相同，即为缺偶，亦称偏枯。不仅如此，还有论者提出对偶上下句在艺术风貌甚至艺术造诣上也都要相当，"律诗一联须轻重相等，出句对句不可彼昂此低，如天平秤兑铢两，一移则针口不对。纵出句佳而对句不称，对句佳而出句未妥，皆非轻重相等者也"②，就是说两句除了内容、外在形式这些具体方面的对等外，还要在艺术风格上保持统一，在艺术造诣上足以相匹敌。

总之，对偶的基本原则就是构成偶对的双方必须在内容和形式上构成对等关系，必须处于同等层面上。不但在内容上要同类相对，还要保证两者所表述的内容在轻重、雅俗、清浊等方面彼此协调，在内在精神气质上保持统一性。同时在外在形制上也要完全相同，句式、修辞方法和艺术风格都要一致，甚至艺术水平上都要旗鼓相当。如此彼此契合、彼此呼应的上下句才能在同等层面上，通过彼此间意义上的相异或相反产生意义对撞，从而生发出无穷寓意。

但这些基本规则是从理想意义上来加以限定的，它在确立之时就是以最高标准的形式出现的，故而《笔札华梁》一面叙述这些要求，一面就

———————————

① （唐）王昌龄：《诗格》卷上，载张伯伟辑：《全唐五代诗格汇考》，凤凰出版社2002年版，第159页。

② （明）张懋修：《墨卿谈乘》卷七《秤字》，载吴文治编：《明诗话全编》，上海古籍出版社1997年版，第10877页。

在强调"然文无定势，体有变通，若又专对不移，便复大成拘执"①。故唐人虽确立了一套严格的对偶法则，但是却并不认为这些法则就是不可动摇的铁板规范，因此在当时就已提出了诸如当句对、字对等各种变通形式了，而这些变通形式在后世也一直不断流传、发展。

2. 对偶的分类及各种变式

对偶的分类以刘勰《文心雕龙》所论最早，其中列有言对、事对、正对、反对四类："言对者，双比空辞者也；事对者，并举人验者也；反对者，理殊趣合者也；正对者，事异义同者也"②，范文澜注曰："此仅举言对、事对二对，二对又各有正反，故总为四对"③。但范氏此解是有问题的。言对、事对是就对偶的契合点而言的，那么两者并举的话，一种解释可以是言对仅限于文辞之对，意义上并不存在对应关系，而事对则是指双方言意皆对。正对、反对则是就双方意义构成的关系而言的，那么这就意味着言对中不存在正对、反对之别，此分类仅作三种。另一种解释则是言对、事对指明了对偶的两个层面，因为对偶一般都是言意皆对的，很少出现仅有言对的情形，但如果这样，言对、事对就不可独立成一类别，那么此分类最终仅有依据双方意义关系确立的正对、反对两类而已。但刘氏的本意究竟为何已不得而知，仅就他所谓正对、反对而言，前者谓对偶双方所表达的意旨相同，但角度各异；后者谓它们所表达的意旨完全相反，双方的契合点仅在于论题或旨趣上的趋同，但无论如何两者都反映了对偶在意义上同而不同的对应交错关系。

刘勰所论是针对对偶所作的总体分类。后世对偶出现了各种变体形式，这些对偶的名目是从对偶规则的角度来命名的，虽名目繁多，但总体看却皆为超出刘勰所谓"四对"的分类。如有"的名对"，又称的对、正对、切对等，即是严格遵守对偶法则的对偶形式，唐人诗格中举例甚多，"天地、日月、好恶、去来、轻重、浮沉、长短、进退、方圆、大

---

① （唐）上官仪：《笔札华梁》，载张伯伟辑：《全唐五代诗格汇考》，凤凰出版社 2002 年版，第 65 页。

② （梁）刘勰撰，范文澜注：《文心雕龙注》卷七《丽辞》，人民文学出版社 2008 年版，第 588 页。

③ （梁）刘勰撰，范文澜注：《文心雕龙注》卷七《丽辞》，人民文学出版社 2008 年版，第 592 页。

小、明暗、老少、凶狞、俯仰、壮弱、往还、清浊、南北、东西，如此之类，名正对"①。此正对与刘勰所谓正对不同，刘勰是就意义关系而言的，而正对却是从对规则的遵守程度来讲的，即是最工整精切的对偶。这是标准的对偶形式，其他各种变体形式都是针对"的名对"而言的。

古人所论对偶的变体形式极多，唐人诗格论之尤多，且大约唐人已几乎穷尽其变，后世的讨论反而较为稀少了。如"异类对"："异类对者，上句安'天'，下句安'山'；上句安'云'，下句安'微'；上句安'鸟'，下句安'花'；上句安'风'，下句安'树'"②，其中天和山、鸟和花等皆属性质不同的事物，但也能用以为对。可见只要性质相近，同类相对的界限并非不能打破。再如有所谓字对、声对、侧对等皆是谓上下句仅字面相对，就其用于句中的内涵看则本不相关，后人又称之为假对、借对。

六、字对。字对者，若"桂楫"、"荷戈"，"荷"是负之义，以其字草名，故与"桂"为对。不用义对，但取字为对也。

七、声对。声对者，若"晓路"、"秋霜"，"路"是道路，与"霜"非对，以其与"露"同声故。

八、侧对。侧对者，若"冯翊"，地名，在右辅也。"龙首"，山名，在西京也。此为"冯"字半边有"马"，与"龙"为对；"翊"之半边有"羽"，与"首"为对。此为侧对。……③

以"荷"对"桂"本无问题，但若以"桂楫"对"荷戈"，则"荷"为动词，与之词性不同，不能为对。而此处将两者对则是用了"荷"字的另一意义，那么字对就是取同一字的不同义以构成字面上的对偶，二者并无实际意义联系。那么声对就是用同音字为对，侧对则只取字之一半相

---

① （唐）上官仪：《笔札华梁》，载张伯伟辑：《全唐五代诗格汇考》，凤凰出版社2002年版，第58页。

② （唐）上官仪：《笔札华梁》，载张伯伟辑：《全唐五代诗格汇考》，凤凰出版社2002年版，第58页。

③ （唐）元兢：《诗髓脑》，载张伯伟辑：《全唐五代诗格汇考》，凤凰出版社2002年版，第116页。

对，皆是在语言形式上取巧者。如果《文心雕龙》所谓言对是指不存在意义关系的纯语言形式上的对偶的话，那么这几类大概都可算作是纯粹的言对。

同时唐人又有"意对"之说，以古诗句"四顾何茫茫，东风摇百草"为例加以说明，则意对即仅意义相对，语言形式不构成对偶，后《诗法正论》亦称"意对而语不对亦可"①。这就又滑向了另一个极端，仅有意义相对，语言形式全不相干。我们说一般而言对偶都是要求言意皆对的，如此说来这种纯粹的言对或意对就不仅仅是调整或破坏对偶的某些法则了，它直接撼动了关于对偶基本内涵的认识。不过好在这仅仅是某些极端的做法而已，对偶大多数仍是言对意对合一的。另外，后世还有所谓当句对、流水对、蹉对等各种名目，其中有的源自唐人而后世改换了名称，有的乃是后人添加的新形式，但总体而言，对偶的各种变体在唐基本都已具备，似乎在对偶规则严密化的同时就已孕育出足够繁多的变通形式了。

总之，对偶作为处理上下句意义和形态关系的典型方式在古人写作时是极受重视的。为此古人提出了极其严格的对偶法则，但另一面又发展出各种变通形式，不但动摇了所有基本法则，甚至将对偶推向了取消对偶的边缘。但这种矛盾心理却是几乎存在于古人论诗体的所有结论中的，懂得法则的作用所以确立法则，但又明白不应该为法则所牵制，故又力倡超越法则。因此语体论中所有诗法探讨最后都归结为一个要求：自然，对偶也不例外。"文之所以贵对偶者，谓出于自然，非假于牵强也"②，则那些变通形式的目的就是为了使对偶的运用不至于勉强刻意，就是为了令写作者在写作时不要为了追求对偶形式而遗忘了使用对偶的初衷在于更好地表达诗意。

3. 对偶在不同诗体中的使用

对偶对不同诗体的意义并不相同。对律诗而言，中间两联对仗已成为其固定的体制特征之一，费氏曰："前二句不对，中四句对，后两句不

---

① （明）释怀悦：《诗法正论》，载周维德辑：《全明诗话》，齐鲁书社 2005 年版，第 133 页。
② （宋）魏庆之：《诗人玉屑》卷七《属对》，载吴文治编：《宋诗话全编》，江苏古籍出版社 1998 年版，第 9042 页。

对。平仄谐和，立意用事安稳，乃常用之格，故曰大格。"①因此对偶于律诗是具有体制层面的辨体意义的。对于一些平仄调谐皆合于律而不用对偶的诗作，论者遂将其判定为古体诗："五言律，八句不对，太白、浩然集有之，乃是平仄稳贴古诗也"②，虽此论有些严苛，但也足见出对偶作为律诗体制特征的标识意义。当然也出现过一些变体形式，比如有些诗歌首联对而颔联不对，论者谓之"偷香格"，诸如此类，则如同律诗格律之有拗救一样，论诗者一般认为并未对律诗体制规范造成完全的破坏，故而仍将之纳入律诗的范畴。就是说，律诗中二联对仗的位置或许可以变动，但是律诗必用对偶则是不可改变的，因此律诗的对偶已经是一个体制层面的问题了，不应在语体领域再加讨论。但对古体诗和绝句而言，对偶就还是一个语体层面要讨论的问题。

古体原本没有关于对偶的硬性要求，写作者或用或不用都完全根据各自表达的需要加以取舍，这时的对偶就仅仅是一种表现手法而已。旧题魏文帝所做的《诗格》中列出了古诗不拘对偶的两种情形：头尾不对例和俱不对例③，但未做任何评论，从其将二者同等对待的态度看，显然对古体用对偶还抱持着一种无可无不可的态度，既不认为非对不可，也似没有刻意追求不对的想法。

但后世古体的发展，在写作者和论诗者努力谋求古体独立并试图为古体诗建立起一定的体制规范时，显然其依据的第一标准就是避开律体，有意与律诗反其道而行之，才可能形成古体独有的体制特征。因此鉴于律体将对偶作为体制规范之一，遂有论者提出古体应以不用对偶为尚，要求"五古须通篇无偶句"④，认为"初唐七古多排句，不如盛唐无排句而矫健"⑤。虽然这种论调在古人中并不普遍，古体诗实际写作也没有完全剔除对偶，但由此还是可以看出，对偶在作为体制特征进入律诗后对其他诗体

---

① （明）费经虞：《雅伦》卷九《格式》，载吴文治编：《明诗话全编》，上海古籍出版社1997年版，第9793页。

② （明）杨慎：《升庵诗话》卷二，载丁福保辑：《历代诗话续编》，中华书局2006年版，第661页。

③ 旧题魏文帝：《诗格》，载张伯伟辑：《全唐五代诗格汇考》，凤凰出版社2002年版，第109页。

④ （清）吴乔：《答万季埜诗问》，载丁福保辑：《清诗话》，上海古籍出版社1978年版，第30页。

⑤ （清）吴乔：《围炉诗话》，载郭绍虞编：《清诗话续编》，上海古籍出版社1999年版，第527页。

类别所产生的辐射影响。当认为古体可对可不对时，对偶对古体而言仅有“法”的意义，而当提出古体应避用对偶时，它就上升到“体”的层面了，只不过因为这一观念并未得到古人的普遍认同，更未将不用对偶固定为古体诗的诗体标识，所以并不具有“体制”意义。

绝句的情况亦是如此。因为唐之后绝句多以近体声律为之，故有绝句截取律诗四句之说[①]，并且因此衍生出绝句对偶的四种形式：截取首尾两联者全不对、截取中间两联者全对、截取后二联者前对后不对、截取前二联者前不对后对。认为绝句截律诗而成的说法自是站不住脚的，古人之批驳已甚多。但绝句对偶四种形式的归纳却是不错的。至于这四种形式孰正孰变古人并未明确论及，但从相关讨论来看他们对四者的态度仍是有所区别的。

古人对于绝句全不对和前对后不对两种形式皆无异议。大概因为绝句有古绝一体存在的缘故，绝句全不对在古人看来也成了一种常态，至于前对后不对更是常格，惟有全对和前不对后对的形式颇遭非议。

> 自少陵绝句对结，诗家率以半律讥之。然绝句自有此礼，特杜非当行耳。[②]
>
> **彻对格**　费经虞曰：“四句全对也。”周伯弼曰：“此体□人用之亦多，必使末句虽对而辞与意属，若未常对。不然则如平截长律，皑皑齐整，略无结合。此荆公见诮于徐师川者也。”[③]

从第一则材料可以了解到杜甫绝句因多用对结常被论诗者讥为“半律”，其中用一“率”字，可推知此论非出一人之口，恐怕代表了当时的一种普遍观念。后一则材料则指出，绝句若全对，由于对偶结构方正，

---

① （元）傅若金：《诗法正论》，载吴文治编：《辽金元诗话全编》，凤凰出版社 2006 年版，第 2457 页。

② （明）胡应麟：《诗薮内编》卷五，载吴文治编：《明诗话全编》，上海古籍出版社 1997 年版，第 5533 页。

③ （明）费经虞：《雅伦》卷九《格式》，载吴文治编：《明诗话全编》，上海古籍出版社 1997 年版，第 9821 页。

且自相圆合，很容易会造成两联各行其是，无论意义还是形式上都缺乏必需的勾连衔接，故提出绝句四句全对则后一联宜用流水对，即改变一般对偶两句间意义疏离或对峙的状态，使对偶仅仅形式相对，而意义却一意顺承而下，构成明确的意义承接关系，这种对偶形式古人谓之流水对[1]。前者批判对结，后者批评全对时要求改变后两句的对偶形式，如此则两者最终指向的其实是同一个症结：对结。由此看来，古人对绝句的对偶形式虽无硬性规定，但从古人关于对结的争议看，对结倒似乎已成了绝句的一个语体禁忌。

至于绝句对结成为禁忌的原因则恐怕需要分别从对偶与结句二者的特点入手去寻找答案，就是探讨两者究竟在什么地方存在龃龉。前文述及费经虞认为绝句若全对则后两句对偶须用流水对，而对于绝句对结古人亦提出了同样的要求。

> 对结者须意尽，如王之涣："欲穷千里目，更上一层楼。"高达夫："故乡今夜思千里，霜鬓明朝又一年。"添着一语不得乃句。[2]

这里提出若绝句用对结必须"意尽"，即对偶两句必须能收束全文，不能含糊其词，更不能使诗意有所遗漏，令人有不足之感。而实现对结"意尽"的方法，虽然此处论者并未指明，但从其所举诗例"欲穷千里目，更上一层楼"等皆是流水对来看，恐怕还是把用流水对作为解决对结弊病的途径。如此则可推断对偶不能用于结句的原因或者就在于其两句间意义关系的不连贯？与一般联句不同，对偶联一般被称为"整句"，它的"整"不仅表现在形式上的整饬紧严，还表现为意义上的向内聚合。一般联句两句的意义往往顺承而下，语意是呈线型流动的，而对偶两句两两相对的形式却导致它们的意义关系往往是彼此对等的，没有先后因果等联

---

① （明）胡震亨：《唐音癸籤》卷四《法微三》，载吴文治编：《明诗话全编》，上海古籍出版社1997年版，第6853页。

② （明）胡应麟：《诗薮内编》卷四，载吴文治编：《明诗话全编》，上海古籍出版社1997年版，第5510页。

系，常常仅凭某一点上的联通而营造双方在意义关系上相互应和或冲击，所以其呈现的语意不再是向下的线型推进，而是朝向联句内部的横向拓展。就是说对偶擅长的是在某一意义层面上将诗境向更深处开拓，却不善于将诗意从某一个意义层面转换、推进到另一个意义层面，这也是一般认为对偶长于描绘、短于叙述的根本原因，但意义的推进却恰恰是结句所必需的。

古人极为看重结句的写作，认为诗歌起结句的锻炼比之中间联句更为重要，而起、结联句中又以结句的锻炼为最难。"入手时一鼓作气，可以自主，至结句鼓衰力竭，又须从上生意，一有不属，全篇尽弃，故好者尤少"[①]，可见结句写作对诗歌而言至关重要。古人也因此对结句写作提出了诸多要求，而最基本的一点就是要求结句能收束全文，要明确完结一篇之意，而在此基础上最好还能进一步拓展，在结句中衍生出无尽的言外之意。"结语贵有出场，贵有深意，看到尽处，使人不忍读竟"[②]"结句大约别出一层，补完题蕴，须有不尽远想"[③]，所谓"有出场""补完题蕴"就是要求结句能概括全文之义，而"贵有深意""有不尽远想"即要求在完结全文之意的基础上生发出言外之思。但即使仅就收束全文来看，完结一篇之意都不只是简单地概括前意，而应该是在一个更高的意义层面上笼括全篇，这本身就包含着一个意义层面推进的过程，更别说还要在题意上进一步宕开，要积蕴言外之意了，意义层面的转换自然更不可少。因此结句如果使用对偶，受其表达特征的影响，很可能就会导致这种意义层面转换或提升无法完成，而不能完结全篇则篇意无所归，诗歌就会看去如同残篇，"半律"之讥或就由此而来。而且即使在对结运用最成功的情况下完成了收束全篇的任务，也仍会因言尽意尽略嫌逊色。

因此不仅绝句，即使律诗、排律等古人也认为是不宜对结的，"排律

---

① （清）陈仅：《竹林答问》，载郭绍虞编：《清诗话续编》，上海古籍出版社1999年版，第2249页。
② （明）周叙：《诗学梯航·通论》，载周维德辑：《全明诗话》，齐鲁书社2005年版，第105页。
③ （清）方东树著，汪绍楹校点：《昭昧詹言》卷十四《通论七律》，人民文学出版社2006年版，第377页。

240

结句，不宜对偶"①，"唐人五言律，对结者甚少，惟杜最多"②。不过在谈论对结的禁忌时仍以论绝句者为多，原因一方面固然是因为律诗一般中二联对偶，对结情形已有了体制规范的限制，无须再特意强调，而另一方面也是因为对结于绝句而言尤不可取。律诗八句毕竟篇体稍长，故若用对结，为避免前述无法完结全篇的弊病，就可以在尾联前预先收束，"无起者后必补起，无收者前必预收"③，在前一联预先收束，则尾联或可集中于一个意义层面上拓展诗意，也还能有言外之意含蕴其中。当然如此在谋篇布局上可能显得不够经济，要用两联完成本可由尾联独自完成的任务，不过藉此对结的弊病毕竟可得以补救。但律诗的补救方法在绝句中却不可能实现，绝句四句篇体极为局促，在结句前根本不可能找到预收的时机，因此唯一的解决办法就是将结句的对偶改为流水对，仅仅保留对偶语言形式的对等关系，在意义关系上则把对偶向内聚合的语意流改换为贯穿直下的流动关系，以便其顺利完成意义的转换或推进。诸如"欲穷千里目，更上一层楼"，形式对称，而意义却顺承而下，前一句收结前意，启发下文，后一句在完结全篇的同时又留下无尽感思，总是因为两句是一意贯下的顺承关系，才顺利完成了从前意到前意的提升再到言外之意的拓展一系列意义层面的转换。

因此，对偶对绝句而言，虽无定制，在古人关于绝句体制的叙述中并未明确限定绝句的对偶应该或不应该出现在哪个位置，但从古人关于绝句全对和前散后对两种形式的指摘可以看出，对结已成为了绝句的体制禁忌。由于对偶在意义表达上的特性恰好与结句的需求相悖，因此即使律诗都是不宜对结的，而其弊病在绝句中的表现尤为明显。

总之，作为一种修辞的对偶是在律诗定型后，在律诗将中二联对偶作为体制规范的一部分确定下来后才获得了"体"的意义。而且随着律诗将对偶纳入体制之中，其他诗体类别也开始对对偶使用展开探讨，古体不

---

① （明）谢榛：《四溟诗话》卷二，载丁福保辑：《历代诗话续编》，中华书局 2006 年版，第 1172 页。

② （明）胡应麟：《诗薮内编》卷四，载吴文治编：《明诗话全编》，上海古籍出版社 1997 年版，第 5510 页。

③ （清）刘熙载：《诗概》，载郭绍虞编：《清诗话续编》，上海古籍出版社 1999 年版，第 2438 页。

用对偶和绝句不宜对结的讨论皆由此而来，虽然最终都未将之定格为"体制"规范，但仍具有语体意义。另外体制和语体层面的对偶与修辞层面的对偶也是不能截然分开的，这不仅因为对偶能否被纳入体制或语体范畴取决于对偶方法本身的特性是否以及如何与诗歌性质、体式等特征兼容，还因为对偶在体制或语体层面的意义将直接影响人们对它的关注程度以及精力投注的多少，并直接关系到对偶修辞的发展景况。应该说，后世对对偶各种形式、各种法则的细致探讨及在对偶研炼上的精益求精都与对偶被纳入"体"的范畴不无关系。

以上是对句联内两句关系的讨论，古诗一般以两句为一个表达单位，故一联内上下句间意义和体势关系的建立极为重要，它正是构成诗篇整体节奏、体势的基础。既然这样，在讨论完句联内上下句关系后，就可以进一步讨论篇章的构成了。

（二）缀联为章和联章成篇

写作由最初的选字、炼字进入到最后的联章结篇阶段，就完全进入了一个总体布局的层面。总体布局的最后阶段包括了缀联成章和联章成篇两个环节，但如前文所说，章法基本是古人讨论总体布局的盲点，这不是说古人没有关于章法的探讨，而是说章法的探讨都是在篇法的背景下进行的，古人总是在整体章篇布局的讨论中进而讨论某一章或几章的结构，章法和篇法一体，故此处也就不必将二者强行分开。

古人对诗歌篇章结构的探讨得益于文章学甚多，不但影响深远的起承转合论与宋元经义有直接的渊源关系，即使后世力图摆脱这一模式时发明的各种分段和连属方法也都与文法的关系极为密切，这使得在诗歌诸法的讨论中，似乎篇法的论述尤其显得与诗歌格格不入。文章结构是讲求逻辑的，抒情、说理都层层递接，一丝不乱，无论写作者如何在结构上创新都无法完全超越这种层级性、逻辑性。当我们将文法应用于诗法，即意味着我们预设了诗歌写作同样具备这种逻辑性，而事实却是诗的写作常常努力剔除或超越这种显而易见的层级结构和逻辑，这就使得篇法在用以讨论诗歌布局时总显得有些拘泥，也因此招来颇多诟病。

1. 起承转合法检讨

诗法论起承转合最早见于元人诗论。古人对于它究竟是由文法发展为诗法还是由诗法发展为文法曾进行过长时间的争论，蒋寅《起承转合——诗学中机械结构论的消长》一文详细介绍了这一问题的相关争论，并通过对起承转合与宋元经义关系的考察证实起承转合应是在经义的理论框架中产生的①。并且该文还用了诗论中大量实例来说明诗法中的起承转合法与经义极其相似，不过问题在于诗法中的起承转合法与文法是否真的一般无二呢？在诗法中，起承转合论就没有发展出仅适合于诗的独特内容吗？从目前的材料来看，显然不能做如此绝对的判断。

虽然一直到清代仍有论者在论及起承转合时重复与元人相仿的论调，他们将诗之起承转合比拟为八比②，甚至将诗歌强行砍成破题等八段或者四段，而且从元人引入起承转合论始就在讨论起句、承句、转句、结句各自的面貌，直到清人也似乎都延续着大同小异的观念。但尽管如此，其中一些倾向性的变化还是值得注意的。比如关于起句的讨论。古人逐渐将起句的风貌特征定位于突兀、峭拔，就是起承转合论与诗体的需求结合后的产物，就是由诗体特殊性引发的理论观念变化。《诗法正论》论起承转合时提出了两种说法，"起处要平直"和"起处可以突兀"：

> 先生曰："然。此二诗起得有法，故下面承、转处，自然春容变化。然诗法有正、有变，如子美'一片花飞减却春，风飘万点正愁人'，起处是甚突兀，然通篇意似惜春，起处正合如此，乃痛快语，而非陡顿语也。"③

在此段议论前论者引述了时人关于"起处要平直"的说法，并明确对这一说法表示了赞同，而这一观念在《诗法正论》的其他文字中也同样可

---

① 蒋寅：《起承转合——诗学中机械结构论的消长》，载其《古典诗学的现代诠释》，中华书局2003年版，第128页。

② （清）吴乔：《答万季埜诗问》，载丁福保辑：《清诗话》，上海古籍出版社1978年版，第30页。

③ （元）傅若金：《诗法正论》，载吴文治编：《辽金元诗话全编》，凤凰出版社2006年版，第2454页。

得到证明①。不仅如此，从其中"诗法有正、有变"的叙述语气来看，论者似乎认为"平直"才是起句的正格，而"突兀"则属变格。但是我们再检定后人有关起句的讨论，却发现言论反倒逐渐一边倒似的强调起"突兀"一格来了，"凡起句当如爆竹，骤响易彻"②，"起须劈空"③，"诗文以起为最难，妙处全在此，精神全在此。必要破空而来，不自人间，令读者不测其所开塞方妙"④等等，持此论者极多，可以说在后世起承转合论中，"突兀"以绝对压倒性优势取代了"平直"的正格地位。

那么为什么会出现这种变化呢？诗中自然也会有平直而起者，就如同文中也自有起句突兀者一样，但古人为什么在诗论中如此强调"突兀"之说呢？应该说如果"突兀"之论最初只是要避免仅仅就题生发，所以要求起句"阔占地步"⑤、立意力求高远的话，那么后来对"突兀"的强调则日益偏向于离题高腾了。起承转合习惯以起句为破题、徐徐进入论题核心的四段模式显然在诗歌中失效了，诗论中出现了"离题为起句"⑥，甚至出现了律诗直到最后一联方才切题的"归题格"⑦，与以起为破题的起承转合论大相径庭。那么起句突兀说或者就是为此而提出的，为了打破起句破题的陈规，而或者也为了从一开始就拓展出足够高远的诗境供后面的诗句腾挪变化，抑或者是为了制造一种飞流直下的雄浑气势，尤其是起句突兀的结论更常被用于论七言尤其是七言古诗，就更说明诗论日益偏爱"起须突兀"的论调，应是与七言诗追求高浑气势的审美需求有关的。但无论起句突兀的观念是因何被视为主导特质的，总归它是古人根据诗歌本身

———————

① （明）释怀悦：《诗法正论》"大抵起处要平直，承处要舂容，转处要变化，结处要渊永"，载周维德辑：《全明诗话》，齐鲁书社 2005 年版，第 133 页。

② （明）谢榛：《四溟诗话》卷一，载丁福保辑：《历代诗话续编》，中华书局 2006 年版，第 1154 页。

③ （清）薛雪：《一瓢诗话》，载丁福保辑：《清诗话》，上海古籍出版社 1978 年版，第 692 页。

④ （清）方东树著，汪绍楹校点：《昭昧詹言》卷十一《总论七古》，人民文学出版社 2006 年版，第 240 页。

⑤ （元）杨载：《诗法家数》，载（清）何文焕辑：《历代诗话》，中华书局 1981 年版，第 726 页。

⑥ （清）冒春荣：《葚原诗说》卷之一《五言律说》，载郭绍虞编：《清诗话续编》，上海古籍出版社 1999 年版，第 1573 页。

⑦ （明）梁桥：《冰川诗式》卷七《研几》，载吴文治编：《明诗话全编》，上海古籍出版社 1997 年版，第 5304 页。

的需求而对起承转合论所做的改造，都说明起承转合法进入诗论领域后正在逐渐脱离文法而转化为诗法。

另外，方东树还有所谓起句"破空而来，不自人间"之语，并赞叹黄庭坚诗谓：

> 山谷之妙，起无端，接无端，大笔如椽，转折如龙虎，扫弃一切，独提精要之语。每每承接处，中亘万里，不相联属，非寻常意计所及。①

起结无端，篇法完全消融无迹，越发透露出了一种令人莫测其端绪的意味，此段议论无异于对起承转合论的一种颠覆。然而方氏却并不是起承转合论的反对者，《昭昧詹言》中可找出许多近似起承转合的言论，但同时其中也有着大量类似篇法浑融无迹的议论，这也就更加说明虽然后人一直沿用起承转合的论调，但其理论本身却早已因诗歌本身的需求而发生了很大变化，甚至已隐含了将这个篇法模式打破的思想端倪。

古人关于结句的讨论也颇值得进一步探究。"结处要渊永"②，经义的束题是要收束全文，当然"渊永"于它拓深思想深度也是有益处的，它也许同样是起承转合论的构成部分。但是就诗歌而言，结束处"渊永"的要求却显然不是自文法而来。诗歌结尾须含蓄不尽的要求在出现时间上是要早于诗论中的起承转合说的。旧题王昌龄所作《诗格》列有十七势，其中就有"含思落句势"："含思落句势者，每至落句，常须含思，不得令语尽思穷"③，已明确提出结句应该令言外有无穷之意。而诗须含蓄不尽的观念在宋人诗论中更是得到了充分的发挥。因此出现于《诗法正论》中的"结处要渊永"一语与其说是来自起承转合论，倒毋宁说是来自持论者对传统诗论思想的继承。

---

① （清）方东树著，汪绍楹校点：《昭昧詹言》卷十二《七古》，人民文学出版社 2006 年版，第314 页。

② （明）释怀悦：《诗法正论》，载周维德辑：《全明诗话》，齐鲁书社 2005 年版，第 133 页。

③ （唐）王昌龄：《诗格》卷上，载张伯伟辑：《全唐五代诗格汇考》，凤凰出版社 2002 年版，第151 页。

而且不仅结句含蓄的观念是来自诗学本身的，后人关于结语要收束全文令题意有所归的观念其实也早在元人提出以起承转合论诗前就见于诗论了。

> 山谷云："作诗正如作杂剧。初时布置，临了须打诨，方是出场。"盖是读秦少章诗，恶其终篇无所归也。[①]

与前述强调含蓄不同的是此处主要突出了结句束结的功能，要收束全文，令一篇题意皆凝聚于此，以完固全篇。后姜夔（1154—1221）亦谓"一篇全在尾句，如截奔马"，并列举了词意俱尽、意尽词不尽、词尽意不尽、词意俱不尽四种形式[②]，将含蓄不尽亦列入其中，于此将结句的收束和含蓄两个特征都容纳进来，意味着结句可以采取两种不同的形式，且各有其长处，后人论结句皆不外乎此。《冰川诗式》总结律诗结句形式"合为结句，或就题结，或开一步"[③]，沈德潜亦称：

> 收束或放开一步，或宕出远神，或本位收住。张燕公："不作边城将，谁知恩遇深？"就夜饮收住也。王右丞："君问穷通理，渔歌入浦深。"从解带弹琴宕出远神也。杜工部："何当击凡鸟，毛血洒平芜。"就画鹰说到真鹰，放开一步也。就上文体势行之。[④]

考察其义，他所谓"放开一步"即相当于姜夔所谓"意尽语不尽"，"本位收住"应该属于"词意俱尽"，而姜夔"词意俱不尽"和"词尽意不尽"两者大概就是沈氏所谓"宕出远神"。所以沈氏此论可说基本是从姜

---

① （宋）孔平仲：《孔氏谈苑》卷五《作诗如杂剧》，载吴文治编：《宋诗话全编》，江苏古籍出版社 1998 年版，第 695 页。

② （宋）姜夔：《白石道人诗说》，载吴文治编：《宋诗话全编》，江苏古籍出版社 1998 年版，第 7550 页。

③ （明）梁桥：《冰川诗式》卷一《定体》，载吴文治编：《明诗话全编》，上海古籍出版社 1997 年版，第 5205 页。

④ （清）沈德潜：《说诗晬语》卷上，载丁福保辑：《清诗话》，上海古籍出版社 1978 年版，第 539 页。

夔之论中脱胎而来的，除了比姜氏概述得更清晰外，从观念上并没有发展。另吴乔谓"结句收束上文者，正法也；宕开者，别法也"①，虽然在两者之间分出了正变，可是对两种形式的总结还是未超出宋人诗论的藩篱。由此来看，则起承转合的观念和理论模式或者是来自文法的，但是其中具体理论内容的总结却不是完全来自文章的，其中也有一部分内容是吸收了以往诗论中的内容，是带有着诗法的独特性的。

总之，不能将起承转合完全视为一套违背诗学规律和精神的理论法则而一味加以摒斥。在诗学领域的长期发展，一方面使得它为适应诗歌需求不断调整自身理论，另一方面也在其发展过程中吸收了大量诗学理论的成果，使得起承转合论在结论上更接近于诗法，也更符合诗的特质。

当然，起承转合论的缺陷是显而易见的，所以在起承转合理论的发展历程里反对的声音也一直不绝于耳。明人李东阳明言不可泥于起承转合之法②，《雅伦》按语谓之为老学究语：

> 起承转合，不可拘守此四字，都无顿挫开阖，变化何在？必到老学究矣。唐人并无起承转合之说，乃后世论制义之语。若说诗以此法为定，反成胶柱，倘饾饤颠倒，则不可。③

清人中则王夫之驳之最力④。但令人费解的是，即使如此，一直到清代，起承转合论都不乏支持者，而且即使在清代诗论中，起承转合的支持者都仍远远超过它的反对者。

> 凡诗无论古今体、五七言，总不离起承转合四字，而千变万化

---

① （清）吴乔：《围炉诗话》卷之一，载郭绍虞编：《清诗话续编》，上海古籍出版社 1999 年版，第 501 页。

② （明）李东阳：《麓堂诗话》，载丁福保辑：《历代诗话续编》，中华书局 2006 年版，第 1376 页。

③ （明）费经虞：《雅伦》卷十二《制作》，载吴文治编：《明诗话全编》，上海古籍出版社 1997 年版，第 9900 页。

④ 蒋寅：《起承转合——诗学中机械结构论的消长》，载其《古典诗学的现代诠释》，中华书局 2003 年版，第 134 页。

出于其中。[①]

　　愚谓诗法虽多，而总归于解数，起承转合，然则诗法亦无多子也。[②]

类似言论在清人中极常见[③]。此外还有一些持中和论者尝试用正变说来调和起承转合论与诗歌实际创作的矛盾。如吴乔一方面说"凡守起承转合之法者，则同妇女足指，弓弯纤月，娱目而已。受几许痛苦束缚，做得何事？"，对起承转合论表现出极大的不屑，但却仍不断用起承转合论诗，认为王昌龄七绝是唐诗起承转合法确定之始，又把起承转合别为二体，以将更多的诗体形式容纳于起承转合论中。

　　遵起承转合之法者，亦有二体：一者合于举业之式，前联为起，如起比虚做，以引起下文；次联为承，如中比实做；第三联为转，如后比又虚做；末联为合，如束题，杜诗之《曲江对酒》是也。一者首联为起，中二联为承，第七句为转，第八句为合，如杜诗之《江村》是也。八比前后虚实一定，七律不然。[④]

提出两种起承转合形式，既说明律诗起承转合终究与八股文不同，但同时这种做法也无异于承认了起承转合在诗体中自有其适用性和合理性。以上种种说明，起承转合论虽然一直遭到诸多批判，但直到清代起承转合在诗论中都未出现衰颓或消失的迹象。

　　那么究竟是什么维持了起承转合论的传承不衰呢？蒋寅在论起承转合时曾指出起承转合"不仅有根本性的谬误，而且这谬误还违背了传统诗学

① （清）冒春荣：《葚原诗说》卷之四《乐府说 古体说》，载郭绍虞编：《清诗话续编》，上海古籍出版社 1999 年版，第 1614 页。

② （清）徐增：《而庵诗话》，载丁福保辑：《清诗话》，上海古籍出版社 1978 年版，第 434 页。

③ （清）刘大勤编：《师友诗传续录》"勿论古文今文，古今体诗皆离此四字不可；揭其大法，不离乎起承转合"，载丁福保辑：《清诗话》，上海古籍出版社 1978 年版，第 150 页；（清）张谦宜：《絸斋诗谈》卷二《统论》下，载郭绍虞编：《清诗话续编》，上海古籍出版社 1999 年版，第 806 页。

④ （清）吴乔：《围炉诗话》卷之二，载郭绍虞编：《清诗话续编》，上海古籍出版社 1999 年版，第 543 页。

的基本观念"①。但如果仅仅是谬误，怎么会毫无理由地绵延几百年，甚至在几百年后仍为人崇奉呢？我们当然可以说是八股盛行的原因，对八股的沉溺使得明清两代的人习惯性地将他们的作文之法用于写诗、解诗；我们也可以说是因为它简单、易于把握，比起兴起无端、拚合无垠的变幻莫测，这个明白易懂的框架当然要容易掌控得多，所以写诗者乐于取巧，解诗者也乐于用它轻松地将所有诗作分解。这些都可能是它绵延不绝的理由，但是另一方面我们是否也该承认它的延续是因为或者它并不是完全的不合道理呢？

它的合理性一方面是因为它不断调整自身理论以适应诗的特质，另一方面也因为起承转合从本质上揭示出诗内在的一种脉络性，一种虽不合逻辑仍钩锁链接着的关联性。虽然起承转合说无疑是过于教条了，诗不可能有一个固定的结构模型，也不可能如此一味秩序井然，但作为一种人为创作，无论它有多么地即兴而发，甚至即使在即兴而发后完全不再加工，发自于人情感思绪中的东西都不可能是完全无逻辑的。诗文之道，一开一合、一顺一逆，即使劈空出奇，即使倒接横逆，其中都一定有一个贯穿的脉络在，变幻亦有变幻的逻辑和规律，故诗可以谈法。而起承转合虽然拘执，它包含的诗内在的衔接性却是不可否认的。即使它的反对者也无法否认诗内在脉络的存在，王夫之是清人中反对起承转合论最坚决者，但《古诗评选》《明诗评选》却常常以"脉"论诗。"当其始唱，不谋其中；言之已中，不知所毕；已毕之余，波澜合一，然后知始以此始，中以此中"②，王氏此论显然只是反对预定模式的存在，反对起承转合写作之先就把如何起、如何承设定好，但却不否认诗自然而发也自有一定的条理脉络在。

首句一"望"字，统下三句，结"更闻"二字引上"边音""朔

---

① 蒋寅:《起承转合——诗学中机械结构论的消长》，载其《古典诗学的现代诠释》，中华书局2003年版，第137页。

② （清）王夫之评选，张国星校点:《古诗评选》卷一曹操《秋胡行》评语，河北大学出版社2008年版，第17页。

吹"，是此诗针线。作者非有意必然，而气脉相比，自有如此者。①

这一段诗论就全面透露了王夫之的观念，一面强调作者并非"有意必然"，一面又指出其自有一定针线脉络。因此诗结篇并非毫无章法可言，其中自有一定脉络在，只要不刻意人为设定模式，只要顺应内在情意之流转，诗就可以自然而有章法。

总之，起承转合的绵延是因为它包含着一个相对合理的理论内核，因为它所揭示的诗体内在的关联性及衔接规律本质上还是符合诗章篇结构的基本性质的。去除其中死板教条的内容，未尝不可以对我们掌握诗体的谋篇规律有所助益。因此那些在起承转合论框架之外论诗章篇之法者也仍避免不了地以血脉、以首尾相应论诗。

2. 诗歌篇法的"三段论"

与起承转合论不同，"三段论"的提出应是直接将人体知识应用于诗的结果。古人对诗文"体"的认识本就源自他们对人体认识的投射，故诗体的研究也总摆脱不了这一意识的潜在影响。"三段论"就是依照人体首、胸腹、尾三部分来对诗体进行划分的，这种观念的出现应该很早，如《文心雕龙》"首尾圆合，条贯统序""总文理，统首尾"②，再如律诗四联的划分都透露出古人观念中首、身、尾分段意识的存在。宋人开始论对诗体三段的要求，姜夔"首尾匀停，腰腹肥满"③，后《诗法家数》有"首尾相应"④之语，明人则最终将之理论化：

> 凡诗篇大约三分：大篇一分头，五分腹，三分尾；小篇一分头、三分腹、一分尾。起欲繁重而包含，中欲充满而曲折，结欲词轻而

① （清）王夫之：《唐诗评选》卷三丁仙芝《渡扬子江》评语，河北大学出版社 2008 年版，第 129 页。

② （梁）刘勰撰，范文澜注：《文心雕龙注》卷七《镕裁》、卷九《附会》，人民文学出版社 2008 年版，第 543、650 页。

③ （宋）姜夔：《白石道人诗说》，载吴文治编：《宋诗话全编》，江苏古籍出版社 1998 年版，第 7548 页。

④ （元）杨载：《诗法家数》，载（清）何文焕辑：《历代诗话》，中华书局 1981 年版，第 726 页。

意足。篇段要分明，不露其迹。盖意分而语串，意串而语分也。①

按照诗篇长短分别划分了头、腹、尾的比例，虽然又有些陷入教条了，但终究对三段法做了一个明确的说明，且对三部分都提出了一定的写作要求，最后又要求诗体中须贯通，或意断语接，或语断意接，总须有连续之义。因此，综合来看，三段论包含了两个主要规则：首尾相应和中间血脉贯通。而首尾相应也恰是血脉贯通的表征之一，故两个规则又实为一体。

古人认为诗体恰如人体，须血脉连贯方有生气，血脉不畅，于人为病，于诗亦为病。"身既老矣，始知诗如人身，自顶至踵，百骸千窍，气血俱要通畅；才有不相入处，便成病痛"②，诗也要如同人体一样从头到脚气血通畅。而其中表现之一就是首尾相应，诗体结尾要照应前意，要与起首遥相呼应，谓之"顾首"。其次是中间要上下相生，如钩锁连环，一脉相通。

前段是叙子。叙子，通篇之意皆含蓄其中。结段要照前要。如选论，分段甚均，并不参差；杜却不甚如此太拘。然亦不太长，不太短也。次要过句为血脉，引过此段。过处用二句，一结上、一生下为最紧，非老手未易能之。十步一回首，要照题目；五步一消息，要闲话谶叹；方不甚结穄，有从容意思。③

要求结段"照前要"，即是首尾圆合之义。而后则详细介绍了中间血脉贯通的方法，一是注意使用过句承上启下，使诗各层诗意皆贯通一气；二是要注意行文中不断照应前意，在照应中稍事拓展，方不致漫衍无际。

---

① （明）谭浚：《说诗·时论》卷中，载吴文治编：《明诗话全编》，上海古籍出版社 1997 年版，第 4031 页。

② （清）张谦宜：《絸斋诗谈》卷三《学诗初步》，载郭绍虞编：《清诗话续编》，上海古籍出版社 1999 年版，第 813 页。

③ （明）费经虞：《雅伦》卷十二《制作》，载吴文治编：《明诗话全编》，上海古籍出版社 1997 年版，第 9900 页。

从产生的时间来说，三段论思想应该早于起承转合论，从理论本质来看，二者也有着一定相通之处，即都相信诗篇结构绝非云山雾绕毫无端绪，而是有条理可循的，而这个条理即起承转合的逻辑结构，即三段论者常常讨论的"脉"。但是相比之下，三段论的"脉"在古人中的接受度却要比起承转合高得多，如前所述，不仅起承转合论的信奉者因为二者的共通性会论及气脉，即使起承转合的反对者也常偏爱以"脉"论诗。那么相比起承转合，"脉"这一概念的优势究竟在哪儿呢？

就其本质言，"脉"的优势在于虚，在于隐。起承转合是一种刻板的诗体结撰模式，它要求诗歌的语言形式和意义都遵照其承接递转的基本模式来结构，因此诗歌语言、意义间的关系往往僵硬、刻露，即古人所谓"痕迹宛然"。而"脉"则不同，方东树曾比较了章法和脉的区别："章法形骸也，脉所以细束形骸者也。章法在外可见，脉不可见"[①]，起承转合是论章法，而"脉"则是隐于章法中的内在精神关联。章法是实的，直接作用于语言和意义的结构，故起承转合流于死板；而"脉"是虚的，只要内在的精神关联不断，则外在章法可以无穷变幻。

因此古人在论脉络贯通的同时提出了章法衔接的各种变换形式，诸如"过段处有衔承，有遥接"[②]，"近离者，以离开上句之意为接也。离后复转，而与未离之前相合，即远合也"[③]，"衔承"即上下句紧相衔接，"遥接"则是以此处之句接续几句前甚至起首之意，就是刘熙载所谓"近离""远合"。再如"倒折逆挽，截止横空，断续离合诸势"[④]，倒折逆挽，即所谓倒插法，将后文之义突横插于前，令诗意顿断，后再续接前文，忽断忽续，似离又合。沈德潜论杜诗倒插法之外，又有反接法、突接法

① （清）方东树著，汪绍楹校点：《昭昧詹言》卷一《通论五古》，人民文学出版社2006年版，第30页。
② （清）陈仅：《竹林答问·附长律浅说示单生士林》，载郭绍虞编：《清诗话续编》，上海古籍出版社1999年版，第2240页。
③ （清）刘熙载：《诗概》，载郭绍虞编：《清诗话续编》，上海古籍出版社1999年版，第2441页。
④ （清）方东树著，汪绍楹校点：《昭昧詹言》卷九《五古·韩公》，人民文学出版社2006年版，第222页。

等等①，皆极力推许其似接不接、似离不离、语意断而精神属合的精妙。而更有论者提出"首尾浑茫"，要求首尾相生的脉络也隐于无迹。这种种要求都体现着虚化的"脉"对外在章法的解放，只要这内在的"脉"连续着，外在的章法就可以穷尽其变，可以掉合无垠，可以达致神秘莫测的境界，"如群峰相连，烟云断之，水势相属，缥缈间之。然使无烟云缥缈，则亦不见山连水属之妙矣"②，用以上种种方法隐去"法"的痕迹，而完全彰显至法无法的神奇之力。

所以"脉"的优势正在于虚，在于不做实任何外在章法的形式，强调其变，只要万变不离其"脉"即可。但三段论论"脉"也有从实处论者，如《木天禁语》论语脉有"一字血脉""二字贯穿""三字栋梁"之说，论意脉有所谓"钩锁连环"等③。明人在其基础上更是大肆发挥发展出诸如接项格，"首联第一句起颈联二句，第二句起颔联二句，然颔联二句意思承首联第二句，是谓接项"；纤腰格，"纤腰者，前四句一意，后四句一意；前以景物兴起，后以人事见题；中间意思若不相接，而意实相通，但隐而不觉耳"等几十种语脉、意脉的联接方法④。这些仍然是不免拘泥的，但在论"法"而言却是不得不有的。

毕竟诗法总是要落实为实际的规则规范，不可能一味蹈虚，"至法无法"终究是要经由"法"的途径才可能达致，云山雾绕后的连属要实现终究离不开实际语言或意义的经营。所以无论古人论"脉"标出的境界有多高，却最终都要落实到实际语言、意义承接的模式上来。这正是论"法"的困境，高标远引则华而不实，一旦落到实处又必然遭人指摘，起承转合论和上述种种格体被人指责的原因恰在于此。不过好在"脉"义虚故可以容许多种多样的变化，就一种格式来看或显得拘泥，就整体来看却为诗体变化留下了极大的自由空间。这是它与起承转合论的差异所在，

① （清）沈德潜：《说诗晬语》卷上，载丁福保辑：《清诗话》，上海古籍出版社 1978 年版，第 536 页。
② （清）贺贻孙：《诗筏》，载郭绍虞编：《清诗话续编》，上海古籍出版社 1999 年版，第 151 页。
③ （元）范德机：《木天禁语》，载（清）何文焕辑：《历代诗话》，中华书局 1981 年版，第 741 页。
④ （明）梁桥：《冰川诗式》卷七《研几》，载吴文治编：《明诗话全编》，上海古籍出版社 1997 年版，第 5304 页。

也正是它获得更多支持者的主要原因。

总之，诗体文字形态的结撰无非是一个炼字造句、谋篇布局的过程。虽然其间涉及的环节极其复杂，而且写作的过程也并非总是按部就班，不是一个从选字炼字始到最后成篇终的单向过程。写作过程可能在任何一个环节开始，而且可能需要经过各个环节反复地互动、协调才能最终完成。在这个复杂的写作过程中当然存在着许许多多可以讨论的修辞问题，但是我们此处讨论的却是那些对诗而言具有一般性和普遍性的修辞规范。其中包括诗语与文语的区别、诗选字的标准、句眼论、虚实字之争以及对偶、起承转合、诗脉等等主要问题的讨论，它们皆与诗体的性质以及审美需求、语体风格等密切相关，是诗实现自己内在以及外在特性的必要手段。

第三节　语体意义上的调声之法

从理论发展的角度着眼，诗歌体制其实应是在语体探讨中发展出来的。在语体论对诗歌选语、措辞、调声等诸问题的讨论中，有一部分结论逐渐固定下来，成为诗体标志性的体式特征和写作时必须遵守的规则、规范，于是就由语体论进入了体制论领域。作为一套固定规范，规则宜宽，要删繁就简，故体制论的结论总是趋于精简；而语体论主要是论方法，法则宜具体、宜细致，这样才具有实践性和指导性，因此继续保存在语体论中的内容总是表现为对体制规则更精细的补充。而这一由语体而体制的理论生成关系在诗歌调声规则中体现得最为清晰。

我们在此之所以强调是要在"语体意义"上谈论调声规则，就是为了将这两个层面上的调声规则区分开来。比如对律诗而言，"平平仄仄平平仄"等基本格律已被固定为其诗体的基本特征和规范，作为"体"的标识在某种程度上已成为实际写作不可逾越的"矩"。而诗人写作在遵守规范的前提下所采用的拗救形式虽然也有一定法则而且仍未背离体制规范，但在实际运用时却保留了极大的变化空间，可以不用拗救、特定情形也可以只拗不救乃至拗救的形式、多寡等等皆可根据写作需求而恰当选择和不断变换，因此律诗基本格律是体制，而拗救则属于语体范畴。

同样道理，押平声韵、一韵到底是体制规范，而关于选韵乃至用韵的具体要求就是语体。至于古体诗的情况又不相同，虽然清代《声调谱》一类著作竭力要为古体调声建立一套调声模式，可是最终并未形成固定的、公认具有文体区别性的规则，所以古体的调声讨论都还处于语体层面。

一、平仄调声及其清浊抑扬的辨析

声律理论暨四声发现后首先通过提出一些声病禁忌来引导写作趋于格律化，平头、上尾等声病说就是在这一理论背景下产生并在很长一段时间内发挥着巨大的规范作用。在这个过程中，人们逐渐发现了平声与上去入三声的差异，将四声简化为平仄二声，并在此基础上摸索出调声的基本规律。

四声简化为平仄相对，之所以成为诗歌调声规则发现和确定的重要转折点，是因为藉由这一转化，一个现成的、天地间通用的搭配法则被自然而然地引入到了声律调配中，这个法则笼统地说叫"阴阳互补"，具体讲则因不同场合、不同事物、不同特质而变换不同的名称，沈约等人所谓轻重、清浊、抑扬的调和遵循的是这一法则，而基于平仄二声的调声规则应用的也是这一法则。具体到调声中，就是指平仄二声的交错配合，一句之中平仄相间，一联之内平仄相对，一篇之中前多用平、后则多仄，总是令平仄交替，一篇之中平仄大体平衡。

当然我们此处所谓"平衡"指的并不是机械意义上的数量平衡，不是说上句五平，下句就一定对五仄。平仄调和的意义在于两者相间使用，实现一种大致的轻重抑扬的平衡，而不是完全的数量相等。诗篇的声情哀乐有所不同，对平声或仄声的需求必然有所差别，郁结者仄声用得多些，轻快者平声用得多些，总是有所偏重，绝不会是恰好数量相等，只要在多用仄声处间以平声，或多用平声处间以仄声，令平仄间有所互补就可以了。比如若出句出于表达之需平声过多或仄声过多了，对句就可多用仄声或平声平衡一下。

相承者，若上句五字之内，去上入字则多，而平声极少者，则下句用三平承之。①

但若下句受限仍不能补救，也可将平仄调和放宽至全篇范围内，甚至可以在连续几联多用平或仄后，再继而连续几联多用仄或平，总之最后达到全篇平仄和谐的目的即可。虽然律诗调声规范确立后，平仄调和不仅有了严格的搭配模式，而且还发展出了各种具体的拗救规则，但无论如何平仄间错的这一基本法则是不变的。

当然，平仄调声规范的建立仅有这个法则还不够。任何规则都是变与不变的统一，完全不变自是不可能的，但若随意可变也就无规则可言，故规则建立总是要区分出变与不变来。即如平仄间用的法则，启功将平平仄仄的叠用喻为"一根长竿"，可以根据句子长度来截取调声模式，由此五言、七言皆可得出四种句式②。若这四种句式的平仄顺序皆是不变的自是过于拘执，但若皆可变又会无法可执，失去规则的意义。因此调声规范建立的关键就是确定哪些是可变的、哪些不可变。选取关键位置确定其不可轻易改变的规则正是调声规范建立的基础。

如古近体皆极重视的住脚字，律诗的二、四字，五古的第三字和七古的第五字等等都在其各自调声规范的建立中扮演了重要的角色。再如曾盛行一时的"一三五不论，二四六分明"之说：

费氏曰："一、三、五不论，谓七言律诗第一字、第三字、第五字如当用平声者，可用仄，当用仄声者，可用平；又可平对平，仄对仄也。二、四、六分明者，谓第二字、第四字、第六字当用平者，一定用平；当用仄者，一定用仄，必不可移也。若五言律诗则一、三不论，二、四分明矣。此法要知。其间格律不同者，不过别

① （唐）元兢：《诗髓脑》，载张伯伟辑：《全唐五代诗格汇考》，凤凰出版社2002年版，第114页。
② 启功：《律诗的句式和篇式》，载其《诗文声律论稿》，中华书局2009年版，第11页。

调，不在此例。"①

此论不知起于何时，似不见于唐宋人著作中。从费经虞解说时的语气来看，在其时此论应该已为许多人熟知，因此费氏才仅仅详细解释其语意，而未对这一理论的来源等做任何说明。不过此说之谬清人已多有驳斥者："宋、元诗人，于古体平仄，多有未谐，近体平仄，尚无走作。明人则不能，大抵皆为一三五不论之俗说所误耳。一三五不论，并不可施于古体，何况近体？"②此处指出明人被"一三五不论"之说所误，似又暗示"一三五不论"仅流行于明代。不过此说虽有乖舛之处，反映出的基本思路还是正确的。无论古、近体，要将平仄相间的大法则转化为具有可应用性的具体规则，就必须首先找到并紧紧抓住调声的关键位置，以之为轴心确定或变化其他位置的平仄声调。

从目前所见材料看，律诗调声已经完成了这个阶段，并顺利确定了一套基本固定的平仄调声规范，而这部分已超出了语体的讨论范畴，站在语体立场上我们只能讨论由调声规范衍生出的各种拗救形式以及更为细致的四声调配及清浊抑扬的区分。而古体则尚处在调声规则形成的阶段之中，大量的讨论还停留在对关键位置声调的推敲上，尚未确定一个成型的规范。从理论发展的角度看，这既可以认为是古体调声理论尚不成熟，也可以说古体调声还保留着自发调声时期篇体内整体调节的自由，而且也正因如此，对古体来说，所有调声讨论都是属于语体范畴内的。

（一）摸索中的古体调声要求和禁忌

"古体"名称的出现是相对近体而言的，古体就是在近体定型后仍然效仿以前的诗歌形制及声律特征而进行的写作。然而后世的古体写作无论如何都不可能再回复到古诗声律调配的自发状态了，即使后世作者极力效

① （明）费经虞：《雅伦》卷三《练句》，载吴文治编：《明诗话全编》，上海古籍出版社1997年版，第5256页。
② （清）梁章钜：《退庵随笔·学诗二》，载郭绍虞编：《清诗话续编》，上海古籍出版社1999年版，第1969页。

仿古代诗歌调声的那种自由、无规则状态,他们所呈现出的无规则也已完全不同于自发调声的无意识。这不仅因为写作古体时写作者不可能不受业已深入脑海的四声及平仄调声法则的影响,同时也因为与近体并存的古体不可能避开近体施加于它的格律化影响,无论是援律入古还是回避律调,都使得古体调声在近体格律的推动下也日益趋于规范。但是不知是因为古体有意避免调声规范定型化、模式化,还是因为其调声规则尚在摸索之中无法定型,总之,我们看到的古体调声规范仍处于依靠一些粗略的要求和禁忌对调声加以约束和引导的阶段,正面规范的完整模式尚未形成。

不过后世古体调声的无规则状态应该说在一定程度上出自写作者的自觉选择,而自觉选择的无规则背后也总是有规则可依的。古体调声所依据的规则一方面来自平仄调配的基本法则,任何调声都不可能超越它的限制;另一方面则来自近体,来自于对近体的刻意回避。这两个规则构成了古体调声的基本依据,依据前者以确保古体在全篇范围内根据表达之需合理安排平仄出现的位置、频率以及组合形式,确保古体诗篇整体的声律和谐,这是调声的基本要求;而依据后者,则使得古体在近体之外获得了一种体制上的独立性,在声律方面越来越彰显出自身的特色。总之,平仄谐和和回避律调就构成了古体调声的两大基本原则,我们看到的古体调声的要求和禁忌就是在这两大原则的驱动下滋生出来的。

1. 篇体范围内的平仄整体调配

古体的平仄调配仍然处于在全篇范围内进行整体调节的阶段,就是说它还没有将平仄间错的规则具体应用到句、联的调声中,还没有根据平仄间用的规律企图确立基本句式或探索句联的调声模式,古体调声仍是全篇范围内较为自由灵活的整体调配。这一倾向表现在写作中就是诗人们在写作古体时常常有意使用一些平仄严重失调的句式,比如五平、五仄、七平、七仄等,尤其是五平、五仄句在五、七言中都较常见。诗人们在古体中大量使用这类句式,然后再在对句或其后的联句中加以补救,既是在刻意凸显古体调声的自由性,也是在彰显古体调声的整体视角,并不在某句、某联的平仄上斤斤计较。而这一倾向表现在理论上,则是论诗者都更多着眼于发掘古体整体调配的技巧和规律，似乎并无意为古体建立明确可依的调声模板。

翁方纲在论古体平仄时就屡次表达了这种整体调和的观念，一再表示古体不应局限于"三平"脚一类的规则，而应该在全篇范围内根据平仄"上下相乘"的道理进行整体调配。

> 对句一连五句，皆第二字仄，第四字平；又一连五句，皆第二字平，第四字仄，而却崚嶒之极，又谐和之极。读此一首，则上而六朝，下而三唐，正变源流，无法不备矣。岂其必于对句末三平耶？①

如材料所言，在一连五句第二字皆仄后，又一连五句第二字皆平，这种平仄调和方式显然已打破或者超越了句联平仄相间的限制，而是尝试在诗篇的整体视野下去寻求平仄的平衡谐和，对此翁氏表现出了高度的赞赏，甚至认为古往今来的诗歌调声之法都不外乎如此。当然翁方纲的结论是很有道理的，即使高度格律化的近体，其调声的实质也不过如此，只不过用其调声模式将其更加细致化、定型化了而已。当然我们可以说这种整体调节其实还接近于调声的原始状态，除了运用平仄调配的法则外，从调声方式来看，它与早期的自发调声其实并无区别。但是从清人对古体诗篇内整体调声的赞赏态度看，他们倒似乎在刻意强化古体调声方式的这种原始性，因为这不仅给了古体声律形式上的自由，也恰恰彰显了古体区别于近体的特色。

除了翁方纲外，清人论古体调声多表现出这种倾向，包括《声调谱》等追寻古体调声谱系的作品，除了强调古体应用拗律句外，对某些用字平仄的褒扬也多是从对全篇声情及平仄调节的综合考虑出发的。再如《诗法易简录》也完全依照整体调声的思路来分析古诗调声方法，他赞赏《西北有高楼》"音响一何悲"句中"一"字仄声之妙谓："以第一句第三句煞尾皆平声，第二句第四句连用三平叠峙，而第五句'弦歌声'复用三

---

① （清）翁方纲著录：《五言诗平仄举隅》，载丁福保辑：《清诗话》，上海古籍出版社1978年版，第261页。

平调以悠扬于其前，至此句第三字始放出一仄声，其气乃有十倍之劲"①，从前半首整体音律的角度来分析此处为什么用仄声以及仄声产生了怎样的表达效果。虽然他用以分析古体声律的媒介有许多是早期诗作，而且整体调声的视角也正是早期诗作自发调声的典型方式，但论诗者在此对这种调声方式表现出的热忱和赞赏还是在一定程度上反映了清代人一种共同的理论取向。

清代论者提倡古体整体调声，似乎并非仅仅因为尚未找到古体的调声规律，他们更好像是根本就未曾有过将古体声律同样模式化的意图。他们不但不想为古体确立一套类似于近体规范的调声模式，甚至还刻意将古体调声引向相反的方向，通过强调整体调声以保存古体体制的自由和特色。

当然也不是完全没有人尝试过将古体调声模式化。董文涣《声调四谱图说》②就引入近体粘对法，总结出五七言正拗各体基本的平仄调配形式，似乎为古体确定了一套模式化的规范。但是且不说粘对规则究竟能否用于古体③，即使就董氏的图谱言其实也并不具有近体调声模式的稳定性。图谱所列基本句式就已够繁复，再加上还有各种拗变形式就更是变化多端。且这些句式的衔接也并非固定，即使使用粘对规则加以约束也仍有许多种组合方式。更别说在如此变化多端的情形下所构成的这个四句体用于具体写作时仍可以交错搭配，其间变化的可能性更是远远超过了其规范的确定性。规则中包含太多的可变因素就会消解规则，所以董氏的这套模式终究仍是一种无规则的整体调谐，并不能真正实现古体调声的规范化。因此，无论是受古体创作客观情况的限制，还是论诗者主观上有意让古体保持它调声的无规则性，结果都造成古体调声仍然保持着自发调声时期的自由和无规则状态，既确保了古体体制的自由，也成功地使古体得以区别于近体的高度格律化。

<hr>

① （清）李锳：《诗法易简录》，续修四库影清道光二年刻本。

② （清）董文涣：《声调四谱图说》卷一，清同治三年（1864）刻本，北京师范大学图书馆藏。

③ （清）翁方纲著录：《王文简古诗平仄论》谓"七古转韵诗是以不黏为正格的"，载丁福保辑：《清诗话》，上海古籍出版社1978年版，第242页；王力：《古体诗律学》亦称"有些五古是黏对完全合律的；至于七古，却几乎没有一首是全篇黏对不拗的"，中国人民大学出版社2004年版，第131页。

当然古体的整体调节还是不可能完全等同于自发调声时的无规则，在古体写作时，即使在诗人毫无意识的情况下，平仄调配的规则以及近体调声规范都会或多或少对其调声产生影响，何况还有有意使用律调的情况。但是随着后人辨体意识的增强，写作者和论诗者开始强化古体体制的独特性，开始努力去寻找并凸显古体之为古体的特质，而这种特质就集中体现于调声方式和规范上。因此古体保持整体调声的方式本身就是它令自己区别于近体的方法之一，除此之外，许多论者又提出避用律调，在诗中尽量避免使用律句，尤其不得出现律联，由这一要求衍生出了古体某些关键位置的调声要求和禁忌。

2. 关键位置的调声：回避律调

古体是因区别于近体而存在的，区别于近体不但是它存在的意义，也是它存在的方式。因此古体调声的特色也完全是在近体的反激下因区别于近体而产生的。不但目今这种无规则的整体调谐方式是为了区别于近体，在它的整体调节中出现的一些关键位置的调声要求也都是出自回避律调的目的。

> 《赵谱》谓："中唐后古近体判不相入。"或未可信。然衰观李、
> 杜、韩、柳诸集，无古诗纯用律调者。古诗用律调，诗格之卑也。[1]

认为中唐以后古、近体"判不相入"或确实有些夸大其实，但古体写作要努力区别于近体却是盛唐以来就已逐渐形成的共识，尤其中唐以后回避近体的意识更是越来越趋于自觉。

当然对于回避近体古人在实际限制的宽严程度上还有争议。严格者认为平韵到底的古体诗应该完全避开律句，即使不得已使用了律句，那么同联的另外一句也一定不能再是律句了，律联是忌中大忌。"若平韵到底者，

---

① （清）翟翚：《声调谱拾遗》，载丁福保辑：《清诗话》，上海古籍出版社 1978 年版，第 354 页。

断不可杂以律句"①,"惟平韵一韵到底,律句当避,不可不知"②,"间有律
句,即以古句救之。总之两句一联中,不得全与律诗相乱也"③,都反复强
调平韵到底的古体诗要避用律句,尤其要避律联。至于仄韵或换韵诗则不
做此要求:

> 七古有仄韵到底者,则不妨以律句参错其间,以用仄韵,已别于
> 近体,故间用律句,不至落调。④

对于仄韵或转韵古体可以不必避用律句的原因此处解释得非常明白,就是
诗用仄韵或中间转韵本身已经不同于近体了,即使出现律句也不会与近体
混同,因此可以稍微放松要求。但即便如此,对仄韵诗许多论者也还是
更倾向于使用所谓拗律句,在他们看来,或者古体区别于近体的特征越多
其自身特色就表现得越充分。

至于另外一些较宽容的论者则认为即使是在平韵到底的古体中使用律
句甚至律联亦无妨,主张整体调声的翁方纲就是他们中最坚定的一员。但
翁氏此主张显然是因为回避律调就必然会衍生出避律调的规则模式,而这
些模式进而又会对古体整体调声方式的自由性构成一种限制或破坏。然而
他们坚持古体整体调声本身就已经是对近体最明显的回避了,因此他们只
是反了避用律句的绝对化而已,其观念中其实早已暗含了回避近体的倾
向了。总之,在近体定型后的古体写作要刻意避开近体模式来显示自身独
立的价值和特色已是一种必然,无论在创作还是在理论上提出回避律体的
原则都是势之所趋。虽然因回避律调而形成的古体关键位置的调声要求和
禁忌在古体创作中尚未像近体调声模式一样获得普遍认同,但写作中的刻

---

① (清)郎廷槐:《师友诗传录》,载丁福保辑:《清诗话》,上海古籍出版社 1978 年版,第 135 页。

② (清)延君寿:《老生常谈》,载郭绍虞编:《清诗话续编》,上海古籍出版社 1999 年版,第 1793
页。

③ (清)翁方纲著录:《赵秋谷所传声调谱》,载丁福保辑:《清诗话》,上海古籍出版社 1978 年版,
第 245 页。

④ (清)梁章钜:《退庵随笔·学诗二》,载郭绍虞编:《清诗话续编》,上海古籍出版社 1999 年版,
第 1966 页。

意回避和有意效仿必然会日益扩大其影响，也必然会促使古体在与律体相反的方向上逐渐形成自己的调声规范。

比如，古体对住脚字平仄的限定就体现出与近体相区别的意图。近体一般只押平韵，因此出句落脚必为仄声，这几乎是不容改变的。启功论律句各节的宽严就曾指出，落脚是律句要求最严格的地方，一般是绝不容许出错的①。律句拗变也基本不会涉及落脚字，也正因为如此古体回避律调才首先选择了这个位置。

他们提出仄韵五、七古出句住脚字必须平仄间用：

> 仄韵到底之七古，出句住脚，必须平仄间用，且必须上去入间用之。如以入声为韵，第三句或用平声，第五句或用上声，第七句或用去声。大约多用平声，而以仄声错综之，但不可于入声韵出句之住脚，再用入声字耳。②

指出仄韵五、七古出句的住脚只需避开韵字本声即可，不但不需完全避用仄声，甚至还要求必须除韵字本声外三声间用。这项要求的提出说明古体调声尚处在四声调配的阶段，并没有完全实现四声向平仄对待的转变。四声调配虽然较繁复，但是就具体运用而言，往往就因为繁复反而增加了变化的可能。就此处论，按照平仄对立的法则，仄韵诗出句住脚就应该是平，但是按照四声调配则只需避开韵字本声，其他三声皆可用，规则上反倒显得宽泛灵活了。不过从实质上看，关于仄韵五、七古出句落脚字的这一限定仍然是符合出句和对句住脚不同声的要求的，只不过因为古体四声调配而与近体规则有了差别，其实质并无不同。然而从另一个角度看，仄韵住脚若皆用平声就足以达到落脚字不同声的目的，此处为什么要强调其他三声间用，甚至将之作为一种硬性规定提出来呢？或者根本的原因还在于力图在调声规则上与近体相区别吧。

---

① 启功：《律句中各节的宽严》，载其《诗文声律论稿》，中华书局2009年版，第25页。
② （清）梁章钜：《退庵随笔·学诗二》，载郭绍虞编：《清诗话续编》，上海古籍出版社1999年版，第1967页。

如果说对仄韵住脚字的限制在本质上还是与近体相通的，那么五言平韵古体诗的要求就不同了。古人提出平韵五古出句落脚字并不忌讳用平声："惟平韵之出句住脚，不忌用平声"①，并不避讳出句和对句的落脚字是平对平，逾越了上下句住脚字不同声的基本限制，而与近体平仄规则完全相悖。当然对此也并不是毫无限制，比如《竹林答问》就指出"然三联中连用平声尚可，四联连用，则八句住脚字皆平声，音节尽瘴瘿矣"②，则虽然平韵五古出句和对句皆可用平，但也不可一味平声，毫无变化。但这段材料对住脚字用平声的所谓限制实在是宽松，不但一联内两个住脚字可同用平声，甚至认为三联连用平声都无妨，而这在近体中根本是不可能发生的。当然，平韵五古可用平声的要求其实是对早期五古创作传统的一种坚持，在古诗调声尚在自发时期时，古人既然还没有平上去入的声调意识，自然也不会有类似出句和对句住脚字不同声的观念，写作中这种同声现象自是大量存在。但在后世，当声调观念业已成熟后，人们写作时再去进行调声，出于对声调抑扬变化的追求，就会不自觉地避免上下句住脚同声，这一点在五、七古实际写作中都可得到证实。因此对平韵七古古人就明确提出要"忌用平声"③，那么为什么对平韵五古仍坚持不忌用平声呢？原因之一在于七古成熟于声调意识产生后，故不像五古那样有大量早期佳作可以作为"不忌平声"的充分证据；原因之二则是出于崇古以别于近体的极端思想作祟，即使在后世五古也已避免上下句住脚字同声的情况下，仍然坚决主张平韵五古不避平声，恐怕只能是出于反其道而行之以区别于近体的目的吧。

　　再如为避免出现律句，古人还对五言句第三字和七言句第五字的平仄进行了限定。一般而言，无论古近体都将五言第三字、七言第五字视为调声的关键，"七古以第五字为关捩，五古以第三字为关捩，其理一

---

　　① 同（清）梁章钜：《退庵随笔·学诗二》，载郭绍虞编：《清诗话续编》，上海古籍出版社1999年版，第1968页。
　　② （清）陈仅：《竹林答问》，载郭绍虞编：《清诗话续编》，上海古籍出版社1999年版，第2237页。
　　③ （清）翁方纲：《石洲诗话》卷三，载郭绍虞编：《清诗话续编》，上海古籍出版社1999年版，第1419页。

也"①，因此古人试图抓住这个关键位置，通过限定其平仄来避免古体中出现律句或律联。

> 历友答：七古平韵上句第五字宜用仄字以抑之也。下句第五字宜用平字以扬之也。仄韵上句第五字宜用平字以扬之也。下句第五字宜用仄字以抑之也。七言古大约以第五字为关捩，犹五言古大约以第三字为关捩，彼俗所云"一三五不论"，不惟不可以言近体而亦不可以言古体也。安可谓古诗不拘平仄，而任意用字乎? 故愚谓古诗尤不可一字轻下也。②

首先就七古言，此处提出平韵七古上句第五字用仄，下句第五字用平；仄韵则相反，上句第五字用平，下句第五字用仄。这个要求因何而来，我们只要对照一下近体格律就可一目了然。近体七言，平字脚者有平平仄仄仄平平、仄仄平平仄仄平两种形式，第五字皆为"仄"。因此提出平韵古体下句第五字必平，就意味着古体用作对句的七言句即使在最接近律句的情形下也只能是一个拗律句，比如将"平平仄仄仄平平"五六字平仄互易成拗句等，总之限定下句第五字为仄声就等于挡住了它成为标准律调的所有可能。而他们关于上句的限定自然也是同样的目的，如此则平韵古体中根本不可能出现律句，就更别提出现律联了。至于平韵五古，材料中既然以之比拟七言，大概第三字的限定与七言第五字同。由此看来，古人关于七言第五字和五言第三字平仄的限定是针对律句而言的，就是出于避开律句的目的而产生的。而这里特意限定为平韵的缘故也是因为平韵到底与近体相近，若再大量出现律句更容易与律体相混，因此要求就格外严格，相对来讲对仄韵是否避律句古人还是较宽容的。

其次，古人要求古体避律调的观念最集中体现于对古体三字脚的平仄

---

① （清）梁章钜：《退庵随笔·学诗二》，载郭绍虞编：《清诗话续编》，上海古籍出版社1999年版，第1968页。

② （清）郎廷槐编：《师友诗传录》，载丁福保辑：《清诗话》，上海古籍出版社1978年版，第135页。

265

讨论上。无论对古体还是近体而言,三字脚都是调声的关键位置,因此也似乎成了古人为使古体区别于近体而重点关注的区域。近体三字脚有四种格式:平平仄、仄仄平、平仄仄、仄平平,除此之外,平平平、仄仄仄、平仄平、仄平仄等几种形式皆非律调。因此当古体竭力区别于近体时,自然会把这几种非律调形式视为宠儿,尤其是平平平和仄平仄更被诗论者分别奉为平脚句和仄脚句的正格。

> 出句如平平仄仄仄平仄,或平平平平仄平仄,或仄平仄平平仄平仄,间有不如是者,亦须与律句有别。落句如平平仄仄平平平,或仄仄仄仄平平平,或平平仄仄平仄平,间有不如是者,亦须与律句有别。大抵出句声律尚宽,落句则以三平押韵为正调。①

认为平韵五、七言古对句皆以三平调为正格,而出句则以用"仄平仄"为正格。此处虽未论及仄韵古体诗,但同样的规则应该也是适用的。"平平仄平仄,为拗律句,乃仄韵古诗下句正调也"②,"杜公初不仅以句句必三平而后谓之正调,其换韵入仄者,亦初不仅以句句必仄平仄而后谓之正调尔","其于仄韵不肯轻放出仄平仄之正调"③,无论是正面论及还是偶然于论述中带出的信息都反映出仄韵古体诗的要求与平韵古体是相同的。总之,平脚句以三平为正、仄脚句以仄平仄为正似乎已成了当时许多人的共识,而从它刻意以非律调为正格的做法来看,其回避律调的意图也是显而易见的。

总之,古人提出关键位置的平仄调声要求皆出于同一个目的,就是避开近体规则,都是为了使古体声律区别于近体,展现自己的特性和发展出自身的特色。当然也有论者反对避用律调的主张,但是如前所述,他们

---

① (清)梁章钜:《退庵随笔·学诗二》,载郭绍虞编:《清诗话续编》,上海古籍出版社1999年版,第1966页。

② (清)翁方纲著录:《赵秋谷所传声调谱》,载丁福保辑:《清诗话》,上海古籍出版社1978年版,第245页。

③ (清)翁方纲著录:《七言诗平仄举隅》,载丁福保辑:《清诗话》,上海古籍出版社1978年版,第271页。

反对的是避用律调的绝对性，却并不认为古体就不须回避近体。正如有论者所指出的，在近体出现之前诗歌写作中出现律调自是无可厚非，但是在近体定型后，回避律体就是势在必行的："若后来律体既行，则自命为作古诗者，又岂可不讲避忌之法？"①不回避律调，不尽量区别于近体，古体又何以自命为古体呢？即使有些论者提出平韵古体完全避用律句或至少绝不可出现律联是过于拘执了，但是从古体辨体的独特性而言，这一要求却自有其合理性。

因此，我们可以说古体调声要求就是由两大原则支撑的：平仄谐和和回避近体，其中尤以后者为根本。在回避近体的原则驱动下，古体调声发展出某些关键位置的调声要求和禁忌，依赖这些要求，古体可以避免自身调声遭受太多近体的渗透，可以保留住自身的声律特色。另外，关键位置的调声毕竟仍是粗略的，因此它并没有将古体调声带向模式化，而是仍旧留下了很多变化的可能性。古体虽然沿着反格律的方向日益走向格律化，但是显然这个格律化的边界要宽泛得多，仍保持着原始调声那种整体调节的自由性，这或者正是古人希望古体保留的最大特色。

（二）律诗的拗救形式及基本规则

近体中拗体之称有广义和狭义之分，广义的拗体包括一切非规范的近体，诸如中二联不对偶、用仄韵乃至六言律、三韵律等等皆可称为拗，狭义的拗体则仅指声律之拗。对偶等各种变格前文已分别表述，故此仅论声律之拗，且鉴于失粘与拗体的密切关系，亦于此一并论之。

失粘是指近体第二字不完全符合"仄平平仄"或"平仄仄平"的粘对形式，后一联首句与前一联末句的第二字平仄不同，不相衔接，则视为失粘，但也有将一联之中的失对亦纳入其中，统称为失粘者，如《冰川诗式》列有"引韵便失粘格"一种，并举杜甫《卜居》一诗为例，分析其意，则其所谓引韵失粘似即指此诗第一联"浣花流水水西头，主人

---

① （清）梁章钜：《退庵随笔·学诗二》，载郭绍虞编：《清诗话续编》，上海古籍出版社1999年版，第1968页。

为卜林塘幽"联内失对①。但此或为特例，古人论失粘仍以两联间失粘
为主。

总体而言，近体失粘的情形虽多有出现，但情况其实并不复杂。《诗
人玉屑》《冰川诗式》等诗话著作中都汇集了许多种失粘的情形，其中只
有"江左格"和"折腰格"②两种经常为人效仿，可真正立为一种"格"
者。前者出于对齐梁诗的模仿，因当时并无粘连之说，诗多不粘，故江
左格几乎全不用粘；后者则是后来出现的变格，即前四句粘，后四句又
另外粘起，而与前四句失粘。失粘各形式中影响较大者仅此两种，其他
皆系偶然出现的失粘而已。

不过相对来讲，真正在近体调声的规范中变幻出多种形式，对规范的
使用构成了一种破坏性的拓展和补充的还是拗救。所谓"拗"，就是在句
中应当用平字处以仄字易之。且一般而言，有拗则有救。根据用以救拗
之字的位置，"拗"又可区分为单拗和双拗两种形式：

> 粉署依丹禁，城虚爽气多。如单句依字拗用仄，则双句爽字必
> 拗用平。好风天上至，如上字拗用平，则第三字必用仄救之。古人
> 第三句拗用者多，若第四句则不可。凉雨晓来过。翠岛浮香霭，瑶
> 池澹绿波。九重闲视草，时复幸鸾坡。注：乃单拗、双拗之法。③

所谓单拗，即拗救皆在一句中完成，材料以"好风天上至"为例说明，
即若第四字"上"拗为平，则第三字用仄以救之，是为单拗；双拗则是
指一句中某字拗，则于下句救之，即如"粉署依丹禁，城墟爽气多"联，
上句第三字若拗为仄，则下句第三字即拗用平以救之，是为双拗。

总体来看，古人经常使用的单拗形式不过数种，如五言近体常以三四
字互易，上述王士禛所举诗例便是。其他如《声调谱·声调后谱》分析

---

① （明）梁桥：《冰川诗式》卷五《审声》，载吴文治编：《明诗话全编》，上海古籍出版社 1997 年
版，第 5284 页。

② （明）费经虞：《雅伦》卷九《格式》，载吴文治编：《明诗话全编》，上海古籍出版社 1997 年版，
第 9793 页。

③ （清）王士禛：《律诗定体》，载丁福保辑：《清诗话》，上海古籍出版社 1978 年版，第 113 页。

杜甫《月夜》，其中"遥怜小儿女"和"何时倚虚幌?"两句亦皆为三四平仄互易①，其例在五言近体中甚多。此外"平平仄仄平"句还可用一、三平仄互易之格，如《声调谱·声调后谱》分析杜牧《句溪夏日送卢霈秀才归王屋山将欲赴举》"茧蚕初宜仄而平。第一字仄，第三字必平引丝"句即是②。但一般仍以用三四互易者为多。而七言近体则多用三、五字互易或五、六字互易之格：

> 中唐以后，则李商隐、赵嘏辈，创为一种以第三第五字平仄互易，如"溪云初起日沉阁，山雨欲来风满楼"，"残星几点雁横塞，长笛一声人倚楼"之类，别有击撞波折之致。至元遗山，又创一种拗在第五六字，如"来时珥笔夸健讼，去日攀车馀泪痕"……集中不可枚举，然后人习用者少。③

此处指出李商隐等多用三五平仄互易之格，而元好问（1190—1257）则偏爱五六互易。

至于双拗，其拗救方式基本是上句拗在第几字，则下句就以第几字救。"然大约出句拗第几字，则对句亦拗第几字，阮亭先生已言之"④。但也并不尽然，如杜甫《奉答岑参补阙见赠》"窈窕清禁宜平而仄阕，拗句。罢仄朝归平字拗救不同。第三字用平，救上句亦救本句。本句第一字仄，故第三字必平也"⑤，用下句第三字拗平以救上句第四字之拗仄，不仅如此，此字之拗平还同时救本句第一字之拗仄，以一字救上句及本句两字之拗。可见拗救之用变幻无端，它远不像调声规范那么循规蹈矩，所以也就不是用以上几

① （清）赵执信：《声调谱·声调后谱》，载丁福保辑：《清诗话》，上海古籍出版社1978年版，第340页。

② （清）赵执信：《声调谱·声调后谱》，载丁福保辑：《清诗话》，上海古籍出版社1978年版，第327页。

③ （清）赵翼：《瓯北诗话》卷八《元遗山诗》，载郭绍虞编：《清诗话续编》，上海古籍出版社1999年版，第1268页。

④ （清）翁方纲：《石洲诗话》卷二，载郭绍虞编：《清诗话续编》，上海古籍出版社1999年版，第1396页。

⑤ （清）翟翚：《声调谱拾遗》，载丁福保辑：《清诗话》，上海古籍出版社1978年版，第361页。

种模式可以完全统括的，写作者在创作时还是保留着对拗救形式进行创造性使用的自由的。

不过反过来说，拗句之变虽极变幻，但变亦不可无方，既然拗救仍然是规范中的变化，那么用拗就必须有一定之规。如有论者提出拗救有可不救者和不得不救者，《声调谱拾遗》提出"凡律诗，上句拗，下句犹可参用律调；下句拗，则上句必以拗调协之"，即认为上句拗则可不救，下句拗则不得不救，并以诗例证实此论①。一般来说有拗则有救，有救才能平衡拗对规范的破坏，才能使规范以一种新的形式再次被确立，才能将拗变后的诗重新纳入规则之中。但此处却认为上句拗可不救，显然认为上句的规范可以无需太严格，而这也符合古人的一般观念，通观古人论诗歌声律，这种对下句的要求比上句严格的现象非常普遍。从下句拗则必救的角度看，这一论调是对拗变提出的限制，但从有拗必有救的一般观念来讲，允许上句拗而不救又像是对拗救限制的进一步放宽。

再如古人还限定用拗句"前拗后不拗"，以律诗言，就是前四句拗，则后四句必谐于声律，反之亦然，不得全部用拗。

> 凡拗律诗，无八句纯拗者，其中必有谐句。如上四拗，下四谐；上六拗，下二谐；或中间拗，前后谐。若不黏不谐，定是古诗。②

这应该说是对拗变在程度上所做的限定，是为了将拗变限制在一定范围内，避免过度用拗而背离近体体制规范，失去近体的格律特质。虽然杜甫七律中多有八句全拗者，即所谓"吴体"，后世效仿者和赞赏者也颇不少③。但律诗八句全拗则无疑已为拗变之极致，近体拗变发展至此，其体制实已与古体近似，虽然从创作的角度讲亦无不可，但从辨体的角度看，如此打破甚至取消体制的界限于诗歌本体性的保持并无益处。

---

① （清）翟翚：《声调谱拾遗》，载丁福保辑：《清诗话》，上海古籍出版社1978年版，第361页。
② （清）赵执信：《声调谱·声调后谱》，载丁福保辑：《清诗话》，上海古籍出版社1978年版，第340页。
③ （元）方回：《瀛奎律髓》卷二五《拗字类序》，载吴文治编：《辽金元诗话全编》，凤凰出版社2006年版，第798页。

因此律诗拗救从本质上说还是一种变形的规范，它仍以调声规范为基本依据，拗变固然是对规范的破坏，但有拗则有救，通过"救"仍旧回归到规范之中，所以说它不过是另一种形式的规范。不过拗变的多变性还是大大拓展了调声规范的变化空间，在一定程度上缓解了调声规范由于其确定性和强制性所造成的负面影响，增强了其在实际写作中的适用性及表现能力。

　　另外，除了调声需要外，拗救使用有时还是为了配合诗歌体势或风格的需求。

　　　　五言律诗，固要贴妥，然贴妥太过，必流于衰。苟时能出奇，于第三字中下一拗字，则贴妥中隐然有峻直之风。老杜有全篇如此者，试举其一云："带甲满天地，胡为君远行？亲朋尽一哭，鞍马去孤城。草木岁月晚，关河霜雪清。别离已昨日，因见古人情。"散句如"乾坤万里眼，时序百年心"，"梅花万里外，雪片一冬深"，"一迳野花落，孤村春水生"，"虫书玉佩藓，燕舞翠帷尘"，"村春雨外急，邻火夜深明"，"山县早休市，江桥春聚船"，"老马夜知道，苍鹰饥着人"，用实字而拗也。"行色递隐见，人烟时有无"，"蝉声集古寺，鸟影度寒塘"，"檐雨乱淋幔，山雪低度墙"，"飞星过水白，落月动沙虚"，用虚字而拗也。其他变态不一，却在临时斡旋之何如耳。苟执以为例，则尽成死法矣。①

《对床夜语》认为巧妙使用拗声可以提振声势，避免平衍，并列举了大量杜诗用拗的例子以证实其观点。应该说范氏的说法不无道理，律诗调声规范的基本意图就是使声调平仄谐和流畅，因此用拗的直接作用就是破坏原有的协调，就如同在顺势而下的流水中央投放了一块石头，势必会激起浪花，古人论及以拗声营造健举之势者实非少数。因此，拗救除了增加调声的创作空间外，还承担着配合情感变化需要、改变诗歌体势及满足诗

---

　　① （宋）范晞文：《对床夜语》卷二，载丁福保辑：《历代诗话续编》，中华书局 2006 年版，第 418 页。

歌其他语体需求等多重功能。

（三）四声调配及轻重清浊的细致辨析

如前所述，体制论只是为写作提供大致的形态模式，而语体论提供的却是具体的写作方法。因此对于体制层面的声律论而言，提供平仄调配的基本模式就足够了，事实上，四声被归为平仄两个声类的主要意图就是为了找到并确立这个基本模式。但是就语体而言，它要提供的却是实际调声的方法和规则，而古人显然认为实际写作中仅仅论平仄是不够的，还要在平仄之中细分四声，更在四声之外详细辨析轻重、清浊、抑扬，从而将声律的调配精细到无以复加的地步。

平仄之中要细分平上去入四声。这一点在古体声律调配中表现最明显，古体诗的调声规则尚在形成中，故其调声仍旧是依据四声在篇体内进行整体调配。前文论及古体调声时已论及于此，如提出仄韵到底的七言古诗，出句要平仄间用，且上去入间用；平韵到底的七古，出句也须上去入间用，且有不必平声的说法。这些都体现了一种四声整体调配的意识，而非仅仅注意平仄谐和。

至于律诗，虽已基于平仄二声形成了一定的调声模式，也并不意味着就不再区分四声。平仄调配只是为声律调谐建立一个基本模式，但是在具体调声时，为了诗歌能在谐和基础上更加声情并茂，也还是需要进一步细致区分的，尤其是仄声三调间尤须细致辨别：

> 律诗止论平仄，终身不得入门。既讲律调，同一仄声，须细分上去入，应用上声者，不得误用去入，反此亦然。[1]

平仄调配只能保证诗作声律不致拗涩，但只有进一步的细致区别才能令音韵铿锵动人，也才能使得声律能够与内在情绪的转变恰当呼应。因此，律诗调声绝不能止步于平仄谐和，还要更细致讲求四声的调配，古人无论

---

[1] （清）李重华：《贞一斋诗说·诗谈杂录》，载丁福保辑：《清诗话》，上海古籍出版社 1978 年版，第 934 页。

在创作还是理论上都曾反复强调这一点。"本句亦无三声复用者,故能气象雄阔,俯视一世,高下咸宜,令人读之,音节铿锵,有抑扬顿挫之妙"①,此是就五律而言,即是谓一句之中若出现两个或三个仄声时,需要三声相间而用,不宜同声。推而广之,七言律诗虽无法完全实现一句中仄声全不同声,但恐怕也要尽量三声间用。而且不但理论上如此要求,在创作上古人也是如此实践的,古人及当代学者都已援引古人诗歌对此进行过证实②。

而且对古人言,四声的细致区分也还远远不能满足他们对诗音乐性的追求,于是在四声之外他们又提出要区分清浊抑扬。抑扬者以谢榛论之最详:

> 予一夕过林太史贞恒馆留酌,因谈诗法妙在平仄四声而有清浊抑扬之分。试以"东""董""栋""笃"四声调之,"东"字平平直起,气舒且长,其声扬也;"董"字上转,气咽促然易尽,其声抑也;"栋"字去而悠远,气振愈高,其声扬也;"笃"字下入而疾,气收渐然,其声抑也。③

根据四声发音时气息的长短又将四声分为扬声和抑声,平声、去声气息较长,为扬声,而上声、入声则气息短促故为抑声。因此除了四声调配外还要注意句中抑扬的调和均衡,谢榛在分别抑扬后就提出具体的抑扬调和法则:

> 夫平仄以成句,抑扬以合调。扬多抑少,则调匀;抑多扬少,则调促。若杜常《华清宫》诗:"朝元阁上西风急,都入长杨作寸声。"上句二入声,抑扬相称,歌则为中和调矣。王昌龄《长信秋

---

① (清)董文涣:《声调四谱图说》卷一,清同治三年(1864)刻本,北京师范大学图书馆藏。

② 邝健行:《近体诗创作中的四声递用与抑扬清浊阐说》,《重庆工商大学学报》2003年第1期。

③ (明)谢榛:《四溟诗话》卷三,载丁福保辑:《历代诗话续编》,中华书局2006年版,第1186页。

词》:"玉颜不及寒鸦色,犹带昭阳日影来。"上句四入声相接,抑之太过;下句一入声,歌则疾徐有节矣。刘禹锡《再过玄都观》诗:"种桃道士归何处,前度刘郎今又来。"上句四去声相接,扬之又扬,歌则太硬;下句平稳。此一绝二十六字皆扬,惟"百亩"二字是抑。又观《竹枝词》所序,以知音自负,何独忽於此邪?①

他一方面申明抑扬调和是作为平仄调声的补充而存在的,另一方面又指出诗句以扬声多于抑声为佳,并在后文援引诗例做了说明。但是扬多抑少也仍是有限度的,如他分析王昌龄"种桃道士归何处"句就指责其用四个去声扬之太过,则所谓扬多抑少终究是在抑扬相对均衡的情形下扬声略多,而非无限制地多用扬声。不过此处抑扬调和规则恐怕仍旧是相对而言,实际写作中对应着不同的表达需求,或者抑多扬少之句也自有其最切合的用途。

至于论清浊,则如王士禛辨之曰"清浊如通、同、清、情四字。通、清为清,同、情为浊"②,此处专就平声言之,从王氏的回答看,似乎以阴平为清,以阳平为浊,这还可以证之于王氏的其他言论中。《筱园诗话》载王士禛辨别音节甚细,将字区别为轻清和重浊两类,谓"凡字以轻清为阳,以重浊为阴",然后又谓用平声须"调于上下平轻重之间"③,则上下平之分应就是清浊之分,认为用平声时要注意辨别阴平阳平间的清浊之别。但清浊之辨也并不局限于平声,平声有平声的清浊之辨,仄声也有仄声的清浊之别,"即平之声,有轻有重,有清有浊,而仄之声,亦有轻有重,有清有浊:此天地自然之声也"④。当然,语音的轻重清浊是一个复杂的语音问题,不但各个时代对清浊的定义以及区分多有不同,而且即使

---

① (明)谢榛:《四溟诗话》卷三,载丁福保辑:《历代诗话续编》,中华书局 2006 年版,第 1187 页。

② (清)刘大勤编:《师友诗传续录》,载丁福保辑:《清诗话》,上海古籍出版社 1978 年版,第 149 页。

③ (清)朱庭珍:《筱园诗话》卷四,载郭绍虞编:《清诗话续编》,上海古籍出版社 1999 年版,第 2399 页。

④ (明)林希恩:《诗文浪谈》,载吴文治编:《明诗话全编》,上海古籍出版社 1997 年版,第 10992 页。

同一区分标准下也涉及许多复杂细微的音调辨别，这就恐怕不是单靠诗论中的只言片语能够说清楚的了。因此在这我们只需明确古人调声已经精细到何种程度，明确在四声之外还要抑扬平衡、清浊搭配就可以了。

不过，四声调配和抑扬清浊的辨别都还只是单纯就声律而言的。但对诗而言，音韵谐美并不是调声唯一的目的，它同时也是诗歌表意的方式之一，声韵的抑扬起伏要与内在诗意变化紧相配合，声情相应方达到了诗歌调声的最终目的。因此平仄调和以及四声、抑扬清浊的调配还都要依据表意的需求有所变通，就是说只要不至于滞碍难读，完全可以为适应内在情绪波动的需要而打破四声或抑扬清浊相间的规则。"大抵平声和而畅，仄声峻而厉，凄苦之音宜于仄声，故此诗两联中连用仄声作关纽也"①，仄声"峻而厉"，适合表达凄凉悲苦的情绪，故有时为了凸显内心的悲痛可以连用仄声加以强化。黄永武曾分析《登乐游原》谓"义山在平仄拗救方面往往寓有深意，原来拗救的秘密就在于将拗口的音响与情感作一致的呼应。'向晚意不适'连用五个仄字，……这儿'不适'二个入声字用在五仄的句尾，使全句的音响逼蹙迫促，充分形容出心中怏怏不乐的压迫感"②。李商隐此句不但连用五个仄声字，而且还以入声结尾，将声调的拗涩压抑和内心的积郁难伸充分融合在一起，可谓是以声达情的典范。由此可见，诗歌绝不是简单地追求声调上的抑扬清浊乃至平仄的平衡，而是充分利用调声表达诗意，声情相应方为至境。虽然对近体而言，受到其严格的调声规范的影响，可能不宜过度背离这一体制规则，但也仍不得不竭力与内在诗意相配合。

二、语体层面的用韵法则

作为声律讲求的内容之一，用韵的历史也一样悠久。"古人之书皆有韵，不特诗也"③，显然在人类文明的口传时代，在一切表达都还有赖于声

---

① （清）李镜：《诗法易简录》，续修四库影清道光二年刻本。

② 黄永武：《中国诗学·鉴赏篇》，新世界出版社 2012 年版，第 7 页。

③ （明）陈第：《读诗拙言》，载吴文治编：《明诗话全编》，上海古籍出版社 1997 年版，第 4889 页。

音传达的时候，几乎所有的表达形式都曾有过对声音美感的讲求，只不过最终只有在诗歌中这种对声音的审美才得到了最大程度的保留。如同平仄调声一样，用韵法则对于古近体而言意义也并不相同。近体押平声韵、一韵到底已成为其基本体制特征，无需也不应该再在语体层面上去探讨它，所能讨论的只能是在这一规范内具体择韵、用韵的更细致问题。但古体仍保持着原始调声时期用韵的灵活性，其用韵的相关法则都尚未定型为体制规范，因此都仍旧是在语体层面上讨论韵的使用。

（一）古近体用韵的通则

古、近体的用韵是存在一些共通性的，我们可视之为用韵的一般通则。比如在用韵形式上，古、近体一般皆采用隔句用韵、两句一韵的形制。

> 文以两句而会，笔以四句而成。文系于韵，两句相会，取于谐合也；笔不取韵，四句而成，任于变通。①

所谓"文以两句而会"中的"文"当然并不专就诗歌而言，其中还包括了其他韵文形式，但包括诗歌在内的韵文两句一韵的形式特点此处却表述得很清楚。另外也有专就诗言者："诗何自而始乎？于尧之时，出于老人儿童之口者，四字为句，两句为韵，岂尝学而为哉"②，指出早期诗歌皆是四言为句，两句一韵。不过这种隔句用韵的形制是如何形成的两则材料却都未加以解释。"文系于韵，两句相会，取于谐合"，似乎暗示文是因为用韵才两句为一体的。但这仅解释了文为什么两句一体，却未回答为什么用韵要两句一韵。不过这个因果推断反过来是否成立呢？能否说正是两句一意的表达习惯促成了两句一韵模式的形成呢？当然还有一种可能就是韵即同声相应，若句句用韵或有过于繁促之嫌，而两句一韵令音韵稍稍间

---

① 佚名：《文笔式》，载张伯伟辑：《全唐五代诗格汇考》，凤凰出版社 2002 年版，第 84 页。
② （宋）王柏：《鲁斋王文宪公文集》卷一六《王风辨》，载吴文治编：《宋诗话全编》，江苏古籍出版社 1998 年版，第 8771 页。

隔，方才有遥相呼应之感。而因为两句一韵，故诗体才多以两句为一个意义表达单位。总之，两句一意和两句一韵两种形制之间一定有着密切的关联，只不过究竟孰因孰果，目前来看恐怕已经很难分辨了。

另外，除了"两句一韵"这种通行形式外，也有每句用韵者，多见于七古中：

> 七言歌谣，其来虽远，而真伪莫辨，诗则始于汉武帝《柏梁台》联句。……然平子《四愁》、子桓《燕歌》、晋人《白纻》，每句用韵，实本于此，又不可缺，后人因谓每句用韵者为"柏梁体"，因并录之。①

此段材料认为七古中每句用韵的形制来自汉武《柏梁》联句，其后多有仿作者，故古人多称每句用韵的诗作为"柏梁体"。应该说七古句句押韵形制的形成应确实与早期这种联句体形制有很大关系，不过这仅仅解释了七言句句押韵是怎样出现的，却未解释这种形制在七古中为何可以出现。葛晓音曾指出七言句之所以会出现句句押韵是因为七言句前四后三节奏上相对独立的缘故，七言句句押韵实际上就相当于四言或三言的隔句用韵，从七言句的句式特征出发做了分析，可聊备一解，以补古人诗论之不足②。不过句句用韵以见于七古者多，五古并没有这种形制，王力分析认为是因为五言句式短，句句用韵太过急促的缘故。至于五七言近体因为用韵规则甚严，故除非首句入韵时会出现一联内两句皆用韵的情况外，一般都是隔句用韵。

此外，值得一提的是关于重复押韵的问题。近体排律和古体由于篇幅较长、所用韵字较多，故有时难免出现同一韵字重复出现的情况。这在早期的古体写作中本也常见，因此有些论者认为既然这种现象自古就有，

---

① （明）许学夷：《诗源辨体》卷五《晋》，载吴文治编：《明诗话全编》，上海古籍出版社 1997 年版，第 6094 页。

② 葛晓音：《早期七言的体式特征和生成原理——兼论汉魏七言诗发展滞后的原因》，载《中国社会科学》2007 年第 3 期，第 183 页。

既然古人并不以之为病，今人对此也就不应过于苛责，许多论者就是以古人为标榜，坚持重复押韵无害①。然而这种援古例今的方式并未得到太多认同，很多论者认为诗体由古至今是日益成熟、日趋精致的，不应该拿古人做挡箭牌姑息诗体锻炼中的懒散或疏漏。

> 诗有古人所不忌，而今人以为病者。……今以古人诗病，后人宜避者，略具数条，以见其余。如有重韵者，若任彦升《哭范仆射》一诗，三压"情"字；老杜排律，亦时有误重韵、有重字者；……此皆是失检点处，必不可借以自文也。②

认为虽然古人不以重复押韵为诗病，在今人却不得不引以为戒，所以古体和排律重复押韵都属诗病，都应该极力避免。另《竹林答问》也支持此论，认为诗歌形制是越来越严密的，所以不应该以古例今："诗法有古人不之忌而今人不可不忌者，如重韵、重字、复调、复典之类。诗律贵严，不能以古人解也。"③他们都从诗体发展的角度提出了古、近体应避免押重韵的主张，认为诗歌的艺术是精益求精的，人们对诗歌体制的要求只会越来越细致，而重韵的出现却更像是诗歌写作处于未加雕饰的自然状态时的产物。因此古、近体不得押重韵的观念出现在一定程度上还是反映了诗体发展的必然趋势。

两句一韵的用韵形式和不得押重韵的基本要求是古、近体用韵共通的法则。但除去这两点共通性外，古近体在用韵上的差距还是很大的。事实上，与它们平仄调声规范上的差异相同，古、近体在用韵规则上的差距也主要表现为极度规范化和竭力保持自由状态的差别，而且古体用韵的许多法则也是因避近体而被强化的，比如转韵。

---

① （清）吴乔：《围炉诗话》卷之一，载郭绍虞编：《清诗话续编》，上海古籍出版社1999年版，第484页。

② （明）王世懋：《艺圃撷余》，载（清）何文焕辑：《历代诗话》，中华书局1981年版，第775页。

③ （清）陈仪：《竹林答问》，载郭绍虞编：《清诗话续编》，上海古籍出版社1999年版，第2241页。

（二）关于"古体用古韵，近体用唐韵"的争论

用韵最首要的一个问题即是用什么韵、以什么韵类为准。这当然是一个极为重要的问题，是实际用韵之前就必须确定的一个事实。但在明代之前，它却并未成为问题。自六朝以来，历经隋、唐、宋，虽然历朝都根据本朝情况对前朝韵书做了修订，在韵部的划分和韵类归属上也都有所分合和变动，但相沿而下，彼此间并未出现太多争议。可是这种情况到明代却出现了问题，原因是为了适应语音的变化，明朝廷颁布了重新修订的新韵书《洪武正韵》，但在推行过程中却遭到了文人们的抵制，于是明人才开始沸沸扬扬地争论用韵应该以什么韵为准的问题。

明代关于以什么韵类为准的争论本来是从关于到底用《洪武正韵》还是沿用平水韵的争论开始的。《洪武正韵》的支持者们以历代用韵的变化为据，认为应该顺应语音的变化使用新的韵书《洪武正韵》[①]，但更多文人却坚持沿用平水韵，他们给出的理由就是"韵不唐则诗不唐"[②]。而这个理由很自然地就使这场关于用韵的争论跟明代诗文领域轰轰烈烈的复古运动产生了联系，使用平水韵也就成了推崇和效仿唐诗的一部分。于是这场用韵之争发展到后来已经跟《洪武正韵》的推行完全无关了，争论的重心逐渐转移到复古的阵地上，变成了"诗必盛唐"理念的组成部分。而且在这个转变过程中，不但这场用韵之争的性质发生了变化，它争论的焦点和重心也随之发生了转移。

既然这场用韵之争已经变成了复古与反复古的抗争在诗学领域的延伸，既然对平水韵的坚持已成了他们坚持"诗必盛唐"信念的一部分，那么也就自然无法阻止复古思想在这个问题上的进一步渗透和推动，并无可避免地导致了用韵之争转向另一场争论，而它的发生完全是复古思想催生的结果。

纵观明人的复古言论就会发现，并不能简单地把明代复古派的文学思

---

① （明）周琦：《东溪日谈录·文词谈》，载吴文治编：《明诗话全编》，上海古籍出版社1997年版，第1506页；（明）张弼：《诗韵辨》，载黄宗羲：《明文海》卷113，文渊阁四库全书本。

② （明）费经虞：《雅伦》卷二四《音韵》，载吴文治编：《明诗话全编》，上海古籍出版社1997年版，第10264页。

想看作是推尊唐诗，就其实质言，它是来自一种取法最上乘的信念，"途遵上乘"①，唯有以每种文体巅峰时期的创作为学习范本才可能复原或接近它巅峰时期的体貌、风致，而由此或者可以将其创作再一次推向巅峰。"他们是在对中国古典诗歌的发展变迁轨迹进行深入体认的基础上作出这一抉择的。之所以要取法汉魏盛唐，是因为入门须正，必须取法乎上。"②那么既然是"取法乎上"，自然就不再是简单的"诗必盛唐"了，就古体诗而言，明代复古者显然并不认为唐人之作是正宗。"诗至唐，古调亡矣"③，"唐无五言古诗，而有其古诗"④，虽也都给唐代古体诗留下了一席之地，但在他们观念中唐人古体终究逊于汉魏：

> 五言古，唐人虽名家，终非所长，盖汉魏优柔浑厚之意，丧于齐梁以后，至唐仅能承其藻丽以入于律，为一代之盛耳。⑤

这一论调基本代表了复古派的共同观念，即近体以唐为尊，而古体则以汉魏为正。因此，就创作而言，近体诗要以唐诗为学习的范本，而写作古体则要以汉魏为榜样。既然古体和近体的学习对象对应着不同时代的创作，那么它们体制、风貌等各个方面的取择标准自然也会因各时代创作的差异而有所不同。这一观念延伸至用韵之争中，于是原本"韵不唐则诗不唐"的观点遂分化为古体用古韵、近体用《唐韵》的双重标准了。

用韵之争至此已完全变成了文学复古运动的一部分，在用韵标准上将两者有所区别就是由学习范本的差异造成的。按照严羽"须是本色，须

---

① （明）王世贞：《艺苑卮言》卷五，载吴文治编：《明诗话全编》，上海古籍出版社 1997 年版，第 4253 页。

② 廖可斌：《明代文学复古运动研究》，上海古籍出版社 1994 年版，第 121 页。

③ （明）李梦阳：《空同集》卷五二《缶音序》，载吴文治编：《明诗话全编》，上海古籍出版社 1997 年版，第 1981 页。

④ （明）李攀龙：《沧溟集》卷十五《选唐诗序》，载吴文治编：《明诗话全编》，上海古籍出版社 1997 年版，第 3824 页。

⑤ （明）陈沂：《拘虚诗谈》，载吴文治编：《明诗话全编》，上海古籍出版社 1997 年版，第 1947 页。

是当行"①的辨体观念，任何诗体的写作都要在体制、风格等方面完全恢复其本体形态，令诗作置于古人作品中都无法分辨，然后方为合格。承继着严羽这一思想而来的明人在提倡复古时自然也是极力要回复各体"本色"的，而用韵法则自是这本色不可或缺的组成部分。因此用韵上将古体和近体区别开来，认为两者在韵类归属及用韵规则上应区别对待的观念遂在明代开始风行，"近体诗即不得押古韵。然欲从事古诗，古韵也自当讲求"②，"古体用古韵，惟取谐合，若拘沈约之四声，反落唐格近体"③，都反复强调古体不得用唐韵，要将古体用韵再回复到汉魏时期沈约等发现声调韵类之前的面貌。然而这一论调从理论诉求上或者无可非议，但进入现实执行环节就遭遇到了一个无可回避的实际问题，汉魏时期的韵类归属情况根本无本可依，且汉语语音也已发生了巨大变化，口语更不足为凭，在这种情形下如何回复汉魏诗的用韵原貌呢？

虽然明人才开始强烈主张古体用古韵，但这方面的实践却并不始于明人，早在唐宋时期就已有诗人在创作实践中进行尝试了，最为人熟知的就是韩愈。

> 昌黎五古通韵有泛滥常格之外者，欧阳子不求其故而臆说之，不可为读书法也。余考得《史记龟筴传》"乃刑白雉，及与骊羊"一段，凡二十六韵，杂用东、江、阳、庚、青、元、寒、先、真诸部，此韩之所本也。详在《韩笺》，不复具。④

根据古代韵文的押韵情况推知某些韵在古代是可以通押的，或者就属于一韵，并将之用于写作中，这就是用古韵唯一的实现途径。看来在中唐时

① （宋）严羽：《沧浪诗话·诗法》，载吴文治编：《宋诗话全编》，江苏古籍出版社1998年版，第8725页。

② （明）胡震亨：《唐音癸籤》卷四《法微三》，载吴文治编：《明诗话全编》，上海古籍出版社1997年版，第6855页。

③ （明）冯复京：《说诗补遗》卷一，载吴文治编：《明诗话全编》，上海古籍出版社1997年版，第7180页。

④ （清）方世举：《兰丛诗话》，载郭绍虞编：《清诗话续编》，上海古籍出版社1999年版，第772页。

期，诗人们在寻求古体独立性的时候，或者就已萌发了古体用古韵的想法，只是尚未将之变成明确的主张吧。之后宋人开始努力探索总结古音韵的实际情形[①]，至明代更是蔚然成风，讨论古音古韵的著作开始大量涌现，而这都与人们观念中出现的古体用古韵的需求不无关系。

总之，明人仍旧延续韩愈以来古体用古韵的一般思路，他们竭力上溯至《诗经》以追寻汉魏诗的用韵情况。他们认为《诗经》等上古韵文正是汉魏古诗用韵的依据，只要找到了上古音韵的规律，也就能把握汉魏诗用韵的规则，就能回复汉魏古诗保留的古朴。如王廷相指出："夫韵古莫如《诗》，韵正莫如《诗》"，认为古诗用韵应该以《诗经》为依据，并总结出上古时期的"九韵"以作为用古韵的依据[②]。不过一方面能否根据古人用韵之例恢复古代韵类划分情况尚属未知，另一方面古人用韵的宽严情况也并不确定，用来互押的字是否就属于同一韵、是否属于出韵等等也都尚存疑，在这种情形下完全恢复古韵面貌实无可能。当时明人虽然确实曾努力去实现古体用古韵的意图，但除了用宋人提出的叶韵说稍稍拓宽一下近体韵的韵部限制外，根本不可能真正实现"用古韵"的愿望。因此虽然理论领域沸沸扬扬，但实际创作上却应者寥寥。《冰川诗式》列有"古诗用古韵"一格，其下仅以韩愈《此日足可惜赠张籍》为例[③]，未见列明人制作，可见所谓用古韵终究是缺乏可操作性的。明人实际古体写作仍旧与近体一样使用平水韵，只是偶尔如韩愈等人一样援古代韵文为例打破一下平水韵的限制罢了，并没有比唐宋爱用古韵的诗人们走得更远。总之，古体用古韵最终只是一种理想主义罢了，在现实创作上并没有改变古体用韵的韵类划分，所以入清以后，这场争论遂告消歇，古、近体用韵仍同样使用平水韵，并无分别。

总之，古体用古韵的主张反映了唐代以来，在近体定型后古体努力

---

① （宋）辅广：《诗童子问》卷首《师友粹言》，载吴文治编：《宋诗话全编》，江苏古籍出版社1998年版，第6852页。

② （明）王廷相：《雅述》下篇，载吴文治编：《明诗话全编》，上海古籍出版社1997年版，第2052页。

③ （明）梁桥：《冰川诗式》卷四《贞韵》，载吴文治编：《明诗话全编》，上海古籍出版社1997年版，第5269页。

谋求自身独立，在体制规则等各方面发展自身特色以区别于近体的内在需求，并最终借着明人复古的旗号得以伸张出来。但实际操作中的困难最后还是导致了它的流产，最终无论写作者还是论诗者都发现在用韵上古体要区别于近体只能通过尽量放宽用韵规则才能实现。

（三）古体的用韵规则——以近体为参照

就如平仄调声规则一样，古体诗的用韵规则也是在极力区别于近体的意图驱使下逐渐成形的，因此以近体为参照来讨论古体的用韵规则更能显示出这一理论意图。

首先，古体和近体用韵一个较为明显的区别即是近体例押平声韵，而古体则平仄韵皆可用。

> 近体见于唐初，赋平声为韵，而平侧协其律，亦曰律诗。由其近体，遂分往体，就以赋侧声为韵，从而别之，亦曰古诗，格如律，半格铺叙抑扬，间作俪句，如老杜《古柏行》者。[1]

这里首先指出近体的体制特征之一就是押平声韵，并将定体的时间确定为唐初。兴膳宏认为近体确定押平声韵与四声简化为平仄二调有关，并对比了六朝后期写作中仄韵诗比例的变化以证实其观点，最后指出初唐除上官仪曾有三首仄韵诗外，"在近体诗中几乎绝不能找到押仄声韵的作品"[2]，则知至初唐时期近体"平声为韵"的体制特征确已定型。但也有一些仄韵诗，对偶、格律皆符合近体规范，古人称为仄韵律诗，许多诗话诗格著作中皆列有此格，但恐怕不过是这些论诗者聊备一体的求全做法罢了，正如启功《诗文声律论稿》所指出的，"它们显然和一般律诗不同，在各种按体裁分类的选本上，也少列为律诗，所以仍应算是古体诗"[3]，所以律诗

---

[1] （宋）李之仪：《姑溪居士全集》卷一六《谢人寄诗并问诗中格目小纸》，载吴文治编：《宋诗话全编》，江苏古籍出版社 1998 年版，第 886 页。

[2] ［日］兴膳宏：《从四声八病到四声二元化》，载《唐代文学研究》，1992 年，第 499 页。

[3] 启功：《律诗的条件》，载其《诗文声律论稿》，中华书局 2009 年版，第 16 页。

始终以押平声韵为准。至于古体，此处说它"赋侧声为韵"是紧承前论律诗之语而言，并非认为其专以仄声为韵，而是说它与律诗的区别在于可以用仄声为韵。古体用韵可平可仄，而且古体还有转韵一格，故还可以平仄间用。

另外绝句也有可用仄韵者："五言用韵不拘平仄，七言则平韵为正，然仄韵亦非不可用也"①，虽提出七绝以平韵为正，但同时又指出仄韵也不是不可用，至于五绝更明确不限平仄。显然绝句用韵比之律诗的限用平声好似要宽泛些，不过这恐怕仍是绝句中有古绝一体的缘故。

其次，古近体用韵规则的宽严之别集中体现于转韵和通韵两条规则上。就转韵来说，近体一般是不允许转韵的。虽然也有人曾提出转韵律诗一说，但多数论者并不认同，"至冯钝吟谓义山有转韵律诗，此乃指《偶成》转韵一篇，特古诗之调平而似律者耳"②，认为李商隐此首转韵诗不过是一首声律近似律诗的古体诗，并不能认作律诗，言外之意即是反对律诗可转韵的说法，认为用转韵者即为古体，律诗不得转韵。而且即使是体制规范限定并不严格的绝句，转韵也仍被视为"变格"："然唐人绝大率不出此四体。其变格则又有仄韵，祖乐府；有换韵，祖《乌栖曲》"③，把绝句用仄韵和转韵皆当作变格。可见近体在转韵问题上的要求是颇为严格的，不得转韵就是近体辨体的标志性体制特征之一。

然而不同的是古体自唐以后却逐渐以转韵为正，具体来说，五古和七古的情况又有所不同，五古转韵者少，七古转韵者多，故有论者提出五古以不转韵为正，七古以转韵为正：

> 刘勰云："改韵从调，所以节文辞气。""两韵辄易，则声韵微燥；百句不迁，则唇吻告劳。"七古改韵，宜衷此论为裁。若五言古，毕竟以不转韵为正。汉魏古诗，多不转韵。《十九首》中亦只两首转韵

① （清）钱木庵：《唐音审体》，载丁福保辑：《清诗话》，上海古籍出版社 1978 年版，第 784 页。
② （清）汪师韩：《诗学纂闻》，载丁福保辑：《清诗话》，上海古籍出版社 1978 年版，第 452 页。
③ （明）费经虞：《雅伦》卷九《格式七》，载吴文治编：《明诗话全编》，上海古籍出版社 1997 年版，第 9821 页。

耳。李青莲五古多转韵，每读至接换处，便觉体欠郑重，惟杜少陵虽长篇亦不转韵，如《北征》六十五韵，只一韵到底。一韵五言正体，转韵五言变体也。遯叟，下同。①

材料不但明确五古以不转韵为正、七言以转韵为正，而且还具体解释了五古以不转韵为正的理由，一是从五古的传统而言，汉魏五古大多一韵到底，故后世仍应该奉为圭臬；二是从五古的审美需求来讲的，认为五古乃诗之正体，崇尚端严方正，转韵则有失庄重。另外关于七古必须转韵、以转韵为正的原因，也有论者从七古形制特征的角度做过分析："七古行之以气，句字既冗，长篇难于振厉。转韵长古较易于一韵到底者，以韵转则气随之翕张，不至一往而竭故也"②，指出七言因为句式较长，容易气竭声靡，而转韵如同气息转换，诗歌可以藉此重新蕴蓄气势。

　　总之，五、七古体制特征造成了两者写作时需求上的不同，再加上五古还要受到其历史传统的约束，遂形成了五、七古在转韵问题上的不同要求。但是，五古以不转韵为正，七古以转韵为正，这只是一个风尚的问题，似乎还不能成其为规则。就用韵规则言，五、七古都是可以转韵的。

　　因为转韵的广泛使用，遂发展出许多关于转韵的体制细则，如关于转韵的间隔长度问题。转韵的间隔长度本无定规，正如沈德潜所言："转韵初无定式，或二语一转，或四语一转，或连转几韵，或一韵叠下几语"③，转韵不过兴至则转，无所谓间隔长短。当然也曾出现过一些较流行的模式，如前述的四句一转或八句一转，"初唐或用八句一换韵，或用四句一换韵。然四句换韵其正也。此自从三百篇来，亦非始于唐人"④，四句一转韵在中唐一度极为盛行，至后世仍多有奉之为正格者。除此外，六句一

　　① （明）胡震亨：《唐音癸籤》卷四《法微三》，载吴文治编：《明诗话全编》，上海古籍出版社1997年版，第6855页。
　　② （清）陈仅：《竹林答问》，载郭绍虞编：《清诗话续编》，上海古籍出版社1999年版，第2235页。
　　③ （清）沈德潜：《说诗晬语》卷上，载丁福保辑：《清诗话》，上海古籍出版社1978年版，第536页。
　　④ （清）郎廷槐：《师友诗传录》，载丁福保辑：《清诗话》，上海古籍出版社1978年版，第136页。

转、八句一转者也都较常见。不过总体来看，转韵间隔并无一定，一般而言，只要各韵之间句数大体均匀即可，"大约首尾腰腹须铢两匀称，勿头重脚轻，脚重头轻，乃善"①，所谓"铢两匀称"即是指转韵各段之间句数大致相等，没有出现过多或过少等参差不齐的情况，《王文简古诗平仄论》亦曾反复重申此论。不过这当然是就一般而言，若实际表达所需，即使各段之间句数参差，亦无妨害②。

再如唐以后又提出了转韵须平仄间用的要求。古诗换韵最初也并无平仄方面的特殊要求，至唐才提出换韵须平仄间用，若平转平、仄转仄，则音韵不谐。

  费经虞曰："……七言用韵，中唐人每四句一转，平仄相次，古殊不然也。古歌有两句一转韵者，有或二三句、或六七句一转韵者，平韵仍接平韵，仄韵仍接仄韵者，平仄鳞次不紊者，今姑存其体。"③

明确指出唐以前古诗转韵并无定制，唐之后才有意以平接仄，以仄接平，使平仄调和，由此看出转韵须平仄相间确实是唐以后才出现的，后人多有以之为不变法则者，如《师友诗传录》就强调"平仄递用，方为得体"，"四句换韵更以四平四仄相间为正。平韵换平，仄韵换仄，必不叶也"④，则此论在后世依然颇有影响。

不过亦不可太过拘执，有论者就提出，转韵时只要注意声调调节即可，不必严守平仄间用的规则，"由平转平，由仄转仄，亦无不可，但平转平，必阴阳相间，仄转仄，必三声递代，无偏用者"⑤，只要注意平转平时阴平阳平间用、仄转仄时三声相互调节就可以了，不必恪守平不得

  ① （清）郎廷槐：《师友诗传录》，载丁福保辑：《清诗话》，上海古籍出版社 1978 年版，第 136 页。
  ② （清）翁方纲著录：《王文简古诗平仄论》，载丁福保辑：《清诗话》，上海古籍出版社 1978 年版，第 242 页。
  ③ （明）费经虞：《雅伦》卷九《格式七》，载吴文治编：《明诗话全编》，上海古籍出版社 1997 年版，第 9759 页。
  ④ （清）郎廷槐：《师友诗传录》，载丁福保辑：《清诗话》，上海古籍出版社 1978 年版，第 136 页。
  ⑤ （清）董文涣：《声调四谱图说》卷四，清同治三年（1864）刻本，北京师范大学图书馆藏。

转平、仄不得转入仄的界限。另外还有要求称转韵首句必须用韵，如汪师韩（1707—？）谓七言古诗"转韵之首句，古无不用韵者"①，虽过于绝对，但实际创作中确实以转韵首句入韵为常，不但七古，五古亦是如此②。

总之，古体诗在汉魏时本多是一韵到底的，但在近体定型后却逐渐以转韵为正。不但在近体定型后方趋于成熟的七言古体鲜少一韵到底者，即使上承汉魏五古而来的五古在入唐以后转韵的比重也急剧增加。"古诗大抵一韵成篇"③，"五古汉魏无转韵者。至晋以后渐多"④，皆指出汉魏古诗转韵者极少，至晋也仅是略有增多而已，但这种情况到唐代却突然改变，转韵诗的数量似乎是急剧增加了，"唐时五古长篇，大都转韵矣"⑤，从前述晋代的"渐多"到唐时的"大都转韵"似乎并无一个自然增加的过程，显然是外力推动的结果，而这个催化剂应该就是古体追求自身独立性的内在需求。因此古体转韵现象虽在唐以前古体诗中就已存在，但它被强化乃至成为古体用韵的规则之一却显然是受到了近体反作用力的影响。而且也正是出于要把转韵凸显为古体体制特色的目的，古人才极力细化转韵规则，以使之常态化、规则化。

最后，古、近体用韵宽严的差别还体现于通韵规则上。通韵，亦称借韵，是指除了韵书表明可通押的情况外，实际用韵中根据需要借用邻韵字与本韵相押。一般来讲，近体是不能用通韵的，"律诗不出韵，古诗可用通韵，一定之理也"⑥，明确古体可通韵，而律诗不得通。

一般而言，律诗出韵仅限于入韵之首句：

> 起句可不用韵，故宋人以来，有入别韵者，谓"孤雁入群体"。

---

① （清）汪师韩：《诗学纂闻》，载丁福保辑：《清诗话》，上海古籍出版社 1978 年版，第 451 页。
② 王力：《汉语诗律学》，上海教育出版社 1979 年版，第 364 页。
③ （明）冯復京：《说诗补遗》卷一，载吴文治编：《明诗话全编》，上海古籍出版社 1997 年版，第 7180 页。
④ （清）叶燮：《原诗》外篇下，载丁福保辑：《清诗话》，上海古籍出版社 1978 年版，第 608 页。
⑤ （清）叶燮：《原诗》外篇下，载丁福保辑：《清诗话》，上海古籍出版社 1978 年版，第 608 页。
⑥ （清）汪师韩：《诗学纂闻》，载丁福保辑：《清诗话》，上海古籍出版社 1978 年版，第 449 页。

然必于通韵中借入，如冬韵诗起句入东，支韵诗起句入微，豪韵诗起句入萧、肴是已。若庚、青韵诗起句入真、文，寒、删、先韵诗起句入覃、盐、咸，杂乱不可为训。李笠翁以结句亦用别韵，谓之"孤雁出群体"，此断不可为训。[1]

就是说律诗如果首句入韵，那么首句用韵规则可以适当放宽，可以根据需要通韵。不过律诗首句通韵也并非可随意择邻韵而用，而是必须遵守古体通韵的限制，按照古体通韵法则选择可通押的韵字。当然古人之所以对律诗入韵首句的用韵如此宽容，主要是因为此句本可不入韵，故入韵时稍出韵也无大碍："出韵必是起句，起句可用仄声字，出韵何伤？盖起句不在韵数中，故一绝止言二韵，一律止言四韵"[2]，就律诗的体制规范言首句本是用不用韵皆可的，故即使用韵，规则也可稍宽松些。这同时也就意味着律诗除首句外皆不得出韵，对首句的宽容从反面证实了律诗对韵数之中的韵字使用是极力严格要求的，不得出韵基本是近体用韵的底线。

与律诗相反，为彰显自身用韵上的自由，古体强调的则是可以通韵。与古体的用转韵一样，古体用通韵也是出于区别于近体的意图。古体用通韵，既可以说是对古诗用韵传统的延续，也可以说是后人对传统无意或有意的强化误读。王力认为所谓古体可通韵不过是古代韵部与后世不同，在古人是同韵部相押，在后人看却变成了邻韵通押，实出于一种误解，并评论说若出于仿古的心理而用通韵，"于古于今都无是处"[3]。应该说，古今韵不同，古人并非意识不到，至少到宋人提出"叶韵"说时他们就一定已注意到了这个问题，但是为什么在此之后他们依然相信古体诗可通韵的理论并不断强化这一观念呢？当然王力的解释是不错的，仿古。但在这里其实又不能将其仅仅视为仿古，以复古为创新向来是中国文化固有的演进方式，对古体诗而言尤其如此。其仿古的意图正在于强化并凸显古体诗

---

①　（清）冒春荣：《葚原诗说》卷二《七言律说》，载郭绍虞编：《清诗话续编》，上海古籍出版社1999 年版，第 1590 页。

②　（清）吴乔：《答万季埜诗问》，载丁福保辑：《清诗话》，上海古籍出版社 1978 年版，第 25 页。

③　王力：《古体诗律学》，中国人民大学出版社 2004 年版，第 30 页。

独特的体制特征，既然无法真正做到"古体用古韵"，但用通韵的方式至少可以超越近体用韵的限制，以最大程度区别于近体，彰显出古体的特色。在此意识驱使之下，古体可用通韵在古代几成共识。

不过也有论者提出，五古可用通韵，七古则不可。《兰丛诗话》："通祇五古耳，七古不通"①，并以杜诗为例证实自己这一结论。后汪师韩严厉驳斥了这种说法，不但指明杜甫七古通韵者并不少，而且还援引李白、韩愈诸家之诗多方确证，并得出结论认为，自汉魏以来，七古所用之韵就与五古并无不同，后人不必妄生区别②。从古体诗实际写作看，方世举的结论确实失之武断，但也并非毫无道理。前文在述及古体调声避律调、转韵时也已屡次提到古人对五古与七古在规则上的区别对待，显然后世古体发展在为区别于近体而不断制定新规则或强化某些旧规则时，还不断遭受到来自传统的干扰。与七古不同的是五古有着汉魏古体创造的辉煌传统，因此古人在试图确立古体的特色时，常常会犹疑于传统和新规之间，会因为对传统的膜拜而质疑新规的合理性。于是为了化解传统与发展需求间的矛盾，就出现了对五、七古采取双重标准的观念，不过这种分别其实也只是在古体谋求独立的早期比较明显，随着后世古体为回避近体而提出或强化的规范逐渐为大家接受，五、七古体制规则的差异其实已极其微小了。

总之，古、近体的用韵从基本法则看其实并不存在根本性的差异，它们所依据的韵类、用韵的形式等都基本一致，两者的差异其实主要表现为具体运用中宽严尺度的不同。近体只能押平声韵，而古体平仄皆可用；近体必须一韵到底，不得转韵，而古体则可根据表达需要多次转韵；近体除首句外不得出韵，而古体却规定某些邻韵之间可以通押。简而言之，就是近体用韵规则极为严格，将韵的选择限制在了一个狭小的领地中；而古体却为强化自身的特色，极力放宽用韵规则的限制，大大拓宽诗歌用韵的选择范围，从而使得使用同样韵类的古、近体却在用韵上表

---

① （清）方世举：《兰丛诗话》，载郭绍虞编：《清诗话续编》，上海古籍出版社1999年版，第772页。

② （清）汪师韩：《诗学纂闻》，载丁福保辑：《清诗话》，上海古籍出版社1978年版，第449页。

现出巨大的差异。

（四） 用韵的细致讲求

就如同平仄调配需要在平仄谐和基础上进一步区分四声乃至轻重抑扬一样，用韵在遵守其基本法则的前提下，要达到更高的审美境界，就要更为精益求精，上述四声即清浊抑扬的辨别是为此，而此处用韵的细致讲求也是为此。

在这些细致要求中，有些是通用于古、近体的。比如要求用韵须稳，"诗中韵脚，如大厦之有柱石，此处不牢，倾折立见"①，所谓用韵稳，一则谓用韵须妥帖，须深思熟虑后择其中最为稳固恰切者，要令无可改易；一则谓避僻韵、险韵，"勿拈险韵"②，"押韵未有不取易者"③，宁取于易，毋取于险，因为险则容易流于牵合搭凑，牵合则不稳。

再如用韵须合题。前述平仄调声已言及四声之调配要与诗内在情绪的变化相适应，要能以音韵本身传达出情绪喜怒哀乐的变化，同时古人又认为声律还须与诗题相适应，声律的轻细和高亢要与诗所表达的内容相符。这其实与诗律配合情绪讨论的是同一个议题，都要求外在声律与内在诗情诗意相得益彰。"凡格局洪纤，最要与题相称，其音律即各从其类。纤细题用不着黄钟、大吕；宏伟题用不着密管繁丝"④，即强调声律要与诗题相称，诗题若纤，则声律须轻细；诗题若重大，则声律就须洪亮。既然声律须配合诗题而有所变化，作为声律一部分的用韵自是不能例外，因此择韵之时要充分考虑诗题的需求，"韵有宜于甲而不宜于乙，宜于乙而不宜于甲者。题韵适宜，若合函盖，惟在构思之初，善巧拣择而已"⑤，写作

---

① （清）沈德潜：《说诗晬语》卷下，载丁福保辑：《清诗话》，上海古籍出版社 1978 年版，第 552 页。

② （明）王世贞：《艺苑卮言》卷一，载吴文治编：《明诗话全编》，上海古籍出版社 1997 年版，第 4199 页。

③ （清）方世举：《兰丛诗话》，载郭绍虞编：《清诗话续编》，上海古籍出版社 1999 年版，第 776 页。

④ （清）李重华：《贞一斋诗说·诗谈杂录》，载丁福保辑：《清诗话》，上海古籍出版社 1978 年版，第 934 页。

⑤ （清）吴骞：《拜经楼诗话》卷二，载丁福保辑：《清诗话》，上海古籍出版社 1978 年版，第 741 页。

之前要先选择适合表现诗题内容的韵。仇兆鳌《杜诗详注》在杜甫《铁堂峡》诗末注中称："入蜀诸章，用仄韵居多，盖逢险峭之境，写愁苦之词，自不能为平缓之调也"，[1]点明了杜诗用韵变化与诗歌情感变化间的关联。这意味着无论诗歌的创作者还是研究者都已经清晰认识到了韵调与情感间的对应关系，不同韵调适合不同情调，洞悉其中微妙联系才能根据内容、情感恰当择韵，使声情相应。当然关于韵调与情感间的对应关系尚缺乏系统的表述，周济曾指出："东真韵宽平，支先韵细腻，鱼歌韵缠绵，萧尤韵感慨。各有声响，莫草草乱用"，[2]虽是就词而言，于诗也同样适用。但诸如此类都仅仅是只言片语的讨论而已，韵与情的对应仍基本处于写作者和论诗者的体悟层面，创作者或许只是出于对声律的敏感而因情择韵，而论诗者则仅就某些作品拈出其中凤毛麟角般的规律，而总体的表述却付之阙如。

除了这些通用于古近体的要求外，古人还对古体中的转韵在体制规范上也提出了更为细化的要求。比如提出转韵要和诗意的转接相配合，即所谓韵意不双转：

> 古人有变韵不变意，变意不变韵之法。如子美"内府殷红玛瑙盘，婕妤传诏才人索。盘赐将军拜舞归，轻纨细绮相追飞"，四句一事，却故将二句属上文韵，变二句属下文韵，此变韵不变意。"贵戚权门得笔迹，始觉屏障生光辉"，与上"盘赐"二句意不相属，却联为同韵，此变意不变韵。读之使人惚恍，寻之丝迹宛然，此亦行文之一奇也。[3]

认为若韵意同时转换就可能导致上下文不相连属，会有截断之感。而如果在变韵之后变意或变意之后变韵，则可使韵或意相继勾连，诗体始终浑

---

① （唐）杜甫著，（清）仇兆鳌注：《杜诗详注》卷八《铁堂峡》评，中华书局 1979 年版，第 679页。

② （清）周济：《宋四家词选序论》，载其《宋四家词选》，凤凰出版社 2011 年版，第 1 页。

③ （清）毛先舒：《诗辩坻》卷第四《学诗径录》，载郭绍虞编：《清诗话续编》，上海古籍出版社 1999 年版，第 76 页。

然一体。古人持此论者颇多，"句绝而语不绝，韵变而意不变，此诗家必不容昧之几"①，也是强调诗意和诗韵不得同时转换。但是也有人持相反观念，认为韵换则意必须转："有意转而不换韵，未有韵换而意不转者"②，则认为诗意转可以不换韵，但是若韵转则诗意必须随之转。两种截然相反的观念看似都有道理：前者从篇章经营的角度言，韵意不双转有利于强化篇体内在的脉络关联；后者则是从韵与意的配合来讲的，既然声情须相应，那么韵转就意味着其相对应的情绪情境不同了，因此韵意同转才更能凸显诗由内而外的转接起伏。可以说两种方法各有其用意，也可适应不同的需求，恐怕也不宜遽论孰是孰非，仅取决于写作者临境的需求罢了。

　　另外古人还提出转韵时须注意到韵与韵的衔接，不是任意平仄韵皆可递接，因此还要考虑到递转的两韵之间声律是否谐和："转韵最难，音节之间，有一定当转入某韵而不可强者"③，有时候某一个韵只能与某一个或几个韵连接，若强行接以其他韵就会有不协调或不谐和的感觉。总之在转韵的基本规则之外，古人也同样要求写作者根据表达的需要安排转韵时韵与意的配合以及韵与韵的衔接，以使转韵更能在最大程度上发挥其表达功能。

　　总之，对古人而言，声律调配仅限于体制层面的那些规则是不够的，那些规则只能保证诗作达到调声的基准，即谐和。但要音韵优美畅达，要使平仄声律以及用韵都与诗歌内在情志的抒发内外呼应，达致内容与声律形式的完美融合，就必须在体制层面的声律规则之上再做更细致的推求，将平仄对待细化为四声调配，还要佐以清浊抑扬的辨别，选韵要考虑到诗歌题材内容及其审美需要等。因此语体论意义上的声律方法就是对体制层面的声律论的补充和细化。当然这是从理论层面的推导而言，就其生成来说，则这些规则和要求恐怕更出现于体制规则之前，是由这些具体的方法论中驱繁就简才有了那些基本规则的形成。

---

①　（清）王夫之：《姜斋诗话》卷上，载丁福保辑：《清诗话》，上海古籍出版社1978年版，第5页。
②　（清）陈仅：《竹林答问》，载郭绍虞编：《清诗话续编》，上海古籍出版社1999年版，第2235页。
③　（清）薛雪：《一瓢诗话》，载丁福保辑：《清诗话》，上海古籍出版社1978年版，第691页。

第三章　赋、比、兴的语体意义

　　赋、比、兴本是一组源自经学体系的概念，这使它在进入诗学领域后获得了无比尊崇的地位，与"诗言志""温柔敦厚"一起成了古典诗学的基本理念之一[①]。但对它的阐释也正因为常常与经学缠夹不清而变得复杂不堪，迄今为止，学者们已经从文化心理学、美学等多种角度对它们进行过详尽的考察，但我们却仍不能认为关于它的种种争议就真的已经解决。有鉴于此，一方面为了不使此处关于赋、比、兴的探讨陷入无休止的争议中毫无建树，一方面也为了论述更加有的放矢，更紧密切合语体的相关问题，我们不得不对讨论的范围有所限制。

　　首先，我们主要讨论赋、比、兴在诗学领域的发展变迁。虽然它与经学领域赋、比、兴的阐释一直是息息相关的，但专注诗学领域对赋、比、兴的理解和运用就可以避开它与许多经学问题的缠绕，而集中讨论它在诗学领域的意义和价值，也就可以更清晰展现它对诗学观念的渗透和影响。其次，我们将以赋、比、兴的语体意义为讨论的核心。无可否认，作为古典诗学的基本理念之一，赋、比、兴在诗学的许多层面都具有强大的塑造力，而本章的讨论却选择以其语体意义为重心。这不仅因为语体是我们正在讨论的命题，更因为赋、比、兴在诗学领域的影响实是基于它的语体意义投射出去的。事实上论诗者并不关心赋、比、兴与早期教诗、学诗活动的渊源关系，在古典诗学中，赋、比、兴首先是而且主要是一种写作视角和表达方式或表现手法，它在诗学领域的其他意义和影响都是由这一核心意义衍生出来的，把握它的这一内涵定位才抓住了理解其

[①]　朱自清:《诗言志辨　经典常谈》，商务印书馆 2011 年版，第 56 页。

诗学地位的关键。

赋、比、兴的语体意义，依据其内涵和功能也同样可以厘为语体风格和语体修辞两个层面。叶桂桐《"中介物象"与赋、比、兴》在追溯从古至今理论界赋、比、兴释义的缠夹不清时指出，造成这种混乱局面的主要原因在于研究者未能从历史发展的角度把握赋、比、兴意义的变化，没有注意到从《周礼》到朱熹，赋、比、兴实际上经历了从诗体、表现手法到修辞格的意义转变[①]。不过这段分析里所谓三种含义的历时性当然仅仅是综合至今为止所有研究成果所做的理论推演而已，在早期资料严重缺乏的情况下，其确实性尚有待验证。但应该指出的是，站在语体角度，赋、比、兴的这三个含义却是可以共存的。在具体阐释一句或一联的写作方法时，它们是一种修辞；在泛论文学的表达方法时，它们是三种最基本的表现手法；同时在作为一种表现方法而与思维方式和审美需要契合时，它们就形成了不同的艺术类型，即古人所谓"体"的标识，而艺术类型产生出特定的审美取向又进而会引申为语体风格的一定特征要求。因为"六诗"的阐释以及赋、比、兴作为诗体的具体情形早已无法确知，因此我们很难断定最初的赋、比、兴是否已兼有这三个层面，抑或在当时将之作为诗体区分时是否已有了这种朦胧的意识。不过可以肯定的是，在它们被作为表现手法或修辞格存在的同时，作为"体"或者说艺术类型的区分也一直未曾中断过。三个层面相兼方是对赋、比、兴内涵的全面表述，而这三个层面的含义就恰好对应着语体论两个层次的理论内容。

第一节　从语体风格层面看赋、比、兴的语体意义

如前所述，在诗歌创作中赋、比、兴首先是作为一种修辞手段或表现手法存在的，但这方法选择背后还隐藏着某种特定的思维方式和审美需求，任何表达手段的选择都与作者当时的心理状态、思想境界、思维习

---

① 叶桂桐：《"中介物象"与赋、比、兴》，载《齐鲁学刊》1997年第1期，第8—9页。

惯以及对审美风格的喜好等等直接相关。可以说一个写作者的表达方式透露出其个人的思维特性和审美追求，一个时代或一个民族的写作者在表达方式上的共同趋向就体现了那个时代或民族共同的思维习惯和审美取向。从这个意义上反观赋、比、兴，就会发现其作为艺术类型的"体"的意义才是诗学意义上所有赋、比、兴讨论的基础。

一、赋、比、兴作为艺术类型的意义生成

赋、比、兴之谓"体"并非文体之"体"，就其内涵来看，或近似于黑格尔所谓"艺术类型"。黑格尔根据人类思维发展的三个阶段而区分出三种艺术类型：象征型、古典型和浪漫型，它们同时对应着人类思维发展过程中出现的三种不同的认知方式，而三种艺术类型的区分即基于对思维方式和审美类型的探讨，"艺术类型不过是内容和形象之间的各种不同的关系"[①]，而这也正是赋、比、兴所讨论的问题，郑众谓"比者,比方于物也；兴者,托事于物也"[②]，延续这一观念，之后的赋、比、兴讨论都不断围绕情与物的关系展开，专注于作者主观情志与诗中所呈现之物象的关系，与黑格尔艺术类型的讨论可谓不谋而合。虽然黑格尔所说"内容"是指作为宇宙本体的"理念"，而赋、比、兴所谓"内容"指的却是写作者的主观情志，但本质上讲它们都是艺术创作的原动力，都是艺术作品意图表达的内容，因此说它们所关注的其实是同一个问题，它们所做的理论区分实质上是相通的。

简单来说，古典型的客观把握、自然呈现即相当于"赋"。这时主观情志和外物是完全对等的，主观心智就如同镜子一样映照出外界事物的影像，虽然受主观因素的干扰，这影像多少会有所放大或变形，但基本保持其本来的样子，然后写作者就把主观映照出来的影像直接呈现于作品中。而比和兴则相当于浪漫型和象征型的糅合。之所以如此说，一方面

---

① ［德］黑格尔著，朱光潜译：《美学·全书序论》，商务印书馆1996年版，第102页。
② （东汉）郑玄注，（唐）贾公彦疏：《周礼注疏》卷二十三《太师》注，中华书局1980年版，第796页。

就"兴"而言，它的思维方式其实就近似于象征型那种物我不分的原始思维。人们只能通过外物来体认自身的感知，还不能将自身情志从外在世界中分离出来，所以也只能通过这些外在事物去传达或者说模糊地形容自己的所思所感，"兴"即心即物的状态就近似于这种原始的思维方式。当然在后世人类思维已发展成熟之时，这种思维方式已不过是对原始思维的一种刻意再现或模仿，并不能完全等同于原始思维，所以我们只能说"兴"是有意识的象征型。而另一方面"比"物→心→物的构思过程，前半段是属于浪漫型的，主观情志被外物触发而有所感悟，其间主体意识发挥着强大的主导作用，但是后半段却也表现出对象征型思维方式的回归，以物象去影射或象征主体感受，也正是基于这一点古人才将比兴合为一体，因为它们最终都要以象征型的方式呈现出来。就是说，"比"是一半的浪漫型融合一半的象征型，而"兴"则是完全的象征型，但就其主体意识的强烈程度来看又包含着浪漫型的因素。

当然，在此我们尝试将赋、比、兴与黑格尔三种艺术类型论对应起来的意图并不是要进行简单的理论比较，而是试图通过这种对应关系以借助黑格尔对艺术类型的阐释彰显赋、比、兴作为"体"的内涵及其理论意义。同时也可利用黑格尔对诗歌的定位来进一步讨论诗与比兴的关系，比如黑格尔将诗列为浪漫型，同时他也认为任何艺术都是主要呈现为某种类型，而其他两种类型也会或多或少出现[①]，这就对我们深入讨论赋、比、兴在诗歌创作中的意义和功能不无启发。

虽然在长达千年的诗学发展过程中，赋、比、兴作为"体"的理论内涵长期处于被遮蔽的状态，对之似乎并未有过明晰的理论表述，但这不意味着它们"体"的意义就已经泯灭。事实上赋、比、兴"体"的内涵以及古人以"体"论之的意识在它们进入诗学领域后一直在不断强化，只是由于缺少明确的表述而被忽略了而已。因此为讨论赋、比、兴的语体意义，我们就不得不首先将它们隐藏在诸多讨论之后的"体"的内涵发掘出来，并进而梳理作为艺术类型区分的赋、比、兴与诗体的对应关

---

① ［德］黑格尔著，朱光潜译：《美学·全书序论》，商务印书馆1996年版，第102—113页。

系。诗体属于哪一种艺术类型？或者说赋、比、兴对诗体而言究竟有何功能或理论意义？这其实是站在不同视角提出的同一个问题，同时也是我们讨论赋、比、兴语体意义的理论起点。藉此我们不但能清楚认识到，赋、比、兴在进入诗学领域后，在文学写作思想和美学观念等的充实下，原本模糊的理论构成才得以逐渐清晰并完满呈现出来，而且也能更深刻理解和发掘赋、比、兴"体"内涵的价值，意识到赋、比、兴的语体意义其实是以艺术类型的区分为核心、逐渐整合起其他两个层面的内容而最终完成的。

不过诗学领域对赋、比、兴意义的改造主要体现在比和兴上，论"赋"者少，且其意义也几乎未发生变化。东汉郑玄将"赋"释为"直铺陈"[①]，之后历代经学家、文论家都基本遵循这一界定，"直书其事，寓言写物，赋也"[②]，"赋者，敷也，布也。指事而陈，显善恶之殊态"[③]，"直叙其事者赋也"[④]，都明确"赋"即是直接铺陈事、物、情境，而此处钟嵘所谓"寓言写物"的"寓言"也应是托于文辞之义，与寄托隐寓之义并不相同。而它作为"体"的理论意义也就由其"直铺陈"的内涵引申而来，古人常谓散文以赋为主，就是将散文归入"赋"体或者黑格尔所谓古典型之中了。至于诗，比和兴才与其语体选择息息相关。

（一）"兴"义的变化及其作为艺术类型的理论完成

需要格外说明的是历代关于赋、比、兴的论述之所以如此纷纭复杂，除了因为它自身包含多个内涵层面常常缠绕不清外，还有一个原因就是它外在关联的内容太多了。蔡守湘将历代论比、兴者分为"从对宣传政教的作用着眼论比兴"和"从对诗歌的表现作用着眼论比兴"两大理论系统[⑤]。而在这两大系统中又有经学家和诗论家的分别，即使同样论政教，

---

① ［德］黑格尔著，朱光潜译：《美学・全书序论》，商务印书馆1996年版，第102—113页。

② （梁）钟嵘：《诗品》，载（清）何文焕辑：《历代诗话》，中华书局1981年版，第3页。

③ 旧题（唐）贾岛：《二南密旨》，载张伯伟辑：《全唐五代诗格汇考》，凤凰出版社2002年版，第372页。

④ （元）刘瑾：《诗传通释》，载吴文治编：《辽金元诗话全编》，凤凰出版社2006年版，第1515页。

⑤ 蔡守湘：《试评古人的比兴说》，载《山西大学学报》1989年第2期，第44—49页。

唐人的"风雅比兴"说与郑玄（127—200）的阐释也还是不同的。但同时也要说赋、比、兴在诗学领域的理论整合正得益于诗论家与经学家在观念上的差别，所以在我们专注于整理在诗论中赋、比、兴的理论发展时也不得不注意到这种分别。

但这并不是说赋、比、兴在经学和诗学两个领域的发展就是各行其是的，作为两者沟通媒介的《诗经》将赋、比、兴在两个领域的发展紧紧联系在一起，因此完全认为赋、比、兴是在诗学领域完成其理论整合的恐怕有失公平。它实际是在经学领域和诗学领域的互动中完成这一过程的，只不过在此过程中，诗学的观念发挥了主导作用而已。

就"兴"而言，"兴"的内涵早在《毛诗》中就有些模糊不清了。《毛诗》注有"兴也"的篇目共116篇，且多用"若""如""喻"等解释兴句内涵，因此朱自清分析认为《毛诗》所谓"兴"包含了两层含义：发端和譬喻，并将兴句的譬喻又区分为明喻和隐喻两种①。如果这一解释成立，那就意味着"兴"也是"比"，只不过是一种特殊的具有发端作用的"比"。可惜的是《毛诗》没有对比、兴的明确界定，所以我们无法确知朱自清的阐释是否符合《毛诗》的本义。但从《毛诗》标"兴"多出现于首章首联来看应是有一定道理的。但之后郑众释"兴"谓"托事于物也"②时，就完全没有透露出"发端"的含义了。直至宋朱熹（1130—1200）等在极力区分比和兴时重申其"兴起"之义，"兴"的"发端"义才又被凸显出来。"本要言其事而虚用两句，钓起因而接续者，兴也"③，认为"兴"的功能就是兴起下文，虽未明言"发端"义，但兴起下文者自是居于正文之先的，而且朱熹《诗集传》标"兴"虽不再局限于首章首联，但也多出现于各章首两句，因此其所谓"兴起"应是包含有"发端"义的。然而总体来看，"兴"的"发端"义还是多处于一种被遗忘或忽略的状态中，在郑众、郑玄二人或有心或无意忽略了兴的"发端"义

---

① 朱自清：《诗言志辨　经典常谈》，商务印书馆2011年版，第56页。
② （东汉）郑玄注，（唐）贾公彦疏：《周礼注疏》卷二十三《太师》注，中华书局1980年版，第796页。
③ （元）刘瑾：《诗传通释》，载吴文治编：《辽金元诗话全编》，凤凰出版社2006年版，第1515页。

后，它就几乎绝迹于经学和诗学所有关于"兴"的阐释中了，即使朱熹等在极力区别比和兴时也并未特别强调这一点，以至于若不是《毛诗》标"兴"的实例，都会让人不禁怀疑这一含义是否存在。

而兴的"发端"义在诗学领域似乎消失得更为彻底。没有了《诗经》的束缚，论诗者完全根据自己对"兴"的认知进行判断，于是我们看到他们在分析诗作中的"兴"时，根本完全不受"发端"义的限制，"兴"的标注基本可以出现在任何一个位置。尤其是后世诗歌再无明确分章，"兴"的位置就更难把握。比如《诗法正论》将赋、比、兴和起承转合法结合起来论篇法，除"兴起"一类外，也还提出了以兴为承、为转甚至为合等种种用法，就显然完全未考虑"兴"的发端义，而认为"兴"是可以用在诗歌的任何位置的[①]。王夫之评杜甫《送路六侍御入朝》诗也谓"只须前半首，诗意已完，后四句以兴足之"[②]，也将之视为以"兴"收篇的典型。可见无论是在诗歌写作还是诗歌理论中都已完全看不到兴"发端"义的束缚了。

那么"兴"的发端义是真的从未存在过还是因被忽略而消失了呢？也许后者更能解释《毛诗》标"兴"多出现于篇首和诸家阐释却几乎只字不提"发端"义间的矛盾。但是为什么兴的"发端"义会被忽略呢？这或许是因为兴的"发端"义本来就是基于修辞的，作为一种修辞方法，"兴"或许就是一种用以开端、引起后文的特殊方式，因此如果"兴"仅仅作为修辞的话，这一特征自是不容忽视。但因为古人并未仅仅视之为一种修辞，而是试图把它当作一种更具普遍意义的表现手法甚至审美类型，所以它的"发端"义此时非但不再重要，甚至成了一种阻碍。有"发端"的特征存在，"兴"就会被局限于首两句，甚至不能适用于整个篇体，更毋庸说具备"体"的内涵和功能了。也就是说，兴"发端"义的消失是为了削弱其作为修辞的个别特征，以增强其作为"体"的一般性和普遍适用性，这一做法在郑众等人或者还是无意识的忽略，但在后世"兴"

---

① （元）傅若金：《诗法正论》，载吴文治编：《辽金元诗话全编》，凤凰出版社2006年版，第2454页。

② （清）吴乔：《答万季埜诗问》，载丁福保辑：《清诗话》，上海古籍出版社1978年版，第28页。

作为"体"的意义日渐明晰时恐怕就是有意识的舍弃了。

在"发端"义缺失的情形下，与"比"对举的"兴"基本就是在沿用郑众释义的基础上有所变化而已，但就在这看似微小的变化中出现了比兴之"兴"与其他释义的混同。刘勰谓"兴者，起也"，"起情者依微以拟议"①。宋人将"兴"释为"兴起"义，或与刘勰有关。"兴者，起也"的注解在《毛诗》中本不是针对比兴之兴而发，因此郑众、郑玄的阐释也皆未强调这一点。至刘勰才把"起也"这句注解结合到对比兴之兴的阐释中来。《毛诗》释"兴"既然隐含有发端之义，那么刘勰的这一挪用倒也不无道理，因此此后朱熹等人论"兴"就也仍强调"兴起"。

然而与朱熹等人不同的是刘勰所谓"起"是指"起情"。当"兴"作为"起情"义出现时，就很容易让人联想起"兴于诗""诗可以兴"中的"兴"。此"兴"为感发之义，"诗本性情，有邪有正，其为言既易知，而吟咏之间，抑扬反复，其感人又易入。故学者之初，所以兴起其好善恶恶之心，而不能自已者，必于此而得之"②，这一义涵显然是就诗歌的功能而言的，谓诗可以感发人心，使弃恶向善。尽管无法确定比兴之"兴"的由来是否与此义有关，但至少在兴成为"六义"之一被视为一种修辞方法或表现手法后，二者已根本是两种性质的概念，已经绝不能混同了。但是善于整合的思维方式使得古人更热衷于概念的混同而不是辨析，因此"兴"的感发义不但毫无阻碍地进入了比兴的阐释中，而且还成了诗学领域的主导观念。

刘勰释"兴"为"起情"时是否已经将兴的感发义融合进去了呢？这一点从《文心雕龙》的论述中还不能完全确定，但至少挚虞"兴者，有感之辞也"③的表达已明确表现出将两个兴义混同的倾向了。当然此处所谓兴感与"兴于诗"的内涵略有不同，前述之感发侧重于诗歌对读诗者的感发，是就诗歌功能言的，而此强调的却是写作者的"感于物"，是

---

① （梁）刘勰撰，范文澜注：《文心雕龙注》，人民文学出版社 2008 年版，第 601 页。
② （宋）朱熹：《论语集注》卷之四《泰伯第八》"子曰兴于诗"注，竹桥斋刊本。
③ （西晋）挚虞：《文章流别论》，载柯庆明、曾永义编：《两汉魏晋南北朝文学批评资料汇编》，成文出版社 1978 年版，第 184 页。

就创作心理而言的，不过在"兴"为"感发"之义这一点上则并无不同。其后钟嵘释"兴"为"文已尽而意有余，兴也"①也明显是由"感发"义引申而来，由此推断或者当时兴"托事于物"和"感于物"两个含义就已经难解难分了，所以刘勰的"起情"一语中应该也是包含着"感发"义的②。

进入唐代后，"兴"的感发义则越发后来者居上了。孔颖达（574—648）在释郑众"托事于物"一语时谓"取譬引类，起发己心"③，在这里"取譬引类"未必指定"兴"为譬喻，它显然来自孔安国对"诗可以兴"的注解——"引譬连类"，这更加说明孔颖达不但将两个兴义混同在一起了，而且还用"感发"释"托物"，就等于将"兴"义最终定格在"感发"义上，而将"托物"融入"感发"之中了。孔氏释义以一种官方标准的形式彻底改变了唐人对"兴"义的理解，因此唐人诗格著作几乎全部将"兴"释为感发、触发、感物等义。"兴者，情也，谓外感于物，内动于情，情不可遏，故曰兴"④，"感物曰兴"⑤，而类似对"兴"的释义不仅在唐代极度盛行，成为他们对"兴"的共同认识，在以后也一直是"兴"在诗学领域的核心义涵。

即使朱熹等人将"兴"明确为"兴起"也没能阻止兴的"感发"义在宋代诗学领域的蔓延。如李仲蒙谓"触物以起情谓之兴，物动情也"⑥，将比兴之"兴"解释为触物兴感；杨万里（1127—1206）一方面清楚地认识到风、雅、颂是"诗之体"，赋、比、兴是"诗之作"，完全明了

---

① （梁）钟嵘：《诗品》，载（清）何文焕辑：《历代诗话》，中华书局1981年版，第3页。
② 而且显然在文论领域论者更关注"兴"在因物兴感过程中的意义，所以它的"感发"义多用"感于物"，用作"感发人心"之义时所指向的诗歌功能论反而甚少见于古人对"兴"的论述中了。
③ （东汉）郑玄笺,（唐）孔颖达疏：《毛诗正义》卷第一《关雎》,（清）阮元刻《十三经注疏》本。
④ 旧题（唐）贾岛：《二南密旨》，载张伯伟辑：《全唐五代诗格汇考》，凤凰出版社2002年版，第372页。
⑤ （唐）徐寅：《雅道机要》，载张伯伟辑：《全唐五代诗格汇考》，凤凰出版社2002年版，第425页。
⑥ （明）王世贞：《艺苑卮言》卷一引李仲蒙语，载吴文治编：《明诗话全编》，上海古籍出版社1997年版，第4193页。

比兴之"兴"是一种表达方式 ①，另一方面论"诗之作也，兴上也"时却仍谓：

> 我初无意于作是诗，而是物是事适然触乎我，我之意亦适然感乎是物是事。触先焉，感随焉，而是诗出焉，我何与哉，天也。斯之谓兴。②

将作为诗歌写作方法的"兴"完全等同于其创作时的感物兴情。由此也就意味着"兴"的感发义完全进入比兴之"兴"的阐释中了，宋代诗学领域的情形都已然如此了，明清两代的情形也就可想而知。"诗有六义，兴居其一。凡阴阳寒暑、草木鸟兽、山川风景，得于适然之感而为诗者，皆兴也"③，释义同于杨万里，指创作时的灵感兴会，"兴者，因物感人也"④则附和诗歌感发人心的功能论。总之，在诗学领域中，"感发"义已成了诗学领域对"兴"的主流阐释，虽然也仍有论者提到"托物"，但托物的目的也正在于借物将所兴之感传达出来，古人已将这个"托事于物"的过程一并纳入"感发"之中，视之为因物兴感在创作中的自然引申了。

作为表达方式的"托事于物"和作为创作酝酿过程的"因物兴感"本是两个层面的内容，却被古人一起融合在比兴之"兴"的内涵中了。这最初当然是一种概念的混淆，但却恰恰是这一混淆成就了"兴"在古典诗学中的无上地位，随着这一概念混淆中"感发"义完全渗入"比兴"论中，"兴"作为"体"的意义才真正完整了。不仅释"兴"为兴起后文只是将之作为一种修辞手段而已，即使"托事于物"一类释义在缺乏进一步理论阐发的情况下也只是使"兴"成为诗歌一种常见的表现手法而

---

① （宋）杨万里：《诚斋集》卷九四《庸言十九》，载吴文治编：《宋诗话全编》，江苏古籍出版社1998年版，第 5988 页。

② （宋）杨万里：《诚斋集》卷六七《答建康府大军库监门徐达书》，载吴文治编：《宋诗话全编》，江苏古籍出版社 1998 年版，第 5964 页。

③ （明）李翊：《戒庵老人漫笔》卷六《月泉吟社》，载吴文治编：《明诗话全编》，上海古籍出版社 1997 年版，第 3501 页。

④ （清）顾嗣立：《寒厅诗话》，载丁福保辑：《清诗话》，上海古籍出版社 1978 年版，第 84 页。

已，其理论的深层内涵仍无法真正呈现。而"感发"义的渗入却恰恰补足了"兴"原本释义的这一理论缺失，从而帮它最终完成了从修辞手法向艺术类型的意义整合。

如前所述，艺术类型区分的内在依据就是"内容和形象间的关系"，即如何处理外物与内在情志间的关系以及如何将主观情志转化为艺术形象，而"感发"义将古人"因物兴感"等创作状态的相关论述带进"兴"论的体系中，就成功解决了"兴"作为艺术类型的内在理论构建，回答了思维方式的问题，"兴"作为表现手法和修辞方法的一切艺术表现也就自然顺理成章了。"因物兴感"的兴会理论说明"兴"的思维完全是依赖于形象的，因物象而触发也完全投注于物象之上去感受和思考，所以它最后也只能以物象的形式呈现出来。叶嘉莹曾从心物关系的角度区分赋、比、兴："兴是由物及心，比是由心及物，赋是即物即心。"[1] 就"因物兴感"而言，说"兴"是"由物及心"当然不错，但若就从兴感到表达的整个过程而言，"兴"才是"即物即心"的。就是说从感物到完成最后的表达，心和物从未产生过分离，写作者并未尝试用理性将物象所唤起的感受或思考整理或提炼出来，而是任由其融于物象之中，通过呈现引发感思的物象而呈现其内在的感情。所以整个过程心物都是一体的，即心即物，这也是论者谓兴"不可以事类推，不可以理义求也"[2] 的原因所在。因为或许连写作者都未认真想清楚他到底感知到了什么，他只是在一种朦胧的情感驱使下将激发其情感的物象呈现出来，因此他的读者也无法从中找到明晰的逻辑关系，不能依靠思考探索物象的内涵，而只能如写作者一样融入物象，在同样即心即物的状态中寻求与写作者的情感契合。整个过程都依赖于物象而进行，我们可以认为这种思维方式是物我不分的原始思维，也可以说它是物我两忘的至高境界。总之"兴"的这一思维特点是完全符合我们文化"立象以尽意"的传统观念的，语言不可能穷尽我们的感知，只有将那引发感知的物象呈现出来才能完整地保留我们的情感和

---

① 叶嘉莹:《中西文论视域中的"赋、比、兴"》，载《河北学刊》2004 年第 3 期，第 116 页。

② （宋）郑樵:《六经奥义总文·读诗易法》，载吴文治编:《宋诗话全编》，江苏古籍出版社 1998 年版，第 3463 页。

思想。

　　总之，"诗可以兴"和"比兴"中两个"兴"义的混淆对比兴之"兴"的内涵扩充可谓意义重大。在后世，"兴"地位的不断提升就与它内涵的扩展以及由此引起的理论整合有密切关系。借助这一混淆，"兴"不但成长为一个兼有"体"、表现手法、修辞格三个层次的成熟自足的概念体系，而且它的变化还引发了"比"义的转变，并最终带动了赋、比、兴作为艺术类型的理论意义的形成。

（二）比兴合流及其"体"义的显现

　　"比"即比附，这一意义在经学和诗学中都未发生过太大变化。许多当代学者将"比"等同于现代修辞学的所谓比喻[①]，但从古人的相关论述来看，古人所谓"比附"的内涵其实要宽泛得多。"比者，类也，妍媸相类、相显之理"[②]，虽包含有比拟的意思，但鉴于古人所谓"类"有时仅仅是一点点类同而已，所以很多情况下的比附也就只是类比罢了，与比喻的切实感相比实有很大差距。不过虽然如此，"比"中所言之事和所托之物的关系还是要比"兴"切近得多。"兴"象与其所兴之义间往往看不出有任何逻辑关联，而"比"不管所言之事和所托之物间的相似度有多少，却总能令人看到这种关联，因此古人也就常从这个角度来区分比和兴。"附理者切类以指事，起情者依微以拟议"[③]，"切类"说明所比拟之物与借以说明的情理之间关系密切，它们之间有着一种显见的关联，而且这种关联性的发现总要伴随理性审视，因此徐复观才指出比的关联性是"理智安排"的结果[④]。兴"依微以拟议"，则意味着"兴"主客体之间的联系是隐藏的、难以发觉的，甚至是写作者一时的情感兴会，完全无痕迹可

---

① 谢无量：《诗经研究》，商务印书馆 1932 年版，第 140 页。

② 旧题（唐）贾岛：《二南密旨》，载张伯伟辑：《全唐五代诗格汇考》，凤凰出版社 2002 年版，第 372 页。

③ （梁）刘勰撰，范文澜注：《文心雕龙注》，人民文学出版社 2008 年版，第 601 页。

④ 徐复观：《释诗的比兴》，载其《中国文学精神》，上海书店出版社 2004 年版，第 22 页。

寻。宋人亦谓"《诗》之兴，全无巴鼻"①，认为"兴"是随意借物起兴，甚至提出兴句与下文意义产生关联者皆为兴中含有比义，"讬物起意，与下文意义相类者，是'兴'中兼'比'"②，因此"关关雎鸠"，《毛诗》以为是"兴"，而宋人则多认为是"兴兼比"③。不过虽然比兴间的差异总是存在的，但在后世诗学发展中二者的距离却越拉越近，以至出现了合流的倾向。

应该说，据《毛诗》释"兴"义多用"若""如""喻"等字眼推断，或者在古人看来"兴"也是一种宽泛意义上的"比"，带有譬喻的性质。而在赋、比、兴进入诗学领域后，论者又进一步拉近二者的关系，方法之一就是将"比"逐渐定位于"物象比"，以令它与一般托于物象的"兴"在性质上更接近。

"比"就是用另一具相同特点的事物来比附想要表达的事物。虽然一般来讲，出于表达的需求，人们总是会用形象的事物比拟较抽象的事理、情思，但也不乏相反的事例。"夫说者固以其所知，谕其所不知，而使人知之"④，这段对譬喻的解释同样适用于"比"。"比"的目的也无非是用人们熟知的事物说明陌生的事物，借助人们对熟悉之物的知识增加对陌生之物的了解，因此所借助的熟悉之物可能是形象的，也可能是抽象的，本无一定之规。但是在古典诗论中，受到"兴"依托物象的影响，比兴之"比"也日渐集中于"因物喻志"⑤上，将"比"限定为以物象比拟情志。尤其是在"感发"义混入"兴"的内涵中后，古人似乎认为"比"也应该具有"感发"的功能，不应仅满足于对事物清晰的传达，还要能激发起人更多情感或思想的共鸣，如同"兴"一样生发出更多的言外之意，

① （宋）辅广：《诗童子问》卷首《师友粹言》，载吴文治编：《宋诗话全编》，江苏古籍出版社1998年版，第6857页。

② （宋）陈淳：《北溪大全集》卷四二《答陈伯澡问诗》，载吴文治编：《宋诗话全编》，江苏古籍出版社1998年版，第7571页。

③ （宋）辅广：《诗童子问》卷一，载吴文治编：《宋诗话全编》，江苏古籍出版社1998年版，第6860页。

④ （汉）刘向：《说苑·善说》，载赵逵夫编：《先秦文论全编要诠》，人民文学出版社2010年版，第633页。

⑤ （梁）钟嵘：《诗品》，载（清）何文焕辑：《历代诗话》，中华书局1981年版，第3页。

于是"比"也就越来越明确为"比于象"了。

刘勰论"比"时都还是比较宽泛的,尽管他列举的"比"例多是物象之比,但是在具体阐释时他依然全面概括了比喻的几种情形,并由此得出了"比之为义,取类不常"的结论。所谓"取类不常"就是认为用以譬喻形容的事物类属并不一定,可以是形象的"声""貌"或"事",也可以是抽象的"心"①。但这一观念至唐就发生了变化,皎然谓"取象曰比"②,将含糊的"物"置换为语意更明确的"象",明确将"比"限定为物象之比了。而且唐人诗格中也涌现出许多对"物象比"的梳理归纳,更加说明将"比"限定为"比于象"并不是皎然的一己之见,而是唐人一种较普遍的认识。在当时人的观念中正日益确立起"比"与"象"间的固定关系,正将"比"逐渐定位于物象之比,将"比"义限定为使用直观形象的物象比附说明抽象的情理。之后"比于象"的观念越来越深入人心,论诗者提倡以物象作比,诗人们也将之付诸实践,有意识地选择物象比,甚至在对《毛诗》的解读中也出现了"比者,意之象"、"意象附合曰比"③一类注解,更足见出"比于象"的观念在古人中极其普遍的接受度。而在"比"被限制为以物象为喻后,比和兴的性质也更加接近,这就为它们进一步的理论融合扫清了障碍。

总之,比和兴原本的相似性在古人将"比"限定为物象比后又进一步被强化了。与"赋"的"直陈"不同,比和兴都不直接表露诗意,而是将想要表达的情志寄寓于其他事物中,所以从美学风格来看,都符合"诗贵曲"的审美需求。而在"物象比"的限定被接受后,二者就已不仅是美学风格上相近,而是连呈现形态都基本一致了。

当然,就思维方式来讲,比和兴还是有差别的。前述叶嘉莹谓"比"是"从心到物"是就其写作过程而言的,如果要描述兴感到写作的全过程的话,则"比"的酝酿也应该始于外物的触发,但与"兴"不同的是

---

① (梁)刘勰撰,范文澜注:《文心雕龙注》,人民文学出版社 2008 年版,第 601 页。

② (唐)皎然:《诗式》,载张伯伟辑:《全唐五代诗格汇考》,凤凰出版社 2002 年版,第 230 页。

③ (明)郝敬:《谈经·毛诗》,载吴文治编:《明诗话全编》,上海古籍出版社 1997 年版,第 5941 页。

它将由外物触发的情思用理性提炼出来了，真正变成了其头脑中清晰的情感或思想，然后再经过理性拣择，寻找与之契合的物象将之呈现出来。就是说"比"的酝酿呈现过程比"兴"多出了"心"这个环节。"兴"是从外界物象直接到诗中兴象的即心即物过程，心物始终一体，而"比"则是从物到心再到象，不但触发其情思的外物与诗中之"象"可能全不相关，而且这多出来的"心"的环节也使得"比"总是多了几分人为刻意。所以从崇尚自然的角度看，古人自然是更加推崇"兴"的，"兴固不可与比乱，恒多乱比者，以漫兴为难耳"①，就因为崇尚漫然起兴的天然浑成，所以强调"兴"不能与"比"相混淆。但这当然是较苛刻的说法，忽略这些细微差别，在性质上"比"和"兴"还是大致相同的。从思维方式来看，虽然多了理性经营的环节，但是在它将心中所思所想选择物象加以表达时，这个过程还是属于形象思维的，尤其是在它专指物象比后，这个过程更是完全转变为一个通过感知物象来选择和呈现的过程，其中理性的影响是极其微弱的。因此若不考虑"比"酝酿时的理性思考而单就其最后表达呈现的环节来看的话，其思维方式与"兴"基本相同。而且"比"如果可以做到意象混融的话，与"兴象"的"无迹可求"也相去无几。因此从审美风格和呈现方式来看，二者还是非常接近的。

　　而古人就藉由比、兴性质上的贴近开始极力促使"兴"和"比"在修辞层面上实现兼容。他们越来越强调原来单纯的"比""兴"都已经无法满足需求，只有"兴中兼比""比中兼兴"才能发挥出最佳的表达效果。宋代经学家提出兴中兼比等概念是为了更明确地区分比和兴，而当论诗者开始大谈兴兼比时，却是站在诗体审美需求的角度谋求比和兴的兼容，一样的表述透露出的却是截然相反的意图。

　　这一观念趋向在明清两代的诗论中表现得更为突出。不仅诗论中诸如比兴格、兴兼比格等的相关分析越来越多，而且在具体论诗体写作时，他们也越来越强调"比兴兼有"。

---

　　① （清）王夫之评选，张国星校点：《古诗评选》卷一吴均《行路难四首》评语，河北大学出版社2008年版，第69页。

诗有赋、比、兴，兴而兼比者尤妙。①

唐诗有意，而讬比兴以杂出之，其词婉而微，如人而衣冠。②

前者谓"兴而兼比尤妙"，对比兴兼容的赞赏态度溢于言表。而后者所谓比兴"杂出"也不应简单地理解为诗中既有比也有兴，令比兴在诗中错杂出现。"杂出"中应该也包含有比兴兼容即比中有兴、兴中有比的意思。另外沈德潜提出诗应该"比兴互陈，反覆唱叹，而中藏之欢愉惨戚，隐跃欲传"③，表述的观点也与吴乔基本相同，"互陈"除可能指比兴交互出现外，更可能是指比兴互融。而在具体论诗时，论者们也是对能兼用兴比的诗作表现出高度的赞赏，如《诗源辨体》评孟郊（751—814）五言古诗就大赞其"兼用兴比，故觉委婉有致"④，吴乔评价苏轼（1037—1101）"前山正可数，后骑且勿驱"一语，甚至认为此句就因为"兼用比兴以道己意"，所以能超越于宋诗之上。诸如此类的言论似乎都一致认为比兴兼容有着远远超越单纯的"比"或"兴"之上的神奇的表达效力。古人对比兴兼容的推崇不仅意味古人意欲在修辞层面上实现二者的互补，同时也意味古人已意识到比和兴在性质上的相近，因此意图通过修辞层面的兼容促成二者的合流。

总之，古人因为意识到"比"和"兴"性质以及表达方法和审美风格上都极为接近，因此有意促成了二者的合流。将"比"限制为物象比，修辞层面上提出比兴兼容，努力促使比兴在存异中求同，力求它们超越实践层面的微小差异以实现更高层面上的理论认同。因此，经学领域的赋、比、兴三者分举在诗学推动下却日渐演化为赋和比兴的二元对立，"比"在融入"兴"的理论体系后，在与"兴"的比较和融合中获得了作

---

① （明）梁桥：《冰川诗式·诗原》，载吴文治编：《明诗话全编》，上海古籍出版社1997年版，第5201页。

② （清）吴乔：《围炉诗话》卷之一，载郭绍虞编：《清诗话续编》，上海古籍出版社1999年版，第472页。

③ （清）沈德潜：《说诗晬语》卷上，载丁福保辑：《清诗话》，上海古籍出版社1978年版，第523页。

④ （明）许学夷：《诗源辨体》卷二十五《中唐》，载吴文治编：《明诗话全编》，上海古籍出版社1997年版，第6217页。

为"体"的独立意义，并与兴一起成了诗体所崇尚的典型表达方式。

二、作为艺术类型的赋、比、兴与诗歌语体风格特征的界定

从理论层级上看，艺术类型的区分应是高于艺术门类的，当然更是高于文体的，一般而言，每门艺术都特属于一种类型。但是同时黑格尔又指出"每门艺术也可以以它的那种表现方式去表现上述三种类型的任何一种"，就是说，三种类型所代表的情物关系、思考和把握方式及表达方式是可以同时存在于任何艺术门类中的。基于这一点，黑格尔才提出诗是属于浪漫型的，但是同时他又认为古典型及象征型的因素也都可以出现在诗歌创作里。从特定艺术门类的角度来表述这一思想的话，就是说，一方面每个艺术门类因其艺术审美理想的特定性而从属于某一特定艺术类型，但是从艺术美的呈现方法看却可以三者兼用。而这恰好应和了前述对赋、比、兴"体"和"用"两个层面的表述。就诗而言，诗是特属于"比兴"体的，"比兴"所体现的情物关系、表现方式、审美趣味才是完全切合诗体需求的，但是从"用"的层面看，诗歌又不可能完全舍弃"赋"，赋、比、兴是兼存兼用的，只不过此时作为"法"的赋也必须极力贴合"比兴"的审美需求。在此我们先来讨论作为艺术类型的赋、比、兴与诗歌语体风格界定间的关系。

简言之，诗歌艺术类型归属与语体风格特征之间是一种互相强化的关系。一方面古人对诗歌本体性质的界定及其语体风格特征的要求基本确定了诗歌的艺术类型归属，而另一方面艺术类型的归属所指向的思维方式、表现方法及审美理想等又进一步强化诗歌语体风格特征的要求和取向。就是说诗是属于比兴类型亦即黑格尔所谓象征型和浪漫型的糅合，这是我们通过审视诗歌本质及语体风格要求所得出的结论，同时这一类型归属的判断又会反过来极力凸显诗歌原有的本质特性及语体特征。

（一）诗与"比兴"体的高度契合

诗的特质正与"比兴"类型的特征相契合，这在古代诗论领域早成共识。

> 昔者先王之教，指实正履、备物周行者谓之文；示类喻志、微风兴情者谓之诗。[①]

> 兴之为义，是诗家大半得力处。无端说一件鸟兽草木，不明指天时而天时恍在其中；不显言地境而地境宛在其中；且不实说人事而人事已隐约流露其中。故有兴而诗之神理全具也。[②]

前者"指实正履、备物周行"即谓赋，"示类喻志、微风兴情"则谓比兴，从表达方式的角度辨体，而直接将"赋"归于文，以"比兴"归于诗，似乎认为从体式角度只有"比兴"是属于诗的，也只有比兴的思维方式和审美类型是合于诗的。后者则仅言及兴，形象地描述了"兴"所营造的迷离恍惚的朦胧诗境，认为诗选择"兴"作为表达方式就已经成功了大半。

而古人将诗归入"比兴"类型是自有其深厚的文化和心理基础的。赋、比、兴最早出现于"六诗"中时就是按照赋、比、兴的顺序排列的。之后虽然分风、雅、颂为三体，而将赋、比、兴从中间择出列为三用，但赋、比、兴的排列次序一直未变。经学家为了保持"六义"的理论框架，为了证明赋、比、兴排列次序的合理性，于是极力推崇赋，努力说明在赋、比、兴三者中应是以赋为本的。孔颖达就解释道："赋、比、兴如此次者，言事之道，直陈为正"[③]，认为三者以"赋"居首的原因是因为"赋"才是正道，才是根本，将"赋"凌驾于"比兴"之上。

但是进入诗学领域情况就不同了。论诗者不再拘泥于赋、比、兴顺

---

① （明）崔铣：《洹词》卷十《绝句博选序》，载吴文治编：《明诗话全编》，上海古籍出版社1997年版，第2172页。

② （清）李重华：《贞一斋诗说·诗谈杂录》，载丁福保辑：《清诗话》，上海古籍出版社1978年版，第930页。

③ （汉）郑玄笺，（唐）孔颖达疏：《毛诗正义》卷第一《关雎》疏，（清）阮元刻《十三经注疏本》。

序的排列，而是开始审视它们中哪个才更符合诗体的本质属性。而温柔敦厚的诗教思想从一开始就决定了诗体所选择的表达方式是比兴，而不会是"赋"。何况在进入诗学领域后，经过对比兴理论的一系列改造和充实，它们已经足以完美契合古人的诗学审美理想了。

首先，从思维方式来看，"比兴"思维具有强烈而鲜明的主体性。与"赋"更侧重于表现外在的事物不同，"比兴"总是将表现重心置于内在主体之上，无论是比"因物喻志"还是兴"托物起情"，主体情志都掌握着表达的主动权，由它来决定将呈现什么外在事物以及如何呈现。正如前文所述，"兴"的思维过程就是一个主体情志与所感之物彻底融合的过程，在这个过程中，主体情志并没有将自身从外物中分离出来，而是完全投注其中。这个过程虽然近乎物我不分，但当人将自身情感投注于外物时，总是意味着人将按照自身的意志来认识和呈现所投射之物，从而导致所表现的客观事物带有浓厚的主观色彩。更何况当古人以"兴"写作时，人的智力早已发展到足以将自身和外物区分开，因此"兴"的思维方式毕竟与原始思维不同，写作者在将主体情感或意志投注于外物时是完全主动的、刻意的，主体意志拥有绝对的能动性，外物本身是什么样以及与主体情志有无关系都并不重要，重要的是主观情志选择投注于它时，它就必定呈现为主体情感所需要的样子。至于"比"，比方于物，更是明确由主观意志去选择最切合于它的事物，只不过"比"仍旧要受物的客观本质约束，就是说它只能被动选择适合的事物，是否适合还要受外物本身性质的影响，因此相对来说或许不及"兴"在与外物结合时的能动性强，但仍旧是主体意志居于主动地位的，这与"赋"相对被动的客观呈现并不相同。

在心物关系中充分张扬主体意识是古人在论"比兴"时反复强调的重要特征之一。古代心物关系的讨论始于陆机等人的兴感论，但此时诸家所论皆是泛言感物，并未专注于论"比兴"思维，对"比兴"心物关系的讨论实际是在情景论的背景下完成的。情景论所包含的两个理论层面——前创作阶段的心物感应和呈现于作品中的情景交融方式恰是"比兴"语境中心物关系讨论的基本内容，诗歌如何处理情景关系的探讨其实就是对

"比兴"思维中心物关系的研究，而在此类讨论中，古人一直在反复强调"比兴"思维是以情为主、以景为宾的。

她们一方面承认情因景而生，"作诗本乎情景，孤不自成，两不相背……景乃诗之媒，情乃诗之胚，合而为诗"①，"景"是触发诗歌写作冲动的媒介；另一方面又不断突出"情"的主导地位，"情"才是诗歌表达的根本，无论在心物感应的过程中还是在情景交融的表现形式里都是情为主、景为宾的。在清人的论述中这一立场尤其明确。蒋寅梳理王夫之对情景关系的诠释时指出"既然景由情所生，那么情景关系的本质就是一种主体性感受"②，认为王夫之主要是站在主体感受的角度来描述情景关系的。另外王夫之论诗之主宾时提出"宾非无主之宾者，乃俱有情而相浃洽"③，也曾明言以情为主、以景为宾。而吴乔也发表过类似言论："夫诗以情为主，景为宾。景物无自生，惟情所化"④，认为景物要藉情而存在，须经过主体意识的塑造才得进入诗歌，故诗终究以情为主，景物只是表情达意的方式，不得喧宾夺主。后袁枚亦谓"孔子所云'兴、观、群、怨'四字，惟言情者居其三。若写景，则不过'可以观'一句而已"⑤，以情为主的观念也极为突出。显然古人认为写景仅仅是一种表情方式，景完全服务于情，只是"比兴"手法实现的凭借。因此诗中要表现哪些景以及客观的景将在诗中以何种面貌出现都取决于主体情感的表达需求。这意味着"比兴"表达中的情景、心物关系是完全主体化的，无论是"兴"的即心即物还是"比"的由心及物，物都完全被主体情感浸染，都是被彻底主体化乃至于可能背离其自身特性的物。

总之，"比兴"心物关系的呈现是完全立足于主体情志之上的，以主体情志为诗歌表达的轴心，由主体情志决定诗歌内容的呈现。而这种强烈

---

① （明）谢榛：《四溟诗话》卷一，载丁福保辑：《历代诗话续编》，中华书局2006年版，第1180页。

② 蒋寅：《王夫之对情景关系的意象化诠释》，载《社会科学战线》2011年第1期，第169页。

③ （清）王夫之：《夕堂永日绪论内编》卷2，载戴鸿森辑：《姜斋诗话笺注》，人民文学出版社1981年版，第54页。

④ （清）吴乔：《围炉诗话》卷之一，载郭绍虞编：《清诗话续编》，上海古籍出版社1999年版，第478页。

⑤ （清）袁枚著，顾学颉校点：《随园诗话》卷十《补遗》，人民文学出版社1982年版，第819页。

的主体性又恰好迎合了古代诗体"言志""缘情"的诗学传统，完全符合古代高扬主体情性的诗学精神。

其次，"比兴"借物象以达意的方式既符合诗体婉曲的审美要求，又体现了中国古代"立象以尽言"的基本文化观念。《诗经》学提倡的"温柔敦厚"之教虽最初只是一个偏于政治化、道德化的观念，但表达方式上须婉曲、不得指斥的要求在诗学领域却逐渐演变为对含蓄蕴藉的审美风格的追求。而诗尚"比兴"就正迎合了这一需求，"比、兴杂出，意在词表，引喻借论，不露本情"①，将情志寄寓于物象或风景中，言在此而意在彼，既含蓄微婉，又蕴藉深厚，耐人寻味。

另外古人对"比兴"寓情志于物色的表达方式之所以如此推崇也是因为它完全体现了传统文化"立象以尽意"的思维特征和基本理念。中国古人很早就意识到了语言表达的限度，《老子》所谓"道可道，非常道"及《易·系辞上》托孔子语称"书不尽言，言不尽意"都表露出这一观念。那么既然语言的表达能力是有限的，人要如何将自己不能用语言完全表达出来的思想、情感等表达出来呢？《易·系辞上》明确"立象以尽意"，而老子虽然没有如此表述，但在实际理论表述时却也正是如此做的。而且随着这两大思想体系的蔓延渗透，"立象以尽意"的观念遂延伸至传统文化的所有表述之中。至于诗学领域，论诗者则不仅完全接受了这一观念，甚至在具体理论实践中也大量使用意象化的表达方式，这从我们前文引述的许多材料中都可得到证明。因此诗推崇"比兴"也与这一早已深入我们文化灵魂中的基本观念有关。

> 事难显陈，理难言罄，每托物连类以形之；郁情欲舒，天机随触，每借物引怀以抒之；比兴互陈，反覆唱叹，而中藏之懽愉惨戚，隐跃欲传，其言浅，其情深也。②

---

① （明）谭浚：《说诗》卷上《总辨》，载吴文治编：《明诗话全编》，上海古籍出版社1997年版，第4014页。

② （清）沈德潜：《说诗晬语》卷上，载丁福保辑：《清诗话》，上海古籍出版社1978年版，第523页。

就是从语言表达的限度来阐述"比兴"表达的优势的，因为有些事不能明白表达，有些道理不能用语言讲清楚，所以借助物象将不能完全呈现于言辞中的情、事、理托寓于物象之中，借物象将情、事、理完整表达出来，同时阅读者也可以通过物象的感悟领会到情、事、理的全部精神，明确表明古人诗用"比兴"的目的就是要突破语言表达的限制。再加上古代诗歌诗体篇幅一般都不太长，容量有限，就导致它对语言表达的限制性感受更强烈，而传统的"立象以尽意"恰恰可以满足它拓展语言表达限制的需求，于是完全体现这一文化精神的"比兴"在诗学领域也就获得了无以比拟的尊崇地位。

最后，诗偏爱比兴也与古人诗体尚虚的观念有关。古人论诗体虚实有几种方式：有就文辞论者，则有前文语体论对诗用虚字、实字的讨论；有就内容论者，则有以抒情论理为虚、以写景等为实的说法；亦有就诗体所表现内容的现实性而言的，切近现实为实，超脱为虚。正是在超脱现实、从眼前景身边事超脱出去的立场上古人提出了诗体"贵虚"。

诗体尚"虚"首先是指诗推崇一种不拘泥于现实的超脱境界。"诗与文体迥不类，文尚典实，诗贵清空；诗主风神，文先理道"①"诗道贵虚，故仙语胜释，释语胜儒"②，文章要切于人事之实用，故尚实；而诗即使关乎义理、关系时政，在表达时仍要力求超脱，贵在思维能超越眼前的现实，凌空蹈虚，力求具高逸超妙之致。所以诗宁用仙家、释家出世之语，而不得有儒家治世之言。这倒不是说诗之题、之意一定要虚诞，而是说诗之作不宜泥于眼前情事令诗思狭隘、诗境逼仄。苏轼所谓"赋诗必此诗，定知非诗人"即是此意，拘泥于现实事物，不能离题作半点腾挪变化，所作之诗句句皆实，也就句句皆死。因此严羽提出"不可太着题"本身就已包含诗尚虚的观念。

---

① （明）胡应麟：《诗薮外编》卷一，载吴文治编：《明诗话全编》，上海古籍出版社1997年版，第5541页。

② （明）谢肇淛：《小草斋诗话》卷一《内篇》，载吴文治编：《明诗话全编》，上海古籍出版社1997年版，第6669页。

而诗在表达内容上的力求超越、超脱反映在美学风格上则极力倡导超妙，追求诗体一种虚灵缥缈之美：

> 如林间月影，见影不见月；如水中盐味，知味不知盐；……超脱如禅，飘逸如仙，神变如龙虎……①

其他如"羚羊挂角，无迹可求""不落言筌"等等表述都反复强调对诗体虚空灵动之美的赞叹。

当然古人尚虚观念的背后包含极其复杂的心理因素。《雨村诗话》谓"文章妙处，俱在虚空，或奇峰插天，或千流万壑，或喧湍激濑，或烟波浩渺，只须握定线索，十方八面，自会凭空结撰，并不费力也"②，认为能虚方能出奇，方能在纵横捭阖中制造出无穷变幻。吴乔也认为"大抵文章实做则有尽，虚做则无穷"③，正如古人所说，世间情物有尽，因此唯有虚，唯有从这有限事物的局限中超越出去才能永远变化生新。二者虽然都是从创作需求角度来讲的，但是吴乔"虚做则无穷"的观念是否与老子"道冲，而用之或不盈"④有关呢？还有诗体尚"虚"与贵"清"、贵"浑"等等是否源自同样的审美机制呢？诸如此类的问题都有赖于对古人心理、文化观念等各方面的详尽探讨，然后才可能真正理解古人诗"贵虚"观念的实质，不过这已非在此三言两语所能解决的了。所以在此且仅指出古代诗论中存在诗体贵虚的观念，并主要讨论尚虚观念对"比兴"表达方式的选择。

"赋"直陈，所以是实写。"比兴"言在此而意在彼，诗意蕴藉飘忽，

---

① （元）揭傒斯：《诗法正宗》，载吴文治编：《辽金元诗话全编》，凤凰出版社 2006 年版，第 2090 页。

② （清）李调远：《雨村诗话》卷上，载郭绍虞编：《清诗话续编》，上海古籍出版社 1999 年版，第 1519 页。

③ （清）吴乔：《围炉诗话》卷之一，载郭绍虞编：《清诗话续编》，上海古籍出版社 1999 年版，，第 481 页。

④ （魏）王弼注：《老子道德经》四章，四库本。

故是虚作。"比兴是虚句活句，赋是实句"①，再如许多论者指出"杜甫诗赋多，故实；而李白诗比兴多，故虚"②，都表明古人认为"比兴"表达是偏于"虚"的。这不仅仅是因为"比兴"意在言外，在审美风格上近于虚无缥缈，而且在写作构思时它也更符合诗贵虚所要求的那种"高踞题巅，不落蹊径，超超玄著"③的创作状态。"比兴"托他物以言己意，而当诗歌将主体情感投射到物象之上、笔触专注于渲染所托之物时，就意味着创作主体已经从"己意"中超脱出来了。更何况"比兴"之托物可以是眼前实有之景物，亦可以是记忆中的他时他地之物，甚至可以是完全想象中的虚幻之物，也就为诗境的营造和拓展创造了更多的可能性。所以在"比兴"表达中，写作主体总能保持一种超脱的姿态，既可以超脱于自身情感之上审视以及选择恰当的表达媒介，又可以超脱于现实情境之外去营造更加超然的诗境。只有在这样一种超脱的创作心态中，诗才能超越目前情境，离题高腾以求变幻。所以显然无论是审美风格还是创作状态、方式上"比兴"都更符合诗体"贵虚"的要求。

凡此种种都证明"比兴"表达在各个方面都完全符合诗体的本质需要和审美需求，以情为主、托于物象、意在言外以及偏于超脱虚灵等等特质都恰恰与古人对理想诗体的期待相契合。无论从哪个角度来看，文化的、心理的、审美的还是创作需求的任何一个角度都将得出结论，认为诗体应归入"比兴"类型，它与"比兴"的思维方式及表现特征是最为契合的。于此我们也可看到中西文化精神的差异，中国古人即使在思维成熟后也没有发展出彻底的理性精神来完全取代原始的思维模式，原始思维的精神特质一直根深蒂固地存在于我们的文化和艺术中，在各个领域我们都能强烈地感受到这种原始精神特质的遗留。我们的哲学、文学乃至文论无不如此，无不始终以"立象以尽言"为基本表达途径和表现方式。

---

① （清）吴乔：《围炉诗话》卷之一，载郭绍虞编：《清诗话续编》，上海古籍出版社1999年版，第481页。

② （明）许学夷：《诗源辨体》卷一《周》，载吴文治编：《明诗话全编》，上海古籍出版社1997年版，第6055页。

③ （清）朱庭珍：《筱园诗话》卷一，载郭绍虞编：《清诗话续编》，上海古籍出版社1999年版，第2342页。

而这种文化精神进入诗歌写作和诗学领域，又与诗歌含蓄微婉、清虚空灵等艺术特质恰恰契合，也就自然成了诗歌表达的主要精神特质，因此将诗歌归属于"比兴"类型正是文化理念和诗体审美精神共同选择的结果。

同时，在将诗歌归属于"比兴"类型后，"比兴"把握外物的思考方式、寓于物象的表达方式及其审美追求又在不断丰富着诗歌语体风格特征中所谓"含蓄"的内涵。由"比"产生出的比如用事等表达手段的选择催生出诸如梅兰竹菊等意象符号的意义积淀和符号传统的形成；因"兴象朦胧"而衍生出"不涉理趣""无迹可求""清空一气"等关于审美风格的诸多要求。总之，含蓄微婉的语体风格要求使诗歌趋近于"比兴"类型，而在完成类型归属的选择后，"比兴"反作用于语体风格，既为含蓄微婉的审美追求提供了内在的心理依据，又指引它选择把握情物关系的方式，细化"含蓄"风格指向的表现方法及审美要求。因此我们或者可以用"同构"来形容诗歌的"比兴"类型归属和含蓄微婉的语体风格特征间的关系，尤其在诗经话语的作用下二者更是难解难分了。

（二）诗与"赋"体的关系剖辨

诗是最契合"比兴"类型的，但也并不意味着作为艺术类型的"赋"与诗歌就全无关系了。当然从根本上来讲，"赋"所代表的思维方式和美学风格都是不适合或者说完全背离古典诗歌的本质需求的。"赋"即"直铺陈"，"直"和"铺陈"可以说是它两个最基本的特征表现，"古诗六义，其一为赋，述事叙情，实而不讬，平而不寄"①，直陈即是平实直白，不赖以寄托。但无论"直"还是"铺陈"皆不符合诗体所需。

首先，"直"就是写作者将自己看到、听到、感受到的事物直接描述出来。正如前文用黑格尔"古典型"来形容"赋"时所指出的，它所代表的是一种主体和客体完全对接的状态，主体的感情投射受限或服从于客体的客观形态，因此表现为一种对客体的被动映现和消极复述。就是说通过"赋"展现出来的事、物将在诗中呈现为怎样的形态主要是由其自身

---

① （明）费经虞：《雅伦》卷四《格式二》，载吴文治编：《明诗话全编》，上海古籍出版社1997年版，第9626页。

的客观存在所决定的，而写作者主观意志的影响却微乎其微。但古人论诗体本质，谓"诗言志"，谓"诗缘情"，再后来为了中和这两种观念而提出"诗道性情"，而无论哪一种界定都反复强调主体意识在创作中的主导作用。诗表达的动力来自主体需求，要表达的内容也源自主体的情感和体验，因此，"赋"的客体性与古典诗论对诗体主体意识的凸显是相悖的。同时"直"也意味着直露，写作者将所见所闻所感毫无掩饰地直接呈现于诗中，而这也与诗含蓄微婉的表达需求不符。前文论及《诗经》传统对诗歌语体风格的限制已论及于此，出于对温柔敦厚诗教的尊奉，他们摒斥直露、要求含蓄，"语忌直"①"遇情愫不可直致"②，因此即使是直白地抒情在有些论者看来都是有违诗道的。总之，"直"对事物的认知方式和呈现方式及其表现出来的审美风格都与诗体的需求截然相反。

其次，"赋"的"铺陈"为诗体所不取则主要与古典诗歌的篇体长度有关。所谓"铺陈"，一则指铺叙，指对事件之终始巨细无遗地加以叙述；一则指铺排，指对风景、物象或事件中的某一场景做精细入微的体察和描述。前者指纵向的线型叙述，后者则谓横向的展开描绘。就诗而言，这两者本都必不可少，尤其长诗更需要两者的相间使用，以完成诗歌内容的纵向延伸和横向拓展。但是古典诗歌一般篇体都不长，绝句、律诗等自不待言，即使古体、乐府和排律的长度也很有限，"晋魏以前，诗无过十韵者"③，虽嫌绝对，但二十句以上的长诗也确实少见，而至南朝时诗歌长度更进一步缩短，多数集中于四句、八句、十句、十二句上，后世虽也不断有诗人尝试百韵以上的长篇，但在总体创作中终究是少数。诗歌篇体短，展开的空间就极有限，那么铺叙、铺排就很难在这有限的空间内充分施展其表现优势。因此为适应篇体形制的需求，只得放弃铺叙、铺排的精细入微，转而追求遗貌取神，努力撷取事件、风景或物象中最具代表性的特征加以渲染，通过唤起阅读者的想象来弥补写作留下的空白，

---

① （宋）严羽：《沧浪诗话·诗法》，载吴文治编：《宋诗话全编》，江苏古籍出版社1998年版，第8725页。

② （元）戴表元：《剡源戴先生文集》卷一九《题陈强甫乐府》，载吴文治编：《辽金元诗话全编》，凤凰出版社2006年版，第1479页。

③ （宋）叶梦得：《石林诗话》，载（清）何文焕辑：《历代诗话》，中华书局1981年版，第411页。

借助想象力的唤起来完成对事件或景物的整体呈现，以弥补写作空间的局限。在这一观念推动下，铺叙、铺排自然更是越来越被摒斥在诗歌写作之外，而这又反过来促使诗歌更趋向于崇尚短制，诸如杜甫《北征》等诗就因为长而屡遭非议，于是"铺陈"也就被更彻底地排除在外了。总之，"直"和"铺陈"都是与诗歌的表达需求和审美风格相悖的，诗歌不应被归入"赋"的类型，但仍有一点例外。

古人认为当"赋"的表现对象是主体情感也就是赋用于抒情时是切合诗体性质的。前文已论及"赋"近似于黑格尔所谓古典型，但事实上两者还是有些细微差别的。黑格尔的古典型并不包括主体情志的直接呈现，它仅仅是指主体将映照到他意识中的外在事物呈现出来，其时主体意识尚未成为独立的表现对象。而"赋"中的直接抒情因为必然经过一个情感从外物中分离的理性过程，所以应该是更接近于主体意识强化后的浪漫型的。这就意味着其实直接抒情的"赋"在思维方式上仍旧是近于比兴的。但除此之外，当赋用以叙事或状物时，它对事或物的直接呈现就不再符合诗体性质及美感需求了，这时的"赋"也就只能作为从属于"比兴"类型的一种表现方式而存在了。黑格尔曾指出诗其实是可以属于三者中的任何类型的，古人的看法看来亦是如此，只是要对"赋"的表现对象略加限制。

然而就是"赋"在用于抒情时与诗歌性质的契合为诗歌语体风格特征增加了新的内容。鉴于诗歌直接抒情也同样产生动人的效果，很多论者在提倡"含蓄微婉"的同时，又补充以为"直"亦无不可。他们指出《诗经》《古诗十九首》等皆直写性情，未尝不感人肺腑，藉以为诗"直"的合理性辩护。杨循吉《序国初朱应辰诗》："予观诗不以格律体裁为论，惟求直吐胸怀，实叙景象，妇人小子皆晓所谓者，然后定为好诗"[①]，唐顺之《写洪方洲书又》："近来觉得诗文一事，只是直写胸臆，如谚语所谓'开口见喉咙'者，使后人读之如真见其面目，瑜瑕俱不容掩，所谓

---

① （明）杨循吉：《序国初朱应辰诗》，载吴文治编：《明诗话全编》，上海古籍出版社 1997 年版，第 1727 页。

本色，此为上乘文字"①，甚至以"直"为尚。二者之论或者与主流论调相悖，而黄子云的说法相较之下就公允多了："诗贵乎温柔敦厚，亦有不嫌切直，如《十月之交》篇中，历斥其人而不讳；则杜老《丽人行》：'赐名大国虢与秦'、'慎莫近前丞相嗔'，非风人之义与？因是知温柔敦厚者诗之经，切直者诗之权也"②，在承认诗贵"含蓄"的同时，又为"直"留出了一定的空间。不过如论者所言诗之"直"被认可在于直抒胸臆、直写性情，这也就从语体风格层面上回应了古人在诗歌写作中对"赋"的限制，只有"赋"在抒情时才是切合诗之"体"的。

　　总之，作为艺术类型的赋、比、兴与诗歌语体风格特征间的双向选择和互相强化关系是显而易见的。但赋、比、兴对于诗歌语体最深刻的影响恐怕还在于"用"的层面上，即作为表现手法和修辞手段它将如何影响诗歌内容的呈现、产生出怎样的修辞要求。

第二节　从修辞角度看赋、比、兴的语体意义

　　从相对的类型划分落实为表现手法或修辞手段，"赋、比、兴"的讨论就开始直接涉及诗歌材料的处理了，也就是说作为表现手法和修辞手段的赋、比、兴将直接揭示诗歌所呈现的内容和主观情志间的关系。这其中包含了两个层次的内容：其一，赋、比、兴所显示的情、事、物、理与主观情志的关系。古人将诗歌的呈现内容区分为四大要素——情、理、物、事，而同样的情、事、物、理将因为出现于赋、比、兴不同修辞语境中而意义完全不同。其二，赋、比、兴的美学精神将如何在修辞层面上实现，赋、比、兴修辞将如何通过情、理、物、事等材料的处理来满足诗体的表达需求。尤其是"赋"，鉴于它与诗歌在思维方式及审美风格上的背离，而在修辞层面"赋"又必不可少，那么它在面对理、事、物时要如何处理来迎合诗体"比兴"的需要呢？当然，这一部分所讨论的

---

　　① （明）唐顺之：《唐荆川文集》卷七《写洪方洲书又》，载吴文治编：《明诗话全编》，上海古籍出版社1997年版，第3607页。
　　② （清）黄子云：《野鸿诗的》，载丁福保辑：《清诗话》，上海古籍出版社1978年版，第859页。

许多议题诸如诗史、诗画、以议论为诗还有意象、意境等等问题在古典诗学中都是作为独立命题存在的，好像与赋、比、兴理论并没有直接关系，但是仔细探究就会发现这些命题的提出以及古人围绕它们所展开的争论背后都有赋、比、兴的体式选择在发挥着作用，就是说古人对这些问题的态度就是由他们对赋、比、兴的认知以及认同程度来决定的。

一、"赋"笔的展开及其修辞要求

在古典诗论中，我们会看到许多关于赋、比、兴地位的争论，到底应该以赋为主还是以比兴为主。但这些讨论其实仅仅是发生于修辞层面上的，争论的只是在具体写作中该以哪种方法为主的问题。就是说从修辞的角度，赋、比、兴自然都是不可少的：

> 若专用比兴，患在意深，意深则词踬。若但用赋体，患在意浮，意浮则文散。[①]

如果只用比、兴而不用赋就会导致诗意过于隐晦，相反若只用赋又会过于浅直，所以一诗之中要三者兼用。在古人看来虽然比、兴是最适合诗体的表达方式，也并不意味着具体写作时就可以只依赖比、兴，"比喻多而失於难解"[②]，一味含蓄委曲而无必要的铺叙只会令诗晦涩难解。

应该说诗歌在写作层面上应该赋、比、兴并用，对此古代论诗者并无异议，存在争论的只是到底应该以赋为主还是以比兴为主的问题。吴乔谓："宋诗亦有意，惟赋而少比兴，其词径以直，如人而赤体"[③]，指责宋诗用赋过多而少比兴，在风格上直露无遗，过于朴野，故不符合诗体的风格要求。《诗义固说》也认为诗体应该以赋为主，以比兴为宾，"兴者，

---

① （梁）钟嵘：《诗品》，载（清）何文焕辑：《历代诗话》，中华书局 1981 年版，第 3 页。
② （明）谢榛：《四溟诗话》卷四，载吴文治编：《明诗话全编》，上海古籍出版社 1997 年版，第 3188 页。
③ （清）吴乔：《围炉诗话》卷之一，载郭绍虞编：《清诗话续编》，上海古籍出版社 1999 年版，第 472 页。

兴起其所赋也。比者,比其所赋也"①,兴、比都要服从于赋意,所以赋为主,比兴为宾。但是更多的论者却认为诗应该用比兴多而用赋少:"作诗最忌敷陈多于比兴,咏叹少于发挥。"②比兴表达方式自然主要是依赖比兴手法来实现的,但在实际写作中倒似乎不必过分纠结于赋和比兴孰多孰少的问题,表达所需总有不同的要求,无论孰多孰少,只要能最大程度上把比兴表达方式的特质发挥出来就可以了。只不过这样的讨论终究是仅仅存在于修辞层面上而已,因为只有在修辞层面上才会存在赋和比兴共存于诗体的情况。

就是说此时的"赋"是作为从属于比兴思维的表达手段而存在的,不过是比兴在修辞层面的实现方式之一,因此它也必须顺应比兴的审美需求。这使得诗体中作为比兴表现方法的"赋"与真正的"赋"总是有所区别的。因此《诗源辨体》甚至提出"赋"也"托物":

> 风人之诗,不特性情声气为万古诗人之经,而讬物兴寄,体制玲珑,实为汉、魏五言之则。其比、兴者固为讬物,其赋体亦多讬物,如《葛覃》之黄鸟、灌木,(汝坟)之条枚、条肄,皆赋体之讬物也。③

"讬物兴寄,体制玲珑"是对诗体比兴表达方式的特征描述,而小注部分则指出,正是因为诗体的这一审美特征,所以即使"赋"在诗体中也多是托物的。这里所谓"赋"的托物其实就是指诗中对实象实景的描写铺陈,仅就"赋"而言,自然是仅仅铺叙就足矣,但出现在诗体中,受诗比兴思维的影响,它也就多多少少要带有情思感发的色彩。李仲蒙谓

---

① (清)庞垲:《诗义固说》下,载郭绍虞编:《清诗话续编》,上海古籍出版社1999年版,第738页。

② (清)方南堂:《辍锻录》,载郭绍虞编:《清诗话续编》,上海古籍出版社1999年版,第1939页。

③ (明)许学夷:《诗源辨体》卷一《周》,载吴文治编:《明诗话全编》,上海古籍出版社1997年版,第6054页。

"叙物以言情谓之赋"①，认为"赋"敷陈物象的同时还要寄寓情感，所表达的意思亦与之相近。就是说作为表现手法出现于诗中的"赋"已不同于原本的"赋"体，它已经被"比兴"化了，已不只是强调"直铺陈"了。至于其他诸如叙事、议论等用赋笔的情形也同样如此，要进入诗体就必须符合比兴的要求，否则就会被剔除出去。"作诗善用赋笔，惟老杜为然。其间微婉顿挫，总非平直"②，向来以"直陈"为基本特征的"赋"用于诗体中也不得不变得含蓄微婉，因为只有如此才符合诗体的要求。在这种情形下出现的"赋"我们当然也只能视之为比兴体式的一种表现方法了。

就是说通过"赋"呈现情、事、物、理，即我们通常所谓抒情、叙事、写物和议论四种表现方法，但对诗而言，只有当"赋"用于抒情时它才有"体"的意义，至于叙事、写物、说理等用赋情形，由于缺乏抒情的天然优势，所以只能居于"赋笔"的层面，从属于比兴并接受比兴思维的改造。由此也就引发出古人对叙事、写物、说理等形式是否适用于诗体、又如何适用于诗体以及诗史之辨、诗中有画、议论等诸多方面的探讨，而所有讨论皆围绕着一个核心命题，就是如何让这些赋笔更好地服务或至少是服膺于比兴的需要。

（一）古人论诗歌叙事以及诗史之辨

"赋"的"直铺陈"施于"事"，即是依照事件发生的时间顺序记叙事件的来龙去脉，"'赋'义邻於文之叙事"，③从风貌特征来讲"赋"笔叙事是更近于文的。但诗歌创作总是得自于特定情境的触发，这其中往往就包含着具体的人物、事件和场景，因此要使诗歌完全避免"赋"事、

---

① （明）王世贞：《艺苑卮言》卷一，载吴文治编：《明诗话全编》，上海古籍出版社1997年版，第4193页。

② （清）李重华：《贞一斋诗说·诗谈杂录》，载丁福保辑：《清诗话》，上海古籍出版社1978年版，第936页。

③ （明）谭浚：《说诗总辨》卷上，载吴文治编：《明诗话全编》，上海古籍出版社1997年版，第4009页。

避开"事实黏著"是不可能的。所谓诗"莫不有事"①也，尤其于长诗而言更是如此，"大篇长章，必不可少叙事议论"②，长诗若不依赖"述事"以生发感情，一味虚发感喟，则不着实而恐有靡弱之虞。因此虽然多有论者指出"叙事则伤体"③，"诗偏于叙则掩意"④，认为诗歌叙事多就会影响诗意的拓展，违背诗歌发抒性情的本质，但是仍不能完全否定叙事在诗体中的功用。而诗歌叙事就自然使其与史产生了关联，"诗史"的概念以及相关争论也因此产生。

1.同而不同：历史和诗歌叙事的同异之争

"诗史"一词古人用之，或指称诗和史，或指代前代经典诗作，而最多的则是以之作为对那些具有史的特质和价值的诗歌创作的高度评价⑤。而后者最初提出时，论者所关注的诗与史的契合点就在叙事上。晚唐孟棨《本事诗》最早提出这一"诗史"概念时，阐述杜甫诗歌被当时尊为"诗史"的原因谓"备叙其事，读其文，尽得其故迹"⑥，即是就杜甫诗记述当时时事而言的。后人无论推崇杜诗的"诗史"地位还是将其他有同样特色的诗作也奉为"诗史"都离不开两者的这一基本契合点，"唐杜子美又善陈时事，律切精深，至千言不少衰，世称'诗史'"⑦，"世称老杜为'诗史'，以其所著备见时事"⑧，都是反复强调其记述时事这一与史相通的特质。虽然"诗史"所强调的叙事往往指的是对一些关乎时代兴亡的大事件的记录或反映，与诗一般的叙事不同，但诗和史的交融毕竟是建立在

---

① （明）许学夷：《诗源辨体》卷二十八《中唐》引邹迪光语，载吴文治编：《明诗话全编》，上海古籍出版社1997年版，第6228页。

② （清）朱庭珍：《筱园诗话》卷一，载郭绍虞编：《清诗话续编》，上海古籍出版社1999年版，第2333页。

③ （明）陆时雍：《诗镜总论》，载丁福保辑：《历代诗话续编》，中华书局2006年版，第1419页。

④ （清）刘熙载：《诗概》，载郭绍虞编：《清诗话续编》，上海古籍出版社1999年版，第2446页。

⑤ 诗史互通的观念其实包含了两个向度："以诗为史"和"以史证诗"，但"诗史"概念最初显然是针对前者提出的，当然后者后来亦被纳入"诗史"体系中了。但是我们此处论诗和史的叙事属于诗歌创作的范畴，而"以史证诗"则更近于诗歌阐释，故在此并不列入我们讨论的范围。

⑥ （唐）孟棨：《本事诗》，高逸第三，四库本。

⑦ （宋）马永易：《实宾录》卷四《诗史》，载吴文治编：《宋诗话全编》，江苏古籍出版社1998年版，第680页。

⑧ （元）杨维桢：《东维子文集》卷七《梧溪集序》，载吴文治编：《辽金元诗话全编》，凤凰出版社2006年版，第2383页。

"叙事"这一共同点之上的。

　　不过值得进一步探究的是古人究竟是基于"叙事"的哪个方面而将诗和史联系起来的？他们到底是认为诗歌记述时事与历史完全相同还是只是在某一方面强调它们的共性？从古人相关论述来看显然应该是后者。今人追溯古代诗史观念的起源，有将之溯至"诗言志"者[①]，也有归源于《左传》季札观诗者[②]，而古人则多从孟子"《诗》亡然后春秋作"之说论起，"风雅既衰，《春秋》作焉，因褒贬以存王道，亦'诗'意也"[③]，类似以孟子此语作为论诗史关系的理论依据者在古人中极其普遍。但无论是"诗言志"强调诗的纪实功能，还是季札观诗论各国政治成败，乃至于古人由孟子之语而提出《春秋》寓意褒贬，有《诗》美刺之义，强调的都是它们之间在功用上的共通性。就是说古人是从诗歌功能的角度来沟通诗歌叙事和史书纪事的一致性的。韩经太指出"诗史"概念与中唐"新乐府运动"是在同样的观念背景下产生的，而元、白诸人的相关论述也充分说明当时人们主要着眼于"陈时事"和"寓褒贬"两个基本功能来融合诗和史[④]。胡大雷也梳理了古人"以诗为史"包含的基本内容：

　　　　具叙事性：叙时事，"读之可以知其世"，其或补史之阙；多寓"忠愤感激"的褒贬之情；具有比如"律切精深"般的较高的艺术水平。[⑤]

其中"律切精深"等技巧方面的要求多见于对杜诗的具体评价中，在一

---

　　① 魏中林、贺国强：《诗史思维与梅村体史诗》，载《文学遗产》2003 年第 3 期，第 98—108 页。

　　② 陈文新：《明代诗学对"诗史"概念的辩证》，载《社会科学辑刊》2000 年第 6 期，第 137—142 页。

　　③ （明）冯时可：《黔中语录·诗史》，载吴文治编：《明诗话全编》，上海古籍出版社 1997 年版，第 10822 页。（明）王慎中：《遵岩集》卷九《张文僖公咏史诗序》，载吴文治编：《明诗话全编》，上海古籍出版社 1997 年版，第 3712 页。（清）钱谦益：《牧斋有学集》卷十八《胡致果诗序》，载吴宏一编：《清代文学批评资料汇编》，成文出版社 1979 年版，第 40 页。（清）黄宗羲：《南雷文案》卷一《姚江逸诗序》，载吴宏一编：《清代文学批评资料汇编》，成文出版社 1979 年版，第 84 页。

　　④ 韩经太：《传统"诗史"说的阐释意向》，载《中国社会科学》1999 年第 3 期，第 169—183 页。

　　⑤ 胡大雷：《诗史考辨》，载《广西大学学报》1990 年第 5 期，第 69—75 页。

般诗史论的阐述中并不常见，而"具叙事性"这一点也完全可归于"叙时事"，因为"叙时事"同时就意味着它"具叙事性"，如此则其实也主要包括"叙时事"和"寓褒贬"两层意思。可见，古人对"诗史"叙事共性的阐述主要就是围绕纪实和美刺传统这两大基本功能展开的。

诗所赋之"事"若为其时代颇具代表性的大事件，由其所叙能令人了解那个时代的风云变幻，则诗歌的叙事此时就有了同历史叙事一样的"纪实"功能，甚至还可以弥补历史记述的不足。"盖诗之为用犹史也。史言一代之事，直而无隐。诗系一代之政，婉而微章"[1]，清楚指明诗之通于史者恰在"用"，在于诗歌叙时事有着与历史一样的记录一段历史真实面貌的功能。而清初钱谦益等人也就是站在这一角度来大力宣扬诗"可以续史"的：

> 至今新史盛行，空坑、厓山之故事，与遗民旧老灰飞烟灭，考诸当日之诗，则其人犹存，其事犹在，残篇啮翰与金匮石室之书，并悬日月，谓诗之不足以续史也，不亦诬乎！[2]

历史中被人为掩盖的真相依靠着对其时诗歌的保存而得以流传下来，钱谦益在此表达出了近似于"诗比历史更真实"[3]的观念。黄宗羲也赞赏元好问编《中州集》、钱谦益选明诗，能"以史为纲，以诗为目，而一代人物赖以不坠"[4]。这都说明在明清易代的历史背景之下，钱谦益等人极力推崇"以诗为史"的观念正是出于保留历史真相以及民族文化观念的目的，希望那些无法在历史中保留的记忆能借助诗歌流传下去。因此对他们而言，此时的"诗"就承担着"史"的使命，记录时代的变迁，鉴往知今，由

---

① （明）胡翰：《胡仲子集》卷四《古乐府诗类编序》，载吴文治编：《明诗话全编》，上海古籍出版社1997年版，第45页。

② （清）钱谦益：《牧斋有学集》卷十八《胡致果诗序》，载吴宏一编：《清代文学批评资料汇编》，成文出版社1979年版，第40页。

③ ［希腊］亚里士多德著，陈中梅译：《诗学》，商务印书馆1996年版，第81页。

④ （清）黄宗羲：《南雷文案》卷一《姚江逸诗序》，载吴宏一编：《清代文学批评资料汇编》，成文出版社1979年版，第84页。

此传达所有不能表达出来的怀念和反思等等，所有"史"的功能和责任皆被赋予了诗。

同时就如同《春秋》在记录一代史事时会将对人物事件的褒贬态度寓于其中，诗歌在叙述时事时也会充分发扬诗歌美刺的政教精神，将写作者的观念也隐寓其内，因此论者在诗和史都陈述时事的纪实功能之外又提出了二者叙事功能上的第二个共同点："诗之为教，主于诵美刺非，导善禁邪，其义与《春秋》之褒贬不异"①，诗和史都承载着褒善斥恶的政教功能。钱谦益亦谓"诗之义，不能不本于史"②，所谓"诗之义"就是指诗的美刺精神，钱氏认为它就是由史书的"一字为褒贬"③发展而来。不过论及美刺以及"一字为褒贬"的春秋笔法，那么此时的叙事就已经不是纯粹的"赋"了，不但诗歌的美刺传统总是和比兴关联在一起，也有许多论者认为春秋笔法是源自《诗》比兴的④。不过尽管如此，诗歌和史书仍旧是并不完全相同的，将比兴和春秋笔法相比拟只是说明历史和诗歌一样，不会在叙事时直接表露态度和立场，而是将之隐寓在事件的叙述中，但这并不代表历史的叙事就是完全符合比兴要求的，更不代表历史的叙事和诗歌的叙事可以完全相同。

事实上，即使那些倡导"以诗为史"者也仅仅是强调诗歌和历史的叙事在功能上有着某种一致性，在"陈时事"和"寓褒贬"方面可以互相补足。但是同时也并不否认二者在叙事的方法、风貌上是存在差异的，"史以谨严立体，诗以婉曲树义，然於以发扬往烈，扶助幽美，激劝后人，风厉来者，其道一也"⑤，一方面说明其功能上的共同性，另一方面又指出二者在审美风貌上的差别，一谨严，一婉曲，那么它们在叙事方法上自然会有很大不同。明代以来，杨慎、王廷相、许学夷以及清初王夫

---

① （明）王慎中：《遵岩集》卷九《张文僖公咏史诗序》，载吴文治编：《明诗话全编》，上海古籍出版社 1997 年版，第 3712 页。

② （清）钱谦益：《牧斋有学集》卷十八《胡致果诗序》，载吴宏一编：《清代文学批评资料汇编》，成文出版社 1979 年版，第 40 页。

③ （晋）杜预：《春秋左氏传序》，载《六臣注文选》卷第四十五《序》上，四部丛刊本。

④ 李洲良：《论春秋笔法与诗史关系》，载《文学遗产》2006 年第 5 期，第 18—23 页。

⑤ （明）钱肃乐：《钱忠介公集》卷二《诗经说约序》，载吴文治编：《明诗话全编》，上海古籍出版社 1997 年版，第 10480 页。

之等都极力申明诗与史的不同，也是站在辨体的立场上就诗歌和史书叙事风貌上的差异而言的。

杨慎谓"夫六经各有体，《易》以道阴阳，《书》以道政事，《诗》以道性情，《春秋》以道名分"，认为《诗》与《尚书》《春秋》在体制上判然有别，诗尚含蓄，而史则指陈时事，二者绝不可淆乱①。不过杨氏对"诗史"说的辩驳虽然不遗余力，但在指明二者区别时仍嫌语意含糊，真正将诗和史在叙事上的差异一语道破的是王夫之：

> 史才固以隐括生色，而从实著笔自易；诗则即事生情，即语汇状，一用史法，则相感不在永言和声之中，诗道废矣。此"上山采蘼芜"一诗所以妙夺天工也。杜子美仿之作《石壕吏》，亦将酷肖，而每于刻画处犹以逼写见真，终觉于史有余，于诗不足。②

历史叙事要"从实着笔"，要"以逼写见真"，而诗则要"即事生情"。王氏此处首先纠正了诸家在叙事功能上将诗和史等同的看法，认为诗体叙事的意图与史书并不相同，历史要呈现历史事件，而诗则"即事生情"，叙事似乎仅仅是为抒情做铺垫而已，因此历史叙事和诗歌叙事在功能上终究是有些不同的。在此基础上他才进一步辨明了诗和史在叙事风貌上的差异，历史叙事是尚实的，而诗歌的叙事不过是为抒情做准备，故终将归于虚；历史叙事要刻画逼真，而诗歌叙事则只需概取其意，太求真反而喧宾夺主。此处王夫之辨别诗和史叙事风貌的差异是就诗、史两种文体的不同需求而言的，而前述主张"以诗为史"者提出史和诗"谨严"和"婉曲"的差别也是站在同样的辨体立场上的。这就说明"诗史"说的倡导者和反对者虽然立场看去似乎针锋相对，但观念上却并非绝不相容。倡导者站在功能的层面上宣扬"以诗为史"，但在叙事方法的层面上却也并

---

① （明）杨慎：《升庵诗话》卷十一，载丁福保辑：《历代诗话续编》，中华书局 2006 年版，第 868 页。

② （清）王夫之评选，张国星校点：《古诗评选》卷四《古诗四首》"上山采蘼芜"评语，河北大学出版社 2008 年版，第 166 页。

不否认二者的差别；而反对者也仅仅是在叙事方法的层面上反对"诗史"说，并未从根本上否定二者功能上的一致性。因此可以说这两种理论非但不是对立的，在某种程度上还可以说是互补的，它们一起为我们完整界定了诗和史的关系，即我们在承认诗和史功能上的相通性时还要切记它们在体制等方面的巨大差异。

总之，诗和史毕竟是两种不同的文体，它们在陈时事、寓褒贬等叙事功能上虽然有相近之处，但仍不可否认它们由于文体性质不同所造成的表达风貌上的诸多差异。就表达方式而言，历史的叙事更多是属于"赋"的，而诗歌的叙事却要从属于"比兴"。历史叙事虽然隐寓褒贬之意近乎比兴，但就其叙事本身而言主要还是依靠"赋"笔、以实写直叙为主要特征。历史叙事就是要告诉别人发生了什么，所以必须对事件的来龙去脉交代清楚，事件的主要过程必须是详备的；而且历史叙事的目的在于逼真，所以一般都是按照事件的发生顺序真实呈现其过程。而诗歌叙事则不同，诗歌叙事的目的在于从事件的叙述中生发出情感的咏叹，其重心在于咏情，叙事只是充当一个情感的铺垫，既然并不以叙事为能事，自然不必花费过多笔墨去交代事件的全过程；而且诗歌在体式上是尚比兴的，就叙事而言，"赋"在此仅具有修辞层面的意义，它必须服从作为体式的"比兴"的需求，故不得不极力在叙事时减弱其"赋"笔的风貌特征，使其更近于比兴的审美要求。

2. 比兴语境下的诗体"赋"事

即使那些努力倡导"以诗为史"的论者也注意到了诗歌叙事的特殊性，并且极力呼吁"诗史"作品的写作要尊重并且发扬这种特殊性。成功的"诗史"作品在艺术上也必须是出色的，因此其叙事的方法、技巧以及呈现的面貌都必须符合诗体的本质需求。胡应麟赞叹《孔雀东南飞》《木兰辞》等皆足称"诗史"时就言道："虽境有神妙，体有古今，然皆叙事工绝。诗中之史，后人但知老杜，何哉？"①，胡氏显然并不认为只有记述关乎兴亡的大事件才可称为"诗史"，而是从叙事技巧的角度着眼，

---

① （明）胡应麟：《诗薮内编》卷一，载吴文治编：《明诗话全编》，上海古籍出版社 1997 年版，第 5437 页。

认为"叙事工绝"者皆足当"诗史"之称。当然这仅是他的一己之见，多数论者还是坚持"诗史"作品应能反映出时代兴衰，但是明清之后人们越来越关注"诗史"作品的叙事技巧却也是事实。即使就论杜诗而言，宋人阐述杜诗"诗史"意义时多关注其述时事、寄忠慨等特征，而明清人论杜诗之为"诗史"，在肯定其记述时事等特征的同时，也在大力发掘其叙事方面的成就，钱谦益注杜诗宣扬其"诗史"思想，其中就有多处结合了对杜诗叙事方法的分析。可见在明清人看来叙事的成功也已成了诗歌作品被称为"诗史"的必要条件之一。而更重要的是他们分析叙事技巧并没有将之类同于史书的叙事，而是极力发掘诗歌叙事的特有法则。

诗歌叙事最不同于历史叙事的地方就在于避免"赋"笔的一味铺叙，要使"赋"事与比兴的审美风格统一起来。所以论者一再强调诗"不可太铺叙"①，钟惺评杜甫《奉赠韦左丞丈二十二韵》责其"涉于铺叙"而导致篇法散缓②，贺裳也批评初唐诗"专务铺叙，读之常令人闷闷"③，都认为诗歌叙事不可流于铺叙。那么如何避免诗歌的叙事出现铺叙的弊病呢？显而易见的方法当然就是极力打破"赋"笔铺叙的常用规则，在比兴的审美语境中发展出诗歌叙事的独有技巧和特色，而古人主要是从两个方面来解决这个问题的。

一方面诗歌叙事要依照"比兴"的要求，极力避免"赋"笔叙事的详尽无遗。历史以叙事为目的，它需要用"赋"笔叙述事件的全过程，而诗歌则是"述事以寄情"④的，所以只需要撷取事件中几个有意味的片段来生发情感即可。"情以感兴为端，而以风味为美，咏事赋情得其大意

① （明）谢肇淛：《小草斋诗话》卷一《内篇》，载吴文治编：《明诗话全编》，上海古籍出版社1997年版，第6669页。

② （明）钟惺：《唐诗归》卷十七《盛唐》十二，载吴文治编：《明诗话全编》，上海古籍出版社1997年版，第7347页。

③ （清）贺裳：《载酒园诗话·又编》，载丁福保辑：《历代诗话续编》，中华书局2006年版，第305页。

④ （清）梁章钜：《退庵随笔·学诗一》，载郭绍虞编：《清诗话续编》，上海古籍出版社1999年版，第1952页。

而已，纤悉详密非所尚也"①，诗歌叙事以激发情感为主，所以对于事件只需"赋"其大意，只要把事件的大致情形传达出来即可，不必首尾详备。

> 然诗佳处不在多，以不尽为温，以有余为厚。杜诗叙事期于竭尽无余。如《北征》岂不佳，而叙致骈累。首叙君臣国事一段，继叙时境一段，又到家对妻子哭穷一段，末又转入军国一段。就使行文如此，亦嫌冗沓，岂诗人咏叹不足之意？②

指责杜甫《北征》叙事"竭尽无余"，节奏散缓冗阔，同时也有违诗歌"言尽意无穷"的审美要求。而古人中诸如此类对杜甫、白居易等人叙事过详的批评还有很多。就是说比兴要求意在言外，故诗歌叙事要留有空白，要给阅读者留下想象的空间，而叙事详尽就显然违背了"比兴"的这一审美要求。总之，诗歌叙事详尽就是写作者忘记了诗体"比兴"的本质特征而纯用"赋"笔大肆发挥的结果，这就会使诗歌叙事在风貌形态上更接近于史的纪实，而缺乏诗歌叙事应有的感发意。"若乐天寸步不遗，犹恐失之，乃文章传记之体"③，就明确指出如白居易诗歌一样叙事详尽无余就等于把诗写成了传记，背离了诗体的本体特征。

但是诗歌叙事也不是就一味尚简，"太详则语冗而势涣，故香山失之浅；太简则意暗而气馁，故昌谷失之促"④，太过详尽固然不可，但太过简略以至于令人费解，叙事就失去了应有的意义。但是这个详与简的度要如何把握呢？也就是说诗歌叙事既然仅仅是择取重要片段，那么要如何选择这些片段才算符合了诗体详略得当的要求呢？首先诗歌叙事所选择的事件中的片段要有代表性，既然有意留下空白令阅读者发挥其想象力，那么这

---

① （明）陆时雍：《古诗镜》卷八《晋第一》，载吴文治编：《明诗话全编》，上海古籍出版社1997年版，第10682页。

② （明）郝敬：《艺圃伧谈》卷之三《唐体》，载吴文治编：《明诗话全编》，上海古籍出版社1997年版，第5937页。

③ （明）许学夷：《诗源辨体》卷二十八《中唐》，载吴文治编：《明诗话全编》，上海古籍出版社1997年版，第6228页。

④ （清）黄子云：《野鸿诗的》，载丁福保辑：《历代诗话续编》，中华书局2006年版，第850页。

些片段就要能提供足够的信息来唤起或者指引读者对整个事件的想象，否则叙事就会令人如堕云雾摸不着头脑。因此诗体所选择片段要足以令读者透过它们想象出事件的整体面貌，那么诗歌叙事的片段选择就算恰到好处。同时诗歌叙事的目的在于感发，要能从这些事件的片段中生发出情思来，故这些片段必须是事件中最有意味的部分，如《岘佣说诗》赞叹杜甫《观公孙大娘弟子舞剑器行》："叙天宝事只数语而无限凄凉，可悟《长恨歌》之繁冗"[①]，杜甫之所以能短短数语而生发出无限凄凉之意正是因为他抓住了那段历史记忆中最能体现沧桑变化的代表性细节，因此诗歌叙事的片段择取还要同时满足"寄情"的需要。按照这两个要求选择事件中的片段进行叙述就做到了详略得当，同时也满足了"比兴"的要求。

在此基础上，古人又进一步提出诗歌叙事在叙事章法上要打破"赋"笔的平铺直叙。"作诗善用赋笔，惟老杜为然。其间微婉顿挫，总非平直"[②]，要求写诗"赋"事不得平直。这一方面就是运用我们在语体论中已述及的诸如横截、倒插、顿挫等等方法，叙事时刻意打破事件发生的自然顺序。这本是在历史传记等叙事中也经常出现的，但因为诗歌叙事仅择取某些片段，本就缺乏环环相扣的紧密连接，故而能更加任意、更加灵活地打乱叙事的顺序，能够完全按照诗意的流转忽前忽后来进行叙述，这种近乎意识流的叙事形态在史传中是不可能出现的。另一方面诗歌叙事的目的在于寄情，因此避免平铺直叙的方法之一就是叙事之中间以叙情，"乱离事只叙得两句，'清渭'以下以唱叹出之，笔力高不可攀"[③]，在叙事中间以情感的生发和赞叹，既能避免平铺直叙，又能达到诗歌叙事"即事生情"的目的，将叙事的重心最终归结到感发情思上来。

总之，出于"比兴"的审美需要，诗歌叙事必须改变"赋"笔叙事直接"铺叙"的特点。既要避免叙事详密无余，要在叙事中适当留有空白，还要巧妙选择事件中有代表性、意味深长的片段来激发起阅读者对

---

① （清）施补华：《岘佣说诗》，载丁福保辑：《清诗话》，上海古籍出版社1978年版，第988页。

② （清）李重华：《贞一斋诗说·诗谈杂录》，载丁福保辑：《清诗话》，上海古籍出版社1978年版，第936页。

③ （清）翁方纲：《石洲诗话》卷六《渔洋评杜摘记》，载郭绍虞编：《清诗话续编》，上海古籍出版社1999年版，第1479页。

整个事件的想象并能感发情感、引动思考。而且在叙事过程中也须打破事件发生的自然顺序，根据诗意变换叙事章法和节奏，更须间以情感的抒发，在叙事中间以赞叹之意，令叙事融解于"比兴"的情意感发中。通过以上种种就可以改变"赋"笔叙事的直露铺陈，令诗体"赋"事更符合诗体"比兴"的审美和表达需要。

（二）诗赋物：古人论形似及"诗中有画"

"赋"笔施于物象和山川风景等，则出现了体物写景的诗句或篇章，摹景状物，曲尽其肖，古人称之为"形似语"。"形似之语，盖出于诗人之赋，'萧萧马鸣，悠悠旆旌'是也"，"古人形似之语，如镜取形，灯取影也"①，指明形似语就是用"赋"笔对物象进行真实的描摹，呈现其真实的体貌，就如同镜子映照景物一样写实、逼真。当然有时候古人将诗对事件的实录也同样称为"形似语"，但仅是少数，仍以用之指称风景或物象的客观呈现为主。最早使用"形似"一词的是沈约，"相如巧为形似之言"②，应就是指司马相如的赋作铺排景物状貌而言的。后刘勰也用"窥情风景之上，钻貌草木之中"来解释当时文坛的"文贵形似"③，这都说明"形似"一词一开始就是用以特指对景色或物象的形貌进行如实摹写的，后世也仍以用此义为主。

然而古典诗歌向来是以"言志"或"缘情"为主旨的，写景体物一直被排斥在诗歌写作的意图之外，而以体物为主的诗歌创作如宫体诗等也都因此在诗学领域备受贬抑。那么在如此以情性为主导的诗学传统中，形似语是如何争得一席之地甚至促成了"诗中有画"观念诞生的呢？这无疑是我们理解"赋"物在诗体中的功能所必须回答的问题。

1. 诗中有画：形似与神似

诗画关系的论辩同样是古典诗学的一个重要命题。诗和画本是两种

---

① （宋）范温：《潜溪诗眼》，载吴文治编：《宋诗话全编》，江苏古籍出版社1998年版，第1249页。

② （南朝梁）沈约：《宋书》卷六十七《谢灵运传》，载柯庆明、曾永义编：《两汉魏晋南北朝文学批评资料汇编》，成文出版社1978年版，第265页。

③ （南朝梁）刘勰撰，范文澜注：《文心雕龙注》卷十《物色》，人民文学出版社2008年版，第693页。

完全不同质的艺术形式，"绘画用空间中的形体和颜色而诗却用在时间中发出的声音"①，它们赖以表达的媒介完全不同，也就意味着它们在表达对象和表达方式上必然存在着巨大差别，这一点古人也并非没有注意到。"宣物莫大于言，存形莫善于画"②，后《历代名画记》引述陆机语前亦谓："记传所以叙其事，不能载其容；赋颂所以咏其美，不能备其象"③，都指明诗画的表达对象是不同的，因为画以空间共存的线条和色彩为表达媒介，所以更适合表现形象，而依赖于语言文字的诗文不仅缺乏画的形象性，同时正如莱辛所说，因为语意是在语言的时间流动中展现出来的，也导致诗更适宜于表达事物的时间性特征或在时间中的发展变化。

那么既然古人已经意识到诗和画是两种不同质的艺术形式，为什么还会提出"诗画本一律"④，还要在绘画和诗歌写作中力图打通两种形式，使"诗中有画""画中有诗"呢？对此许多学者已经从不同角度进行过阐释。钱钟书认为艺术家总是力图超越表达媒介的限制来追求艺术的更高境界："画的媒介材料是颜色和线条，可以表示具体的迹象，大画家偏不刻画迹象而用画来'写意'。诗的媒介材料是文字，可以抒情达意，大诗人偏不专事'言志'，而要诗兼图画的作用"⑤，是就艺术家的创作心理而言的，艺术发展的动力总是来自创作者超越的冲动，而诗画互融恰恰是古人试图超越诗和画各自表达界限的结果。如果说钱氏的解释还是泛论性的，是可以应用于任何民族甚至任何艺术形式的，那么韩经太则更着眼于中国文化的特殊背景，指出诗画交融观念的出现是与六朝以来山水诗、山水画的兴盛分不开的⑥。另外韩经太还分析了宋代文化的特色，以为诗画同质观念最终由宋人提出是因为"宋代无疑是一个具有参融文化性格的时代"⑦。

① ［德］莱辛：《拉奥孔》，人民文学出版社 1979 年版，第 80—84 页。

② （唐）张彦远著，俞剑华注释：《历代名画记》，上海人民美术出版社 1964 年版，第 4—5 页。

③ （唐）张彦远著，俞剑华注释：《历代名画记》，上海人民美术出版社 1964 年版，第 4—5 页。

④ （宋）苏轼：《苏轼诗集·书鄢陵王主簿所画折枝二首》，载吴文治编：《宋诗话全编》，江苏古籍出版社 1998 年版，第 859 页。

⑤ 钱钟书：《中国诗与中国画》，载《中国社会科学院研究生院学报》1985 年第 1 期，第 1—13 页。

⑥ 韩经太：《中国诗画交融若干焦点问题的美学思考》，载《北京大学学报》2011 年第 3 期，第 28—38 页。

⑦ 韩经太：《论宋人诗画参融的艺术观》，载《天津社会科学》1993 年第 4 期，第 85 页。

不过这种种探讨虽然皆从各自角度阐明了诗画交融的背景和动机，但是却仍然没能从诗学观念的角度回答这个问题，为什么在以"言志"为尚的诗学体系中可以有"形似语"的一席之地，它存在和被接纳的理由是什么？

如同诗史之辨一样，诗和画的论辩也包含着两个基本向度，即从诗的角度论"诗中有画"和从画的角度论"画中有诗"，不过此处我们也仍仅论及诗学立场上的"诗中有画"。所谓"诗中有画"就是在以言志抒情为主的诗歌写作中融入对物象或景色的描摹，在情语中融入形似语，在诗情中犹如画面一样再现物色逼真形貌，因此"诗中有画"观念中诗和画的契合点就在于"形似"上，就是指诗如同画一样追求"形似"的再现。"诗中有画"观念的萌发自然是与六朝山水诗的兴起甚至宫体诗的咏物传统有着直接因果关系的，因为诗歌可以摹写"形似"的观念恐怕就是在这个背景下诞生的。陆机《文赋》还以"诗缘情"与"赋体物"对举，将"体物"的特征仅仅归于赋。但到钟嵘时，他论五言诗已谓"岂不以指事造形，穷情写物，最为详切者邪？"[①]，就将"造形""写物"与"穷情"等并列为诗体的表现内容之一了，可见当时人们不但已接受了诗歌也具有"体物"功能的观念，而且似乎认为它与指事陈情有着同样重要的地位。同时"形似"作为一个批评术语也屡见于当时的文论中，钟嵘就多次用之评诗，如评张协诗"巧构形似之言"，评颜延之、鲍照也皆强调"尚巧似"等等。尤其值得注意的是钟嵘的"巧似"并无后世使用"形似"一词时的贬斥之义，而是基本作为正面评价出现的。甚至刘勰虽对当时文风多有不满，但《物色》篇也未表现出对"形似"的排斥，这当然也是一代的风气使然。因此说"诗中有画"观念的萌生得益于山水诗的盛行是不错的，但是问题在于在唐之后、在六朝的写作风尚和文学观念备受指责时，"形似"又是如何存在下来的呢？这个问题的答案应该就是"比兴"。应该说"赋"笔的叙事、写物等在诗中的被接纳最终都是因为它顺应或满足了"比兴"体式的要求。

---

① （梁）钟嵘：《诗品》，载（清）何文焕辑：《历代诗话》，中华书局1981年版，第2—3页。

一直以来，论者讨论"诗中有画"都仅着意于讨论古人对"形似"的重视，却完全忽略了古人重视"形似语"的缘由，忽略了这些形似语在诗中的功能以及"比兴"思维对于形似语在诗中存在以及被重视的决定性影响。崇尚"言志"的诗之所以写物摹景，其实就是出自"比兴"表达方式的需求。"比"要比于物象，"兴"也要托意于物色，比和兴都离不开对外界物象和景色的描写。

> 诗有赋、比、兴，山水、木石、烟云、花鸟，即古诗之比、兴也。孔子论《诗》亦曰："多识于鸟兽、草木之名。"故山水、木石、烟云、花鸟自《三百篇》而下，即初、盛唐不能捨此为诗，顾可以责晚唐乎？①

明确指明诗中的山水、木石等等就是"比兴"的凭借，无此则不可为"比兴"，所以诗不可无"比兴"，也就不可以没有山水景物。"写景是诗家大半工夫，非直即眼生心，诗中有画，实比兴不踰乎此"②，亦是此意，"诗中有画"即是"比兴"，即是因物而寓意托情。由此可见，"赋"笔状物写景的形似之言被古人接纳的原因就在于，它是"比兴"表达方式赖以存在的基础和媒介。在"比兴"体式的写作层面上必然存在着"赋"物，而这些"赋"物的形似语也唯有进入"比兴"的表达体系、具备"比兴"义才可以顺理成章地存在于诗体中。

作为"诗中有画"观念孕育滋生的土壤——山水诗本身就是诗歌"比兴"表达的典范。山水诗的前身是玄言诗，玄言诗寓玄理于山水而促成了山水诗的出现，而山水诗的先驱谢灵运也是每每在诗中寄寓玄思，"康乐于汉、魏外别开蹊径，舒情缀景，畅达理旨"③，托玄理于山水景物是玄言诗写山水以及之后山水诗写作的共同初衷，而山水诗之取代玄言诗也不

---

① （明）许学夷：《诗源辨体》卷三十二《晚唐》，载吴文治编：《明诗话全编》，上海古籍出版社1997年版，第6252页。

② （清）李重华：《贞一斋诗说·诗谈杂录》，载丁福保辑：《清诗话》，上海古籍出版社1978年版，第931页。

③ （清）黄子云：《野鸿诗的》，载丁福保辑：《清诗话》，上海古籍出版社1978年版，第862页。

能不说是古人在文笔之辨的观念驱使下选择"比兴"作为表达方式的结果。而且不仅创作领域摹景状物的兴起与"比兴"有关，当时文论领域接受"形似"也是着眼于"比兴"需求的，刘勰所谓"吟咏所发，志惟深远；体物为妙，功在密附"①就强调了"体物"的功能在于志意的比附隐寓，在于可以实现志意婉曲的表达。因此且不说当时尚形似导致的末流之弊确实陷入了纯粹的写物中，至少最初这一创作实践的提倡者以及同时代的理论领域都是站在"比兴"的立场上接受形似语的。而在六朝尚形似的风气在后世饱受贬抑时，形似语继续存在并促成"诗中有画"观念形成也是基于"比兴"的审美需要。

"诗中有画"的观念至宋代开始流行并逐渐被普遍接受，而几乎所有提倡"诗中有画"的言论都默认一个前提，就是这形似语是为传达言外之意而存在的。晁补之（1053—1110）"诗传画外意，贵有画中态"②一语被后人认为是对苏轼"论画以形似"最好的补论，就其语意看，虽然是强调诗须有形似，但同时也似乎暗示诗"画中态"之可贵就在于传达出了"画外意"。邵雍（1011—1077）亦谓"诗画善状物，长于运丹诚。丹诚入秀句，万物无遁情"③，刻意将"诗画"和画相对而言，强调画出自"丹青"，而"诗画"出自"丹诚"，画呈现的是万物之形，而"诗画"却最终落足于"情"，明确说明诗中之画不能是单纯的"形似"，要有"情"寓乎其中，要有"比兴"。

> 诗本有声之画，发缲缋于清音；画乃无声之诗，粲文华于妙楮。一举两得，在乎此焉。言夫画者，极山水草木禽鱼动植之姿；言夫诗也，尽月露风云人物性情之理。春生秋实，一挥洒而已成；地下天

---

① （梁）刘勰撰，范文澜注：《文心雕龙注》卷十《物色》，人民文学出版社 2008 年版，第 693 页。

② （宋）晁补之：《鸡肋集》卷八《和苏翰林题李甲画雁二首》，载吴文治编：《宋诗话全编》，江苏古籍出版社 1998 年版，第 1042 页。

③ （宋）邵雍：《伊川击壤集》卷一八《诗画吟》，载吴文治编：《宋诗话全编》，江苏古籍出版社 1998 年版，第 297 页。

高，在咏歌而咸备。①

"诗中有画"则可以一举两得，可以兼备山水之姿和性情之理，而山水之姿正为感发性情之理而存在。故朱庭珍（1841—1903）又谓："夫文贵有内心，诗家亦然，而于山水诗尤要。盖有内心，则不惟写山水之形胜，并传山水之性情，兼得山水之精神"②，写山水不图画山水形貌之胜，更要表现出山水之性情、精神，而山水之性情即诗人之性情，诗之内心即诗人意欲表达之内心情思，所以山水都不过是诗人之性情、精神的依托物而已。总之，在古人看来，摹景状物的形似语不得缺少的原因就在于它是"比兴"在写作层面实现的凭借，状物能否逼真、能否得其形似是"比兴"表达成功的前提和基础。

当然也有许多论者认为，对"比兴"而言，写物最重要的是写出景或物的内在精神，得其"神似"，甚至因此提出遗其形似。《韵语阳秋》引陈与义（1090—1138）《墨梅诗》"意得不求颜色似"以论诗重在"得意"而不宜泥于形似③。

> 古人之诗如画意，人物衣冠不必尽似，而风骨宛然。近代之诗如写照，毛发耳目无一不合，而神气索然。彼以神运，此以形求也。④

批评近代诗歌斤斤于形似而不得其神，认为应如古诗之摹景写物仅在于"画意"，描摹精神而不必苛求形貌之逼真。另《缜斋诗谈》亦谓"古诗

---

① （明）王行：《半轩集》卷二《寄胜题引》，载吴文治编：《明诗话全编》，上海古籍出版社1997年版，第245页。
② （清）朱庭珍：《筱园诗话》卷一，载郭绍虞编：《清诗话续编》，上海古籍出版社1999年版，第2344页。
③ （宋）葛立方：《韵语阳秋》卷一四，载吴文治编：《宋诗话全编》，江苏古籍出版社1998年版，第8298页。
④ （明）于慎行：《穀山笔麈》卷八《诗文》类，载吴文治编：《明诗话全编》，上海古籍出版社1997年版，第5145页。

写景如写意"①，诸如此类的观念皆认为应该超越低层次的形似，而追求神似的更高境界。也正是因为这一观念的存在，故学界一直怯于将"形似"与"比兴"关联起来，即使知道以"赋"笔描摹景物的形似本是"比兴"表达方式中的应有之义，却终究因为古人"忘形得意"②的神似观而认定古人站在"比兴"的立场上应是取"神似"而弃"形似"的。

在"形似"和"神似"之间古人更看重"神似"，更致力于追求"神似"的境界，这是毋庸待言的。甚至可以说"神似"的境界才是更合乎"比兴"要求的，而古人倡导"神似"就是他们力图超越直笔"赋"物层面的一种尝试。但这并不意味着在"比兴"表达中只需有"神似"，而可以将"形似"完全抛开了，因为终究"神似"也还是离不开"形似"的。就如同"得意忘言"而"意"终究不得不以"言"为凭借一样，"得意忘形"，"意"也不得不赖"形"而存在，"神似"是不可能完全脱离"形似"而独立存在的。无论绘画还是诗歌，在体物摹景时固然可以为传达或凸显某一精神特色而对其形貌有所改动，导致所呈现之形象背离原本的形貌之似，但是这变形后的形象之所以仍能传达出其本来之精神就在于这形象中仍然保留着某种形似的缘故，或者说"神似"的变形式呈现恰恰是依赖于其他部分的形容逼肖而实现的。假如没有其他部分的逼真而仅有"神似"的变形描摹，其所描画的形象为何物恐怕都令人费解，又何谈"神似"，何谈精神气韵的传达？因此"神似"只是不尽似，而非完全不似，而古人提倡"神似"，也只是认为应该超越"形似"，而非完全遗弃形似。正如王若虚阐发苏轼"论画以形似，见与儿童邻"一语所说的："论妙于形似之外，而非遗其形似"③，不重形似是认为无论是画还是诗中之画都不应局限于形似，要能超越形似，不但求"神似"，更要追求"神

---

① （宋）张谦宜：《絸斋诗谈》卷二《统论》下，载郭绍虞编：《清诗话续编》，上海古籍出版社1999年版，第803页。

② （宋）祝穆：《古今事文类聚前集》卷三十九引欧阳修《盘车图诗》云："古画画意不画形，梅诗咏物无隐情。忘形得意知者寡，不若见诗如见画"，载吴文治编：《宋诗话全编》，江苏古籍出版社1998年版，第8100页。

③ （金）王若虚：《滹南诗话》卷二，载丁福保辑：《历代诗话续编》，中华书局2006年版，第515页。

似"之外的志意传达。

> 山川草木，花鸟禽鱼，不遇诗人，则其情形不出，声臭不闻。诗人之笔，盖有甚于画工者。即如雪之艳，非左司不能道；柳花之香，非太白不能道；竹之香，非少陵不能道。诗人肺腑，自别具一种慧灵，故能超出象外，不必处处有来历，而实处处非穿凿者。①

此处论者正是在对诗人更在"画工"之上的摹物技巧加以赞叹之后才提出所谓"超出象外"的。所以诗之高妙在于"超出象外"，但是对物象的超越却还是要建立在对物象的逼真描画之上，故诗人仍须有画工穷形尽相之笔。所谓"脱略于形似之粗，领略于韵趣之胜"②，领略神韵固然要脱离或超越"形似之粗"，但神韵终究要从"形似之粗"中脱胎而来。因此，即使古人力主摹景写物要得"神似"，但"神似"却绝不能完全脱离"形似"而存在，诗之"比兴"终究不能不有形似语。

总之，"诗中有画"观念的形成及被古代诗学体系普遍接受自始至终都受益于古人写诗和论诗的"比兴"思维，受益于"比兴"表达方式对物象的依赖。因为"比兴"都是要以物象为表达媒介的，所以"赋"物也就成了"比兴"在写作层面不可缺少的组成部分，摹景体物的形似语不但因此被接纳，而且还备受重视，并促成了"诗中有画"观念的形成。

2. 以画法为诗法："诗中有画"的内化

在推动诗歌"赋"物在形似中追求神似的同时，"诗中有画"观念又进一步发展，促使诗和画两种艺术形式逐渐超越单纯形式上的结合而表现出艺术精神上的融合，逐渐由诗中有画面发展为诗中有画的表现技巧和审美追求。这些表现技巧最初仅仅是用在摹物写景的画面经营中，之后又延伸至诗境的布置及开拓上，遂使"诗中有画"最终超越了"赋"物的层面而内化为诗体的一种审美视角了。

---

① （清）田同之：《西圃诗说》，载郭绍虞编：《清诗话续编》，上海古籍出版社1999年版，第753页。

② （明）张以宁：《秋野图序》，载吴文治编：《明诗话全编》，上海古籍出版社1997年版，第7页。

诗中有画面的经营自然就需要绘画的空间经营技巧，于是古人写作时开始自觉将绘画的布局法运用于诗中物境的描摹中，而论诗者也越来越注意对诗中所展现的画法进行发掘和总结。如《杜臆》谓杜甫《奉先刘少府新画山水障歌》"以画法为诗法""总得画法经营位置之妙"，此诗本就是题画诗，故杜甫作诗之时自然是吸收并大肆发挥了画家布局经营的技法，将之用于诗境的描绘中，故能以诗传达出绘画构图的精致和逼真来。而《葚原诗说》更是对诗中所写之景进行区分，并尝试分析诗歌写景的构图诀窍：

> 然景有大小、远近、全略之分，若无分别，亦难称作手。如："云霞出海曙，梅柳渡江春。淑气催黄鸟，晴光转绿苹。"杜审言一大景，一小景也。"浮云连海岱，平野入青徐。孤嶂秦碑在，荒城鲁殿馀。"杜甫一半景，一全景也。①

指明诗人写作时会刻意模仿绘画的布局技巧，注意大景和小景、近景和远景、全景和半景的错落搭配，以形成画面的层次感，令整体构图更觉丰盈。总之，"诗中有画"首先就意味着诗中有画面的经营，而绘画布局技法也就自然地被引入诗法中来，无论写作者还是论诗者都极其注意在诗歌的语境中如何体现画的空间美感。而随着绘画布局法向诗歌内渗透，它逐渐超越了"赋"物的层面，将绘画布局的这种空间思维方式带进了整体的诗篇经营和布局中。而这种空间思维延伸的媒介即是诗学中"境"概念的引入。

"境"的概念被引入诗学领域可以说正是"诗中有画"观念开始内化为一种诗体思维模式的重要标志。旧题王昌龄所作《诗格》提出了著名的三境说，将"境"的概念引入古典诗学中，开创了以"境"论诗的传统。而"境"即使用在诗学中都还是一个空间感极强的概念，因此有论者提出古人因为习惯于一种"以空间隐喻时间"的思维方式，所以才总

---

① （清）冒春荣：《葚原诗说》卷之一《五言律说》，载郭绍虞编：《清诗话续编》，上海古籍出版社 1999 年版，第 1573 页。

是将"诗"这种时间性的艺术空间化、视觉化①。不过将诗视为时间艺术这种观念本身就是来自西方的，虽然语言对内容的呈现确实是存在于时间中的，但是中国古典诗歌却显然并没有顺应诗的这种时间性，而从"诗中有画"的观念中尤可看出古典诗歌对空间性表达的热衷。王昌龄将诗境划分为物境、情境、意境，正如本书第一章所言，这三境既是诗境的三种类型，也是诗境的三个层面，也就是说完美的诗境应该是三者兼具的，作为物色描摹的物境正是情境、意境赖以生发的触媒，因此三境合一就恰好构成了一个完整的"比兴"式表达。而王昌龄所谓物境就是所谓"诗中有画"的画面，它本身就是一个空间性的存在，由此我们或可推断王昌龄"境"的概念或者正如前文所言源自佛学，但他对诗中"物境"的感知却应是从"诗中有画"发展而来的。他首先体认到诗中画面的空间性而产生了"物境"的认识，并由"物境"引申至附着其上的情、意，才使这两个虚化的概念也变成了一种空间化的存在。如此则"境"作为诗学批评概念出现其实就是"诗中有画"观念在诗学中的衍生物，而藉由此概念遂将画的空间感和空间化思维模式一并融入了诗学中。

因为"物境"和"情境""意境"是不可分的，当人们将"境"的概念移用到虚化的情、意上时，也将其空间美的特征赋予了它们，于是情、意在诗中也变成了一种空间性的存在，而绘画的布局法也就因之由物境又延伸至情境和意境中，成了古人诗境营造的基本方法，并最终演化为古典诗歌写作和鉴赏的一个特定视角。如贺贻孙以画法喻诗境的拓展：

> 画家所谓平远者，如一幅乱山，几数百里，而烟嶂连绵，看之令人意兴无穷。在诗家惟汉人有之。今之学古诗者，但知学其平，不知学其远。盖平者其势，远者其神，神故不易学也。②

绘画往往以烟云缭绕遮蔽群山，令山在尺幅之中显现出无尽的蜿蜒曲折之

---

① 赵奎英：《从"文"、"象"的空间性看中国古代的"诗画交融"》，载《山东师范大学学报》2003年2月，第26—27页。

② （清）贺贻孙：《诗筏》，载郭绍虞编：《清诗话续编》，上海古籍出版社1999年版，第151页。

致，令画中境界在开阔中蕴藏无边远意，诗境的经营亦须如此。平铺直叙不得谓开阔，反会因一览无余而令诗境显得浅平逼仄，唯有运曲笔如云雾，时加遮拦而意在言外才能令诗境蕴藉深厚。再如吴乔论杜甫《送路六侍御入朝》："只须前半首，诗意已完，后四句以兴足之。去后四句，于义不缺；然不可以其无意而竟去之者，如画之有空纸，不可以其无树石人物而竟去之也"[①]，将诗后四句"无意"之语比作诗歌的空白处，认为后四句虽然于诗意无补，却以兴象为诗平添了几分氤氲朦胧，而诗境也就因为这后四句"无意"兴语的烘托而更显蕴藉，就如同画中的形象正因为空白处的衬托才更加风致宛然一样。当然，贺贻孙、吴乔二人所阐发的观念其实也是诗学中固有的思想，只不过他们借用了画法来加以说明罢了。然而这种比拟的出现在古典诗学中却并非偶然，应该说无论是在创作还是诗论中古人都已习惯于依照绘画布局的方法来思考诗境的营造了，绘画布局的空间思维方式已内化为诗境的一种审美视角，而且不仅物境，就连情境和意境也都已被纳入了这种空间化的视角中。

总之，当诗境概念提出，当绘画的空间布局思想从一种仅仅存在于物境经营中的技巧方法而发展为整体诗境的营造方式以及审视角度时，就意味着"诗中有画"已经超越了"赋"物的层面，超越了两种艺术形式仅仅在"形似语"中的契合，而真正升华为二者在艺术精神上的融合了，绘画的空间思维模式已经内化为诗歌写作或批评的审美视角之一了。

因此，与叙事相比，"赋"物是更加内在于"比兴"体式的，摹写物色的形似语就是"比兴"在修辞层面实现时不可或缺的依托，尽管为了超越单纯"赋"物的粗浅，古人极力主张要超越"形似"得其"神似"，但因为"神似"也同样是不能完全离开"形似"的，故而诗体的"比兴"表达中还是少不了"形似"的支撑。正因为如此，诗写形似不但被接受，而且促成了"诗中有画"观念的形成，而这一观念的被接受又致使绘画的空间经营技巧以及空间化审美方式进入诗歌领域，逐渐成为诗歌写作和批评的内在视角之一。

---

① （清）吴乔：《答万季埜诗问》，载丁福保辑：《清诗话》，上海古籍出版社 1978 年版，第 28 页。

（三）诗"非关理"与"以议论为诗"

无论是"诗言志"还是"诗缘情"都是根植于人的情性之中的，因此在后世日益清晰的诗文之辨中，"诗言性情"遂成为论诗者的共识。性情存乎人心，缘外物以生发，或感于物，或生于事，然后才有情感志意的产生，因此事和物虽外在于性情，却皆与诗情之感发息息相关。因此"赋"笔叙事、体物虽也被认为背离诗道，但仍可与情性的抒发相容，更别提体物还是"比兴"表达的必备要素了。但"理"却不然，"理"不但是外在于性情的，而且还与性情的感发在思维方式上存在冲突，故古人论诗对诗谈"理"的排斥远甚于叙事和体物。

古人论"理"义有多端，若"物理"之"理"则谓"性"，"脉理"之"理"则谓"脉络"，至于我们此处所论之理则为"义理"之"理"，所谓道理、思想同时也包括道德理念等等。严羽谓"诗有别趣，非关理也"[①]，这个论调简单的理解就是诗与理无关。不过古人向来是推崇诗教的，发抒情性都要"发乎情而止乎礼"，不失义理之正，至于"诗言志"之"志"更是深植于义理观念之中，如果认为诗与理无关显然是悖谬的，严羽也因此遭到后世的诸多批判。然而严羽的本义恐怕也未必是认为诗歌完全不涉及理、不表现理，他可能也仅仅是在反对在诗中谈理、反对把"理"在诗中表达出来而已。古人的立场向来主张诗要关系义理，裨益风教，但同时也反对以道理的形式把这些思想表达出来。

> 《三百篇》皆约情合性而归之道德也，然未尝有道德字也，未尝有道德性情句也。二南者，修身齐家其旨也，然其言琴瑟钟鼓，荇菜芣苢，夭桃穠李，雀角鼠牙，何尝有修身齐家字耶？皆意在言外，使人自悟。[②]

诗用比兴，兴象宛然、情致浓郁而义理自见，见理意而无理语，则诗虽

---

① （宋）严羽：《沧浪诗话》，载（清）何文焕辑：《历代诗话》，中华书局1981年版，第688页。

② （明）杨慎：《升庵诗话》卷十一，载丁福保辑：《历代诗话续编》，中华书局2006年版，第868页。

表现了理，却又无一字涉及理，这样才符合诗发于情性的本质。"善作诗者，不泥夫理与事，喜怒哀乐缘情而抒写，其所谓虚灵浑灏、温柔敦厚者自在也"①，又主张缘情抒写而理自在其中，也是要求诗歌表现义理却不谈义理，不失诗"虚灵浑灏"之致。可见古人反对的并非诗"关乎理"，而是反对"见理"，反对在诗中直接或间接地说理。"夫唐诗所以夐绝千古者，以其绝不言理耳。宋之程、朱及故明陈白沙诸公，惟其谈理，是以无诗"②，"诗非不要理，只是不能于诗中见理耳"③，皆明确表明了这一点，诗还是要体现义理的，只是不可以谈理，不可以出现理语。而且因为严羽在"非关理"之后继而批评了宋人"以议论为诗"，因此古人也就常常将诗中谈理和议论混同起来，"诗不主理，一落议论，便成恶道"④，前句论谈理，后句则继以指责议论，就完全将诗中谈理等同于议论。所以在古人观念中谈理和议论是一回事，他们反对诗"赋"理，反对理语，也就反对诗用议论。而更进一步说，以理语说理即是"赋"，而用情语、景语寓理则为"比兴"，所以古人反对谈理、反对议论准确说就是反对在诗中用"赋"笔论理。

自严羽之后，诗歌能否说理、能否有议论成了诗学领域争论的热点议题之一。反对者继承严羽的观点，对宋诗的喜说理、好议论大加抨击，"宋诗尚理，主于议论，而病于意兴，於《三百篇》之义为甚远"⑤，"宋人以议论为诗而诗亡"⑥，同时也明确提出诗不可有理语、不可有议论。

　　　　宋人主理，作理语，于是薄风云月露，一切铲去不为。又作诗

<hr/>

　　① （清）魏礼：《魏季子文集》卷七《愁薮诗序》，载吴宏一编：《清代文学批评资料汇编》，成文出版社 1979 年版，第 183 页。
　　② （清）贺贻孙：《诗筏》，载郭绍虞编：《清诗话续编》，上海古籍出版社 1999 年版，第 190 页。
　　③ （清）张谦宜：《絸斋诗谈》卷一《统论》上，载郭绍虞编：《清诗话续编》，上海古籍出版社 1999 年版，第 792 页。
　　④ （明）郝敬：《艺圃伧谈》卷之一《古诗》，载吴文治编：《明诗话全编》，上海古籍出版社 1997 年版，第 5911 页。
　　⑤ （明）徐师曾：《文体明辨·近体律诗》，载吴文治编：《明诗话全编》，上海古籍出版社 1997 年版，第 3893 页。
　　⑥ （明）伍袁萃：《林居漫录》前集卷四，载吴文治编：《明诗话全编》，上海古籍出版社 1997 年版，第 5150 页。

话教人，人不复知诗矣。诗何尝无理，若专作理语，何不作文而诗为邪？①

指斥宋诗不用比兴，专事议论，一味用理语说理，故失却诗情诗意，作诗如同作文。"诗若字字入道理，则一厄也"②，也是反对诗歌专用理语，字字含理。再如反对议论者，"最忌议论，议论则成文字而非诗"③，"足知议论立而无诗允矣"④，"作诗切忌议论，此最易近腐，近絮，近学究"⑤等等，也都认为诗用议论则近于文，"义理溢而成文，性情比而成诗"⑥，诗中有议论就背离了诗道，而方东树甚至认为诗用议论就会如同学究絮絮论理，近于迂腐，而灵趣全无。凡此种种表达的都是同一个道理，诗不可说理，不可入议论，否则就是文而不成诗了。

当然，反对诗歌说理、议论是有其合理性的。古人反对议论、说理首先是因为议论就是直接以"赋"笔说理，以"赋"笔说理则直露无余，缺乏言外之意。毛先舒（1620—1688）称"宋诗俚露，不但言理，即叙事述情，往往而是，故不得谓汉后无颂而独以宋继颂耳"⑦，就指出宋诗的弊端主要在于以议论言理，直露无余。朱庭珍亦谓"自宋人好以议论为诗，发泄无余，神味索然，遂招后人史断之讥，谓其以文为诗，乃有韵之文，非诗体也"⑧，同样也是指责宋人因为好用议论，所以将诗意宣泄馨

---

① （明）李梦阳：《空同集》卷五二《缶音序》，载吴文治编：《明诗话全编》，上海古籍出版社1997年版，第1981页。

② （清）吴乔：《围炉诗话》卷之五，载郭绍虞编：《清诗话续编》，上海古籍出版社1999年版，第639页。

③ （明）黄子肃：《黄子肃诗法》，载吴文治编：《明诗话全编》，上海古籍出版社1997年版，第961页。

④ （清）王夫之评选，张国星校点：《古诗评选》卷四张载《招隐》，河北大学出版社2008年版，第212页。

⑤ （清）方东树著，汪绍楹校点：《昭昧詹言》卷一《通论五古》，人民文学出版社2006年版，第20页。

⑥ （明）吴廷翰：《苏原文集》卷上《蒙斋郑先生集序》，载吴文治编：《明诗话全编》，上海古籍出版社1997年版，第3470页。

⑦ （清）毛先舒：《诗辩坻·自叙》，载郭绍虞编：《清诗话续编》，上海古籍出版社1999年版，第96页。

⑧ （清）朱庭珍：《筱园诗话》卷一，载郭绍虞编：《清诗话续编》，上海古籍出版社1999年版，第2333页。

尽，言外无余意，故浅直无味。应该说直露本是"赋"笔的通病，但相较之下，叙事、抒情之中犹可蕴含义理，直露中或者还可有耐人寻味处，但说理则索性将诗意中隐含的义理都表露无遗了，则诗已不但无余意，甚且无余味矣。这当然是诗歌的大忌，所以反对议论说理者首先反对的就是它的直露。

其次，古人反对议论说理还是因为反对诗"涉理路"，反对理性思考对诗歌写作的干预。

> 或问予：子尝言：元和诸公，以议论为诗，故为大变。若靖节"大钧无私力"、"颜生称为仁"等篇，亦颇涉议论，与元和诸公宁有异耶？曰：靖节诗乃是见理之言，盖出于自然，而非以智力得之，非若元和诸公，骋聪明、构奇巧，而皆以文为诗也。①

分析了陶渊明诗中的理语与元和诸诗人诗中议论的区别，认为陶氏理语胜在出于其天性自然，而非出自"智力"，不是从理性思考而来。就是说陶渊明的理语是深植于其性情当中的，所以可以在他抒发性情之时自然而然地流出，并不会令人感觉到那个理性思索的抽象推理过程。且不说此处为陶渊明所做的辩解是否合理，重要的是论者此处强调了诗语即使言理也不应"以智力得之"，也就是严羽所谓"不涉理路"。而谢榛也曾指出"宋人必先命意，涉於理路"②，《絸斋诗谈》论朱熹诗亦谓："因他胸中先有许多道理，然后寻诗家言语衬托出来"③，皆对宋诗的"涉理路"做了具体的阐释。"涉理路"就是指写作者预先确定了诗要表达的道理，然后用诗句将之呈现出来，诗完全出自理性思考，而缺乏情感的生发，而这也恰恰是诗说理议论常见的毛病。"须将道理就自己性情上发出，不可作议论说

---

① （明）许学夷：《诗源辨体》卷六《晋》，载吴文治编：《明诗话全编》，上海古籍出版社 1997 年版，第 6120 页。

② （明）谢榛：《四溟诗话》卷一，载丁福保辑：《历代诗话续编》，中华书局 2006 年版，第 1149 页。

③ （清）张谦宜：《絸斋诗谈》卷五《评论二》，载郭绍虞编：《清诗话续编》，上海古籍出版社 1999 年版，第 863 页。

去，离了诗之本体，便是宋头巾也"①，表达的观念与前述《诗源辨体》论陶诗的思想是一致的，也认为道理只宜从性情中自然发出，一旦涉于议论就是将那个思考的过程暴露了出来，就使得诗流于思辨了。

应该说，论者之所以都反复强调说理要"不离性情"，就是认识到了议论说理更多依赖于"理路"、依赖于理性思维，它本身就是对"性情"的一种背离。诗出自人之自然性情，因此它是感性的，不假思索而真实自在的，诗歌写作不需要借助理性思维，甚至说只有不借助理性思维它才是真切动人的。无论这观念是否准确，至少古人确实是这样认为的，前文论比兴时已经言及，古人所推崇的"兴"在思维方式上接近于即心即物的原始思维方式，而"比"即使只是在"比附于物"前有一个理性思考的阶段，都已因此在古人心目中退居其次了，那么议论谈理这样展现纯理性思考的方式当然尤为不可取。所以说古人反对议论固然是反对它的直露，但更重要的还是反对诗因此背离感性思维、形象思维而陷入理性思考中。

不过虽然议论在思维方式和美学特征上都与诗的需求相悖，但似乎因此认为诗要完全避用理语、避免议论的观念还是太过极端了。因为自《诗经》以来，诗歌创作中就出现过大量包含议论的理语，而且其中还不乏备受称颂的佳句，这成了对这一理论最有力的驳击。于是许多论者就站在这一立场来为议论说理辩护，《诗镜总论》举出《棠棣》，谓其"不废议论"②，《艺圃伧谈》亦称二雅三颂"涉议论"者甚多③，沈德潜也列举出杜诗、王维诗中的理语④，《老生常谈》也赞赏《赠白马王彪》第六首"全以议论行其郁律之气，达以挺拔之笔，后人乃以着议论，便落宋人门径，

---

① （明）陈献章：《陈献章集》卷一《次王半山韵诗跋》，载吴文治编：《明诗话全编》，上海古籍出版社1997年版，第1381页。

② （明）陆时雍：《诗镜总论》，载丁福保辑：《历代诗话续编》，中华书局2006年版，第1419页。

③ （明）郝敬：《艺圃伧谈》卷之一《古诗》，载吴文治编：《明诗话全编》，上海古籍出版社1997年版，第5911页。

④ （清）沈德潜：《说诗晬语》卷下，载丁福保辑：《清诗话》，上海古籍出版社1978年版，第555页。

此则魏人诗也"①，皆力图以诗歌经典的成功来证实诗中是可以有理语、有议论的。既然议论的上述缺陷皆无可否认，又不可能令诗歌完全接受议论说理，因此出于折中的考虑，古人开始转而探讨诗中如何议论说理的问题。就是说既然不可避免地诗中会出现用"赋"笔说理，那么只好转而来限定"赋"理的方式了，因此议论说理的讨论就如同古人论叙事一样最终也归结到如何按照比兴的审美需求改造"赋"笔的直露这一问题上来了。

古人认为要改变"赋"理的直露就需要将议论说理的理语和情语、景语、事语等等结合起来，追求理语和情语、景语等的相间、相兼使用。李正心《诗的说理和说理的诗》提出不可有"说理的诗"，但是可以出现"诗的说理"②，所谓"诗的说理"即是此处所说不专用理语，而令理语和情语等相间相兼的意思。就是认为不应该写作如玄言诗、性理诗这样的纯粹说理的诗，但是可以在诗中适当地、巧妙地说理。

理语和情语等相间，就是不"专用理语"，就是说理和抒情、叙事、体物等间错出现，在抒情、体物中自然而然说理，前述陈献章（1428—1500）谓"须将道理就自己性情上发出"已流露出此义。应该说，情意感发的过程并不一定是完全感性的，诗歌写作时，在情事发展的自然过程中，写作者有时会因情感或事件的触动而迸发出瞬间的思想感悟，在这种情势下记录下这个思想的火花就会使思想的表达如同在情感中自然流出，自然、真挚却不会因说理而冲淡其情感的浓度。沈德潜论杜诗："杜老古诗中，奉先咏怀、北征、八哀诸作，近体中，蜀相、咏怀诸葛诸作，纯乎议论。但议论须带情韵以行，勿近伧父面目耳"③，所谓议论须带情韵即是此意。如杜甫《蜀相》虽作议论，但理语皆沉浸于他对历史、人事的深沉感喟之中，虽用理语，却仍能用深挚的情感打动人，不失诗歌一唱三叹之义。再如朱庭珍提出叙事和议论相间相兼：

① （清）延君寿：《老生常谈》，载郭绍虞编：《清诗话续编》，上海古籍出版社1999年版，第1829页。

② 李正心：《诗的说理和说理的诗》，载《文史杂志》1986年6月，第18—19页。

③ （清）沈德潜：《说诗晬语》卷下，载丁福保辑：《清诗话》，上海古籍出版社1978年版，第553页。

叙事即伏议论之根，议论必顾叙事之母。或叙事而含议论，议论
　　而兼叙事。或以议论为叙事，叙事为议论。错综变幻，使奇正相生，
　　疏密相间，开阖抑扬，各极其妙，斯能事矣。人但知叙事中之叙事，
　　议论中之议论，与夹叙夹议之妙，而抑知叙事外之叙事，议论外之议
　　论，与夫不叙之叙，不议之议，其笔外有笔，味外有味，尤为玄之
　　又玄，更臻微妙乎！①

认为在长篇诗歌中是少不了叙事和议论的，而且叙事和议论之间关系又极
密切，往往叙事则必然会引发议论，所以为了避免单纯叙事和单纯议论的
直露，就可以将二者糅合起来，或者相间使用、夹叙夹议，或者在议论
中叙事、在叙事中议论，令二者相兼相融。如此则叙事和议论皆可富于
错综变幻，从而在一定程度上改变了"赋"笔叙事说理直露无余的面貌。
　　在理语与情语等相间的基础上则又有相兼，即如朱庭珍所谓以"叙事
为议论"，就是事语和理语兼容，除此之外，还可有情语兼理语、景语兼
理语。这种情语或景语兼是理语的情形不同于前述单纯缘情抒写或以比兴
手法体物的情况，前述单纯抒情或体物，理是完全在于言外的，在诗语
中是完全不会透露出"理"意来的，而这种情语或景语和理语相兼的情
况则还是理在言内的，在诗句中能隐约透露出道理来，能令人直接感受到
道理的存在，只不过同时它还兼有情或景的内容。这种理与情或景交融的
特征就是古人所谓"理趣"，"状理则理趣浑然"②，理趣浑然即理与情、景
浑然一体，说理不滞于理，故有灵趣。

　　　陶、谢用理语各有胜境。钟嵘《诗品》称"孙绰、许询、桓、
　　庾诸公诗，皆平典似《道德论》"，此由乏理趣耳，夫岂尚理之

---

　　① （清）朱庭珍：《筱园诗话》卷一，载郭绍虞编：《清诗话续编》，上海古籍出版社1999年版，
第2333页。
　　② （宋）包恢：《敝帚稿略》卷二《答鲁子华论诗》，载吴文治编：《宋诗话全编》，江苏古籍出版
社1998年版，第8036页。

过哉？ ①

认为孙绰等人诗的缺陷不在于"尚理"，而在于直接谈理而缺乏理趣。同时将陶、谢与他们并举，赞其"各有胜境"，则显然认为二人诗中的理语是有理趣的。谢灵运以借山水达理旨而著称，因此诗中偶尔逗露理语也常常寓于景语之中。至于陶渊明，前文已提到许学夷（1563—1633）认为陶诗理语皆是"出于自然"，从其性情中流出，则是情语、理语兼而有之，意含议论，却绝不以纯粹议论的形式出现。如陶渊明极受推崇的著名理语"采菊东篱下，悠然见南山"即是，虽是见道之言，但同时也是一种生活情境的描述，更是陶氏本人恬淡闲适的精神状态的生动写照，理语同时也是事语、情语。

总之，无论是理语和情语等相间使用还是融为一体都改变了纯用理语、用"赋"笔议论说理的直白浅露。而且将理语融于情语、景语当中，就可以令理语在诗中"变没隐见"，避免诗中理语"陈陈相因" ②，如此则理语虽含有理性色彩，却不致出现专用理语时那种句与句之间逻辑勾连的情形，虽涉"理路"，毕竟还可避免陷入理性思考的逻辑推理之中。所以，从本质上来讲，"赋"理依然是不适用于诗的，它依赖的思维方式和呈现的审美面貌都违背了诗歌"比兴"的审美需求，但是在兴之所至诗中不得不出现理语时，就不得不竭力通过理语与情语、景语、事语等的交融极力削弱其理性思考的色彩，改变其浅露的风格特质，从而使其接近于"比兴"的需要。

以上分析了"赋"的体式意义及其在写作层面的实现。"赋"只有在用于抒情时，在诗中才具有体式意义。因此只有"赋"笔抒情是可以完全展现其真率自然，而无须一定顺从"比兴"需求的。除此之外，"赋"用于叙事、写物、说理都只具有修辞意义，都是从属于"比兴"表达方式的，而且因为"赋"笔与"比兴"在审美风貌上的差异，这些"赋"

---

① （清）刘熙载：《诗概》，载郭绍虞编：《清诗话续编》，上海古籍出版社1999年版，第2422页。

② （清）张谦宜：《絸斋诗谈》卷一《统论》上，载郭绍虞编：《清诗话续编》，上海古籍出版社1999年版，，第791页。

笔都不得不依据"比兴"的需要改变它表达的方法或形式。吴乔在分析二雅及颂体中的"赋"法时提出："赋而为《桑柔》、《瞻卬》刺时王之秕政，亦必有哀恻隐讳之词，与文之直陈者不同也。以其为歌为奏，自不当与文同故也。赋为直陈，犹不与文同，况比兴乎？"①，虽是就《诗经》而言，但显然他已经意识到出现在诗中的"赋"笔与文章中的"赋"笔之间是有极大的差别的，而这种差异性其实就是"赋"笔服从于"比兴"表达方式的结果。

二、写作层面的"比兴"及其修辞特征

诗契合于"比兴"类型，所以落实到写作层面，自然是以"比兴"修辞为尚，甚至以比兴作为区分诗文的标志、以比兴作为评判诗歌优劣的标准。"《三百篇》比兴为多，唐人犹得此意"②，以比兴多作为诗歌经典成功的标志，而在修辞层面上也常以诗歌中"比兴"多还是"赋"多来评价诗作的优劣，比如以唐诗比兴多、宋诗赋多而认为唐诗优于宋诗，因为杜甫诗赋多而李白诗比兴多，就认为李诗高于杜诗等等，此类评论比比皆是。而在"比兴"中，古人又尤重"兴"，"诗重比兴，比但以物相比；兴则因物感触，言在于此而义寄于彼，如《关雎》、《桃夭》、《兔罝》、《樛木》"③，虽言重"比兴"，但在具体阐述时却谓比"但以物相比"，似乎认为比只是婉曲，却缺少"兴"意在言外的深幽浑厚，语气中的褒贬之义已溢于言表。但在通常情况下，二者还是被一视同仁地放在一起来讨论的。

因为诗的特质与"比兴"类型的特征是高度契合的，在修辞层面上"比兴"自然也是最适合的表现手法和修辞手段，所以在创作中它也就无须像"赋"笔一样改头换面以适应诗体需求，而是要极尽其所能来发挥、

① （清）吴乔：《围炉诗话》卷之一，载郭绍虞编：《清诗话续编》，上海古籍出版社1999年版，第479页。

② （清）施补华：《岘佣说诗》，载丁福保辑：《清诗话》，上海古籍出版社1978年版，第974页。

③ （清）方东树著，汪绍楹校点：《昭昧詹言》卷十八《中唐诸家》，人民文学出版社2006年版，第419页。

凸显自身的表达特质。"比"和"兴",除了"比"中往往包含着"事象比"外,一般皆是托于物象的,通过物象或物境的选择和渲染来间接表达其所感之情、所思之理。如在"事象比"中则是以古事喻今事,就是说"比"在修辞层面表现的是用以启发目前情境的过去之情境,直接触及的是"古事",而非创作当时的现实之事。这就意味着"比兴"在修辞层面呈现的都是作为表达媒介的"喻体",而其真实表达的情、事、理却是隐藏着的。

(一)"比兴"语境下的意象、兴象、意境辨析

既然"比兴"要涉及物象或物境,表现在创作层面自然要谋求意与象或境的契合,于是也就不能不涉及古典诗学、美学领域最为复杂难辨的意象、兴象以及意境概念,尤其是意象、意境更是至今都莫衷一是。这倒不是因为这些概念本身有多复杂,而是古人使用这几个概念时本就很随意,造成它们在古代诗论中内涵很不稳定,再加上后代学者在关注这几个概念时多多少少都受到了西方文论观念的影响,于是造成了在对这些概念的解读中古人观念与西方思想以及后人的想当然阐释混杂在一起的局面。因此要把这几个概念辨析清楚,我们不得不将重心放回古典诗论中,真正审视古人观念中的这几个概念是什么样子的,同时通过这些辨析来确定"比兴"语境下意与象或境的关系。

1.意象及兴象辨析

追溯"意象"观念的起源,几乎所有论者都会从《易》八卦说起,但事实上现当代语境中的"意象"却完完全全是一个外来词。学者们对"意象"的关注始于介绍西方文论者将"image"一词译为"意象",开始大力宣扬西方意象派理论,这使许多论者意识到我们有着悠久的"立象以尽意"的文化传统,同时也有着诸多关于"意象"的言论。当时的论者显然太急于证明我们也有自己的"意象"理论了,所以没能细致分辨其间的差异,更没有认真咀嚼古代诗论中那些"意象"概念的真正内涵,就一股脑将古代"意象"论装进了西方的各种"意象"观念中,于是使得这个原本并不复杂的概念因为中西方理论的缠夹而变得有些难以捉

摸了。

另外，如前所述，古代"意象"一词的内涵并不稳定，于是导致论者不停地在西方文论中寻找新的对应概念，于是阐释的局面也就更加混乱不堪。有的论者顺应西方意象派的观念将"意象"解释为"意中之象"，即认为"意象"是在形诸文字表达之前作者头脑中的事物表象经过情感投注和改造而形成的形象，它是"介于物象和艺术形象中的一个环节"①；但也有论者认为"意象"是呈现于诗歌中的"艺术形象"，是诗歌的构成要素："意象作为诗歌中的一个要素，虽然是一个完整的概念，是指作者在生活中因物有所感，选用最有象征性的物象最恰切地表达作者的情思"②，并有论者因此将"意象"与西方的"艺术形象"或"典型"等概念等同起来，于是导致"意象"概念不但与更多西方文论思想缠绕在了一起，而且自身定位也出现了理论层次的错乱，"意象"界定也就愈发令人如堕云雾。

不过既然我们是要追溯中国古典诗学中的"意象"论，那么解决这个问题最简单的办法就是抛开一切干扰回到我们自己的诗学传统中寻找真相。梳理古典诗论中有关"意象"的言论我们会意外地发现，虽然我们有着立象尽意的普遍观念，古典诗歌尽管崇尚"比兴"，热衷于"造象"，但是我们诗论中"意象"一词出现的频率却并不高，它似乎在古典诗论中的地位并没有论者宣扬古典"意象"论时所宣扬的那么重要，而且其中还有一部分其实根本与我们所论的"意象"无关。如胡应麟谓"汉仙诗，若《上元》、《太真》、《马明》，皆浮艳太过，古质意象，毫不复存"③，以"古质"论"意象"颇有些令人费解，但是若联系胡氏的另

---

① 袁忠：《中国古典意象说疏论》，载《船山学刊》2001年第2期，第72—76页。另黄霖《意象系统论》（载《学术月刊》1995年第7期，第74页）："他明确地指出了作家在心物感应之后，言辞表述之前，在内心形成了一种有意的具象，这就是'意象'。"刘敬端、张遂《意象界说》（《中国韵文学刊》总第6期，第9页）："象是一个重要的中介实体：从生成过程看，它源于物象，经内心意象到整体意境再到外化意象，成为充满艺术空白的浓缩的文字信息。"

② 敏泽：《中国古典意象论》，载《文艺研究》1983年6月，第60页；袁行霈、陈植锷：《中国古典诗歌的意象》，载《中国诗歌艺术研究》，北京大学出版社1987年版，第58—74页。

③ （明）胡应麟：《诗薮内编》卷一，载吴文治编：《明诗话全编》，上海古籍出版社1997年版，第5451页。

一评论就会顿感豁然，他评唐五言绝而认为王建（约767—约830）《新嫁娘》等诗"皆酷得六朝意象"①，所谓"六朝意象"自然不是说诗作中使用的"意象"近于六朝，所以推敲其意，此"意象"应该相当于"气象"，是一种对诗歌总体风貌或风格的概括，而用此意来解释前述"古质意象"也似乎要顺畅很多。而且此类用法并不仅见于胡应麟的论述中，如《雅伦》评述"沈宋体"谓其"气色昭映，自含华态，意象纵横，辞锋姿媚"，评"王右丞体"称"发秀自天，感言成韵，辞华新朗，意象幽闲"②，两个"意象"也是解为"气象"或者更恰切。另方东树评韩愈诗"笔势驰骤，波澜老成，意象旷达"③，也是更近于"气象"之义，这说明古人所使用的"意象"概念有一部分是就一种整体的风格或风貌而言的，虽然风格或风貌不能说与我们现今所理解的"意象"无关，但至少并非同类概念。

除此之外，还有一些"意象"其实是意和象两个概念的组合，如"齐梁老而实秀，唐人嫩而不华，其所别在意象之际"④，"惟浓不染唐之蹊径，淡不落宋之窠臼，经营于意象之间，咀嚼于神味之外"⑤，其中"意象"都很显然是指意和象，是两个独立的概念，甚至被认为是第一次将"意象"概念引入文论领域的刘勰"窥意象而运斤"一语，虽然论者多将其中"意象"视作一个完整概念而释为"人心营构之象"，但实际上若将之解作意和象也未尝不可，斟酌于意和象之间，谋求二者的契合然后从事于创作不但完全可以解释得通，而且与下文对心物相感的讨论也更加切合，或者比之"意中之象"的解释更加符合刘勰本意。意和象同时出现

---

① （明）胡应麟：《诗薮内编》卷五，载吴文治编：《明诗话全编》，上海古籍出版社1997年版，第5531页。

② （明）费经虞：《雅伦》卷二《体调》，载吴文治编：《明诗话全编》，上海古籍出版社1997年版，第9575页。

③ （清）方东树著，汪绍楹校点：《昭昧詹言》卷九《五古·韩公》，人民文学出版社2006年版，第219页。

④ （明）陆时雍：《诗镜总论》，载吴文治编：《明诗话全编》，上海古籍出版社1997年版，第10653页。

⑤ （清）延君寿：《老生常谈》，载郭绍虞编：《清诗话续编》，上海古籍出版社1999年版，第1826页。

在文论中虽然意味着古人已经注意到并开始尝试总结创作中"立象尽意"的表达方式，但却不能就认为古人观念中已经有了"意象"的概念，二者终究是不能等同的。

因此，将这些与当代所谓"意象"概念完全不同的用法剔除出去就会发现能符合后世定义的"意象"用法是极少的。诸如王廷相"夫诗贵意象透莹"[①]，《说诗补遗》："筌蹄尽脱，意象逼真，庶可箕求风雅"[②]等极其有限的几例而已。

其他有一些"意象"的用法则虽然与后世"意象"概念相关，却并不相同，其内涵更近于后世的"意境"。如"辞语壮浪，意象开阔"[③]，论"意象"而谓"开阔"就明显透露出一种空间的意味，可见它已不是着眼于"象"，而是着眼于"象"所呈现或拓展出的"境"了。再如《诗镜总论》评王昌龄诗"昌龄之意象深矣"[④]，以"深"形容"意象"也带有"境"的意味。还有王世贞谓："四杰词旨华靡，沿陈隋之遗，气骨翩翩，意象老境，故超然胜之五言，遂为律家正始"[⑤]，从上下文看，"意象老境"显然不会是并列结构，因此只能是用"老境"来形容描述"意象"，则"意象"中有"境"意更是显而易见。还有方东树"意象分大小高下，笔势分强弱"[⑥]，将"意象"区分为大小高下，更是很明显是站在"境"的立场上来审视"意象"的。由此可见，古人即使讨论诗歌中出现的表意的"象"也很少如意象论一样讨论单独的某个"象"，而是从整体的角度加以讨论，着眼于"意象"总体所呈现的诗境具有的风貌或特征。

综上所论，我们可以发现当代学者所讨论的"意象"概念在古代诗

---

① （明）王廷相：《王氏家藏集》卷二八《与郭价夫学士论诗书》，载吴文治编：《明诗话全编》，上海古籍出版社1997年版，第2047页。

② （明）冯复京：《说诗补遗》卷一，载吴文治编：《明诗话全编》，上海古籍出版社1997年版，第7165页。

③ （宋）刘克庄：《后村诗话》后集卷二，载吴文治编：《宋诗话全编》，江苏古籍出版社1998年版，第8399页。

④ （明）陆时雍：《诗镜总论》，载丁福保辑：《历代诗话续编》，中华书局2006年版，第1420页。

⑤ （明）胡震亨：《唐音癸籤》卷五《评汇一》引王世贞语，载吴文治编：《明诗话全编》，上海古籍出版社1997年版，第6863页。

⑥ （清）方东树著，汪绍楹校点：《昭昧詹言》卷一《通论五古》，人民文学出版社2006年版，第29页。

论中可以说基本是不存在的。"意中之象"即使用来解释"窥意象而运斤"一语都可能是一种先入为主的曲解，而其他涉及创作构思的表述则基本未见用到"意象"一词。至于以"意象"指称诗中单独的"表意之象"也很难在古代诗论中找到对应用法，王廷相"意象透莹"等也都是泛论，而其他更多用法则是站在诗境的角度来探讨意象的。刘禹锡"境生于象外"①、司空图"象外之象"②对象外之境或象外虚象的关注都鲜明地体现了古人的这一审视视角。因此古代的"意象"概念是通于"境"的，诸如后世单论一"月"或"花"意象的类似言论在古代诗论中是看不到的。但也并不意味着古人的"意象"概念可以等同于"意境"，详细的辨析容后再述。这里要表明的是准确说古人所论的应该是诗中的"境象"，而非"意中之象"或单纯的"表意之象"。

另外，"兴象"的用法也与"意象"近似。比如"意象"近似于"气象"的用法也出现于"兴象"中，"若李义山、杜牧之、许用晦、赵承祐、温飞卿五人，虽兴象不同，而声律之变一也"③，所用"兴象"一词显然就是指整体风貌而言，也近于"气象"。但是此类用法在"兴象"中较为少见，更多时候"兴象"则近于"意象"的"境中之象"。如殷璠（714—753）："至如'众山遥对酒，孤屿共题诗'，无论兴象，兼复故实"④，论一联之"兴象"，既不是指"众山"，也不是指"孤屿"，而是指联句整体呈现出的一种诗境以及诗境中可以感发人心的"象"。

情即是景，景即是情，如镜花水月，空明掩映，活泼玲珑。其兴象精微之妙，在人神契，何可执形迹分乎？⑤

① （唐）刘禹锡：《刘梦得文集》卷二三《董氏武陵集》，载罗联添编：《隋唐五代文学批评资料汇编》，成文出版社1978年版，第199页。

② （唐）司空图：《司空表圣文集》卷第三《与极浦书》，四部丛刊本。

③ （明）高棅：《唐诗品汇·七言绝句叙目·正变》，载吴文治编：《明诗话全编》，上海古籍出版社1997年版，第359页。

④ （唐）殷璠：《河岳英灵集》，载罗联添编：《隋唐五代文学批评资料汇编》，成文出版社1978年版，第53页。

⑤ （清）朱庭珍：《筱园诗话》卷一，载郭绍虞编：《清诗话续编》，上海古籍出版社1999年版，第2336页。

前文论情景交融，后文则谓其"兴象精微"，也显见是指"境中之象"。再如方东树有"王介甫'月映林塘澹'，仅一句兴象"之语也以"兴象"论诗句呈现的诗境。此说与蒋寅《语象·物象·意象·意境》一文所界定的"意象"则似有暗合之处。蒋文指出，通常所说的"雁""月"等等仅是物象，"无论是自然物象还是名词、典故，它们作为意象的功能是进入一个诗歌语境，质言之即置入一种陈述状态中才实现的"[①]，此所谓"语境"也即是诗境的组成部分，认为物象只有在诗境之中由诗境获得意义才可称为"意象"或"兴象"。这倒与古人对"意象""兴象"的认识不谋而合，我们或可藉之理解古人的意象观念。当然从字面意义看，兴象和意象还是有些不同的，"意象"更强调"象"和"意"的糅合，更重视创作中"象"的表意功能，而"兴象"则更专注阅读时"象"的感发功能，但在具体运用时古人并未做如此细致的区分，二者的用法基本是可以等同的。

因此，古人应该已经意识到只有在诗境之中物象才是融合作者情志的，也才具有感发言外之意的功能，所以从来没有离开诗境谈论过"意象"或"兴象"。古人更习惯于在诗境的背景下去谈论所有"意象"或"兴象"呈现出的风格或风貌。这与中国古人整体化的思维视角有密切关系，他们更习惯于将任何部分的论述都放置到整体的背景下，不但不会单独讨论出现于诗中的某个物象，甚至不会专论构成诗境的某个表意之象，而是将所有表意之象视为一个整体加以总体审视。所以古人所谓"意象"或"兴象"与诗之"境"是同一个层级的概念，"意象"或"兴象"就是诗境之"象"，而"境"也就是所有"象"及其"象"外之"象"、意所共同构成的诗境。明了这一点，那么接下来论意境概念就相对比较容易了。

2. 意境

对于"意境"的讨论我们仍需采用倒叙的方式，因为今人对"意

---

① 蒋寅：《语象·物象·意象·意境》，载其《古典诗学的现代诠释》，中华书局 2003 年版，第17 页。

358

境"的关注以及对它的一般认识同样不是来自古人的，它的盛行深受王国维"境界"说的影响，其内涵的界定也一直受困于王氏对它的读解，尽管许多学者试图廓清其间的淆乱之处①，但它的影响似乎仍根深蒂固地存在着。因此必须通过辨析王国维"意境"概念与古人用法的不同，我们才能厘清古人"意境"的含义。

首先需要廓清的问题是"意境"不等于情景融合。可以说情景融合构成了"意境"，但"意境"却未必就是情景融合。这一误解始于王国维将西方文论中的主客体关系移入其"意境"或"境界"概念，认为情物不可偏废，这一嫁接在之后产生了极其深远的影响。宗白华、李泽厚、袁行霈等皆明确以情景、意象的相融来界定"意境"，而叶朗《说意境》一文虽对此提出了异议，但也只是在"情景交融"的基础上对其价值加以提升，而并未否认"情景融合"的基本内涵②。而且因为"意象"也会表现为"情景交融"，于是论者在这误解的基础上又曲解出"意境"和"意象"间的关系：或认为"意境"就是"意象"，"由于形象思维的作用，情与景统一，意与象统一，形成意境"③，"意境"是情景、意象的统一，则"意境"就相当于"意象"；或认为"意象"是"意境"的组成部分④，甚至许多追溯"意境"论缘起的文章也皆从"意象"概念的形成谈起⑤。这说明对"意境"的曲解已经影响到"意象"的准确定位了，当然也可能是对"意象"的误解导致了两者的错位。总之对"意境"和"意象"的双重误解致使两个概念的界定都陷入了困境。

如前文所述，古人论诗中之"境"或源自对诗的一种空间性观照，"完整连续的空间性是意境的第一个根本特性"⑥，而诗空间观照思维的出

---

① 蒋寅：《境·境界·意境》，载其《古典诗学的现代诠释》，中华书局2003年版，第28—57页；童庆炳：《"意境"说六种及其申说》，载《东疆学刊》2002年第3期，第1—9页。

② 叶朗：《说意境》，载《文艺研究》1998年1月，第17—22页。

③ 蓝华增：《说意境》，载《文艺研究》1980年3月，第74页。

④ 袁行霈、陈植锷：《中国古典诗歌的意境》，载《中国诗歌艺术研究》，北京大学出版社1987年版，第26—57页。

⑤ 吴调公：《关于古代文论中的意境问题》，载《社会科学战线》1981年3月，第235—249页；蓝华增：《古代诗论意境说源流刍议》，载《文艺理论研究》1982年6月，第82—90页。

⑥ 谭德晶：《意境新论》，载《文艺研究》1993年12月，第44—50页。

现则应该与山水诗兴起后"诗中有画"观念的渗透有关，就是说王昌龄"三境说"中情境、意境也许正是从物境引申而来。不过王氏所论分立的三境后来逐渐合流，论者在多数情况下将之概称为"境"，亦有仅称情境或意境者，但基本不见有独立的"物境"了。而古人以"意境"指称诗境时又包括两种情况：一种情况是"意境"中默认"物境"的内涵，意境就是指情景交融。如严羽评李白《送王屋山人魏万还王屋》"涛卷海门石，云横天际山"句谓"'涛卷'二句自然雄旷，意境清绝"①，其中的"意境"包含有"物境"的含义在，指情景交融。另沈德潜谓："即徵实联，亦宜各换意境。略无变换，古人所轻"②，所谓"徵实联"是指一联上下句皆写景，所以此处"意境"也一定是指情景交融。

但还有一种情况是"意境"泛指诗境，其中可能包含"物境"，也可能不包括。"神理意境者何？有关系寄托，一也；直抒己见，二也；纯任天机，三也；言有尽而意无穷，四也"③，"意境"中包含了"有关系寄托"和"直抒己见"两种情形，则"意境"此处应是泛指"诗境"，并不特指"情景交融"。另"至于意境高古雄深，则存乎其人之学问道义胸襟"④，论"意境"而仅及于主体的道德学问，则此"意境"也不必然含有"物境"之义。综合来看，则后一种情况是完全可以把前一种情况包含在内的，就是说古人用"意境"泛指"诗境"，而这"诗境"可以是默认有"物境"含义的，如前一种情形；也可以是不包括"物境"的，如后一种情形中的"直抒己见"一类。由此则知，古人所谓"意境"不一定就是"情景交融"，而"情景交融"只是"意境"的一种，却不能等同于全部。

如前文已指出的，古人所谓诗"境"强调的是一种诗歌中的"空间感"，这个艺术空间只存在于写作者和阅读者的情感体验中。"诗中有画"

① （宋）严羽：《李太白诗醇》卷三，载吴文治编：《宋诗话全编》，江苏古籍出版社 1998 年版，第 8750 页。

② （清）沈德潜：《说诗晬语》，载丁福保辑：《清诗话》，上海古籍出版社 1978 年版，第 538 页。

③ （清）潘德舆：《养一斋诗话》卷一，载郭绍虞编：《清诗话续编》，上海古籍出版社 1999 年版，第 2007 页。

④ （清）方东树著，汪绍楹校点：《昭昧詹言》卷八《五古·杜公》，人民文学出版社 2006 年版，第 213 页。

的共同意识促使作者和读者都倾向于从空间的视角感受诗歌，不但作者写作时会将情感体验沉浸于空间的诗境中并竭力将这空间诗境诉诸文字，读者在阅读时也会细致咀嚼并努力在自己的阅读体验中重现这一意义空间。因此当"诗中有画"内化为一种空间意识进入诗体形态时，"画"已褪去了"形似"的色彩，不再特指具体的形象或物境，而仅是一种趋于抽象化的空间诗境了。这空间诗境最重要的支撑是"情"或"意"，"象"即使出现也主要是通过"象"内或"象"外寄寓的情思来融入其中，因此"情景交融"也就不再是诗"境"的必然表现特征了。如此则泛指诗境的"意境"也就不必然与"意象"发生联系了。"意象"一定是"境"中之象，所以"象"外一定有"境"，但是相反，"意境"中却不必然有"象"，陶文鹏提出"意境不一定由意象构成"[1]，陈良运比较"意境"和"意象"也指出无"象"可以为"境"[2]，都是注意到了"境"并不依赖"象"而存在。

其次，恰是受到上述将"意象"和"意境"两个概念糅合的影响，又有论者因"意象"常被解为"意中之象"，于是也将"意境"释为"意中之境"。王昌猷《再论我国古代文论中意境的特征》站在欣赏者的立场认为"意境"是"是欣赏者在审美过程中发挥想象和联想，从而获得的一种美感境界"[3]，陈良运《意境新探》又从作者角度指出："艺术作品中的意境，就是艺术家的意中之境"[4]，综合二者所说，恰好全面总结了"意境"的存在方式。他们认为作者以"境"的意识营造诗的意义空间，读者因"境"的意识感受和把握这个空间，这个空间的"境"只是从作者的想象传递到读者的想象，只存在于作者和读者各自的联想和想象中，仅仅是一种虚化的"心理存在"[5]。这种观念无疑是深刻的，当代论者提出"意象"和"意境"为"意中之象"和"意中之境"，是本着西方文论条分缕析的理论思维和方法，力图将"意象"和"意境"在前创作阶段、

①　陶文鹏：《意象与意境关系之我见》，载《文学评论》1991年10月，第57—75页。
②　陈良运：《意境、意象异同论》，载《学术月刊》1987年8月，第42—65页。
③　王昌猷：《再论我国古代文论中意境的特征》，载《中州学刊》1984年第2期，第82—86页。
④　陈良运：《意境新探》，载《江西师范大学学报》1984年第2期，第27—35页。
⑤　金道行：《意境的心理构成》，载《贵州社会科学》1994年第5期，第59页。

作品中以及读者阅读经验中的各自存在方式区别开来，这一做法对概念的辨析当然是必要和重要的。但可惜的是古人恰恰是从不会去做这种辨析的，"意象"和"意境"三个层面的存在对古人而言是一体的。所以在古代诗论中从未出现过纯粹的"意中之象"，所以虚化的"意境"在古人看来也成了作品中的实体存在，无论作者还是读者都没有意识到"意境"只是"意中之境"，而认为它是实实在在存在于诗中的。

总之，通过以上对"意象""兴象""意境"等概念的梳理，可以发现今人对这些概念的界定在很大程度上是受了西方文论的影响，因此多多少少都有些背离了古人对这些概念的用法，从而造成了我们对这些概念的误解，也导致了对古代相关理论的误读。但基于理论建构的需要，我们又不能完全否定这种对古代诗学概念的重新解读，毕竟出于概念明晰的需要，完全保持古代概念的模糊含混是不切实际的。但同时还需要注意不可太过背离古人观念，就是说我们必须对古代和当代的不同理论界定加以斟酌，以确定对这几个概念以及比兴手法实现恰当的表述。

3."比兴"中意和象、境的关系

"比兴"落实到写作层面依然要面对和处理诗歌意与象或境间的关系，即如何通过对象或境的呈现来完成诗意的表达。这里的象或境以物象或物境为主，但也不能完全排除事象或事境。后世之"兴"因含有"感发"义，故也常有将以事生发者视为"兴"的，至于"比"，则原本就有比于事一类，"以古事比今事"[①]，将用事也看作一种隶属于"比"的修辞方法。但总体来看，仍以论物象或物境者为多，故在此也主要讨论"比兴"中意和物象、物境的关系，事象的问题可以此类推。

当然比、兴在意和象、境间关系的处理上是有些微差异的。正如前文的概念辨析中已经多次指出的，"比"所建立的意象关系要比"兴"显示的意象关系密切得多。"比"是密附，用以比拟的事物与诗意间有着极其紧密的特征关联，因此以"比"的方式建立起的意象关系有着极其明确的指向性，"象"所寓之意无论是直接出现于诗中还是仅蕴含于"象"

---

① 旧题（唐）贾岛：《二南密旨》，载张伯伟辑：《全唐五代诗格汇考》，凤凰出版社2002年版，第376页。

内，它们间的关系都具有一定的唯一性。而且正因为诗意和物象间关系较直接密切，特征的直接关联总是会具体化为特定物象，所以"比"一般以依托于具体物象为多，诗意与场景、物境的泛化比附是极为少见的。即使古人所常提及的"以男女比君臣"①，用男女关系来比拟君臣关系，虽近于一种情境的比附，但细究其义，古人视之为"比"的原因还是因为以男比君、以女比臣，着眼于两者在地位、关系及各自心理需求上的某种相似性，所以仍是具体的事象之比。

相比之下，"兴"则表现为"漫兴"，诗意和物象、物境间往往没有明显的意义关联，一般是通过一种气氛、情境的渲染将情感体验导向所表达的诗意，这使得一方面"兴"必须依赖整体语境中比或赋对诗意表达的补足来完成兴象和兴义间联系的建立；另一方面兴义和兴象间的关系也并不一定是唯一的，同样的兴象可以在不同场合感发不同的诗义，同一诗义也可以寄寓在不同的兴象中。这两个特点导致兴义和兴象间的联系必然是模糊的、难以确指的，从而使得同一语境下的兴象可能会在不同的阅读体验中呈现为不同的意义诠释。"兴"的发散特质与"比"的切实性、确指性截然相反，因此在实际写作中，与"比"往往指向具体物象不同，兴却经常泛及于整体的物境。

当然这不是说"比"就仅对应物象，而"兴"仅对应物境。而是说，"比"即使对应整个物境，最终诗意与物境间的关联还是会指向物境中的具体物象，而"兴"即使对应具体物象，但兴感诗意的往往仍是整体的"境"，或者物象所处的整体物境，抑或是物象所构成的情境或事境。如"白乐天女道士诗云：'姑山半峰雪，瑶水一枝莲。'此以花比美妇人也"，此处"比"是对应着整个画面的，但在这画面中山、雪、瑶水等等不过是衬托之物，真正用以形容女道士的只有"莲"而已，所以古人认为此句为"比"；但"山者，人君之象，'泰山忽破碎'，则人君失道矣"，以山象征君王，近似"比"，但是此处要表达的诗意是"人君失道"，故只有"泰山破碎"整个诗境才足以传达此意，而就因为两者间的关系倾

---

① （清）施补华：《岘佣说诗》，载丁福保辑：《清诗话》，上海古籍出版社 1978 年版，第 993 页。

向于泛化了，古人将此句归入"托兴"一类①。这两个诗例非常准确地显示了"比"和"兴"在意象关系上的细微差异，就是说"比"总是偏于"象"，而"兴"则更偏于"境"。因此虽然比兴性质相近，在具体写作层面古人还是会注意区分何处为"比"、何处为"兴"，如"关关雎鸠，在河之洲"，后人常认为是兴兼比，其中"以挚而有别，比后妃之德"②为比，"关关雎鸠，在河之洲"则为兴。

总之，"比"更多表现为意象，而"兴"更多表现为意境。以"比"的方式呈现的意象，"象"可能处于物境之中，也可能处在纯粹的情境、意境中，但承担"比"功能的却仅仅是其中的"象"，所以"比"对应的是"境中之象"，这也正符合古人对"意象"一词的界定。至于"兴"则是倾向于"境"的，虽然论"兴"时也常言及"兴象"或"意象"，但兴义却一般是对应整个诗境的，它或者表现为物境和情境、意境的并立交融，或者表现为物境和情境、意境的融而为一，但无论如何完整的"兴"都是统合了物境和情境或意境甚至是三境合一的，所以说后世"情景交融"的意境其实就是"兴"最普遍的表现形式。

（二）"比"：比于事和比于象

比兴一般皆是托于物象的，但"比"中还有一种比较特殊的类型，即"比于事"。如前文所述，最初郑众释"比"为"比方于物"，而"物"字，古人就或以之指物象，或以之指事象。郑玄注《礼记》就曾将"物"释为"事"③，因此"比"义中本应是包含事象之比的，后刘勰论"比"亦称"或譬于事"④。但唐代之后，"比"义逐渐定位于"比于象"，除明确将"比"释为"取象"外，即使仍有论者含糊地谓"比"为"比于物"，其具体示例也已基本是物象比了。"比"定位于"比于象"，一个原因自然是受"兴"义影响，另一个原因则是因为关于"比于事"的讨

---

① （宋）魏庆之：《诗人玉屑》卷九《托物》，载吴文治编：《宋诗话全编》，江苏古籍出版社 1998 年版，第 9063 页。

② （元）刘瑾：《诗传通释》，载吴文治编：《辽金元诗话全编》，凤凰出版社 2006 年版，第 1515 页。

③ （东汉）郑玄注，（唐）孔颖达疏：《礼记注疏》，四部丛刊本。

④ （梁）刘勰撰，范文澜注：《文心雕龙注》卷八《比兴》，人民文学出版社 2008 年版，第 601 页。

论性质近似而慢慢汇入了古人关于"意用事"的讨论中，所以比兴语境中反而只有物象比了。

《文心雕龙·事类》专论用事，不过并没将它和"譬于事"的"比"联系起来。到唐人诗格著作中，一面开始大谈特谈"用事"，一面则仅释"比"为"取象"，那么是不是意味着此时的"比于事"已经汇入"用事"论中了呢？个中真相或者已无从得知了。不过不可否认的是"用事"的性质的确应是属于"比"的。它们都是利用两个事物间的相似性以彼物喻此物，不同的仅仅是"物象比"比附的是物象，而"意用事"比附的则是具体的人物、事件或情境。

1. 比于事：意用事的方法及法则

用事，古人又区分为语用事和意用事，语用事见于第二章，此仅论意用事。意用事，即以已发生的过去之事比拟当前情境。它往往利用两个事件或情境间的某种关联性，通过古事与当前诗意在某一点上的连接、融合或冲撞，微婉地传达出当前的情境。"事格三。须兴怀属思，有所冥合。若将古事比今事，无冥合之意，何益于诗教"①，此处"事格"即指意用事，要求今事和古事必须"有所冥合"。显然无论正用、反用、侧用，"意用事"都是要将存在于两个不同时空中的人事或情境联系起来，通过它们之间意义的交融、错位或反向撞击为彼此都拓展出新的意义空间。尤其对诗歌而言，藉由这种比拟，它可以具备远远超出一首诗所可能有的深度、厚度和重量。

意用事的首要任务就是人事、情境的择取。写作者不但要有广博的学识，而且还要具备足够敏锐的思维触觉，能在叙写当前情境时准确地抓取出与之契合的过往事件或言论。在此前提下，还要极其注意对用作触媒的典型字句的选择和锻炼。诗句要通过这嵌入诗中的典型字句建立古事和今事间的联系，因此它不仅要能彰显出二者间的连接点，要能令两个事件、情境以此为触发点产生意义的碰撞，还要与诗的整体格调相契合，浑然一体。所以这个字句拣选、锤炼的过程也是决定意用事成败的关键

---

① 旧题（唐）贾岛：《二南密旨》，载张伯伟辑：《全唐五代诗格汇考》，凤凰出版社 2002 年版，第 376 页。

一环。

　　择事首在于切合诗意，要完全符合当前诗作的情理事境。古人所谓如同事赴笔下即是此意。题旨完全契合，用古事替代今事，不仅不会使今事的叙述、当前诗意的表达遭遇任何损害或歪曲，还要能巧妙地捕捉到古事和今事的连接点，激发起对当前诗意更细腻的感受和更深沉的思考。

　　　　使事用典，最宜细心。第一须有取义，或反或正，用来贵与题旨相浃洽，则文生于情，非强为比附，味同嚼蜡也。①

材料提出了择事的基本要求就是"贵与题旨相浃洽"，用事要能准确传达出写作者当前所要表达的情思或想要呈现的情境。如：

　　　　用故事当如己出。如杜甫寄人诗云："径欲依刘表，还疑厌祢衡。"此是用王粲依刘并曹公厌祢衡事，却点化只做杜甫欲去依他人恐他厌之语，此便是如己出也。②

此以杜甫诗句为例说明用事如何做到切合己意。杜甫合王粲和祢衡二人之事来表明自己的心情，以王粲投靠刘表表明自己随行赴边的意愿，前加一"径"字更写出自己投身报国的迫切心情；同时又以祢衡事透露出自己内心的忧虑，唯恐自己"只似鲁诸生"，无报国之才能，惹人厌弃，两事之用都完全切合他当时的心境。而且王粲、祢衡与杜甫在身份上也极契合，而前文就已流露出"百无一用是书生"的感叹藉此用事也再次得到强化。总之，择事与当前情境切合是择事的基本要求，古人所崇尚的用事精确、用事得当等都源于最初择事的成功，而用事失照管等的失败也是最初择事不当所造成的。

---

　　① （清）朱庭珍：《筱园诗话》卷三，载郭绍虞编：《清诗话续编》，上海古籍出版社1999年版，第2381页。
　　② （宋）张镃：《仕学规范》卷三十九《作诗》，载吴文治编：《宋诗话全编》，江苏古籍出版社1998年版，第7525页。

在这个基本要求之上，古人又提出择事时还要注意古、近体的不同。

> 弇州戒用大历后事，本为律诗设，然不宁惟是。如学汉魏诗，用晋宋事，学晋宋诗，用梁陈事，便斑驳不伦，有乖厥体。江文通杂拟，绝无此病，深于拟古者也。[①]

王世贞谓"勿用大历以后事"[②]，此处进一步解释王氏语，认为"勿用大历以后事"是针对律诗而言的，并提出古体诗的要求又有不同，学汉魏诗不得用晋宋事，以此类推。如此看来，则古体和律诗的要求从本质上讲是相同的，论者在这儿显然是遵循了古人严格的辨体立场，学汉魏诗就要严格保持汉魏诗的本色，故用事不得出现晋宋事，学律诗则要能完全呈现盛唐诗的真实面貌，所以不得用大历以后事。这样的要求当然是过于苛责了，客观地说只要是切合题意，恐怕没必要在古、近体诗择事的时代上如此拘泥。

不过同时用事也总是力求古雅的。尤其是用事的表现力往往就得力于古事和今事的时间跨度，因此虽不能说务求古老，但若时间跨度过近，可能还是会影响用事的表达效果。"唐宋以后事须择其尤雅者用之，如刘后村七律专用本朝事，直是恶道"[③]，指出用事对唐宋以后时代较近的人物事件就应该加以慎重拣择，只有特别典雅者方可入诗，而用本朝事更被视为大忌，可见择事时还是要考虑到事件的时代问题的。另外，袁枚还提出不得用生典、僻典等等[④]，这应该是从读者阅读接受的角度而言的，典故之用正在于他人能解，其效果才得以通过读者的阅读领会展现出来，若为生典、僻典，人人读去皆一头雾水，用事的意义又何在呢？

---

① （明）冯复京：《说诗补遗》卷一，载吴文治编：《明诗话全编》，上海古籍出版社1997年版，第7180页。

② （明）王世贞：《艺苑卮言》卷一，载吴文治编：《明诗话全编》，上海古籍出版社1997年版，第4199页。

③ （清）刘大勤编：《师友诗传续录》，载丁福保辑：《清诗话》，上海古籍出版社1978年版，第154页。

④ （清）袁枚著，顾学颉校点：《随园诗话》卷七，人民文学出版社1982年版，第235页。

择事自是用事的第一要务，但选取出合适的典故后，炼字的环节也至关紧要。一方面嵌入诗中的字词或句作为将当前情境与古事联系起来的标志必须极具代表性。也就是说作为用事的指示性标志，它必须切实具备鲜明的标识性，在阅读者具备相应知识的情况下，这个典型字句要确实能唤起相应的联想。另一方面它还要与所处的诗句浑然一体，不觉突兀或生硬。比如："少陵《禹庙》诗：'空庭垂橘柚，古屋画龙蛇'，橘柚、龙蛇用禹事，如此点化成即景语，甚妙"①，所论杜甫诗句就是绝佳的例子，不论用事，橘柚、龙蛇仿佛就是诗句天然的构成部分。

　　　　凡人作诗要用事，在语中而人不知者，方妙。如徐师川《赠张仁诗》云："诗如云态度，人似柳风流。"殊不觉用事。按《南史》曰：此柳风流可爱，似张绪少年时。诗至于此，可谓工矣。②

徐俯（1075—1141）这两句诗与杜甫句同样精妙，借用两个张姓古人的事来形容张仁的诗品和人品。如果说前一句的句意还稍嫌曲折的话，后一句却极为自然清新，将古事之以人喻柳化作诗中之以柳喻人，就仿佛水到渠成一般，毫无费力之感，虽少了杜诗中的历史况味，但用古事而得如此天然清秀亦实属难得。总之，只有择事精当、用语自然，用事才能真正达到语如己出、不露痕迹这一最高标准。

　　不过在力求择事精当、炼字自然贴切之外，创作者还需要精心设置古事与今事的意义关联，如此才能在最大程度上发挥用事利用古事和今事的意义碰撞扩展诗境的功能。"荆公尝云：诗家病使事太多，盖皆取其与题合者类之，如此乃是编事，虽工何益！若能自出己意，借事以相发明，变态错出，则用事虽多，亦何所妨"③，批评用事只求与题旨切合的做法如同故事汇编，堆叠罗列却全无用处，强调用事就要利用古事与今事的连

　　① （清）施补华：《岘佣说诗》，载丁福保辑：《清诗话》，上海古籍出版社 1978 年版，第 975 页。
　　② （明）俞弁：《山樵暇语》卷一，载吴文治编：《明诗话全编》，上海古籍出版社 1997 年版，第 2442 页。
　　③ （宋）魏庆之：《诗人玉屑》卷七《用事》，载吴文治编：《宋诗话全编》，江苏古籍出版社 1998 年版，第 9028 页。

接碰撞营造出更宽广深厚的阐释空间。那么要如何激发这种碰撞呢？古人总结出所谓正用、反用、暗用、侧用、借用等数种方法，努力探寻建立古事、今事的意义联系和发掘其表现张力的有效途径。"用事之法有正用者，故事与题相同是也；反用者，故事与题相反也；借用者，故事与题绝不相类，以一端相近而借之也；暗用者，用故事之语，而不显其名迹，此善用事者也"①，其中正用者极为常见，前述杜"径欲依刘表"、徐"人似柳风流"等皆为正用其义也。而且正用为古、今事正面契合，其意义往往显而易见，所以理解和阐释时皆相对简单。所以古人较少谈论正用，而是花费了很大精力讨论反用和暗用。

反用，即是有意反转典故原有的意义，通过制造当前语境与典故本身的情境以及观念、立场等的背离甚至悖谬感来加强用事的表现力，当前文本所要表现的内容就因为典故的反向衬托而愈发突出，其情感、思想的强度和力度也大大增强。如《诗人玉屑》"反其意而用之"就引林逋（967—1028）"茂陵他日求遗稿，犹喜曾无封禅书"句为例。林逋此句用了司马相如写《封禅书》讨好汉武帝的故事，借司马相如之有《封禅书》来反衬自己绝无《封禅书》之作，以表明自己不求荣、不媚世的高洁志向。

> 韩昌黎句句有来历，而能务去陈言者，全在於反用。如《醉赠张秘书》诗，本用嵇绍鹤立鸡群语，偏云"张籍学古淡，轩鹤避鸡群"②。

此又以韩愈诗为例，韩氏将鹤立鸡群一事替换掉一字，以"避"易"立"，意境遂全然不同，鹤立鸡群，犹在鸡群之中，而韩氏写张籍用"避"字，则谓其极力处身于"鸡群"之外。前者卓然自立，后者境界则更在其上，也就愈发地飘然不群。总之，正用是正用其事、正取其义，

---

① （明）费经虞：《雅伦》卷十二《制作》，载吴文治编：《明诗话全编》，上海古籍出版社1997年版，第9270页。

② （清）顾嗣立：《寒厅诗话》，载丁福保辑：《清诗话》，上海古籍出版社1978年版，第86页。

故往往是通过古事、今事意义的交融营造诗境诗意的丰厚感；而反用则是反用其事、其义，古、今事的意义是冲突的、抵触的，因此它是蓄意在二者的这种冲撞中增强表达的强度和力度，其追求的效果以及营造出的意义空间是完全不同的。

至于暗用则似比反用更为隐晦。古人论暗用："暗用者，用故事之语，而不显其名迹，此善用事者也"①，将古事化用于句中，用事而令人浑然不觉，是为暗用。

老杜《谢赐衣》诗有云："自天题处湿，当暑著来轻"，此用《论语》及《毛诗》，令读者浑然不觉，深得暗用之妙。②

更明确所谓暗用就是用事自然而令人不觉其用事。如此则所谓无迹、如水中着盐等等也就应该皆是针对"暗用"而言的。但同时古人论用事又总是反复强调用事须自然无迹一类的要求，甚至将之视为用事成功与否的判断标准，"作诗用事，要如释氏语：水中着盐，饮水乃知盐味"③，"作诗用故实，以不露痕迹为高，昔人所谓使事如不使也"④。这就意味着与明用相比，暗用才是更符合古人审美要求的，所以他们认为暗用优于明用，"正用不如反用，明用不如暗用"⑤。但也有论者认为这一优劣判断过于绝对了，所以提出诸如"熟烂故事宜暗用，隐僻故事宜明用"⑥等要求，又认为明用和暗用各有优势，各有其适用性，写作者应根据所选典故的性

① （明）费经虞：《雅伦》卷十二《制作》，载吴文治编：《明诗话全编》，上海古籍出版社1997年版，第9870页。
② （明）赵士喆：《石室谈诗》卷上《总论二十四条》，载吴文治编：《明诗话全编》，上海古籍出版社1997年版，第10552页。
③ （宋）蔡絛：《西清诗话》卷上，载吴文治编：《宋诗话全编》，江苏古籍出版社1998年版，第2493页。
④ （清）顾嗣立：《寒厅诗话》，载丁福保辑：《清诗话》，上海古籍出版社1978年版，第85页。
⑤ （清）朱庭珍：《筱园诗话》卷一，载郭绍虞编：《清诗话续编》，上海古籍出版社1999年版，第2333页。
⑥ （明）赵士喆：《石室谈诗》卷上《总论二十四条》，载吴文治编：《明诗话全编》，上海古籍出版社1997年版，第10552页。

质、特征而在用事方式上有所选择。另外还有"死典活用"① 等说法涉及更细致的技巧问题，此不再赘述。

魏晋南北朝时期，用典成一时风气，创作流于堆积故实的弊端引来了众多责难，故钟嵘指责时人写诗用典过多以至于"殆同书抄"，并以诗"吟咏性情"为理由反对诗歌用事。在他之后，拥护钟氏之说批评用典为堆垛学问者也还不少②，但支持者还是居于多数。"诗写性情，原不专恃数典，然古事已成典故，则一典已自有一意，作诗者借彼之意，写我之情，自然倍觉深厚，此后代诗人不得不用书卷也"③，赵翼此处从表达功能的角度说明了为什么诗歌需要用典④。不过用事的弊端毕竟不容否认，因此为避免写作中出现勉强用事或过度用事的情形，古人又提出用事须顺其自然，所谓"诗之用事，不可牵强，必至于不得不用而后用之，则事辞为一，莫见其安排斗凑之迹"⑤ 即是此意。

总之，意用事致力于营造古今人事、情境、感悟间的意义互释，通过两个不同时空的意义链接在小小诗体中创造出深广丰厚的诗境，将许多不能或不易用言语表达出来的复杂内容以这种方式使其得以完全呈现。只要遵守用事自然的原则，只要选择出最切合的典故和能与诗融合无痕的典型词句，只要借助正用、反用、明用、暗用等种种技巧能真正激发起古今事的意义碰撞，那么用事尤其是意用事在表现力上的优势及其对诗歌表达的贡献就是毋庸置疑的。当然实际写作中，还要注意把握用事的时机和度，不要为用事而用事，就可以避免所谓掉书袋等弊病。

---

① （清）施补华：《岘佣说诗》，载丁福保辑：《清诗话》，上海古籍出版社 1978 年版，第 975 页。

② （明）郝敬：《艺圃伧谈》卷之三《唐体》，载吴文治编：《明诗话全编》，上海古籍出版社 1997 年版，第 5939 页；（清）施闰章：《蠖斋诗话》，载丁福保辑：《清诗话》，上海古籍出版社 1978 年版，第 378 页。

③ （清）赵翼：《瓯北诗话》卷十《查初白诗》，载郭绍虞编：《清诗话续编》，上海古籍出版社 1999 年版，第 1314 页。

④ 当代学者也曾从不同角度分析古人用事的原因或价值，如林庚《唐诗综论》谓"诗文中的用典，原是为了精练概括，借古喻今，把复杂的含义通过简单的典故表达出来"（钱钟书《宋诗选注》"诗人要使语言有色泽，增添深度，富于暗示力，好去引得读者对诗的内容做更多的寻味，就用些古典成语，仿佛屋子里安放些曲屏小几，陈设些古玩字画"。

⑤ （宋）张镃：《仕学规范》卷三十六《作诗》，载吴文治编：《宋诗话全编》，江苏古籍出版社 1998 年版，第 7509 页。

2. 比于象：物象类型论

"比"仍以物象比为主，即仍以处理意与物象的关系为主。"比"所呈现的意象关系是有明确指向性的，它必定着眼于物象的某一特征而确立，而确定性本身又意味着限制性。就是说诗意不可能无限制地比附于任何物象，它既要考虑到自身意义的需求，同时又不得不受限于物象自身的性质，它只能选择在某方面性质能与它相通的物象，同时排除那些与它不相关或相斥的物象。《续金针诗格》论"诗有物象比"时引诗句曰："蛇蝎性灵生便毒，蕙兰根异死犹香"[①]，实际就暗示了物象本身性质对意象间比附关系建立的决定性影响，蛇蝎、蕙兰各自的本性已限定了它们所比拟之义的范围。

这种限制性使得"比"的意象极易趋于类型化和定型化。就是说当人们找到了某一意义的象征物象，认定这一物象能够充分传达其意义时，往往会倾向于在它们之间确立稳定的象征关系，使这种比附关系定型化，并在语言表达中反复使用，甚至代代相传。这种定型化的意象关系在日积月累的使用中遂逐渐积淀为一种特定的文化符号，而它最初建立时依据的物象特征也经过文化心理的不断投射被无限凸显和放大，至于物象的其他特征则被刻意遮蔽起来，以确保这一意象关系的持续稳定。张伯伟称这种定型化的意象关系为"物象类型"[②]。

之所以称为"物象类型"是因为意象如前所述总是"境中之象"，所以若离开诗境而单独审视其中之"象"的话，它就仅仅是物象，古人对此是区分得非常清楚的。在唐代诗格类著作中我们可以看到大量有关物象类型的梳理和总结。如《金针诗格》所列：

> 日月比君臣。龙比君位。雨露比君恩泽。雷霆比君威刑。山河比君邦国。阴阳比君臣。金石比忠烈。松柏比节义。鸾凤比君子。[③]

---

① 旧题（宋）梅尧臣：《续金针诗格》，载张伯伟辑：《全唐五代诗格汇考》，凤凰出版社2002年版，第534页。

② 程千帆、周勋初、张伯伟：《中国古代文学批评方法之论》，载《文献》1990年4月，第86页。

③ 旧题（唐）白居易：《金针诗格》，载张伯伟辑：《全唐五代诗格汇考》，凤凰出版社2002年版，第359页。

其中"龙比君位"等等皆是古代极为常见的物象类型，积淀着深厚的文化内容。另外《二南密旨》"总例物象"列举出包括日月等天象，山川草木、鸟兽虫鱼等自然物象，寺院亭台等人工建筑，金珠宝玉等奇珍，诸如此类百余种物象[①]，总结了它们的象征意义；《流类手鉴》也列出上百种物象类型[②]，而《雅道机要》甚至从物象比进一步扩展到事象，总结了诸如"闻蝉。外意须言音韵悠扬，幽人起兴；内意须言国风芜秽，贤人思退之故"等事象的特定意义[③]，似乎要将用事也一并类型化。显然诗歌艺术发展至唐代已颇为成熟，诗用比兴的自觉意识日渐强烈，因此才出现了对物象类型的大规模梳理。这种梳理既是为写作中使用物象比提供参考，同时也是为读者提供文化解码的信息指导，令读者能更清晰地领会到物象背后隐藏的意义。这种系统整理各种物象类型的风潮一直延续至宋初，《续金针诗格》《律诗格》等等都继续唐人的努力，力图发掘出更多的物象类型[④]，不过之后物象类型的系统梳理就渐趋消歇了。

物象类型的梳理当然是诗歌艺术成熟下的产物，任何艺术在成熟过程中都会伴随着定型化、模式化，比如前述体制规范、语体风格乃至修辞手法等等都呈现出一种模式化的发展倾向，而物象类型的出现也正是这一趋向的表现之一。从某种程度来说，物象类型的梳理对诗歌的创作和接受还是有一定益处的，它有助于意象间稳定关系的确立，能更好地推动以物象某一特质为内核的文化象征符号的形成。而这些定型化的象征符号一方面为作者提供了丰富的文化密码，使作者能借助这些密码中的文化内涵增强诗歌的表现力和思想厚度；另一方面也为作者和读者搭建了情感、思想共鸣的观念平台，为读者的理解和诗歌的被理解提供了助力。但同时我

---

① 旧题（唐）贾岛：《二南密旨》，载张伯伟辑：《全唐五代诗格汇考》，凤凰出版社2002年版，第379页。

② （唐）释虚中：《流类手鉴》，载张伯伟辑：《全唐五代诗格汇考》，凤凰出版社2002年版，第418页。

③ （唐）徐寅：《雅道机要》，载张伯伟辑：《全唐五代诗格汇考》，凤凰出版社2002年版，第438页。

④ （宋）魏庆之：《诗人玉屑》卷九《托物》，载吴文治编：《宋诗话全编》，江苏古籍出版社1998年版，第9063页。

们也不能不承认模式化本身总是对创作造成一种有形的束缚，致使文学创新受到限制，而物象类型尤其如此。

"比兴"表达追求微婉的意图之一就在于将诗意模糊化，为诗歌阅读留下想象的空间，而物象类型化却令这生发的空间大大缩小了。读者只需了解每个物象象征的意义即可明了诗意，情感体验过程中所需的主动性被完全剥夺，如此只会令读者在阅读时深感索然无味，"比兴"表达的意图也因此而落空。另外从接受的角度言，物象类型化也容易造成对诗歌的过度解读。就如同汉代以来诗经学家对《诗经》"比兴"义的过度发掘，在物象类型观念的引导下，论诗者也往往对诗中出现的物象做牵强附会式阐发。如孟浩然（689—740）的写景名句"气蒸云梦泽，波动岳阳城"就被解释为"此言国兴明也"[1]，不但牵强，亦且无味。而类似图解式解读在论杜甫、李商隐等人诗歌时更是被毫无限度地发挥至极致，以致无处非比，无象不关联着家国兴亡，令人不能卒读。宋人就已经意识到了物象类型化的这一弊端，"于所遇林泉、人物、草木、鱼虫，以为物物皆有所托，如世间商度隐语者。则诗委地矣"[2]，指责那些一味以类型化观念解诗者图解物象，令诗意荡然无存。所以宋之后，关于物象类型归纳和梳理的言论也就极为少见了，唯一仍不断出现在诗论中的只有"以男女比君臣"一种而已了。

自《离骚》以来，美人香草的寓意传统在古典诗歌中一直保持着强大的生命力，"灵修美人以媲于君，宓妃佚女以譬贤臣"[3]，后世男性作家借闺怨、宫怨诗表达他们仕途上的种种失意，于是形成了古典诗歌独具特色的"以男女比君臣"的象征模式。"张衡《同声歌》，繁钦《定情篇》，托为男女之辞，不废君臣之义，犹古之遗风焉"[4]，"《无题》诗多有

---

① （唐）王玄：《诗中旨格》，载张伯伟辑：《全唐五代诗格汇考》，凤凰出版社 2002 年版，第 457 页。

② （宋）魏庆之：《诗人玉屑》卷九《托物》，载吴文治编：《宋诗话全编》，江苏古籍出版社 1998 年版，第 9063 页。

③ （东汉）王逸：《离骚经序》，载柯庆明、曾永义编：《两汉魏晋南北朝文学批评资料汇编》，成文出版社 1978 年版，第 135 页。

④ （清）乔亿：《剑溪说诗》卷下，载郭绍虞编：《清诗话续编》，上海古籍出版社 1999 年版，第 1100 页。

寄托，以男女比君臣，犹是风人之旨"①，指明张衡、李商隐等人之作皆是延续了托男女寓君臣关系的传统。而古人此类诗篇绝不仅此而已，几乎历代的文人诗作中都可以找到大量托寓男女的作品，其中也不乏名家名作，如"还君明珠双泪垂，恨不相逢未嫁时"，张籍借女子口吻婉转回绝了李师道的延请，所涉及的就是一种近似的君臣关系。而且因作诗之人往往皆是居于人臣之位，感叹自己仕途失意、不得君主或上官的垂爱，所以也就多以女子自比，通过以女子口吻抒发的种种相思、怨慕之情表达自己仕途中的感慨，因此"以男女比君臣"就演变为古典诗歌中的一种特殊现象：男子作妇人语。

对于古代的男性诗人们为什么热衷于以女子自比古人并没有做深入的分析，或者对他们而言这还不是一个需要探究的问题。当代学者则多有论之者，周乐诗《换装：在边缘和中心之间》认为因为男子在王权体系中的受压迫地位就相当于女子在男女关系中的被动地位，因此在处身于王权体系表达相关情感时，他们也就被迫使用女性话语②。而蒋寅《代人作语——角色诗的类型及性别转换问题》则用阴阳同体的理论将之解释为男性被压制的心理需求，认为是因为社会对男性性别角色的限定致使男性无法将之阴柔的一面宣之于口，故借女性口吻以宣泄③。应该说两种说法都自有其道理，《贞一斋诗话》曾谓"君臣朋友，不容直致者，多半借男女言之"④，所谓"不容直致"的原因可能是出于对王权尊严的避讳，也可能是因为性别角色关系而羞于启齿，甚至可能是这两种因素混杂在一起，就连男性作家自己也难以分辨真实的原因。虽然现代以来鲁迅等人颇以愤恨乃至鄙夷的口吻指斥古代文人这一奴婢或者妾侍心理，但是真正处身于古人地位来设想的话，男子作妇人语，无论是因为王权的压制还是迫于社会对男性的固有期待，这一行为本身都已透露出某种人格遭受压抑的辛酸和

---

① （清）施补华：《岘佣说诗》，载丁福保辑：《清诗话》，上海古籍出版社1978年版，第993页。

② 周乐诗：《换装：在边缘和中心之间》，载《文艺争鸣》1993年第5期，第73页。

③ 蒋寅：《代人作语——角色诗的类型及性别转换问题》，载其《古典诗学的现代诠释》，中华书局2003年版，第213—230页。

④ （清）李重华：《贞一斋诗说·诗谈杂录》，载丁福保辑：《清诗话》，上海古籍出版社1978年版，第931页。

无奈，因此"以男女寓君臣"不过是他们为这种隐秘的无奈找到的一种发泄途径、一种表达方式而已，实在不必求全责备。

另外，古典诗歌写作中物象比运用最普遍的一类是咏物诗。古人一般认为咏物诗要赋、比、兴兼备，"咏物一体，而赋、比、兴兼焉。既欲曲尽体物之妙，而又有意外之象，象外之语，浓淡离即，各合其宜"①，"少陵咏物所用比、兴、赋。兴者，因物感人也；比者，以物喻人也；赋者，直赋其物也"②，皆提出咏物诗是赋、比、兴三者兼有的，赋以体物，摹写物象，而比兴则是生发物象之义，其中"比"则近于物象比。而且在咏物诗以物象比附诗意时，也由于物象本身特定属性的限制再加上文化精神的注入而出现了某种类型化的倾向。

> 且如咏物诗，多是要超脱颠倒方好。咏月便说如雪如冰；若吟雪诗，便反说他如月之白；咏人便比物，咏物便比人。"清如玉壶冰，直如朱丝绳"，此以物比人也。③

此处虽谓咏物诗要超脱，但在具体说明时却仍表现出某种倾向性。月与雪、冰在特征上的互融使得它们可以互相比拟，而以冰喻人之品格高洁在后世也是极常见的比拟。总之，咏物诗总是要基于所咏之物的特征来比拟、生发，尤其是"比"更要完全切合着特征来寓意，因此咏物诗的"比"总是具有一定限定性的，总是指向某一意义范围。诸如经常出现于咏物诗中的梅、兰、竹、菊、莲、牡丹等等，经过历代咏物诗的不断塑造皆已成为内涵相对固定的文化符号，尽管写作者总是力图出新，但在意蕴上却很难超脱出去了。后世某些写作者或许力图超脱，但它们在整个文化系统中含义既已确定，恐怕阅读者仍旧会产生出对其固有内涵的联想。所以说在后代物象类型渐趋消匿后，似乎咏物诗中的比拟成了滋生特定物

---

① （明）谢肇淛：《小草斋诗话》卷二外篇上，载吴文治编：《明诗话全编》，上海古籍出版社1997年版，第6680页。

② （清）顾嗣立：《寒厅诗话》，载丁福保辑：《清诗话》，上海古籍出版社1978年版，第84页。

③ （宋）吴沆：《环溪诗话》，载吴文治编：《宋诗话全编》，江苏古籍出版社1998年版，第4354页。

象类型的最佳语境。

总之，"比"所呈现的意象关系的相对确定性使之极易出现意象关系的类型化和定型化倾向。即使类型化的意象关系在创作和解读中都导致了很多问题的出现，但"比"的特质再加上人类文化心理认同的相对稳定性都使得这一类型化趋势难以完全避免，后世咏物诗中很多意象关系演变为固定的文化符号就很好地证明了这一点。不过虽然"比"所呈现的意象关系具有类型化的倾向，就其特征而言非常接近于原始思维的类化意象①，但值得注意的是"比"意象的类型化不是思维方式造成的，而是其意象间较切实的比附关系带来的必然结果。

（三）兴兼比和情景交融论

如前文所述，情景关系的探讨包括了两个基本理论层面：一是前创作阶段的心物感应，古典诗论藉"兴"而衍生的感物兴情论就属于这一层面；二是指作为表现方式的情景关系即在"比兴"的写作层面情景关系将如何呈现。"情景交融是表现的方式，而表现方式是受感受方式制约的，一个人如何表现取决于他如何观照"②，情景关系既是一种对感受方式的讨论，也是对表现方式的探讨，心物感应揭示的是感受方式，而写作层面的情景关系处理涉及的则是表现方式。对于"比兴"体式而言，这两个层面是不可分割的，体式的思维方式就决定了它在写作层面将如何呈现，所以情景关系的两个理论层面也是一体的，可以说完整的情景论就是古人对"比兴"体式意义的总体表述。前文讨论了情景论的第一个层面，而此部分则意在讨论情景关系在写作层面的实现。

"比"和"兴"在写作层面都可以借助情景关系来实现，但如前文所述，"比"所显示的意象关系较为切实，故常常是具体比附于景中具体物象。所以相对而言，情景关系的讨论还是偏于"兴"的，即使涉及"比"也以比兼兴或兴兼比居多。情景关系中的"景"字一般多指景物、风景，偶尔也有将事象包括进来的，"于景得景易，于事得景难，于情得景尤难。

---

① 刘文英：《论原始思维的类化意象》，载《云南社会科学》1986年12月，第35—42页。

② 蒋寅：《走向情景交融的诗史进程》，载《文学评论》1991年3月，第28页。

'游马后来，辕车解轮'，事之景也"①，所谓"事景"即是指事件中的场景，如此则"景"中就也可包括事象。不过此类用法极为少见，即使王夫之本人也多用"景"指称景物。"情为境遇，景则景物也"②，吴乔此处更是明确了"情"和"景"各自的内涵，情指主体的一切境遇以及由此产生的情感体验或领悟，"景"则指客观景物。因此，情景关系就是探讨在"兴"中如何实现以景见情。

情景关系的讨论始于唐人，"诗一向言意，则不清及无味；一向言景，亦无味。事须景与意相兼始好"③，指出诗歌不得全是景，一味写景则无意味，也不得全写意，全写意则诗无比兴，直白浅露，故须情景兼备。旧题白居易所著《文苑诗格》也表达了相同的看法："若空言境，入浮艳；若空言意，又重滞"④，从它前文的论述来看，其中所言"境"就是"景"，即使后世诗论也常以"境"通于"景"，只不过由于"境"后来发展出虚化的"诗境"一义，故论诗者开始倾向于用"景"指称客观景物，如此则此段文字也是强调诗中情和景缺一不可。既然诗中必须情景兼备，那么情景该如何在诗中呈现呢？《诗格》"十七势"所谓"理入景势""景入理势"就已涉及了情景关系模式的探讨，之后宋人周伯弢"四体说"总结了律诗中二联的情景模式，但这些都是从情和景的外在组合着眼的，所论情景间的关系尚比较疏离。因此后世情景论的探讨就更多沿着姜夔"意中有景，景中有意"⑤所开辟的思路去转而关注情、景的内在交融了。尤其经过明、清两代的发展，不但终于厘清了情景交融的基本形态，还确定了最符合"比兴"要求的情景交融方式。

---

① （清）王夫之评选，张国星校点：《古诗评选》卷一曹植《当来日大难》评语，河北大学出版社2008年版，第28页。

② （清）吴乔：《围炉诗话》卷之一，载郭绍虞编：《清诗话续编》，上海古籍出版社1999年版，第480页。

③ 旧题（唐）王昌龄：《诗格》卷上，载张伯伟辑：《全唐五代诗格汇考》，凤凰出版社2002年版，第151页。

④ 旧题（唐）白居易：《文苑诗格》，载张伯伟辑：《全唐五代诗格汇考》，凤凰出版社2002年版，第365页。

⑤ （宋）姜夔：《白石道人诗说》，载吴文治编：《宋诗话全编》，江苏古籍出版社1998年版，第7549页。

《说诗》总结了情景关系的三种境界："景适性情之内，情融景物之中，则情景两得。次则情景代胜。下则情景俱违"①，至上者为情景交融，情景相间出现次之，而情景彼此违背则为最下者。所谓"情景俱违"，或是古人所谓情与景相碍，"写景写情，不宜相碍，前说晴，后说雨，则相碍矣"，情景不但没能相互生发，反而在意义上完全背离，互相妨碍，就是情景相违背。不过这并不包括另一种情形，即王夫之所谓"以乐景写哀，以哀景写乐，一倍增其哀乐"②，乐景写哀是在乐景中就已经融入了哀伤之义，两者虽看似相悖，实则相融，而且在反衬的张力下还能令情感表现更加强烈，这与上述在意义上互相妨碍背离是不同的。

而"情景代胜"则是指情语和景语相间出现的情形，古人对情景关系的讨论就是由此开始的。"理入景势"等都侧重于理语中间用景语或景语中间入理语。而周伯弢提出律诗中二联前虚后实、前实后虚等也皆是此意，后《瀛奎律髓》虽认为周氏之说过于拘执，但其论情景关系也还主要停留在情景组合的层面上，"大凡诗两句说景，太浓太闹，继两句说情为佳"③，依然是基于前虚后实或前实后虚所做的分析，唯一有所发展的就是提出了可以在一联之内"用一句说景，用一句说情"④。虽然这个观念的提出似乎微不足道，但考虑到一联内上下句间往往存在深厚的意义关联，那么这一提法其实就意味着情景关系探讨的重心在向情景交融转移了。

应该说"情景代胜"模式也并非情和景毫无关联，而是情景间缺乏意义上的必然关联，其中的景物完全可以替换成其他景物却丝毫不会影响情感的表达。"风雅讬兴，多系对景感怀，绝无义意者"⑤，这是"兴"法

---

① （明）谭浚：《说诗·时论》卷中，载吴文治编：《明诗话全编》，上海古籍出版社 1997 年版，第 4032 页。

② （清）王夫之：《薑斋诗话》卷上，载丁福保辑：《清诗话》，上海古籍出版社 1978 年版，第 4 页。

③ （元）方回：《瀛奎律髓》卷十评杜甫《奉酬李都督表丈早春作》，载吴文治编：《辽金元诗话全编》，凤凰出版社 2006 年版，第 658 页。

④ （元）方回：《瀛奎律髓》卷二六《变体类序》，载吴文治编：《辽金元诗话全编》，凤凰出版社 2006 年版，第 803 页。

⑤ （明）冯复京：《说诗补遗》卷三，载吴文治编：《明诗话全编》，上海古籍出版社 1997 年版，第 7209 页。

的鲜明特征，所以"兴"呈现的情景关系本就是有些疏离的。但后人却对此表现出越来越多的不满，他们认为情景若仅仅是外在组合而无深层的意义关联的话，就容易导致情景间无法密切衔接，给人截断之感。如《古诗归》指责谢惠连（407—433）《捣衣》诗"此诗之拙，在景与情分为两截，不能作景中情语"[1]，认为它前仅言景，后文才入情，没能做到景中寓情，所以情景的意义就不连贯。

> 夫景以情合，情以景生，初不相离，唯意所适。截分两橛，则情不足兴，而景非其景。[2]

指出情和景本是无法分离的，因此前情后景或前景后情只会令情和景断为两截，景不能与情合就无法发挥兴情的作用。言语中透露出对情景代胜的不满，认为这种方式根本不能实现"兴"法的表达优势。

另外也有论者认为情景代胜不能以情化景，会导致景多情少："五、七律诗，他人每以情景相合而成，本色不足者，往往景饶情乏"[3]，情景组合没有以情贯穿景，景语中乏情，就会致使诗歌景多于情，喧宾夺主。无论如何情景代胜遭受越来越多的贬抑，他们要求在情和景之间构建起更强烈的意义关联，即使是漫然起兴也要将所托之景完全融化到主体情志中，也要通过主体情志对客观景物的浸染、变形使之与情水乳交融。因此最后情景关系的讨论就聚焦于它的最高境界——情景交融了。

蒋寅《走向情景交融的诗史进程》指出大历诗人开始自觉追求情景交融，使诗歌写作由盛唐时期的情景分离逐渐转化为情景融合[4]。不过理论总结总是滞后于写作实践，所以到宋代也还以谈论情景组合者为多，除姜

---

[1] （明）钟惺：《古诗归》卷十一《宋一》，载吴文治编：《明诗话全编》，上海古籍出版社1997年版，第7334页。

[2] （清）王夫之：《薑斋诗话》卷上，载丁福保辑：《清诗话》，上海古籍出版社1978年版，第11页。

[3] （明）陆时雍：《唐诗镜》卷二十一《盛唐第十三》，载吴文治编：《明诗话全编》，上海古籍出版社1997年版，第10743页。

[4] 蒋寅：《走向情景交融的诗史进程》，载《文学评论》1991年3月，第28—39页。

夔的"意中有景，景中有意"①外，《对床夜语》曾响应其说，《诗法家数》则有"景中含情"②一语，也未多加引申，情景交融从明代开始才逐渐成为情景关系讨论的重心。

　　情景交融具体说又包括了两种基本形式，即"意中有景"和"景中有意"。"然亦须情中插景，景中含情"③，情中插景，则本是情语，融入景象；景中含情，则本是写景，而从中透出情思来。"能融景入情，如少陵之'近泪无干土，低空有断云'；寄情于景，如严维之'柳塘春水漫，花坞夕阳迟'"④，前者低空、断云、无干土等虽是景语，但种种景物之呈现却皆因"近泪"等情绪所引发，空所以低、云所以断、土所以湿皆因情起，景由情生，故终是情语；后者则虽字句间满溢着春意烂漫，却是情因景生，因此仍是景语；前者是情中之景，后者是景中之情。

　　　　景中有情，如"柳塘春水漫，花坞夕阳迟"；情中有景，如"勋
· 　　业频看镜，行藏独倚楼"。⑤

景中之情，是以景为本，由景而生情；情中之景，是以情为本，景因情生。"景中之情"是由景物描写焕发出情感，所以情附着在景上；"情中之景"则景的形态面貌是被情所选择和塑造出来的，甚至景的存在本身都可能是情主观生发出来的，情是实在的情，景却可能是虚构的景。不过这里需要注意的是，从古人论"情中之景"所举诗例看，情中之景也常常是场景或事境，除本段所引外，另外如"'诗成珠玉在挥毫'，写出才人翰墨淋漓、自心欣赏之景"，也是指场景而言。而相较之下，诸家在论"景中情"时所举诗例中的"景"却皆是指客观景物，这或许是因为情中

---

① （宋）姜夔：《白石道人诗说》，载吴文治编：《宋诗话全编》，江苏古籍出版社 1998 年版，第7549 页。

② （元）杨载：《诗法家数》，载（清）何文焕辑：《历代诗话》，中华书局 1981 年版，第 728 页。

③ （明）邓云霄：《冷邸小言》，载吴文治编：《明诗话全编》，上海古籍出版社 1997 年版，第 6433页。

④ （清）吴乔：《答万季埜诗问》，载丁福保辑：《清诗话》，上海古籍出版社 1978 年版，第 33 页。

⑤ （清）施补华：《岘佣说诗》，载丁福保辑：《清诗话》，上海古籍出版社 1978 年版，第 974 页。

"景"主体性极强，人事之事境比较容易纳入的缘故。

情中景，以情为根；景中情，以景为本，两者的界限还是明确的。郁沅将情景交融梳理为三种类型，其中所谓"寓情于景"就是古人所说的"景中之情"，而"缘情写景"则是"情中之景"。不过他在这两种类型之外又提出了第三种类型："三是情景均衡相融，妙合为一。这第三类，或称'情景俱到'，或称'情景匀称'，或称'情景相兼'，总之是情景浑融在一起。"①但是从古人的论述来看这第三种类型其实是不可以与前两者并列的，前引《冷邸小言》在"情中插景，景中含情"后随即指出："显露者为中乘，浑化者为上驷"②，显露者即是指前述景中含情和情中有景，此时情和景仍旧能区别开来，故仍是显露的，仅是中乘，而情景浑融为一才是上乘。这就意味着情景浑融并不是在前述两类之外发展出新的类型，而仅是将情景交融推进到了一个新的层次或境界。就如同情景关系包括了情景交融、情景代胜、情景俱违三种境界一样，古人认为情景交融也包括了"情中景"等所代表的"显露"和浑融两个层次。

情景浑融，就是诗句中情和景的描写已经难以区别，"情即是景，景即是情，如镜花水月，空明掩映，活泼玲珑"③，诗句既是情语，又是景语。如"至杜之'片云天共远，永夜月同孤'，谁共耶？谁同耶？不落思议，乃情景浑化之极矣"④，"远"是天远，也是人远，更是人觉其远；"孤"是月孤，亦是心孤，故人觉其孤。所以"远""孤"是写景也是写情，浑化为一而几于无从分辨。再如"情景兼到，如'水流心不竞，云在意俱迟'"⑤，是水"不竞"也是"心"不竞，是云"迟"也是意"迟"，而最重要的是，情景浑融到无彼此之分的境界时，已经很难区分到底是因为云"迟"才引发意"迟"，还是恰恰相反，是主体投射影响了客体物

---

① 郁沅：《情景交融三类型论》，载《东南大学学报》2007年第5期，第89—94页。

② （明）邓云霄：《冷邸小言》，载吴文治编：《明诗话全编》，上海古籍出版社1997年版，第6433页。

③ （清）朱庭珍：《筱园诗话》卷一，载郭绍虞编：《清诗话续编》，上海古籍出版社1999年版，第2336页。

④ （明）邓云霄：《冷邸小言》，载吴文治编：《明诗话全编》，上海古籍出版社1997年版，第6433页。

⑤ （清）施补华：《岘佣说诗》，载丁福保辑：《清诗话》，上海古籍出版社1978年版，第974页。

象，还是客体物象激发了主体的情感状态，主体情志和客体物象已完全浑融一片。

郁沅同时还分析了情中景、景中情、情景浑融三者的感受方式，试图从思维方式的角度对三者加以区分。他指出"寓情于景"是基于"物本感应"的，"感应的起点和终点都是物"；"缘情写景"则来源于"心本感应"，"情是第一性的，起着决定性的作用"；而情景浑融则是基于一种出于物本感应和心本感应之间的平衡感应，是物本感应和心本感应双向选择的结果①。不过古代情景关系的探讨是属于"比兴"范畴的，古人从来不提倡诗中出现单纯的景物描写，除非这些描写是服务于情感表达的，因此客观景物的描写多是在"比兴"的理论语境中出现的。而如前文所述"比兴"的思维方式和感受方式是高扬主体性的，借用郁沅的概念就是它是一种心本感应，"其景色恒傅情而发"②、"始知诗之写景，正诗之言情言感也"③，景物都是为情而存在的，这就意味着创作者对景物的感受方式应该是从心到物的，无论其具体过程如何也都是以主体情志为转移，由主体意志发挥决定作用的。所以从思维方式和感受方式看，三者其实是相近的，它们都基于"比兴"思维，都是建立在"比兴"以主体情志为核心的感受方式之上。如果说有区别，则三者的区别仅在于写作层面表现方法的不同而已。

从表现方法来看，"景中情"是兴兼赋的，是在创作主体将情感投射到客观景物上后，选择用赋笔来对景物特征进行描述，但因为"兴"的需求又不是采用完全的赋笔，而是在景物身上选择那些能与主体情感产生最强烈共鸣的特质，用赋笔白描的方式将之呈现出来。这种方式因为表现方法倾向于赋，相对似乎客观色彩较浓，但同时又因为这些特征都是经过主体筛选的，渗透着极强的主体性，终究归于"兴"，所以用古人的说法它应该是兴兼赋的。

---

① 郁沅：《情景交融三类型论》，载《东南大学学报》2007年第5期，第93页。

② （明）胡震亨：《唐音癸籤》卷五《评汇一》引王世贞语，载吴文治编：《明诗话全编》，上海古籍出版社1997年版，第6867页。

③ （明）钟惺：《明诗归》卷第八，载吴文治编：《明诗话全编》，上海古籍出版社1997年版，第7370页。

"情中景"则完全是属于"兴"的，景生于情，主体情志完全根据自己的需求来决定景物有怎样的特征，景物的客观性极度弱化，以至于甚至可以完全被主体情志掩盖。在这种情形下，客观景物是什么、是怎样的都已不重要，主体情志可以随心所欲将之改造成自己需要的样子，所以"兴"呈现的情景关系总是随意性和高度融合的矛盾统一。它一方面因为主体完全依照情感的需求描述景物，所以景物是完全融于情中的，表现出一种高度的心物合一，但另一方面从客观上来讲，客观景物与主体情志可能全无关联，其间的疏离又是不能完全抹去的。所以它们间即心即物的融合并不能从外在抹掉情和景的界限，所以情景关系仍旧无法浑融一体。

至于情景浑融的表现方法则是"兴"法和"比"法的融合，即古人所谓兴兼比。它之所以能达致情即是景、景即是情的境界是因为在"兴"法中融入了"比"的因素。"比"要求意象之间紧密切合，虽然容易导致诗境狭窄，但用在"兴"中却恰可以用它所要求的切合性弥补"兴"中情和景客观上的疏离。兴中兼比就意味着主体不是按照自己意志强行赋予景物某种特征，而是在兴发己意时恰好与景物的某一客观特性相契合，如此则一方面藉由"比"的密附性促使情和景、主体情志和客观景物更密切融合，另一方面又可以发挥"兴"的优势，使主观情志和景物的客观特性相互共鸣和相互生发。前者实现了情景完全的相融，后者则使其融合的意境更加浑厚，情景浑融正是"兴"法和"比"法相互取长补短的结果。因此古人对情景浑融的推崇正是他们比、兴兼容观念的体现，在他们看来，单纯的"兴"是优于"比"的，但比兴兼容又是优于单纯的"兴"的，比兴兼容代表了诗体的最佳表达方式，而情景浑融则是情景交融的最高境界。

当然，情景浑融是情景关系所达致的最高境界，这并不意味着诗中就只能有情景浑融一种形式，某种意义上情景浑融的境界是不可多得的，所以具体到诗歌写作中常常是景中情、情中景等不同模式，情景浑融、情景交融甚至情景代胜等各种层级相互夹杂着存在的。比如《诗筏》评李颀（690—751）《送王昌龄》：

因第二句有"暮情"二字，自此后，不独夕阳微波，月上鸟鸣，夜来花界，梦里金陵，种种暮景，而满篇幽澹悲凉，字字皆"暮情"也。[①]

诗中写景句极多，但字字皆景，也字字皆情，这正是"比兴"表达的典型模式。但是仔细分析其中情景关系的模式，就发现其中不同形式和不同层级是并存的。首联"漕水东去远，送君多暮情"，一句景对一句情，近于情景代胜；次联"淹留野寺出，向背孤山明"是景中情；第三联"前望数十里，中无蒲稗生"，从送别者眼中看出，眼中之景也即是情中之景；而再后一联"夕阳满舟楫，但爱微波清"，则前一句是景中情，后一句是情中景。诗中情景关系模式不断变化，写作的视角、方法也不停变换，诗歌就显得灵动、有活力。总之，一首诗往往是情景关系模式的多种形式或层级组合而成的，且组合的方式也并无一定，这也使得"比兴"之法在写作层面上可以更加变化生姿，若一味追求情景浑融无迹的最高境界，不唯拘执，而且也不易实现。

总之，"比兴"体式完全体现了古典诗学高扬主体性的基本精神，在思维和感受方式上，以情为本，根据主体情志的需求来决定客观物象的呈现，决定表现什么以及如何表现，它所呈现的意象、情景关系总是以情、意为主，以景、象为宾。再加上它含蓄微婉的审美风格也符合诗体雅正的需求，因此"比兴"体式被推崇为古典诗体的主体体式。表现在写作层面上，"比兴"的表现方法则是赋、比、兴兼有的。"赋"笔即是对"比兴"中物象、事象、景物的呈现，而"比"或"兴"则在"赋"笔描写的基础上建立意与象、情与景之间的关系。不过因为此处的"赋"是完全服务于"比兴"的，所以它所呈现的事象、物象、风景等皆带有强烈的主观性，甚至可能是完全由主体意识中生发出来的。

以上我们梳理了赋、比、兴体式意义在诗体创作层面的具体展开方式。通过对"赋"和"比兴"各自特质的分析阐明了古人以"比兴"为

---

① （清）贺贻孙：《诗筏》，载郭绍虞编：《清诗话续编》，上海古籍出版社 1999 年版，第 173 页。

主要体式的深层缘由，在此基础上分析了赋、比、兴作为表现手法和修辞方法在诗歌写作中的实际应用，具体讨论了在写作层面上赋、比、兴如何通过巧妙处理诗意与情、理、物、事的关系来满足诗体"比兴"体式的要求。至此赋、比、兴语体意义的探讨才真正完成了。

古代诗论梳理的最大障碍在于它的散论形态。缺乏必要的整体阐述，致使概念及理论内容间的逻辑关系几乎处于空白的状态，不但厘清这些繁杂内容间的层次关系极其困难，即使勾勒出了其间的框架体系，却仍不免有望文生义之嫌。在论语体风格及语体修辞等内容时，理论内容间的逻辑关系尚有迹可循，所以梳理起来相对简单，体系的合理性也似更有说服力。但关于赋、比、兴语体意义的阐释却不同。首先赋、比、兴的三个内涵——体、表现手法、修辞方法是否共存过已是不可确知的问题。至于赋、比、兴与叙事、描写、议论间的联系古人也从未有过明确表述。在古人观念中是否确实存在着我们推演出来的这些理论关系，我们根本无从证明。但这也是所有理论建设都必须面对的难题，从纷繁的现象中找出逻辑本身就是一个不断假设和求证的过程。所以只要我们尊重古人相关议论的原始面目，按照它真实的面貌进行符合实际的逻辑推理，就算这体系本身带有一定虚设性，却也未尝不是一种有益的理论整合。

我们首先整合了赋、比、兴的三层含义，认为三层含义整合恰好完整呈现"赋、比、兴"的语体意义。就"体"的层面来讲，鉴于古人所谓"体"本就有审美风格之义，所以我们认为赋、比、兴作为"体"就是指称基于不同心物关系处理方式之上的三种审美类型，并将之类同于黑格尔的象征型、古典型和浪漫型，认为"赋"相当于客观呈现的古典型，不同的是古人直接抒情亦为"赋"，但它从审美类型上看却近于浪漫型。而比、兴则皆是象征型和浪漫型的糅合，从托物的角度讲近于象征型，从高扬主体的角度看又应属浪漫型。在厘清诗歌艺术类型归属的前提下，讨论了艺术类型与语体风格特征间的相互选择和强化的关系，指出是诗歌语体要求及语体风格特征使其自觉地归属于"比兴"类型，同时这一归属倾向又进一步凸显了那些与"比兴"体特质契合的语体风格特征。

　　同时赋、比、兴还要落实到实际写作层面，亦即它的表现方式和修辞义。作为一种表现手法或修辞，赋、比、兴对诗而言都是必不可少的，而且常常同时出现于诗作中。进入写作层面讨论赋、比、兴，就是思考如何用这三种表现手法来处理诗中的情、理、物、事的问题。其中既包括如何改造赋笔的叙事、写物和说理，使之符合比兴的审美要求，也包括"比"要如何比于事、比于象以及其类型化特征，情景关系讨论中的比兴手法等等，极其细致地梳理和分析了赋、比、兴三种不同类型的表现方法是如何通过对心物关系的不同处理来凸显其各自特性的。

　　总之，我们整合赋、比、兴的三层含义，在它与抒情、写物、叙事、议论之间建立起一定的逻辑关系，梳理关于叙事、议论等问题的各种讨论来充实赋、比、兴写作层面的实际表现，经过种种努力最终完成了赋、比、兴语体意义的理论阐述。虽然其间许多关系的存在尚有待验证，但这一理论尝试对我们理解古人对赋、比、兴以及其他许多问题的认识还是颇有助益的。

结　语

　　至此，我们终于完成了古代诗歌语体论的体系建设和理论构想，尽力呈现了古人关于诗歌语体问题的讨论及取得的丰硕成果。但我们又不能无视它的缺陷，散论的形态、含混的表达、主观臆断式的结论，都在不断破坏着这些理论成果的可信度和说服力。尽管字词句篇以及声韵的锻炼乃至各种表达方式、修辞方法等都经过了详细的统计、梳理，罗列出许多形形色色的形制，但古人始终未将之落实为统一的结论或系统的理论，以至于会让人不由得怀疑我们大张旗鼓地理论建构也许只不过是以偏概全的理论虚构，所有的特征、要求等等都只是虚张声势、夸大其词？

　　之所以谈论古人关于诗歌语体的种种规范及限制时会给人留下这样的印象，是因为在古代诗论中，相比规范，古人更乐于谈"变"，似乎"变"才是所有诗体形制统计总结的中心语。模式、规范的提出终究会有格式化的嫌疑，将原本千姿百态的创作变成刻板的规范，将诗歌的灵性和生气淹没在一个个僵硬的模式里，语体规范的研究因此遭到了严厉的批判。斥之浅陋、诋之"三家村之学"者所见甚多，《四库提要》对于诗话中此类议论更是每每痛斥，于《诗法源流》下指责其中所列"纤腰格"等三十三格："其谬陋殆不足辨"，于《二南密旨》下又批评其"总例物象"为"一字不通"，于《少陵诗格》下亦斥责论者"标立格名，种种杜撰，此真强作解事者也"①，皆疾言厉色，似乎唯恐斥之不严会致使流毒日甚。不过，在众多痛斥声中，直至清代此类议论也未见减少，那么原因何在呢？

---

　　① （清）纪昀等：《四库全书总目提要》，中华书局1997年版，第2762、2763页。

根本的原因当然在于这些诗格、诗法所显示的规律、规则并非无中生有，它们是确确实实存在的。论者纷纷钦慕的所谓"随心所欲不逾矩"的创作境界就已表明终究是有一个"矩"存在的，就如同声律的平仄调和、篇法的抑扬起伏等，无论创作者怎样地随心所欲都不可能完全置之不顾，所以诗歌创作离不开"规矩"的习得。那么如何领会这个"规矩"呢？有人认为只要熟读古代佳作就可以心领神会，而也有论者则认为要从这些诗格、诗法入手，从明辨体制，了解和模仿古近体、五七言的模式开始渐渐将各种规范烂熟于心。所以翻检古代论诗"体"的种种言论就会发现最常见的一个字眼就是"学诗"。尤其是唐代以后，随着诗歌创作成熟，诗格等写作模式定体的功能日渐消失，于是论者愈发极力凸显它对于学诗者的意义，以表明此类论述仍有其不可取代的价值。

　　"学诗"就是古代诗歌语体形态研究给予自身理论表述的基本定位。种种诗格、诗法的提出不是为了用种种规则限制创作，而只是为初学者指示一个把握写作规律的途径。所以在古人论诗体时，我们看到最多的就是"学诗者当知此""学诗者不得不知"诸如此类的提示语，似乎他们所有的规范、所有的写作模式都是为初学者言的。"始学诗，要须每作一篇，辄须立一大意"①，"学诗之始，先辨体式"②，"学诗须先学制题"③，辨体、立意、制题等等规则都是对学诗者而言的，都是为了使他们迅速掌握诗歌写作的基本规矩才设定的。而诸如《绳斋诗谈》有《学诗初步》《诗辩坻》《学诗径路》等，更是明确格法皆为初学者而立，都是为他们指示学诗的方向和路径。

　　这意味着对古人而言，在他们梳理、讨论种种诗体形态之时就已经确定这些讨论最终是要被抛弃的。写作的"规矩"自然是有的，但是它的表现形式却可以有无穷种，所以他们根据已有经验总结出的种种形态和

---

①（宋）黄庭坚：《山谷别集》卷六《论作诗文》，载吴文治编：《宋诗话全编》，江苏古籍出版社1998年版，第949页。

②（明）冯复京：《说诗补遗》卷一，载吴文治编：《明诗话全编》，上海古籍出版社1997年版，第7164页。

③（清）冒春荣：《葚原诗说》卷之一《五言律说》，载郭绍虞编：《清诗话续编》，上海古籍出版社1999年版，第1571页。

设定的各种规范都必然被超越。当学诗者藉由熟悉和辨别各种格法而终于领悟了诗歌写作的"规矩",终于可以驾轻就熟、做到"随心所欲不逾矩"时,这些规范、模式就可以统统被抛开了。定体的目的是为了学到"破体"的途径,这就是古人为诗体形态研究设定的理论目标。

古人对诗歌语体研究的这一理论定位提醒我们,诗歌语体研究固然有其局限性,同时亦有其合理性和必要性。从局限性的角度看,无论是诗歌创作还是诗歌研究最终一定要从"体"的执着中超脱出来,但从必要性的角度看,则诗歌创作和研究对"体"的超越都不得不经由对"体"的了解、体悟而实现,所以古代诗体形态研究的目的就是藉由诗"体"认知而将诗歌创作和研究推向一个超越"体"的高度。更进一步说,则所有的理论建构无不如此。理论建构不是要向世界展示一个真理,而仅仅是铺就一个通向真理的台阶。我们应如此看待古代的诗体形态研究,也应如此看待所有的理论建构,同时也应在所有的理论阐述中保持这样的心态。

参考文献

A. 原始文献

（清）何文焕辑：《历代诗话》，中华书局 2004 年版。

（清）丁福保辑：《历代诗话续编》，中华书局 2006 年版。

徐中玉：《中国古代文艺理论专题资料丛刊》，中国社会科学出版社 1997 年版。

邵祖平：《七绝诗论七绝诗话全编》，华龄出版社 2009 年版。

张少康：《先秦两汉文论选》，人民文学出版社 1996 年版。

赵逵夫：《先秦文论全编要诠》，人民文学出版社 2010 年版。

柯庆明：《两汉魏晋南北朝文学批评资料汇编》，成文出版社 1978 年版。

萧华荣：《魏晋南北朝诗话》，齐鲁书社 1986 年版。

钟仕伦：《南北朝诗话校释》，中华书局 2007 年版。

范文澜注：《文心雕龙注》，人民文学出版社 2008 年版。

罗联添编：《隋唐五代文学批评资料汇编》，成文出版社 1978 年版。

张伯伟：《全唐五代诗格校考》，凤凰出版社 2002 年版。

［日］遍照金刚：《文镜秘府论彙校彙考》，中华书局 2006 年版。

吴文治编：《宋诗话全编》，江苏古籍出版社 1998 年版。

吴文治编：《辽金元诗话全编》，凤凰出版社 2006 年版。

林明德：《金代文学批评资料汇编》，成文出版社 1981 年版。

曾永义：《元代文学批评资料汇编》，成文出版社 1979 年版。

张健：《元代诗法校考》，北京大学出版社 2001 年版。

吴文治编：《明诗话全编》，江苏古籍出版社 1997 年版。

周维德：《全明诗话》，齐鲁书社 2005 年版。

（清）王夫之等撰，丁福保辑：《清诗话》，上海古籍出版社 1978 年版。

吴宏一：《清代文学批评资料汇编》，成文出版社 1981 年版。

郭绍虞编：《清诗话续编》，上海古籍出版社 1983 年版。

林正三：《清诗话精华》，文史哲出版社 2007 年版。

（清）袁枚：《随园诗话》，人民文学出版社 1982 年版。

（清）朱彝尊：《静志居诗话》，人民文学出版社 2006 年版。

（清）方东树：《昭昧詹言》，人民文学出版社 2006 年版。

（清）李锳：《诗法易简录》，续修四库影印清道光二年刻本。

（清）董文涣：《声调四谱图说》卷一，清同治三年（1864）刻本，北京师范大学图书馆藏。

B. 研究专著

崔海峰：《王夫之诗学范畴论》，中国社会科学出版社 2006 年版。

陈望道：《修辞学发凡》，复旦大学出版社 2008 年版。

陈伯海：《严羽和沧浪诗话》，上海古籍出版社 1987 年版。

陈伯海：《中国诗学之现代观》，上海古籍出版社 2006 年版。

陈国球：《明代复古派唐诗论研究》，北京大学出版社 2007 年版。

陈良运：《中国诗学批评史》，江西人民出版社 2007 年版。

陈良运：《中国诗学体系论》，中国社会科学出版社 1992 年版。

褚斌杰：《中国古代文体概论》，北京大学出版社 1990 年版。

葛晓音：《先秦汉魏六朝诗歌体式研究》，北京大学出版社 2012 年版。

郭绍虞：《沧浪诗话校释》，人民文学出版社 1961 年版。

郭绍虞：《中国文学批评史》，商务印书馆 2010 年版。

郭绍虞：《照隅室古典文学论集》，上海古籍出版社 1983 年版。

郭英德：《中国古代文体学论稿》，北京大学出版社 2005 年版。

［德］黑格尔 (Georg Wilhelm Friedrich Hegel) 著，朱光潜译：《美学》，商务印书馆 1996 年版。

黄永武：《中国诗学》，巨流图书公司 1976 年版。

黄景进：《意境论的形成：唐代意境论研究》，台湾学生书局 2004 年版。

蒋寅：《古典诗学的现代诠释》，中华书局 2003 年版。

［德］莱辛（Lessing）：《拉奥孔》，人民文学出版社 1979 年版。

林庚：《唐诗综论》，商务印书馆 2011 年版。

林正三：《历代诗论中"法"的观念之研究》，花木兰文化出版社 2008 年版。

廖可斌：《明代文学复古运动研究》，上海古籍出版社 1994 年版。

刘怀荣：《赋、比、兴与中国诗学研究》，人民出版社 2007 年版。

启功：《诗词声律论稿》，中华书局 2009 年版。

王力：《汉语诗律学》，上海教育出版社 1979 年版。

王元化：《文心雕龙创作论》，上海古籍出版社 1987 年版。

王元化译：《文学风格论》，上海译文出版社 1982 年版。

王德明：《中国古代诗歌句法理论的发展》，广西人民出版社 2000 年版。

王明辉：《胡应麟诗学研究》，学苑出版社 2006 年版。

王顺贵：《清代格调论诗学研究》，中国社会科学出版社 2010 年版。

汪涌豪：《中国文学批评范畴及体系》，复旦大学出版社 2007 年版。

吴承学：《中国古典文学风格学》，花城出版社 1993 年版。

叶朗：《中国美学史》，文津出版社 1996 年版。

叶嘉莹：《王国维及其文学批评》，河北教育出版社 1997 年版。

易闻晓：《中国古代诗法纲要》，齐鲁书社 2005 年版。

［美］宇文所安（Stephen Owen）：《中国文论：英译与评论》，上海社会科学院出版社 2003 年版。

詹锳：《文心雕龙的风格学》，正中书局 1994 年版。

张海明：《经与纬的交织——中国古代美学范畴论要》，云南人民出版社 1994 年版。

张健：《清代诗学研究》，北京大学出版社 1999 年版。

张伯伟：《中国古代文学批评方法研究》，中华书局 2002 年版。

张伯伟：《中国诗学研究》，辽海出版社 2000 年版。

张伯伟：《禅与诗学》，浙江人民出版社 1992 年版。

张一平：《中国古诗话创作论》，黄山书社 2010 年版。

周振甫：《诗词例话》，江苏教育出版社 2006 年版。

C. 学位论文

段宗社：《中国诗法论》，四川大学 2005 年博士论文。

李长徽：《〈文心雕龙〉文体论研究》，山东大学 2001 年博士论文。

沈文凡：《排律文献学》，陕西师范大学 2005 年博士论文。

王峰：《王夫之诗学研究》，北京大学 1999 年博士论文。

杨东林：《汉魏六朝文体论与文体观念的演变》，中山大学 2004 年博士论文。

杨新平：《唐代诗体理论的文体学意义》，西北师范大学 2005 年硕士论文。

查清华：《明代格调论诗学研究》，上海师范大学 2000 年博士论文。

D. 期刊论文

鲍鹏山：《中国古典诗歌内在结构之变迁》，《文史哲》1997 年第 3 期。

蔡守湘：《试评古人的比兴说》，《山西大学学报》1989 年第 2 期。

陈寅恪：《四声三问》，《清华学报》1934 年第 2 期。

陈伯海：《"味"与"趣"——试论诗性生命的审美质性》，《东方论坛》2005 年第 5 期。

陈庆元：《"浮声""切响"管见——永明声律说的一个问题》，《南京师大学报》1987 年第 2 期。

陈良运：《意境新探》，《江西师范大学学报》1984 年第 2 期。

陈良运：《意境、意象异同论》，《学术月刊》1987 年第 8 期。

陈良运：《"诗缘情"诗学意义新识》，《文艺理论研究》1990 年第 4 期。

陈文新：《明代诗学对"诗史"概念的辩证》，《社会科学辑刊》2000年第6期。

邓程：《试论对偶对古代诗歌语言的解放》，《河南社会科学》2003年第1期。

葛晓音：《初盛唐七言歌行的发展——兼论歌行的形成及其与七古的分野》，《文学遗产》1997年第5期。

郭英德：《由行为方式向文本方式的变迁——论中国古代文体分类的生成方式》，《陕西师范大学学报》2005年第1期。

韩经太：《论宋人诗画参融的艺术观》，《天津社会科学》1993年第4期。

韩经太：《传统"诗史"说的阐释意向》，《中国社会科学》1999年第3期。

韩经太：《中国诗画交融若干焦点问题的美学思考》，《北京大学学报》2011年第3期。

胡大雷：《诗史考辨》，《广西大学学报》1990年第5期。

胡建次：《宋代诗话中的诗格论》，《南昌大学学报》2003年第1期。

胡建次：《"趣"作为中国古代文论审美范畴前的衍化》，《楚雄师范学院学报》2004年第5期。

胡淑慧、李刚：《关于唐五代诗格中的诗歌体式研究》，《内蒙古社会科学》2001年第3期。

黄霖：《意象系统论》，《学术月刊》1995年第7期。

纪永祥：《我国古代语体理论略论》，《西江大学学报》1998年第4期。

蒋寅：《走向情景交融的诗史进程》，《文学评论》1991年3月。

蒋寅：《王夫之对情景关系的意象化诠释》，《社会科学战线》2011年第1期。

蒋凡：《论叶燮及〈原诗〉》，《复旦学报》1984年第2期。

金道行：《意境的心理构成》，《贵州社会科学》1994年第5期。

邝建行：《近体诗创作中的四声递用与抑扬清浊阐说》，《重庆工商大学学报》2003年第1期。

蓝华增：《说意境》，《文艺研究》1980 年第 2 期。

蓝华增：《古代诗论意境说源流刍议》，《文艺理论研究》1982 年第 3 期。

李正心：《诗的说理和说理的诗》，《文史杂志》1986 年 6 月。

李仲霖、李天道：《"风骨"说及其古代文艺心理分析》，《西北民族学院学报》1989 年第 2 期。

李铎：《论王国维的"气象"》，《济南大学学报》2005 年第 1 期。

李洲良：《论春秋笔法与诗史关系》，《文学遗产》2006 年第 5 期。

林庚：《盛唐气象》，《北京大学学报》1958 年第 2 期。

刘文英：《论原始思维的类化意象》，《云南社会科学》1986 年 12 月。

刘敬端、张遂：《意象界说》，《中国韵文学刊》1992 年第 3 期。

刘怀荣：《论盛唐气象的理论渊源》，《山西师范大学学报》1994 年 10 月第 4 期。

刘勉：《〈雄浑〉疏证与阐释》，《文学遗产》2008 年第 2 期。

楼宇烈：《一种协调个人与社会关系的理论——玄学的名教自然论》，《北京社会科学》1993 年第 2 期。

敏泽：《中国古典意象论》，《文艺研究》1983 年 6 月。

潘世秀：《意境说的形成与发展》，《兰州大学学报》1985 年第 2 期。

潘立勇：《朱熹"气象浑成"的审美理想》，《福建论坛》1992 年第 4 期。

漆绪邦：《中国诗论的滥觞和"诗言志"说的提出》，《北京师范学院学报》1991 年第 5 期。

钱钟书：《中国诗与中国画》，《中国社会科学院研究生院学报》1985 年第 1 期。

邱世友：《"温柔敦厚"辨》，《学术研究》1983 年第 5 期。

孙敏强：《试论先秦哲学对我国传统诗文声韵理论的影响》，《浙江社会科学》1994 年第 4 期。

孙学堂：《元明唐诗正变说述论》，《文艺理论研究》2010 年第 3 期。

孙学堂：《严羽"气象"、"兴趣"说辨识》，《南开学报》2002 年第

4 期。

谭德晶：《意境新论》，《文艺研究》1993 年第 6 期。

陶文鹏：《意象与意境关系之我见》，《文学评论》1991 年第 5 期。

童庆炳：《〈文心雕龙〉"循体成势"说》，《河北学刊》2008 年第 3 期。

童庆炳：《"意境"说六种及其申说》，《东疆学刊》2002 年第 3 期。

王运熙：《〈文心雕龙〉风骨论诠释》，《学术月刊》1963 年第 2 期。

王凯符：《古代文论中的风格论》，《河北大学学报》1982 年第 4 期。

王昌猷：《再论我国古代文论中意境的特征》，《中州学刊》1984 年第
2 期。

王英志：《清人诗学概念和命题述评》，《浙江社会科学》1991 年第 6
期。

王海涛：《〈人间词话〉"气象"说探析》，《江淮论坛》2006 年第 1 期。

王奎光：《方回的"吴体"诗论及其诗学批评意义》，《文学遗产》
2008 年第 4 期。

汪涌豪：《"风骨"非"风格"辨》，《阴山学刊》1994 年第 2 期。

魏中林、贺国强：《诗史思维与梅村体史诗》，《文学遗产》2003 年第
3 期。

吴调公：《关于古代文论中的意境问题》，《社会科学战线》1981 年第
2 期。

吴熙贵：《论气与古代文学风格》，《南充师范学院学报》1987 年第
4 期。

吴承学：《论中国古典风格学的形成及特色》，《学术研究》1991 年第
2 期。

吴承学：《中国古代文体学的历史发展》，《中山大学学报》1993 年第
1 期。

吴承学：《生命之喻——论中国古代关于文学艺术人化的批评》，《文
学评论》1994 年第 1 期。

许自强：《古典诗歌风格辨析方法初探》（一、二），《北京师范学院
学报》1986 年第 4 期、1987 年第 1 期。

许自强：《谈疏野》，《文艺研究》1987 年第 5 期。

许自强：《论雄浑——古典诗歌风格辨析》，《内蒙古大学学报》1988 年第 3 期。

熊笃：《律诗形式的文化意蕴初探》，《社会科学战线》1991 年第 3 期。

熊笃：《论古代诗歌的篇法》，《北方论丛》1995 年第 6 期。

杨晖：《严羽"气象说"评述》，《安徽师范大学学报》1999 年第 4 期。

叶朗：《王夫之的美学体系》，《北京大学学报》1985 年第 2 期。

叶朗：《说意境》，《文艺研究》1998 年第 1 期。

叶桂桐：《五七言律诗风格与平仄之关系》，《淮北煤师学院学报》1987 年第 1 期。

叶桂桐：《"中介物象"与赋比兴》，《齐鲁学刊》1997 年第 1 期。

叶桂桐：《中国古代诗歌声律学史纲要》，《聊城师范学院学报》1987 年第 2 期。

叶嘉莹：《中西文论视域中的"赋、比、兴"》，《河北学刊》2004 年第 3 期。

郁沅：《情景交融三类型论》，《东南大学学报》2007 年第 5 期。

袁忠：《中国古典意象说疏论》，《船山学刊》2001 年第 2 期。

曾肖：《南朝五言诗篇制的演进历程》，《江西师范大学学报》2005 年第 5 期。

曾祖荫：《"文以气为主"向"文以意为主"的转化——兼论中国古代艺术范畴及其体系的本性》，《华中师范大学学报》2001 年第 6 期。

查正贤：《从声病到体势——论龙朔—开元间诗学发展及其实践》，《文艺理论研究》2006 年第 5 期。

詹杭伦：《杜甫律诗技法论——方回诗论探微》，《成都大学学报》1987 年第 3 期。

张岱年：《中国传统哲学的批判继承》，《理论学刊》1987 年第 1 期。

张国庆：《司空图〈诗品·雄浑〉新探》，《西北师大学报》1990 年第 2 期。

张锡坤：《"气韵"范畴考辨》，《中国社会科学》2000 年第 2 期。

张伯伟:《论唐代的规范诗学》,《中国社会科学》2006 年第 4 期。

张胜利:《论古代诗歌章法理论》,《河南师范大学学报》2011 年第 1 期。

赵盛德:《"风骨"等于"风格"吗?——李树尔同志商榷》,《广西大学学报》1980 年第 1 期。

赵奎英:《从"文"、"象"的空间性看中国古代的"诗画交融"》,《山东师范大学学报》2003 年第 2 期。

支菊生:《古代诗体演变的基本倾向——格律化》,《天津师范大学学报》1988 年第 2 期。

责任编辑：雍　谊
封面设计：徐　晖
版式设计：刘　禾

图书在版编目（CIP）数据

中国古代诗歌语体论研究 / 赵继承著 . —北京：人民出版社，2020.6
ISBN 978-7-01-021867-0

Ⅰ.①中…　Ⅱ.①赵…　Ⅲ.①古典诗歌—诗歌研究—中国　Ⅳ.① I207.22

中国版本图书馆 CIP 数据核字（2020）第 016841 号

中国古代诗歌语体论研究
ZHONGGUO GUDAI SHIGE YUTILUN YANJIU

赵继承　著

人民出版社 出版发行
（100706 北京市东城区隆福寺街 99 号）

中煤(北京)印务有限公司印刷　新华书店经销

2020 年 6 月第 1 版　2020 年 6 月北京第 1 次印刷
开本：710 毫米 ×1000 毫米　1/16
印张：25.25　　字数：390 千字

ISBN 978-7-01-021867-0　定价：60.00 元

邮购地址 100706　北京市东城区隆福寺街 99 号
人民东方图书销售中心　电话（010）65250042　65289539